블랙박스

קופסה שחורה

BLACK BOX
by Amos Oz

세계문학전집 423

블랙박스

קופסה שחורה

아모스 오즈

윤성덕, 김영화 옮김

민음사

일러두기

1 본문의 모든 주석은 옮긴이 주다.

2 본문에서 인용한 성서, 탈무드는 모두 히브리어 원문에 가깝게 옮겼다.

3 고유 명사 표기는 외래어 표기법을 따르는 것을 원칙으로 하되, 현대 히브리어의 발음에 최대한 가깝게 옮기기 위해 몇몇 예외를 허용했다.

4 서양식 이름 표기를 따라 이름의 머리글자로 표기한 경우 '마침표+히브리어 머리글자' 형식으로 통일했다. (예: 알렉스 기드온 → .א 기드온)

5 본문에 고딕체로 구분한 경우는 다음과 같다.

  1) 현대 히브리어 외에 다른 언어

  2) 작가의 의도적인 오자(誤子)

6 연월일과 시간은 원문대로 숫자와 문자를 혼용하여 표기했다.

차례

블랙박스 9

그리고 너는 알았다, 밤이라는 것을, 나뭇잎조차 흔들리지 않는다는 것도.
오직 내 영혼만 귀를 기울이며 아파한다.
오직 내 위로 네 울음소리가 맹금처럼 올라가고,
오직 나를 잡아먹기로 선택한다.

왜냐하면 나는 갑자기 두려워할 테고 무언가 잃어버린 자처럼 갈 테니
그리고 나를 훑고 지나가는 눈먼 자의 두려움,
사방에서 네 목소리가 나를 부를 그때이니
맹인이 길을 잃게 만드는 소년처럼.

그리고 너는 얼굴을 가렸고 아무 말도 없었다.
그리고 네 울음소리에는 어둠이 그리고 비둘기의 피.
그리고 너는 그 깊은 어둠 속에 휩싸였고 너무 멀어서 슬퍼했다,
다 잊힐 때까지, 다 끝날 때까지, 아무 생각도 나지 않을 때까지.

나탄 알테르만,* 「그 울음소리」, 『눈의 행복』 중에서

---

* Nathan Alterman(1910~1970). 이스라엘의 시인이자 극작가.

알렉산더 .א [1] 기드온 박사   예루살렘

정치학과, 일리노이 주립 대학교   1976. 2. 5.

시카고, 일리노이, 미국

샬롬, 알렉. [2]

당신이 봉투에 적힌 내 필체를 알아보자마자 이 편지를 찢어 버리지 않았다면, 그건 호기심이 미움보다 크다는 뜻이겠

---

1) 히브리어 알파벳 첫 글자로, '알렉스'의 머리글자이다. 서양식 이름 표기를 따라 줄여 표기했다.

2) 알렉스의 애칭이다.

지. 아니면 당신의 미움을 다시 불태울 새로운 연료가 필요했던가.

지금쯤 당신은 하얗게 질린 채, 언제나처럼 입술이 안으로 말려 들어갈 때까지 당신의 늑대 같은 턱에 힘을 꽉 주고 눈에 불을 켜고 달려들어 이 글을 읽으면서, 지난 칠 년 동안 단 한마디도 없이 침묵하던 내가 도대체 당신에게 뭘 원하는지, 내가 감히 당신에게 뭘 원할 수 있는지 알아내려고 하겠지.

내가 원하는 건 보아즈가 처한 상황이 그리 좋지 않다는 걸 당신이 알았으면 하는 거야. 그리고 당신이 급히 그 아이를 좀 도와줬으면 좋겠어. 나와 내 남편이 할 수 있는 일은 아무것도 없어. 왜냐하면 그 애가 완전히 연락을 끊고 지내기 때문이야. 당신처럼.

이쯤에서 당신이 편지를 그만 읽고 바로 불 속에 던져 버려도 좋아.(왠지 몰라도 내 상상 속에서 당신은 언제나 길쭉하고 책이 가득한 방에서 검은색 책상에 혼자 앉아 있어. 그리고 당신 맞은편 창문에는 흰 눈에 덮인 텅 빈 들판이 펼쳐져 있지. 언덕도 없고 나무도 없이, 밝게 빛나는 마른 눈만 쌓여 있는 들판 말이야. 그리고 벽난로 불이 당신 왼쪽에서 타오르고 있고, 빈 잔과 빈 병이 당신 앞에 있는 탁자 위에 놓여 있지. 그리고 나한테는 그 광경이 온통 흑백으로 보여. 당신도 그렇고. 당신은 수도사처럼 금욕적이고, 고통에 잠겨 있고, 키가 크고, 그리고 전부 흑백이야.)

당신은 지금쯤 편지를 구겨서, 영국 사람처럼 중얼거리면서, 정확하게 불 속에 던져 넣었겠지. 왜냐하면 당신은 보아즈가 어찌 되든 상관하지 않을 테니까. 그렇지 않더라도 당신은 내가 하는 말을 한마디도 안 믿잖아. 이제 당신은 그 회색 눈으로 흔들리는 불꽃을 뚫어져라 노려보면서 혼잣말을 하겠지. 이 여자가 또 나를 속이려 하는군. 절대 포기하지 않는 여자라니까. 절대 나를 편안하게 두질 않아.

그럼 나는 왜 당신에게 편지를 써야만 했을까?

절망하는 데 지쳤기 때문이야, 알렉. 절망에 대해서는 당신이 세계적인 전문가잖아.(그래. 물론 나도 세상 모든 사람들처럼 당신 책을 읽었어. 『절망이라는 폭력: 광신주의에 대한 비교 연구』 말이야.) 하지만 나는 지금 당신 책에 대해 말하려는 게 아니라 당신의 영혼이 생성되어 나온 물질에 대해 말하려는 거야. 북극처럼 차갑게 얼어 버린 절망 말이야.

당신 아직 읽고 있어? 우리를 향한 미움을 되살려 보려고? 고급 위스키를 음미하듯 남의 불행을 보면서 한 모금씩 한 모금씩 행복을 맛보려고? 그렇다면 나는 더 이상 당신을 자극하지 않는 게 좋겠네. 보아즈 문제에 집중하는 편이 낫겠어.

사실 나는 당신이 뭘 알고 뭘 모르는지도 모르겠어. 당신이 당신 변호사 작하임에게 매달 우리 생활에 관한 보고서를 요구해 받아 보고 있고, 그동안 우리를 당신의 레이다망에 포착해 두고, 이 모든 일을 낱낱이 알고 있다 해도 별로 놀랄 일은 아니지. 그렇지만 당신이 아무것도 모른다 해도 놀라지 않을 거야. 내가 미카엘 쏘모라는 사람과 재혼한 것, 내가 딸을 낳은 것, 그리고 보아즈에게 무슨 일이 일어났는지도 말이야. 단번에 매몰차게 등을 돌리고 당신의 새 인생에서 우리를 완전히 끊어 내는 건 당신과 아주 잘 어울리니까.

당신이 우리를 쫓아낸 뒤 나는 보아즈를 데리고 언니 부부가 있는 키부츠[3]로 갔어.(우리는 세상 어디에도 갈 곳이 없었고 돈도 없었으니까.) 그곳에서 육 개월 정도 지내다가 예루살렘으로 돌아왔지. 난 책방에서 일했어. 그렇지만 보아즈는 열세 살이 될 때까지 오 년간 키부츠에 남아 있었지. 난 삼 주에 한 번씩 그 애를 찾아갔고. 내가 미쉘[4]과 재혼할 때까지 그 생활이 이어졌는데, 그 후로 그 애는 나를 창녀라고 불러. 당신처럼 말이야. 단 한 번도 우리가 사는 예루살렘에 온 적이 없어. 우리 딸(마들렌 이프앗)이 태어났을 때도 전화를 거칠게 끊어 버렸지.

그리고 이 년 전 어느 겨울밤 새벽 1시에 우리 집에 갑자기 나타나서 더 이상 키부츠에서 살지 않겠다고 했어. 자기를 농업 학교[5]에 등록해 주지 않으면 노숙자가 되어 다시는 연락하지 않겠다면서.

남편이 일어나서 그 아이에게 일단 젖은 옷을 벗고, 뭘 좀 먹은 다음에 씻고 자고 다음 날 아침에 일어나서 이야기하고 했어. 그 애는(그때 열세 살 반이었는데 이미 미쉘보다 몸집도 키도 컸어.) 마치 바퀴벌레라도 밟은 것처럼 그에게 대답했지. "당신 도대체 누구야? 누가 당신한테 말했어?" 미쉘이 웃으면서 말했어. "집에서 잠깐 나가지, 이 친구야, 마음을 좀 가라앉

---

3) 이스라엘 건국 초기에 시온주의자들이 사회주의 이상을 따라 공동 생활을 위해 설립한 정착촌이다.
4) 미카엘의 애칭이다.
5) 이스라엘에서 농업을 기초로 한 키부츠나 모샤브 등 정착촌에서 일할 청년들을 교육하기 위해 세운 학교다.

히고, 카세트테이프를 바꿔 넣은 다음, 처음부터 다시 문을 두드리고 고릴라가 아니라 인간의 모습으로 들어와."

보아즈는 문을 향해 돌아섰고, 내가 그 애와 문 사이를 가로막아 섰어. 나는 그 애가 나를 건드리지 않으리라는 걸 알았지. 그때 아기가 깨어 울기 시작했고, 미셸은 기저귀를 갈고 우유를 데우러 부엌으로 갔어. 내가 "알았어, 보아즈. 그게 네가 원하는 거라면 농업 학교에 보내 줄게."라고 말했어. 미셸은 아래위로 속옷만 걸친 채, 울음을 그친 아기를 팔에 안고 와서 덧붙였지. "그전에 네 엄마에게 죄송하다고 말하는 조건으로 말이야. 그리고 예의 바르게 부탁을 하고 나서 고맙다는 말도 해야 되겠지? 네가 망아지야, 뭐야?" 보아즈는 당신에게 물려받은 얼굴, 지독한 역겨움과 경멸을 담아 일그러진 얼굴로 내게 속삭였어. "저런 놈에게 밤마다 잠자리를 허락하는 거야?" 그러고는 바로 손을 뻗어 내 머리카락을 가볍게 만지면서 다른 목소리로, 기억날 때마다 내 심장이 오그라드는 목소리로 말했어. "그렇지만 당신들의 아기는 꽤 예쁜데."

그 후에 우리는 보아즈를 농업 학교 '틀라밈'에 입학시켰어.(미셸 동생의 도움을 받았지.) 그게 이 년 전이었고 칠십사년[6] 초였는데, 전쟁이 끝나고 얼마 지나지 않은 때였지. 당신이 시나이반도에서 탱크 부대 대대장으로 그 전쟁에 참전하려고 귀국했다가 전쟁이 끝나자 다시 도망가 버렸다고 들었어.[7] 우리는 절대로 자기를 찾아오지 말라는 그 애의 요구도 다 들어줄

---

6) 연월일과 시간은 원문대로 숫자와 문자를 혼용하여 표기했다.

수밖에 없었어. 등록금만 대 주고 입을 다물었지. 그러니까 미쉘이 돈을 냈다는 말이야. 정확히 말하면 미쉘이 혼자 낸 건 아니지만.

이 년 동안 우리는 보아즈한테서 우편엽서 한 장도 못 받았어. 교장 선생님으로부터 경고하는 말만 들었지. 아이가 폭력적이다. 아이가 야간 경비원과 시비가 붙어서 머리가 깨지는 부상을 입혔다. 아이가 밤에 몰래 빠져나간다. 이미 경찰에 아이의 사건 파일이 있다. 아이가 보호 관찰관의 감호를 받고 있다. 이 아이는 학교를 그만두게 될 거다. 이 아이는 괴물이다.

그런데 당신은 뭘 기억하고 있지, 알렉? 당신이 마지막으로 본 것은 피부색이 밝고 곡식 줄기처럼 마르고 길쭉한 여덟 살 아이였어. 몇 시간이고 조용히 작은 의자 위에 서서, 당신 책상 위로 몸을 숙인 채, 집중해서, 당신이 가져다준 '직접 조립하기' 설명서를 따라 당신을 위해 발사나무 비행기 모형을 만들던 아이, 훈육을 잘 받고, 겁쟁이에 가까울 정도로 조심스럽던 아이. 그때 이미, 겨우 여덟 살의 나이에도, 절제된 침묵의 힘으로 모욕을 이겨 낼 줄 알았지. 그 후, 보아즈는 마치 생물학적 시한폭탄처럼 자라 이제 열여섯 살이 됐고 키가 1미터 92센티미터까지 컸는데 아직도 멈출 기미가 보이지 않아. 그 애는 불만이 많고 행동이 거친데, 미움과 외로움을 먹고 힘이 엄청나게 세진 것 같아. 그리고 오늘 아침 내가 예전부터 언젠가 일어

---

7) '속죄일 전쟁' 또는 '욤 키푸르 전쟁'이라고 부르는 이 전쟁(1973년 10월 6~24일)은 6일 전쟁에서 빼앗긴 영토를 되찾으려는 이집트와 시리아에 의해 발발했으나 이스라엘 방위군이 그들의 수도를 위협하면서 종전을 선언했다.

나리라 생각했던 그 일이 터지고 말았어. 다급한 전화 소리가 들려왔어. 아이를 학교에서 퇴학시키기로 결정했다는데, 애가 어떤 여선생을 폭행했다는 거야. 자세한 이야기는 듣지 못했어.

그래서 내가 당장 그곳으로 갔는데, 보아즈는 나를 만나 주지도 않았어. 다른 사람을 보내서 "난 그 창녀와는 아무런 볼일이 없어요."라는 말만 전했지. 그 말은 그 선생을 가리킨 걸까? 아니면 나를 말한 걸까? 나는 모르겠어. 알고 보니 그 애가 정말로 '폭행'을 한 건 아니고 독기 어린 말을 몇 마디 한 모양이야. 그래서 그 선생이 보아즈의 뺨을 때렸고, 곧바로 그녀에게 두 대로 갚아 주었다고 하더군. 나는 해결책을 찾을 때까지 퇴학을 미뤄 달라고 애원했고, 그 사람들이 나를 가엾게 여겨서 두 주일 말미를 주었어.

미쉘은 내가 원한다면, 보아즈가 우리 집에 살아도 좋다고 했어.(우리 부부는 방 하나 반짜리 집에서 아기까지 데리고, 대출금도 아직 다 못 갚고 살고 있는데도 말이야.) 하지만 당신도 알다시피 보아즈가 여기 와서 살 리가 없잖아. 그 애는 나도 당신도 혐오하니까. 그러고 보니 우리에게, 당신과 나에게, 그래도 뭔가 공통점이 있었네. 유감이야.

다른 학교에서 그 애를 받아 주지도 않을 거야. 벌써 경찰서에 그 애에 대한 사건 파일이 두 개나 있는 데다가 보호 관찰관이 그 애를 감호하고 있거든. 더 이상 뭘 어떻게 해야 할지 몰라서 당신에게 편지를 쓰는 거야. 당신이 내 편지를 읽지 않을 게 뻔하지만, 읽더라도 답장을 하지 않을 게 뻔하지만 어쩔 수 없이 편지를 쓰는 거라고. 당신은 당신 변호사 작하임을 시켜서, 혈액 검사에서 확실한 결과가 나오지 않았고 내가 그때 절대로 유전자 검사를 하면 안 된다고 결사반대한 장본인이니, 그의 의뢰인은 여전히 자신이 그 아이의 생부임을 부인하고 있음을 상기시키는 공식 서한을 보내는 정도가 최선이겠지. 외통수에 장군이군.

그리고 이혼장은 당신을 보아즈에 대한 모든 책임과 나에 대한 모든 의무에서 벗어나게 해 주었지. 나도 모두 기억해, 알렉. 내가 희망을 품을 구석 같은 건 하나도 없어. 난 창가에 서서 산을 향해 말하듯[8] 당신에게 편지를 쓰는 거야. 아니면 별들 사이에 펼쳐진 어두움을 향해서. 절망은 당신 전문 분야잖아. 원한다면 나를 진단하고 분류해 봐.

당신은 아직도 나에 대한 복수에 목마른 거야? 그렇다면 내가 기꺼이 당신에게 다른 쪽 뺨을 돌려 댈게.[9] 내 뺨과 보아즈의 뺨까지. 자, 힘껏 때려 봐.

지금 나는 펜을 손에서 내려놓고 포기하기로 했지만, 아마 결국은 이 편지를 당신에게 부치게 될 거야. 어차피 더 잃을 건 없으니까. 내 앞에 있는 길들은 모두 막다른 골목뿐이야. 생각해 봐. 만약 보호 관찰관이나 사회 복지사가 보아즈를 설득해서 어떤 치료나 재활 프로그램이나 지원을 받게 하거나,

---

8) 일라나는 히브리 성서 중 「시편」 121장 1절을 인용하고 있다. 이어지는 '별들 사이에 펼쳐진 어두움을 향해' 말한다는 문장은 이 본문에 관한 아모스 오즈의 주해라고 볼 수 있다.
9) 신약 성서에 나오는 예수의 가르침을 인용하고 있다.(「마태복음」 5: 39, 「누가복음」 6: 29.)

다른 학교로 전학을 보내 준다 해도(그럴 리가 없겠지만), 사실 난 그럴 돈이 없잖아.

그런데 당신은 돈이 많지, 알렉.

그리고 난 아는 사람도 없지만, 당신은 전화 세 통이면 뭐든 할 수 있잖아. 당신은 똑똑하고 힘이 있으니까. 칠 년 전에는 분명히 똑똑하고 힘이 있었지.(당신이 수술을 두 번 받았다는 이야기는 들었어. 정확하게 어떤 수술인지는 말해 주지 않았지만.) 지금은 괜찮아졌기를 바라. 다른 말은 더 이상 쓰지 않을게. 당신이 내 말을 위선이라고 생각할지 모르니까. 아부나 아첨을 떨고 있다고 말이야. 부인하지 않을게, 알렉. 당신이 원하는 만큼 아부할 준비도 되어 있어. 당신이 요구하는 것은 뭐든지 할 준비가 돼 있어. 진심이야. 당신이 당신 아들을 구해 주기만 한다면.

내가 조금만 분별력이 있었다면 지금 '당신 아들'이라는 말을 지우고 대신 보아즈라고 썼겠지. 당신을 화나게 하지 않으려고 말이야. 하지만 진실을 지울 수는 없잖아? 당신이 그 아이의 아버지야. 그리고 내 분별력에 관해서는 당신이 예전에 이미 최종 결론을 내렸잖아, 난 아주 어리석다고.

내가 제안을 하나 할게. 당신이 나한테 지목해 주는 사람이 누구든 보아즈가 그 사람의 아들이라고 말하고, 당신이 원한다면, 공증인 앞에서 각서를 쓸 준비가 돼 있어. 내 자존심은 이미 오래전에 죽어 버렸으니까. 당신이 서둘러서 보아즈를 위해 비상 대책을 마련한다고 약속만 해 주면, 당신의 변호사가 내게 어떤 서류를 내밀든지 다 서명할게. 그걸 인도주의적인 지원이라고 불러도 좋고, 낯선 아이에게 자비를 베푼다고 해도 좋아.

그리고 정말로, 잠시 여기서 글 쓰는 걸 멈추고 그 앨 생각하면서 눈앞에 떠올려 보니, 이 말이 확실히 맞아. 보아즈는 낯선 아이야. 애도 아니지. 그저 낯선 사람이야. 그 애는 나를 창녀라고 불러. 당신은 개라고 부르지. 미쉘한테는 '작은 기둥서방'이라고 하고. 자기 이름은 내가 당신과 결혼하기 전에 쓰던 성을 써.(보아즈 브란트슈테터라고.) 우리가 어렵게 입학시킨 학교에서는 자기를 '악마 섬'[10]으로 불러 달라고 했대.

이제 당신에게는 쓸 만하고 나한테는 불리한 정보를 하나 알려 줄게. 파리에 사는 시부모님이 보아즈를 이 학교에 보내라고 매달 조금씩 돈을 보내 주셔. 그분들은 보아즈를 한 번도 본 적이 없고 보아즈는 그런 사람들이 있다는 사실조차 들어 본 적이 없는데 말이야. 그분들은 전혀 부유하지 않고(알제리에서 온 이민자들이야.) 미쉘 말고도 자식이 다섯이 있고 프랑스와 이스라엘에 손주들만 여덟이 있어.

알렉. 이미 지난 일은 한마디도 쓰지 않을게. 한 가지만 빼고. 당신에 관해 내가 절대로 잊을 수 없는 일이지. 당신은 내가 어떻게 알게 되었는지 깜짝 놀라겠지만. 이혼 서류를 쓰기 몇 달 전에 보아즈가 신장염으로 샤아레 쩨덱 병원[11]에 입원

---

10) Île du Diable. 남아메리카 프랑스령 기아나 해안에서 6킬로미터 정도 떨어진 작은 섬. 프랑스의 해외 유형지로 사용되었으며, 영화 「빠삐용」(1973)의 배경이 된 곳이다.
11) 예루살렘에서 가장 오래되고 가장 큰 종합 병원. 1902년에 세워졌다.

했었어. 그런데 병이 악화됐어. 당신은 나 몰래 블루멘탈 교수를 찾아가서, 필요하다면 성인도 여덟 살짜리 아이에게 신장을 기증할 수 있는지 문의했지. 당신은 자기 신장을 그 애한테 기증하려고 했었어. 그리고 교수에게 딱 한 가지 조건이 있다고 특별히 주의해 달라고 했지. 절대로 내가(그리고 그 아이가) 알게 해선 안 된다고. 그래서 나도 블루멘탈의 조교 아도르노 박사하고 친분이 생기기 전까지는 정말 몰랐어. 보아즈를 치료할 때 부주의로 인한 의료 과실 혐의가 있다고 당신이 고소하려 했던 그 젊은 의사 말이야.

당신이 여전히 편지를 읽고 있다면 이 지점에서 얼굴이 더 창백해졌겠지. 거칠어지려는 손길을 억누르며 라이터를 잡아 입술 앞에다 불을 켰는데 파이프 담배는 물지 않았고, 다시 한번 당신이 옳았다고 생각할지도 모르겠네. 맞아, 아도르노 박사야! 그 사람 말고 또 누가 있겠어. 아직까지 내 편지를 구겨 버리지 않았다면, 지금이 바로 구겨 버릴 순간이겠지. 나도 보아즈도 같이 말이야.

그리고 그 후에 보아즈가 건강을 회복했고 그 후에 당신이 우리를 당신의 빌라에서, 당신 가문에서, 그리고 당신의 인생에서 내쫓았지. 결국 신장은 기증하지 않았고. 그렇지만 나는 당신이 진심으로 기증할 마음이 있었다고 믿어. 왜냐하면 당신은 모든 일에 진지하니까, 알렉. 그래, 당신의 그 진지함 때문이지.

내가 다시 아첨을 한다고? 당신이 그렇게 말한다면, 나도 인정할게. 아첨도 하고, 아부도 하겠어. 당신 앞에 무릎을 꿇고 이마를 바닥에 조아리면서 말이야. 예전처럼. 좋았던 그날들처럼.

왜냐하면 난 더 잃을 것도 없고 당신에게 얼마든지 애원할 수도 있으니까. 당신이 하라는 대로 뭐든지 할게. 너무 지체하지만 말아 줘. 이제 이 주일 후면 그 아이는 길거리에 내쳐질 테고, 길거리에서 그 애를 기다리는 자들도 있을 테니까.

이 세상에서 당신 힘으로 하지 못할 일은 없잖아. 당신의 그 괴물 같은 변호사라도 보내 줘. 당신이 부탁하면 그 아이를 해군 사관 학교에서 받아 줄지도 몰라.(보아즈는 이상하게 바다에 끌리나 봐. 아주 어렸을 때부터 그랬잖아. 아쉬켈론에 갔던 일 기억나, 알렉? 6일 전쟁[12]이 났던 그해 여름을? 그 소용돌이를? 그 어부들을? 그 뗏목도?)

그리고 마지막으로, 이 편지를 봉투에 넣기 전에 한마디만 더 할게. 당신이 원한다면 당신과 잠자리도 할 수 있어. 언제든 어떤 방식이든 상관없어.(내 남편도 내가 이 편지를 쓴다는 걸 알고 있고 지지해 주었어. 물론 마지막 문장은 빼고. 그러니까 지금 당신이 날 파멸로 몰아넣고 싶다면, 그냥 이 편지를 복사해서, 마지막 문장에 당신의 빨간색 색연필로 밑줄을 그어서 내 남편에게 보내면 돼. 그럼 아주 효과적으로 일을 처리할 수 있을 거야. 그러고 보니 앞에서 내가 잃을 게 없다고 쓴 것은 거짓말이었네. 인정할게.)

---

12) 1967년 6월 5일에서 10일까지 일어난 3차 중동 전쟁. 이스라엘을 상대로 주변 이웃 국가인 이집트, 요르단, 시리아, 레바논이 연합하여 벌인 전쟁이다. 이스라엘은 이 전쟁에서 가자 지구, 시나이반도, 동예루살렘, 요단강 서안, 골란고원을 획득했다.

자, 그래, 알렉. 이제 우리 운명은 순전히 당신 손에 달렸어. 우리 어린 딸까지. 우리를 당신 마음대로 해 봐.

일라나(쏘모)

*
**

할리나[13] 브란트슈테터 쏘모 여사   런던

타르나즈 7   1976. 2. 18.

예루살렘, 이스라엘

속달

여사님,

동년 2월 5일에 당신이 쓴 편지가 어제 미국에서 나에게 전달되었습니다. 당신이 언급했던 용건 중 일부에 관해서만 내 대답을 보냅니다.

오전에 내가 이스라엘에 있는 지인과 통화를 했습니다. 그 대화의 결과로 당신 아들이 재학 중인 기관의 교장이 조금 전에 직접 내게 전화를 걸어 왔습니다. 그 아이를 퇴학시키기로 한 결정은 취소될 것이며 대신 경고를 주고 마무리하기로 합의했습니다. 그럼에도 당신의 아들이, 당신이 편지에서 불분명하게 암시한 것처럼, 해군 사관 학교로 전학하기를 원한다면 그렇게 처리하는 것도 가능하리라 생각합니다.(작하임 변호사

---

13) 일라나의 폴란드식 표기이다.

가 도울 수 있을 것입니다.) 그리고 작하임 변호사가 당신들에게 일금 2000달러에 해당하는 수표를 전달할 것입니다.(수표는 이스라엘 리라로, 당신 남편 앞으로 써 드릴 것입니다.) 당신 남편은 이 수표가 우리 측에서 어떠한 법적인 선례나 책임을 지겠다는 표현이 절대 아니며, 당신들의 어려운 상황으로 인한 일회성 보조금임을 수락하는 각서를 써 주어야 합니다. 또한 당신 남편은 앞으로 더 이상 어떤 요구도 해 오지 않을 것임을 분명히 해 주셔야 합니다.(파리에 산다는 그의 가난한 친척들이 당신들의 뒤를 이어 내게 금전적인 요구를 하지 않기를 바랍니다.) 그외에 당신의 편지에 언급된 나머지 부분, 황당한 거짓말에 더해서, 말도 안 되는 모순들과 예의에 어긋나는 천박한 말들에 관해서는 아무 말도 하지 않겠습니다.

א. א. 기드온

추신

당신의 편지는 내가 잘 보관하겠습니다.

*
**

알렉산더 א. 기드온 박사 　　　　　　　　　　　　예루살렘
런던 정경 대학교 　　　　　　　　　　　　　　　1976. 2. 27.
런던, 영국

알렉, 샬롬.

당신도 알겠지만 지난주에 우리는 당신 변호사가 제시한 서류에 서명을 하고 돈도 받았어. 그렇지만 보아즈는 그냥 농업학교를 나와 버렸고, 미쉘의 사촌 누나 남편이 운영하는 텔아비브 도매 시장의 채소 가게에서 벌써 며칠째 일하고 있어. 보아즈가 그렇게 하고 싶다고 해서, 미쉘이 마련해 준 일자리야.

그러니까 일은 이렇게 된 거야. 교장 선생이 보아즈에게 학교에서 퇴학당하는 일은 없을 것이고 그 대신 경고만 받게 될거라고 알려 주자마자, 보아즈는 자신의 군인용 긴 가방을 들고 도망쳐 버렸어. 미쉘이 경찰에 전화를 걸었고(미쉘이 아는 경관이 몇 명 있거든.), 좀 알아보더니 그 아이가 경찰서에 있다고 알려 줬어. 아부카비르[14]에서 장물을 소지한 혐의로 체포됐다는 거야. 미쉘 형의 친구가 텔아비브 경찰서 고위직에 있는데, 우리를 대신해서 보아즈의 보호 관찰관을 만나서 이야기해 주었어. 복잡한 문제가 몇 건 더 있었지만 우리는 그 아이를 보석으로 빼내는 데 성공했지.

이 보석금을 내기 위해서 당신이 준 돈의 일부를 사용했어. 물론 당신이 이런 목적으로 쓰라고 그 돈을 준 건 아니지만, 다른 돈이 전혀 없어서 어쩔 수 없었어. 미쉘은 공립 종교 학교에서 자격증 없이 프랑스어를 가르치는 교사에 불과하고, 그의 월급에서 주택 대출금 상환을 위해 일부를 떼고 나면 우

---

14) 1840년 이집트에서 이주해 온 사람들이 야포(욥바) 근처에 세운 아랍 마을. 영연방 시절 영국 식민지로 넘어갔다가 이스라엘 독립 전쟁 이후에 텔아비브의 일부로 편입되었다. 아부카비르에는 텔아비브 구치소(1937년 설립)가 있으며 일반적으로 아부카비르 구치소라 부른다.

리 입에 풀칠하기도 어렵거든. 그리고 어린 딸도 있으니까.(마들렌 이프앗, 두 살 반이야.)

보아즈는 자기를 풀어 준 보석금이 어디서 나왔는지 모른다는 걸 당신이 알았으면 해. 알았다면 그 아이는 그 돈에 침을 뱉었을 거야. 자기 보호 관찰관과 미쉘에게도 말이야. 그렇게 했는데도, 처음에는 유치장에서 절대로 나가지 않겠다고 거부하면서 자기를 그냥 내버려 두라고 했어.

미쉘이 나 없이 혼자서 아부카비르로 갔어. 그의 형 친구(경찰 고위직에 있다는 사람)가 구치소 사무실에 그와 보아즈만 들어가서 단둘이 대화할 수 있게 해 줬어. 미쉘이 그에게 말했대. 이봐, 혹시 내가 누군지 잊어버렸다면 난 미카엘 쏘모야. 네가 내 등 뒤에서 나를 네 엄마의 기둥서방이라고 부른다는 이야기는 들었어. 그렇게 불러서 조금이라도 네 마음이 가라앉는다면 내 얼굴에 대고 직접 불러도 괜찮아. 그 대신 나도 너를 정신 나간 놈이라고 불러 줄게. 그렇게 우리는 서로 마주 보고 서서 저녁때까지 서로에게 욕을 해 댈 수도 있어. 그렇지만 너는 날 이길 수 없어. 왜냐하면 나는 너에게 프랑스어와 아랍어로도 욕할 수 있지만, 너는 히브리어도 제대로 모르잖아. 그렇게 네가 아는 욕들을 모두 다 하고 나면 어떻게 할 건데? 그 대신 크게 숨을 한번 들이마시고, 마음을 진정시키고 나서 네가 인생에서 정말로 얻고 싶은 게 뭔지 나한테 자세하게 이야기하는 게 더 나을 거야. 그러고 나면 나는 나와 네 엄마가 널 위해 해 줄 수 있는 걸 말할게. 혹시 알아? 그러다 보면 우리가 합의점을 찾을 수 있을지?

보아즈는 자기 인생에서 아무것도 원치 않는다면서, 그중 제일 원치 않는 건 어중이떠중이들이 와서 자기에게 인생에서 원하는 게 뭐냐고 묻는 거라고 그랬대.

그런데 그때 미쉘이, 이 세상 아무도 결코 그의 어리광을 받아 주거나 한 적이 없었던 사람이 그 상황에 꼭 맞는 일을 했지. 그는 그냥 벌떡 일어나 보아즈에게 다가가서 말했어. 만약 그렇다면 네가 좋을 대로 해야지, 이봐, 나는 그들이 너를 정신병자나 교육 부적응자들을 수용하는 격리 시설에 집어넣어 우리와 인연이 끊어져도 아무 상관이 없어. 난 그만 갈게.

보아즈는 조금 더 반항하려고 하면서 미쉘에게 말했대. 뭐가 문제야? 난 어떤 놈 하나 죽이고 도망쳐 버릴 테니까. 그렇지만 미쉘은 문 앞에서 돌아서서 조용히 이렇게만 말했대. 이봐, 친구, 나는 네 엄마도 아니고 네 아빠도 아니고 너한테 아무도 아니야. 그러니까 연극은 그만 집어치워, 네가 어찌 되건 아무 상관도 없으니까. 앞으로 육십 초 동안 네가 할 일은 여기서 보석으로 나갈지 말지 결정하는 거야. 나는, 네가 누구를 죽이든 상관없어, 다만 다치지 않도록 조심했으면 좋겠어. 자 그럼 이만, 샬롬.

그리고 보아즈가 그에게 잠깐 기다리라고 말했을 때 미쉘은 그의 눈빛이 흔들리는 걸 알아차렸어. 그 놀이는 미쉘이 누구보다 잘 알았지. 그는 오랫동안 인생을 밑바닥에서 올려다봐야 했던 운명이었고 고통이 그를 금강석같이 강하고 매력적인 인간으로 만들었기 때문이야.(그래, 침대에서도 그렇다고 말해 두지. 당신이 궁금하다면.) 보아즈가 입을 뗐대. 만약 당신이 정말로 내게 신경 쓰지 않는다면, 왜 예루살렘에서 여기까지 와서 나를 보석으로 빼내려고 하는 거지? 미쉘이 문 앞에 서서 웃었어. 그래, 네가 드디어 두 점 땄다고 인정하지. 사실 나는 네 엄마가 어떤 천재를 낳았는지 가까이에서 보려고 왔어. 혹시 그녀가 낳은 내 딸에게도 어떤 가능성이 있을까 해서 말야. 그래서 넌 나갈 거야, 말 거야?

그렇게 미쉘이 그 애를 당신 돈으로 석방시켰고 최근에 텔아비브에 새로 생긴 코셔 중국 식당[15]으로 그를 데려갔고 그 다음에 둘이 영화를 보러 갔대.(뒤에 앉은 사람이 봤으면 보아즈가 아버지고 미쉘이 아들이라고 생각했을지도 몰라.) 그날 밤 미쉘은 혼자 예루살렘으로 돌아와서 나에게 모든 걸 이야기해 주었고, 보아즈는 카를레박 거리 도매 시장의 야채 상인과 함께 지내게 됐어. 미쉘의 사촌 누나와 결혼한 그 사람 말이야. 그게 보아즈가 원한 거니까. 일을 하면서 돈을 벌고 누구에게도 의존하지 않는 것. 그 말을 듣고 미쉘이 그 자리에서 대답했다지, 나와 상의도 없이. "그 생각은 참 마음에 드는군. 그리고 그거라면 내가 오늘 저녁에 텔아비브에서 해결해 줄 수 있어." 그리고 그렇게 해결해 준 거지.

요즘 보아즈는 매일 밤 라맛아비브에 있는 천문관에 묵고 있어. 그곳 관리인 중 한 명이 오십년대에 미쉘과 함께 파리에서 공부했던 여자의 남편이래. 그리고 보아즈는 천문대에 끌리는 뭔가가 있나 봐. 그러니까 별들 말고, 망원경과 광학에

---

15) 유대 음식에 대한 규범을 지키면서 중식을 요리해 파는 식당이다.

말이야.

내가 당신에게 보아즈에 관해서 이렇게 자세하게 편지를 쓰는 이유는 미쉘의 의견을 따르기로 했기 때문이야. 그는 당신이 돈을 보내 주었으니까 우리가 당신 돈을 어디에 썼는지 알릴 의무가 있다고 했어. 그리고 나는 당신이 이 편지를 연거푸 세 번은 읽을 거라고 생각해. 미쉘이 보아즈와 소통을 할 수 있었다는 이야기는 당신에게 갈비뼈 사이를 후벼 파는 고통일 테니까. 아마 당신은 내가 처음 보낸 편지도 최소한 세 번은 읽었을걸. 그리고 나는 편지 두 통으로 당신을 화나게 할 수 있다는 사실을 상상하며 즐기고 있어. 분노는 당신을 남자답고 매력적으로 만들지만 또 동정심이 생길 만큼 유치하게도 만들지. 당신은 그 엄청난 육체적 힘을 펜, 파이프 담배, 안경처럼 부서지기 쉬운 물건에 낭비하기 시작해. 그것들을 부수는 것이 아니라 감정을 억누르기 위해서 오른쪽으로 3센티미터 또는 왼쪽으로 2센티미터 옮기면서 자기 힘을 낭비하지. 그런 낭비의 시간들은 내 기억 속에 아주 매혹적인 순간으로 남아 있고, 나는 지금도 그 의식이 거행되는 장면을 상상하면서 즐기고 있어. 당신이 내 편지를 읽을 때, 거기 당신의 흑백 방에서, 벽난로 불과 눈발 사이에서 일어날 일들을 말이야. 만약 당신 옆에 어떤 여자가 함께 누워 있다면, 지금 그녀를 질투한다고 인정할게. 그리고 당신이 만지는 파이프 담배, 펜, 안경, 당신의 강한 손가락들 사이에 있는 내 편지들까지도 질투해.

보아즈 이야기로 돌아가서, 나는 미쉘과의 약속을 지키기 위해 당신에게 편지를 쓰는 거야. 우리가 보석금을 돌려받으면, 당신이 우리에게 준 돈은 전부 당신 아들 이름으로 저축할 거야. 만약 그 애가 공부를 하겠다고 하면, 그 돈으로 우리가 학비를 지불할 거야. 만약 그 애가 텔아비브나 이곳 예루살렘에 방을 얻겠다고 하면, 나이가 아직 어리긴 하지만, 당신 돈으로 방을 빌려줄 거야. 우리를 위해서는 한 푼도 쓰지 않을 거야.

만약 당신도 이 결정에 동의한다면 내게 답장을 쓸 필요는 없어. 하지만 동의하지 않는다면 우리가 그 돈을 쓰기 전에 미리 알려 줘. 그러면 당신 변호사에게 그 돈을 돌려줄게. 우리는 그 돈 없이도 살 수 있어.(물론 우리의 재정 상태는 상당히 나쁘지만 말이야.)

자, 이제 내가 부탁 한 가지만 할게.

이 편지와 지난번 편지를 없애거나 만약 이 편지들을 사용하기로 결정했다면 지금 사용해 줘. 지체하지 말고, 당장! 낮이 지나고 밤이 지날 때마다 죽음이 우리 손에서 언덕 하나 계곡 하나를 빼앗아 가는 것 같아. 시간이 흐르고 있어, 알렉. 그리고 우리 둘은 점점 희미해지고 있다고.

그리고 한 가지 더. 당신은 내가 편지에 쓴 거짓말과 모순들 때문에 나를 경멸하며 침묵을 지키겠다고 했지. 당신의 침묵은 말이야, 알렉, 당신의 경멸과 마찬가지로, 갑자기 내게 커다란 불안감을 주었어. 정말 당신은 지나온 모든 세월 동안, 당신이 머물렀던 그 모든 곳에서도 찾지 못한 거야? 그 어느 누구도, 천 년에 한 번이라도, 당신에게 한 톨의 부드러움도 베풀지 않았던 거야? 당신 때문에 너무 슬퍼, 알렉. 우리 인연이 아주 끔찍하고 무서워. 죄인은 바로 난데 당신과 당신 아들이 가장 잔인하게 벌을 받고 있으니. 당신이 원한다면, 당신 아들이라는 말은 지우고 보아즈라고 써. 당신이 원한다면 전부 다 지워 버려. 난, 당신이 자신의 고통을 덜 수만 있다면 무슨 일이든지 망설이지 말고 하라고 말하고 싶어.

일라나

**

미쉘 안드레 쏘모 씨 제네바

타르나즈 7 1976. 3. 7.

예루살렘, 이스라엘

등기우편

친애하는 선생님께

잘 아시겠지만, 그녀의 말에 따르면 당신의 권유를 받아, 당신의 배우자가 최근에 내게 긴 편지를 두 통 보냈습니다. 그러나 그 편지들은 그녀의 평판에 전혀 도움이 안 될 당혹스러운 내용이었습니다. 그녀의 애매모호한 말들을 내가 제대로 이해했다면, 사실 두 번째 편지도 당신들이 경제적으로 어려움을 겪고 있다는 암시를 나에게 주려고 보냈다는 생각이 듭니다. 그리고 내 생각에는, 선생님, 당신이 그녀를 조종하면서 그녀의 요구 사항들을 뒤에서 지시하는 것 같군요.

나는 형편이 허락하는 한(별다른 희생 없이) 이번에도 당신들을 도와줄 용의가 있습니다. 그래서 당신 계좌로 5000달러를 송금하라고 작하임 변호사에게 의뢰했습니다.(당신 명의로, 이스라엘 리라로 지급합니다.) 만약 이것도 부족하다면, 또다시 선생님의 부인을 통해서 그리고 오해를 살 수 있는 말로 연락하지 말고, 당신의 온갖 문제들을 전부 해결하는 데 필요한 최종 금액이 정확히 얼마인지 나에게 알려 줄 것을 요청합니다.(작하임 씨를 통해서 말입니다.) 만약 당신이 합리적인 금액을 제시한다면, 나도 당신이 원하는 바를 들어줄 의향이 있습니다. 어쨌든 내가 그 돈을 주는 의도가 무엇인지 알아내려고 한다든지 또 레반트식으로[16] 지나치게 감상적인 감사의 표시를 하지 않는다는 조건으로 말입니다. 물론 나에게 금전적인 도움을 요구하고 또 그것을 받아들이는 당신의 가치관이나 원칙에 대해 어떠한 말도 하지 않겠습니다.

존경을 담아,

ㅈ .ㅈ 기드온

﹡﹡

만프레드 작하임 변호사 귀하   주님의 도움으로

작하임과 디모디나 사무소   예루살렘

---

16) 레반트(Levant)는 '해가 뜨는 땅', 곧 '동쪽 땅'이라는 뜻으로 서아시아의 지중해 동부 해안을 가리키는 말이다. 원래 이탈리아 선원들이 쓰는 말이었는데, 프랑스어를 거쳐서 영어까지 전래되었다.

예루살렘

존경하는 변호사 작하임 씨께

샬롬, 안녕하십니까?

어제 우리가 전화로 나누었던 대화에 이어서 말하자면, 우리는 주택 대출금 상환을 마치고 방 하나 반을 더 짓는 데 미국 돈으로 일금 6만 달러가 필요합니다. 그리고 아들과 어린 딸의 미래를 준비하는 데 각각 그 정도의 금액, 미국 돈으로 모두 합해 18만 달러가 필요합니다. 이에 더해 헤브론 구시가지 유대인 구역에 있는 벳 알칼라이 저택을 구매하여 수리할 용도로 미국 돈 9만 5000달러 정도의 기부금을 요청합니다.(원래 유대인들의 재산이지만 5689년 폭동[18] 때 아랍 폭도들이 강제로 점거했기 때문에 우리는 지금 빼앗긴 재산을 폭력이 아니라 값을 모두 지불하고 되찾고자 합니다.)

---

17) 유대인들이 사용하는 월력은 전통적으로 태음력이며 유대교 제의나 명절을 계산하고 지키는 데 사용하는데, 현대 사회에서 사용하는 양력과 다른 점이 많다. 먼저 연수를 계산할 때는 기원전 3761년에 세상이 생겼다고 추정하고 연수를 센다.(유대력 5736년은 양력 1976년에 해당한다.) 한편 달은 숫자가 아니라 별도의 이름으로 부르는데, 3월 중순에 시작하는 첫 달은 '니싼월'이며, 2월 중순에 시작하는 마지막 달은 '아다르월'이다. 정기적으로 윤달을 삽입하여 마지막 달을 두 번 지키는데, 이때 제2 아다르월이 발생한다.
18) '5689년 폭동(1929 Palestinian Riot)'은 예루살렘 성전산 진입로 때문에 이스라엘과 아랍인들 사이에 벌어진 폭력 사건을 말한다. 갈등이 심화되면서 헤브론에서 아랍인과 유대인들이 서로를 수백 명씩 살해하고 상해를 입혔으며, 서로의 거주지를 파괴하기도 했다.

변호사님의 수고에 미리 감사드리고 기드온 박사님에게 존경을 표합니다. 그의 연구 작업은 우리 민족의 찬사를 받아 마땅하며, 이방 민족들 중에서 이스라엘의 명성을 드높이고 있습니다.

푸림[19] 명절을 행복하게 보내시기 바라며

일라나와 미카엘(미쉘 앙리) 쏘모

＊
＊＊

전보

.✗ 기드온 엑셀시어 호텔 서베를린

알렉스, 이것이 금품 갈취 시도인지 시간을 벌기 위함인지 잔드를 이 일에 투입하기를 원하는지 즉시 내게 알려 주시오. 지시를 기다리며. 만프레드.

＊
＊＊

전보

내 친구 작하임 예루살렘 이스라엘

지크론 야아콥에 있는 부동산을 파시오. 필요하다면 빈야미나에 있는 과수원도. 그들에게 정확히 10만 달러를 보내시

---

19) 푸림 명절은 페르시아 제국 시대에 학살을 당할 뻔했던 유대인들이 위기를 넘기고 오히려 적들에게 복수한 사건을 기념한다.(「에스더」 9: 20~24 참조.)

오. 빠른 시일 안에 남편의 뒷조사를 하시오. 소년이 처한 상황을 조사하시오. 이혼장 사본을 보내시오. 이번 주말에 런던으로 돌아가오. 알렉스.

**
*

일라나 쏘모 3. 20.
타르나즈 7
예루살렘

　일라나,

　나에게 하루나 이틀 정도 생각해 보고 의견을 달라고 했지? 그런데 네가 의견이나 조언을 부탁할 때면, 우리 두 사람 모두 잘 알고 있는 게 있어. 사실 네가 바라는 건 이미 저지른 일이나, 아니면 하기로 결정한 일을 허락해 달라는 거잖아. 그럼에도 내가 답장을 쓰기로 결심한 이유는 우리가 왜 그렇게 씁쓸하게 헤어지게 됐는지 나 자신에게 분명히 해 두기 위해서야.

　지난주에 내가 예루살렘 너희 집에서 저녁을 함께 보냈을 때 나는 그 불행했던 날들이 떠올랐어. 그곳에서 돌아오면서 두려운 마음마저 들었어. 저녁 내내 그리고 밤새도록 예루살렘에 비가 내린 것 말고는 모든 것이 평상시와 똑같은 것처럼 보였지. 미셸이 지치고 우울해 보였다는 것도 빼고. 그는 거의 한 시간 반이나 걸려 애써서 새 책장을 조립했고, 이프앗이 그에게 나사와 망치와 펜치를 가져다주었지. 그리고 한번은 내가 그를 도와 기둥 판 두 개를 잡고 서 있었지. 그때 너는 부엌에서 조롱하는 말투로 그가 여기서 자기 재능을 낭비하고 있으니 키부츠로 데려가라고 말했어. 그러고 나서 그는 플란넬 잠옷 위에 가운을 걸치고 자기 책상에 앉아 붉은 잉크로 학생들이 낸 공책을 검사했어. 저녁 내내 학생들의 공책을 검사했지. 방 한쪽에 석유난로가 켜 있었고, 이프앗은 골풀로 짠 돗자리 위에 앉아 내가 중앙 버스 터미널에서 사다 준 어린 양 봉제 인형을 가지고 한참이나 놀았고, 라디오에서는 랑팔[20]의 플루트 콘체르토가 흘러나오고 있었는데, 너와 나는 부엌에서 속삭이며 앉아 있었어. 마치 단란한 가족이 조용하게 보내는 저녁 같았지. 미쉘은 마치 없는 사람처럼 행동했고 저녁 내내 네가 그에게 한 말은 스무 마디를 넘지 않았어. 사실 넌 이프앗에게도 나에게도 그랬어. 혼자만의 세계에 푹 빠져 있었지. 내가 너에게 아이들이 병에 걸렸었다고 이야기해도, 요아쉬 형부가 키부츠의 플라스틱 공장에서 새 직책을 맡았다고 해도, 키부츠 본부에서 나를 다이어트 요리 강습에 보내기로 결정했다고 해도, 너는 들었는지 못 들었는지 내게 질문 하나 던지지 않았어. 언제나처럼, 네가 너 자신의 운명극으로 넘어가고 싶어서 내 시시한 보고서가 끝나기만을 기다리고 있다는 걸 어렵지 않게 알아챘어. 너는 내가 물어봐 주길 기다리고 있었어. 그래서 내가 물었지만 대답을 듣지는 못했지. 미쉘이 부엌으

---

20) 장피에르 랑팔(Jean-Pierre Rampal, 1922~2000). 프랑스 음악가로 18세기 이후 처음으로 플루트를 독주 악기로 승격시켰다는 평가를 받는다.

로 들어와서, 빵에 마가린과 치즈를 바르고, 커피에 뜨거운 물을 붓고는 방해할 생각은 없었다며 금방 이프앗을 재울 테니, 우리 둘은 방해 없이 대화를 계속해도 될 거라고 했어. 그가 나가자 너는 내게 보아즈 이야기를 했고, 알렉스에게 편지 두 통을 보냈고, 그가 두 번에 걸쳐 돈을 보냈다고 말했어. 그리고 미셸이 "그 야비한 놈이 드디어 자기 죄를 인정하기 시작한 것 같다."며, "이번에는 그놈에게 받을 것을 전부 받아 내자."라고 했다고 말했지. 비가 창문을 두드렸어. 이프앗은 골풀 돗자리 위에서 잠들었고 미셸은 아이가 깨지 않게 조심해서 잠옷을 입히고 침대에 뉘었어. 그러고 나서 그는 소리를 줄여서 텔레비전을 켜고, 우리 대화에 방해가 되지 않게, 9시 뉴스를 보고 아무 말 없이 다시 학생들의 공책을 검사하러 갔어. 너는 다음 날 점심에 먹을 채소 껍질을 벗기고 있었고 나는 널 좀 도왔어. 네가 말했어. 저기 있잖아, 라헬 언니, 우리를 판단하지는 마. 키부츠에 사는 사람들이 돈이 뭔지 알 리가 없잖아. 그리고 이렇게 말했어. 나는 벌써 칠 년째 그를 잊으려고 애쓰는 중이야. 그리고 또 이렇게 말했어. 어쨌든 언니는 날 이해하지 못할 거야. 부엌문 사이로 미셸의 구부러진 등, 처진 어깨, 창문이 닫혀 있어서 불을 못 붙이고 저녁 내내 손가락 사이에 끼고만 있던 담배가 보였고, 나는 이런 생각이 들었어. 얘가 또 거짓말을 하는구나. 자기 자신에게도 거짓말을 하고 있어. 언제나 그랬던 것처럼. 새로울 건 없어. 하지만 네가 내 의견을 물어봤을 때 내가 한 말은 모두 이런 뜻이었어. 일라나, 불장난은 이제 그만둬. 조심해. 이미 충분히 할 만큼 했잖아.

그 말에 너는 화를 내며 대답했어. 언니가 설교를 하려고 할 줄 알았어.

내가 말했어. 일라나, 미안하지만, 이 말을 꺼낸 건 내가 아니야. 그러자 너는 말했어. 언니가 나를 부추겼잖아. 그래서 난 그만두자고 했지. 그리고 우리는 멈출 수밖에 없었어. 미쉘이 다시 부엌으로 들어왔기 때문이지. 그는 '여성의 뜰'[21]에 침입해 죄송하다고 농담을 하면서, 저녁 먹은 설거지를 하고 물기를 닦았고 목쉰 소리로 뉴스에서 들은 걸 이야기했어.

그러고 나서 우리 옆에 와서 '폴란드 사람들의 차'에 대해 농담을 했고, 하품을 했고, 요아쉬 형부가 하는 일은 어떤지 아이들은 잘 있는지 궁금해했고, 별생각 없이 우리 둘의 머리를 쓰다듬었고, 실례하겠다며, 돗자리 위에 있던 이프앗의 장난감들을 정리하러 갔고, 담배를 피우러 베란다로 나갔다가 우리에게 인사를 하고 자러 갔어. 네가 말했지. 정말 나는 저 사람이 알렉스의 변호사와 만나는 걸 막을 수 없어. 또 말했어. 보아즈의 미래를 위해서야. 그리고 아무 상관도 없이 덧붙였어. 어차피 알렉스는 언제나 우리 인생에 자리하고 있을 거야.

나는 아무 말도 하지 않았어. 너는 겨우 화를 억누르면서 내게 말했어. 똑똑하고 정상적인 라헬. 언니의 정상이란 진짜 삶에서 도망치는 것일 뿐이야.

나는 더 이상 참을 수 없어서 말했어. 일라나, 네가 '삶'이라

---

21) 유대교 회당에는 남성을 위한 기도 공간과 여성을 위한 기도 공간이 따로 구별되어 있다. 원래 제2성전 뜰의 동쪽 부분까지가 여성이 들어갈 수 있는 구역이다.

는 말을 쓸 때마다 난 마치 극장에 와 있는 것 같아.

너는 모욕당한 것 같은 표정을 했어. 갑자기 대화를 끊었어. 너는 내 침대를 정돈했고 수건을 주면서, 내가 티베리아로 가는 버스를 탈 수 있도록 아침 6시에 깨워 주겠다고 했어. 날 잠자리에 들여보내고 너는 부엌으로 돌아가서 혼자 자기 연민에 빠져 앉아 있었지. 자정쯤 화장실에 가면서 보니, 미쉘은 가볍게 코를 골고 있었고, 넌 부엌에 앉아 눈물을 흘리고 있더구나. 내가 그만 자러 가자고도 하고, 함께 있어 주겠다고도 했지만, 네가 이인칭 복수형으로 날 좀 그냥 내버려들 두라고 하길래 난 자러 들어갔어. 비는 밤새 그치지 않았지. 아침에 집을 나서기 전, 우리가 커피를 마실 때, 너는 내게 하루나 이틀 정도 조용히 생각해 보고 내 생각을 편지로 알려 달라고 속삭이며 부탁했어. 그래서 나는 네가 내게 했던 말에 관해 생각해 봤어. 네가 내 여동생이 아니었다면 훨씬 수월했을 거야. 어쨌든 내 생각에 알렉스는 네게 재앙이고 네가 가진 건 미쉘과 이프앗뿐이라고 쓰기로 결심했어. 보아즈는 이제 그냥 내버려 두는 게 좋을 것 같아. 네가 '그 애에게 엄마로서 손을 내밀려는' 시도를 하면 할수록 그 아이의 외로움만 더 깊어질 거야. 그리고 너하고도 더 멀어지고. 그 아이 일에 상관하지 마, 일라나. 다시 관여할 일이 생겨도 미쉘이 알아서 하게 놔 둬. 그리고 알렉스가 보낸 돈은, 그와 관련된 일들이 모두 그렇듯이, 저주가 걸린 돈이야. 네가 가진 것을 다 걸고 도박하지 마. 나는 그런 생각이 들어. 네가 편지를 써 달라고 해서 편지를 썼으니 나한테 화를 내지는 마.

라헬

요아쉬와 아이들이 안부 전해 달래. 미쉘과 이프앗에게 인사 전해 줘. 그들에게 잘해 주고. 내가 언제 또 예루살렘에 갈 수 있을지 모르겠어. 여기도 계속해서 비가 내리고 여러 번 정전이 됐어.

*
**

א. א. 기드온   예루살렘
햄프스테드 히스 레인 16   1976. 3. 28.
런던 NW3, 영국
등기 속달

친애하는 알렉스,

만약 이제 내가 꺼질 때가 됐다고 생각한다면, 내게 세 마디만 써서 전보로 보내기 바라오. "만프레드 이제 꺼져 버려." 그럼 나는 당장 내 갈 길을 가겠소(And I shall be on my way right away). 그렇지만, 이와 달리, 만약 당신이 정신과 병동을 내부에서 살펴보기로 결정했다면, 제발 거기는 나 없이 혼자 가기를 바라오. 나는 그런 일로 짜릿한 흥분을 느끼지는 않소.

당신의 지시에 따라 내 최선의 판단력을 거스르면서, 어제 나는 빈야미나 옆에 있는 우리 과수원을 처분할 준비를 해 놓았소.(지크론 야아콥에 있는 부동산은 아니오. 아직 내가 미친 건

아니니까.) 아무튼 이십사 시간 안에 당신을 위해 미화 10만 달러를 마련해서 당신의 아름다운 전 부인의 남편에게 전달할 수 있을 거요. 만일 당신이 정말로 이 일을 진행하라고 최종 지시를 내린다면 말이오.

다른 한편으로, 나는 아직 내 마음대로 이 사건을 아직 마무리하지 않았고, 당신에게 아무런 피해도 발생하지 않은 지금(내 수수료를 제외하고 말이오.) 당신이 마음을 바꿔 이 산타클로스 축제를 모두 취소할 기회를 남겨 두기로 했소. 제발 부탁이니, 적어도 당신이 거기서 머리를 부딪히며 넘어져 돌지 않았다는 증거를 급히 나에게 보내 주시오. 내 거친 말투를 용서하시오, 알렉스. 당신이 몰아넣은 이 즐거운 상황에서 내가 할 수 있는 일은 멋진 사직서를 써서 당신에게 보내는 것뿐이오. 그렇지만 문제는 내가 당신을 좀 아낀다는 거요.

당신도 잘 알겠지만, 당신의 훌륭한 아버지는 한 삼십 년 동안 내 수명을 단축시켜 왔소. 그가 루게릭병에 걸리기 전에도, 그 병에 걸렸을 때도, 심지어 자기 이름과 내 이름이 뭔지 그리고 알렉스라는 이름을 어떻게 쓰는지 잊어버린 다음에도 말이오. 그의 재산 중 4분의 3을 상속세나, 노망난 노인들이나 어떤 볼셰비키 재단에 기부금으로 날리지 않고, 당신이 그의 유일한 재산 관리인으로 공표되게 하기까지 오륙 년 동안 내가 얼마나 혼신의 힘을 다했는지는 당신이 누구보다 잘 알 거요. 당신에게 숨김없이 말하는데, 이 모든 작업으로 내가 얻은 것은 이 직업이 주는 얼마간의 만족감과 예루살렘에 괜찮은 아파트 한 채와 다른 재미를 좀 본 것이 다이며, 그 값을 치르느라 위궤양까지 걸렸소. 그러나 그때 만약 십 년쯤 뒤에 볼로디야 구돈스키의 외아들이 갑자기 재산을 불쌍한 사람들에게 나누어 주기 시작할 거라는 걸 짐작이라도 했다면, 그 모든 재산을 미친 자로부터 미친 자에게 양도하느라고 그 엄청난 노력을 하지는 않았을 거요. 대체 뭐 때문에 그러겠소?

괜찮다면, 알렉스, 당신이 그 작은 광신도에게 주고자 하는 몫은 대강 계산해서 당신 전 재산의 7~8퍼센트 정도라는 점을 알려 주고 싶소. 그런데 내일 당신이 거기서 머리에 또다시 충격을 받아 나머지 재산을 독신 노인들을 위한 양로원이나 매 맞는 남편들을 위한 보호 시설에 기부하려고 승인을 남발하지 않는다고 어떻게 확신할 수 있겠소? 사실 당신이 그에게 돈을 줘야 하는 이유가 뭐요? 그가 당신이 쓰다 버린 전처와 결혼하는 선행을 했기 때문이오? 아니면 제삼세계에 보내는 긴급 구호금이오? 차별받는 미즈라히 공동체[22]를 위해 지불하는 거요? 만약 당신이 이미 완전히 미쳤다면, 그런 김에 조금만 더 노력해서 살짝 다른 각도로 미쳐서 내 손주 둘에게 재산을 물려줄 수는 없겠소? 그 일이라면 내가 수수료를 받지 않고 해결해 주겠소. 아니, 우리 독일계 유대인들이 여기서 모로코 사람들보다 고생을 덜 한 건 아니지 않소? 당신들

---

22) 전 세계에 흩어져 사는 디아스포라 유대인들은 거주 지역에 따라 구분된다. 유럽 북동부에 살던 아쉬케나즈 공동체, 유럽 남부와 북아프리카에 살던 스파라드 공동체, 그리고 이집트와 서아시아에 살던 미즈라히 공동체가 있다. 그중 미즈라히 공동체는 이스라엘에서 사회 경제적으로 하류층을 형성한다.

프랑스 출신 러시아 귀족들이 빈야미나 북부 지역에서 우리를 약탈하고 짓밟지 않았소? 그리고 알렉스, 내 손주들은 당신의 재산을 이 나라를 발전시키는 데 투자하리란 것을 고려해 주기 바라오. 전자공학에! 레이저에! 최소한 그 애들은, 헤브론에 있는 폐허를 보수하거나 아랍인들의 변소를 회당으로 바꾸려고 돈을 낭비하지는 않을 거요. 왜냐하면, 친애하는 알렉스, 당신에게 꼭 알려 줄 것이 있소. 당신의 그 존경하는 미쉘 앙리 쏘모 씨는 사실 매우 작은 사람이지만, 상당히 큰 광신도요. 사실, 요란한 광신도가 아니라 숨어 있는 부류의 광신도라고 할 수 있소. 조용하고 예의 바르지만 무자비한 자들 말이오.(이 기회에 당신의 훌륭한 저작에서 「광신과 열성 사이」라는 장을 참고하시오.)

어제 나는 쏘모 씨를 좀 더 알 수 있는 기회가 있었소. 여기 내 사무실에서 말이오. 그는 한 달에 2600리라 정도를 겨우 버는 것 같은데, 매달 그중의 4분의 1을 작은 민족주의 종교 단체에 기부하고 있소. 온전한 이스라엘 영토 회복 운동보다 손가락 세 개 정도 더 오른편에 서 있는 우파 단체요.[23] 그런데, 이 쏘모라는 자가 말이오, 당신의 매력적인 아내가 예루살렘 남자를 다섯 명에 한 명꼴로 직접 검사하고 나서 그레고리 펙을 골랐을 거라 생각했겠지만, 알고 보니 쏘모 씨는 (우리처럼) 바닥에서 시작해서 올라가다가 갑자기 1미터 60센티

---

23) 온전한 이스라엘 영토 회복 운동은 구체적인 단체를 가리키는 말이 아니라, 시온주의와 이스라엘 국가 건설과 관련된 정치적인 입장을 상징한다.

미터 정도에서 멈추더군요. 그러니까, 그녀보다 머리 하나는 작은 거요. 아마 줄자로 재서 할인을 받아 산 모양이오.

그런데 이 아프리카 출신 나폴레옹 보나파르트가 내 사무실에 나타났는데, 개버딘 바지와 자기에게 조금 큰 체크무늬 양복 윗도리를 입고, 심한 곱슬머리에, 호르마까지[24] 깨끗하게 면도를 하고, 진한 애프터 셰이브에 담갔다가 나온 것 같은 냄새를 풍기면서, 얇은 금테 안경을 끼고, 금줄이 달린 황금 회중시계를 걸고, 빨간색과 초록색이 섞인 넥타이를 금색 핀으로 고정하고, 머리에는 오해의 소지를 모두 없애려는 듯 작은 키파 모자[25]를 쓰고 있었소. 그런데 분명 이 신사분은 어리숙함과는 거리가 먼 사람이었소. 특별히 돈과 관련된 문제나 죄책감을 이용할 때, 그리고 자기와 가깝게 지내는 온갖 부류의 힘 있는 사람들이 시청과 경찰서와 그가 지지하는 정당과 심지어 세무서에서 주요 직책을 맡고 있다고 갑옷도 뚫을 것 같은 암시를 줄 때 그렇게 느꼈소. 내가 분명히 장담하는데, 친애하는 알렉스, 언젠가 당신은 이 쏘모가 국회 의사당에 앉아서 당신과 나처럼 선량한 사람들 앞에서 장황하고

---

24) 호르마는 이집트에서 탈출한 고대 이스라엘 백성이 가나안 땅에 진입하지 못하고 전쟁에서 진 장소인데(「민수기」 14: 45), 나중에는 그곳을 점령하고 원주민인 가나안 사람들을 멸망시켰다고 한다.(「민수기」 21: 2~3, 「사사기」 1: 17.) '호르마까지'라는 표현은 한 쪽이 완전히 멸망하거나 승전할 때까지 끝까지 싸우는 싸움을 가리키며, 이 글에서는 아주 깔끔하게 면도한 모습을 묘사하고 있다.
25) 유대인 남자들이 정수리 부분에 쓰는 둥글고 작은 모자. 정통파 종교인들과 전통을 존중하는 일반인들이 쓴다.

매우 위험스러운 애국적인 연설들을 연달아 퍼붓는 꼴을 보게 될 거요. 그러니 그자에게 돈을 대는 것보다 그를 경계하고 조심하는 것이 낫지 않겠소?

알렉스. 제기랄, 당신이 그들에게 도대체 무슨 빚을 졌소? 정신 나간 당신 아버지의 전통을 최대한 계승하려 하는 건지 몰라도, 난 당신의 이혼 소송 때문에 거의 죽을 뻔했고, 그 여자가 당신한테서 한 푼도 못 가져가게 하려고 호랑이처럼 싸웠소. 그 여자는 야페 노프에 있는 빌라에서 벽돌 한 장 빼 가지 못했고, 심지어 억지로 이혼 서류에 서명할 때 썼던 펜까지 놓고 가야 했소! 당신은 그 여자에게 특별히 선심을 베풀어서, 자기 브래지어와 속옷과 프라이팬과 그릇 몇 개는 가져가도록 겨우 허락하면서, 그것도 "법적인 의무와 무관하게 베푸는 호의"라고 글로 명시해야 한다며 노새처럼 고집을 부리지 않았소?

그런데 갑자기 무슨 일이 일어난 거요? 행여 누구에게 협박이라도 받은 거요? 만약 그렇다면, 주치의에게 하는 것처럼, 아무것도 감추지 말고 당장 내게 알려 주시오. 서둘러서 내게 신호를 보내시오. 그리고 소파에 뒤로 기대앉아서 내가 그놈들을 푹 고아서 곰탕을 만드는 걸 지켜보시오. 아주 기쁜 마음으로 내가 처리하겠소.

내 말 잘 들으시오. 알렉스, 사실 당신이 정신이 나갔다 해도 내가 상관할 바는 아니오. 현재 나는 역겹지만 흥미진진한 사건을 맡아 민사 소송(러시아 정교회 재산)을 제기하기 직전이고, 설령 그 재판에 진다고 해도 내가 그들로부터 받을 보수는 당신이 유월절을 기념하여 북아프리카 유대교나 늙은 색정증 여성 단체에 기부하기로 한 액수의 두 배쯤 되오. 젠장(Go fuck yourself), 알렉스. 그냥 최종 지시를 내려 주시오. 그러면 당신이 원하는 만큼, 당신이 원하는 시간에, 당신이 원하는 사람에게 이체해 주겠소. 누가 되었든지, 소리 지르는 자 전부에게 말이오.

그런데, 사실 그 쏘모라는 자는 전혀 소리를 지르는 부류가 아니오. 반대로 아주 부드럽고 나긋나긋한 목소리로, 미소를 지으며 조근조근 설명하는 투로, 마치 가톨릭 지식인처럼 말을 잘한다오. 이런 자들은 아마 아프리카에서 우리 나라로 오는 도중에 파리에서 아주 완벽하게 변신했을 것이오. 겉으로 보기에는 당신이나 나보다 훨씬 유럽 사람 같으니 말이오. 간단히 말해서, 그자는 하나 바블리[26]에게 예의범절을 가르칠 수 있는 자요.

예를 들어, 내가 그자에게 무슨 이유로 기드온 교수가 갑자기 당신에게 금고 열쇠를 주는지 아느냐고 물었는데, 그자는 절제된 미소를, 그러니까 '아 정말 왜 이러시나' 하는 것 같은 미소를 띠는 거요. 마치 내가 그와 나의 품격에 어울리지 않는 유치한 질문을 했다는 식으로 말이오. 그자는 내 켄트 담배는 거절하고 자기의 에로파를 내게 권하면서,[27] 내 불은 당

---

26) 이스라엘 음악가로 바이올린을 연주했다. 1960년대에 예의범절과 걸음걸이에 관한 칼럼을 신문에 연재했고, '예의범절과 걸음걸이의 여사제'라는 별명을 얻었다.
27) 켄트는 수입 담배이고 에로파는 1971년부터 시장에 나온 이스라엘 담배다.

연하게 받았는데 아마 이스라엘을 향한 사랑[28]의 표현이었던 것 같소. 그리고 고맙다고 말하면서 내게 날카로운 눈빛을 던졌는데, 그 눈이 금테에 끼운 안경알 때문에 커져서 마치 한낮에 나온 올빼미 눈처럼 보였소. "그 질문에는 나보다 기드온 교수가 훨씬 훌륭한 대답을 할 수 있을 것 같군요, 작하임 씨."

나는 꾹 참으면서, 10만 달러 상당의 선물인데 최소한 궁금증을 느끼지는 않느냐고 물었소. 그러자 그자가 "물론 그렇습니다, 선생님." 하고 대답했소. 그리고 나서 다른 말을 덧붙이지 않고 침묵하더군. 나는 한 이십 초 정도 기다리다가 포기했고, 이 문제에 관해 혹시 짐작 가는 일이 없는지 물었소. 그러자 그자는 사실 짐작하는 바가 있긴 하지만, 가능하다면, 내가 짐작하는 바가 무엇인지 듣고 싶다고 아주 천연덕스럽게 대답하는 것이었소.

그래서 나는 그 단계에서 직격탄을 날려 그자에게 충격을 좀 주기로 하고, 반대 심문을 할 때 자주 하는 위협적인 작하임의 얼굴 표정을 지은 뒤, 말이 끝날 때마다 잠깐씩 테러를 멈추면서 그에게 훈계를 했소.

"쏘모 씨, 실례가 아니라면, 나는 누군가 내 의뢰인을 아주 심각하게 압박하고 있다고 생각합니다. 당신들이 '움직이지 않는 값'[29]이라고 부르는 것과 같죠. 내 생각에는 빠른 시일 안

---

28) '이스라엘을 향한 사랑'은 이스라엘 백성이면 누구든지 자기 동포를 사랑해야 한다는 하나님의 명령이다.(「레위기」 19: 18, 바벨 탈무드, 샤밧 31 앞면 참조.)
29) 뇌물을 가리키는 표현으로, 히브리 성서에서 따온 말이다. "그러나 이스

에 누가, 그리고 어떻게, 그리고 왜 그러는지 밝혀내야 한다고 봅니다." 그런데 이 원숭이 녀석은 놀라지도 않고, 종교인들 특유의 달콤한 미소를 지으면서 대답했소. "그의 죄책감뿐이지요, 작하임 씨. 그를 억누르는 건 그것뿐입니다." "죄책감이오? 무엇 때문에요?" 내가 묻는데, 질문을 마치기도 전에 미리 준비해 온 대답이 그의 달콤한 혀끝에서 미끄러져 나왔소. "그의 죄 때문이지요, 선생님." "어떤 죄 말입니까? 예를 들자면?" "예를 들면 '창백한 얼굴'[30]이 되겠죠. 유대교에서 '창백한 얼굴'은 살인과 같으니까요."

"그럼 당신은 무슨 역할이지요, 선생님? 당신은 세금을 나누는 사람인가요? 그 집행관인가요?"

"나는," 그자가 눈도 깜짝 안 하고 말했소. "그저 상징적인 역할을 맡았지요. 우리 기드온 교수께서는 지식인이십니다. 전 세계적으로 유명한 분이지요. 보통 사람과 다른 귀한 분이고요. 아주 존경받는 분이라고 말할 수 있지요. 그렇지만 어쩌겠습니까? 그분이 뒤틀어 놓은 것을 바로잡기 전까지는 그의 모든 업적들도 계명을 어긴 상태에서 행한 일일 뿐입니다. 이제 그분이 양심에 가책을 느끼고 마침내 회개의 길을 찾기 시작

라엘 자손에게는 사람에게나 짐승에게나 개도 그 혀를 움직이지 않으리니." 라고 기록했으니(「출애굽기」 11: 7), '움직이지 않는 값'은 어떤 사람이 발설하지 않는 대가로 받는 값을 가리킨다.

30) 원래는 '얼굴을 하얗게 질리게 만들기'라는 말인데, 어떤 사람이 수치심 때문에 스스로 얼굴을 창백하게 만든다는 뜻이다. 유대교는 자기 이웃이 '창백한 얼굴'을 하도록 만드는 행위를 금지하고 있다.(바벨 탈무드, 바바 메찌아 58 뒷면 참조.)

한 것 같군요."

"그래서 당신이 그 회개의 문을 지키는 문지기라는 겁니까, 쏘모 씨? 당신이 그 앞에 서서 표를 파는 겁니까?"

"나는 그분의 이혼녀를 아내로 맞아들였습니다." 그자가 말하면서 안경알 때문에 세 배는 커져 버린 눈으로 영사기처럼 나를 쏘아보았소. "내가 그녀의 수치를 감싸 안았지요. 그리고 나는 그 사람 아들의 생활도 보살피고 있습니다."

"현금을 하루 100달러씩 삼십 년으로 계산해서 선불로 받고 말입니까, 쏘모 씨?"

그렇게 내가 드디어 그자의 평정심을 깨뜨리는 데 성공했고, 그를 싸고 있던 파리식 껍데기가 산산조각 나면서 아프리카식 분노가 그의 밑바닥에 고여 있던 고름처럼 터져 나왔소.

"존경하는 작하임 씨, 실례지만, 사람들은 당신들의 교묘한 말솜씨에 대한 대가로 삼십 분에 내가 지금까지 벌어 본 그 어떤 액수보다 많은 보수를 지불한다지요. 작하임 씨, 나는 기드온 교수에게 실 한 올이나 신발 끈 한 가닥이라도 달라고 요구한 적이 없음을 기록으로 남겨 주시기 바랍니다.[31] 돈을 주겠다고 제안한 사람은 그 사람입니다. 그리고 나는 당신과 이렇게 만나자고 요구한 적도 없습니다, 선생님. 당신이 만나자고 했죠. 그리고 지금!" 그 작은 선생이 갑자기 일어섰고, 난 잠깐 그자가 내 책상 위에서 자를 집어 들어 내 손가락들을 내려치

---

31) '실 한 올이나 신발 끈 한 가닥'이라는 표현은 히브리 성서 중 「창세기」 14장 23절에서 인용한 것이다.

지나 않을까 걱정했지만, 그는 팔을 뻗는 대신에 간신히 증오심을 억누르며 한마디 내뱉었소. "그리고 지금 당신이 너그럽게 내 실례를 용서한다면, 난 당신 쪽에서 보여 준 적의와 모욕적인 암시를 주는 말들 때문에 이 대화를 끝내도록 하겠습니다."

그래서 나는 서둘러서 그자를 진정시켰소. '민족적인 후퇴'라고 부를 수 있는 작전을 쓴 거요. 나는 이게 다 나의 가당치도 않은 게르만족의 유머 감각 탓이라고 책임을 전가했소. 제발 부적절한 농담은 무시해 주기 바란다고, 그리고 내가 마지막으로 한 말은 듣지 않은 것으로 해 달라고 애원했소. 그리고 곧바로 헤브론에 있는 어떤 광신도들의 쓸데없는 짓을 위해서 당신에게 기부금을 요청했던 일로 관심사를 돌렸소. 그러자 갑자기 여기서 그자에게 열성적인 교육자의 신이라도 내렸는지, 그 짧은 다리로 가만히 서서 내 사무실에 있는 지도 앞에서 마치 자기가 육군 원수라도 된 것 같은 몸짓으로, 공짜로 그리고 아주 열정적으로(어차피 당신이 계산하는 거니까 내 시간을 고려하지 않는다면) 이 땅에 관한 우리의 권리 등에 대해 간단한 설교를 자진해서 들려주었소. 우리 두 사람이 지겨울 정도로 잘 아는 것들을 언급하며 당신을 피곤하게 하지는 않겠소. 그리고 그자는 모든 설명에 성경 구절과 유대교 주석을 인용했는데 모든 것을 쉽고 분명하게 설명하는 것이, 마치 나를 조금 모자란 사람으로 생각하는 것 같았소.

내가 그 미니 람밤[32]에게 당신의 정치적 관점이 공교롭게

---

32) 람밤(Rambam)은 '랍비 모쉐 벤 마이몬'이라는 이름의 첫자를 따서 만

도 완전히 반대 진영에 속하며 헤브론에서 일어나는 말도 안
되는 사건들이 모두 당신이 공식적으로 밝힌 입장과 백팔십
도 다르다는 사실을 알고 있는지 물었소.

이번에도 그자는 전혀 당황하지 않고 인내심을 가지고 꿀
과 송이꿀로[33] 대답했소.(내가 장담하는데, 알렉스, 우리는 이 데
르비쉬[34]에 관해서 더 많은 이야기를 듣게 될 거요!) 그의 미천한
생각에 따르면 "최근에 기드온 박사님은, 다른 수많은 유대인
들과 마찬가지로, 정화 과정을 경험하고 계신 듯한데 향후 회
개에 대한 생각으로 이어져 머지않은 장래에 완전한 회심에
도달할 것"이라고 했소.

당신에게 아무것도 숨기지 않겠소, 알렉스. 이제 내가 유럽
식 예의를 버리고 미친 듯이 화를 낼 차례였소. 젠장 빌어먹
을, 무슨 근거로, 그자가 당신 마음 깊은 곳에서 일어나는 일
을 아는 척한단 말이오? 당신을 알지도 못하면서, 당신을 대
신해서 그리고 우리 모두를 대신해서, 우리 영혼 속에서 무슨
일이 일어나는지 그리고 앞으로 무슨 일이 일어날지를, 우리
가 알기도 전에 결정하는 오만함은 어디서 나왔단 말이오?

든 별칭이다. 이 랍비는 12세기 모로코와 이집트에 살았던 유대인 랍비이며
철학자, 의사다. 작하임은 쏘모의 출신과 종교적인 전통을 들어 '람밤'이라
고 부르며 그를 조롱하고 있다.
33) 히브리 성서 중 「시편」 19장 10절에서 인용한 표현이다. 이 시는 신의
말씀을 금, 곧 많은 순금보다 사모할 것이며 꿀과 송이꿀보다 더 달다고 노
래한다.
34) 이슬람 수피 탁발승. 특히 재산을 소유하지 않고 탁발을 돌며 수행하는
자들을 부르는 이름이다.

"기드온 교수님은 지금 사람과 그의 이웃 사이에 벌어진 죄를 갚으려고 하시는 것 아닐까요? 그것 때문에 당신이 나를 당신 사무실로 초대하신 거죠, 작하임 씨. 그렇다면 우리가 이 기회에 그가 기부를 통해 사람과 그의 땅 사이에 벌어진 죄도 갚을 길을 열어 주지 않을 이유가 없지요."

그자는 히브리어 '다밈'이 무슨 뜻인지 그 이중적 의미에 대해 상세히 설명을 마칠 때까지 결코 긴장을 풀지도 물러서지도 않았소.[35] 이 사람을 보라(Ecce Homo).[36]

친애하는 알렉스, 내가 지금 묘사한 사건을 읽고 당신이 제대로 분노했기를 바라오. 아니, 한바탕 웃어 젖히고 이 문제에 대한 모든 지시를 취소한다면 더 좋겠소. 정확하게 그렇게 하라고 내가 심혈을 기울여서 당신을 위해 이 모든 장면들을 글로 재현한 것이오. 그 작은 설교자라면 이렇게 말했을 거요. "회개의 문은 잠겨 있지 않소." 그러니 제발 당신도 그 기이한 생각을 당장 회개하고 그 두 사람을 아자젤에게 보내시오.[37]

---

35) '다밈'은 히브리어 낱말 '담'의 복수형으로 '피'라는 뜻이다. 그런데 관습적으로 이 복수형 명사는 '돈'을 가리키는 데도 사용할 수 있다. 그래서 '다밈의 이중적 의미'라고 말하면 노력과 돈 두 가지를 모두 들여서 해야 할 힘든 일을 가리킨다.(탈무드, 메길라 14 뒷면 참조.)

36) 수난을 당하는 예수를 가리키는 라틴어 문장으로, 서양에서 15~17세기에 각광받던 미술 주제였다.

37) '아자젤로 보내다'라는 표현은 유대 명절 중 금식을 하면서 죄를 고백하는 '속죄일' 관습과 관련이 있다. 제물로 바친 염소 두 마리 중 한 마리는 잡아서 성전에 제물로 바치고, 다른 한 마리는 사람들의 죄를 지워 광야로 보낸다. 이때 둘째 염소를 '아자젤에게 보내다'라고 표현하는데(「레위기」16: 8, 10, 26) 정확하게 무슨 뜻인지는 밝혀지지 않았다. 현대 이스라엘에서는

그럴 수 없다면 다른 뭔가가 있다고 내 늙은 직감이 속삭이고 있소. 누군가가 어떤 수치스러운 사실을 어떻게든 알게 되었고, 그걸 빌미로 그 악마 같은 놈이나 그 뒤에 숨어 있는 자가 당신을 위협하고 거칠게 겁박하여 당신 돈으로 자기 입을 막도록(그리고 헤브론의 폐허를 사라고) 강요하는 거라고 말이오. 만일 그게 사실이라면, 내가 다시 한번 애원하는데 내게 아주 작은 신호만 보내시오. 내가 그들이 설치한 폭발물을 얼마나 우아하게 해체하는지 보게 될 거요.

어쨌든 그동안, 당신이 전보에 지시한 대로, 나는 쏘모에게 사립 탐정을 하나 붙여 두었고(우리 친구인 슐로모 잔드요.), 여기에 그의 보고서를 첨부하오. 만약 당신이 유의해서 공들여 읽는다면, 협박과 관련된 경우에는 우리도 걸고 넘어갈 건수가 있으며, 그 신사분에게 이 놀이를 반대 방향으로도 진행할 수 있음을 별 어려움 없이 보여 줄 수 있을 거요. 당신이 허락만 한다면 내가 잔드를 그자에게 보내 잠깐 동안 깊은 대화를 나누게 할 수도 있소. 모든 것이 완벽하게 정리되는 데 십 분도 걸리지 않을 거요. 내가 책임지겠소. 다시는 그들이 당신에게 찍소리도 못 하게 될 거요.

그러니 여기 이 편지에 세 가지 문서를 동봉하오. 가. 잔드가 쏘모에 관해 작성한 보고서, 나. 잔드의 조수가 ב. ב[38] 소년에 관해 작성한 보고서, 다. 당신의 혼인 종료에 관한 랍비 재

이 표현을 저주할 때 사용한다.
38) '보아즈 브란트슈테터'의 머리글자이다.

판소의 선고문 사본과 당신의 아름다운 그녀가 당신에게 제기한 소송에 대한 지방 법원의 선고문 사본. 당신의 편의를 위해 중요한 부분은 내가 빨간색으로 표시해 놓았소. 당신은 이 모든 일이 이미 칠 년 전에 모두 끝났고, 지금은 고고학 유물에 불과하다는 것만 잊지 말아 주시오.

여기까지가 당신이 전보로 지시한 내용이오. 적어도 당신은 내가 하는 일이 마음에 들었으면 좋겠소. 왜냐하면 나는 당신이 하는 일이 전혀 마음에 들지 않기 때문이오. 다음 지시를 기다리겠소. 언제나 그랬듯이, 순순히 다음 지시를 기다리겠소. 미친 짓만 하지 마시오, 제발(Just don't go mad, for god's sake).

걱정이 많은,

당신의 만프레드

*
**

전보

내 친구 작하임 예루살렘 이스라엘

이건 월권이오. 당장 정확히 100을 지불하고 더 이상 길길이 뛰며 나를 혼란스럽게 만들지 마시오. 알렉스.

*
**

전보

.x 기드온 닉포르 런던

지불했소. 당신 일에서 발을 빼겠소. 당신 서류를 누구에게 넘길지 당장 알려 주시오. 당신은 정상이 아니오. 만프레드 작하임.

**

전보
내 친구 작하임 예루살렘 이스라엘
당신의 사직서는 받을 수 없소. 찬물에 샤워를 한 뒤 진정하고 착한 아이가 되시오. 알렉스.

**

전보
.ᵡ 기드온 닉포르 런던
내 사직서는 유효하오. 꺼지시오. 작하임.

**

전보
내 친구 작하임 예루살렘 이스라엘
날 떠나지 마시오. 너무 쓸쓸하오. 알렉스.

**

전보

.x 기드온 닉포르 런던

오늘 저녁에 당신에게 가겠소. 새벽에 닉콜슨 집에 도착할
거요. 제발 그동안 어리석은 짓을 더 이상 하지는 마시오. 당
신의 만프레드.

**

미카엘 쏘모
타르나즈 7
예루살렘

샬롬? 저기 미셸, 딴소리는 빼고 용건만 간단히 말할게요.
난 아저씨 데출금[39]이 필요해요. 나는 아저씨 매형 아브람 아
보드람 아저씨 가게에서 하루 종일 채소 상자를 나르면서 열
심히 일하고 있어요. 내가 잘하고 있는지 그 아저씨에게 물어
봐도 좋아요. 나도 만족하고 있어요. 왜냐하면 그 아저씨는 내
게 공평하게 대해 주고 매일 일당도 주고 또 자기 돈으로 식사
도 두 끼나 사 주니까요. 이런 일자리를 구해 줘서 고마워요.

---

39) 보아즈는 철자법을 완전히 터득하지 못해 오자를 섞어 가며 편지를 쓴
다. 원문에 의도적 오자가 쓰인 곳은 오자로 옮기고 고딕체로 표시했다.

데출금은 직접 조립하는 만원경에 들어갈 부속품을 사려고요. 아저씨도 아다시피 아저씨 친구 제닌(폭스 씨)이 돈 안 받고 일하는 천문간 야간 경비(숙소 포함) 일을 구해 줬어요. 이 말은 나도 돈을 내지 않고 그들도 내게 돈을 주지 않는다는 거죠. 그렇지만 내가 광학 기구를 좀 잘 아니까 기구 간리를 잘하면 그 사람들이 나한테 돈을 좀 줄 수 있는 규칙 같은 게 있나 봐요. 그러니까 나는 지출은 거의 없고 수잎만 있는 셈이에요. 그렇지만 난 만원경을 지금 당장 갖고 싶고 가격이 4000리라여서 아저씨에게 3000리라 데출을 부탁하는 거예요.(1000리라 정도는 벌써 따로 모아 뒀어요.) 내 월겁에서 한 달에 300씩 열 번으로 나눠서 갚을 거고 이건 물론 아저씨가 나한테 이자를 받지 않는다는 전재하에 그래요. 만약 그게 불가능하거나 그냥 좀 어렵다면 주지 않아도 괜찮아요.(아직까지 나는 아무도 안 주겼어요.) 내가 아저씨에게 부탁하고 싶은 건 그 여자가 이 일에 대해 아무것도 모르게 해 달라는 거예요. 특별히 아저씨 그리고 그 꼬마 여자아이도 잘 지내기를 바래요. 고마워요.

보아즈 .ㄱ

보아즈 브란트슈테터	주님을 찬양
아브라함 아부디르함 씨 댁	예루살렘
텔아비브 도매 시장	유월절 첫째 평일[40] (4. 16.)
카를레박 거리, 텔아비브	

친애하는 보아즈에게

　네 편지 잘 받았고 우리 초대에도 불구하고 네가 쎄데르[41] 저녁 식사에 오지 않아서 매우 유감이다. 그렇지만 나는 우리가 합의한 것을 존중한다. 땀을 흘리며 정직하게 일을 하는 한 네가 하고 싶은 대로 해도 좋아. 네가 오지 않았다면 오지 않은 거지. 상관없다. 언제든 오고 싶을 때 오면 된단다. 아브람이 전화해서 네가 일을 곧잘 한다고 하더구나. 제닌 폭스 씨를 통해서도 네가 잘 지낸다는 소식을 들었다. 아주 잘하고 있구나, 보아즈! 내가 부모님과 알제리에서 파리로 간 것이 거의 네 나이 때였는데 돈을 좀 벌어 보겠다고 방사선 기사(내 삼촌) 조수로 힘들게 일한 적이 있다. 물론, 너와는 달리, 난 중학교 수업이 끝나고 저녁 시간에만 일을 했지. 그리고 이렇게 비교하니 참 재미있는데 나도 그때 꼭 필요했던 라루스[42] 사전을 사려고 그 삼촌에게 대출을 부탁한 적이 있었다.(삼촌은 빌려주지 않았지만.)

　네 부탁에 대한 내 생각은 이렇다. 여기 우편환으로 3000 이스라엘 리라를 동봉한다. 만약 더 큰 돈이 필요하다면, 합당한 이유를 얘기만 한다면 기꺼이 더 보내 주겠다. 네가 언급한 이자에 관해서, 사실 나는 네가 이자를 붙여서 돈을 갚는 것을

---

40) 유대 명절 유월절은 일주일 동안 지키는데, 첫째 날과 마지막 날은 안식일과 마찬가지로 노동을 전혀 하지 않는 거룩한 날로 지킨다. 그러나 중간에 드는 날들은 명절 안에 드는 속된 날이며, 일반적인 평일과 마찬가지다.
41) 유월절을 시작하는 의식. 온 가족이 모여서 특별한 순서에 따라 특정한 음식을 먹는 저녁 식사다.
42) 다양한 사전을 펴내는 프랑스의 대표적인 출판사이다.

반대하지 않는데, 다만 지금 말고 보아즈, 오랜 세월이 지난 뒤에 네가 계명과 선행은 물론 경제적으로도 부유해졌을 때 그렇게 해라.(그리고 그전에 맞춤법 실수 없이 글 쓰는 법부터 배워라!!) 그러나 지금은 그곳에서 좀 더 머물면서 저축을 좀 하는 것이 너한테 더 좋을 것 같다. 내 말 명심해라.

네 부탁 중 한 가지는 들어줄 수 없다. 네 어머니는 지금 내가 보내는 돈에 대해 알고 있어. 왜냐하면 우리 사이에는 비밀이 없기 때문이고 네 말을 존중하긴 하지만 나는 너와 작당을 하여 네 어머니를 속일 생각이 없으니, 하늘을 위해서도[43] 그럴 수는 없다. 내키지 않으면 돈을 받지 않아도 좋다. 잘 지내고 명절 행복하게 보내기를 바라며 이만 줄인다.

미카엘(미쉘)

**

미카엘 쏘모
타르나즈 7
예루살렘

미쉘 아저씨, 샬롬? 대출 고마워요. 난 벌써 그 기구를 사서 천천히 조립 중이에요. 천문간의 브루노 폭스(제닌의 남편) 아저

---

43) 이 표현에서 '하늘'은 사실 이스라엘의 신을 에둘러 부르는 말이다. 그러므로 '하늘을 위해서' 어떤 일을 한다는 것은 신을 염두에 두고 종교적인 의무를 다한다는 뜻이다.

씨가 좀 도와주고 있어요. 좋은 사람이에요. 광학을 잘 알면서 설고는 하지 않거든요. 이건 내 생각인데 비웃지 마세요. 사람은 누구나 한 가지를 아주 잘 알아야 하고 그 일을 아주 잘해야 하고 다른 사람들에게 뭘 할지 어떻게 할지 예기하지 말아야 해요. 그러면 이 나라에는 훨씬 더 많은 만족감이 있고 개인적인 문제는 줄어들 거예요. 아저씨 아내가 대출에 관해 알아도 나는 상관하지 않아요. 나는 그냥 그 여자와 여끼고 싶지 않을 뿐이에요. 아저씨와는 좀 달라요. 그런데 말이에요, 그때 파리에서 꼭 필요했던 사전은 어떻게 샀어요? 다시 한번 감사하고 예쁜 꼬마 여자아이에게 나 보아즈의 안부를 전해 줘요.

추신

어쨌든 난 다음 달부터 천천히 아저씨 돈을 갚기 시작할 거예요. 이 돈 아저씨 거 맞죠?

보아즈 ㄱ

**

보아즈 브란트슈테터   주님의 도움으로
ㅈ 아부디르함 씨 댁   예루살렘
텔아비브 도매 시장   5736년 니짠월 23일(4.23.)
카를레박 거리, 텔아비브

친애하는 보아즈에게

네가 물었으니 대답해야겠다. 그 돈은 네 아버지 것이지 내 것이 아니다. 네가 이번 안식일이나 다른 안식일에라도 우리 집에 올라오면, 우리가 이 문제에 관해서 아는 것을 모두 너에게 이야기할 생각이다.(우리가 미처 알지 못하는 면들도 있겠지.) 네 어머니와 네 여동생도 너를 보고 싶어 한다. 이제 당나귀처럼 고집은 그만 부려라. 그냥 여기 오기만 하면 된다. 조금 있으면 우리 아파트 확장 공사를 할 예정이고 (뒷마당 쪽으로) 방을 두 개 더 만드는데, 그중 하나는 네 방이다. 네가 원하면 언제든 쓸 수 있다. 그렇지만 그전에라도 우리 집에는 언제나 네 자리가 마련되어 있다. 그러니까 어린애 짓은 그만하고 이번 안식일에 올라와라. 내 생각에, 네 자존심은 언제나 잘못된 방향으로 발동하는 것 같다. 보아즈, 내 생각에 어린애와 사내의 차이는 말이야, 사내는 그의 씨도 그의 자존심도 더 이상 낭비하지 않고,[44] 적당한 때를 기다리며 남겨 둔다는 것이다. 우리 전통에는 그녀가 원할 때까지라고 기록되어 있다.[45] 그리고 보아즈 너는 이미 어린애가 아니다. 내가 든 이 비유는 네가 (지금까지) 집에 오기를 거절한 것도 그렇고, 네 어머니에 대해 언제나 반항적인 네 태도와도 관련이 있다. 그리고 그 돈

---

44) 미쉘은 여기서 유대교 전통에 따라 금지된 행위들 중 적법한 아내와 임신을 목적으로 하지 않고 정액을 배출하는 죄를 언급하고 있다. 이 규정은 토라에 정확하게 명시되지는 않았고 창세기 본문 중 간접적으로 언급되었으나(「창세기」38: 9), 후대 랍비들은 매우 중요한 규정으로 간주했다.
45) 히브리 성서에서 '아가라'는 사랑 노래에 나오는 표현으로(「아가」2: 7, 3: 5) 사랑하는 자가 원할 때까지 잠을 깨우지 말라는 시구다.

의 출처에 대해 너에게 알려 주기로 했는데 너무 유치하게 반응하지 말라고 암시를 주는 것이기도 하다. 사실 나는 너에게 말하지 않을 수도 있었으니까, 그렇지?

이제 네가 편지에서 물었던 두 번째 질문에 대답할 차례구나. 내가 네 나이였을 때 삼촌이 내게 돈을 꾸어 주는 것을 거절하고 나서, 내가 어떻게 파리에서 라루스 사전을 샀는지 말이야. 굳이 대답하자면 그 후로 한 일 년 동안 나는 그냥 사전을 사지 않았다. 그리고 그 삼촌은 그날로 값싸고 부지런한 조수를 잃었는데, 내가 기분이 상해서 그 일을 그만두고 계단 청소 일로 옮겨 갔기 때문이지.(물론 방과 후에!) 그때가 아직 오십오년이었으니까, 네가 나를 대단한 고집불통 당나귀였다고 한대도 할 말이 없다. 아무튼 어린애였지.

그럼 잘 있어. 이만 줄인다.

미쉘

추신

네가 지금부터 월부로 대출을 갚기 원한다면, 그것에 대해서도 전혀 반대하지 않는다. 사실 그런 태도가 아주 마음에 드는구나! 그러나 그럴 경우에 이자는 필요 없다는 사실을 알아 둬라.

**

작하임 변호사가 1976년 3월 28일에 런던에 있는 기드온 박사

에게 예루살렘에서 보낸 편지에 동봉된 첨부 문서 세 통

첨부 문서 가. 슐로모 잔드(사립 탐정)가 미쉘 앙리(미카엘) 쏘모에 관해 작성한 보고서, ש 잔드 사무소, 텔아비브.

예루살렘에 있는 מ 작하임과 디모다나 법률 사무소, 작하임 변호사의 의뢰를 받아 1976년 3월 26일에 의뢰인에게 제출.

존경하는 선생님께

우리는 3월 22일에 이 임무를 맡았고 가장 빠른 시간 내에 조사를 진행한 뒤 며칠 안에 귀하에게 보고서를 제출하라는 요청을 받았기 때문에 동봉한 문서의 내용은 상세한 수사 보고서가 아니라 초동 수사, 그러니까 서둘러서 모은 증거에 불과함을 분명히 밝힙니다. 그럼에도 보고서 내용을 보면 수사를 더 진행할 실마리들을 찾을 수 있으며, 민감한 사안들을 발견할 가능성도 있다고 말씀드리는 바입니다. 만약 본인에게 이 사건을 더 조사하도록 의뢰하신다면, 약 한 달 이내에 완벽한 보고서를 제출할 수 있으리라 예상됩니다.

의뢰 내용은 מ.א.ם[46]의 출신 배경에 관한 자료들을 수집하는 일이 포함되어 있습니다. 또한 그의 현재 생활 방식에 대한 것과 그의 직업 영역을 포함해 재정 상태와 가족 관련 사항들이 있습니다. 우리가 부분적으로 찾아낸 조사 결과들은

---

46) '미카엘 앙리 쏘모'의 머리글자이다.

다음과 같습니다.

전반적인 배경

ㅁ.ㅊ.ㅇ은 알제리의 오랑에서 1940년에 태어났습니다. 부모의 이름은 자콥(야아콥)과 실비입니다. 그의 아버지는 오랑에서 1954년까지 세관 관리로 일했고, 그 후 온 가족이 이주하여 파리 교외에 거주했습니다.(형 셋과 누나 한 명이 있는데, 훨씬 전에 프랑스로 이민을 가서 가정을 꾸렸습니다. 첫째 형은 현재 이스라엘에 살고 있습니다.)

ㅁ.ㅊ.ㅇ은 1958년까지 볼테르라는 고등학교를 다녔고 그 뒤로 소르본 대학교에서 이 년 동안 프랑스 문학을 공부했습니다. 공부를 마치지 않아 학위는 받지 못했습니다. 이 기간 동안 파리에서 베이타르 운동[47] 단체와 가깝게 지냈고(그의 큰형의 영향으로) 계명을 지키는 생활을 시작했습니다.(이것은 다른 형의 영향인 것 같은데, 그는 종교인이 되어 현재까지 파리에서 시온주의 종교 학교의 교사로 일하고 있습니다.)

ㅁ.ㅊ.ㅇ은 점차 소르본에서 학업을 등한시했고 히브리어와 유대교 관련 과목들을 공부하는 데 전념했습니다. 이스라엘로 이주할 즈음에는 이미 히브리어를 자유롭게 구사할 수 있었습니다. 1960년 말 이스라엘로 이주했고 몇 달 동안 페탁 티크바의 종교인 건축업자 밑에서 건설 노동자로 일했습니다. 그 뒤

---

47) '베이타르'는 줄임말로 요셉 트룸펠도르 청소년 운동(Brith Yosef Trumpeldor)이라는 뜻이다. 이스라엘 건국 전에는 유대 정체성을 가진 수정주의 운동을 주도했고, 건국 이후에는 해방 운동을 목적으로 활동했다.

에 경찰 학교에 지원해서 입학 허가를 받았지만(친척이 추천해 준 것으로 보임.) 중간에 포기했고(그 이유는 알아내지 못함.), 예루살렘에 있는 '메노랏 함마오르' 예쉬바에 공부하러 들어갔습니다.[48] 그러나 여기서도 오래 버티지 못했고, 1962년에서 1964년 사이에는 생계를 위해 오리온 극장에서 시간제 좌석 안내원으로 일했으며, 히브리 대학교 프랑스 문화학과에서 공부를 마치려고 했지만 실패했습니다. 이 기간 동안 그는 탈피옷에서 매형의 형제들이 살던 아파트 옥상 세탁실에 거주했습니다. 1964년 אּ. מּ.은 신장병 관련 합병증으로 군 복무가 완전히 만료됐습니다.(도시 장교 부대에서 예비군 복무함.)

1964년 이후, 그는 예루살렘에 있는 국립 남자 종교인 학교 '오헬 이츠학'에서 프랑스어 보조 교사로 시작하여 정직 교사로 일하고 있습니다.(정교사는 아님.) 1970년에 브란트슈테터 가문의 일라나(할리나) 기드온과 결혼한 뒤로 예루살렘 타르나즈 거리 7번지 방 하나 반짜리 아파트에 살고 있습니다. 이 아파트는 이스라엘과 프랑스에 사는 그의 가족들 도움으로 구입했고, 십 년 동안 매달 갚아 나가는 주택 담보 대출이 있는데 그중 절반 정도는 이미 상환했습니다.

---

48) 예쉬바는 탈무드와 토라와 미드라쉬 등 유대교 전통을 배우는 교육 기관이며, 현대에는 성인식을 막 지난 청소년들을 위한 낮은 단계의 예쉬바와 청년들을 위한 높은 단계의 예쉬바로 나뉘었다. 히브리어 '메노랏 함마오르'는 빛의 등잔대라는 뜻이고, 원래 예루살렘 성전 안에 들어가는 기구다.

경제적 사정

.ס .א.מ은 직장에서 매달 2550 이스라엘 리라를 월급으로 받습니다. 그의 아내는 일을 하지 않습니다. 다른 수입원 — 개인 교습(매달 400리라 정도)과 파리에 사는 그의 부모가 정기적으로 보내 주는 지원금(매달 500리라). 주요 지출 — 아파트 대출금 상환 매달 1200리라. 아내의 아들 보아즈 브란트슈테터의 '틀라밈' 농업 학교 학비 매달 500리라(삼 주 전까지). 레우미 레 이스라엘 은행 탈피옷 지점에서 매달 자동 이체로 '악흐듯 이스라엘(이스라엘 연합)' 운동에 나가는 기부금 매달 600리라. 공과금을 자주 미납하기는 하나(전기, 물, 세금), 대출금 상환과 학비와 기부금은 언제나 정확하게 상환합니다.

가족 관계

결혼해서(1971년) 세 살짜리 딸이 있습니다.(마들렌 이프앗) 아내는 유명한 .א 기드온 교수(현재 미국 거주)의 전 부인입니다. 1968년 랍비 재판소의 선고와 소송 결과에 따라 쌍방 간에 아무런 금전적인 채무가 남아 있지 않습니다. .ס .א.מ과 아내의 결혼 생활은 정상적입니다. 이 가족은 안식일과 음식법 등을 지키고 있는데, 말하자면 생활 방식이 전통적이거나 온건하게 종교적이라고 규정할 수 있습니다.(예를 들어 극장에 가는 일을 삼가지는 않습니다.)

.ס .א.מ이나 아내의 불륜 관계와 관련된 정보는 발견하지 못했습니다. 그렇지만 위에 언급한 내용과 관련된 유용한 정보를 찾았는데(우리가 의뢰를 받지 않았으나), 일라나 기드온 쏘

모의 첫 번째 결혼 기간에 관한 것입니다. 또한 그녀의 아들 보아즈가 1975년 5월 이후로 보석 관리의 감독 아래 있다는 정보도 있습니다.(귀하의 요청에 따라 이 보고서와 함께 제출하고 우리 사무실에서 지원한 수사 보고서를 참조하십시오.) 보아즈 소년은 .ㅁ.ㅊ.ㅁ과도 그의 아내와도 정상적인 관계가 아닙니다.(그 소년은 몇 년 동안 예루살렘을 방문하지 않았습니다.) 이에 반해 .ㅁ.ㅊ.ㅁ과 그의 친척들(삼촌들과 조카 등)은 관계가 매우 돈독합니다.

사회생활

이 부분에 관련해서는 많은 정보를 쉽게 찾을 수 있었습니다. .ㅁ.ㅊ.ㅁ의 성향은 우익에 가깝습니다. 큰형과 다른 가족들은 헤룻 운동, 즉 가할[49]에 가담하여 활동한 것으로 알려져 있습니다.(몇 명은 마프달[50] 소속) .ㅁ.ㅊ.ㅁ은 서로 다른 기간 동안 앞에 나온 두 정당에 번갈아 가며 등록했습니다. 1964년에 그는 북아프리카 출신 지식인들과 학생들이 결성한 '몰레뎃'이라는 정당의 창설자 중 하나였습니다. 이 단체는 돈 문제와 이념 차이로 갈라져서 1965년에 사라졌습니다. 6일 전쟁 직전 .ㅁ.ㅊ.ㅁ은 에쉬콜[51] 정부의 관망주의 정책에 반대하고

---

49) 가할(Gahal). '해방 자유주의자 집단'의 줄임말. 1965년에 설립하여 1973년까지 활동한 중도 우파 또는 우파 정치 집단이다.
50) 마프달(Mafdal). 민족주의 종교 정당의 줄임말. 1956년에 창당하여 2008년까지 활동한 시온주의 종교인들을 대표하는 정당이다.
51) 레비 에쉬콜(Levi Eshkol, 1895~1969). 이스라엘 정치가. 1963년부터

이집트와 다른 아랍국가들에 대한 선제공격을 주장하는 서명 운동과 선전 선동에 앞장서서 활동했습니다.

6일 전쟁 직후에 ם.א.מ은, 선전 선동과 집회를 주관하며 나중에 '온전한 이스라엘 땅을 위한 운동'의 전신인 '온전한 영토 위원회' 활동에 자원했습니다. 1971년에는 갑자기 그 단체를 떠났는데 그 뒤 얼마 지나지 않아 보란 듯이 마프달 당원증을 반납했습니다. 1972년에 그는 '악흐듯 이스라엘'이라는 단체의 창설자로 이름을 올렸는데, 회원들은 대부분 미국과 러시아에서 건너온 젊은 이주민들이었습니다. 그로부터 지금까지 그 단체의 행동 위원회 위원으로 일하고 있습니다. 욤 키푸르 전쟁[52] 뒤에 이 단체는 시나이반도와 골란고원에 군사 분계선 설치를 반대하는 집회에 관여했으며, 베들레헴 주변 지역 아랍인들에게서 불법적으로 토지를 구입하려는 시도에 연루되었습니다. ם.א.מ은 앞서 말한 단체에서 활동한 전적 때문에 수차례에 걸쳐 경찰 조사에 소환됐으나(1974년 10월과 1975년 4월) 체포되지는 않았습니다. 우리가 알아낸 바로는, 폭력으로 인한 위법 행위에 개인적으로 연루된 적이 없습니다. 독자의 편지를 투고해 열 통 정도가 실렸는데(석간지 두 곳), 돈을 미끼로 아랍인들을 꾀어서 이 나라와 점령 지역에서 평화롭게 떠나도록 해야 한다고 주장했습니다.

마지막으로 아직 확실하지 않지만, 우리에게 특별히 의미

심장 마비로 사망할 때까지 이스라엘 수상을 역임했다. 이스라엘 노동당을 창당하고 6일 전쟁을 이끌었다.
52) 14쪽 각주 7 참조.

있어 보이고, 중요한 정보를 암시하는 듯한 사실을 알려 드립니다. 작년 12월(약 사 개월 전) ‏מ.א.ס‎은 텔아비브에 있는 프랑스 대사관을 찾아가 자신의 이스라엘 국적 외에 프랑스 국적 회복을 신청했습니다.(1963년에 스스로 포기함.) 그의 신청은 거절당했습니다. 그 직후, 그러니까 작년 12월 10일, 그는 파리로 나갔다가 나흘만(!) 머물고 돌아왔습니다. 누가 여비를 댔는지 어떤 목적으로 여행했는지는 알 수 없습니다. 귀국한 지 얼마 지나지 않아 그의 프랑스 국적이 다시 회복됐는데, 그 처리 속도가 일반적인 관행에서 벗어나 그에게 유리하게 진행되었습니다. 이 사건 이면에 누가 있는지는 알아내지 못했습니다.

이미 언급한 바와 같이, 매우 한정된 시간이 주어졌기에 귀하가 받은 이 보고서는 부분적이고 불완전한 작업의 결과물입니다. 귀하가 이 건 또는 다른 어떤 사건이라도 계속 의뢰하기 원한다면 우리는 기꺼이 그 의뢰에 응할 것임을 밝힙니다.

잔드 사립 탐정 사무소, 텔아비브
슐로모 잔드

첨부 문서 나. 알베르트 미문(사립 탐정)이 보아즈 브란트슈테터 소년에 관해 작성한 보고서, 잔드 사무소, 텔아비브.

예루살렘에 있는 작하임과 디모디나 법률 사무소, ‏מ‎. 작하임 변호사의 의뢰를 받아 1976년 3월 26일 의뢰인에게 제출.

존경하는 선생님께

귀하의 요청에 따라 초동 수사를 진행했습니다.(작업 일수

하루.) 상기 자는 예루살렘에 사는 .ℵ 브란트슈테터 쏘모 여사
의 아들이고 아버지는 누구인지 불명확하며, 농업 학교 '틀라
밈'에 다니던 중 학교 생활 부적응과 계속해서 반복되는 교칙
위반으로 인해 1976년 2월 19일에 자퇴했고, 그 뒤 행방은 알
수 없습니다. 이틀 뒤인 2월 21일 그는 텔아비브 버스 터미널
에서 도난당한 물품을 거래한 혐의로 체포되었습니다.(상기 자
는 비슷한 혐의로 체포된 기록이 두 번 있고, 1975년 5월부터 청소
년 보호 관찰관의 감독을 받고 있습니다.) 그다음 날인 2월 22일
그는 예루살렘의 미카엘 쏘모(그의 어머니의 남편)가 보석금을
내서 풀려났는데, 아마도 내부 인맥의 도움이 있었던 것으로
보입니다. 그 후 텔아비브 도매 시장에서 일하는 쏘모 씨의 친
척 가게에 취직했는데, 이는 미성년자 고용법에 위배될 가능
성이 있습니다. 현재 .ㄱ.ㄱ은 라맛아비브에 있는 천문관 건물에
기거하고 있는데, 이 시설의 책임자 중 한 명이 그를 '자원 야
간 경비원'으로 불러 주었기 때문입니다. .ㄱ.ㄱ은 아직 열여섯
살이 채 되지 않았지만(1960년생) 실제 나이보다 훨씬 성숙해
보입니다.(개인적인 느낌으로는, 최소한 열여덟 살은 돼 보입니다.
키가 아주 크고 근력도 특별히 좋습니다.) 지금까지 알아본 바에
의하면, 그는 현재 아무런 인간관계가 없습니다. 그가 '틀라밈'
에서 공부하던 시절의 교우 관계에 대해서는 증거 자료들이
서로 모순됩니다. 그 외에는 의미 있는 정보가 없습니다. 만약
더 구체적인 사항이 궁금하시면 저희에게 연락 주시기 바라
며, 기꺼이 귀하를 위해 조사해 드리겠습니다.

　　　　　　　　　　　　　잔드 사립 탐정 사무소, 텔아비브

첨부 문서 다. 작하임 변호사가 76년 3월 28일에 런던의 ℵ
ℵ 기드온에게 보낸 편지에 동봉된 문서 중 붉은 연필로 강조
한 부분들.

1 ℵ ℵ 기드온이 할리나 브란트슈테터에 대해 제기한 이혼
소송, 예루살렘, 1968, 관련 랍비 재판소의 선고문 일부

"……그러므로 우리는 피소자가 남편이 있는데도 음행을 했
다고 결정한다. 이것은 그녀의 자백에 의한 것이며…… 그녀는
위자료와 생활비를 받을 권리를 상실하고……."

2 1968년 예루살렘 지방법원 선고문 일부

"……그녀의 생활비와 미성년 아들의 생활비 청구 건에 관
하여…… 피고가 그 아이의 아버지가 아니라고 주장함에 따
라…… 혈액 검사 결과가 분명하지 않으므로…… 본 법원은
양측의 유전자 검사를 제안했고…… 원고가 이 검사 받기를
거절했다. 피고 역시 유전자 검사를 거절했고…… 원고가 자
신의 생활비와 미성년자의 생활비 청구 소송을 취하함에 따
라…… 양측이 향후 서로 전혀 관련이 없다고 선언한 뒤 본
법원은 소송을 종결한다."

**

알렉산더 기드온 박사   예루살렘

사회 과학 대학   1976. 4. 19.

일리노이 주립 대학교

시카고, 일리노이, 미국

멀리 있는 알렉에게

나는 이번에도 일리노이 주소로 당신에게 편지를 쓰고 있어. 어떤 비서가 번거로움을 무릅쓰고 이 편지를 당신에게 전해 주기를 바라면서 말이야. 나는 당신이 어디에 있는지도 몰라. 그 흑백의 방, 당신의 빈 책상, 빈 병과 빈 잔은 언제나 내 생각 속에서 당신을 둘러싸고 있는데, 마치 당신이 그 우주선 선실 안에 타고 대륙에서 대륙으로 끊임없이 떠돌아다니는 것 같아. 그리고 벽난로에서 타는 불과 수도사 같은 당신 등과 희끗희끗 벗어져 가는 당신 머리와 안개 속으로 사라질 때까지 당신 창문 너머로 보이는 드넓게 펼쳐진 텅 빈 눈밭. 모든 것이 목판화에 담긴 풍경 같아. 언제나. 당신과 관련해서는 말이야.

그런데 이번에는 내가 뭘 원할까? 이 어부 여인은 금붕어에게 뭘 더 달라고 요구하려는 걸까? 10만 달러 더? 아니면 에메랄드로 지은 궁궐?

아무것도 원하지 않아, 알렉. 내가 바라는 것은 하나도 없어. 오로지 당신과 이야기를 하고 싶어서 편지를 쓰는 거야. 물론 무슨 대답을 할지 이미 다 알고 있지만. 당신 귀는 왜 그렇게 길어? 그리고 당신 눈은 왜 그렇게 나를 향해 번쩍이며 빛나지? 그리고 이는 또 왜 그렇게 날카로워?

달라진 건 아무것도 없어, 알렉.

이 지점에서 당신이 이 편지를 구겨서 불 속에 던져 넣어도 좋아. 그 종이는 잠깐 불이 붙었다가 다른 세상으로 가 버릴 테고, 불꽃은 아무것도 아닌 일에 들뜨는 여자처럼 훨훨 타오르다가 사그라지고, 얇은 재 한 조각이 날아올라 그 방 안을 떠돌다가 당신 발치에 내려앉겠지. 그리고 다시 당신 혼자 남는 거야. 당신은 위스키 한 잔을 따라서 승리를 자축할 수도 있을 거야. 허, 이 여자가 내 발밑에서 뒹굴고 있네, 자신의 아프리카 물건에 싫증이 나니까 이제 와서 자비를 구하는군, 하면서 말이야.

왜냐하면 사악함과 타인의 불행을 기뻐하는 것 외에 당신 인생에 다른 기쁨은 없고 또 없었기 때문이지, 고독하고 사악한 알렉. 읽으면서 기뻐해. 읽으면서 당신 창문 너머 눈밭 끝에 떠 있는 달을 보며 소리 없이 가만히 웃어 봐.

이번에는 미셸에게 말하지 않고 몰래 편지를 쓰는 거야. 그는 10시 30분에 텔레비전을 끄고, 이리저리 다니면서 차례로 집 안의 불들을 다 끄고, 딸에게 이불을 덮어 주고, 문이 잠겼는지 확인하고, 내 어깨 위에 스웨터를 덮어 주고, 담요 안에 들어가서, 《마아리브》[53]를 대충 훑어보면서 뭐라고 중얼거리다가 잠이 들었어. 이젠 그의 안경과 담뱃갑만 내 옆 탁자 위에 놓여 있고, 편안하게 잠이 든 그의 숨소리만 그의 부모님께 선물받은 갈색 괘종시계의 똑딱 소리와 어우러지고 있어.

---

53) 1948년부터 이스라엘에서 발간하는 일간지.

그리고 내가 그의 책상에 앉아 당신에게 편지를 쓰고 있으니, 난 그에게도 또 우리 딸에게도 죄를 짓고 있어. 이번에는 보아즈 핑계도 댈 수 없어. 당신 아들 일은 잘 정리됐어. 당신 돈과 미쉘의 지혜가 그 아이를 복잡한 상황에서 구해 냈어. 쏘모 집안 친구들이 그 아이에 관한 경찰 수사를 종결시켜 줬어. 미쉘이 천천히 보아즈에게 길을 보여 주기 시작했어. 마치 숲속에 길을 내는 것처럼. 당신 믿을 수 있겠어? 그는 지난 안식일에 보아즈를 우리 집에 데려오는 데 성공했고, 내 작은 남편과 당신의 거인 같은 아들이 여자아이에게 잘 보이려고 하루 종일 경쟁하는 모습을 보며 몇 번이나 웃음을 터뜨렸는지 몰라. 내 딸도 그 경쟁을 즐기는 것 같았고 심지어 부추기는 것 같았어. 안식일이 끝나는 날 저녁에 미쉘이 우리를 위해 올리브와 매운 고추를 넣은 샐러드, 스테이크와 감자튀김을 준비해 주었고, 이웃집 아이를 불러서 이프앗을 맡기고, 보아즈와 함께 심야 극장에 갔었어.

우리가 이렇게 가까워지면 당신 전략에 어긋나는 건가? 미안해. 당신이 한 점 잃었어. 언젠가 당신이 내게 뭐라고 했지? 전투가 한창 벌어질 때는 작전 지시가 더 이상 의미 없다고. 적은 어차피 그 작전 지시를 알지 못하고 그것에 맞추어 행동하지도 않으니까. 당신에게 바로 그런 일이 벌어지면서 보아즈와 미쉘이 이제 거의 친구가 되었고 나는 그걸 보며 미소를 짓고 있어. 예를 들면, 미쉘이 보아즈 어깨에 올라타고 베란다에서 전구를 갈았을 때. 또 이프앗이 보아즈 발에 미쉘의 실내화를 신기려고 했을 때 그랬지.

내가 왜 당신에게 이런 이야기를 하는 거지?

사실 당신과 나의 관계는 언제나 그랬던 것처럼 침묵으로 돌아가야겠지. 지금부터 우리 인생이 끝날 때까지. 당신 돈을 받고 입은 닫고. 그렇지만 아직도 어떤 환상의 빛이 끈질기게 늪지대 위에서 밤마다 깜박이고 우리 둘 다 거기서 눈을 떼지 못하고 있어.

무슨 이유인지 몰라도, 당신이 이 글을 계속 읽기로 했다면, 당신 방에서 타오르고 있는 불 속에 이 글을 아직 던져 버리지 않았다면, 지금 이 순간 틀림없이 당신은 당신과 너무나 잘 어울리고 당신에게 북극처럼 차갑고 강렬하게 빛나는 후광을 선사하는 경멸과 오만의 가면을 쓰고 있겠지. 그 얼어붙은 광선에 손을 대면 난 마치 주술에 걸린 것처럼 녹아 버리고 말아. 그때부터 쭉. 녹아내리면서 당신을 미워해. 녹아내리면서 당신에게 항복해.

나도 알아. 당신이 이미 편지를 손에 들고 있으니 이제 되돌릴 길은 없어.

물론 내가 먼저 보낸 편지 두 통으로 충분했겠지, 만약 당신이 나를 파멸시키려고 했다면.

내가 보낸 편지들은 어떻게 했어? 불 속에 던졌어? 아니면 금고 속에?

사실, 거의 다를 바 없지.

왜냐하면 당신이 나를 짓밟고 있잖아, 알렉. 당신이 물었다고. 한순간에 죽이지 않고 날 분해하고 몇 년에 걸쳐서 녹여 버리는 아주 엷고 천천히 퍼지는 독으로.

당신의 계속되는 침묵에 난 지난 칠 년 동안 저항하면서 내가 새로 꾸린 가정의 시끌벅적함으로 그것을 잠재우려고 했지만, 팔 년째가 되면서 무너지고 말았어.

2월에 당신에게 첫 번째, 두 번째 편지를 썼을 때 나는 당신에게 거짓말을 한 게 없어. 보아즈에 관해서 당신에게 알린 내용들은 모두 정확한 사실이고, 물론 작하임이 벌써 당신에게 확인해 주었을 거야. 그럼에도 불구하고, 모든 것이 거짓말이었어. 내가 당신을 속였어. 내가 덫을 놓았어. 내 마음속에 확신이, 첫 순간부터 확신이 있었어, 보아즈를 곤경에서 구해 줄 사람은 미쉘이라는 것을. 당신이 아니고 미쉘 말이야. 그리고 정말 그랬지. 난 처음부터 미쉘이, 당신 돈이 없었다 하더라도, 일을 제대로 처리할 거란 걸 알았어. 적절한 시간에 적절한 방법으로 그 일을 할 거라고.

그리고 이것도 알고 있었어, 알렉. 당신이 귀신에 홀려서 당신 아들을 돕게 된다 해도 당신은 뭘 해야 할지 모를 거라는 걸. 당신은 어디서부터 시작해야 할지도 몰랐을 거야. 인생에서 단 한 번도 자기 힘으로 어떤 일도 할 줄 몰랐으니까. 심지어 내게 청혼을 하려고 할 때도 당신은 주저했었어. 당신 아버지가 대신 물어봤지. 올림피아의 모든 지혜와 타이탄 같은 당신의 막강한 힘은 언제나 수표책에서 시작하고 끝났어. 아니면 작하임이나 당신의 오랜 친구들 중 어떤 장관이나 사령관에게 대서양 너머에서 전화 몇 통 거는 것뿐이야.(그들도, 필요할 때면, 자기 자식들을 명문 대학에 꽂아 넣고 싶거나 편안하게 안식년을 즐기고 싶을 때 당신에게 전화를 하지.)

그것 말고 당신이 뭘 알아? 당신의 그 반쯤 졸린 듯한 권위적인 태도로 마법을 걸고 차가운 공포를 심어 주기. 역사 속에서 광신자들을 골라내기. 광야에서 탱크 서른 대를 몰고 가며 아랍인들을 깔아뭉개기. 여자와 아이를 냉혹하게 때려눕혀 없애기. 당신 인생 전체를 통틀어서 어떤 남자나 여자의 얼굴에 행복한 미소를 한 번이라도 짓게 해 본 적 있어? 누군가의 눈에서 눈물을 닦아 준 적은? 수표와 전화뿐이지, 알렉. 작은 하워드 휴즈.[54]

그리고 실제로 보아즈를 데리고 와서 제자리를 찾아 준 건 물론 당신이 아니라 미쉘이야.

그럼, 내가 일이 그렇게 될 줄 미리 알고 알고 있었다면, 왜 당신에게 편지를 썼을까?

당신 여기서 좀 멈추는 게 좋을 거야. 잠깐 쉬어. 파이프 담배에 불을 붙여. 당신의 회색빛 시선으로 눈밭 위를 둘러봐. 텅 빈 것으로 텅 빈 것을 가늠해 봐. 그러고 나서 집중해서 당신이 지난 세기의 러시아 허무주의자의 글이나 교부들 중 한 사람의 세련되지 못한 주석을 조각내며 분석했듯이, 외과용 수술칼같이 그 예리한 눈으로 다음 내용을 읽어 봐.

지난 2월에 내가 당신에게 편지 두 통을 쓰게 된 진짜 이유는 나 자신을 당신 손에 맡기고 싶어서였어. 정말 모르겠어? 적을 가늠쇠 앞에 세워 놓고 방아쇠 당기는 걸 잊어버리다니,

---

54) Howard Hughes(1905~1976). 미국의 투자가로 억만장자였으며 자선가, 공학자, 영화 제작자, 비행사이기도 했다.

정말 당신에게 어울리지 않는군.

아니면 마치 동화 속 미녀가 멀리 있는 기사에게 용을 물리치고 자기를 자유롭게 풀어 줄 칼을 보내는 마음으로 편지를 썼는지도 몰라. 그것 봐, 당신 얼굴에 포식자의 미소가 피어올랐지? 쓸쓸하고 매혹적인 미소가. 당신 알아, 알렉? 어느 날 밤 난 당신에게 수도사처럼 검은 겉옷을 입히고 검은 후드 모자를 당신 머리에 씌우고 싶어. 당신도 후회하지 않을 거야. 왜냐하면 그 그림이 나를 매우 흥분시키거든.

어쩌면 나는 당신이 어떻게든 보아즈를 도울 거라고 계산했을지도 몰라. 그렇지만 그보다는 당신이 내게 청구서를 내밀기를 훨씬 더 바랐어. 그 값을 치를 날을 고대했어.

왜 오지 않았어? 정말 우리가 서로에게 무엇을 해 줄 수 있는지 벌써 잊어버린 거야? 불과 얼음이 섞였을 때 말이야.

그런데 이것도 거짓말이야. 나는 당신이 오지 않으리라는 걸 잘 알았어. 자, 지금 마지막 남은 얇은 속옷을 당신 앞에서 벗을게. 거짓 없는 진실을 말하자면 백일몽 같은 내 주술 속에서도 난 한 번도 당신이 누구인지 잊은 적 없어. 그러나 당신 주먹으로 치명적인 한 방을 맞거나 소환장을 받을 희망조차 없다는 것도 잘 알아. 당신으로부터 죽음과 같이 투명한 침묵만 북극 바람처럼 차갑게 돌아올 뿐 아무것도 받지 못하리란 것도 알아. 기껏해야 굴욕적으로 독기 어린 침을 뱉는 정도겠지. 그 이상도 그 이하도 아닐 거야. 모든 것이 끝났다는 것을 잘 알아.

그렇지만, 당신이 침을 뱉을 때 너무 놀랄 거라는 건 인정할게. 당신이 어떻게 행동할지 천 가지의 상상을 할 수 있었지만, 당신이 하수도 마개를 열고 미쉘을 돈에 잠기게 하리라곤 생각하지 못했어. 이번에는 당신이 정말 나를 기절초풍하게 했어. 나는 언제나 그런 면을 사랑했지. 귀신이 당신에게 준 창조적인 능력은 끝이 없나 봐. 그리고 당신이 나를 굴려 빠뜨린 웅덩이 속에서, 나는 당신을 향해 흙탕물로 더러워진 나 자신을 내미는 거야. 당신이 좋아했던 것처럼, 알렉. 우리 둘이 좋아했던 것처럼.

그럼, 아무것도 끝나지 않은 건가?

나는 이 편지를 되돌릴 길이 없고 앞으로도 그럴 거야. 마치 내가 우리의 결혼 생활 구 년 중 육 년간 수없이 당신을 배신했던 것처럼 나는 지금 미쉘을 배신하고 있어. 뼛속까지 창녀로군.

당신이 그렇게 말할 줄 알았어. 대양처럼 넓고 깊은 사악함이 당신의 회색빛 눈 깊은 곳에서 북극성처럼 빛나겠지. 그렇지만, 아니야, 알렉. 당신이 틀렸어. 이번 배신은 좀 달라. 내가 당신 친구들과, 당신 부대 상관들과, 당신 학생들과, 전기 기사와 배관 수리공과 당신을 배신했을 때는 언제나 당신 면전에서 당신을 향했었어. 소리를 질러야 할 순간에도 오직 당신만을 향했었어. 소리를 질러야 할 순간에 특히 더 그랬지. 미쉘이 다니는 회당 성궤 위에 "내가 주님을 항상 내 앞에 모심이여"[55]라고 금박으로 기록된 것처럼.

---

55) 히브리 성서 「시편」 16장 8절.

그리고 지금 예루살렘은 새벽 2시고, 미쉘은 땀에 젖은 이불 사이에서 태아처럼 웅크리고 있고, 털이 많은 그의 체취가 비좁은 방 한구석 아이의 이불 더미에서 올라오는 오줌 냄새와 함께 뜨거운 공기 속에서 섞이고, 광야에서 불어오는 뜨겁고 메마른 바람이 열린 창문을 지나 증오하는 듯 내 얼굴에 불고, 나는 잠옷 차림으로 미쉘의 책상에 앉아 학생들의 공책들에 둘러싸여 작은 책상 스탠드 불빛 아래서 당신에게 편지를 써. 정신 나간 모기 한 마리가 내 위에서 윙윙대고 멀리 아랍 마을의 불빛들이 건천 건너편에 빛나는데, 나는 아주 깊은 수렁에서 당신에게 편지를 쓰고 그렇게 미쉘과 내 딸을 배신하고 있지만 이것은 완전히 다른 배신이야. 이렇게는 한 번도 당신을 배신한 적이 없어. 그리고 다른 사람도 아닌 당신 때문에 그를 배신하고 있어. 지난 세월 동안 나와 그 사이에 거짓의 그림자조차 지나간 적이 없었는데 배신하고 있는 거야.

정말 내가 정신이 나간 걸까? 나도 당신처럼 미친 걸까?

내 남편 미쉘은 아주 드문 사람이야. 그런 사람은 만나 본 적이 없어. 이프앗이 태어나기 훨씬 전부터 나는 그를 아빠라고 불렀어. 그리고 가끔 나는 그를 아기라고 부르면서 그의 마르고 뜨거워진 몸을 내 품에 안아 줘. 마치 내가 그의 엄마인 것처럼. 그런데 미쉘은 사실 나의 아빠이자 아기이기도 하지만 그보다는 오히려 내 형제에 가까워. 만약 우리가 죽은 다음에도 계속되는 삶이 있다면, 언젠가 우리가 거짓이 있을 수 없는 어떤 세상에 가게 된다면, 거기서 미쉘은 내 형제가 되어 있을 거야.

그렇지만 당신은 내 남편이었고 또 그렇게 남을 거야. 나의 주인으로. 영원히. 그리고 이 생 다음에 올 생에서 미셸은 내 팔을 잡고 나를 인도해서 당신과 결혼식을 올릴 천막[56] 밑으로 데리고 갈 거야. 당신은 내 미움과 내 그리움의 주인이야. 밤마다 내 꿈을 지배하는 독재자. 내 머리카락과 내 목과 내 발의 지배자. 내 가슴, 내 배, 내 음부와 내 자궁의 통치자. 마치 여종처럼 나는 당신에게 팔렸어. 나는 내 주인을 사랑했고, 자유롭게 해방되기를 원치 않았지.[57] 만약 당신이 나를 수치스럽게 왕국의 변방이나 광야로 보낸다 해도, 마치 하가르가 그녀의 아들 이스마엘과 함께 황무지에서 목이 말라 죽을 지경이었던 것처럼,[58] 내 주인을 향한 목마름 때문에 말이야. 당신이 나를 당신 앞에서 쫓아내고 왕궁 지하실에서 당신의 종들에게 노리갯감이 되게 하더라도.

그러나 잊은 건 아니겠지, 알렉, 고독하고 사악한 사람. 당

---

56) 유대 관습에 따라 결혼식을 진행하기 위해서 치는 천막인 '후파'를 가리킨다.
57) 일라나는 여기서 히브리 성서의 노예 관련법을 언급하고 있다. 빚을 갚지 못하고 노예로 팔린 사람은 칠 년 동안 종이 되어 빚을 갚게 되고, 그 기간이 끝나면 자유인의 신분을 회복하게 된다. 그러나 그 사람이 자기 주인을 사랑하여 해방되기를 원치 않는다면, 재판관 앞에 나아가 정해진 절차를 밟고 계속 종으로 남기를 선택할 수도 있다.(「출애굽기」 21: 2~6.)
58) 아브라함의 첩 하가르와 그녀의 아들 이스마엘의 이야기는 히브리 성서에 나온다.(「창세기」 21: 8~21.) 아브라함은 첩 하가르를 통해 아들 이스마엘을 얻었는데, 그 후에 그의 처 사라도 아들을 낳게 된다. 그러자 사라는 하가르와 그녀의 아들을 쫓아내게 했고, 그 모자는 광야를 떠돌다가 목이 말라서 죽을 지경에 이른다.

신은 날 속일 수 없어. 당신이 침묵을 지키는 이유는 울음처럼 훤히 보여. 내가 당신에게 건 주술이 당신을 뼛속까지 갉아먹고 있어. 당신은 홀로 지내는 신처럼 헛되이 구름 속에 숨는 거야. 당신은 이 세상에서 할 수 있는 일이 천 가지가 되고 나보다 천 배는 더 낫겠지만, 속이는 것은 아니야. 그건 아니지. 그 문제에 있어서 당신은 내 발뒤꿈치도 따라오지 못했었고 앞으로도 그럴 거야.

"존경하는 재판장님," 선고를 내리기 전에 심드렁하고 나른한 목소리로 당신이 이렇게 말했지. "존경하는 재판장님, 이 여자분이 병적인 거짓말쟁이라는 것은 이미 충분히 증명되었습니다. 그녀가 재채기를 할 때조차도 진짜라고 믿는 것은 매우 위험합니다."

당신이 그렇게 말했지. 법정에 나왔던 청중들 사이에서 당신의 말을 듣고 킥킥거리는 소리가 들렸어. 당신은 아주 살짝 미소를 지었는데, 배신당하고 머리에 뿔이 백 개 정도 돋아나서 온 도시의 웃음거리가 된 남편처럼은 전혀 보이지 않았어. 오히려 그 반대였지. 그 순간 당신은 검사들보다, 높은 단상 뒤에 앉은 재판장보다, 당신 자신보다도 더 커 보였어. 마치 용을 죽인 기사 같았지.

이것 봐. 칠 년이 지난 지금도, 새벽 3시에, 내가 그때 그 순간을 기억하며 글을 쓰노라면, 내 몸은 당신을 향하고 있어. 내 눈에는 눈물이 가득 차오르고 내 유두 끝에는 소름이 돋는 것 같아.

읽었어, 알렉? 두 번? 세 번? 즐거웠어? 다 비웃었어? 지금 내가 당신의 고독한 황무지 한가운데에 한줄기 행복을 피워

내는 데 성공한 거야?

그렇다면, 이제 새로 위스키 한 잔을 따를 시간이야. 파이프 담배도 갈고. 왜냐하면 지금, 복수의 신인 선생, 당신은 그 작은 위스키 한 잔이 필요할 거야.

내가 조금 전에 용을 죽인 기사와 같다고 썼지. 너무 서둘러서 축배를 들지는 마. 희열을 느낄 필요도 없어, 선생. 당신은 용을 죽이고 돌아서서 미녀를 살해한 뒤 마지막으로 자기 자신까지 베어 버린 미친 기사니까.

사실 그 용은 당신이야.

그리고 이 순간 내가 가장 기쁘고 자랑스럽게 당신에게 말할 수 있는데, 미쉘 앙리 쏘모는 잠자리에서도 당신보다 훨씬 나아. 몸과 관련해서, 그는 태어나면서부터 절대 음감을 물려받았어. 그는 언제나 내 몸이 얼마나 갈망하고 있는지 알고 미처 알지도 못했던 것들까지 내게 가득히 채워 주지. 늦은 밤 부드러운 황혼의 땅들 사이로 떠났다 돌아오는 사랑 여행으로 나를 들뜨게 해. 인내심 많은 은혜의 들판을 지나, 떨리는 애태움과 강한 갈망을 지나, 숲속의 빛 그림자 그리고 밀려드는 강물 줄기와 너른 바다의 파도가 섞여드는 곳을 지나, 마치 바람에 나부끼는 나뭇잎처럼.

당신 그 작은 위스키 잔을 박살 냈어? 당신 펜, 파이프 담배, 그리고 독서용 안경에게 일라나가 안부 전한다고 말해 줘. 잠깐만, 알렉. 내 말은 아직 끝나지 않았어.

사실 미쉘뿐만이 아니야. 거의 모든 사람이 당신에게 가르침을 줄 수 있어. 군대에서 당신 운전수였던 선천성 색소 결핍

증 청년도. 새끼 염소 같은 숫총각에 아마 겨우 열여덟 살 정도였지. 그는 죄책감을 느껴서, 겁에 질리고, 잡초같이 보잘것없고, 온몸을 떨면서, 이를 부딪치고, 자기를 놓아 달라며 애원하다시피 했고, 거의 울음을 터뜨릴 뻔했고, 나를 만지기도 전에 갑자기 사정하기 시작했고, 어린 강아지처럼 신음 소리를 뱉었지. 그런데 알렉, 그때 바로 그 순간, 그 소년의 놀란 눈동자는 순결하게 노래하는 천사처럼 너무나도 순수한 감사와, 놀라움과, 열정적인 꿈을 이룬 듯 감탄의 빛을 비추고 있어서, 우리가 함께했던 세월 동안 당신이 날 떨리게 했던 것보다 내 몸과 심장을 훨씬 더 떨리게 만들었어.

내가 만났던 다른 사람들과 비교할 때, 알렉, 당신이 어떤 사람인지 말해 줄까? 당신은 머리가 벗겨진 바위산이야. 꼭 그 시에 나오는 것처럼 말야.[59] 당신은 눈으로 만든 이글루야. 당신 「제7의 봉인」[60]이란 영화에 나오는 죽음 생각나? 체스에서 승리하는 죽음. 그게 바로 당신이야.

이제 당신은 일어서서 내 편지를 찢어 버리겠지. 아니, 이번에는 귀퉁이를 반듯하고 조심스럽게 맞추어 네모난 모양으로 찢어 버리는 대신 그냥 불에 던져 버릴 거야. 그리고 다시 책

---

59) 러시아 시인 샤울 체르니콥스키(Shaul Tchernichovsky, 1875~1943)가 1933년에 쓴 「오! 내 나라! 나의 고향!」을 말한다. 이스라엘 땅을 머리가 벗겨진 바위산으로 묘사했다.

60) 잉마르 베리만(Ingmar Bergman, 1918~2007)이 각본을 쓰고 감독했던 창작 사극 영화. 흑사병이 돌던 스웨덴에서 주인공인 기사가 자신을 데리러 온 죽음과 체스를 둔다는 줄거리다.

상 앞에 앉아서 그 희끗희끗한 머리를 검은 서판에 찧기 시작할지도 모르지. 피가 당신 머리에서 눈으로 흐르고, 결국 당신의 회색빛 눈도 어쩔 수 없이 눈물을 흘리는 거지. 난 당신을 안아 주고.

이 주 전에 작하임이 당신이 준 그 엄청난 수표를 미쉘에게 건네주었을 때 그는 미쉘에게 경고를 하는 것이 좋겠다고 생각했나 봐. 선생님, 이 놀이를 반대 방향으로도 진행할 수 있음을 명심하시기 바랍니다. 난 이 짧은 문장이 아주 마음에 들었어. 그래서 이제 당신에게 그 말을 전하면서 잘 자라는 인사를 대신할게. 당신은 내게서 벗어날 수 없어, 알렉. 돈으로는 당신 자신을 구원할 수 없을 거야. 당신의 자유를 살 수 없다고. 당신에게 새로운 출발이란 있을 수 없어.

참, 당신이 보내 준 10만 달러에 대해 우리는 정말 고맙게 생각하고 있어. 그 돈은 잘 관리하고 있으니 걱정할 필요 없어. 당신 아내와 당신 아들도 모두 좋은 보살핌을 받고 있어. 미쉘이 집 확장 공사를 하고 있어서 우리는 함께 살 수 있을 거야. 보아즈는 이프앗을 위해서 마당에 미끄럼틀과 모래 상자를 만들어 줄 거야. 나는 세탁기를 하나 사려고 해. 전축도 있어야겠지. 이프앗에게는 자전거를 사 주고 보아즈에게는 망원경을 사 줄 예정이야.

이제 그만 쓸게. 나는 옷을 좀 걸치고 어둡고 텅 빈 거리로 나갈 거야. 우체통까지 가야겠지. 그리고 당신에게 이 편지를 부칠 거야. 그러고 나서 집으로 돌아와 옷을 벗고 미쉘을 깨워서 그의 두 팔 사이로 숨을 거야. 미쉘, 순진하고 섬세한 사람.

당신에게는 할 수 없는 말이지. 물론 나에게도 그렇지만, 내 사랑. 우리 두 사람은 역겨운 존재들이잖아, 당신 알아? 썩어 문드러진. 그게 바로 내가 지금 안부를 전하는 이유야, 여종이 멀리 있는 대리석 용에게.

일라나

**

보아즈 브란트슈테터 귀하   주님의 도움으로
폭스 씨 댁   예루살렘
할리몬 거리 4   5736년 이야르월[61] 2일(5. 2.)
라맛 샤론

잘 있냐, 버릇없이 반항하는 고집불통 당나귀 같은 보아즈!
내가 지금 갑자기 머리끝까지 피가 몰릴 정도로 화가 나서 너를 이렇게 부른다고 생각하지는 마라. 나는 먼저 내 안에 있는 본능을 다스리고 난 뒤에 오늘 아침 너한테 전화를 걸었고 무슨 일이 있었는지 네가 하는 말을 주의 깊게 다 들은 다음에 이 편지를 보내는 거니까.(지금 네 어머니 몸이 좋지 않아서 직접 너에게 내려가지는 못했는데, 내 생각에 다 너 때문에

---

61) 유대력 5736년은 서기 1976년에 해당하고, 이야르월은 양력 4월 중순에서 5월 중순에 해당한다.

생긴 병이다.) 방금 우리가 전화로 이야기한 내용에 비추어 보아 넌 아직 인간이 덜 된 어린아이 같구나. 그리고 네가 앞으로도 인간이 되지 못할 것 같다는 걱정이 생기기 시작했다. 욱하는 성질머리를 죽이지 못하는 한 넌 깡패가 될 운명인지도 모르겠다. 네가 '틀라밈'에서 그 선생의 뺨을 때리고 그곳 야간 경비원의 머리에 부상을 입힌 것이 운이 나빠서 일어난 사고가 아니라, 지금 우리 가운데 노새 한 마리가 점점 자라고 있다는 경고라고 생각해야 될 것 같다. 그리고 자란다는 말은 네 경우에 잘 맞는 말이 아닌데, 왜냐하면 넌 이제 더 이상 오이처럼 자라지 않는 것이 훨씬 나을 것 같고, 그 대신 철이 좀 들면 좋겠으니 말이다.

어디 말 좀 해 봐라. 금요일부터 안식일까지 우리 집을 방문한 지 이틀도 지나지 않아서 꼭 그 짓을 저질러야 했니? 우리 모두가 그렇게 노력을 했고(그래, 너도 노력했어.) 그래도 우리가 한 가족이라고 느끼기 시작한 직후에? 네 여동생이 드디어 너와 친해졌다고 생각하고 또 우리도 네가 선물해 준 곰 인형을 보고 그렇게 느꼈는데, 이제 와서? 네가 안겨 준 고통 속에서 힘들어하는 네 어머니에게 약간의 희망을 주고 난 바로 다음에? 이게 뭐란 말이냐? 네가 제정신이니?

만약 네가 내 아들이나 내 학생이었다면 주저 없이 회초리를 들었을 것이다. 부인하지 않는다. 네 얼굴도, 네 엉덩이도 성치 못했을 것이다. 아니, 다시 생각해 보면 난 너를 믿을 수가 없구나. 네가 나에게도 채소 상자를 집어 던질 수 있으니까.

이런 일들을 겪고 나니 네가 소년원에 가는 것을 막아 준

게 실수가 아니었나 하는 생각까지 든다. 너 같은 고객에게는 그곳이 가장 잘 어울리는 장소일지도 모르는데. 네가 아브람 아보드람에게 먼저 건방지게 굴어서 그가 너를 살짝 걷어찬 사실은 매우 잘 알고 있다. 그리고 나는 그의 행동이 충분히 옳았다고 이렇게 글로 네게 말해 주고 싶다.(물론 내가 개인적으로 걷어차는 것을 지지하는 것은 아니다.)

그런데 넌 도대체 너 자신이 누구라고 생각하는지 말 좀 해 볼래? 후작? 아니면 왕자? 네 그 버릇 없는 입 때문에 걷어차였다고 치자. 그래서 뭐? 그렇다고 채소 상자를 집어 던진다는 게 말이 된다고 생각하니? 도대체 누굴 향해 채소 상자를 집어 들었니? 아브람 아보드람은, 참고로 말해 주자면, 나이가 60에다 고혈압으로 고생하고 있는 사람이란 말이다! 벌써 경찰서에 입건된 사건이 두 건이고 나와 알말릭 서장 덕분에 세 번째 사건이 겨우 무마된 너를 받아 주고 일자리까지 준 사람에게? 말 좀 해 봐. 네가 아랍 놈이냐? 네가 망아지냐고?

네가 건방지게 굴어서 아브람이 대수롭지 않게 한번 걷어 찼다는 이유로 네가 정말 채소 상자를 집어 던졌다는 전화를 듣고 나는 거의 미칠 뻔했다. 물론 너는 내 아내의 아들이고 내 딸의 오빠지만 인간이 덜 됐어. 우리 전통을 보면 이렇게 기록되어 있다. 마땅히 행할 길을 아이에게 가르쳐라.[62] 이 본문에 관한 내 해석은 이렇다. 만약 아이가 올바른 길을 걷는다면 그를 부드러운 방법으로 가르치지만, 부정한 길을 택한

---

62) 히브리 성서 「잠언」 22장 6절 전반부.

다면 매를 맞아 마땅하다! 뭐, 네가 법 위에 서 있기라도 한다더냐? 네가 이 나라의 대통령이라도 되냐?

아브람 아보드람은 네게 친절과 자비를 베푼 분인데, 너는 그의 은혜를 원수로 갚았다. 그는 네게 공을 아주 많이 들였는데 너는 그를 실망시켰고, 또 나와 알말릭 서장도 실망시켰고, 네 어머니는 너 때문에 벌써 사흘째 침대에 앓아누워 있다. 너는 너와 관련이 있는 모든 사람들을 실망시킨 거야. 우리 전통에 좋은 포도 맺기를 바랐더니 들포도를 맺었다고 기록한 것과 같다.[63]

왜 그런 짓을 한 거냐?

이제 입을 꾹 다물고 있구나. 잘하는 짓이다. 좋다, 네가 왜 그랬는지 내가 말해 주지. 그건 오만함 때문이야, 보아즈. 너는 천상의 존재들처럼 키도 크고 잘생긴 아이로 태어났고 하늘로부터 엄청 센 팔 힘도 받았는데, 어리석게도 그 힘을 누군가 두들겨 패는 데 써야 한다고 생각하고 있어. 힘이란 극복하는 데 쓰라고 있는 거야, 미련한 당나귀 같은 놈아! 본능을 통제하기 위해서! 우리에게 거세게 몰아치는 인생의 비바람을 전부 그대로 당하고 받아들이기 위해서, 그리고 묵묵히 그러나 단호한 걸음으로 가기로 결정했던 길, 즉 올바른 자의 길을 따라 계속해서 앞으로 나아가기 위해서! 그게 바로 힘이라는 거다. 다른 사람의 머리를 박살 내는 짓, 그건 아무 널빤지나 돌도 충분히 할 수 있어.

---

63) 히브리 성서 「이사야」 5장 2절 뒷부분.

그래서 내가 위에서 너에게 인간이 덜 됐다고 한 것이다. 그러니 유대인은 결코 아닌 거지. 어쩌면 너는 정말 아랍인 쪽이 더 어울릴지도 모르겠다. 아니면 이방인이거나. 왜냐하면 유대인은, 보아즈, 당하면서 받아들이고 극복하고 계속해서 우리만의 오랜 길을 걸을 줄 아는 사람이야. 토라 전체를 한 발로 서서 요약하면[64] 극복하기라고 말할 수 있다. 그리고 인생이 네게 주는 시련을 잘 이해하고, 거기서 교훈을 배우고 언제나 네 길을 바르게 유지하고, 또 너에게 내려진 판결이 옳다고 스스로 인정하는 거야, 보아즈. 잠깐만 생각해 봐도, 아브람 아보드람이 너를 아들처럼 대했다는 걸 알 거다. 정말 버릇 없고 반항하는 아들이지.[65] 보아즈 넌 감사하는 마음으로 그의 손에 입 맞추는 대신 너를 먹여 주는 손을 물어 버린 거야. 바로 네 눈앞에 써 붙여, 보아즈. 너는 네 어머니와 나를 모욕했지만, 무엇보다도 먼저 너 자신을 모욕한 거야. 너는 더 이상 겸손이 뭔지 배울 수 없을 것 같다. 나는 그냥 허공에 대고 떠들 뿐인 거지. 너는 충고를 듣지도 않을 테니까.

---

64) 이 표현은 탈무드에 나온 이야기에서 그 연원을 찾을 수 있다. 어떤 이방인이 샴마이와 힐렐 랍비를 찾아와서 자기가 한 발로 서 있는 동안 토라를 요약해서 말해 주면 유대교로 개종하겠다고 말했는데, 힐렐 랍비가 "네가 싫어하는 일을 네 이웃에게 하지 마라."라고 말했다고 한다.(탈무드, 샤밧 31 앞면.)
65) '버릇없고 반항적인 아들'이라는 표현은 히브리 성서 「신명기」 21장 18절에 나오는데 사형에 해당하는 중죄인이다. 나중에 랍비 유대교에서 중요한 법적 용어로 자리를 잡는다.(미쉬나, 쌘헤드린 8장, 탈무드, 쌘헤드린 68 뒷면, 72 앞면.)

네가 왜 그런 식인지 내가 말해 줄까? 이 말을 듣고 상처를 좀 받아도 괜찮겠어? 좋아, 내가 말해 주지. 안 될 것도 없지. 이게 다 네 머릿속에 너 자신이 어떤 왕자나 왕족의 일원이라는 생각이 깊이 박혀 있기 때문이야. 마치 백작이나 귀족의 고귀한 피가 핏속에 흐른다는 듯이 말이지. 태어날 때부터 황태자인 거야. 그래서 남자끼리니까 하는 말인데 너는 내가 하는 말을 들어야 해, 보아즈. 네가 사내가 되려면 아직 천 리는 더 가야 하지만,[66] 그래도 네 앞 탁자 위에 내가 가진 패들을 펼쳐 놓는다.

나는 멋지고 유명한 네 아버지를 만나는 영광을 누리지 못했고 앞으로도 그런 영광은 사양하겠다. 그렇지만 이거 하나는 내가 책임지고 말할 수 있는데, 네 아버지는 후작도 아니고 왕도 아니다. 혹시 불한당들의 왕일지는 모르겠다. 그가 네 어머니에게 얼마나 망신을 주고 어떤 나락에 처박았는지 그리고 그가 어떻게 그녀의 체면을 짓밟았는지, 그리고 어떻게 그녀의 명예를 더럽혔는지, 그리고 감히 너를 혐오스러운 짐승처럼 자기 면전에서 내쳐 버렸는지 네가 알았더라면!

최근에 그가 슬픔과 망신을 초래한 대가를 어느 정도 지불하기로 마음먹은 건 사실이다. 내가 우리의 자존심을 버리고 돈을 받기로 결정한 것도 사실이다. 그리고 넌 어쩌면 내가 왜 그 부정한 돈을 받기로 했는지 스스로에게 물어보았겠지? 다

---

66) 원문에는 "700파라상이 떨어져 있다."라고 표현하고 있다. 파라상은 고대 그리스의 길이 단위다.

너를 위해서야. 얼간이 당나귀 같은 놈아! 너를 올바른 자의 길로 돌려놓기 위해서라고.

자, 이제 내가 왜 이 모든 이야기를 꺼냈는지 잘 들어 두어라. 결코 네 마음속에 아버지를 미워하는 마음을 심어 주려는 게 아니라, 행여 네가 그 사람 말고 나를 모범으로 삼지 않을까 해서였다. 내게 있어 자부심과 인간의 형상은 본능을 극복할 때 드러난다는 점을 배우거라. 나는 그 사람을 죽이는 대신 그에게서 돈을 받은 것이다. 이것이 바로 내 명예다, 보아즈.

굴욕을 참아 낸 거지. 우리 전통에 기록된 것처럼, 자기 명예를 포기하는 사람의 명예는 없어지지 않는다.[67]

잠깐 쉬었다가 저녁이 돼서야 너에게 보내는 편지를 이어서 쓴다. 그동안 개인 교습 두 시간을 했고 저녁 준비를 했고 너 때문에 아픈 네 어머니를 돌본 후에 텔레비전으로 뉴스와 「마밧 쉬니」[68]를 보았다. 네게 본능을 극복하고 다스리라고 쓰던 것의 뒤를 이어 내 인생 이야기를 한마디 덧붙이는 것이 좋겠다는 생각이 들었다. 보아즈, 우리 시대에 우리가 알제리에서 아랍인들에게 유대인이라서 당해야 했던 일들은 말할 것도 없고, 파리에서 유대인들에게는 아랍인이라서, 프랑스인들에게는 다리가 검다고 해서 당해야 했던 일들이 어떤 것인지 네가 안다면, 내가 이 땅에 와서 내 신앙과 사상 때문에 내 겉모습과 내 출신 때문에 어떤 일을 당해야 했고 아직도 어떤 일

---

67) 탈무드 키두쉰 32 앞면에 나오는 말이다.
68) 이스라엘 텔레비전 방송국 '하아루츠 하리숀'에서 1976년부터 2017년까지 방송했던 탐사 보도 프로그램.

을 당하고 있는지 네게 말해 준다면, 만약 네가 이런 일들을
알았더라면 아브람 아보드람처럼 선하고 귀한 사람한테 살짝
걷어차인다는 것은 사실 어깨를 토닥이는 것과 마찬가지라는
사실을 이해했을 것이다. 그렇지만 어쩌겠니? 사람들이 너를
응석받이로 키운걸. 어쨌든 너는 이해하지 못하겠지. 내 삶이
시작된 그날 이후로 나는 하루에 세 번씩 심하게 걷어차이곤
했지만 아무에게도 나무 상자를 집어 던지려고 한 적은 없다.
그리고 그것은 계명이나 네 이웃을 너 자신과 같이 사랑하라
는 말을 지키기 위해서일 뿐만 아니라, 내가 앞에서 말한 것처
럼, 무엇보다 먼저 사람은 고통을 사랑으로 승화시킬 줄 알아
야 하기 때문이었다.

　내 말을 좀 더 들어 볼 용의가 있니? 나는 다른 사람을 한
번이라도 고통스럽게 하느니 내가 고통을 천 번 당하는 것이
낫다고 생각한다. 물론 찬양받아 마땅한 거룩한 분[69]의 장부
에는 미카엘 쏘모라는 이름 아래 검은 점 몇 개가 찍혀 있으
리라 생각한다. 그걸 부인하지는 않는다. 그러나 그 검은 점
중에서 다른 사람에게 고통을 주었다는 항목은 절대로 찾을
수 없을 것이다. 그런 일은 결단코 없어. 네 어머니에게 물어
봐라. 아브람에게 물어봐, 먼저 그에게 공손하게 사과하여 용
서를 빈 다음에 말이야. 파리에 살았을 때부터 잘 아는 제닌
폭스 부인에게 물어봐. 그러나 너는, 보아즈, 훤칠한 키와 잘생

---

69) '찬양받아 마땅한 분'은 유대교에서 신의 이름을 직접 부르지 않으려고
사용하는 호칭이다.

긴 얼굴과 훌륭한 손재주와 왕자님 같은 외모를 하늘에서 내려받은 청년인 너는 이미 네 아버지처럼 부정한 길을 걷기 시작했다. 잔인한 오만함과 사악함. 다른 사람에게 고통을 주는 것. 난폭함. 사실 나는 이 편지에다가 네가 벌써 몇 년 동안 네 어머니에게 안겨 준 심한 고통, 그리고 지금 그녀가 너 때문에 아프게 된 것에 대해서 아무 말도 하지 말라고 부탁을 받았고 나도 말하지 않으려고 했다. 내가 보기에 너는 아직 고통에 대해 들을 준비가 되지 않았기 때문이지. 그러기에 너는 아직 너무 어린 것 같구나. 적어도 네가 사내답게 일어나서 부끄러움을 아는 마음이 있다는 사실을 증명할 때까지는 말이다.

만약 멋진 네 아버지의 복사판이 되기로 결정했다면, 아주 지옥불에 타 버려라. 험한 말을 용서하기 바란다. 이런 말을 쓸 생각은 없었다. 우리 전통에는 슬픔에 잠긴 사람을 잡아가지 말라는 기록이 있지.[70] 사실 나는 정확히 그 반대되는 말을 하고 싶었다. 네가 지옥불에 타 죽지 않게 해 달라고 기도하고 있다고. 왜냐하면 나는, 진심으로 말하는데, 아직 너를 좋아하기 때문이다, 보아즈.

여기까지는 서론이고 이제 편지의 본론으로 들어가겠다. 다음은 나와 네 어머니의 의견을 모아 합의한 내용이다.

가. 당장 아브람 씨 댁으로 가서 사과하고 용서를 빌어라.

---

70) 이 말을 직역하면 "사람이 슬퍼할 때 그는 붙잡히지 않는다."라는 뜻이다.(탈무드, 바바 바트라 16 뒷면.)

그것이 제일 먼저다.

나. 폭스 씨 댁의 브루노와 제닌이 네가 그들의 정원 도구 창고에 머물러도 좋다고 허락한다면, 안 될 것은 없으니, 그 집에서 지내도록 해라. 그렇지만 지금부터 내가 그들에게 집세를 지불할 것이다. 네 아버지가 돌려준 위자료로 말이다. 그 곳에서 공짜로 살 수는 없다. 넌 거지가 아니고 난 사회 복지 대상자가 아니니까.

다. 내가 보기에 너는 해방된 점령 지구 전문 학교에 가서 토라[71]와 기술을 배우는 것이 가장 좋을 것 같다.(네가 쓴 글을 보면 초등학교 2학년 학생 수준이다.) 그러나 이 문제는 너에게 강요할 생각이 전혀 없다. 네가 원하면 우리가 준비해 주고, 원하지 않으면 그만이고. 토라에 대해 전해 오는 말이 있다. 그 길은 즐거운 길이다.[72] 강요하는 길이 아니다. 네 어머니가 건강을 회복하는 대로 너를 만나 대화를 나눠 볼까? 혹시 네 생각이 바뀔 수도 있잖니? 그러나 만약 네가 광학을 공부하고 싶다면 교과 과정을 내게 알려 주기 바라고, 더 좋은 방법은 학교 안내서를 보여 주고 내가 등록금을 지불하는 것이다. 위에서 말한 예산으로 말이다. 그러나 만약 네가 다시 일자리를 찾고 싶다면 여기 예루살렘으로 올라와라. 집에서 지내면서 우리가 널 위해 어떤 일자리를 마련할 수 있을지 보

---

71) 토라는 원래 '가르침'이라는 뜻이지만, 모세가 시나이산에서 신에게 받은 가르침을 가리키는 데 주로 사용된다. 히브리 성서 머리 부분에 있는 다섯 권의 책을 가리키는 용어로 굳어졌다.
72) 히브리 성서 「잠언」 3장 17절.

자. 물론 상자 던지기는 그만해야겠지.

라. 이 모든 것은 오늘부터 네가 네 행실을 바로잡는다는 전제하에 가능하다.

매우 슬퍼하고 걱정하면서,

미쉘, 이프앗 그리고 엄마가

추신

내 명예를 걸고 하는 말이니 똑똑히 새겨 두어라. 만약 네가 다시 한번 아주 작은 폭력이라도 사용한다면, 보아즈, 네 어머니의 눈물도 소용 없게 될 것이다. 너는 홀로 사악한 길을 가다가 나 없이 혼자 네 운명과 마주해야 할 것이다.

*
**

쏘모 가족에게
타르나즈 7
예루살렘

샬롬.

미쉘 아저씨의 긴 편지는 잘 받았고 누가 누구에게 미안하다고 해야 하는 건지 확실하지 않지만, 그래도 난 아브람 아저씨에게 미안하다고 전화했어요. 그 외에도 내가 나가기 전에 브루노 아저씨와 제닌 폭스 아줌마에게 감사하다는 쪽지를 남겼어요. 아마 이 편지가 도착하면 나는 배에 올라 바다를 향해

하고 있을 거예요. 나는 아저씨 가족이 그냥 나를 잊어졌으면 좋겠어요. 사실 두 번 아저씨 집에 방문하면서 이프앗은 꽤 조아졌고 미쉘 아저씨는 가끔 나를 밀어부치지만 그래도 꽤 감사하고 있어요. 일라나 아줌마에게 미안하게 생각해요. 아줌마는 아예 나를 낳지 않았다면 더 나을 뻔했어요. 고마워요.

보아즈

**

일라나와 미쉘 쏘모에게   76. 5. 8.
타르나즈 7
예루살렘

미쉘과 일라나,

어제 미쉘이 전화해서 보아즈가 우리 집에 왔는지 물었을 때, 나는 너무 놀라서 상황을 이해하지 못한 것 같아. 그리고 전화 연결이 너무 안 좋아서 무슨 말인지 잘 알아듣지도 못했어. 보아즈가 연루됐다는(?) 다툼 이야기도 이해하지 못했고. 오늘 아침에 미쉘 당신 학교로 전화를 걸어 보았지만 통화는 하지 못했지. 그래서 이 편지를 쓰는 거고, 내일 예루살렘에 올라가는 키부츠 회계 담당자 편에 보낼 거야. 물론 보아즈가 갑자기 여기 우리 집에 나타난다면 당장 너희들에게 연락할게. 그렇지만 사실 나는 그 아이가 여기에 올 거라고는 생각하지 않아. 그리고 며칠 지나면 그 아이가 너희들에게 잘 지낸다는 소식을 보낼 것이라 믿고 낙관하고 있어. 그 녀석이 사라지면서 연락을 끊은 건 텔아비브에서 있었던 그 사건 때문이 아닐 거야. 오히려 반대로, 마지막 말썽은, 그전에 있었던 사건들과 마찬가지로, 너희 두 사람에게서 멀리 떠나고 싶은 충동 때문이었을 거야. 우리 모두로부터 말이야. 물론 이 쪽지를 쓰는 이유는 그냥 너희들을 위로하거나 신경을 끊으라고 권하기 위해서가 아니야. 가능한 방법을 모두 동원해서 계속 그 아이를 찾아야 해. 그래도 난 너희들의 심정에 함께 공감하면서, 그리고 아마 이건 순전히 내 짐작이고 직감일지도 모르겠지만, 보아즈는 괜찮을 것이고 결국 제자리를 찾을 거라고 말하고 싶어. 물론 앞으로도 여기저기서 계속 사소한 말썽을 부릴 수 있겠지만, 여기 우리 키부츠에서 지내던 몇 년 동안 나는 아주 다른 면을 보았어. 안정되고, 심지가 단단해서 정의롭고 논리에 밝았지. 물론 그 아이의 논리는 너희나 나의 논리와 다르지만.

제발, 믿어 줘. 그저 힘드니 위로하기 위해서 이 글을 쓰는 게 아니라, 보아즈가 절대로 다른 사람들이나 자기 자신에게 아주 악한 일을 하지 않으리라 믿기 때문에 쓰는 거야. 요아쉬나 내가, 아니면 우리 둘이 며칠 휴가를 내고 너희에게 가서 함께 지내기를 원한다면 이 쪽지를 전하는 회계 담당자 편으로 바로 연락 줘.

라헬

**

기드온 교수님께   주님의 도움으로

함멜렉 조지 36   예루살렘

국내 우편   5736년 이야르월 9일(5. 9.)

변호사 작하임 씨 편에 보냄

존경하는 선생님,

아래 서명한 본인은 우리 전통 중에 「시편」 1장 1절에 기록한 내용에 따라, 좋건 나쁘건 이 생과 다음 생에서 당신과 아무런 관계를 맺지 않겠다고 굳게 맹세했습니다.[73] 그럼에도 이렇게 그 맹세를 깨는 이유는 목숨을 구하기 위함이며,[74] 제발 그런 일이 없기를 바라지만, 두 목숨을 구하는 일이 될 수도 있기 때문입니다.

가. 당신의 아들 보아즈에 관하여. 당신도 그 아이 어머니의 편지를 읽어서 아시겠지만, 그 아이는 이미 몇 번이나 가벼운 탈선을 했고 나는 그를 다시 옳은 자의 길로 데려오려고 노력했습니다. 그저께 우리는 보아즈에게 거처를 내어 준 귀한 가족으로부터 아이가 사라졌다는 전화를 받았습니다. 온 힘을

---

73) 「시편」 1장 1절은 사악한 자들의 의견을 따라 행하지 않고, 죄인의 길에 서지 않고, 오만한 자의 자리에 앉지 않는 자는 행복하다고 노래하고 있다.
74) '목숨을 구하기'는 랍비 유대교에서 법적인 예외를 인정하는 규정인데, 다른 사람의 목숨을 구하기 위해서 금지 규정을 어기고 특정한 행동을 하거나 토라가 명령하는 규정을 실행하지 않는 경우를 가리킨다.

다해 곧장 그곳으로 달려갔지만 내가 뭘 할 수 있었겠습니까? 그러고 나서 오늘 아침에 아이가 아직 살아 있다는 사실을 알게 되었는데, 그 녀석이 이번에는 배에서 일하려고 가출했다는 짧은 편지가 도착했습니다. 그리고 물론 이번에도 또 어떤 말썽에 말려들었기 때문에 이런 일이 벌어진 겁니다.

선생님과 같은 분은 이해할 수 없는 이유들 때문에 나는 그 아이를 보살피는 걸 멈추지 않기로 작정했고 곧바로 내가 아는 인맥을 총동원하여 아이를 찾기 위해 이 나라를 출항하는 이스라엘 배와 외국 배를 전부 조사했습니다. 그러나 안타깝게도 이런 수색이 긍정적인 결과를 가져올지 확신할 수 없는 상황입니다. 그 녀석은 바다로 나가지 않고 아직 땅에 발을 붙이고 이 나라 어느 구석을 떠돌고 있을 수도 있습니다. 하여간 그런 이유로 나는 당신에게 연락을 하기로 했고, 당신도 그 아이와 그의 어머니에게 매우 부당한 일을 저지른 대가로 이 일을 돕는 방향으로 무슨 일이든 해 주기를 부탁드립니다. 지혜로운 자에게는 암시로 충분하다 했으니[75] 당신과 같은 학자는 지금 당신에게 요구하는 것이 돈이 아니고, 긴급히 대응해 달라는 것임을 알아주시리라 생각합니다.(아마 당신과 가까운 인맥을 동원해야 할 것입니다.) 나는 당신이 최근에 있었던 불쾌한 사건들을 다시 되풀이할까 봐 이 사실을 언급하는 것입니다. 아이가 어려움에 처했을 때 내 처가 당신에게 도움을 요

---

75) 여기서 인용하는 문구는 원래 "지혜로운 자는 암시로 충분하지만 어리석은 자에게는 주먹이 필요하다."이며, 잠언 미드라쉬(22: 6 관련 설명)에 나오는 말이다.

청하자 당신은 손가락 하나 까딱하지 않고 그 대신 요청하지도 않은 돈을 우리에게 보내면서 자신의 양심을 잠재우려고 했습니다. 물론 당신 같은 분에게도 아직 양심이 남아 있다는 전제하에 하는 말입니다. 내가 아직 순진한 건지도 모르겠습니다.

나. 내 아내 일라나 쏘모에 관하여. 그녀는 보아즈가 말썽을 부리는 바람에 상심해서 침대에 몸져누웠습니다. 어제 그녀가 당신이 보내 준 돈 때문에 나 몰래 사적인 편지를 당신에게 한 번 더 보냈다고 고백했습니다. 당신도 충분히 짐작하시다시피 나는 몹시 화가 났습니다만, 그녀가 고백을 했기 때문에 그리고 무엇보다 고통이 모든 죄를 씻어 주기 때문에[76] 곧 화를 풀고 그녀를 용서했습니다. 쏘모 부인은 교수님 당신 덕분에 아주 극심한 고통에 시달려 온 사람입니다.

물론 나는 그녀가 당신에게 보낸 편지에 무슨 말을 썼는지 알아내려고 한 적이 없습니다만(그런 행위는 내 품위를 떨어뜨리기 때문입니다.) 그녀는 당신이 답장을 하지 않았다고 스스로 말해 주었습니다. 내 생각에 당신은 침묵으로 악한 행위에 죄를 더하고 있습니다. 나는 당신이 무슨 말을 쓰든지 읽지 않을 테니 걱정 마십시오. 우리의 게르숌 랍비[77]가 금하고 있기 때문이기도 하지만 내가 보기에 선생님 당신은 역겨워서 따로

---

76) "고통이 모든 죄를 씻어 준다."라는 문장은 탈무드에 나온다.(탈무드, 브라콧 5 앞면.)
77) 11세기경 프랑스 등지에서 활동했던 아쉬케나즈 종파의 대표적인 스승이다.

떼어 놓은 것[78]과 같기 때문입니다. 만약 당신이 편지를 한 통 써서 왜 당신이 그녀를 괴롭혔는지 해명하고 지은 죄를 사과한다면, 당신이 그녀에게 안겨 준 고통의 60분의 1이라도 달랠 수 있을지 모릅니다. 그렇게 하지 않는다면, 당신이 준 돈은 마치 주지 않은 것과 마찬가지가 될 것입니다.

다. 돈 문제에 관하여. 선생님 당신은 3월 7일 제네바에서 내게 오만하다 못해 자기 과시에 가까운 편지를 보냈고, 나에게 돈을 받으면 입을 다물고 고맙다는 말도 하지 말라고 했습니다. 그렇지만 나는 당신에게 고맙다는 말을 할 생각조차 한 적이 없음을 잘 알아 두시오! 무엇에 대해 고마워해야 합니까? 공정하게 따지면 당신이 보아즈와 쏘모 부인에게 그리고 또한 어린 딸에게 마땅히 주어야 했을 돈의 일부를 지불하기로 아주 뒤늦게라도 기억해 준 것을 말입니까? 당신은 정말 끝도 없이 무례하군요, 선생님. 우리 전통에 구리 이마[79]라고 기록된 것과 같습니다.

당신이 적정 금액이라고 보낸 액수를 보니(미화 10만 7000달

---

78) '역겨움 때문에 따로 떼어 놓은 것'이란 랍비 유대교의 안식일법과 관련된 법률 용어다. 안식일에는 노동을 하는 것이 금지되어 있으며, 특히 물건을 한 장소에서 다른 장소로 들어 옮기는 행동이 금지되어 있다. 그래서 아예 안식일에 옮기지 않도록 '따로 떼어 놓은 것'을 지정하기도 하는데, 일상생활에 필요한 물품인데도 어쩔 수 없이 떼어 놓은 것 외에 너무 혐오스러워서 옮기지 않는 물건도 있다는 의미다.
79) 히브리 성서 「이사야」 48장 4절에 나오는 표현이다. "나는 네가 완고함을 알고 있으니, 네 목 힘줄은 철이요 네 이마는 구리로구나."라고 기록되어 있다.

러를 서로 다른 액수로 세 번에 나누어 이스라엘 리라로 지급) 헤브론에 있는 벳 알칼라이 저택을 되찾기 위한 기부금은 고려 대상에서 제외되었더군요. 그럼에도 본인은 이 유감스러운 기회를 이용해서라도 다시 한번 당신에게 미화 12만 달러를 이 거룩한 목표를 위해 빠른 시일 내에 기부하라고 간청하는 바입니다. 여기서도 위에서 언급한 두 가지 주제와 마찬가지로 목숨을 구하는 일과 관련이 있을 수 있습니다. 물론 목숨 구하기를 아주 폭넓게 해석한다면 말입니다. 위에서 말한 바와 같이, 목숨이 달린 일이 아니라면 나는 당신에게 좋다든지 나쁘다든지 말을 꺼내지도 않았을 것입니다. 이 문제는 이렇게 설명할 수 있습니다. 우리의 믿음에 따르면 당신의 사악한 행위는 보아즈의 말썽과 그의 어머니에게 닥친 고통과 관련이 있습니다. 당신이 뉘우치고 기부를 한다면 신이 그 소년을 불쌍히 여겨 관대한 기준으로 심판하실 것이고[80] 그가 무사히 돌아올지도 모릅니다. 이 세상에는 보상과 처벌이 존재하고, 심판과 심판관이 존재하지만, 나는 아직 모자라서 저 위에서 어떤 식으로 상벌을 따지는지, 왜 당신의 악행을 이 여인과 소년의 고통으로 갚아야 하는지 이해하는 척할 수 없습니다. 누가 알겠습니까? 우리가 당신의 기부금으로 이방인의 손에서

---

80) 랍비 유대교에서 신의 성품을 두 가지 또는 열세 가지로 구분한다. 간단하게 두 가지로 구분할 때 신은 정의로움과 관대함(불쌍히 여김)이라는 두 가지 성품을 가지는데, 신이 심판을 하면서 어느 기준을 적용하느냐에 따라 그 결과가 크게 달라진다. 그러므로 사람은 평소에 선행을 실천하면서 신이 관대한 기준을 적용하도록 비는 것이다.

되찾아야 한다고 믿는 헤브론의 그 집 지붕 아래 당신 아들이 언젠가 거주할 혜택을 누릴 수도 있고, 그렇게 정의가 실현되고, 하늘 위에 앉은 분께서 웃으실지 누가 알겠습니까. 우리 전통에 바람은 돌고 돈다고 기록했고[81] 또 네 빵을 물 위에 던지면 여러 날 후에 그것을 도로 찾는다고 기록한 바와 같습니다.[82] 심판의 날이 와서 조롱도 소홀함도 없는 심판관 앞에 당신이 설 때 이 기부금이 당신 악행의 맞은편에 서게 될지도 모릅니다. 그리고 선생님, 그곳에는 변호사도 없으니 당신은 아주 곤란한 상황에 처하리란 것을 기억하십시오.

마지막으로, 나는 부득이한 이유로 이 편지를 변호사 작하임 씨를 통해 보낼 수밖에 없었음을 강조하고 싶습니다. 작하임 씨가 당신의 주소를 내게 알려 주기를 완강하게 거절했고, 이 편지에 대한 것을 내 아내에게 알리고 싶지 않아서 그녀에게 묻지 않았기 때문입니다. 그녀는 이 일 말고도 충분히 신경이 곤두서 있으니까요.

또한 이 기회를 빌려 작하임 씨의 행동에 대해서도 항의하고 싶습니다. 그의 머릿속에는 협박과 갈취를 주제로 삼은 삼류 범죄 영화, 그러니까 미카엘 쏘모가 마피아나 그 비슷한 조직의 돈 콜레오네 역을 맡고 있는 범죄 영화가 자리하고 있는 듯합니다. 만약 이런 말이 다른 사람의 입에서 나왔다면, 나는 조용히 넘어가지 않았을 것입니다. 그러나 작하임 씨는, 그

---

81) 히브리 성서 「전도서」 1장 6절에서 인용했다.
82) 히브리 성서 「전도서」 11장 1절에서 인용했다.

의 이름으로 보아 당사자나 가족이 유대인 대학살을 겪고 우리 나라에 왔을 가능성이 있다고 생각되며, 유대인 대학살을 겪은 유대인이라면 나는 모든 것을 용서하기로 했습니다. 작하임 씨는 그런 경험들 때문에 병적인 의심을 품게 됐을 수도 있고, 특히 나와 같은 민족주의적인 사상과 혈통을 가진 사람들이나, 그리고 또 계명을 지키는 사람들에 대해서는 더욱이 그럴 것입니다. 이것은 물론 우리 전통에 산 그림자를 보고 산처럼 생각한다고 기록한 것과 같습니다.[83]

그래서 나는 당신의 변호사를 용서하기로 결정했습니다. 그러나 당신은 아닙니다, 선생님. 당신을 위한 용서는 없습니다. 혹시라도 당신이 이 편지에 기록한 세 가지 항목들을 성실하게 실행한다면, 즉 아이를 찾아보기, 부인에게 사과하기, 그리고 이 땅을 회복하기 위해 기부하기를 완료한다면, 어쩌면 하늘에서도 당신을 관대하게 심판하실지 모르겠습니다. 적어도 당신 편을 들어 줄 수 있는 무언가를 보게 되실지도.

독립 기념일을 즐겁게 보내시기 바라며
미카엘 쏘모

**

동봉한 편지   76. 5. 9.

---

83) 히브리 성서 「사사기」 9장 36절에서 인용했다.

친애하는 알렉스,

몇 마디만 덧붙이겠소. 여기 당신의 작달막한 재산 상속인이 밀봉해서 보내는 편지를 당신에게 전달하오. 나는 그가 이번에도 돈을 요구하고 있다는 데 내기를 걸겠소. 필시 그는 자신이 조폐 공사에 직통으로 연결된 자동 현금 인출기의 기점에 접속하는 데 성공했다고 생각하는 것 같소. 혹시라도 당신이 이번에는 당신 비용으로 성전을 짓거나 그냥 이 메시아의 당나귀에게 보너스를 주기로 결정한다면,[84] 제발 나를 빼고 하시오. 나는 이슬람교로 개종할 테니 우리 갈라섭시다.

나는 쏘모의 행동으로 미뤄 보아 그 키다리 아이가 또다시 가출했음을 알 수 있었소. 어떻게 오벨리스크같이 큰 녀석이 매번 사라지는 데 성공할 수 있는지 이해한다는 말은 아니오. 그러나 걱정할 건 없소. 지난번에 가출했을 때처럼 하루나 이틀 뒤면 중앙 버스 터미널에서 훔쳐 온 선원들의 물건들을 팔고 있는 녀석을 발견하게 될 테니 말이오.

그런데 며칠 전에 벤예후다 거리에서 우연히 당신에게 이혼당한 여자를 보았소. 그 신사분이 그녀에게 수준 높은 관리를 해 주었는지, 그녀의 주행 거리를 감안하면 그녀는 아주 양호해 보였소. 특히 그녀가 벌써 여러 남자의 손을 거쳤다는 점을 감안한다면 말이오.

---

84) '메시아의 당나귀'라는 표현은 히브리 성서 「스가랴」 9장 9절에 제일 먼저 나오는데, 정의로운 구원자인 왕이 당나귀를 타고 온다고 말했다. 기독교 신약 성서 「마가복음」 11장 1~11절에는 예수가 나귀를 타고 예루살렘에 입성했다는 기록이 남아 있다.

내가 차마 하지 못한 말이 있는데, 알렉스, 이번에 런던에서 만났을 때 나는 당신 모습을 보고 많이 놀랐소. 제발 정신 좀 차리고 골칫거리를 찾아다니지 마시오.

당신의 믿음직한 만프레드

**

전보

쏘모 타르나즈 7 예루살렘

작하임에게 그 아이를 찾아보라고 지시했습니다. 요청받은 편지는 가까운 시일 안에 부인에게 발송될 것입니다. 만약 당신들이 그 아이에게 유전자 검사를 시행하는 데 동의한다면 오만 달러를 더 보내 드리겠습니다. 그와 동시에 나도 여기 런던에서 동일한 검사를 받겠습니다. 알렉산더 기드온.

**

변호사 만프레드 작하임   76. 5. 14.

작하임과 디모디나 사무소

함멜렉 조지 36

예루살렘

친애하는 작하임 씨,

저의 전남편이 전보를 보내 당신에게 제가 제 아들 찾는 걸

도와주라는 부탁을 했다고 알려 주었어요. 그 아이는 아마 배에서 일하려고 가출한 것 같아요. 제발, 당신이 할 수 있는 일은 뭐든지 다 해 주시고, 뭐라도 알아내시면 당장 전화로 연락 주세요. 제 전남편은 전보에 보아즈의 친자 확인을 위한 유전자 검사를 언급했어요. 오늘 아침에 제가 전화로 말씀드린 것처럼(당신은 이 내용을 서면으로 전달받기를 요청했지만요.) 칠 년 전에 그런 검사에 반대했던 것을 철회합니다. 지금 유일한 문제는 아이를 찾아서 그의 아버지가 요구하는 검사를 받도록 설득하는 것뿐이에요. 쉽지는 않을 거예요. 부탁드리는데, 작하임 씨, 제 전남편에게 그가 전보에서 제안한 금전과 전혀 무관하게 제가 그 검사를 거부했던 것을 철회한다고 설명해 주세요. 간단히 말해서, 우리에게 돈을 더 주지 않아도 된다는 거예요. 오히려 저는 지금 그가 검사를 요청해 주어 기쁘게 생각해요. 작하임 씨 당신도 기억하시다시피, 우리가 이혼 소송 진행 중이었을 때 저는 검사에 반대했었어요. 그렇지만 그 사람도 검사를 받는 데 동의하지는 않았죠.

만약 그가 저의 현재 남편이 언급한 일을 위해 기부하고자 한다면, 이 검사 문제와 상관없이 그렇게 하라고 하세요. 그냥 그 사람에게 전 이제 다 괜찮다고 말해 주세요. 그리고 무엇보다 중요한 건요, 작하임 씨 당신께 꼭 부탁드리는데, 그 아이가 어디에 있는지에 대해 뭐라도 알게 되면 한밤중에라도 저희에게 연락 주세요.

감사드리며
일라나 쏘모(기드온)

*
**

쏘모 부인 귀하   햄프스테드, 런던

개인 서신   76. 5. 16.

작하임 변호사를 통해 전달

  쏘모 부인,

  작하임이 없어진 아이를 당신들에게 찾아주기 위해 백방
으로 노력하고 있소. 분명 북소리를 듣고 사냥감을 향해 이미
많이 모여들었을 쏘모 부족 모두를 그 사람 혼자서 상대하기
는 벅찬 듯하지만. 이렇든 저렇든 간에, 이 편지가 도착할 때
쯤이면 보아즈가 무슨 소식이든 전할 거요. 그런데, 나로서는
유감스러운 마음이 없지는 않소. 우리 중에 때로는 자리를 박
차고 일어나 아무런 흔적도 남기지 않고 사라지는 꿈을 꾸어
보지 않은 사람이 누가 있겠소?

  어제 당신 남편으로부터 편지가 한 통 도착했소. 아마 그분
에게 신의 현존이 강림했든지, 아니면 하늘에서 음성이 들리
면서 반드시 내 돈으로 피톰과 라암쎄스 폐허를 재건하라고
명령을 내렸나 보오.[85] 그리고 천상의 예루살렘을 세우려는
방대한 계획에 따라 그는 내게 즉시 회개하라고 명령했고 먼
저 당신에게 사과와 해명하는 일부터 시작하라고 했소. 그다

---

85) 고대 이스라엘 사람들이 이집트에 있을 때 파라오의 명령을 받아 국고
성으로 세운 두 도시.(「출애굽기」 1: 11.)

음 차례로 아마 금욕과 금식이 따라올 테지.

그렇지만 나는 순진하게도 우리 사이에 있었던 일은 종교 법원과 지방 법원에서 두 차례의 재판을 받으면서 이미 충분히 밝혀졌고 더 이상의 논의는 백해무익하다고 생각하오. 사실 나는 해명해야 할 사람은 바로 당신이라고 보고 있소. 물론 당신은 자기가 어떤 상태인지 설명하려는 듯 모호한 말들을 편지에 써 보냈고 쏘모 씨의 밤일에 관한 이야기까지 지나치게 자세히 언급했소. 그러나 나는 그 문제에 전혀 관심이 없소.(당신의 표현이 그리 나쁘지 않지만, 너무 문학적이어서 내 취향은 아닌 것 같소.) 더구나 내 모습이 당신 안에 계속 흥분을 일으키든 말든 나에게는 하등 영향이 없소. 나는 당신들 두 사람이 그렇게 열정적으로 나에게 기부를 요구하는 걸 멈추었으면 좋겠소. 난 뱅크 오브 잉글랜드도 아니고 정자 은행도 아니니까. 그런데 당신은 유일하게 나를 신경 쓰이게 하는 문제는 전혀 말하지 않았소. 그 당시에 왜 유전자 검사를 받지 않겠다고 펄쩍 뛰며 반대한 거요? 만에 하나 내가 생물학적인 아버지로 밝혀졌다면, 나는 물론 정말 어려운 처지가 되었을 테고, 아마 재판에서 당신을 이기기가 거의 불가능했을 텐데 말이오. 난 지금까지도 그 점을 이해하지 못하겠소. 내가 아이의 아버지가 아니란 것이 밝혀질까 봐 두려웠소? 아니면 내가 그 아이의 아버지로 밝혀질까 봐 두려웠소? 그 애 아버지가 누구인지 조금이라도 미심쩍은 구석이 있는 거요, 일라나?

그리고 이제 와서 무엇 때문에 갑자기 마음을 바꾸어 모든 것이 다 끝난 마당에 그 검사를 받겠다고 동의한 거요? 그러니까, 정말로 당신 마음이 바뀌었다면 말이오. 그리고 또다시 마음을 바꾼 게 아니라면 말이오.

정말 오로지 돈 때문인 거요? 그렇지만 그때도 돈 때문이었지. 그때도 당신은 돈 때문에 싸웠소. 그리고 패소했지. 패소당해 마땅했소.

내가 다시 제안하겠소. 그 검사를 받는다면 결과와 무관하게 5만 달러를 더 받을 것이오.(무슨 용도로 쓰든 난 상관하지 않을 거고, 이왕이면 교황을 개종시키시오.) 작하임은 내가 완전히 제정신이 아니라고 하지만. 그의 날카로운 논리에 따르면, 내가 전보로 검사 결과와 상관없이 당신들에게 돈을 주겠다고 약속한 순간 모든 패가 당신들 손안에 들어갔고, 내 머리를 금 쟁반에 얹어서 바친 꼴이라고. 여기까지가 작하임이 한 말이오.

그가 정말 옳았소?

이제 당신이 재판에서 유전자 검사를 요청하는 대신 오히려 반대하면서 당신 자신과 보아즈를 희생시킨 이유를 설명해 주겠소? 이렇게든 저렇게든 패소하지 않았다면 당신이 더 잃을 것이 뭐가 있었소? 정말 당신은 검사 결과가 어떻게 나올지 자신이 없었던 거요? 아니면 오직 내게 의심을 심어 주기 위해서 악의적으로 모든 것을 잃고 그 아이와 함께 거리로 내쫓기는 편을 선택한 거요?

그래 놓고 이제 와서 감히 내게 편지를 보내서 내가 "짓밟는 것이 아니라 물기만" 할 뿐이라고 한단 말이오? 그걸 풍자적인 농담이라고 썼소? 자, 은퇴한 용이 당신에게 지금 새로운 제안을 하오. 당신이 왜 지난 육십팔년에는 친자 확인 검사에 반대했고 왜 지금은 동의하는지 그 이유를 솔직하게 답한다면, 나는 내 유언장을 보아즈 앞으로 고치겠다고 약속하오. 그리고 답신으로 당신들에게도 5만 달러를 더 보내겠소. 사실, 당신이 내게 답을 준다면 검사도 필요 없소. 내가 가진 유일한 질문에 당신이 수긍할 만한 대답을 한다면 그것도 철회하겠소.

그러나 만약 당신이 거짓말이 모자라서 거짓말을 더 보태고 싶다면, 우리는 전처럼 연락을 끊는 편이 더 나을 거요. 그리고 이번에는 연락을 영원히 끊어 버릴 거요. 거짓말이라면 이미 당신에게 속아 넘어간 남편들로 군부대 하나는 충분히 만들 수 있을 만큼 들었으니까. 더 이상 거짓말로 나를 속일 수는 없을 거요. 그런데, 당신 스스로 세 명의 랍비 앞에서 우리가 결혼해서 사는 동안 운동장을 가득 채울 정도의 남자들과 잠자리를 했다고 고백했는데, 당신 남편은 도대체 내게 어떤 해명을 요구하는 거요?

이렇든 저렇든 우리는 연락을 끊는 편이 더 나을 거요. 당신은 내게 뭘 더 바라는 거요? 돈 말고 내가 당신에게 줄 수 있는 게 뭐겠소? 갑자기 용고기 스테이크를 감자튀김과 함께 배불리 먹고 싶은 식욕이 끓어 넘치는 거요? 왜 갑자기 칠 년이 지난 우리 무덤을 소란스럽게 만들려 하오?

그만 내버려 두시오. 나는 그저 혼자 조용히 살고 싶을 따름이오. 매일 밤 10시에 잠자리에 들어 꿈도 꾸지 않고 자오. 매일 아침 4시면 일어나서 논문이나 강의를 준비하오. 욕망이라면 이미 모두 꺼져 버렸소. 심지어 난 브뤼셀에 있는 골동품 상점에서 지팡이도 하나 샀소. 여자들이나 남자들, 돈이나 권력이나 명예가 모두 공허할 뿐이오. 아주 가끔씩만 나는 아직 밖으로 나가서 개념과 생각 사이를 잠깐 산책하고 있소. 매일 300쪽씩 글을 읽소. 허리를 숙이고 여기저기서 인용문과 각주를 모은다오. 그게 다요, 일라나. 이왕 내 생활에 관해 말하기 시작했으니 한마디 덧붙이자면, 당신이 우주선과 눈 등 시적으로 묘사한 말들이 사실 꽤 아름답기는 하지만(당신은 언제나 그런 재능이 있었지.), 공교롭게도 내 방에 벽난로는 없고 중앙 제어식 난방기가 있음을 알려 주겠소. 그리고 내 창문 앞에 눈이 쌓여 있지는 않고(지금은 5월이니까) 작은 정원만 보이는데, 긴 나무 의자가 놓여 있는 영국식으로 잘 다듬어 놓은 잔디밭, 수양버들 그리고 회색빛 하늘이 보인다오. 그리고 나는 곧 시카고로 돌아갈 거요. 내 파이프 담배와 위스키에 관해 말하자면, 벌써 일 년 이상 나는 음주와 흡연을 금지당하고 있소. 만약 당신이 정말 내 유언장을 보아즈 앞으로 고치는 데 관심이 있다면, 그리고 당신 남편이 몇만 달러 정도를 더 받을 생각이 있다면, 내가 당신에게 제시한 단 하나의 질문에 솔직하게 대답하려고 애써 보시오. 그렇지만 명심하시오. 한마디만 더 거짓말을 한다면, 당신들은 다시는 나에게서 어떤 대답도 돈 한 푼도 받을 수 없을 거요. 영원히. 당신이 나에게 새로 붙여 준 별명으로 지금 여기 서명하오.

사악하고 외로운 알렉

＊
＊＊

.✗ 기드온 박사   예루살렘

작하임 변호사를 통하여   76. 5. 24.

사악하고 외로운 알렉,

오늘 우리는 보아즈가 보낸 엽서를 받았어. 그 애는 시나이 반도 어딘가에 있다는데, 그게 어딘지는 우리에게 알려 주지 않았지만, 이 엽서에 따르면 거기서 일하며 돈을 잘 번다고 했어. 아직 그 애가 있는 곳을 찾아내지는 못했어. 전지전능한 당신의 작하임 씨도 성공하지 못한 것 같아. 그렇지만 당신은 당신 편지에서 나를 아프게 하고 심지어 나를 놀라게 하는 데 성공했어. 그런데 그건 당신이 독한 말을 퍼부은 부분이 아니라 오히려 당신이 담배도 피울 수 없고 술도 마실 수 없다고 쓴 부분 때문이었어. 제발 무슨 일이 있었는지 내게 알려 줘. 도대체 무엇 때문에 수술을 받았는지. 모든 사실을 있는 그대로 알려 줘.

당신은 내게 두 가지 질문을 했어. 내가 당신을 고소했던 재판에서 우리 세 사람에게 유전자 검사를 하라고 했을 때 왜 반대했는지, 그리고 아직도 내가 그 검사를 받는 걸 반대하고 있는지. 두 번째 질문에 대해 답하자면 나는 이제 반대하지 않아. 다만, 그건 이제 당신과 보아즈의 문제일 뿐이야. 만약 그게 당신에게 정말 그렇게 중요하다면, 그 아이에게 검사를 받자고 설득해 봐. 물론 그전에 먼저 그 애를 찾아야 되겠

지. 당신이 직접 가. 작하임과 탐정들을 대신 보내지 말고.

내가 쓸데없는 말을 지껄이고 있군. 당신은 당신의 소굴에 숨어서 나올 생각이 없는데. 첫 번째 질문에 대한 대답은, 칠 년 전에 사실 나는 당신에게서 양육비와 위자료는 물론 재산의 일부도 꼭 받아 내고 싶었지만, 보아즈를 당신 손에 넘기면서까지 그러고 싶지는 않았어. 당신처럼 전 세계적으로 유명한 학자가 그걸 알아채지 못했다니 놀라울 뿐이야. 사실, 뭐 놀랍지도 않지.

내가 유전자 검사에 반대한 이유는 그 검사를 받고 당신이 아버지인 것이 밝혀지고, 당신이 강요해서 내가 간통 사실을 인정하게 되면, 랍비 재판소는, 그리고 어떤 다른 재판소라도 그 애를 당신에게 넘겨줄 거라고 내 변호사가 설명해 주었기 때문이야. 당신이 우리를 향한 증오에 불타서 망설임도 없이 보아즈를 내게서 빼앗아 가고 그 대신 내게 푼돈이나 좀 넘겨 줄 거라고 확신했어. 그때 보아즈는 겨우 여덟 살이었어.

그게 비밀의 전부야, 정말이야.

간단히 말해서 나는 재판에서 이기기 위해서 아이를 잃고 싶지는 않았고, 오히려 그 반대를 원했어. 그래, 나는 돈이 한 푼도 없었으니까 당신한테 지원을 좀 받아 내고 싶기도 했지만, 그렇다고 보아즈를 포기할 수는 없었어. 이게 내가 당신의 아들이 진짜 당신 아들이라는 걸 증명해 줄 검사를 시행하는 것에 대해 거부권을 행사한 이유야. 그러니까 사실은 우리 둘다 진 거야. 지금 보아즈는 오로지 자기 자신의 것이고 어쩌면 자기 자신으로부터도 이방인일지도 몰라. 당신과 똑같이. 나는 당신과 당신 아들이 꼭 닮았다는 비극적인 사실을 생각할 때마다 가슴이 조여 와.

그러니까 만약 그때 당신이 지금 우리에게 물처럼 쏟아붓기 시작한 돈의 10분의 1만 내게 주었더라면, 나는 보아즈를 직접 키울 수 있었을 거야. 그리고 그 후로 지금까지 나에게도 그 아이에게도 더 나았을 거고. 그렇지만 그게 바로 당신이 내게서 모든 걸 빼앗아 가려 했던 이유였지. 내가 당신에게 미셸이 그 아이 앞길을 어떻게 열어 주었고 또 보아즈도 길은 막혔지만 그 나름대로 미셸을 좋아하는 것 같다고 말하는 바람에 당신이 기겁하고 놀라지 않았다면, 지금도 당신은 우리에게 한 푼도 주려 하지 않았을 거야. 그런데 나는 미셸이 순진하게 당신이 갑자기 회개했고 그의 표현대로 당신이 자기 길을 바로잡기 시작했다고 계속 믿는다 해도 별 상관이 없어. 하지만 나를 속일 수는 없어, 알렉. 당신은 바로잡기 위해서가 아니라 파멸시키기 위해서 우리에게 이 돈을 준 거야. 불쌍한 알렉, 도망치려던 당신의 시도는 다 헛일이었어. 무관심한 신인 척한 것도 헛일이었고. 구름 속에 숨어서 새 출발을 하려 했던 것도 헛일이었지. 당신은 나만큼도 성공하지 못했어. 우리가 지난 칠 년 동안 아무 말도 하지 않은 것이 다 헛된 일이었어, 우리 둘 다. 당신 검고 긴 겉옷을 둘러 입었어? 당신 머리에는 수도사처럼 후드 모자를 덮어썼어? 자, 이제 시작이야. 난 준비됐어.

당신의 건강 상태에 관해서 솔직하게 알려 줘. 당신 방 창가에서 흐느끼는 버드나무와 회색빛 하늘이 갑자기 내 마음을 어지럽게 하네.

조금만 더 기다려 봐, 알렉. 이건 두 사람이 함께하는 놀이
잖아. 이제 내가 당신에게 질문할 차례야. 당신은 왜 내가 거
부하는 걸 받아들인 거야? 그리고 당신이야말로 왜 유전자 검
사 받는 걸 거부했어? 당신이 재판에서 나를 짓밟기 위해서
싸운 것만큼 보아즈를 두고 싸우지 않은 이유가 뭐야? 나를
완전히 짓밟을 수 있었을 텐데 왜 그 아이를 얻기 위해 싸우
지 않은 거지? 그리고 왜 하필 이제 와서 그 검사를 시행하기
위해 우리에게 큰돈을 줄 생각을 한 거야? 이제 당신이 거짓
말을 하지 않을 차례야. 당신 대답을 기다릴게.

일라나

*
**

일라나 쏘모에게   런던
개인 서신   76. 6. 2.
작하임 변호사를 통해 전달

왜냐하면 나는 보아즈를 내게 데려올 수도 없었고 그러고
싶지도 않았으니까. 나는 그 아이를 어떻게 해야 할지 몰랐어.
내가 검사를 받는 데 동의했다면 법원 명령으로 그 아이를 내
옆에 잡아 두었을 테지. 하지만 그 아이가 내 곁에서 자랐다
면 뭐가 됐겠어?

이것이 당신 질문에 대한 대답이야.

우리 선고문 끝에 뭐라고 써 있었지? "쌍방이 향후 서로에게 아무런 의무도 지지 않는다." 그리고 그동안 작하임과 탐정들이 보아즈를 찾는 데 성공했다더군. 그러니까 쏘모가 아니라 내가 찾았다고. 당신의 그 성스러운 자라면 어떻게 말할까? "이것을 당신 눈앞에 써 붙여 주겠소?" 그 아이는 샤름 에쉐익[86])에서 유리로 바닥을 깐 유람선에서 일하면서 정말 돈도 꽤 잘 벌고 있더군. 나는 작하임에게 전화해서 그 아이를 그냥 놔두라고 말했지. 당신 남편도 사리 분별을 할 줄 안다면 이번에는 개입하지 않으리라 믿어. 당신 남편이 보아즈를 해방된 점령 지역을 구원하기 위해 내가 기부한 아이라고 인정하고 내게 영수증을 발행해 줄 수 없을까? 당신이 그렇게 부탁해 줄 수 있잖아?

당신이 그자에게 내가 쓴 편지들을 읽으라고 보여 준 거야? 그는 자기 권리랍시고 당신 면전에서 그것들을 읽고 아마 여기저기 검열을 해 댔을 것 같군. 아니면, 뜻밖에도 자기 아내의 편지를 훔쳐보거나 몰래 그녀의 서랍을 뒤지는 일을 자제했을지도 모르지. 세 번째로, 당신이 집을 비우고 없을 때 그자는 몰래 한 글자씩 다 읽고 나서 나중에는 토라에 맹세코 자기 아내를 신뢰하며 그녀가 범법 행위를 했을 거라는 생각은 꿈에도 해 본 적이 없으며 그에게 있어서 아내의 편지는 성물에 속한다고 했을 수도 있겠지. 네 번째 가능성은 당신이 내게 그자가 내 편지들을 못 읽게 할 거라고 약속하고도 그에게

---

86) 시나이반도 남쪽 홍해 해안에 있는 이집트 휴양 도시.

읽으라고 줄 수 있겠네. 아니면 그에게 보여 줄 거라고 나한테 말하고 사실은 그러지 않았을지도 모르고. 당신이 나와 함께 그를 배신하거나, 그와 함께 나를 배신하거나, 함께 우리 둘을 배신하거나, 아니면 우유 배달원과 함께 우리 둘을 배신했을지도 모르지. 당신은 어떤 일도 할 수 있으니까. 모든 것이 가능해, 일라나, 한 가지만 빼고. 당신이 정말 누구인지 내가 알게 해 주는 것. 그것을 알 수만 있다면 내가 가진 모든 것을 내놓았을 거야. 그러나 내가 가진 것은 돈뿐인데, 당신이 편지에 썼던 것처럼, 돈은 도움이 안 되네. 외통수에 장군이로군.

그리고 이렇게 돈 이야기를 꺼냈으니 말인데, 얼마가 더 필요한지 편지로 알려 줘. 정말 당신은 내가 헤브론을 되찾기 위해서 그자에게 기부하기를 바라는 거야? 난 상관없어. 내가 그에게 헤브론을 사 줄게. 그러고 나서 그에게 쉐켐도 사 주지 뭐. 그자의 생일이 언제야? 그 대가로 나는 당신에게 그 성자의 비결이 무엇인지 알려 달라고 요구할 거야. 그자가 어떻게 당신의 마음을 사로잡은 거지? 내가 사립 탐정 두 명에게 의뢰했더니 당신은 그자를 한 번도 배신한 적이 없다고 확인해 주더군.(당신이 내게 보낸 10만 달러짜리 그 성관계 쿠폰을 계산에 넣지 않는다면 말이지. 그리고 우리 둘은 그 쿠폰 덕에 하지도 않은 성교의 대가로 지금까지 지불된 화대 중 가장 비싼 가격을 지불했다고 기네스북에 오를 거고.) 어쨌든 내게 제출한 마지막 청구서에 따르면(최소한 지금까지는 그래.) 당신의 마혜르 샬랄 하쉬 바즈[87]

_____

87) 히브리 성서에 이사야 선지자의 아들 이름으로 나오는데, 그 뜻은 '속히

는 내가 당신이 죄를 짓도록 몰아붙였다고 넌지시 말하던데. 그자의 출신지에서는 그런 이야기들이 아주 흔한가 봐. 당신이 우리 생활에 관해서 그에게 뭐라고 이야기했는지 상상하는 것도 그리 어렵지는 않더군. 미녀와 괴물 이야기 말이야.

그자에게서 뭘 봤던 거야? 보아즈는 또 뭘 보는 거야?

당신은 편지에 그 애는 "불만이 많고 행동이 거친데, 미움을 먹고 힘이 엄청나게 세진 것 같다."라고 써 보냈지. 나는 그 아이가 매일 밤 잠들던 모습이 기억나. 마치 굴속으로 파고드는 새끼 동물처럼 겨울 담요를 자기 금발 머리 위로 끌어당겨 푹 뒤집어쓴 채 그 속에서 깊숙이 온몸을 웅크리고 자곤 했지. 아침에 그 아이가 잠에서 깨어날 때면 얼마나 부드러웠는지도, 아직 잠에 취해 있다가 갑자기 한쪽 눈을 번쩍 뜨면서 거북이가 벌써 일어났는지 물었지. 정원에 있던 사탕 꽃밭도 기억하고. 나비들의 무덤도. 거북이를 위해서 꾸며 주었던 미로와 놀이동산도. 내 차 운전대를 잡던 그 작은 두 손도. 양탄자 위에서 벌이던 탱크 전투들과 그 아이가 내 파이프 담배를 물과 비누로 씻어 주었던 일도. 당신이 자살 시도를 한 뒤에 그 아이가 건천으로 도망갔던 것도. 그리고 어느 날 밤 내가 집에 돌아와서 내 것이 아닌 초록색 라이터가 부엌 식탁 위에 있는 것을 발견하고 당신을 주먹으로 한 대 때렸는데 갑자기 그 아이가 우주인 잠옷 바람으로 부엌에 나타나 당신이 더 약하니까

약탈물을 급히 노획물을', 즉 약탈하고 노략할 침입자들이 속히 이른다는 말이다.(「이사야」 8: 1~8.)

그만 때리라고 내게 조용히 부탁했던 일도. 내가 그 아이에게 너는 침대로 꺼지라고 말하고 계속해서 당신을 때리자, 그 아이가 작은 선인장 화분을 들어서 내게 던졌고 내 뺨에 맞았지. 그래서 나는 당신을 놓아주고 그 아이를 붙잡아 미친 것처럼 그 금빛 머리를 벽에 찧고 또 찧었던 일도. 그때 내 주머니에는 권총이 있었고 나는 그날 밤 너희 두 사람을 쏴 버리고 나 자신에게도 총알을 박아 넣을 수 있었지. 그리고 사실 난 그렇게 했고, 그 후로 우리 세 사람은 꿈이 되어 버렸어.

지난 세월 동안 내가 작하임과 사립 탐정들로부터 당신과 보아즈에 관한 보고서를 매달 받아 보고 있었다는 사실을 당신도 알았으면 좋겠어. 그 아이가 난폭하다는 것을 포함해서 내가 알게 된 그 모든 사실들이 무척 마음에 들었어. 그 나무는 썩은 사과들로부터 아주 멀리 떨어져서 자라고 있더군. 우리 둘 다 그 아이를 양육할 자격이 없으니까. 우리는 머리에 총알을 맞는 것 말고는 아무도 아무것도 할 자격이 없지. 혹시 당신의 그 검은 귀신은 뭔가를 할 자격이 있을지도 모르겠군. 자기의 막펠라 굴[88]에 묻히는 정도겠지. 그리고 뭐가 됐든 더 빠른 것으로 말이야.

당신은 그자에게서 뭘 봤어, 일라나? 보아즈는 뭘 보는 거야?

만약 당신이 설득력 있는 대답을 보내 준다면 내가 약속했던 수표를 받게 될 거야. 당신이 내 건강에 대해서 갑자기 걱

---

88) 아브라함이 아내 사라의 장사를 지내기 위해 헤브론에서 막펠라 굴을 구입한 이야기가 히브리 성서에 나온다.(「창세기」 23.) 사라와 아브라함, 이삭과 리브, 레아와 야곱이 장사된 곳이다.(「창세기」 49: 31.)

정하던 말(또는 상속을 향한 당신의 열정)은 늘 그랬던 것처럼 마음에 와닿았다고 해 두지. 그렇지만 제발 호들갑 좀 그만 떨지 그래. 난 아직 건재하니까. 여러 차례의 수술에도 불구하고 말이야. 사실, 위스키와 파이프 담배가 없어서 당신의 시적인 상상의 무기고에는 이제 펜과 안경밖에 남은 것이 없지만, 정말 난 가끔 그것들을 내 책상 위에서 왼쪽으로 이 센티미터 혹은 오른쪽으로 삼 센티미터 옮기곤 하지. 정확히 당신이 편지에 쓴 것처럼 말이야. 그래도 나는 유리 그릇을 깨거나 물건을 불에 던지지는 않아. 당신의 흰 눈과 빈 잔과 빈 병 대신에 내 창문 앞에 있는 버드나무를 사용하면 되겠어. 그 흑백 이미지는 제법 괜찮아, 당신이 그 파격적인 문체는 피하고 적당히 절제하며 사용한다면 말이지.

어쨌든 나는 이제 위스키를 조금 따를 거야. 당신이 내게 추천해 준 처방대로 고통이 사라질 때까지 책상 모서리에 머리 찧기를 시험해 보기 전에 말이야.

용이

전보

기드온 닉포르 런던

보아즈가 내 앞에 나타났소. 샤름에서 개인 사업을 시작한다며 유리 배를 사는 데 5000달러 그리고 추가로 그곳에 관광객들을 위한 망원경을 설치하는 데 1000달러를 당신에게 요구했소. 물론 안 된다고 대답했소. 당신이 알아야 할 것 같소. 만프레드.

*

전보

내 친구 작하임 예루살렘 이스라엘

그 멍청이에게 줘 버리시오. 알렉스.

*

전보

기드온 닉포르 런던

이제 그 녀석은 오피라에 아파트를 사겠다며 오천을 요구하고 있소. 잔드 사무소에서 내게 알려 온 바에 따르면 그 애는 그곳에 있는 주유소에서 스웨덴 여자 두 명, 프랑스 여자, 그리고 베두인 남자와 함께 살고 있소. 그에게 한 푼도 주지 않았소. 당신은 여기에 현금이 없을뿐더러 당신 부동산을 처분하지도 못했기 때문이오. 정신과 의사라도 만나 보시오. 만프레드.

*

전보

내 친구 작하임 예루살렘 이스라엘

만프레드, 내 부탁을 들어주시오. 지카론에 있는 부동산을 담보로 내게 돈을 융자해 주고 그 아이가 요구한 대로 주시오. 이번이 마지막이라는 말도 전해 주시오. 알렉스.

**

전보

기드온 닉포르 런던

당신의 융자 부탁을 거절하오. 만프레드.

**

전보

내 친구 작하임 예루살렘 이스라엘

당신은 해고요. 알렉스.

**

전보

기드온 닉포르 런던

해고해 줘서 감사하오. 서류는 누구에게 넘겨야 하오. 작하임.

*

전보

내 친구 작하임 예루살렘 이스라엘

당신의 사직을 허락할 수 없소. 당신은 짐승 같은 자요. 알렉스.

*

전보

기드온 닉포르 런던

지금 이 순간부터 앞으로는 이스라엘 땅 곳곳에 사는 모든 빈민층을 위한 지원을 멈춘다는 조건으로 일을 계속하겠소. 샤름에 배와 아파트를 사겠다는 요청도 거절해야 하오. 당신이 드미트리 카라마조프요, 리어 왕이오. 만프레드.

*

전보

내 친구 작하임 예루살렘 이스라엘

알았소. 라스푸틴 진정하시오. 현재로서는 내가 졌소. 알렉스.

*
**

.א .מ[89] 쏘모 씨   1976. 6. 7.

타르나즈 거리 7

예루살렘

등기 우편

친애하는 쏘모 씨,

당신은 제 의뢰인 .א .א 기드온 박사로부터 호의로 지급된
위로금을 이미 받은 것에 더하여, 당신이 직접 하든지 당신의
배우자를 통하거나 당신 배우자의 아들을 통하든지 간에 그
에게 금전적인 지원을 더 이상 부탁하거나 요구하지 말 것을
당신에게 경고하는 바입니다.

제 의뢰인은 전보를 통해 차후 감정적 호소나 다른 방법을
동원하여 그로부터 이미 받아 냈거나 장차 받아 내려고 하
는 금전의 이전에 대해 완전한 거부권을 행사할 수 있는 권한
을 본인에게 위임했음을 당신에게 통보합니다. 간단하게 말해
서, 만약 당신이 원하는 게 더 있다면 당신이 직접 하든 가족
들을 통해서 하든 간에 기드온 박사를 계속 괴롭혀도 소용없
다는 것을 반드시 염두에 두는 것이 좋을 것입니다. 할 말이
있으면 나를 찾아오십시오. 만약 당신이 현명하게 처신한다면
나도 당신의 말에 귀를 기울일 용의가 있습니다. 당신을 위해

---

89) '미카엘 앙리'의 머리글자이다.

서 한 말씀 드리자면, 선생님, 향후 당신이 어떤 문제를 일으킬 경우를 대비해 우리는 필요한 모든 정보를 가지고 있다는 사실도 꼭 염두에 두시기 바랍니다.

언제나 당신을 위해 일할 준비가 되어 있는

.ㅁ 작하임 변호사 겸 전문 경영인

*
**

변호사 .ㅁ 작하임 씨   주님의 도우심으로

작하임과 디모디나 사무소   예루살렘

함멜렉 조지 36   5736년 씨반월 13일(6. 10.)

친애하는 변호사 작하임 씨,

칠칠절 명절[90] 행복하게 보내시기를 기원합니다! 부디 주님의 은혜로 내가 당신에 대하여 유감이나 불만이 있다고 생각하지 마시기를 바랍니다. 우리 전통에 순진한 자들을 지키시는 분이 나를 지켜 주셔서[91] 온전한 자들을 의심하거나 혹시라도 헐뜯지 않게 하시기 바란다고 기록되어 있습니다. 도리어 저는 당신이 기드온 교수의 편에서 가장 이로운 방향으로 일을 함으로써 당신의 역할을 완수할 수 있다고 생각합니다.

---

90) 오순절 또는 맥추절이라고도 부르는 유대 절기로 밀 추수 축제에 해당한다. 유월절 둘째 밤 이후 오십 일이 지난 후에 지킨다.

91) 이스라엘의 신을 '순진한 자들을 지키시는 분'이라고 부른 호칭은 히브리 성서 「시편」 116장 6절에 나온다.

또한 저는 당신이 저희를 위해 보아즈와 다시 연락할 수 있도록 애써 준 것을 아주 높이 사며, 당신에게 심리적 고통을 드린 데 대해 사과를 드리고, 당신이 보여 준 헌신에 감사하며, 언젠가 당신의 선행이 보상받을 것을 믿어 의심치 않습니다.

그럼에도, 당신에게 말씀드리기 송구스럽지만, 당신의 편지에 대한 답으로 처음부터 당신은 저와 제 가족과 기드온 교수 사이에서 중재자로 일할 자격이 없었다고 지적할 수밖에 없음을 양해해 주시기 바랍니다. 그 이유는 단순한데 당신이 상대편 입장에 완전히 동의하기 때문입니다. 물론 상대편이 당신의 수고에 대한 대가를 지불하는 한 그것은 당연합니다. 그러므로 우리 전통에 기록한 바와 같이, 당신은 따끔하게 쏘지도 않고 꿀처럼 달지도 않소,[92] 작하임 씨. 혹시라도 기드온 교수가 이 땅에 속한 건물을 위해 기부금을 내는 일에 찬성하기로 마음을 바꿀 경우에는, 외람된 말씀이지만 당신은 거부권을 행사할 권리도 없고 어떤 의견을 개진할 권리도 없으며 그 상황과 전혀 관련이 없으니 제발 빠져 주시기 바랍니다.

다른 한편, 당신도 우리의 성스러운 목적을 위해 뭔가 기부하기로 결정한다면, 우리는 까다롭게 조사하거나 따지지 않고 당신의 기부를 물론 기쁘게 생각할 것이고 아주 귀하게 받아들일 것입니다.

---

92) 이 표현은 「미드라쉬 탄후마」에 빌암에 관한 주석에 나오는 문장이다.(파라샷 발락) 브오르의 아들 빌암이 이스라엘을 저주하려 했으나 신이 금지하자 마음을 바꾸어 축복하려고 했다. 그러자 신은 빌암의 행위는 해가 되지도 않고 득이 되지도 않는다는 뜻으로 위의 문장을 사용한다.

또한 저는 당신이 우리에 관한 정보를 수집한 듯한 암시를 주었다는 사실을 분명히 기록해 두었습니다. 기록은 했지만 매우 단순한 이유로 특별한 인상을 받지는 못했는데 왜냐하면 우리에겐 숨길 것이 없기 때문입니다. 우리 전통에 기록한 바와 같이, 누가 야훼의 산에 오르고 누가 그의 거룩한 곳에 설까? 손이 깨끗하고 마음이 청결하여 내 생명을 걸고 헛된 맹세를 하지 않는 자라고 했습니다.[93] 당신이 하신 그 암시는 당신 자신을 부끄럽게 만들 뿐입니다, 작하임 씨. 그래서 저는 원수를 갚지 말고 원망하지도 말라는 계명[94]에 따라 마치 아무 일도 없었던 것처럼 여기고 그것을 문제 삼지 않기로 했습니다.

존경하는 작하임 선생님. 당신이 혹시 유대인 대학살을 피해 우리에게 돌아온 사람이라면, 저는 분명 당신 같은 분이 먼저 나서서 이 나라를 더 굳건히 지키고 국경을 강화하고자 앞장설 것이라고 기대했습니다. 물론 행여라도 아랍 거주민들의 명예나 재산을 훼손하려고 하는 말은 아닙니다. 저는 당신에게 우리 조직 '이스라엘 연합 운동'에 입회하시기를 추천드리고 싶습니다.(여기 자세한 설명이 포함된 안내서를 동봉합니다.) 이에 덧붙여, 작하임 씨, 저는 당신이 기드온 교수의 일을 하면서 보여 준 사법적인 업무 처리 능력을 토대로 당신에게 이

---

93) 히브리 성서 「시편」 24장 3~4절에 나오는 문장이다.
94) 히브리 성서 「레위기」 19장 18절에 나온다. 이 두 가지 금지 명령은 서로 관련되어 있는데, 유대교 랍비들은 동족 이스라엘 사람에게 복수하는 것은 물론 그에 대한 반감을 표시하며 그의 감정을 상하게 하는 것도 금지한다고 해석한다.

운동 단체의 고문 변호사 자리를 제안하게 되어 영광으로 생각합니다. 자원봉사로 하든 합당한 보수를 받고 하든 뜻대로 하시면 됩니다.

마찬가지로 저는 당신이 저와 제 가족의 사유 재산 관리인이 되어 줄 것을 요청드리며, 당신의 복된 도움과는 별개로 주님이 도우심을 감안할 때, 빼앗긴 것의 일부는 이미 도로 찾았고 나머지도 되찾으리라고 믿습니다.

저는 당신의 수고에 대한 보수를 일반적인 관례보다 조금 더 높게 지불할 준비가 되어 있습니다. 그리고 우리는 동업 관계로도 일할 수 있을 것 같은데, 작하임 씨, 제 생각에 우리 기관을 통해서 해방된 점령 지역을 되찾기 위한 사업 계획들을 세우고 많은 돈을 유치할 수 있으리라 생각합니다. 우리가 동업을 하면 이스라엘 민족과 나라 위에 내리는 복 외에도 양측이 모두 큰 이득을 거둘 것입니다. 우리 전통에 기록하기를, 서로 뜻이 같지 않다면 둘이 함께 가겠느냐고 했습니다.[95] 그러니 제 제안은 당신이 우리 쪽으로 넘어오되 절대로 당신의 의뢰인 기드온 교수를 저버리지 않는 방법입니다. 이 제안을 심각하게 고려해 주시기 바랍니다. 서둘러서 답장을 쓰실 필요는 없습니다. 우리는 기다림에 익숙하여 서둘러서 일을 결정하지 않습니다.

기드온 교수가 과거의 업적들을 대표하고 있을지 모르지만 제 신앙에 비추어 보면 미래는 우리 것이 될 것입니다. 미래에

---

95) 히브리 성서 「아모스」 3장 3절에 나오는 문장이다.

관해 생각해 보십시오, 작하임 씨.

몹시 존경하는 마음과 이스라엘을 사랑하는 마음을 담아

미카엘(미쉘 앙리) 쏘모

*
**

라헬 모라그   76. 6. 11.

키부츠 벳 아브라함

갈릴리 하부 지역 이동 우편소

정상적인 라헬 언니, 샬롬?

어쨌든 언니에게 몇 마디 해야겠어. 지난번에 내가 답장을
쓰지 못한 건 내가 지금까지 보아즈 문제로 신경이 온통 거기
에 쏠려 있었기 때문이야. 넌 틀림없이 지금 모든 걸 이해하고
용서한다는 라헬의 표정을 지으면서, 큰언니의 어조로 내가
언제나 그랬던 것처럼 보아즈가 아니라 나 자신에게 골몰해
있다고 속으로 생각하겠지. 맞아, 언니는 어렸을 때부터 내가
미친 짓을 할 때마다 날 구해 주는 역할을 담당했어. 넌 '내
드라마'라고 불렀었지. 그리고 이제 육아 강좌에서 주워들은
실용 심리학 상식을 뜨거운 죽처럼 내 위에 들이붓기 시작하
겠지. 내가 너무 화가 나서 제발 날 좀 그냥 내버려 두라고 소
리를 지를 때까지 말이야. 그럼 넌 나를 향해 슬픈 미소를 짓
고, 늘 그래 왔듯 모욕을 참으면서, 입을 다물고, 내가 폭발한
다는 건 언니가 지혜롭게 진단한 내용을 증명할 뿐이라는 사

실을 나 스스로 깨달을 때까지 기다리겠지. 언니의 참을성 있고 교육적인 지혜는 지난 세월 동안 날 분노로 부글부글 끓어오르게 만들었어. 난 숨이 막힐 정도로 분노하다가 폭발하여 널 모욕하고, 그런 식으로 넌 다시 한번 날 용서할 아주 좋은 기회를 갖게 되고, 내 상태에 대해 늘상 해 오던 걱정을 더 많이 하게 되는 거야. 이만 하면 우린 사이가 꽤 괜찮은 거지? 어쨌건 난 너와 요아쉬 형부가 모든 일을 제쳐 두고 예루살렘에 와서 기꺼이 날 도와주려 하는 것에 고맙다고 몇 마디 쓰려고 했어. 근데, 도대체 무슨 말이 나온 건지. 용서해. 그렇지만 만약 내 드라마가 없었다면 우리 둘 사이가 어떻게 됐겠어? 너의 선량하고 신랄한 포탄 세례는 어디다 쏟아붓겠어?

너도 알다시피, 보아즈는 잘 지내고 있어. 나도 안정을 취하려고 노력 중이고. 알렉의 변호사가 탐정들을 고용해서 그 아이가 시나이반도 해변에 있는 어떤 유람선에서 일하고 있는 걸 알아냈는데 우리의 도움은 전혀 필요 없대. 내가 설득해서 미쉘도 당분간 그 아이를 찾아가지 않기로 했어. 자, 봐, 내가 너의 충고를 받아들여서 그 아이를 혼자 내버려 두고 있잖아. 너는 알렉은 영원히 잊어버리고 그의 돈도 받지 말라는 충고도 했지만, 내가 넌 아무것도 몰라서 그런다고 말해도 화를 내지는 마. 요아쉬 형부에게 안부 전하고 고맙다고 말해 줘. 아이들에게도 내 입맞춤 전해 주고.

감당이 안되는 일라나가

미쉘도 언니 가족에게 안부 전해 달래. 그는 알렉에게 받은 돈으로 아파트 확장 공사를 시작했어. 그리고 뒷마당 쪽으로 방을 두 개 더 내는 공사도 허가받았어. 내년 여름이면 언니 네가 와서 쉴 수 있을 거야, 나도 조신하게 행동할게.

**

알렉산더 . x 기드온 지음, 『절망이라는 폭력: 광신주의에 대한 비교 연구』(1976)에 대해 전 세계 신문에 발표된 서평

"이 이스라엘 학자의 기념비적인 작품은 고대로부터 우리가 사는 현대에 이르기까지 다양한 신앙과 이념들의 이면에 깔려 있던 정신 병리학적 특징들에 대해 새로운 빛을, 아니 더 정확하게 말하자면 짙은 그림자를 드리운다."

《타임스 리터러리 서플리먼트》, 런던

"꼭 읽어야 할 책……. 종교적인 허울이나 세속적인 허울을 쓰고 메시아에게 열광하는 현상을 얼음처럼 냉철하게 분석."

《뉴욕 타임스》

"매우 흥미로운 책……. 현세대를 놀라게 하고 또 충격으로 몰아넣고 있는 움직임들을 이해하기 위해 반드시 읽어야 할…… 기드온 교수는 신앙이라는 현상을…… 어떤 신앙이든 상관없이…… 윤리의 원천이라기보다는 오히려 그와 정반대되는 현상으로 묘사한다."

"이 이스라엘 학자는 유사 이래 세상의 모든 개혁자들은 사실 그들의 영혼을 광신이라는 사탄에게 팔아넘겼다고 주장한다……. 저자의 견해에 따르면 광신도의 숨겨진 소원은 자신의 믿음이라는 이상의 제단 위에서 성인으로 죽기를 바라는 것이다. 이 때문에 눈 하나 깜짝 않고 다른 사람들의 목숨을 희생시킬 수 있는 상태에 이르고, 때로는 수백만 명의 목숨을 앗기도 한다……. 광신도의 마음속에서 폭력, 구원, 죽음이 녹아들어 하나의 단단한 덩어리가 된다……. 기드온 교수는 심리학적 추론을 기초로 이런 결론을 도출한 것이 아니라 시대를 불문하고 다양한 종교와 이념의 스펙트럼 속에서 양극단에 위치했던 모든 광신도들의 특징을 잘 나타내는 용어들을 언어적으로 정밀하게 분석하는 방법론을 사용한다……. 독자에게 자기 자신과 자신의 관점들을 전부 철저하게 검사하고 자기 자신과 주위에 잠재적인 병증이 도사리고 있는지 찾아보게 만드는 매우 보기 드문 책이 우리 손에 들어왔다."

《뉴 스테이츠먼》, 런던

"그는 무자비하게 봉건 제도와 자본주의의 민낯을 들추어낸다……. 그는 교회, 파시즘, 민족주의, 시온주의, 인종주의, 군국주의, 그리고 극단적인 우파 이념을 아주 능숙하게 그리고 신랄하게 비판한다."

《리테라투르나야 프라브다》, 모스크바

"이 책을 읽고 있으면 히에로니무스 보스[96]의 그림을 보고 있는 것 같은 느낌이 든다⋯⋯."

《디 차이트》

**

.ᴂ 기드온 박사   예루살렘
작하임 변호사를 통해서   76. 6. 13.

수도사 알렉에게

칠 년 전 재판에서 당신이, 간통 사실을 인정한 나의 자백을 이용해 보아즈를 데려갈 생각이 없었다는 언질을 해 주었더라면, 난 어차피 할 필요도 없는 친자 확인 검사에 반대할 이유가 없었어. 당신이 그때 두 마디만 해 주었더라면 그 아이의 고통을 훨씬 덜어 줄 수 있었을 거야. 그렇지만 흡혈귀에게 어떻게 산 사람의 피를 마실 수 있느냐고 물어봐야 소용도 없겠지.

내가 당신에게 못할 짓을 한 거지. 당신은 그 애를 아꼈기 때문에 그 애를 포기한 거야. 그래서 당신은 그 애에게 신장까지 주려고 했던 거지. 당신은 지금도 내가 쓴 이 편지들을 복사해서 미쉘에게 보낼 수 있잖아. 하지만 뭔가가 당신의 증오를 가로막고 있어. 뭔가가 메마른 잡초 사이로 부는 바람처럼

---

96) Hieronymus Bosch(1450∼1516). 네덜란드 화가이며, 상상 속의 풍경을 그린 작품들로 유명하다. 20세기 초현실주의 운동에 영향을 끼쳤다고 평가받는다.

당신에게 속삭이며 북극처럼 얼어붙은 완벽한 침묵을 깨고 있어. 안식일 저녁 친구들 사이에 섞여서 논쟁을 벌이곤 하던 당신의 모습이 기억나. 커피 탁자 위로 뻗어 있던 당신의 긴 다리. 게슴츠레 반만 뜬 눈. 햇볕에 짙은 갈색으로 그을려서 거칠어진 팔뚝 피부. 손안에 없는 어떤 물체를 천천히 둥글게 어루만지면서 깊은 생각에 잠긴 손가락들. 그리고 그것들 외에는 아무런 미동도 없이 화석이 된 모습. 가만히 벌레를 기다리는 도마뱀처럼. 당신 소파 손잡이 위에 있는 당신 컵은 한쪽으로 기울어져서 위태로워 보여. 그 방에는 주장하고 반박하는 목소리들과 담배 연기가 뒤죽박죽으로 섞여 있는데 마치 당신과 멀리 떨어진 저 밑바닥에서 일어나는 일 같았어. 풀을 먹여서 빳빳하게 다림질한 흰색 안식일 셔츠. 그리고 스쳐 가는 생각들로 봉인된 당신 얼굴. 그러다가 당신은 갑자기, 독사처럼, 몸을 앞으로 곧추세우고 대화 속에 뛰어들어 독을 뿜어 대지. "잠깐만. 미안하지만. 난 이해가 안 되는 부분이 있는데." 그러면 소란스럽던 논쟁이 일순간에 조용해졌어. 그리고 당신은 한두 문장으로 토론을 요약하고, 여러 입장들을 예상하지 못했던 날카로운 각도에서 분석해서 보여 주고, 토론의 출발점을 허물어 버린 다음, "미안하네. 계속들 하시게."라고 말을 마치지. 그리고 소파 등받이로 바깥세상과 단절된 당신의 자리로 돌아가곤 했지. 자기 때문에 시작된 침묵은 안중에도 없다는 듯. 당신이 제기한 질문에서 파생했을지도 모르는 입장을 다른 이가 당신 이름으로 정리하도록 놔두지. 천천히, 머뭇거리며, 논쟁이 다시 뜨거워져. 당신 없이도. 당신은 이미 당신

잔에 든 얼음 조각들에 대한 심오한 연구에 완전히 빠져 있어. 다음 번 논쟁을 끊을 시점이 올 때까지. 그런 당신의 생각을 호리는 자가 누구야? 자비로움을 나약함으로, 자상함과 민감함을 수치로, 사랑을 사내가 약해진 징표로 보도록. 누가 당신을 눈 덮인 광야로 끌어내고 있어? 누가 당신 같은 사람을 잘못된 길로 유혹해서 아들을 향한 연민의 정은 흠이고 아내를 향한 그리움은 수치라며 감추게 하는 거야? 그건 깊고 어두운 공포야, 알렉. 그래서 죄악 그 자체가 형벌이야. 당신의 괴물 같은 고통은 마치 새벽 무렵 산 너머에서 천둥 번개가 몰아치는 폭풍우 같아. 내가 당신을 안아 줄게.

그런데 요즘 여기서는 당신이 쓴 책의 히브리어 판이 화제야. 모든 신문의 지면에서 당신 사진이 나를 내려다보고 있지. 적어도 십 년은 된 것 같은 사진이지만 말이야. 사진 속에서 당신 얼굴은 야위고 뭔가에 몰두하고 있고, 마치 곧 발사 명령이라도 내리려는 듯, 꽉 다문 입술 양옆으로 군인의 근엄한 표정이 드러나 있더군. 이 사진은 당신이 군대 제대하고 박사 학위를 마치러 대학으로 돌아갔을 때 찍은 거지? 그 사진을 바라보고 있으면 회색빛 구름 속에서 나를 향해 북극의 밝은 빛이 깜박거려. 마치 얼음 속에 갇힌 불꽃처럼.

십 년 전이었지. 그때는 작하임이 당신을 위해 당신 아버지로부터 겨우 받아 낸 재산으로 당신이 야페노프에 요새를 닮은 저택을 완공하기도 전이었는데, 마치 늙은 인디언이 끝이 없는 사냥터로 떠나는 것처럼, 당신 아버지는 이미 자기만의 우울한 광야로 점점 멀어지고 있었어.

우리는 그때까지 주변에 소나무들이 서 있고 돌투성이 마당이 있는 아부투르의 오래된 아파트에 살았지. 난 비 내리던 겨울 안식일들이 유독 기억에 남아. 우리는 지난 밤 우리의 잔인했던 싸움에서 두들겨 맞고 녹초가 되어 아침 열 시나 되어 일어났어. 마치 링 위에서 싸우면서 한 회전이 끝날 때마다 쉬는 권투 선수들처럼. 하도 많이 치고 받다가 정신을 못 차리고 서로에게 거의 기대고 있었지. 우리가 침실에서 나와 보니 보아즈는 벌써 깨어 있었어. 벌써 두 시간 전에 옷을 다 입고(물론 윗도리 단추를 잘못 끼우고 양말도 짝짝이로 신었지만) 학자처럼 진지한 표정으로 당신 책상에 앉아 있는데, 탁상 스탠드를 켜고, 당신 파이프 담배를 입에 문 채로 종이 위에 우주선 계기판을 벌써 그리고 또 그리고 있었지. 불이 붙어서 추락하고 있는 비행기도 그렸고. 가끔은 종이를 잘라서 놀라운 솜씨로 정확하게 작은 직사각형 모양의 카드를 한 뭉치씩 만들어서 당신에게 주었는데, 아마 당신이 박사 학위를 받는 데 한몫했을 거야. 아니면 장갑 부대를 위해서나. 그건 발사나무 비행기들을 조립하던 때가 되기도 전의 일이었지.

바깥에는 비가 우울하게, 끊임없이 내렸고, 바람이 소나무 꼭대기와 녹슨 쇠 덧창 위로 휘몰아쳤어. 빗방울 흘러내리는 창문 너머로 보이는 뜰은 마치 한 폭의 동양화 같았지. 솔잎들이 안개 속에서 파르르 떨고 잎사귀 끝에는 동글동글 물방울들이 매달려 있었어. 멀리 구름 조각 사이로 첨탑들과 둥근 지붕들도 천둥과 더불어 동쪽으로 광야를 향해 나아가는 대열에 동참하려는 듯 떠다녔어.

내가 아침을 준비하려고 부엌으로 가면 보아즈가 벌써 세 사람이 먹을 식사 준비를 해 놓았었어. 당신과 나는 붉게 충혈된 눈으로 서로의 시선을 피했지. 나는 당신에게 못 박힌 것처럼 계속해서 뚫어져라 내 눈길을 고정했어. 그래야만 당신이 나를 쳐다보지 못할 테니까. 그럼 그 아이는 마치 사회 복지사처럼 우리 사이를 중재했고, 나보고는 당신한테 커피 한 잔을 더 따라 주라고, 당신보고는 나한테 치즈를 건네주라고 했지.

아침 식사를 하고 나면 나는 파란색 모직 원피스로 갈아입고, 머리를 빗고, 화장을 하고 나서, 책을 들고 안락의자에 앉았어. 그 책이 내 무릎에 펼쳐진 채 거꾸로 놓여 있는 경우가 다반사였지만 말이야. 나는 당신과 당신 아들에게서 눈을 뗄 수가 없었어. 두 사람은 책상에 앉아서, 당신의 《지오그라피컬 매거진》[97] 속에서 찾은 사진을 오려 내고, 골라서 붙였지. 두 사람 다 말없이 작업했지만, 아이는 당신이 뭘 원하는지 재빨리 알아챘어. 가위, 풀, 주머니칼이 필요할 때마다 당신이 부탁하기도 전에 건네주었지. 아이와 함께 무슨 제의라도 진행하는 것 같았어. 그리고 모든 것이 너무나도 진지했어. 석유난로 타는 소리 말고는 집 안에 아무 소리도 들리지 않았어. 그리고 당신은 무심코 그 강인한 손을 아이의 밝은 머리 위에 올리다가 풀을 조금 묻혀 놓기도 했지. 이런 안식일 아침이면 둘이서 뭔가에 열중하던 남자들만의 침묵과 욕망이라는 마지

---

97) 1935년부터 영국 왕립 지리학회에서 발간하던 월간지. 찰스 다윈이나 로버트 팰콘 스코트 등의 탐험을 지원한 것으로 유명하다. 1988년 이후 발행인이 바뀌면서 이름도 《지오그라피컬(Geographical)》로 달라졌다.

막 허울마저 우리 곁에서 사라진 순간에 나와 당신 사이로 내려앉았던 절망적인 침묵은 얼마나 달랐던지. 불과 몇 시간 전에 내게 쏟아 낸 늦은 밤의 분노에도 불구하고 당신 손가락들이 아이의 머리에 닿는 모습을 보고 얼마나 전율했던지. 우리가 그 「제7의 봉인」이라는 영화에서 죽음이 체스에서 이기는 걸 본 게 언제지? 아이의 존재를 부인하는 사악한 힘을 당신에게 내린 얼음 광야는 어디에 있는 거야? 도대체 당신의 손가락으로 당신 아들이라고 쓰게 만드는 그 냉혹한 힘은 어디서 끌어오는 거야?

그리고 이런 안식일이 끝나 가고 비가 내리다 말다 하면서 어둠이 내린 저녁이 되면, 아직 보아즈를 재우기도 전에, 당신은 갑자기 일어나 분노에 차서 빠르게 코냑 한 잔을 따르고, 인상도 쓰지 않은 채 단숨에 들이켰고, 마치 애가 말이라도 되는 것처럼 당신 아들의 등을 난폭하게 두어 번 두드렸고, 거칠게 외투를 걸쳐 입고는 문에 서서 내게 내뱉었지. "화요일 저녁에 돌아오지. 가급적이면 그전에 집을 비워 줬으면 좋겠어." 그리고 나가면서 문을 닫는데, 쾅 닫히는 문소리 너머로, 스스로를 필사적으로 자제하려는 것이 느껴졌어. 나는 짙어 가는 어두움 속으로 멀어지는 당신의 등을 창문으로 바라봤어. 당신도 그 겨울을 잊지 않았을 거야. 당신에게는 그 계절이 끝나지 않고 계속되고 있고, 점점 더 회색으로 변해 가고, 점점 히솝풀에 덮이고, 오래된 비석처럼 점점 더 가라앉고 있겠지. 가능하면 미쉘이 당신 편지들을 읽지 않는다는 내 말을 한 번 믿어 봐. 물론 우리가 작하임을 통해서 편지를 주고받고 있다는 사실을 그 사람에게 말했지만 말이야. 걱정하지 마. 아니면 내가 여기서 이렇게 말해야 했나? 기대하지도 마.

당신이 아무리 부인해도, 나는 당신이 눈밭이 내다보이는 창가에 앉아 있는 게 아직도 보여. 나무도 없고, 언덕도 없고, 새도 없고, 회색 안개 속으로 사라질 때까지 드넓게 펼쳐진 텅 빈 들판. 모든 것이 목판화에 담긴 풍경 같아. 모든 것이 한겨울이야.

반대로 우리가 사는 이곳에는 그동안 여름이 찾아왔어. 밤은 짧고 선선해. 낮은 용광로의 쇳물처럼 뜨겁고 눈이 부셔. 내 방 창문으로 미쉘이 데려온 아랍 인부들 셋이 기초를 세울 구덩이들을 파는 게 보여. 미쉘이 당신 돈으로 증축 공사를 하는 거야. 미쉘도 학교에서 돌아오면 매일매일 이 인부들과 함께 일을 하고 있어. 이스라엘로 오던 첫해에 공사장 인부로 일한 적이 있어서 따로 건축업자가 필요 없어. 그는 두 시간에 한 번 정도 인부들에게 커피를 내다주고 그들과 속담이나 농담을 주고받아. 예루살렘 시청 직원으로 있는 미쉘 매부의 조카가 건축 허가를 서둘러서 받아 줬어. 그 사람 친구인 제닌의 사촌이 재료비만 받고 전기 공사를 맡아 주기로 약속했고.

담 너머에는 무화과나무 두 그루와 올리브나무가 있어. 그 뒤로는 건천의 가파른 비탈이 시작되지. 그리고 그 건천 맞은편에는 아랍 마을이 보이는데, 도시 근교인지 시골 마을인지 모르겠지만, 이슬람 사원의 탑 주위로 작은 돌집들이 옹기종기 모여 있어. 새벽녘이면 그곳에서 닭들이 마치 날 쫓아내려고 작정한 듯 끈질기게 울어 대. 동틀 무렵엔 염소들이 매애 하고 울고, 이따금 광야 주변에 풀을 뜯어 먹으러 나가는 가 축 떼의 방울 소리가 들릴 때도 있어. 때때로 멀리서 개들이 갑자기 떼 지어 짖어 대는 소리가 어렴풋이 들려와. 마치 욕망 이 타고 남은 재처럼. 밤에는 개 짖는 소리가 목 졸린 듯한 울 부짖음으로 변해. 기도 시간을 알리는 자는 가로막힌 그리움 에 복받쳐서, 고삐가 풀린 듯, 자신만의 거칠고 구슬픈 소리로 화답하지. 예루살렘의 여름이야, 알렉. 여름은 왔는데 당신은 오지 않았네.

그런데 보아즈가 그저께 나타났어. 마치 아무 일도 없었다 는 듯이 말이야. 기분도 아주 유쾌해 보였어. "안녕 미쉘. 일라 나. 당신들의 이프앗을 잡아먹으러 왔지요. 하지만 일단 이거 부터 받아, 꼬마 아가씨. 이 사탕들 먹고 더 맛있어지렴." 그 애는 햇볕에 검게 그을은 베두인 바이킹처럼 바다 내음와 먼 지 냄새를 풍기면서, 불에 그슬린 황금처럼 하얗게 빛나는 머 리카락을 어깨까지 드리우고 있었어. 이제는 머리를 숙여야만 문을 드나들 수 있어. 그 아이는 미쉘을 향해 돌아서서, 마치 경배하는 사람처럼, 마치 존경을 나타내는 의례를 작정하고 실행하는 사람처럼, 머리를 깊이 숙이며 말했어. 그렇지만 이 프앗한테는 아예 네발로 엎드렸고, 까맣고 조그만 원숭이 같 은 이프앗은 그 애 팔을 잡고 기어 올라가서 천장에 닿았지. 그리고 방금 받은 사탕을 빨면서 그 애 머리카락에 침을 줄 줄 흘렸어.

보아즈는 말라깽이에 말이 없고, 예쁘지도 못생기지도 않은 여자아이를 하나 데리고 왔어. 프랑스에서 온 수학과 학생이고 보아즈보다 최소한 네 살은 더 많아. 미쉘은 이것저것 물어보고 그 여자애가 유대인 집안 출신이라는 걸 알아냈고, 마음이 놓이는지 그 애들에게 우리 집 텔레비전 앞 양탄자 위에서 자고 가라고 했어. 그래도 만일의 경우를 대비해 '우리 집에서 보아즈가 그 여자애에게 허튼짓을 할 수 없다'는 것을 확실히 해 두려고 화장실 불을 켜 놓고 그 애들과 우리들 사이에 있는 문을 활짝 열어 두었지.

보아즈가 왜 우리 집에 왔을까? 알고 보니 그 애는 작하임을 찾아가서 당신도 이미 아는 그 이유를 대면서 돈을 요구했다더군. 작하임은 무슨 이유에서인지 당신이 미쉘에게 준 10만 달러에 관해 말하면서도 보아즈에게는 용돈도 줄 수 없다고 했다지. 나는 전혀 이해할 수 없지만 그 악마 같고 머리털이 다 빠진 머리통 속에서 아주 교활한 속임수를 꾸미고 있는 게 분명해. 보아즈에게 미쉘을 찾아가서 '네가 받아야 마땅한 몫을 요구하라'고 제안했다는 게 그 증거야.

혹시 당신도 이 계략에 가담하고 있어? 이 계략을 당신이 꾸민 거야? 당신의 주먹이 날아오기 직전까지 내가 당신의 다음 공격을 전혀 알아채지 못하는 것은 내가 너무 어리석어서일까? 작하임은, 당신이 때때로 당신의 음울한 주먹을 감추기 위해서 선택한 희가극용 꼭두각시 인형일 뿐이잖아.

보아즈는 미쉘에게 홍해에서 관광객들을 태우는 어떤 선박 사업을 같이 해 보자며 자그마치 동업을 제안하러 온 거야. 그것 때문에 예루살렘에 올라온 거지. 그 아이의 말에 따르면,

지금 초기 투자가 필요한 상태인데, 투자금은 몇 달이면 '다시 벌어 올' 거라고 확신하고 있었어. 아이는 말을 하는 중에도 성냥갑을 분해해서 이프앗을 위해 닭 다리를 한 낙타를 조립해 주었어. 이 아이는 당신이랑 판박이야. 나는 그 애가 손가락으로 성냥개비를 부수지 않으려고 아무런 계산도 없이 힘을 물처럼 낭비하는 모습을 뭔가에 홀린 듯이 바라보았어. 그 매혹적인 낭비, 그 모습을 보는 순간 내 마음은 어처구니없게도 그 애의 이상한 프랑스 여자 친구를 향한 불타는 질투심으로 가득 찼지.

동업 제안을 듣자마자 미쉘은 벌떡 일어서서, 늘 그랬듯이, 가장 적절한 순간에 꼭 맞는 행동을 취했어. 그러니까 그는 갑자기 창문 문턱 위로 타고 올라가서 감아올리는 덧창 상자를 열고 둘둘 말려 올라가 위에 걸려 있던 덧창을 풀어 내리기 위해서 나사를 풀었다가 조립했어. 그러고 나서는 창문 문턱 위에 계속 서 있었는데, 그렇게 그는 선교 위에 서서 배를 총지휘하는 사람처럼 당신 아들을 위에서 아래로 내려다보면서 말할 수 있었지. 미쉘은 보아즈에게 화를 내지 않았지만 마음이 약해지는 부드러운 수식어는 한마디도 없이, 더 이상 이야기할 것도 없다고 선언하면서, 대출도 없고 투자도 없고 곰도 없고 숲도 없다고 했어. 그리고 설사 보아즈가 분명히 "그 옛날 솔로몬 왕처럼 완벽하게 지혜로운 사람이라 해도 쏘모 집안의 재산으로 하렘이나 타르쉬쉬의 배[98])에 자금을 대지는

---

98) 타르쉬쉬 방식으로 만든 배 또는 타르쉬쉬로 가는 배를 가리키는 표현.

않겠다."라고 했지. 그리고 보아즈에게 "네 코의 땀으로."[99]라는 구절로 날카롭게 못 박았어.

하지만 그다음에는 곧바로 발사대에서 내려와 부엌으로 들어갔고 보아즈와 그의 여자 친구를 위해서 왕이나 먹을 법한 스테이크와 감자튀김 그리고 명인이 만든 것 같은 채소 샐러드를 만들었어. 그리고 저녁에는 다시 이웃집 아들을 다시 불러서 이프앗을 봐 달라고 부탁하고, 나와 두 아이를 데리고 극장에 영화 보러 갔다가 아이스크림집에 갔지. 우리가 집으로 돌아왔을 때는 자정이 다 된 시간이었는데, 그제야 비로소 보아즈는 있는 용기를 다 짜내어 "미국에서 온 그 돈이" 사실은 누구 거냐고 미쉘에게 물었어. 비유적으로 말하자면 미쉘은 한순간도 자신의 교단에서 내려오지 않고 편안하게 대답했어. "그 돈은 공평하게 세 몫으로 나누어서 네 어머니와 네 여동생과 너의 것이지. 그렇지만 너와 이프앗은 당분간 법적으로 미성년자야, 내가 보기에도 그렇고. 현재로서는 너희 어머니가 너희 둘을 책임지는 보호자이고 나는 그녀의 보호자야. 그러니까 가서 작하임 씨에게 이렇게 말하고, 네 머릿속에 허튼 생각을 주입시키지 말라고 해. 그리고 너는, 보아즈, 네가 에펠탑만큼 키가 더 자란다 해도, 어쨌든 내 집에서 너는

솔로몬 왕은 타르쉬쉬의 배를 지어서 삼 년에 한 번씩 금과 은을 예루살렘으로 실어 왔다고 한다.(「열왕기상」 10: 22.)

99) 이 문장은 히브리 성서 「창세기」 3장 17절에 나온다. 신의 명령을 어긴 아담은 에덴동산에서 쫓겨나서 "네 코의 땀으로", 즉 스스로 땀을 흘려서 일을 해야 음식을 얻는 벌을 받게 된다.

아직 에펠탑 미성년자 규정에 걸릴 뿐이야. 만약 네가 공부를 더 하고 싶다면, 그때는 완전히 이야기가 달라지지. 말만 해. 그럼 지갑이 열릴 거야. 그러나 네가 벌지도 않은 돈을 물고기와 관광객과 아가씨들에게 낭비하겠다고? 네가 그 일을 해방된 시나이반도에서 한다 해도 난 그 일에 자금을 댈 수 없어. 이 돈은 너를 인간으로 만드는 일에만 써야 해. 그리고 지금 네가 혹시 나를 향해서 상자를 집어 던지고 싶은 마음이 든다면, 어디 한번 해 봐, 보아즈. 이프앗 침대 밑에 보면 쓸 만한 상자가 하나 있으니까."

보아즈는 그 말을 들으면서 잠자코 있었고, 그 애 입술 위로 당신을 닮은, 생각에 깊이 잠긴 듯한 미소가 번졌어. 그 아이의 기품 있고 비극적인 아름다움이 향기처럼 그 방을 가득 채웠는데, 미셸이 말머리를 돌려 프랑스어로 그 여학생과 긴 대화에 빠져 있을 때조차 아이는 미소를 거두지 않았어. 내 남편과 당신 아들이 그 깊은 경멸과 수치심 속에서 벗어나 서로를 조용히 좋아하는 모습은 보기에 너무나 아름다웠어. 선생님, 조심하셔야겠어요. 당신의 제물들이 당신을 대적하는 편에 가담할지도 몰라요. 그리고 난 지금쯤 당신이 질투심 때문에 분명히 입술을 철사줄처럼 얇게 꾹 다물고 있을 걸 상상하며 그 맛을 즐기고 있어. 당신은 책상 위에 놓인 안경과 펜 사이의 거리를 3~4센티미터 정도 줄이겠지. 그렇지만 위스키에는 다시 손대지 마. 당신의 병에는 이 놀이 규칙을 적용할 수 없으니까.

오늘 아침에 픽업트럭을 타고 미셸의 친구들이 몇 명 왔는데, 키파를 쓴 러시아인과 미국인들이었어. 베들레헴 주변 지역을 보여 준다며 미셸과 보아즈와 그의 여자 친구를 데리고 나갔지. 그래서 지금 나는 혼자 집에 앉아서 공책에서 찢어 낸 종이 위에 당신에게 보내는 편지를 쓰고 있어. 이프앗은 지금 유아원에 있어. 이 꼬마 아가씨는 미셸을 닮았는데 좀 우습게 과장된 모습이라서 마치 그 사람을 패러디하려고 아이를 일부러 디자인한 것 같은 느낌이야. 빼빼 마르고 곱슬머리에다 살짝 사시이고 고분고분하지만, 가끔 화가 나면 골을 부릴 줄도 알아. 하지만 대개는 수줍은 듯한 친근함을 주위에 흩뿌리고 다니면서, 물건이나 동물이나 사람에게 고루고루 아낌없이 나눠 주지. 마치 온 세상이 이 아이의 작은 손에서 나오는 상냥함과 은총을 고대한다는 듯이 말이야. 이 아이가 태어나던 날부터 미셸은 언제나 거의 그 애를 '마드모아젤 쏘모'라고 부르곤 했어. 그는 이 낱말을 '맘젤'처럼 발음하는데, 아이는 아무것도 모르고 순진하게 그 사람을 '맘제르'[100]라고 따라 부르면서 대답해.

알렉 당신은 미셸이 올해 말에 프랑스어 교사로 일하던 학교를 그만두기로 결정한 걸 알아? 학교를 퇴직하고 개인 교습도 그만두기로 한 건? 그 사람은 자기가 존경하는 형의 발자취를 따라 점령 지역에서 부동산업을 하면서 시민운동을 하는 게 꿈이야. 내게 자세히 이야기하지는 않지만 말이야. 당신

---

100) 히브리어 낱말 '맘제르'는 아버지가 없는 아이를 가리키는데, 고대 종교 전통에서 이 말은 사생아, 즉 불법적인 부부 관계로 태어난 부정한 아이를 가리킨다.

돈이 그의 인생을 바꾸어 놓았어. 당신이 의도하지는 않았겠지만 가끔 용도 고귀한 결과를 낳을 수 있나 봐. 어느 구석에 변을 보면 언젠가 거기서 곡식이 자랄 수도 있으니까.

나는 11시에 사비온 카페에 가서, 비밀리에 작하임을 만나 이 편지를 전해 주어야 해. 당신 명령대로 말이지. 물론 미셸도 알지만. 작하임은? 그자는 아주 신이 났어. 그는 이런 자리에 나올 때면 거만하게 옷을 잘 차려입고 아주 혐오스럽게 행동해. 스포츠 재킷을 차려입고 보헤미안풍의 비단 스카프를 목에 두르고, 타타르족처럼 밀어 버린 머리를 번쩍거리면서 진한 향수 냄새를 풍기고 손톱도 깔끔하게 정리했는데, 코와 귀에는 검은 털이 몇 가닥 삐져나와 있지. 만날 때마다 번번이 싫다는 내 의사를 묵살하고 억지로 커피와 케이크를 사 줘. 그러고 나서 입을 열면 오페라 대사 같은 칭찬이나 이중적인 의미가 있는 농담을 쏟아 내고, 어쩌다가 내 몸을 건드리기도 하는데 그럴 때면 탁한 눈빛으로 재빨리 사과를 해. 지난번에는 그자가 마침내 꽃을 들고 나타났더군. 물론 꽃다발은 아니고 카네이션 한 송이였지만 말이야. 나는 억지로 미소를 지으며 꽃향기를 맡았는데, 꽃향기 대신 작하임의 향수 냄새가 났어. 마치 정결례를 위해 물에 들어갔다 나온 것처럼 말이야.[101]

당신은 내가 미셸에게서 무얼 보았냐고 물었지. 이제 솔직

---

101) 유대 종교 전통에 따라 제의적으로 부정해진 사람은 깨끗한 물에 몸을 담그는 정결례를 시행해야 하는데, 여성은 월경 때마다 그리고 출산을 한 뒤에도 이런 정결례를 시행할 의무가 있다.

히 말할게. 내가 또 거짓말을 했어. 그리고 미쉘이 사랑의 달인이라고 했던 내 말은 취소할게. 당신은 당분간 마음을 놓아도 돼. 미쉘은 침대에서 꽤 괜찮은 편이고 계속 노력해서 점점 나아지고 있어. 그 사람이 나 몰래 프랑스어로 된 작은 안내 책자를 자기 공구 상자 속에 숨겨 둔 걸 찾은 적도 있어. 내가 당신이 고행해야 할 이유 중 하나를 빼앗았다면 미안해. 하지만 다른 것들을 줄게, 더 강력한 걸로. 이혼하고 나서 한 일 년 정도 지났을 때 미쉘과 만났어. 미쉘은 매일 저녁 내가 일하던 책방에 와서 가게를 닫을 때까지 월간지들을 뒤적이면서 나를 기다렸어. 그러고 나서는 나를 데리고 싸구려 식당, 극장, 대중 토론 모임에 가곤 했지. 영화가 끝나면 예루살렘 남쪽 텅 빈 밤거리를 몇 킬로미터씩 걸어 다니기도 했는데, 감히 나를 자기 방에 올라가자고 초대하지는 못했어. 어쩌면 친척 집 옥상의 세탁실에 있는 자기 거처를 부끄러워했는지도 모르지. 그렇지만 그 사람은 수줍어하면서도 나에게 자기 생각과 계획을 말로 그려서 보여 주었어. 당신은 몹시 부끄러워하는 명예욕이 무엇인지 상상할 수 있어? 그는 내 팔을 잡고 팔짱을 낄 용기조차 내지 못했어.

난 참을성 있게 거의 석 달을 기다렸고, 그동안 그가 내 옆에 붙어서 배가 고프지만 훈련을 잘 받은 개처럼 바라보는 것에도 거의 진절머리가 날 지경이었어. 그러다 내가 어느 골목길에서 그의 얼굴을 붙들고 입을 맞췄어. 그렇게 해서 우리는 가끔씩 입을 맞추기 시작했지. 하지만 그는 내가 자기 가족을 만나는 일과 자기가 종교인들의 생활 방식을 일부만 따르는 것에 대해 내가 어떻게 반응할지 몰라 두려워했어. 나는 그의 그런 겁쟁이 같은 면이 좋았어. 그리고 그를 재촉하지 않으려고 애썼어. 그렇게 몇 달이 더 흘렀고, 추운 겨울이 되어 우리 산책이 고행으로 변했을 때쯤, 나는 그를 내 방으로 데려가서 마치 아이 옷을 벗기듯 그의 옷을 벗겼고, 그의 팔을 굽혀서 날 감싸 안게 했어. 그가 긴장을 풀기까지 거의 한 시간이나 걸렸지. 그런 뒤에도 그가 살아 있다는 신호를 보여 줄 때까지 난 오랫동안 힘들여 싸워야 했어. 그가 알고 있던 적은 상식조차 파리에서 청소년기를 보내던 시절, 자기처럼 겁먹은 소녀들로부터 배운 것 같아. 그리고 그는 부인하지만 가난한 사람들이 찾는 사창가의 어느 집에서 배웠겠지. 내가 작은 신음 소리를 내자 그는 겁을 먹고 웅얼거리기 시작했어. 파르동. 그리고 옷을 입더니 정식으로 무릎을 꿇고 나에게 간절히 청혼했어.

결혼 후 난 임신을 했어. 내가 딸을 낳고도 일 년이 더 지나서야 겨우 그 사람에게 나를 기다리는 법을 가르칠 수 있었어. 사랑을 나눌 때 자전거 도둑처럼 행동하는 그 버릇을 끊는 방법 말이야. 당신이라면 편지 한 통만으로도 내 속에서 이끌어낼 수 있는 그 소리, 그가 마침내 내게서 그 신음 소리를 뽑아내는 데 처음으로 성공한 날 미셸은 달 위에 첫 번째 착륙한 우주인 같았어. 절제됐지만 황홀경에 빠진 그의 자부심은 내 심장을 사랑으로 떨리게 했어. 그다음 날 미셸은 너무 흥분하고 감격한 나머지 출근을 하지 않았고 자기 형에게 1000리라를 빌려서 내 여름 정장을 한 벌 사 주었어. 작은 전기 믹서도 사 줬고. 저녁에는 나를 위해 네 가지 요리에 포도주를 곁들인, 왕이나 먹을 법한 만찬을 만들어 주었지. 나를 계속 떠받들며 선물 공세를 퍼부어서 당혹스러울 정도였어. 그 후로 그는 천천히 나아져서 이따금 아주 깨끗한 소리를 끌어내기도 했지.

좀 진정이 됐어, 알렉? 흡혈귀 같은 미소가 당신 입술 사이의 틈에서 흘러나왔어? 일렁이는 난로 불빛에 그 맹수의 이빨을 하얗게 드러내면서? 차갑게 바라보는 그 눈길 뒤편에서 회색빛 악의를 번뜩거리면서? 기다려. 아직 끝나지 않았어. 사실 당신은 미쉘의 발꿈치에 미친 적도 없고 영원히 못 따라갈 테니까. 사랑을 나누기 전과 끝난 후에 그의 영혼이 내 몸을 향해 표하는 소리 없는 존경심, 수줍은 고마움을 담은 그 열정, 알렉, 밤마다 그의 얼굴 위로 꿈꾸는 듯한 광채가 퍼져 나와. 마치 식당에서 연주하는 가난한 바이올린 연주자가 스트라디바리우스를 직접 만져 볼 기회를 얻은 듯이 말이야. 밤이면 밤마다, 마치 난생처음 경험하는 것처럼, 그의 손가락은 채찍에라도 맞아 놀란 듯 움찔거리며 내 몸을 탐색하곤 하지. 그리고 그가 일어나 내 잠옷을 가져다줄 때, 밤 전등 불빛 아래 근시인 그의 눈은 아주 열정적인 침묵으로, 내 왕국의 은혜가 그에게는 지나치게 크고 고귀한 것이라고, 내가 그에게 아무런 값 없이 베푼 것이라고 고백하고 있어. 일렁거리며 영적인 빛이 기도처럼 그의 이마를 내부에서부터 밝게 비추지.

그렇지만 당신처럼 비늘이 돋은 용이, 뼈 같은 껍데기로 갑옷을 입은 용이 은혜와 유대감과 부드러움에 대해 뭘 이해하겠어? 당신은 당신의 지하 고문실 외에는 아무것도 가진 적이 없었고 앞으로도 그럴 거야. 내 육체는 그곳을 향하고 있어. 그 열대의 지옥 말이야. 뜨뜻하게 썩어 가는 것들로 거품이 부글거리는 음습한 정글들. 그곳은 희미한 빛이 울창한 수풀 사이로 새어 들어와 어슴푸레 빛나고, 기름진 비가 부글거리는 땅에서 풍부한 거름 더미로 올라가서, 빽빽한 나무 꼭대기에 걸렸다가, 꼭대기에서 진흙과 썩은 뿌리까지 다시 흘러내리면서 녹아들지. 사실 박차고 일어나서 도망친 건 내가 아니잖아. 판을 깨 버린 건 바로 당신이지. 나는 그때도 그랬지만 지금도 계속할 준비가 되어 있어. 왜 당신은 날 쫓아낸 거야? 왜 나를 깊은 어둠의 나라 한가운데로 데려와서 나 혼자 남겨 놓고 도망간 거야? 그리고 당신은 아직도 나를 피해서 당신의 그 흑백 방 안에 숨어 있어. 당신은 돌아오지 않겠지. 두려움이 당신을 꼼짝 못 하게 만드는 거야. 털이 빠지고, 지치고, 자기 소굴에 숨어서 떨고 있는 수컷. 정말 용이 그렇게까지 추레해진 거야? 지쳐서 힘이 빠지고 기진맥진한 용인가? 속이 누더기로 꽉 찬 흡혈귀야? 당신이 어디 있는지 알려 줘. 당신이 뭘 하고 있는지 답장해 줘. 그리고 당신의 건강 상태가 실제로 어떤지도.

수양버들이

*
**

변호사 .מ 작하임   텔아비브
작하임 디모디나 변호사 사무실   1976. 6. 18.

함멜렉 조지 36

예루살렘

개인 서한 ― 수신인만 볼 것

존경하는 작하임 씨,

귀하가 이번 주 초에 전화로 요청한 바에 따라 본인은 몇 시간 동안 비행기를 타고 샤름 에쉐익에 가서 그 문제를 조사했습니다. 그리고 내 조수인 알베르트 마이문이 그 소년의 뒤를 추적해서 이틀 전까지 머물던 장소를 알아내는 데 성공했습니다. 보고서는 다음과 같습니다.

6월 10일에서 11일 밤 사이 ㄱ. ㄱ이 최근까지 일하던 유람선이 오피라 민간 부두에서 도난당했습니다. 그 배는 같은 날 밤 새벽 2시경 라스 무함마드에서 멀지 않은 곳에서 발견되었는데, 베두인 밀수범들이 이 배를 이집트 해변으로부터 마약(대마초)을 운반하는 용도로 쓰고 버렸을 것으로 추정합니다. 이 배를 발견한 순찰대는 밀수범들의 행방을 알아냈습니다. 오전 5시(6월 11일 아침) 하마드 무타니라는 이름의 젊은 베두인이 체포되었는데, 이 사람은 ㄱ. ㄱ과 외국에서 온 젊은 여자 세 명과 함께 주유소에서 거주하던 자였습니다. 이 베두인은 체포에 저항했고(그는 이 사실을 부인합니다.) 현장에서 경찰들과 군인들에게 실제로 구타를 당했다고 믿을 만한 근거가 있습니다.(그들은 이 사실을 부인합니다.) ㄱ. ㄱ도 이 사건에 연루되었는데, 그는 완전히 진압되기 전까지 밧줄로 묶은 타이어를 휘두르며 난동을 부렸고 군인 아홉 명과 오피라 경찰 다섯 명에게 상해를 입혔습니다. 그는 합법적인 체포를 방해한 혐의로 체포되었습니다. ㄱ.ㄱ이 경찰에서 자백한 내용을 기록한 자술서에 따르면, 체포를 하러 온 쪽에서 그의 베두인 친구에게 먼저 폭력을 행사했고, ㄱ.ㄱ과 그의 친구는 정당방위를 했다고 합니다. 수사관들은 위에서 언급한 베두인이 선박 도난 사건이나 밀수 사건과 아무런 관련이 없음을 확인했고, 그는 몇 시간 뒤에 석방되었습니다.

하루가 채 지나지 않아, 6월 11일에서 12일 밤 사이에 ㄱ.ㄱ은 경찰서 내부 조립식 건물 벽을 무너뜨리고 도주하는 데 성공했습니다. 이 지역 담당 경찰관은 소년이 아직 광야를 떠돌고 있거나 베두인 주거지에 피신하고 있을 것이라 생각합니다. 오피라 경찰서는 그를 찾기 위해서 계속 수사 방향을 이쪽으로 맞추고 있습니다. 앞에서 언급한 바와 같이 우리 사무실 소속인 알베르트 마이문은(그는 당신들에게 이미 ㄱ.ㄱ에 관해 간략한 보고서를 제출했습니다.) 완전히 다른 방향으로 조사했고(ㅁ.ㅈ.ㅁ) 신속하게 훌륭한 결과를 얻어 냈습니다. ㄱ.ㄱ 소년은 이틀 전까지 키럇 아르바아에 있는 임대 아파트에 머물렀는데, 그곳에는 러시아와 미국 출신의 종교인 미혼 남성 다섯 명이 거주하고 있습니다. 이 젊은이들은 '악흐둣 이스라엘(이스라엘 연합)'이라는 이름의 소규모 우익 단체와 관련되어 있습니다. 잘 아시다시피 ㅁ.ㅈ.ㅁ 역시 이 기관과 관련이 있습니다.

우리는 법률적인 의무에 따라 우리가 조사한 내용들을 이스라엘 경찰에 알렸습니다. 그러나 소년은 그사이 또 사라졌습니다. 우리가 손에 넣은 정보는 여기까지입니다.(대금 청구서를 첨부합니다.) 의뢰인께서 이 사건을 저희에게 계속 맡기시기를 바란다면 속히 연락 주십시오.

잔드 사립 탐정 사무소(유한회사), 텔아비브
슐로모 잔드

＊
＊＊

전보

.ㅈ 기드온 힐톤 암스테르담

지금도 지카론에 있는 부동산을 매도하기 바라시오? 아주 좋은 조건으로 사고 싶어 하는 구매자를 찾았소. 서두르는 것이 좋겠소. 당신의 지시를 기다리며, 만프레드.

＊
＊＊

전보

내 친구 작하임 예루살렘 이스라엘
아니오. 알렉스.

＊
＊＊

전보

기드온 그랜드호텔 스톡홀름

당신에게 전화를 걸었는데 통화하지 못했소. 단 한 번뿐인 제안이 있소. 자세한 내용을 들으려면 즉시 전화하시오. 얼마 전만 해도 나에게 꼭 팔라고 압박했잖소. 무슨 생각을 하고 있는 거요. 만프레드.

**
**

전보

내 친구 작하임 예루살렘 이스라엘

아니라고 말했소. 알렉스.

**
**

전보

기드온 닉포르 런던

보아즈가 또 곤경에 처했소. 경찰이 그를 찾고 있소. 당신은 급히 현금이 필요하게 될지도 모르오. 이 구매자는 빌헬름 텔[102]의 쇠뇌 화살로 '마의 산'[103]에 있는 당신 구좌로 900을 보낼 준비가 돼 있소. 잘 생각해 보시오. 만프레드.

---

102) 스위스 우리주 지역에 살았다는 전설의 영웅이며 활쏘기의 명수. 광장에 걸려 있던 총독 게슬러의 모자에 인사하지 않은 일 때문에 자식의 머리 위에 놓인 사과를 쏘게 된 일화로 유명하다.
103) 『마의 산』은 독일 작가 토마스 만이 1924년에 발표한 소설이다. 스위스 알프스산맥에 있는 요양원에 매료된 젊은 부자 청년에 대한 이야기다.

**

전보

내 친구 작하임 예루살렘 이스라엘

보아즈가 직접 연락할 수 있도록 내 주소를 알려 주고 더 이상 나를 귀찮게 하지 마시오. 알렉스.

**

전보

기드온 닉포르 런던

보아즈가 어디 있는지는 귀신만 알 거요. 지카론에 있는 부동산은 어떻게 할 거요. 하루에도 몇 번씩 이랬다저랬다 생각을 바꾸지 마시오. 그러다가 당신 아버지 꼴이 날 거요. 만프레드.

**

전보

내 친구 작하임 예루살렘 이스라엘

날 좀 쉬게 해 주시오. 알렉스.

**

전보

쏘모 타르나즈 7 예루살렘 이스라엘

보아즈가 어떻게 지내는지 즉시 내게 알려 주시오. 내 도움이 필요한지 닉포르 런던 주소로 전보를 보내시오. 알렉산더 기드온.

*
**

전보

기드온 박사 닉포르 런던

이제 모든 것이 정상을 되찾았습니다. 그 애가 키럇 아르바아에서 공부와 일을 하기로 약속한 뒤 우리가 경찰서에 새로 올라간 사건 기록도 정리했습니다. 아무런 도움도 필요 없습니다. 당신의 기부금은 어떻게 되었습니까. 미카엘 쏘모.

*
**

일라나   시카고
개인 서신   1976. 6. 28.
작하임 변호사를 통해 전달

수양버들에게

나는 런던에서 학기를 마무리하고 네덜란드와 스웨덴에서 강연을 몇 차례 한 뒤 오늘 아침에 이곳으로 돌아왔어. 내가

런던을 떠나기 바로 직전에 당신의 긴 편지가 도착했지. 내 친구 작하임이 보내 주었어. 끈적한 점액질과 정글이 담긴 편지. 나는 그 편지를 비행기가 뉴파운드랜드 상공을 날 때쯤 읽었어. 내가 왜 당신을 내쫓았는지, 이번에는 그것이 당신 질문이군. 그 문제는 잠시 후에 생각해 보자고.

그동안 난 보아즈가 또 누군가를 때렸다는 소식을 들었어. 그리고 쏘모가 다시 한번 그 아이를 구출해 냈다고. 정해진 수순이 꽤 괜찮아 보이는군. 내 유일한 걱정은 가까운 미래에 내게 날아올 게 분명한 청구서지, 거기에 이자까지 덧붙여서 말이야.

보아즈는 그곳에서 귀밑머리[104]를 기르기 시작했나? 서안 지역 종교인들 사이에서 살려고 하는 거야? 쏘모가 그에게 정착촌과 소년원 중 하나를 고르라고 강요라도 한 건가? 그래, 좋아. 난 보아즈를 믿어. 머지않아 그 정착민들이 쏘모는 물론 우리의 머리통 박살 내기 선수를 받아들이기로 동의한 순간을 저주하게 될 테니 말이야.

당신 질문에 대한 내 대답은 이거야. 아니. 꿈이라면 몰라도 난 당신에게 가지 않아. 차라리 당신이, 당신으로부터 멀리 떨어져 있어 달라고, 당신을 불쌍히 여겨 당신을 위해 당신의 스트라디바리우스를 연주해 주는 그 가난한 바이올린 연주자와 당신이 꾸린 새롭고 정결한 인생에 접근하지 말아 달라고

---

104) 정통파 유대교 종교인들은 귀밑머리를 기르는데 히브리 성서에서 머리가를 둥글게 깎지 말라는 규례에 따른 것이다.(「레위기」 19: 27.)

빌었더라면, 내가 가볍게 달려가 봤을 수도 있겠지. 그러나 당신은 나에게 끈질기게 애원하고 있어, 일라나. 당신의 욕망이 뿜어내는 그 진한 냄새가, 아주 오래전에 따 놓은 무화과 냄새가 여기까지 풍겨 오고 있어. 물론 당신이 평소 하던 행실을 고쳐서 거짓말 없이 편지를 쓰려고 노력했다는 점은 매우 인상적이라는 걸 인정할게. 당신 자신을 고치려는 노력은 아주 훌륭해. 우리가 당분간 계속할 수 있겠어.

당신이 물었던 그 단순하고 간교한 질문에도 대답을 해야 되겠지. 왜 내가 당신을 칠 년 반 전에 쫓아냈는지.

아주 좋아, 일라나. 그 질문을 제기했다는 사실 자체에 점수를 줄게. 나는 그 대답을 신문에 낼 의향이 있어. 텔레비전도 좋고. "또 올라탄 라합,[105] 삼 개 사단 병력과 잠자리를 하고서도 자신이 왜 쫓겨났는지 아리송한 그녀." 난 그저 평화롭게 끝내고 싶었을 뿐이라고 주장하지.

나는 답변을 회피하고 있어. 당신에게 대답할 말을 찾아볼게. 문제는 내게서 점점 증오가 빠져나가고 있다는 거야. 내 증오는 내 머리카락과 똑같이 숱이 줄어들고 회색으로 변하고 있어. 그런데 증오를 제외하면, 나에게 남은 게 뭐지? 돈뿐이야. 그것도 점점 내 동맥에서 뽑혀 나가 쏘모의 유조선 속으로 들어가고 있지. 내가 죽는 것을 방해하지 마, 일라나. 칠 년 동안 나는 편안하게 안개 속으로 스러지고 있었는데, 갑자기

---

105) 히브리 성서에 나오는 인물로 여리고 성벽 위에서 몸을 팔며 생계를 유지하던 기생이다.(「여호수아」 2: 1, 3.)

당신이 나를 덮치더니 내 죽음마저 망쳐 놓고 있어. 당신은 선전 포고도 없이 펄펄한 기운으로 나를 공격했지만, 내 지친 탱크들은 기름도 탄약도 없이 침묵을 지키고 있어. 아니면 녹이 슬기 시작했을지도 모르겠군.

그리고 당신은 공격을 가하는 와중에 감히 이 세상에 은혜와 부드러움과 자비가 있다고 써 보내기까지 했지. 살인자가 자기 희생자의 영혼을 기리기 위해 입을 열고 시편을 찬양하기 시작하는 거야?

혹시 당신도 내가 책 표지에 넣기로 결정한 표어를 눈여겨보았는지 모르겠군. 신약 성서의 한 구절이야. 내가 나사렛 예수의 입에서 바로 따온 말인데, 어느 순간에 영감을 받아 한 말이야. "검을 잡은 자들은 모두 그 검 때문에 쓰러질 것이다." 그런데 이 섬세한 광신도는, 아무런 거리낌 없이, 다른 장에서 다음과 같이 소리 높여 부르짖었어. "너희는 내가 이 땅에 평화를 주러 왔다고 생각하지 말아라. 나는 평화가 아니라 검을 주려고 왔다." 그리고 그 검이 그자도 삼켜 버렸지.

당신은 용을 쓰러뜨리고 나서 그 칼로 뭘 할 거지? 그것을 구쉬 에무님[106]에 기부할 건가? 내 기부금으로 지어질 정착촌 두 곳에, 마즈케렛 기드온에는 그 칼집을 그리고 텔 알렉산데르에는 그 칼날을 기부할 건가?

그런데 당신이 내 손에서 빼앗아 간 그 칼은 녹아서 작아지

---

106) 요단강 서안 지역과 가자 지구와 골란고원에 정착촌을 건설하려고 노력하는 정통파 종교인들의 극우파 운동 단체. 현재는 존재하지 않지만 이스라엘 정치와 사회에 막대한 영향을 미쳤다.

고 결국 당신 손가락 사이에서 흘러 없어지지 않겠어. 그 창은 메두사를 위한 거야. 그러나 당신을 위해서 내가 전략적으로 비축해 놓은, 기운이 팔팔하고, 전투를 즐기며, 죽음과 같은 증오를 불태우면서 나의 북극 같은 사악함으로 완전 무장한 보아즈 기드온이 당신을 기다리고 있어. 당신의 협공 작전은, 그러니까 보아즈를 쏘모에게 소개해서 나를 포위하려는 당신의 계략은 결국 아무 소득 없이 끝나고 말 거야. 보아즈가 쏘모를 삼켜 버릴 때 당신은 당나귀 턱뼈로 1000명을 공격하는[107] 나의 파괴적인 아들을 마주하고도 어디로도 도망가지 못할 테니까.

나는 내가 왜 당신의 현명한 조언대로 하지 않았는지 스스로에게 질문하고 있어. 당신이 처음 보낸 편지의 첫 문장을 읽자마자, 나는 왜 그 편지를 마치 살아 있는 전갈처럼, 곧장 불속에다 서둘러 던져 버리지 않았을까? 지금 내겐 당신에게 화를 낼 권리조차 남아 있지 않아. 당신은 워낙 통이 큰 사람이라, 친절하게도 당신이 숨겨 둔 함정을 피할 수 있는 길을 나에게 미리 가리켜 주었어. 물론 당신은 한순간도 내가 그 그물에서 벗어날까 봐 걱정하지 않았지. 당신은 발정한 암컷의 냄새를 맡으면 제정신을 잃는 벌레를 알아본 거지. 처음부터 내게는 승산이 없었던 거야. 당신의 힘은 나에 비하면 마치 태양이 눈덩이와 대결하는 것 같지. 물론 당신도 다른 생명체를 잡아먹는 식물에 관해서 들어 본 적이 있겠지? 이런 식물들

---

107) 히브리 성서에 나오는 삼손 이야기이다.(「사사기」 15: 14~16.)

은 수컷 곤충을 유인하는 발정기의 암내를 아주 멀리까지 풍길 줄 아는 암꽃들이야. 어리석은 벌레는 몇 킬로미터 떨어진 곳에서부터 결국 자신을 꼼짝 못 하게 조여 댈 목구멍 속으로 빨려 들어가지. 우리는 끝났어, 일라나. 외통수야. 마치 비행기 추락 사고가 일어난 후처럼, 우리는 마주 앉아서 편지를 주고받으며 블랙박스의 내용을 분석했어. 그리고 지금 이후로는 이혼 선고문에 기록된 것처럼 우리는 서로 아무런 관련이 없는 거야.

그렇지만 당신이 승리한들 뭘 얻을 수 있지?

수천 년 전에 그리스 에페소스 출신인 어떤 사람이 자기 앞에서 타오르는 불을 보면서 무심코 내뱉었어. "그것의 승리는 바로 그것의 파멸이 될 것이다." 나를 없애 버린 다음에 그 검으로 뭘 할 거지? 당신 자신은 어떻게 할 거야? 당신은 순식간에 사그라져 버릴 거야, 쏘모 부인. 당신은 늙을 테고. 아주 뚱뚱해질 거야. 당신의 금발도 빛을 잃겠지. 표백제로 탈색해서 역겨운 금발로 염색을 해야 할 거야. 제발 머리 스카프는 쓰지 말았으면 좋겠지만. 당신의 시들어 냄새나는 몸을 체취 제거제에 푹 담가야 할 거야. 당신 가슴에는 지방이 가득 들어찰 것이고 그 아름다운 유방은, 보통 폴란드 여성들처럼, 점점 커져서 당신 턱까지 부풀어 오를 거야. 턱살은 턱살대로 늘어져서 가슴 쪽으로 거의 반쯤은 내려올 테지. 유두는 물에 빠져 죽은 시체처럼 점점 불어서 색이 바랠 거야. 당신의 두 다리는 부어오르겠지. 허벅지부터 발목까지 정맥 혈관들과 하지 정맥류가 드러날 거야. 폭포처럼 쏟아지는 살을 억지로 막으려고 앓는 소리를 내면서 보정용 속옷을 조이게 될 거야. 당신 엉덩이는 짐승같이 될 거고. 당신의 성기는 늘어지고 악취가 나겠지. 숫총각 군인이라 해도, 지진아 소년이라 해도, 발정 난 암컷 하마의 엄청난 분노를 피해 도망치듯 당신의 유혹으로부터 도망갈 거야. 당신에게 순종적인 수완가, 그 작은 파르동 선생은 암소를 따라가는 강아지처럼 당신 뒤에서 어안이 벙벙하여 말없이 끌려가다가, 어떤 날쌘 여학생이 나타나서 간단히 그를 잡아당겨 구해 주면, 자기 위에 누워 있는 산 밑에서 헐떡거리며 고마워하겠지. 그렇게 당신의 미무나[108] 건이 마침내 끝나게 될 거야. 웃음기도 없고 부주의함도 없는 연인이 당신에게 점점 가까이 다가오고 있어. 혹시 당신을 향한 존경의 표시로 검은색 겉옷을 두르고 당신이 요청한 후드 모자를 쓸지도 모르지.

당신에게 편지를 쓰다가 잠시 멈추고 높은 창문 앞에 다가가 섰어.(시카고 호숫가에 있는 사무실 건물 27층인데, 유리와 철골로 지었고 탄도 미사일을 좀 닮았지.) 한 삼십 분 정도 창가에 서서 당신 질문에 대한 진실되고 독기 어린 대답을 찾았어. 세 수 더 두면 장군에 외통수야.

내 모습이 어떨지 한 번 상상해 봐. 당신이 기억하는 것보다 마르고 머리숱은 훨씬 적고, 파란색 코듀로이 바지에 빨간색 앙고라 스웨터를 입은 모습으로. 물론 그렇더라도, 당신이

---

108) 북아프리카 출신 유대인들이 유월절이 끝나고 누룩이 든 빵을 먹게 된 것을 축하하는 잔치이다. 이 글에서는 모로코 출신 미셸을 가리키는 말로 쓰고 있다.

말한 것처럼, 기본적으로 흑백으로 입고 있지. 그자는 창가에 서서 이마를 유리에 대고 있어. 당신이 감지한 "북극처럼 싸늘한 사악함"이 깃든 눈이 점점 어두워져 가는 바깥세상을 주의 깊게 관찰하고 있지. 손은 호주머니에 찔러 넣은 채. 주먹을 꼭 쥐고. 이따금 왠지 어깨를 으쓱하며 영국 사람처럼 중얼거리지. 차가운 기운이 그의 뱃속을 훑고 지나가고. 그는 안색이 창백해지면서 손을 주머니에서 빼 팔짱을 끼며 자기 어깨를 감싸 안아. 주위에 아무도 없는 사람들이 끌어안는 방법이지. 그렇지만 이렇게 움츠리고 있어도 그자의 동물적인 본능은, 창가에 고요히 서 있는 모습은 일종의 내면적인 긴장감의 끈을 보여 주고 있어. 그를 공격하는 자들에 맞서 번개처럼 뒤로 빠지거나 앞서 나가기 위해서 팽팽하게 당겨진 상태 같은 거야.

그러나 그렇게 긴장할 이유는 하나도 없어. 이 세상은 불그스름하고 낯선 곳이니까. 호수 쪽에서 매우 강한 바람이 불어와 안개 뭉치들을 높은 건물의 거무스름한 윤곽에 던져 대고 있어. 그리고 지는 햇살이 구름, 물, 가까운 탑들 위에 쏟아지는 이 광경은 마치 연금술을 실험하는 장면 같기도 해. 투명한 보랏빛 색깔들. 좀 탁하기는 하지만 그래도 투명해. 그의 창가에서 생명체의 흔적 같은 건 전혀 찾아볼 수 없어. 호수 수면 위에서 반짝거리며 일렁이는 수백만 개의 거품들 외에는. 마치 물이 반란을 일으키며 또 다른 물질이 되겠다고 요구하는 것 같아. 예를 들어서 이판암. 아니면 화강암 같은 것으로. 그러다 한 번씩 바람이 몰아치면 창들이 이빨처럼 서로 맞부딪쳐. 죽음은 이제 그에게 허공을 떠도는 위협이 아니라 이미 오랜 시간에 걸쳐 진행되어 온 사건처럼 보여. 그리고 여기 낯선 새 한 마리도 날개에 경련이 온 것처럼 파닥이며 그의 창문 쪽으로 떠밀려 왔다가 공중에 온갖 원과 매듭 모양을 그리기 시작하는데 마치 허공에 글이라도 쓰려는 것 같아. 혹시 그자가 당신을 위해 찾고 있는 대답일까? 그러다가 갑자기 유리창으로 가까이 돌진해 거의 그자의 얼굴에 부딪칠 뻔했는데 그제야 그는 겨우 그것이 새가 아니라 바람의 발톱에 잡힌 신문지 조각인 것을 알게 되지. 우리가 왜 헤어졌지, 일라나? 무엇 때문에 내가 갑자기 일어서서 우리 지옥의 불가마를 껐지? 내가 왜 우리를 배신했지? 텅 비고 난폭한 저녁이 시카고 위에 내려오고 있어. 번개가 하얗게 달구어진 쇠처럼 조명탄이라도 터뜨리듯 이쪽 땅끝에서 저쪽 땅끝까지 하늘을 가로질러 달리고, 여기에 천둥도 행렬을 맞추어 멀리서 굴러오기 시작하는데, 마치 그자의 장갑차 전투가 시나이에서 여기까지 그를 따라온 것 같군. 혹시 당신은 괴물을 어떻게 애도해야 할지 당신 자신에게 물어본 적이 있어? 어깨는 빠르게 저절로 들썩거리고, 머리는 심하게 앞으로 내밀고 아래로 떨구고 있지. 개가 재채기를 하는 것처럼 말야. 배 속에는 복통과 혈침이 자주 찾아오고 호흡은 거친 신음 소리로 바뀌지. 말하자면 남자가 산통을 겪는 것과 같아. 그 괴물은 자신이 괴물이라는 사실에 분노해서 목이 조여 오고 괴물처럼 경련하며 몸부림치고 있어. 나는 대답할 말이 없어, 일라나. 내 증오는 점점 죽어 가고 있고 내 지혜도 함께 숨이 끊어지고 있어.

당신에게 계속해서 답장을 쓰려고 책상으로 돌아왔는데, 딱 그때에 맞춰서 정전이 되네. 한번 상상해 봐. 미국에서 정전이라니! 캄캄한 일 분이 지나자 비상등이 들어왔어. 희미하고 어렴풋한 네온 불빛은 마치 광야의 석회암 언덕 위를 비추는 달빛을 닮았어. 내 인생에서 가장 강렬한 순간들은 광야에서 날 지나쳐 갔지. 내 사슬로 내 길에 서 있는 모든 것을 짓밟고 달리면서, 내 화포로 살아 있는 기미를 보이는 모든 것을 박살 내면서, 불과 연기 기둥을 피워 올리면서, 먼지 구름을 높이 날리면서, 장갑차 엔진 서른 대의 굉음으로 온 세상을 뒤흔들면서, 그을린 고무 냄새와 숯처럼 타 버린 살점과 불타는 금속의 악취를 취하는 마약처럼 들이마시면서, 폐허와 빈 탄피로 이어진 길을 내 뒤로 남기면서, 그리고 밤이면 지도 위에 엎드려서 죽은 석회암 언덕 위로 은빛을 뿌리는 죽은 달빛 아래 교묘한 전략을 짜내면서 말이야. 물론 나는 당신에게 기관총을 쏘듯 대답할 수도 있지. 예를 들면 당신이 싫증 나기 시작해서 당신을 버렸다고 말할 수도 있어. 당신의 난잡한 짓거리가, 심지어 수원숭이나 숫염소과 함께 놀아났다 하더라도, 반복되고 지루해지기 시작했다고. 그래서 당신이 지겨워졌고, 흥미를 잃었다고 말이야.

그러나 우리는 거짓말을 하지 않기로 했지. 지난 세월 동안 나는 당신하고만 잠자리를 할 수 있었어. 사실 내 인생 전체를 통틀어서 그렇지. 당신을 만났을 때 난 총각이었으니까. 가끔 내가 어린 여자 팬이나 여학생, 여자 비서, 인터뷰 기자를 침대로 데려가기라도 하면 당신이 나타나서 나와 그 여자 사이에 비집고 들어왔지. 만약 당신이 나타나기를 잊어버린다 해도 내 잠자리 상대는 스스로 만족해야만 했어. 아니면 나와 학구적인 저녁을 함께한 것으로 만족하든지. 내가 만약 유령이라면, 일라나, 당신은 내 호리병이야. 내가 빠져나오지 못한.

그리고 당신도 성공하지 못했지, 쏘모 부인. 만약 당신이 유령이라면 나는 그 호리병이니까.

사람의 불행은 사실 복의 근원이라는 말을 베르나노스[109]의 책에서 본 적이 있어. 나는 내 책에서 이 가톨릭 꿀송이에 대해서 행복은 전부 본질적으로 따분한 기독교의 발명품이라고 대답했어. 행복이란 싸구려 예술 작품이라고 썼지. 이것과 헬라인들이 말한 행복(eudaimonia) 사이에는 아무런 관련이 없어. 그런데 유대교 안에는 행복이라는 개념이 전혀 존재하지 않고 심지어 성경에는 그에 해당하는 낱말도 없어. 하늘이나 다른 사람으로부터 계속 긍정적인 평가나 인정을 받아 느끼는 만족감만 있지. 예를 들어 "길이 온전한 자들은 복되다."[110]라고 했지. 유대교는 오로지 기쁨만 인정할 뿐이야. "청년이여, 네 어린 때를 기뻐하라."[111]라고 말한 구절처럼. 기쁨이란 쉬이

---

109) 조르주 베르나노스(George Bernanos, 1888~1948). 20세기 프랑스 가톨릭 문학을 대표하는 소설가. 오직 절망만이 희망을 잉태할 수 있으며, 절망의 유혹을 넘어서 구원의 희망을 잃지 않는다면 모든 것이 은총임을 깨닫게 된다고 말했다.
110) 이 말은 히브리 성서 시편에 나오는데, "그 길이 온전한 자가 복되다. 주님의 가르침에 따라 걷는 자들"이라고 기록했다.(「시편」 119: 1.)
111) 이 말은 히브리 성서 전도서에 나오는데, "청년이여 네 어린 시절을 기뻐하고 네 젊은 시절에 마음을 흡족하게 하며 네 마음의 길로 네 눈에 보이

지나가 버리는 것이고, 헤라클레이토스의 어두운 불꽃처럼 그 것의 승리가 곧 파멸이 되고, 기쁨이란 그 속에 상반된 것이 겹쳐 있으며 사실 그것이 있어야 기쁨도 존재하는 거야.

그럼 우리의 기쁨, 그러니까 당신과 내가 기뻐하던 것들 중 에서 뭐가 아직 남았지, 일라나? 이드[112]의 기쁨뿐. 불이 다 꺼지고 남은 타다 만 장작. 그리고 우리는 지구 반대편에 서서 이 타다 만 장작을 향해 입김을 불어 대며 사악한 두려움처 럼 잠시라도 불꽃이 타오르기를 바라고 있지. 다 부질없는 짓 이고 어리석은 일이야, 일라나. 나는 포기할게. 지금 당장 항복 문서에 서명할 준비가 돼 있어.

그리고 당신이 내게 무슨 짓을 할 수 있겠어? 물론 다른 길 은 없어. 싸움에서 진 수컷은 굴복하는 것이 자연계의 법칙이 지. 거세당하고 시중을 들어야 해. 쏘모의 작은 것만큼 쪼그 라들겠지. 그렇게 당신은 두 놈을 가지게 될 거야. 하나는 종 교적이고 열정적으로 당신을 숭배하며 당신의 밤을 달콤하게 만들어 주고, 다른 하나는 당신이 바르 요하이 축제[113]를 즐 길 돈을 자기 주머니에서 내어 줄 거야. 다음번 수표에는 얼마 를 적을까?

는 대로 가 보아라. 그러나 신께서 이 모든 것에 관하여 너를 재판에 넘길 것임을 알라."라고 기록했다.(「전도서」 11: 9.)

112) Id. 심리학에서 원초적 본능적 요소가 존재하는 무의식의 세계를 가 리킨다.

113) 서기 2세기에 살았던 초기 유대교 종교 지도자 셤온 바르 요하이를 기 념하는 축제다.

당신들이 원하는 거라면 뭐든지 사 줄게. 라말라? 바브 알라? 바그다드? 내 증오심은 점점 죽어 가고 대신 내 아버지의 활화산 같은 관대함이 나를 지배하고 있어. 아버지가 말년에 타보르산이나 길보아산 꼭대기에 폐결핵을 앓는 시인들을 위한 쉼터를 지으라고 자기 재산을 기부하려 했던 것처럼 말야. 나는 언젠가 보아즈와 쏘모 사이에 터지고야 말 전투에서 양 진영을 무장시키는 데 내 돈을 쓰겠어.

그리고 이제 당신에게 이야기를 하나 해 줄게. 연애 소설을 위한 밑그림이지. 델라르테 비극[114]을 위한 서막이라고나 할까. 때는 오십구년이었어. 군대에서 복무하던 한 젊은 소령이 마음에 드는 여자를 데리고 불가능을 몰랐던 자기 아버지에게 인사를 드리러 갔어. 그 젊은 여성은 슬라브계 얼굴을 하고, 꿈꾸는 듯한 표정에 성적 매력을 풍겼지만, 흔히 말하는 전형적인 미인은 아니었어. 그래도 어린아이처럼 천진난만하게 놀라는 그녀의 표정 속에는 사람의 마음을 훔치는 무언가가 있었지. 그녀는 네 살 때 부모님을 따라 로지에서 그곳으로 왔어.[115] 부모님은 그녀를 남겨 두고 벌써 죽었고. 키부츠에 사는 언니 외에는 이 세상에 남아 있는 친척이 아무도 없

---

114) 가면 비극. 16~18세기에 이탈리아에서 발달했던 가면극 '코메디아 델라르테'의 반어적 의미다.
115) 로지는 폴란드 중부에 있는 도시다. 우치라고도 부른다. 19세기까지는 작은 마을에 불과했으나 섬유 공업이 발달하면서 폴란드에서 세 번째로 큰 도시로 성장했다. 이곳에는 대규모의 유대인 공동체가 있었으며, 많은 유대인들이 2차 세계 대전 때 강제 수용소로 끌려가 죽임을 당했다.

었어. 그녀는 군대에서 제대하자마자 유명한 주간지의 편집자로 취직했어. 그리고 시집을 내고 싶어 했지.

그런데 오늘 아침 그녀는 눈에 띄게 걱정스러운 기색을 하고 있어. 그녀가 시아버지 될 사람에 대해 들은 소식이 그리 좋은 내용들이 아니었기 때문이야. 그녀의 외모나 배경은 보나 마나 마음에 들어 하지 않을 것이고, 여기에 그가 지나치게 역정을 내곤 한다는 이야기들에 충격을 받았기 때문이야. 그녀는 시아버지 될 분과의 만남이 정말로 운명을 결정짓는 면접 시험처럼 느껴졌어. 한참이나 망설인 끝에 면접을 위해 매끄러운 흰색 셔츠에 꽃무늬가 있는 봄 치마를 입기로 했는데, 놀란 소녀 같은 이미지를 강조하기 위해서였는지도 몰라. 그렇지만 풀 먹인 제복을 멋지게 차려입은 그녀의 경비병도 약간 긴장한 것처럼 보였어.

빈야미나와 지카론 사이에 있는 사유지 마당 입구에서는, 부동산 업자이자 거물 철강 수입 업자인 볼로디야 구돈스키가 손가락으로 두꺼운 시가를 권총처럼 잡은 채, 자갈길 위를 어슬렁거리면서 그들을 기다리고 있었어. 그 공포스러운 블라디미르 차르가. 그에 관한 여러 소문 중에는, 이십구년 그가 아직 채석장을 지키는 개척자였을 때, 혼자서 아랍인 강도 세 명을 돌 깨는 큰 쇠망치로 때려죽였다는 이야기도 있지. 그리고 이집트 공주 두 명의 애인이었다는 말도 있고. 그리고 그가 수입업에 손을 대고 영국 군대와 거래하며 돈을 벌어들인 후에, 영국 총독이 어느 만찬 석상에서 그를 친근하게 '클래버 주(Clever Jew)'라고 한 번 부른 적이 있었는데, 차르는 그 자리에서 당장 총독에게 큰 소리를 지르며 결투를 신청했고, 그 총독이 도전을 거절하자 그를 '브리티시 치킨'이라고 불렀다지.

그 경비병과 연인은 그곳에 들어와 얼음 띄운 석류 주스를 대접받았고 그 사유지의 구석구석을 돌아보는 긴 견학길에 올랐는데, 갈릴리에서 온 체르케스인 일꾼들이 과수원을 가꾸고 있었어. 분수와 금붕어가 있는 연못, 그리고 일본과 버마[116])에서 가져온 대단히 희귀한 품종의 장미들을 모아 놓은 정원이 있었어. 제에브 빈야민 구돈스키는 그림처럼 생생한 열정을 가진 연사인 듯 혼자 끊임없이 말을 이어 나갔고, 즐겁고 유쾌하고 과장된 말을 넘치도록 흘리면서 자기 아들 여자 친구의 환심을 사려고 했어. 그녀의 눈이 머물렀던 꽃들을 모두 꺾어서 그녀에게 주면서. 그녀의 어깨를 넓게 감싸 안으면서. 장난스레 그녀의 가녀린 어깨뼈들을 더듬으면서. 그녀에게 혈통이 좋은 암망아지에게 내리는 명예 등급을 수여하면서 말야. 그의 깊은 러시아 목소리는 그녀의 아름다운 발목에 녹아내리고 있었어. 그리고 갑자기 그는 당장 그녀의 무릎을 보여 달라고 큰 소리로 요구했지.

그러나 황태자는 그곳에 머무는 내내 발언할 기회를 완전히 그리고 강제로 박탈당했어. 그는 찍소리도 낼 수 없었지. 바보 같은 미소를 짓거나 자기 아버지 입에 물린 시가에 불이 꺼질 때마다 불을 붙이는 일 말고는 정작 할 일이 없었지. 심지어 지금도, 시카고에서, 그가 당신을 위해 십칠 년이 지난 그

---

116) 현재의 미얀마. 1989년까지 버마라는 이름을 사용했다.

날의 기억에 관해 쓰자니, 갑자기 그 바보 같은 미소가 돌아와 그의 얼굴 위에 묻어나는 것 같군. 그리고 오래된 유령이 올라와 당신을 향한 증오의 불씨에 바람을 불어 대고 있어. 왜냐하면 당신은 그 폭군의 놀이에 정말 당혹스러울 만큼 협조적으로 동참했으니까. 심지어는 여고생처럼 까르르 웃음을 터뜨리며 그의 면전에서 기꺼이 당신의 무릎을 보여 주었지. 그럴 때 당신은 아주 매혹적으로 얼굴을 붉혔어. 그리고 나는 당연히 시체처럼 하얗게 질렸지.

그다음에 젊은 두 연인은 지카론 절벽 꼭대기에 있어서 프랑스풍 창문으로 지중해가 한눈에 내려다 보이는 식당에 식사 초대를 받았어. 검은 연미복을 차려입은 기독교인 아랍 하인들이 소금에 절인 물고기와 보드카, 죽, 고기, 생선 요리, 과일, 치즈, 그리고 아이스크림을 가져다주었지. 사모바르 주전자에서 이제 막 차를 따라 김이 모락모락 피어 오르는 찻잔을 줄줄이 내왔어. 사양을 하거나 사과를 했다가는 엄청난 호통 소리가 돌아오곤 했지.

저녁이 되어 서재에 있을 때도, 차르는 야단맞은 왕자가 입을 열어 무슨 말을 하려 할 때마다 단호하게 막아 버렸어. 그 아버지는 크라사비스타[117]의 목소리를 듣느라 너무 바빴고 절대 그를 방해하면 안 되는 상황이었지. 그는 그녀에게 피아노를 쳐 보라고 했어. 시를 낭송해 보라고도 했고. 문학, 정치, 그리고 미술사에 대해서도 시험했어. 전축에 왈츠 음반을 올

---

117) 러시아어로 '아름다운 여인'을 뜻한다.

려놓았을 때 그녀는 살짝 취해서 그녀의 발을 밟는 그 거인과 춤을 춰야 했어. 이런 모든 요구에 그녀는 아주 쉽사리, 즐겁게, 마치 아이를 기쁘게 해 주려는 사람처럼 응했지. 그런 뒤에 그 늙은이는 가장 상스러운 종류의 음담패설들을 늘어놓기 시작했어. 그녀는 얼굴을 붉히기는 했지만 그에게서 구르는 듯한 웃음소리를 거두어들이지 않았어. 새벽 1시가 되어서야 그 독재자가 마침내 조용해졌고, 밤색 손가락 두 개로 덥수룩한 자기 콧수염을 쥐더니, 눈을 감고 안락의자에서 깊이 잠이 들었지.

두 연인은 눈빛을 주고받은 뒤 작별의 말을 쪽지에 남기고 떠나기로 암묵적으로 동의했지. 애초에 그곳에서 잘 생각은 없었어. 그런데 그들이 나갈 때쯤 차르가 자리에서 뛰쳐나오더니 까치발로 서서 미녀의 양쪽 뺨에 입을 맞추었어. 그리고 곧이어, 그녀의 입에도 길게. 그는 자기 외아들의 목덜미를 손바닥으로 찰싹 후려쳤지. 새벽 2시 30분에 그는 예루살렘에 전화를 걸어서, 달콤한 계략을 꾸미던 작하임을 깨워 놀라게 만들었고, 내일 아침에 당장 예루살렘에 젊은 부부를 위한 아파트를 구매하고 "어제부터 구십 일" 이내에 거행될 결혼식에 "전 세계인들과 그들의 아내"를 초대하라고 하늘에서 퍼붓는 돌 우박처럼 지시를 내렸어.

그런데 우리는 서로 소개하는 자리라고만 생각하고 그를 찾아갔었어. 그때까지 우리가 결혼에 관해 이야기한 적은 없었지. 아니면 당신이 말을 꺼냈지만 내가 망설이고 있었든지.

그런데 우리의 결혼식에, 정말로 삼 개월이 지난 뒤에 치러진 결혼식에 그는 잊어버리고 오지 않았어. 그동안 새로운 첩을 하나 찾아서 그녀와 함께 노르웨이 피오르 지역으로 신혼여행을 떠났던 거야. 새 첩들이 생길 때마다 늘 그랬던 것처럼, 적어도 일 년에 두 번은 그랬지.

우리가 결혼한 지 얼마 지나지 않은 어느 맑은 날 아침, 우리 부대는 네게브 사막으로 훈련을 떠났지. 내가 훈련에 전념하고 있을 때, 그가 예루살렘에 있던 당신 앞에 나타나서 부드럽게, 마치 겁을 내는 듯이, 당신에게 설명하기 시작했지. 몹시 유감스럽게도 자기 아들은 한낱 "관료주의적인 영혼"에 불과하지만 우리 두 사람은 "사로잡혀 있는 독수리들인 셈"이라고. 그러더니 무릎을 꿇고 그와 함께 "놀라운 하룻밤"을 보내자고 당신에게 애원했어. 그리고 그가 소중하고 거룩하게 여기는 모든 것을 걸고 당신은 새끼손가락 하나도 건드리지 않겠다고 맹세하면서, 자기는 악한이 아니라며, 단지 당신의 연주와 당신의 시 낭송만 듣고 당신과 함께 도시 근교 산을 거닐기만 하고 끝으로 임카(YMCA) 탑 꼭대기에서 "형이상학적인 해돋이" 풍경만 보겠다고 했지. 당신이 거절하자, 그는 당신을 "속임수로 자기 아들을 사로잡은 작은 폴란드 장사꾼"이라고 부르기 시작했고 당신에게 허락했던 임재를 거두어들였어.(그 당시부터 밤마다 당신과 나는 침대에서 셋이 하는 놀이를 하며 흥분하곤 했던 거지. 물론 상상을 하는 단계에서 더 나아간 건 아니지만. 당신의 상상 속에서 첫 번째로 나온 제삼의 남자가 그 차르였어? 그게 당신이 내게 했던 첫 번째 거짓말이었나?)

보아즈가 태어났을 때 볼로디야 구돈스키는 무슨 이유에서

인지 포르투갈 북부에 머물렀어. 그렇지만 굳이 번거롭게 어떤 수상한 이탈리아 회사로 수표를 보냈고, 그 회사는 히말라야 어딘가에 앞으로는 모든 지도에 '보아즈 기드온 봉우리'라고 표기될 외진 산봉우리가 있다는 것을 입증하는 공식 증서를 보냈지. 그 문서가 아직 잘 있는지 찾아보지 그래. 당신의 구세주가 그곳에 정착촌을 세우려 할지도 모르잖아. 그리고 육십삼년 보아즈가 두 살인가 세 살이 되던 해에 볼로디야 구돈스키는 이 세상을 등지기로 결심했어. 그는 자신의 첩들을 모두 사방으로 쫓아 버렸고, 스키타이인처럼 작하임을 혹사시켰고, 우리와는 잠깐 만나는 것도 단호하게 거절했어. 그가 보기에 우리는 부패하고 믿을 수 없는 자들이었지.(정말 그는 드높은 그의 왕좌에서 뭔가를 알아챘던 걸까? 정말 그는 의심이 생겼던 걸까?)

그는 자신의 영지 담장 안에 틀어박혀서, 무장한 경비원 두 사람을 고용해 두고, 밤낮없이 페르시아어를 배웠어. 그다음에는 점성술 책들과 펠덴크라이즈[118] 박사의 요법에 심취했어. 작하임이 보낸 의사들을 개처럼 쫓아 버렸지. 그러던 어느 날 갑자기 일꾼들을 모두 해고했어. 그래서 과수원은 점점 갈수록 원시림으로 변해 갔지. 또 어느 날에는 하인들과 경비원들도 모두 내보냈고 죽어 가는 건물 지하실에서 그와 당구를 쳐 줄 아르메니아 늙은이 한 사람만 남겨 두었어. 아버지와

118) 모쉐 핀카스 펠덴크라이즈(Moshe Pinchas Feldenkrais, 1904~1984). 우크라이나에서 태어난 유대인 기술자이자 물리학자이며, 몸과 마음을 함께 훈련하기 위해 펠덴크라이즈 요법이라는 운동법을 창시했다.

그 아르메니아인은 부엌에서 간이침대를 펴고 잠을 잤고 통조림을 따서 먹고 맥주를 마셨어. 부엌과 그 집의 다른 곳 사이에 있는 문에는 나무판자를 비스듬히 대고 못을 박았지. 정원수들이 자라서 나뭇가지들이 부서진 창문을 통해 위층에 있는 방 안으로 들어오기 시작했어. 1층 방 안에는 풀과 관목들이 자라났고. 들쥐들, 뱀들, 해오라기들이 복도에 둥지를 틀었지. 양치식물 덩굴들은 두 계단을 타고 올라가서 위층까지 다 다르고, 이 방 저 방으로 가지를 치더니 천장을 뚫고 나가서, 기와 몇 장을 밀어 올린 다음 다시 해를 찾아 나갔어. 뿌리는 화려한 바닥 타일 사이를 뚫고 빽빽하게 들어찼어. 비둘기 수십 마리 혹은 수백 마리가 그 집을 무단으로 사용했어. 그러나 볼로디야 구돈스키는 유창한 페르시아어로 그 아르메니아인과 잡담을 했지. 또 펠덴크라이즈 요법 중에 허점을 발견하고서 그 책을 불에 태워 버렸지.

어느 날 우리 셋이 목숨을 걸고, 성서와 같은 그의 저주를 깨뜨리면서 그를 방문했어. 정말 놀랍게도 그는 우리를 아주 기쁘게 맞아 주었고 심지어 아주 부드럽게 대했어. 굵은 눈물방울이 새로 수북하게 자란 그의 턱수염 위로 흘러내렸는데, 그동안 톨스토이 같은 턱수염이 브레즈네프[119]를 닮은 그의 얼굴을 덮고 있었어. 그는 나를 보고 러시아어로 '내 업둥이'라는 뜻의 별명으로 불렀어. 보아즈도 '내 업둥이'라고 불

119) 레오니트 브레즈네프(Leonid Brezhnev, 1906~1982). 소비에트 연방의 정치가. 1964년에서 1982년까지 소비에트 연방 공산당 서기장을 지냈다.

렸지. 십 분에 한 번씩 그는 보아즈를 데리고 지하실로 내려갔고, 이런 여행을 마치고 돌아올 때마다 오스만 튀르크 시대에 쓰던 금화를 선물로 아이 손에 쥐어 주었어. 그가 당신을 '뉴시아'라고 불렀는데 내가 다섯 살 때 죽은 어머니 이름이 '뉴시아 마야'였지. 당신이 폐렴에 걸렸다는 말을 듣고 매우 슬퍼하면서 의사들을 욕하고 자기 자신을 탓했지. 그러나 결국 그는 남은 분노를 당신에게 큰 소리로 쏟아 내면서 당신이 사악해서 병약해진 거라고, 일부러 자기를 괴롭히는 거라고 했고, 그래서 '그의 보물들'을 굶주리는 시인들을 위한 거처를 짓는데 기부할 거라고 했어.

그리고 실제로 그는 자기 재산을 사방으로 뿌려 대기 시작했어. 수많은 사기꾼들이 몰려들었고 그에게 갈릴리 유대인 재단이나 홍해를 푸르게 만드는 일에 필요한 기부금을 뜯어냈어. 어찌 된 일인지 최근에 나에게도 일어나고 있는 일처럼 말이야. 작하임이 인내심을 가지고, 아주 신중하게, 그의 재산을 내 명의로 옮기는 일을 해 주었지. 그러나 그 늙은이가 떨치고 일어나서 우리를 반격하기 시작했어. 작하임을 여러 번 해고하기도 했어.(물론 내가 그를 다시 고용했지.) 그는 변호사 사단을 배치하더군. 자비를 들여 이탈리아에서 아주 수상쩍은 교수 세 명을 데려다가 자기가 정신적으로 정상이라는 증명서에 서명을 받았어. 거의 이 년 동안 그의 재산은 조금씩 새어 나갔어. 작하임이 그에 대한 보호 관찰 명령을 받아 내 나중에 강제 입원 명령이 내려질 때까지 그랬지. 그리고 그즈음 그는 다시 태도를 바꾸어 우리를 위해 아주 상세한 상속 문서를 작성해 서명까지 했고, 짧지만 감상적인 편지 한 통을 동봉했어. 그 편지에서 그는 우리를 용서하고 또 우리의 용서를 구하면서 나에게는 당신을, 당신에게는 나를 조심하라고 경고했고 우리에게 아이를 불쌍히 여겨 달라고 간청했고 너희들이 느끼는 고통의 심연 앞에서 두려운 마음으로 고개를 숙인다는 말로 끝을 맺었어.

육십육년 이후로 그는 카르멜산 위에 있는 요양원 독실에서 휴양하고 있어. 침묵 속에서 바다만 바라보고 있어. 내가 수차례 찾아갔지만 나를 알아보지 못했어. 당신은 계속해서 가끔씩 그를 방문한다고 작하임이 그러던데, 사실이야? 왜지?

그의 돈으로 우리는 야페노프에 저택을 지었어. 물론 빈야미나와 지카론 사이에 있는 버려진 성도 아직 내 명의지만. 작하임은 그 성의 가치가 최고치에 이르렀다면서 시세가 돌아서기 전에 서둘러서 팔아야 한다고 조르고 있어. 내가 가진 모든 것을 훌레 늪지대를 배수하는 사업에 기부해 버릴까? 아니면 흑해를 하얗게 만드는 사업에? 유기견을 구조하는 사업에? 아니면 사실 보아즈에게 주지 않을 이유도 없지? 쏘모에게? 그 두 사람 모두에게? 내가 당신의 쏘모에게 모든 것을 보상해 주겠어. 그의 피부색에 대해, 그의 키에 대해, 그가 겪은 모욕에 대해서. 늦었지만 그에게 결혼 지참금을 주도록 하지. 난 내 재산으로 특별히 해야 할 일이 없으니까. 아직까지 나에게 남아 있는 시간으로도.

어쩌면 아직은 재산을 상속하지 않을지도 모르지. 오히려 내가 그곳으로 돌아갈 수도 있어. 그 허물어져 가는 부엌에 눌

러살면서, 부엌과 그 집의 다른 곳을 이어 주는 문을 막은 나무판자들을 뜯어내고 천천히 그곳을 수리할 거야. 그 망가진 분수도 고칠 거고. 연못에 금붕어도 풀어놓을 거야. 나도 정착촌을 세우지, 뭐. 우리 둘이 그곳으로 도망갈까? 그 허물어져 가는 집에서 개척자 부부처럼 살아 볼까? 당신을 위해서 내가 가운을 두르고 검은색 후드 모자를 쓸까?

당신은 나에게 원하는 것을 알려 주기만 하면 돼.

아직까지 내가 당신에게 대답하지 않은 것이 있어. 내가 당신을 왜 쫓아냈을까? 책상 위에 쌓인 논문들 사이에 내가 쓴 쪽지 하나가 놓여 있는데, 라틴어로 리투얼(ritual)이라는 낱말은 대략 '올바른 상황'을 뜻하는 라틴어 리투스(ritus)에서 비롯됐다고 써 있어. 혹은 '정해진 관습' 정도라고 할 수 있지. 또 광신(fanaticus)이라는 낱말은 그 어원이 파눔(fanum)일 거야. 그 말뜻은 신전 또는 기도하는 곳이고. 그럼 겸손이라는 말은? 겸손이란 굴욕일까? 겸손(humilitas)은 후밀루스(humilus)에서 왔고, 그것은 아마 후무스(humus)에서 왔을 텐데, 그 말은 땅이라는 뜻이지. 그렇다면 땅이 굴욕을 느낄 수 있을까? 아니면 겸손함을? 누구나 땅에 와서 자기가 하고 싶은 건 뭐든 할 수 있겠지. 땅을 파고 갈고 씨를 뿌리고. 그러나 땅은 결국 자기에게 달려드는 자들을 모두 받아들이지. 영원히 침묵을 지키면서.

당신은 자궁이 있으니 더 유리하지. 그것이 당신 질문에 대한 대답이야. 처음부터 나에게는 승산이 전혀 없었고, 그래서 당신에게서 도망쳤어. 당신의 긴 팔이 소굴 안에 숨어 있는 나를 붙잡을 때까지. 당신에겐 승리가 마치 아이들 장난 같았겠지. 2만 킬로미터나 멀리 떨어진 곳에서도 당신은 버려진 텅 빈 탱크를 명중시키고 말았어.

자정이 되기 십 분 전이야. 폭풍우는 좀 잦아들었지만 아직 전기는 들어오지 않아. 비서인 아나벨을 전화로 깨워야 할지도 모르겠군. 스카치위스키를 꺼내고 자정에 먹을 야식을 준비해 달라고 해야겠어. 내가 가는 중이라고 알려 주고. 그녀는 나이가 서른 살쯤 된 이혼녀로, 냉소적이고, 키가 아주 작고, 안경을 쓰고, 아주 끔찍하게 능률적이고, 언제나 청바지에 두툼하고 곰 같은 스웨터를 입고 있어. 항상 줄담배를 피우지. 택시를 부르고 삼십 분 후면 그녀 집의 초인종을 누를 수 있어. 그녀가 문을 여는 순간 나는 갑자기 끌어안고 내 입술로 그녀의 입술을 덮쳐서 그녀를 놀라게 할 거야. 그녀가 정신을 가다듬기 전에 나는 그녀에게 청혼을 하고 당장 대답해 달라고 할 거야. 대가로 유명한 내 이름, 더하기 음울하고 사내다운 분위기, 더하기 내 몸에서 풍기는 전쟁터 냄새, 더하기 내 재산, 빼기 사랑, 더하기 신장에서 제거한 종양 정도라면, 아무리 그녀가 놀랐어도 내 성을 따라 쓰면서 내 병이 악화되면 날 돌봐 주기로 동의하지 않을까. 나는 그녀를 위해 경치 좋은 교외에 멋진 집을 한 채 사 주고, 열여섯 살 먹은 덩치 크고 얼빠진 그 녀석도 우리와 함께 살아야 한다는 조건을 달 거야. 그 녀석이 일부러 욕실에 불을 켜 놓거나 방문을 열어 두지 않아도 여자애들을 초대할 수 있도록 허락도 해 주고 말이지. 내일 아침에 헤브론에 있는 그 녀석에게 비행기표가 날아갈 거야. 나머지는 작하임이 알아서 처리해 줄 테고.

다 부질없어, 일라나. 내 증오는 오래된 회칠처럼 나에게서 벗겨져 나가고 있어. 방 안에는 네온등이 켜 있고, 어둠 속에서 호수 물 위로 번갯불이 떨어지지만, 난 내 뼛속에 감도는 냉기를 녹일 힘이 없어. 그리고 사실 이건 아주 단순한 이치야. 정전이 되면 난방도 끊기는 법이니까. 자, 이제 나는 일어서서 양복 상의를 입었어. 그래도 별로 나아지는 게 없군. 내 증오는 골리앗이 물맷돌에 맞은 뒤에 손에서 떨어뜨린 칼처럼 점점 내 손가락 사이에서 미끄러져 빠져나가고 있어. 당신이 그 칼을 들어 올려서 그걸로 나를 죽일 거야. 그러나 당신이 자랑스러워할 것은 없어. 당신은 죽어 가는 용을 죽였을 뿐이야. 어쩌면 당신이 은혜를 베풀었다고 말할 수는 있겠지.

지금 여기 어딘가 어두움 속에서 사이렌 소리가 들렸어. 바깥은 수평선 위에 두껍지 않게 감도는 한 줄기 방사선 같은 보랏빛을 제외하면 완전히 암흑에 싸여 있어. 어둠 속 바깥에서 들리는 사이렌 소리는, 마치 예수의 말처럼, 거기서 "슬피 울고 이를 가는" 것 같군. 어떤 배가 울리는 소리였을까? 아니면 광야에서 도착하는 기차였을까? 정확히 알 수는 없어. 바람도 미친 듯이 아주 높고 날카로운 한 가지 음으로 계속 휘파람을 불어 댔기 때문이지. 아직 전기는 들어오지 않았어. 시체 안치소 같은 불빛 아래에서 이 글을 쓰다 보니 눈이 아파 오는군. 여기 내 사무실에는 침대와 옷장과 작은 화장실이

딸려 있어. 그런데 두 개의 금속 서류장 사이에 놓인 그 좁은 침대가 갑자기 무서워지네. 마치 그 위에 시체가 누워 있는 것 같아. 오늘 아침 내가 런던에서 돌아와 급히 가방에서 쏟아 놓은 옷가지들에 불과하지만 말이야.

다시 사이렌 소리가 들려. 이번에는 더 가까운 곳에서. 이제 들으니 배나 기차가 아니라 비상 차량이 울리는 사이렌 소리가 분명해. 구급차인가? 경찰 순찰차인가? 근처 가까운 거리에서 범죄 사건이 일어났나 봐. 누군가 아주 곤란한 상황에 빠졌겠지. 아니면 불이 나서 집에 옮겨붙고 그 이웃 집들과 한 구역 전체를 삼켰을까? 어떤 사람이 더 이상 참지 못하고 탑 꼭대기에서 뛰어내렸나? 칼을 잡던 자가 칼에 맞아 죽어가는 걸까?

비상등이 나에게 창백한 불빛을 비추고 있어. 유령 같은 은색 빛이야, 마치 수술실에 있는 조명처럼. 한때 나는 당신을 사랑했고 내 뇌리 속에는 사진 하나가 들어 있어. 당신과 내가 어느 여름날 저녁에 예루살렘산이 마주 보이는 우리 집 테라스에 앉아 있고 아이는 블록 장난감을 가지고 놀고 있지. 식탁 위에는 아이스크림 잔들이 놓여 있고. 읽지 않은 석간신문도. 당신은 식탁보에 수를 놓고 있고 나는 솔방울과 이쑤시개로 학을 만들고 있어. 사진은 그랬어. 우리는 그럴 수 없었지. 그리고 이제는 너무 늦었어.

흡혈귀가

**　＊＊**

직접 전달된 쪽지

　작하임 변호사님, 안녕하세요? 이 쪽지는 오늘 우리가 사비온 카페에서 만나고 헤어질 때 당신에게 드릴 거예요. 나는 이제 당신과 더 이상 만나지 않겠어요. 내 전남편은 내게 다른 방법으로 편지를 전달해야 할 거예요. 그가 왜 편지를 우편으로 보내지 않는지 모르겠지만, 난 이제부터 그렇게 할 예정이에요. 내가 이 쪽지를 쓰는 이유는 단 하나, 당신 면전에 대고 직접 말하기가 어려울 것 같아서예요. 나는 당신이 혐오스러워요. 당신과 악수를 해야 할 때면 마치 개구리를 움켜쥐는 기분이었어요. 당신이 알렉스의 상속 재산과 관련해서 넌지시 말한 그 추잡한 '합의'는 내가 보기에 선을 넘은 것이었어요. 어쩌면 과거에 당신이 내가 겪은 비극을 목격하는 바람에 완전히 오해를 하고 있는지도 모르겠군요. 그러나 당신은 그때도 나의 비극을 이해하지 못했고 지금도 아무것도 이해하지 못하고 있어요. 전남편도, 현재 남편도, 그리고 아마 내 아들도 그때 무슨 일이 있었는지 잘 알고 이해하고 있어요. 그러나 당신은 아니에요, 작하임 씨. 당신은 외부인이에요.

일라나 쏘모

　그럼에도 만약 당신이 그를 나에게 되돌려줄 방법만 찾아낸다면 당신 뜻대로 하겠어요. 그 사람이 병들었기 때문에 서둘러야 해요.

**

미카엘 쏘모 씨   예루살렘
국립 종교인 학교 오헬 이츠학   1976. 5. 7.
사적인 편지로 반드시 수신인에게만 전달 요망

존경하는 쏘모 씨,
  내 앞에는 선생이 올해 씨반월 13일에 보낸 편지가 놓여 있습니다. 나는 선생의 제안을 검토하느라고 답장을 미루어 왔습니다. 그리고 그동안 우리는 서로 협력하여 코끼리를 바늘 귀를 통해서 꺼내는 데 성공했습니다. 나는 당신 전문 분야에서 당신과 경쟁할 생각이 없지만, 키럇 아르바아라는 도시와 관련하여 내가 제대로 기억하고 있다면, 이곳은 이미 성서에서 어떻게든 거인들과 연관되어 있는데, 내가 틀렸습니까? 당신은 우리의 젊은 인기남과 관련해서 일을 훌륭하게 처리했더군요.(그가 새로 저지른 범죄 사건이 내부 인사의 개입으로 무마되었다고 알고 있습니다.) 모자를 벗어 경의를 표합니다. 다른 사건들과 관련해서도 당신의 마법적인 능력을 빌릴 수 있겠습니까? 당신처럼 인맥과 재주가 뛰어나다면 당신이 편지에서 요청한 것처럼 내 변변찮은 도움을 필요로 하는 것이 아니라, 오히려 그 반대가 되어야 하지 않겠습니까?
  둘러 말하지 않고 선생이 보낸 편지의 본론과 어제 우리가

전화로 나눈 매우 생산적인 대화로 곧바로 들어가겠습니다. 나는 점령 지역이나 기타 문제들에 대하여 특별한 감정이 없음을 아무 부끄러움 없이 밝힙니다. 만약 그곳에 아랍인들이 살고 있지 않다면 나 역시 당신과 마찬가지로 그 땅을 삼키려 했을지도 모릅니다. 그러나 그 사람들 때문에 나는 포기하겠습니다. 그래서 당신이 친절하게 편지에 첨부한 문서를 읽고 당신들 조직의 전망에 관해서 신중하게 생각해 보았습니다. 당신의 계획은 모든 아랍인들에게 그들이 각자 가진 재산과 땅을 돈으로 전액 환산해 지불하고 편도 차표를 사 주는 것입니다. 내가 보기에 이 계획은 문제점이 있는데, 당연히 그 합계가 어림잡아도 2만 달러에 아랍인 200만 명을 곱하면, 대강 이삼백억 달러가 나올 것입니다. 이런 식으로 민족의 대이동에 필요한 자금을 조달하려면 우리는 이 나라 전체를 팔고도 모자라 빚더미에 오를 것입니다. 과연 이스라엘이라는 나라를 팔아서 그 점령 지역들을 사는 것이 가치 있는 일일까요? 그 대신에 간단하게 서로 자리를 바꾸면 되지 않을까요? 우리가 그 거룩하고 서늘한 산지로 올라가고 그들이 우리 대신 습한 해안 지방을 차지하는 것입니다. 이런 계획이라면 그들이 흔쾌히 찬성할 수도 있지 않겠습니까?

양해해 주신다면 산지와 해안 평야를 맞바꾸는 문제에 관해 조금 더 생각해 보고 싶습니다. 유감스럽지만 우리의 친애하는 기드온 박사는 그동안 지카론에 있는 부동산을 팔겠다는 의향을 철회한 것으로 보입니다. 물론 가까운 시일 안에 이 문제에 관한 그의 생각이 또 바뀔 수도 있지만 말입니다.

근래 들어 그의 의향을 미리 예측하기가 어렵습니다. 그러므로 파리의 ﹁ 씨는 인내심을 가져야 할 것입니다. 그러니까 내 친구, 당신도 작하임의 긴 코가 어디든 가닿는다는 것을 잘 알았을 겁니다. 아주 친절한 어떤 분들의 말에 따르면 ﹁ 씨는 당신이 파리에 있을 당시에 베타르 청년 스포츠 단체에서 당신 친구였고 세월이 흐르면서 여성복 사업으로 거대 기업을 세웠는데, 그가 바로 당신과 협력하여 '이스라엘 통일 운동'을 탄생시킨 성령이십니다. 우리끼리니까 하는 말입니다만, 쏘모 씨, 지난가을에 당신이 프랑스에 갔던 반쯤 비밀스러운 여행도 그가 경비를 대 준 것이죠. 또한 당신이 여행을 간 목적이 조직을 대표해서 툴루즈에 근거지를 둔 어떤 기독교 단체의 관계자와 만나 베들레헴 서쪽에 산재한 이 단체의 토지와 관련해서 협상하기 위함이었음을 알고 있습니다. 그리고 또 당신의 프랑스 시민권을 다시 회복하는 일을 힘써 처리해 준 것도 그 지칠 줄 모르는 ﹁ 씨였습니다. ﹁ 씨는 뻔한 이유로 자신이 공식적으로는 간여하고 싶어 하지 않는 거래를 당신에게 맡기기 위해 합법적인 지위를 마련해 주어야 했습니다. 그런데 친구, 그 거래는 나에게도 무척 흥미진진합니다. 수도복을 입고 사는 툴루즈에서 온 그 신사분들은 성지에 있는 그들의 작은 종교 부지를 당신들에게 팔 생각이 없겠지만, 아마 베들레헴에 있는 들판을 6일 전쟁 이전 국경인 녹색선 안쪽 중심지의 상당히 큰 토지가 달린 큰 건물과 맞바꿀 의향이 있을 것입니다. 물론 선교를 목적으로 말입니다. 나는 이 모든 일이 논리적으로 타당하다고 생각합니다. ﹁ 씨가 이런 거래를 위한 자금을 대 줄 용의가 있다는 점도 기정사실로 받아들이고 있습니다. 여기까지는 모든 것이 훌륭하고 아름답습니다. 베들레헴과 툴루즈와 지카론이라는 삼각 관계를 아주 성공적으로 마무리 지을 수 있었을 것입니다. 박식한 우리 친구의 변덕만 없었더라면 말입니다. 나는 당사자들이 모두 만족할 수 있도록 미력하나마 최선을 다해 그를 설득하고자 합니다.

우선 내 제안은 다음과 같습니다. 윤리적인 이유는 물론 실제적인 이유에서도 내가 당신의 개인 재산을 관리하거나 당신들의 조직을 대표하는 일은 맡지 않는 편이 좋을 것 같습니다. 이로써 당신은 나에게 보수를 지불할 필요가 없습니다. 그렇지만 나는 나의 변변치 않은 재주를 필요로 하는 모든 사안들에 관하여 당신에게 무료로 상담해 드리겠습니다.(그리고 허락해 주신다면 우선 괜찮은 양복을 두세 벌 장만하라는 제안부터 드리고 싶습니다. 이제부터 당신은 상당한 규모의 자산가가 될 것이며, 만일 기드온 박사의 상황이 비극적으로 끝나게 된다면 훨씬 더 굉장한 자산가가 될지도 모릅니다. 이것은 물론 당신이 내 조언에 수긍하고 또 매우 조심해서 행동한다는 조건에서 드리는 말입니다.) 또한 당신의 사회적 지위는 그 안에 위대한 잠재력을 가지고 있습니다, 쏘모 씨. 머지않아 당신이 존경받는 인물로 회자될 날이 올지도 모릅니다.

그러나 의상에 관한 문제는, 물론, 지엽적인 것입니다. 나는 내가 월요일이라고 알려 드린, 당신과 내 사위이자 헤르쩰리야의 실업가인 조하르 에트가르의 만남에 큰 희망을 걸고 있습니다.(조하르는 내 무남독녀 도릿과 결혼했으며, 내 두 손주의 아버지입니다.) 나는 당신이 그 젊은이를 마음에 들어 할 것이라고 확신합니다, 미셸, 내가 당신을 이름으로 불러도 된다고 허락하신다면. 최근 들어 그는, 당신처럼, 부동산 사업에 손을 대려 하고 있습니다. 그런데 조하르는 앞으로 이 년 내에 정권이 교체될 가능성이 높다고 나보다 더 확신하고 있습니다. 물론 이러한 변화로 인하여 우리같이 결과를 주시하고 있는 사람들 앞에 시나이와 요단강 서안 지역과 가자 지구에서 매우 극적인 효과가 나타나게 될 것입니다. 나는 내 사위와 당신 두 사람이 미래에 닥칠 상황 속에서 서로에게 큰 복을 가져다줄 수 있다고 생각합니다. 앞서 언급한 변화 이후에 선생의 재력과 훌륭한 인맥은 금보다 귀해질 것이고 조하르의 열정과 합쳐져 행복의 시냇가로 인도할 것입니다.

나에 관해 말하자면, 나는 기드온 박사 편에서 계속 일을 처리할 예정입니다. 또 지카론에 있는 사유지와 관련해서는 가까운 시일 내에 당신들에게 희소식을 들려드릴 수 있으리라 기대할 만한 근거가 있습니다. 우리는 인내심을 가지고 서로를 신뢰하기만 하면 됩니다.

마지막으로 약간 민감한 주제를 언급해야 할 것 같습니다. 그렇지만 아주 간단하게 말하겠습니다. 당신의 배우자와 그녀의 전남편 사이에 편지가 단기간에 많이 오가고 있습니다. 이 관계는 아무래도 이해하기 어려운 부분이 있어 보입니다. 나의 미천한 소견에 따르면 이런 관계는 어느 쪽에도 이득이 되지 않습니다. 기드온 박사는 병 때문에 이상한 퇴행 행동을 보일 가능성이 있습니다. 현재 상태에서 그의 유언장은 선생에게 상당히 유리한 상황입니다.(당신도 이해할 만한 부득이한 이유로 이 부분은 자세히 말씀드릴 수 없습니다.) 이 사실 또한 앞으로 당신과 내 사위가 서로 협력해 나갈 많은 통로를 열어 주고 있습니다. 그러나 부인과 전남편이 새로운 관계를 지속한다면 모든 것이 뒤집힐 가능성도 있으며, 이렇게 연락을 주고받다가 발생할 다른 상황들은 당신 입장에서 달갑지 않은 방향으로 진행될 수도 있다는 것까지 말할 필요는 없을 것입니다. 나의 미천한 생각을 말하자면, 내 친구 미셸, 여자들이란 어떤 면에서는 우리와 매우 비슷하지만, 또 다른 면에서는 우리와 놀랍도록 다른 존재들입니다. 내가 하고자 하는 말은 여자들 중 가장 어리석은 여자도 우리 가운데 가장 영리한 남자보다 훨씬 더 영리하다는 것입니다. 만약 내가 당신 입장이라면 정말 두 눈을 부릅뜨고 감시할 것입니다. 당신이 내게 보낸 감명 깊은 편지를 마칠 때 사용했던 아주 오래된 지혜의 말과 함께 이 난처한 주제를 접을까 합니다. "지혜로운 자에게는 암시로 충분하다."

축복과 희망을 담아,
당신을 존경하는 만프레드 작하임

추신

당신이 편지에서 친절하게 언급했던 짐작과 달리 나는 유대인 대학살에서 살아남은 생존자들 사이에 드는 영광을 얻지 못했습니다. 우리 가족은 나를 데리고 이십오년에 이 땅으로 이주했고, 그때 나는 열 살 소년이었습니다. 그렇더라도 당신

의 날카로운 통찰력에 감탄하는 마음이 줄어든 것은 아닙니다. 위에서 언급한 바와 같습니다.

**

쏘모 가족
타르나즈 7
예루살렘

미쉘과 일라나, 안녕하세요?

난 키럇 아르바아에서 잘 지내고 있고 싸움에 히말린 적도 없어요. 그렇지만 미쉘 아저씨가 잘못하고 있다는 건 알고 있죠? 난 아저씨를 종경하고 또 내가 사고를 칠 때마다 날 돌보와 준 게 몇 번인지도 기억하고 있지만 그러나 그게 바로 문제예요. 난 내가 올을 때만 주먹을 들어요, 99퍼센트가 아니라 100퍼센트 말이에요. 그리고 그럴 때도 무조건 주먹을 휘두르는 게 아니고 대개는 내가 그만도요. 틀라밈에서 따귀를 맞았을 때도 내가 올았고 아브람 아보드람 씨와도 그랬고 샤름에서 경찰들과 문제가 있었던 때도 그랬고 난 항상 올았지만 어쨌든 사고를 쳤고 아저씨는 정말 날 구해 주었어요. 그 대신 아저씨가 이건 해도 되고 저건 안 된다고 나한테 인생에서 할 일을 정해 줄 때마다 마치 내가 올치 못했고 마치 내가 결코 저지르지도 않은 범죄들에 대해서 늘 아저씨에게 뭔가 갚아 주어야한다는 것 같아요. 아저씨는 잘못하고 있어요, 미쉘.

아저씨는 정말 날 소년원에서 구해 주었지만 내가 키럇 아르바아에 가는 데 동의해야만 한다는 조건이었죠. 여기에 광학 작업장이 있는 건 괜찮치만 나머지는 전부 다 안 좋아요. 난 거룩한 전통 공부에는 전혀 흥미가 없어요. 여기서는 여자애들을 하나도 찾아볼 수가 없어요. 멀리서만 봐요. 사람들은 친절하게 대하려고(몇몇 사람만요.) 잘해 주려고 노력하는 것 같고 다 좋지만, 도대체 내가 왜요? 내가 뭐 종교인이에요? 난 여기 사람들이 등 뒤에서 아랍인에 대해 말하는 태도가 맘에 들지 않아요.(몇 명이 그래요.) 정말 한번 아랍인이면 영원히 아랍인으로 남을 수도 있지 그게 뭐 어때서요? 아저씨에 대해서도 미쉘은 여전히 미쉘이라고 예기할 수 있지만 그게 뭐 어때서요? 그렇다고 무시하거나 **조롱**할 수는 없어요. 난 **조롱**하는 건 반대에요. 그리고 아저씨가 미국에서 온 돈으로 나와 일라나 목을 관리하는 것과 아저씨가 계속해서 내 인생에 대해 결정하는 건 반대에요. 일라나에 대한 것도 아저씨가 결정하는데 그건 그녀의 문제에요. 아저씨는 스스로를 주님이라고 생각해요, 미쉘?

이제 보나 마나 아저씨는 내게 편지를 써서 어떻게 내가 부끄러운 줄도 모르고 날 먹여 주는 자의 손을 물 수 있냐고 그러겠지만 난 아저씨 손에서 아무것도 받아 먹은 게 없어요, 미쉘. 난 항상 일을 하고 돈을 버러 먹고 있어요. 아저씨가 가지고 있는 그 돈은 내 돈이고 그 말은 내 손이 아저씨를 먹여 주는 거예요! 내가 아저씨에게 부탁하고 싶은 건 나한테 돈을 좀 주고 내가 여기서 니갈 수 있게 경찰에 허락을 받아 달라는 건데 내가 어디로 갈지 아저씨가 묻는다면? 사실은 나도 아직 잘 몰라요. 그런데 뭐, 어디 잇을지 결정하기 전에 여기저기 좀 돌아다니면 안 되나요? 뭐, 아저씨는 결정하기 전에 알제리에서 프랑스에서 그리고 이 나라에서 돌아다닌 적 없어요? 이 봉투 안에 내가 이프앗을 위해서 모은 금색 사탕 포장지들이 있는데 구겨지지 않게 조심하고 보아즈 오빠가 보낸 거라고 꼭 말해 주세요. 안녕, 일라나, 나 때문에 슬퍼하지 말아요. 제발 아저씨에게 내 돈에서 얼마를 나한테 주라고, 그리고 내가 다시 한번 폭력 사건으로 사고를 치지 않도록 여기서 나갈 수 있게 해 달라고 부탁 좀 해 줘요.

감사하며,
보아즈 ㄱ

*
**

보아즈 브란트슈테터 귀하(슐바쓰 댁)   주님의 도우심으로
바님 레그불람 거리 10   예루살렘
키럇 아르바아   5736년 타무즈월 13일(7. 17.)

안녕, 덜떨어지고 반항적인 보아즈!
무엇보다 네가 광학 분야의 일에 진척을 보이면서 정직하게 일용할 양식을 얻고 있을 뿐만 아니라 이 땅의 재건을 위한 일에 동참하여 나날이 발전하고 있고 심지어 일주일에 두 번 야간 경비까지 서고 있다고 하니 매우 만족스럽게 생각한다.

이 모든 것이 너의 심판 저울대에 놓인 선행의 접시 위로 올라갔다. 아주 훌륭하다. 그러나 네가 갚아야 할 빚의 접시 위에는, 네가 공부하는 일에 태만하여 마음이 아프다. 우리는 책의 민족이다, 보아즈. 그리고 토라가 없는 유대인은 들짐승보다 못한 존재다.

네가 나에게 보낸 편지는 가. 맞춤법과 문체 면에서 나. 내용 면에서 모두 수준 미달이었다. 지적 장애가 있는 아이처럼 말이다. 내가 이런 말을 하는 이유는, 보아즈, 정말 나한테 너를 생각하는 마음이 남아 있기 때문이다. 그렇지 않았다면 나는 이미 오래전에 네가 아자젤에게 가도록 내버려 두고 우리 관계를 끝냈을 것이다. 너는 전보다 훨씬 더 심한 고집불통 당나귀가 된 것 같고, 사고를 치면서 또 다른 사고거리를 더 찾아내는 법만 배운 것 같구나. 우리 전통에 이런 말이 있다. 네가 미련한 자는 절구에 넣고 찧어도 그 미련함이 벗겨지지 않는다.[120] 지혜란, 보아즈, 몸무게나 덩치로 따지는 것이 아니니, 만약 그랬다면 바산 왕 옥[121]이 그 누구보다 지혜로운 자로 간주되었을 것이다.

나는 너를 위해서 필요 이상으로 대단히 많은 일을 해 왔고 너도 이 사실은 잘 알고 있을 거다. 만약 네가 키럇 아르바아를 떠나서 주님이 보시기에 사악한 일을 하기로 결정했다

---

120) 이 말은 히브리 성서 「잠언」 27장 22절에 나오는데, 미쉘은 이 구절을 정확하게 인용한 것은 아니고 약간 자유롭게 언급하고 있다.

121) 바샨(Bashan) 왕 옥은 요르단 동쪽 지역을 다스리던 왕으로, 키가 매우 큰 거인이었다고 히브리 성서에 기록되어 있다.(「신명기」 3: 11.)

면, 그럼 그냥 가면 된다. 누가 너를 붙잡기라도 한다는 말이냐? 아니면, 내가 널 쇠사슬로 묶어 두기라도 했니? 마음대로 해라. 가거라. 네가 아랍인 같은 글솜씨와 이방인 같은 성질머리를 가지고 어디까지 가는지 두고 보자꾸나. 주님의 은혜로 네 바르 미쯔바[122]는 이미 지났고 우리도 너를 위해서 바룩 쉐파타르누 미온쇼 쉘 제 구절을 이미 낭송했다.[123] 그러니까 마음대로 해, 안 될게 뭐가 있어, 네 친절한 아버지의 전철을 계속 밟다 보면 무슨 일이 일어날지 알게 될 거다. 다만 나중에 금전적인 도움이나 구원을 구걸하러 이 미쉘에게 찾아오지는 마라. 구원까지는 이해하겠는데 설마 돈까지 뻔뻔스럽게 요구하지는 않겠지? 그리고 돈 이야기가 나와서 말인데, 네가 편지에서 지혜롭지 못하게 언급한 그 돈은 말이다, 정말 솔직하게 네 말처럼 네 어머니와 너와 이프앗 세 사람에게 똑같이 삼등분씩 소유권이 있고, 보아즈 너는 스물한 살이 되는 바로 그때 나에게서 한 푼도 빼놓지 않고 네 몫을 받게 될 테지만, 그전에는 두 시간 전이라도 절대로 줄 수 없다. 만일 네 친절한 아버지가 그 돈을 지금 당장 너에게 주고자 했다면, 수표를 나 말고 너한테 직접 주려는 것을 누가 말리겠니? 그러니

---

122) 랍비 유대교에서 시행하는 일종의 성인식. 아들이 열세 살이 되어 토라의 계명을 지키는 성인이 되었음을 축하하는 예식이다.

123) '바룩 쉐파타르누'란 아들이 열세 살이 되어 바르 미쯔바 제의를 시행할 때 아버지가 낭송하는 기도문이다. 원래 '바룩 쉐파타르니'인데 미쉘은 복수로 바꾸어 인용하고 있다. '나를 이 아이의 벌로부터 면제해 주신 분을 찬양합니다.'라는 뜻으로 미성년자의 벌은 부모가 대신 받아야 하지만 이제 아들이 성인이 되었음을 선포하는 의미다.

까 그 사람도 결국 자기가 뭘 하는지 대강은 알고 있었던 것 같고, 너에 대한 책임을 내게 맡긴 것이다. 만약 이런 상황이 마음에 들지 않는다면, 마음껏 그에게 연락해서 나를 고소해 보기 바란다.

내 입장에서 말하자면, 보아즈, 나는 네가 그냥 하고 싶은 대로 해도 전혀 상관없고 네가 아랍인들 편이라면 심지어 아예 아랍인이 되어도 좋다. 다만 부탁 하나만 하고 싶은데 내게 아랍인이 뭔지 가르치려고 들지는 말아라. 나는 그들 가운데서 자랐고 그들을 아주 잘 아니까. 내가 아랍인은 근본적으로 매우 긍정적인 면이 있다고 말하는 것을 들으면 넌 아마 깜짝 놀라겠지. 그들은 많은 면에서 고결하고 종교도 훌륭한 점들이 몇 가지 있는데 사실 유대교에서 그대로 빌려 간 것이다. 그러나 그들의 전통에는 피의 학살이 아주 깊이 뿌리 박혀 있다. 어쩔 수 없는 일이야, 보아즈. 이것은 토라가 이쉬마엘에 관해서 기록한 바와 같다. 그는 들나귀 같은 자이고, 모든 사람에게 손을 대고 모든 사람의 손이 그를 친다.[124] 그들의 전통 쿠란에도 이렇게 기록되어 있다. 무함마드의 정의는 칼로 드러낸다. 그러나 이와 달리, 토라에는 이렇게 기록되어 있다. 시온이 정의로 구원을 받을 것이다.[125] 이것이 바로 다른 점이다. 이제 이 둘 중에서 너 자신에게 더 잘 어울리는 쪽을 선택해라.

마지막으로 너에게 간곡히 부탁한다. 제발 정신 좀 차리고

---

124) 히브리 성서 「창세기」 16장 12절.
125) 히브리 성서 「이사야」 1장 27절.

이미 저지른 범죄에 죄를 더하지 말아라. 다음 주 화요일 오후에 네 여동생 생일잔치가 있다. 하루 전날 집에 와서 네 어머니도 좀 돕고 여동생과 놀아 주기 바란다. 그 아이는 널 정말 사랑한다! 이 봉투에 너를 위해 600리라짜리 전신환을 동봉한다. 네가 돈을 달라고 했잖니. 하지만 걱정할 건 없다, 보아즈. 네가 다 클 때까지 내가 너를 위해 관리하는 유산에서 이 액수를 제하지는 않을 테니. 그리고 봉투 안에 이프앗이 그린 개 그림도 있는데, 왜 그런지 몰라도 그 녀석은 다리가 여섯 개 달렸구나.

내 말 들어 봐라, 보아즈. 네 편지는 취소하고 보낸 적이 없는 것으로 하는 것이 어떻겠니? 그런 일은 일어난 적이 없는 거지? 그렇게 그건 무시하고 정말 중요한 일로 넘어가자꾸나. 네 엄마가 너에게 안부를 전하고 아무튼 나 역시 이 모든 일을 잊고 우정과 사랑을 담아 글을 맺는다.

네 친구
미쉘

**

중령 .x 기드온 교수 귀하
정치학과, 일리노이 주립 대학교
일리노이, 시카고, 미국

샬롬?

보아즈 브란트슈테터가 당신에게 씁니다. 당신도 내가 누군지 알 거예요. 당신 주소는 우리 엄마에게 얻었는데 왜냐하면 자킴 씨는 나한테 알려 주려 하지 않고 미쉘 쏘모한테는 더 이상 부탁을 하고 싶지 않았기 때문이에요. 당신에게도 그러고 싶지 않아요. 그래서 간단하게 용건만 쓸게요. 당신은 날 위해 주는 돈을 미쉘 쏘모에게 맡겼다지요. 이 사실은 그에게 들었고 자킴 씨도 미쉘에게 받으라고 했어요. 그렇지만 미쉘은 그 돈을 주기는커녕 그 반대예요. 내가 사고를 칠 때마다 나를 도와주기는 했지만 그 돈은 자기가 가지고 있으면서 나에게는 그때그때 푼돈만 조금씩 주었고 게다가 나한테 뭘 해라 마라 예기하고 싶어 해요. 지금 나는 키랏 아르바아에 살면서 광학 작업실에서 돈을 벌고 있고 이곳은 나랑 잘 안 맞아요. 이유는 당신이 신경 쓸 필요 없어요. 나는 제발 아무도 나한테 뭘 해라 마라 하지 않았으면 좋겠어요. 그르니까 만약 당신이 그 돈을 미쉘 쏘모에게 준 게 맞다면 나는 특별히 할 예기가 없고 이 편지는 무요에요. 하지만 만약 그 돈을 날 주려고 한 거라면, 그럼 왜 내가 받을 수 없는 거죠? 내가 묻고 싶은 말은 이게 다예요.

보아즈 ㄱ

보아즈 기드온(브란트슈테터)에게   시카고
슐바쓰 가족 댁   1976. 7. 23.

바님 레그불람 거리 10
키럇 아르바아, 이스라엘

샬롬, 보아즈.

네가 보낸 짧은 편지를 받았다. 나도 길게 쓰지 않겠다. 너는 혼자 살고 싶고 누가 너에게 무엇을 하라든지 말라든지 하는 말은 듣고 싶지 않은 모양이구나. 나도 그 마음을 이해한다. 사실은, 나도 바로 그런 것들을 원했었지만 난 너무 약했어. 내 생각에는 당분간 쏘모에게 있는 그 돈은 잊어버리는 것이 좋겠다. 너에게 두 가지 선택권을 주겠다. 하나는 미국에서, 하나는 이스라엘에서 사는 것이다. 너 미국에 올 마음이 있니? 네가 그러기로 결정하면 비행기표를 보내 주겠다. 내가 네 숙소를 준비하고 여기서 일자리도 찾아 줄 것이다. 심지어 광학 관련 일을 할 수 있는 곳으로 말이다. 시간이 지나면서 기회가 되면 네가 관심이 있는 것들도 배울 수 있을 거야. 만약 나중에라도 그 비용을 갚고 싶다면 여기서 일해서 번 돈으로 갚으면 된다. 물론 그 일이 급한 것도 아니고 꼭 그럴 필요도 없다. 다만 네가 미국에 오게 되면 언어 문제가 따를 거라는 점은 감안해라. 최소한 처음에는 그렇겠지. 그리고 물론 이 지역 경찰들 중에 우리 친척은 없다.

두 번째는 지크론 야아콥 근처에 있는 빈 저택을 네 마음대로 쓰는 것이다. 현재 그 집은 상태가 열악하지만 너에게는 튼튼한 두 손이 있잖니. 만약 네가 천천히 집을 수리하기 시작한다면, 내가 그 대가로 매달 적당한 월급을 지불하고 또 건

축 자재 등을 구입하는 비용도 모두 대 주겠다. 현재 그 건물
은 아무도 살지 않고 버려져 있으니까, 같이 살고 싶은 사람이
있으면 누구든 데리고 가도 좋다. 거기서는 네가 할 일이 아주
많을 것이다. 농사를 지을 땅도 있다. 바다에서 그리 멀지 않
은 곳에 있지. 그렇지만 너는 하고 싶은 일만 하면서 자유롭게
살 수 있다.

　네가 미국에 오기로 결정하든 지카론에 있는 집을 선택하
든 상관없이 너는 로베르토 디모디나 변호사를 찾아가기만
하면 된다. 그는 예루살렘에서 일하는데, 네가 한번 찾아갔던
작하임 변호사가 일하는 바로 그 사무실이다. 명심해라. 작하
임에게는 가지 말아라. 곧장 디모디나에게 가서 원하는 걸 말
해야 한다. 그에게 이미 네가 원하는 건 무엇이든 즉각 시행하
도록 지시를 해 두었다. 내게 알릴 필요도 없다. 자유롭게 그
리고 자신 있게 살아라. 그리고 가능하면 나를 공정하게 판단
하려고 노력해 보기 바란다.

아빠가

전보

.ℵ 기드온 일리노이대 시카고

　보아즈가 영지에 들어가는 데 필요한 작업을 마쳤습니다.
절차상의 문제가 좀 있지만 제가 잘 처리하고 있습니다. 일단
그가 초기에 준비해야 될 것들을 위해 당신이 정한 액수를 지

불했습니다. 다음번부터는 당신이 지시한 대로 매달 지불할 것입니다. 어제 이미 그는 지카론에 들어갔습니다. 내 동업자는 화가 나서 펄펄 뛰고 있습니다. 로베르토 디모다나.

**

전보

기드온 일리노이대 시카고

마키아벨리 같은 사람 내가 당신과 씨름하게 하지 마시오. 지금 그 구매자는 이미 말했듯이 지카론 영지를 위해 열한 장을 지불할 용의가 있소. 그곳에서 월급을 주면서 보아즈를 고용하겠다고 약속도 했소. 당신의 결정이 당장 필요하오. 극심한 모욕에도 불구하고 아직도 나 자신을 이 세상에서 유일한 당신의 친구로 보고 있다는 말을 덧붙이면서, 만프레드.

**

전보

내 친구 작하임 예루살렘 이스라엘

지카론에 있는 부동산은 팔지 않기로 최종 결정하오. 로베르토가 내 사업을 관리하는 것도 최종 결정이오. 모든 자료를 그에게 넘기시오, 가난한 자들의 이아고,[126] 쏘모와 함께 당신

---

126) 셰익스피어의 희곡 「오셀로」에 오셀로의 기수로 등장한다. 오셀로를 시

의 운을 계속해서 시험해 보시오. 나를 카르멜산 위에 입원시키려 하는 거요. 당신의 손자들은 아직 내 유언장에 남아 있소. 명심하시오. 알렉스.

*
**

일라나 쏘모   76. 8. 1.
타르나즈 7
예루살렘

일라나,

넌 내가 아무것도 이해하지 못한다고 말했지. "그때나 지금이나 아무도 네 마음을 이해하지 못해." 그럴 수만 있다면 얼마나 좋겠니. 이번에 내가 편지를 쓰는 것은 보아즈 그리고 미쉘과 이프앗 때문이야. 어제 미쉘이 전화해서 보아즈가 키럇 아르바아를 떠나서 지카론의 다 쓰러져 가는 집에 혼자 가서 살 거라고 말해 줬어. 이게 다 알렉스가 관련된 일이라고. 나는 미쉘에게 관여하지 말라고 부탁했어. 요아쉬가 이번 주말에 지카론에 가서 그곳에서 무슨 일이 일어나고 있는지, 뭘 도와줄 수 있는지 알아보겠다고 약속했어. 이제 적어도 너 스스로는 네가 알렉스와 다시 연락하기 시작하려 한 것이 실수였다고 인정할지도 모르겠네.

기하여 그의 아내가 바람을 피웠다고 의심하도록 계략을 꾸민다.

내가 또 쓸데없는 말을 하는구나. 너는 다시 비극의 여주인공 역할을 맡고 싶어 하지. 네가 다시 무대 위에 올린 연극 2막에서 말야. 하지만 이번에도 알렉스가 네 연극을 훔쳐 가고 있군. 다른 선택을 할 수는 없니? 당장 자리에서 일어나서 미국으로 가 그를 찾아보는 건 어때? 미쉘은 금방 괜찮아질 것이고 너 없이 이프앗을 키우는 게 나을 거야. 그러는 동안 자기와 비슷한 배경을 가진 다른 여자도 찾을 테고. 보아즈도 부담을 덜 거야. 그리고 우리는 여기서 최선을 다해 도울 거야. 마침내 너는 완전히 불필요한 존재가 되는 거지, 만약 그게 바로 네가 내심 바라던 것이라면 말야. 왜냐하면 너의 몸은 동쪽에 있고 너의 마음은 서쪽 끝에 가 있다는 등의 줄거리로 패러디를 계속 만들 이유가 없잖아.

물론 나는 너한테 가라고 권하는 입장은 아니야. 그 반대지. 너에게 냉정을 되찾기 위해 노력해 보라는 애원을 하려고 이 편지를 쓰는 거야. 제발 정신 좀 차리자. 보아즈에게는 네가 필요하지 않다고 너 자신에게 한번 말해 봐. 그리고 사실 그 아이는 우리 중 누구의 도움도 필요하지 않아. 네가 지금 멈추지 않으면 이프앗도 커서 꼭 그 아이처럼 될 거라는 사실을 생각해 봐. 아무도 필요하지 않은 사람이 되는 것 말이야. 도대체 무엇이 너를, 있지도 않고 있을 수도 없는 것을 위해 가진 것을 모두 내던지도록 몰아가는 거니?

물론 너는 또 내게 빈정거리면서 대답할 수 있겠지. 쓸데없이 끼어들지 말라고. 아니면 아무 대답도 하지 않거나. 아무리 가망성이 없어 보여도 널 말리는 것이 내 의무이기 때문에 이 편지를 썼어. 아직도 너를 아끼는 사람들에게 더 이상 짐을 지우지 말라고.

이프앗을 데리고 와서 일주일이나 이 주일 정도 여기 벳 아브라함에서 쉬어 가는 건 어떠니. 매일 네 시간 정도 창고에서 일을 할 수도 있어. 아침 내내 수영장에서 놀 수도 있고. 정원에서 요아쉬를 도울 수도 있고. 오후에는 아이들을 데리고 연못이나 숲속으로 산책을 갈 거야. 이프앗은 유아원에도 잘 적응할 거고. 저녁에는 이웃들과 함께 잔디 위에 앉아 커피를 마시고. 미쉘이 함께 와도 좋지, 최소한 주말에는 말이야. 그리고 난 네 말대로 내가 이해할 수 없는 일에 참견하지 않겠다고 약속할게. 원한다면 그냥 듣기만 하고 아무 말도 하지 않을게. 네가 좋다면 우리 함께 매듭 공예 클럽이나 고전 음악 감상회에 갈 수도 있어. 여기서는 모든 게 조금 다르게 보일 거야. 그리고 여기서 또 하나 제안하고 싶은 것은 요아쉬와 내가 보아즈와 연락하는 일을 맡았으면 하는 거야. 네 생각은 어때?

라헬

**

.אּ 기드온 교수   예루살렘
정치학과, 일리노이 주립 대학교   76. 8. 2.
시카고, 일리노이, 미국

유령이자 호리병인 알렉,

더 이상 작하임을 통해서 내게 편지 쓰지 말아 줘. 당신의 대머리 트롤은 더 이상 내게 즐거움을 주지 않아. 편지는 그냥 우편으로 보내. 아니면 나와서 스스로를 드러내든가. 아니면 날 불러 주든지. 나는 아직도 당신의 결혼식 초대장 받는 날만 기다리고 있어, 비행기표 동봉해서. 당신이 보내면 언제든지 갈게. 당신을 위해 예루살렘에서 말린 꽃다발도 들고 갈게. 당신이 그날 밤 어떤 한심한 비서에게 폭풍처럼 들이닥쳐서 사로잡겠다고 했잖아. 벌써 한 달 가까이 시간이 흘렀는데 난 아직도 결혼 행진곡을 듣지 못하고 있네. 벌써 당신 마술의 효력이 다 떨어진 거야? 사내다운 전쟁터 내음도? 당신 아버지에게 물려받은 보물들도? 당신의 세계적인 명망도? 정신을 혼미하게 만드는 치명적인 후광도? 이 모든 것들이 양철로 만든 기사들의 갑옷처럼 녹슬어 버린 거야? 미녀한테 청을 거절당한 거야? 아니면 혹시 아직까지도 아버지 도움 없이 여자에게 청혼하는 법을 배우지 못한 거야?

나는 새벽 1시가 되어서야 당신 편지를 읽을 수 있었어. 당신 편지는 하루 종일 날 기다렸지. 서명이 된 채로, 내 가방 속에서, 마치 손수건과 입술연지 사이에 똬리를 튼 독사처럼. 미쉘은 저녁이 되자 언제나처럼 텔레비전 앞에서 잠이 들었어. 오늘의 말씀 시간에 자정 뉴스를 보라고 내가 그를 깨웠어. 그 사람은 라빈[127]이 유대인 총리가 아니고 어쩌다 보니 서투른

---

127) 이츠하크 라빈(Yitzhak Rabin, 1922~1995). 이스라엘 방위군 장군이자 정치가. 이스라엘 총리직을 두 차례 맡았다가 암살당했다.

히브리어를 조금 할 줄 아는 미국 장군이고 샘 아저씨에게 우리 나라를 팔아먹는다고 생각해. 다시 외국인들이 우리를 다스리는데 우리는 그들에게 아부만 하고 있다고. 그렇지만 난 그 사람 눈에 이 세상에서 제일 예쁜 여자야. 그는 그렇게 말하면서 까치발로 서서 내 이마에 입을 맞춰 주었어. 난 무릎을 꿇고 어린아이처럼 묶어 놓은 그의 신발끈 매듭을 풀어 줬어. 그는 피곤하고 졸려 보였어. 담배 때문에 목소리는 갈라졌고. 내가 그를 침대 위에 누이고 이불을 덮어 주자 시편에서 가장 신비로운 시는 지휘자를 따라, "요낫 엘렘 르호킴에 맞추어"128)라는 말로 시작한다고 말했어. 그리고 르호킴이라는 낱말에 대한 주석 하나를 설명해 줬어. 나를 요낫 엘렘이라고 불렀어. 그리고 그렇게 말하다가 바로 누워 아기처럼 잠이 들었지. 그러고 나서야 나는 가끔씩 들리는 평화로운 그의 숨소리와 우리 집과 아랍 마을 사이를 가르는 건천에서 귀뚜라미들이 울어 대는 소리를 들으며 당신의 고문과 같은 편지를 읽으려고 앉았어. 날카로운 비수처럼 독기가 서린 당신의 말 한마디 한마디가 나에게는 고통의 울부짖음으로 들렸어. 그렇지만 골리앗의 검과 당신의 죽어 가는 용 이야기에 다다랐을 때는 가슴 깊은 곳에 눈물이 가득 차고 말았어. 계속해서 읽을 수가 없었어. 당신 편지를 석간신문 밑에 숨겨 놓고 부엌으로 가

---

128) 이 시는 히브리 성서 「시편」 56장에 나온다. 요낫 엘렘은 '벙어리 비둘기 또는 말이 없는 비둘기'를 가리키고, 르호킴은 멀리 있다는 뜻이다. 이런 말은 다음에 나오는 시의 운율을 설명하는 것으로 추정하지만 정확하게 어떤 가락을 가리키는지 알 수 없다.

서 레몬을 띄운 홍차를 만들었어. 그러고 나서 다시 당신에게로 돌아왔는데 창문 밖에는 일곱 자락 안개 사이로 날카로운 무슬림들의 달이 떠 있었어.

나는 당신의 집중 세미나를 두 번 읽었어. 벌레잡이 식물, 베르나노스와 전도서와 예수, 검을 잡은 자는 검으로 망한다, 그리고 여기서 나도 한기가 엄습해 옴을 느꼈어. 시카고에서 사이렌이 울리는 밤을 보내던 당신처럼 말이야. 물론 우리가 사는 곳은 예루살렘의 뜨뜻한 여름밤이라서, 조금 희뿌옜고 번개도 없이, 호수 위에 부는 폭풍우도 없이, 광야 끄트머리 멀리서 개 짖는 소리만 들려왔어.

나는 감히 당신의 논쟁 상대가 못 돼. 당신의 날카로운 지성은 언제나 나에게 기관총을 발사하는 것처럼 작동하지. 아무도 반박할 수 없는 사실, 추론, 해석으로 정확하고 치명적인 총격을 가해 오지. 그래도 이번에는 내가 반기를 들어 볼게. 예수와 베르나노스는 옳았지만 당신과 전도서는 동정이나 받을 수 있을 뿐이야. 이 세상에는 행복이라는 게 있어, 알렉. 그리고 고통은 행복의 반대가 아니라 우리가 허리를 숙이고 지나가야 할 좁은 골목이야. 쐐기풀 사이를 기어서 지나 은색 달빛에 젖은 숲속 고요한 빈터로.

당신 『안나 카레니나』 초반에 나오는 그 유명한 구절을 잊지는 않았겠지. 거기서 톨스토이가 시골스럽고 펑퍼짐한 신의 겉옷을 두르고서 인자하고 자비를 베푸는 모습으로 혼란스러운 세상 위를 날아다니면서, 행복한 가정은 모두 비슷하지만 불행한 가족은 제각각 나름의 사정이 따로 있다고 저 높은 곳

에서 결정지었지. 물론 톨스토이는 존경하지만 나는 사실 인
생은 그 반대라고 말하고 싶어. 불행한 사람들은 대부분 틀에
박혀 정해진 고통에 빠져 있어. 너무 많이 써서 닳고 닳은 상
투적인 불행의 문구 네댓 개 중 하나가 공허한 일상에서 현실
이 되어 나타나는 거야. 그렇지만 행복은 중국 화병처럼 희귀
하고 섬세한 그릇이야. 소수의 사람들이 얻는 것으로, 몇 년에
걸쳐 조금씩 조금씩 파내거나 조각했고, 사람마다 각자 자기
모양과 형상대로, 각자 자기 기준에 따라 만들어서, 다른 행
복과 닮은 행복은 하나도 없어. 그리고 사람들은 행복을 주조
할 때 자신들의 고통과 굴욕도 함께 녹여 넣는 거야. 마치 납
에서 금을 정제해 내듯이. 이 세상에는 행복이라는 게 있어,
알렉. 꿈처럼 날아갈지라도 말이야. 물론 당신에게는 그 길이
꽉 막혀 있지. 별이 두더지에게서 멀리 있는 것처럼. 행복은
인정을 받은 것에 대한 만족이 아니라, 명성과 출세와 정복과
권력이 아니라, 굴복과 종속이 아니라 함께 어우러지는 기쁨
이야. 나와 타인이 합하여 하나가 되는 거야. 따뜻한 물이 모
든 것을 둘러싸고 감싸는 동안 조개는 이물질을 끌어안고 상
처를 입으면서도 그것을 진주로 바꾸는 것처럼 말이야. 당신
은 살면서 단 한 번도 이렇게 하나가 되는 경험을 맛보지 못했
어. 육체가 영혼의 손가락이 연주하는 바이올린이 될 때 말이
야. 타인과 내가 서로에게 익숙해지면서 하나의 산호가 되어
가는 거야. 종유석에서 천천히 떨어진 물방울이 몇 년에 걸쳐
석순을 자라게 해서 결국 하나가 되는 거야.

　예를 들어 예루살렘의 여름날 저녁 7시 10분에 대해 생각

해 봐. 산등성이는 지는 햇살에 물들고 있어. 마지막 빛은 돌의 단단함을 벗겨 내기라도 하듯 돌을 깔아 놓은 골목길을 녹여 내기 시작해. 아랍 피리 소리가 건천에서 끊임없이 구슬프게, 기쁨과 슬픔을 넘어서 올라오는데, 마치 산의 영혼이 자기 몸을 잠재우고 밤 여행을 떠나려고 나온 것 같아. 혹은 한두 시간이 지나서, 유대 광야 하늘에 별들이 나오고 이슬람 사원 탑의 검은 윤곽이 어둠 속 오두막들 사이로 솟아오를 때 말이야. 당신의 손가락들이 거칠거칠한 좌석 천 위를 쓰다듬을 때, 그리고 그 창문 앞의 올리브나무가 당신 방에 있는 탁자 스탠드 불빛을 받아 은색으로 빛날 때, 잠깐 동안 손가락 끝과 그 천 사이에 있는 경계선이 사라지고 쓰다듬는 자가 쓰다듬을 받는 것이 되고 또 쓰다듬 자체가 되지. 당신 손에 있는 빵, 찻숟가락, 찻잔 등 단순하고 말을 할 수 없는 물건들이 갑자기 가느다란 시원의 빛에 둘러싸이는 거야. 그것들은 당신 영혼 속에서 빛나다가 다시 돌아와서 영혼을 환히 비추게 돼. 존재의 기쁨과 그 단순함이 내려와서 지식이 창조되기 전부터 이미 여기에 있었던 것들의 신비로움으로 모든 것을 덮고 있어. 당신은 그 태초의 세상에서 황량하고 암흑에 싸인 광야로 영원히 추방을 당해 그 앞에서 떠돌며 죽은 달을 향해 슬피 울부짖고 있고, 흰색으로 이어진 벌판 가운데서 길을 잃고 방황하며 오래전에 잃어버린 것을 찾아 영원히 얼어붙은 땅끝까지 가겠지. 하지만 당신은 이미 무엇을 잃어버렸는지 언제 그리고 무엇 때문에 그걸 잃어버렸는지 잊어버렸어. "그의 삶은 감옥이었지만 그의 죽음은 역설적인 부활의 기회처럼 여겨졌다. 마치 그를 눈물의 골짜기에서 기적적으로 구원해 준다는 약속처럼." 당신 책에서 따온 문장이야. 그 늑대가 광야의 어두움 속에서 달을 보고 울부짖는 것은 내 덕분이고.

그리고 물론 사랑도 내 덕분이지. 당신이 거절했지만. 당신이 정말 누군가를 사랑한 적이 있을까? 나를? 혹은 당신 아들을?

거짓말이야, 알렉. 당신은 한 번도 사랑을 한 적이 없어. 당신은 나를 정복했지. 그러고 나서 가치가 사라진 목표처럼 나를 버렸지. 지금은 보아즈를 미쉘의 손에서 빼앗아 정복하기 위해서 총공격에 나섰고. 지난 수년 동안 당신 아들을 하찮은 작은 모래 언덕처럼 보더니만 적이 갑자기 그 아이의 가치를 발견하고 그를 붙잡으려 한다는 정보를 내게서 전해 들었어. 그래서 당신은 기습 공격을 하려고 군대를 총동원했고. 그리고 또 승전했지, 당연하다는 듯이. 사랑은 당신에게 낯선 감정이야. 그 말이 무얼 뜻하는지도 모를 거야. 무너뜨리기, 없애기, 파괴하기, 때려눕히기, 제거하기, 숙청하기, 때리기, 소각하기, 집어넣기, 청산하기, 소탕하기, 태우기 — 이런 것들이 당신 세계의 경계선이고 당신의 산초 판사 작하임과 함께 그 사이에서 떠도는 달밤의 풍경이야. 그리고 지금 당신은 우리 아들까지 그곳으로 잡아가려 하지.

이제 당신이 분명히 안심할 만한 이야기를 해 줄게. 당신 돈이 벌써 나와 미쉘의 인생을 파괴하기 시작했어. 미쉘과 나는 육 년 동안 마치 침몰하는 배에서 살아남은 사람들처럼 황량한 섬 해변가의 거지 같은 오두막을 피난처로 만들기 위해 노력했어. 그곳에 따뜻한 온기와 빛을 불어넣기 위해서. 매일 아침 나는 그를 위해 샌드위치와 파란 플라스틱 보온병에 담은 커피와 조간신문을 준비해서 낡은 가방에 모두 챙겨 주고는 그를 직장에 보내. 그러고 나서 이프앗의 옷을 입혀서 아침을 먹여. 라디오를 틀어 놓고 집안일들을 해. 정원과 베란다에 있는 화분들도 좀 돌보고.(미쉘이 상자에 향신 채소들을 다양하게 키우고 있어.) 아이가 아직 유아원에 있는 10시에서 12시 사이에는 장을 보러 나가. 가끔은 틈을 내서 책도 읽어. 이웃 여자가 들어와 부엌에서 수다를 좀 떨기도 하지. 1시에는 이프앗에게 점심을 먹이고 미쉘이 먹을 식사를 데워. 그가 돌아오면 여름에는 차가운 탄산수를 따라 주고 추운 날엔 코코아를 한 잔 준비해. 그가 개인 교습을 할 때는 부엌으로 물러나 다음 날 쓸 채소를 다듬거나 빵을 굽거나 설거지를 하고 다시 책을 읽어. 그에게 터키 커피를 가져다주기도 해. 아이가 깰 때까지 다림질을 하면서 라디오로 콘서트 연주를 듣고. 그가 개인 교습을 마치고 학생들의 공책을 채점하기 위해 자리 잡고 앉으면, 나는 마당에서 이웃집 애들과 놀라고 아이를 밖에 내보내 주고 창가에 서서 산과 올리브나무를 바라보곤 하지. 청명한 겨울 안식일에는 미쉘이 예디옷과《마아리브》신문을 죽 훑어보고 난 후에 우리 셋이서 탈피옷 숲이나, 아르몬 한나찌브 언덕이나, 또는 마르 엘리아스 수도원 아래로 산책을 가곤 해. 미쉘은 웃기는 놀이들을 잘 만들어 내는 재주가 있거든. 그의 품위를 해치지 않는 한도 내에서 말이야. 그 사람이 고집불통 숫염소, 개구리, 전당 대회의 연설자를 과장되게 흉내 내면 우리 둘은 눈물이 날 때까지 웃어. 집으로 돌아온 뒤에 그는 낡은 안락의자에서 주말판 신문 부록에 둘러싸여 잠이 들고, 아이는 그의 발치 양탄자 위에서 자고, 나는 미셸이 시립 도서관에서 언제나 잊지 않고 빌려다 주는 소설책을 읽곤 하지. 내가 '쓸데없는 책들'을 읽는다고 놀리면서도 그는 매주 퇴근길에 꼬박꼬박 두세 권씩 빌려다 줘. 그리고 안식일 저녁마다 나를 위해 작은 꽃다발을 사 주는 것도 절대 잊지 않아. 그는 장난스럽게 머리를 숙여 프랑스식 인사를 하며 내게 꽃다발을 갖다 바치지. 가끔 손수건이나 향수, 또는 내가 흥미있어 할 만한 총천연색 잡지를 사 와서 놀래 주기도 하는데 결국은 자기가 처음부터 끝까지 다 훑어보고 골라 낸 기사를 내게 읽어 줘.

안식일이 끝나는 저녁이면 우리는 베란다에 나가서 편안한 의자에 앉아 땅콩을 먹으면서 석양을 마주하곤 해. 그러다 말문이 열리면 미셸은 그 따뜻하고 걸걸한 목소리로 파리에 살던 시절 이야기를 들려줘. "예펫의 아름다움을 맛보기"[129] 위해서 박물관들을 돌아다니던 일을 설명하고, 마치 직접 그곳 다리들과 거리들을 설계한 것처럼 담백한 말투로 경치를 묘사하고, 가난하고 힘들게 살았던 일을 농담처럼 이야기하지. 때때로 그는 여우나 개구리들 우화 또는 바르 바르 하나

---

129) 히브리 성서에서 노아의 아들 예펫에 관해 기록한 구절(「창세기」 9: 27)을 기초로 만든 관용적인 어구. 예펫의 이름이 '아름답다'는 말과 비슷하게 들리는 점을 이용해 언어유희를 하고 있다. 그러나 미셸은 이 말을 예펫의 후손인 유럽인들이 창작한 아름다운 미술 작품들을 감상한다는 비유로 사용하고 있다.

의 일화[130]로 이프앗을 즐겁게 해 줘. 가끔, 해가 질 때면, 일부러 베란다에 불을 켜지 않고, 딸과 나는 어둠 속에서 그의 집안에서 전해 내려오는 이상한 노래들을 배우기도 했는데, 그 가락은 즐거운 후음이 어우러지며 거의 흐느끼는 것처럼 들리지. 잠자리에 들기 전에 우리들끼리 베개 싸움을 하다가 이프앗이 잘 시간이 되면 침대 머리맡 이야기를 들려주며 아이를 재워. 그러고 나서, 우리는 어린아이들처럼 손을 꼭 잡고 소파에 앉고, 그는 나에게 자기 생각을 들려주지. 현재 정치 상황을 분석하고, 그의 이상 속으로 나를 초대하는 거야. 그러나 곧 손을 내저으며 그냥 농담이라는 듯이 그만두지.

그렇게, 동전을 모으는 사람처럼, 우리는 저녁마다 우리의 조그만 행복들을 모아 왔어. 우리는 중국 화병을 만들어 온 거지. 벙어리 비둘기들을 위해 둥지를 든든하게 지었어. 침대에서 나는 그가 꿈속에서도 상상하지 못했던 것을 넘치도록 선사해 주었고, 미쉘은 자신이 간직한 조용하고도 열렬한 흠모로 나에게 보답했어. 당신이 하늘 문을 열고 당신 돈을 그에게 쏟아부을 때까지는 말이야. 마치 비행기가 들판 위에 독성이 있는 제초제라도 뿌리듯이, 그러자 모든 것이 곧 누렇게 변하며 시들어 가기 시작했지.

이번 학기를 마지막으로 미쉘은 오헬 이츠학 학교의 프랑스

---

130) 랍바 바르 바르 하나(Rabbah bar bar Hana). 서기 3세기 말에 바벨 지방에 살던 유대인 랍비다. 탈무드에는 랍바 바르 바르 하나가 들려주는 놀라운 모험과 경험 이야기들 열다섯 편이 실려 있는데(바벨 탈무드, 바바 바트라 73 뒷면~74 앞면), 후대 랍비들은 그 의미를 놓고 논쟁을 벌였다.

어 교사직을 사임하기로 결정했어. 내게는 "종의 자리에서 벗어나 자유를 향해 나갈" 시간이 왔다고 설명했는데, "어떻게 벽에 돋아난 히솝풀이 레바논에서 자라는 백향목처럼 자라겠느냐."는 말을 머지않아 나에게 실제로 보여 주겠다고 했어.

그는 무슨 이유에선지 새로 얻은 재산을 작하임과 그의 사위에게 맡기기로 했어.

열흘 전에는 고맙게도 에트가르 부부가 우리를 방문했어. 작하임의 딸이며 수다스러운 텔아비브 미인인 도릿은 미셸을 미키라고 부르고 나를 '달링'이라고 불렀어. 함께 온 남편은 뚱뚱하고, 더운 여름 날씨에도 불구하고 넥타이를 매고, 예의는 바르지만 신경이 예민하고, 테 없는 안경을 끼고, 케네디처럼 머리를 깎았더군. 그들은 선물로 원숭이와 표범 들이 있는 벽 장식 양탄자를 가져왔는데, 지난번에 방콕 여행 갔을 때 사 온 거라고 했어. 이프앗을 위해서는 삼 단계로 작동하며 자동으로 튀어나오는 인형을 가져왔고. 우리 집은 그 사람들 마음에 차지 않았지. 도착하자마자 유람선처럼 생긴 그들의 미제 자동차를 타고 나가서는 자기들에게 '관광지가 아닌 진짜 예루살렘으로 유익한 드라이브를 시켜 달라'고 했어. 그리고 인터콘티넨탈 호텔 식당에서 점심을 먹자고 우리를 초대했어. 물론 그들은 음식법 문제는 전혀 개의치 않았고, 그 말을 꺼내기 민망했던 미셸은 복통이 있다고 거짓말을 해야 했지. 결국 우리는 그곳에 가서 삶은 달걀과 발효유만 먹었어. 남자들은 자기들끼리 정치에 대해, 시나이반도와 서안 지역이 개인 사업자들에게 열릴 가능성에 대해 이야기했고, 작하임의 딸은 세인트버나드종 강아지 가격이 믿기지 않을 정도로 비싸고 이스라엘에서 기르는 데도 '정말 믿기지 않을 정도로' 돈이 많이 든다는 이야기에 나를 끌어들이려고 애쓰더군. 그 안경 낀 젊은 남자는 입을 열 때마다 첫 마디를 고집스럽게 '이를테면'이라는 말로 시작했고, 그의 아내는 해 아래 있는 모든 것들을 '믿을 수가 없다'거나 '정말 환상적'이라고 구분하는 바람에 난 정신을 잃을 뻔했어. 헤어질 때가 되자 그들은 주말에 크파르 쉐마르야후에 있는 자기네 별장으로 놀러 오라고 초대하면서 바다에 나가도 좋고 개인 수영장에서 놀아도 좋으니 자유롭게 선택하면 된다고 말했어. 내가 미쉘에게 그 사람들 집에 놀러 가도 좋지만 나는 가지 않겠다고 말하자, 내 남편은 "그 문제에 대해서는 당신이 좀 더 생각해 보는 것으로 합시다."라고 대답했어.

그리고 나도 한 일주일 전에 우연히 알게 되었는데, 미쉘이 우리 집을(아직 증축이 완성되지 않은 상태로) 그의 사촌 중 한 사람에게 팔았고, 그 사람과 구시가지의 재건된 유대인 구역에 있는 새 거처를 구입하는 계약서에 서명을 했다는 거야. 내가 감동을 충분히 표현하지 못했는지 미쉘은 나를 '와스디'[131]라고 부르며 놀렸어. 그는 또다시 마프달 당원으로 등록했고, 그와 동시에 지금부터 《하아레쯔》 신문도 구독하기로 했대.

---

131) 히브리 성서에 나오는 페르시아 왕 아하수에로의 황후로 왕의 잔치에 나와 사람들 앞에 아름다움을 보이라는 명령을 거절하여 폐위됐다.(「에스더」 1: 10~22.)

뭔지는 잘 몰라도 매일 아침 그는 자기가 새로 시작한 일로 집을 나서서 저녁 늦게야 돌아오고 있어. 늘 입던 개버딘 바지와 체크무늬 양복 윗도리 대신 데이크론 여름 양복을 연한 파란색으로 구입했는데, 그걸 입으면 미국 코미디 같은 데 나오는 노련한 자동차 영업 사원이 생각나. 이제 더 이상 우리는 안식일 저녁에 베란다에 앉아서 석양을 바라보지 않아. 이제 더 이상 우리는 잠자리에 들기 전에 셋이서 베개 싸움을 하지 않아. 멜라베 말카[132]를 마치고 나면 종교인 부동산 업자들이 우리 집에 찾아와. 내가 그들에게 커피를 따라 주려고 몸을 숙이면 츌른트[133]와 속을 채운 생선 요리 냄새가 풍겨. 부족함 없이 사는 이런 부류의 사람들은 예의를 의무로 여기기 때문에 그 사람에게는 나의 미모를, 나에게는 슈퍼마켓에서 사 온 과자를 칭찬해 줘. 어색한 표정으로 이프앗 칭찬도 해 대지만, 그들이 지르는 환호성에 아이는 부끄러워해. 미쉘이 딸아이에게 그들 앞에서 노래를 부르거나 시를 암송하라고 하고 그 애는 순종하지. 그러고 나면 그는 우리 둘이 할 일은 다 끝났다고 신호를 보내. 그리고 베란다에서 그들과 함께 아주 오랫동안 수군거리며 대화를 나누지.

나는 이프앗을 잠자리에 뉘어. 아무 잘못도 없는 아이를 야단치기도 하고. 부엌에 틀어박혀서 책에 집중하려고 하지만, 자꾸만 그들의 기름진 웃음소리가 우렁차게 밀려 들어와. 미

---

132) 안식일이 끝나는 토요일 저녁에 노래를 부르며 저녁 식사를 하는 유대교 제의를 말한다.
133) 유대인이 안식일에 먹는 요리. 고기와 야채를 약한 불에 삶은 요리다.

쉘도 그들과 함께 낄낄거리지만, 애쓰는 모습이 마치 신분 상
승한 종업원처럼 어색해 보여. 우리만 남으면 그는 나를 다시
교육시키려고 열을 올려. 내게 대지 관련 사항, 정부 보조금,
요르단 부동산법, 대출, 영업 자본, 보너스, 담보물, 총수입, 기
초 공사에 드는 비용이 뭔지 이해시키려고 노력하더군. 그는
홀린 것처럼 확신하고 있어. 당신이 모든 재산과 부동산을 자
기 이름으로 상속하거나, 아니면 살아생전에 소유권을 넘겨주
려 한다고 믿어. 또는 내 이름으로. 또는 보아즈 이름으로. 뭐
가 됐든 그는 당신 재산이 자기 주머니 안에 들어 있다고 생
각해. 우리 전통에 기록한 것처럼, "계명을 지키며 사는 사람
은 해를 입지 않아."[134] 그 사람 생각에, "당신은 반드시 그를
통해서 자기 죄를 용서받기 위해 노력하도록 이미 위에서 운
명을 정해" 주었고, 이 나라를 건설하기 위해 '상당한' 액수를
기부하는 것이 그 방법이 될 거라고 보고 있어. 당신이 그 돈
을 우리 중 누구 이름으로 넘겨줄지는 그리 중요하지 않고,
"우리는, 주님의 도움으로, 그 돈을 토라와 계명과 선한 행위
를 위해 사용할 것이고 우리가 이 땅을 도로 찾기 위해 투자
하고 노력할수록 자손들이 번성하고 번창할 거"라고 말했어.
지난주에는 국회 구내식당에서 어떤 차관과 국장과 함께 차
한잔 마신 일을 내게 아주 자랑스럽게 이야기하더군.

　그뿐만 아니라 갑자기 운전을 배워야 되겠다는 생각도 들
었나 봐. 그의 말을 빌자면 "당신의 송아지가 되기 위해서" 얼

---

134) 탈무드에 나오는 문장이다.(바벨 탈무드, 키두쉰 39 뒷면.)

마 후에 자동차도 살 거래. 그러는 동안 그의 수상한 친구들, 천 운동화를 신고 슬며시 우리 집에 나타나서 마당에서 그와 숙덕거리던 야릇한 눈빛의 러시아인이나 미국인 청년들은 발걸음이 뜸해졌어. 어쩌면 다른 곳에서 만나고 있는지도 모르지. 그의 새로운 걸음걸이에는 상류층의 안정적인 행복함이 깃들어 있어. 그는 이제 더 이상 개구리와 숫염소 흉내를 내며 우스꽝스러운 짓을 하지 않아. 그 대신 수완가 친구들에게 배운 어설픈 행동들을 따라 해. 말을 할 때 조금씩 일부러 틀린 이디쉬 낱말을 섞어 써. 심지어 면도하고 바르는 화장수도 다른 것으로 바꾸었는데, 미쉘이 나가고 없을 때도 그 냄새가 집 안에 맴돌아. 지난주에는 그들이 영광스럽게도 그를 라말라[135] 부근으로 나가는 어떤 비밀스러운 시찰에 참석하라고 초대했는데, 거기에 당신의 모쉐 다이안[136]도 왔었대. 미쉘은 중대하고 비밀스러운 몽상에 잠겨 돌아왔어. 그리고 중학생처럼 열에 들떠 보였어. 그는 내 귀에 대고 "마치 사사기에서 지금 막 튀어나온 것만 같은" 다이안의 "이상주의적인 교활함"을 찬양해 댔어. 바로 지금 자신의 새로운 영웅이 공직을 전혀 맡지 못하고 있는 게 너무나 큰 낭비라고 한탄하면서. 그는 다이안이 갑자기 날카로운 질문을 던졌으며, 그의 말에 따

---

135) 예루살렘 북쪽으로 약 10킬로미터 떨어진 팔레스타인 도시. 요단강 서안 지역에서 팔레스타인의 수도 역할을 맡고 있다.
136) Moshe Dayan(1915~1981). 이스라엘의 군인, 정치인이다. 1967년 6일 전쟁 도중에 국방 장관을 역임하면서 이스라엘의 전쟁 영웅으로 추앙받았다.

르면, 그는 당황하지 않고 "바로 그 자리에서 당장, 계략으로 이 땅을 취하라." 하고 대답했다고 자랑했어. 그러니까 다이안이 "이 친구 아주 영리하구먼." 하고 말하면서 미소를 지었다더군.

그래서 내가 말했지. "미셸, 당신 무슨 일이야? 당신 정신 나갔어?" 그가 그답지 않게 수완가 같은 몸짓으로 내 어깨를 안으면서 미소를 짓고 부드럽게 대답했어. "정신 나갔냐고? 그 반대지. 난 해방됐어. 가난이 주는 치욕에서 해방된 거야. 말하자면, 쏘모 부인, 당신은 내 집에서 에스더 왕비[137]처럼 살게 될 거야. 당신은 그런 말을 들어 본 적 없을지 모르지만, 난 당신의 음식과 당신의 의복과 당신의 필요를 줄이지 않을 거야.[138] 머지않아 내 형제가 스스로 청탁을 하러 찾아오게 될 것이고 우리는 마땅히 도움을 받아야 할 사람의 부탁을 외면하지 않을 거야. 우리 전통에 기록된 것처럼 가난한 자가 땅을 상속할 것이니까 말이야."[139]

난 참다 못해 짧게 쏘아붙였지. 그가 피우던 '유로파' 담배는 갑자기 어떻게 됐냐고, 그 대신 요즘 '던힐'을 피우는 이유가 뭐냐고 물었어. 미셸은 모욕을 당했다고 생각하지도 않았

---

137) 유대인 여성으로 페르시아 왕비가 된 사람. 히브리 성서 「에스더」서에 기록되어 있다.
138) 미셸은 히브리 성서 「출애굽기」 21장 10절을 인용하면서 말하고 있는데, 이 구절은 남편이 아내에게 제공해야 할 기본적인 요소들을 규정하고 있다.
139) 히브리 성서 「시편」 37장 11절에 나오는 문장이다.

어. 재미있다는 듯 나를 잠깐 쳐다보더니, 바로 어깨를 으쓱하면서 "여자들이란." 하며 웃어넘기고 우리가 먹을 스테이크와 감자튀김을 준비하러 부엌으로 들어갔어. 갑자기 나는 그를 미워하게 됐어.

그러니까 당신이 또 이겼어. 단 한 번의 가격으로 우리의 오두막을 짓밟았고, 내 중국 화병을 박살 냈고, 미쉘의 깊은 곳에서 저급 싸구려 보급판의 작고 기괴한 알렉스를 끌어냈어. 동시에 서커스의 음유 시인처럼 작하임을 당신 신발 뒷굽으로 차서 아자젤에게 보냈고, 당신의 입김으로 보아즈를 우리의 나약한 손에서 빼앗아서 지카론까지 날려 보냈지. 그것도 전투 지도 위에 당신이 표시해 놓은 바로 그 지점에 아주 집요하고 정확하게 심어 놓았지. 심지어 당신은 두터운 구름 속에서 굳이 뛰어나오는 수고도 하지 않고 이 모든 일을 해냈어. 마치 날아다니는 무시무시한 인공위성처럼. 모든 걸 원격 조종 장치로 해결했어. 모든 걸 단추 하나만 눌러서 말이야.

마지막 몇 줄을 쓰면서 나는 미소를 지었어. 이번에는 '위세척 치료'와 함께 결국 당신의 메마른 비웃음만 산 자살 기도는 기대하지 마. 내가 조금 색다른 시도를 해 볼게. 당신이 나를 놀라게 했으니 나도 깜짝 놀라게 해 줘야지.

여기까지 쓸게. 당신을 어둠 속에 남겨 두고 갈 거야. 자, 당신은 창문 앞으로 가서 서. 당신 팔로 어깨를 감싸 안아 봐. 아니면 당신 사무실에서 철제 책장 둘 사이에 끼어 있는 침대 위에 누워서 절망 뒤에 은총이 다가오기를 뜬눈으로 기다려 봐, 당신은 믿지 않겠지만. 그런데 난 그걸 믿어.

일라나

＊＊

ℵ .ℵ 기드온 교수가 작은 낱말 카드 위에 생각나는 대로 적은 단상들

176 그러나 그가 경험하는 시간은 완전히 이차원적이다. 미래와 과거. 부정한 힘들에 의해서 파괴된 고대의 본래 영광과 거대한 정결 예식 뒤에 고대처럼 우리의 날들이 회복되면 재건될 약속된 영광이 서로 끊임없이 부딪치며 그의 고통받는 영혼 속에 나타난다. 그 투쟁의 목적은 현재의 손아귀에서 벗어나기 위함이다. 현재를 그 기초까지 부수기.

177 현재를 부정하는 것은 자기 부정을 가리기 위한 가면이다. 현재가 악몽으로, 포로기로, 빛의 몰락으로 간주되는 것은 현재를 경험하는 중심인 내가 견딜 수 없이 불편하게 느껴지기 때문이다.

178 그리고 사실 그가 시간을 경험하는 법은 이차원적이 아니라 일차원적이다. 과거에 있었던 에덴동산이 미래에 있을 에덴동산이기 때문이다.

178 .ℵ 그러므로 현재는 영원이란 종이 위에 있는 얼룩이고

혼탁한 사건이다. 과거의 후광과 미래의 후광 사이에 생긴 균열을 없애고 이 두 후광이 종말론적 합일에 이를 수 있도록 하려면 이것을 현실로부터 그리고 기억으로부터 (피와 불로) 지워야 한다. 거룩함과 속됨 사이를 구분하고 속됨(현재, 나)을 완전히 제거하기 위하여. 그래야만 순환이 마무리되고 끊어진 고리가 고쳐질 수 있다.

178 ㄴ 탄생 이전 시대와 죽음 이후 시대, 이 둘은 사실 하나다. 그 내용은 나의 소멸. 현실의 전면적 소멸. 인생의 소멸. 정신적인 고양.

179 이상 실현. 고귀한 과거와 찬란한 미래가 서로 통합되고 그 사이에 끼어 있는 부정한 현재를 으스러뜨린다. 시간을 초월한 두렵고 영원한 영광이 우주 위에 내려와서 펼쳐지는데, 그 본질은 인생 위에 있고 인생 너머에 있고 인생과 정반대편에 있다. "이 세상은 과정이다." 혹은 "내 왕국은 이 세상에 속하지 않는다."[140]

180 고대 히브리어는 이것을 그 심오한 언어 구조로 표현한다. 이 언어에는 현재 시제가 전혀 없다. 그 대신 중간태가 있을 뿐이다. "그리고 아브라함이 천막 입구에 앉아 있었다." 이 문장은 "언젠가 아브라함이 앉았다."도 아니고 "아브라함이

---

140) 신약 성서 「요한복음」 18장 36절.

앉곤 했다."도 아니고 "이 말을 쓰는 시점에 아브라함이 앉아 있었다."도 아니고 그것을 읽을 때 그랬다는 말도 아니고, 연극을 연출하기 위한 지시 사항처럼 그랬다는 말이다. 무대의 막이 오르면 언제나 우리 앞에는 자기 천막 입구에 앉아 있는 아브라함이 보인다. 아주 옛날부터 영원토록. 그는 바로 그 천막 입구에 앉아 있었고 앉아 있고 또 영원히 앉아 있을 것이다.

181 그러나 역설적으로, 과거와 미래라는 이름으로 현재를 파괴하려는 시도는 반대 성향을 내포하는데, 이것은 시간을 모두 취소하는 것이다. 완전한 정지. 영원한 현재. 날들이 옛날처럼 다시 새로워지고 하늘 왕국이 서는 날이면 모든 것이 움직이지 않고 멈추어 설 것이다. 이 우주가 정지한다. 움직임이 사라질 것이고 이와 더불어 지평선은 아주 멀어질 것이다. 현재라는 시간이 끝없이 펼쳐질 것이다. 역사는 시인들과 함께 플라톤의 이상 국가로부터 추방될 것이다. 그리고 예수와 루터와 마르크스와 마오와 다른 모든 사람들의 나라에서도. 그리고 늑대가 양과 함께 살게 될 것이다. 일시적인 휴전이 아니라 단번에 그리고 영원히. 동일한 늑대가. 동일한 양이. 바스락거림이나 바람 한 점 없이. 죽음의 폐기는 모든 면에서 죽음과 닮아 있다. 신비주의적인 히브리어 표현 '후일'은 날들의 끝이라는 뜻이다. 그냥 글자 그대로다.

182 또 다른 역설도 있다. 과거와 미래가 서로 입을 맞추는

고귀한 현재를 위해서 열등한 현재를 폐기한다는 말은 투쟁이 끝난다는 뜻이기도 하다. 영원히 평화롭고 행복한 시대. 투사들도, 길을 보여 주는 순교자들도, 구원하는 메시아들도 필요치 않다. 그러므로 구원의 왕국 안에는 사실 더 이상 구원자가 필요 없다. 혁명의 성공은 그것의 폐기이고, 헤라클레이토스의 어두운 불과 같다. 신의 해방된 도시에는 해방자들이 필요하지 않다.

183 해결책은 그 문턱에서 죽기.

184 그래서 그는 그렇게 입에 게거품을 물고서, 과거와 미래의 이름으로 현재 세계 전체와 맞서 싸워 과거와 미래가 없는 현재로 바꾸기 위해서 노력한다. 모순된 말이다. 그는 항상 공포와 쫓김과 의심이라는 분위기 속에서 살아야 하는 운명이다. 현재가 그를 속이지 못하게. 유혹에 넘어가지 않게. 구원의 진영 한가운데로 잠입하거나 변장을 하고 침투하려는 현재의 공작원들에게 잡히지 않게. 그는 사방에 깔린 배반의 그림자에 끊임없이 둘러싸이는 형벌을 받는다. 쉽게 알아볼 수 없는 배반의 그림자가 그의 영혼 깊은 곳에서도 드리운다. 사탄은 어디든 숨어든다.

라헬 모라그 　　　　　　　　　　　　　　　　　76. 8. 4.

벳 아브라함 키부츠
갈릴리 남부 지역 우체국

샬롬, 라헬.

난 언니 말을 듣고 좀 달라져야 해. 과거와 인연을 끊고. 이제부터 아내와 주부가 돼야지. 다림질하고 요리하고 청소하고 뜨개질하고. 내 남편이 성공하면 기뻐하고 거기에서 내 행복을 찾아야지. 겨울에 이사 갈 새 아파트에 어떤 커튼을 달지 준비하기 시작하고. 이제부터 쭉 그의 따스한 냄새, 검은 빵과 치즈와 매콤한 올리브 냄새에 만족하고. 밤중에 딸아이의 방에서 나는 아기 분과 오줌 냄새에도. 그리고 부엌에서 나는 튀김 냄새에도 말이야. 난 '내가 가진 모든 것'을 걸고 헛된 도박을 하고 있어. 절대로 불장난을 해서는 안 돼. 말 탄 기사가 나타나 날 여기서 데려갈 리는 없어. 기사가 온다 해도 내가 가지 않을 거야. 만약 간다면 나는 다시 모두에게 죄를 짓고 스스로에게 고통만 가져올 뿐이야. 이렇게 가끔씩 내 본분이 무엇인지 알려 줘서 고마워. 그동안 내가 아무 이유 없이 언니에게 모욕을 퍼부은 것도 모두 용서해 줘. 언니는 태어날 때부터 옳았으니까 언니가 옳아. 난 이제부터 잘할 거야. 집에서 입는 편한 옷을 걸치고 방충망과 창문을 청소할 거야. 내 자리가 어디인지 확실히 깨달을 거야. 미셸과 그의 손님들을 위해 견과류를 준비할 거야. 커피도 부족하지 않도록 미리 신경 쓸 거야. 내가 직접 그이와 함께 가서 그 담청색 양복 대신 멋진 양복을 골라 줄 거야. 가계부도 쓸 거야. 밤색 원피스를 입고 그와 함께, 초청받은 공공 행사에 갈 거야. 그를 창피하게 만들지 않을 거야. 그가 말을 하려고 할 때는 입을 다물 거야. 그가 말해도 된다고 신호를 보내면, 경우에 맞는 말들만 하면서 그가 아는 모든 사람들의 환심을 살 거야. 나는 그가 속한 정당의 당원으로 가입할지도 몰라. 양탄자를 사는 게 어떨지 심각하게 고민해 볼 거야. 얼마 있으면 우리도 전화기를 받을 거야. 그이 친구 제닌의 오빠 덕분에 차례가 앞당겨졌거든. 세탁기도 생길 거고. 그다음은 총천연색 텔레비전이지. 나는 그와 함께 크파르 쉐마르야후에 가서 그의 동업자들을 방문할 거야. 그를 위해 전화로 받은 용건을 작은 쪽지에 정리해서 적어 둘 거야. 사람들이 그를 귀찮게 굴지 못하도록 지켜 줄 거야. 그에게 청탁하러 오는 사람들도 재치 있게 막아 줄 거야. 그를 위해 미리 신문을 훑어 보고 그가 관심을 가지거나 도움이 될 만한 기사를 연필로 표시해 줄 거야. 저녁마다 그가 돌아오기를 기다리다가, 이것저것 요리를 해서 저녁을 차려 주고, 욕조에 더운물을 채우고, 그다음엔 앉아서 그이로부터 그날의 성공담을 들을 거야. 나는 딸아이와 집에 무슨 일이 있었는지 간략하게 그에게 보고할 거야. 수도세나 전기세 고지서는 내가 직접 처리할 거야. 저녁마다 그의 잠자리 머리맡에 다음 날 입을 하얀 셔츠를 풀 먹이고 다림질해서 준비해 놓을 거야. 밤마다 그를 잘 섬길 거야. 그가 일 때문에 외박을 해야 하는 밤들은 빼고. 그다음에는 통신 과정으로 혼자 예술사를 배울 거야. 아니면 수채화를 그릴 거야. 아니면 안락의자에 니스 칠을 할 거야. 중동식 요리를 열

심히 배워서 시어머니 솜씨를 따라갈 거야. 그가 이프앗에게
신경 쓸 일을 덜어 주어 자기 사업에 전념할 수 있게 해 줄 거
야. 열매를 풍성하게 맺는 포도나무 같은 아내가 그의 집 안
방에 앉아 있는 거지.[141] 그녀의 가치는 진주보다 귀하고.[142]
왕의 딸이 그녀의 모든 영광과 함께 안에 있는 거야.[143] 세월
이 갈수록 미쉘은 힘을 얻고 더 얻을 거야.[144] 그가 하는 일
은 전부 성공하겠지. 난 그의 이름을 라디오에서 듣게 될 거
야. 난 그의 사진을 앨범에 붙일 거야. 매일 그의 기념품들 위
에 앉은 먼지를 털어 낼 거야. 난 모든 친척들의 경사와 생일
을 기억하는 일을 도맡아 할 거야. 결혼 선물을 사고. 애도하
는 조문 편지도 보내고. 그 사람 대신 할례식에 참석하고. 속
옷이 충분히 있는지 점검하고 그의 양말이 깨끗한지 확인하
고. 그렇게 인생은 잔잔하고 적당한 물길을 따라 흘러갈 거야.
이프앗은 헌신적이고 따스한 가정에서 그리고 모범적이고 안
정적인 분위기에서 자랄 거야. 보아즈와는 다르게 말이야. 적
당한 때가 되면 우리는 그 아이를 차관이나 국장의 아들과
결혼시킬 거야. 그리고 난 혼자 남겠지. 매일 아침 자리에서
일어날 때마다 집이 텅 비어 있는 걸 발견하겠지. 미쉘은 벌써
아침 일찍 나갔을 테니까. 난 커피와 신경 안정제를 준비하고,

---

141) 히브리 성서 「시편」 128장 3절에 나오는 표현. 일라나가 자기 입장에
맞추어 고쳐 썼다.
142) 히브리 성서 「잠언」 31장 10절에 나오는 표현.
143) 히브리 성서 「시편」 45장 13절에 나오는 표현.
144) 히브리 성서 「시편」 84장 7절에 나오는 표현.

도우미에게 몇 가지 지시를 하고 시내로 나가서 정오까지 가
게를 돌아다닐 거야. 돌아와선 발륨[145] 한두 알을 삼키고 저
녁까지 한잠 자려고 노력하겠지. 난 미술품 화보 책장을 뒤적
거릴 거야. 장식품들 위에 있는 먼지를 털어 내고. 저녁마다
창가에 서서 그가 돌아오기를 기다리겠지. 아니면 그가 옷장
에 있는 새 양복 윗도리를 가져오라고 비서를 보내서 늦을 거
라고 알려 주겠지. 난 그의 운전사에게 샌드위치를 만들어 줄
거야. 전화를 걸어 귀찮은 질문을 해 대는 사람들을 상냥하
고 지혜롭게 피할 거야. 호기심 많은 사람들과 카메라를 멀리
해야지. 한가할 때는 앉아서 손자를 위해 스웨터를 짤 거야.
화분들과 은그릇도 관리하고 말이야. 유대 사상 수업에 등록
할 수도 있겠지. 그럼 안식일 저녁에 적절한 성경 구절을 이야
기하여 그의 손님들과 그를 놀라게 해 줄 수 있을 테니. 모인
사람들이 예의상 안부를 물으며 잡담을 나누다가 본론으로
들어가기 전에 말이야. 그러고 나서 난 까치발을 하고 부엌으
로 물러나 손님들이 떠날 때까지 거기 앉아서 음식법에 맞는
요리책을 뒤적이며 요리법을 고를 거야. 결국에는 지진아들을
위한 정치꾼 사모님들 모임에 가입할지도 모르지. 난 스스로
알아서 할 일을 찾을 거야. 짐이 되지는 않을 거야. 그리고 의
사의 지시에 따라 티 나지 않게 그의 음식에 들어가는 소금
양을 줄여 갈 거야. 날 위해서는 아주 철저하게 다이어트를

---

145) 뇌의 화학 물질을 조정하여 불안 장애나 알코올 금단 현상을 조절할
때 쓰는 약.

해서 나이 들어 찐 내 살 때문에 그가 창피해하지 않도록 할 거야. 운동도 해야 되겠지. 비타민과 안정제도 쓸어 먹게 되겠지. 회색으로 변하는 머리카락도 염색을 하겠지. 아니면 머리에 스카프를 쓰기 시작할 거야. 그를 위해서 안면 거상 수술을 받겠지. 점점 처지는 내 가슴은 어떻게 하지. 부어오르고 하지 정맥류가 바둑판처럼 뒤덮인 내 다리는 어떻게 하지. 난 어떻게 해야 할까, 라헬. 언닌 정말 똑똑하고 잘 아니까 착하게 행동하고 불장난을 하지 않기로 약속한 동생에게 해 줄 조언이 분명히 있을 거야. 건강 조심해.

일라나

아이들과 요아쉬에게 안부 전해 줘. 초대해 줘서 고마워.

*
**

전보

기드온 일리유니브[146] 시카고

당신을 용서하고 새롭게 시작하고 싶소. 지금 구매자는 지카론에 있는 부동산에 대해 열둘을 제안하고 있소. 보아즈는 거기 머물게 해 줄 거요. 당신이 동의한다면 사표를 철회하겠소. 당신의 건강을 염려하며, 만프레드.

---

146) '일리노이 주립 대학교'의 준말이다.

전보

내 친구 작하임 예루살렘 이스라엘

거절하오. 알렉스.

***

전보

기드온 일리유니브 시카고

난 당신을 떠나지 않겠소. 만프레드.

***

전보

내 친구 작하임 예루살렘 이스라엘

보아즈에 관해 보고하시오. 쏘모에 관해 보고하시오. 내가
가을에 갈지도 모르겠소. 재촉하지 마시오. 알렉스.

***

.א 기드온 교수   1976. 8. 9.
일리노이 주립 대학교
시카고, 일리노이, 미국

샬롬, 알렉.

어제 아침 난 카르멜산 위 요양원에 있는 당신 아버지를 방문하러 하이파로 길을 나섰어. 하지만 도중에 갑자기 충동적으로 하데라 정거장에서 내렸고 지카론으로 가는 버스에 올라탔지. 내가 우리 아들에게 뭘 더 바라고 있었던 걸까? 그 애가 날 어떻게 맞을지 같은 건 상상해 보지도 않았어. 만약 날 쫓아내면 어떻게 할지. 혹시 조롱하기라도 하면. 날 피해서 어느 버려진 헛간에 숨어 버리면. 왜 왔느냐고 물으면 그 애에게 뭐라고 하지?

어떤 광경이었는지 한번 상상해 봐. 파랗고 하얀 여름날, 그렇게 무더운 날씨는 아니었지만, 난 청바지에 아주 얇은 흰색 셔츠를 입고, 어깨에 밀짚 가방을 메고, 방학을 맞은 여학생처럼 녹슨 자물쇠를 녹슨 쇠사슬로 묶어 놓은 녹슨 철문 앞에 망설이며 서 있었어. 내 샌들 밑에서 가시덤불과 잡초들이 올라앉은 오래된 회색 자갈이 삐걱댔어. 하늘엔 벌들이 윙윙 날아다녔지. 철 대문의 구부러진 쇠살대 사이로 지카론의 짙은 빛깔 돌로 지은 성채가 보였어. 활짝 열려 있는 어두운 창문들은 마치 이빨 없는 짐승들이 입을 벌리고 있는 것 같았어. 기와지붕은 내려앉았고 건물 안쪽에서 야생 부겐빌레아가 마치 불꽃처럼 튀어나와서 바깥 건물 벽에 손톱을 박고 붙어 있는 인동덩굴과 만나고 있었어.

한 십오 분 정도 거기 서 있었고, 내 눈은 무의식적으로 천년 전부터 거기에 있었던 초인종 손잡이를 찾고 있었어. 집에서도 마당에서도 아무 소리가 들리지 않았고, 늙은 대추야자

나무 꼭대기에서 소곤대는 바람 소리와 그것보다 더 살포시 속삭이는 솔잎 소리뿐이었어. 앞마당은 쐐기풀과 개밀로 덮여 있었어. 웃자란 협죽도가 해적처럼 빨갛게 꽃을 피우면서 금붕어 연못과 분수와 모자이크가 깔린 뜰을 그 아래 완전히 파묻어 버렸지. 한때는 여기에 기묘하고 대충 만든 듯한 멜니코프[147]의 석상들이 서 있었어. 물론 오래전에 도둑맞았지. 뭔가 역한 냄새가 살짝 콧구멍을 스치다가 멈췄어. 깜짝 놀란 들쥐가 쏜살같이 내 발치를 지나갔어. 나는 누굴 만날 거라 기대한 거지? 제복을 입은 그 아르메니아 하인이 머리 숙여 절하며 문을 열어 주기를 바란 걸까?

그 긴 세월이 지나는 동안 그 지역 마을이 당신 집 근처까지 확장되었지만 아직 그곳까지 미치지는 않았어. 언덕 비탈에 개성 없는 탑들로 단장한 새 저택들이 보였어. 그 집들 모습이 너무 볼썽사나워서 당신 아버지의 가식적인 건축물이 그나마 좀 나아 보일 지경이었어. 세월이 지나고 무너져 내리면서 그 우울한 폭군의 성도 용서를 받은 것 같았어.

어디선가 새가 거의 개 짖는 소리 비슷하게 울부짖어서 잠시 무서운 느낌이 들었어. 그다음엔 다시 정적이 감돌았지. 동쪽으로는 므나쉐산맥 줄기가 숲으로 뒤덮이고, 춤추는 초록빛이 섬광처럼 지나가며 반짝거리는 게 보였어. 그리고 서쪽으로는 바나나나무들 끝으로 당신 눈처럼 회색 안개에 싸인 바다

---

147) 아브라함 멜니코프(Avraham Melnikov, 1892~1960). 이스라엘 건국 시기에 활동했던 조각가. 가장 유명한 작품은 크파르 길라디에 있는 사자상이다.

가 펼쳐졌어. 그 나무들 사이로 이웃 키부츠의 양어장이 반짝이고 있었는데, 당신 아버지는 그 키부츠를 상대로 분노의 십자군 전쟁을 벌였었지. 당신들이 승소하면서 그를 감금하기 전까지는 말이야. 누군지 모르지만 그 녹슨 대문 위에 옛날식 경고문을 써 붙였더군. "사유 재산 — 절대 출입 금지 — 무단 침입자는 법률에 의거하여 엄벌에 처함." 세월이 지나면서 희미하게 바랜 경고문이었지.

그곳에 감도는 고요함이 얼마나 깊었던지. 공허함. 마치 공기 자체에 심판하는 힘이 가득 들어차 있는 것 같았어. 그러다가 이미 저지른 일은 되돌릴 수 없다는 사실에 대해 회한이 밀려왔어. 당신과 당신 아들과 당신 아버지를 향한 사무치는 그리움이 칼로 찌르는 듯 아프게 파고들었어. 이 쓸쓸한 영지에서 당신이 어머니 없이 형제 자매도 없이 아버지의 작은 붉은털원숭이 말고는 친구도 없이 보냈을 어린 시절에 대해서 생각했어. 당신 어머니가 어느 해 겨울밤 새벽 3시에 언젠가 당신이 내게 보여 준 방에 실수로 방치돼 있다가 돌아가신 것도. 창문이 바다를 향해 난 상자 같은 다락방이었지. 간호사는 저녁이 되자 집으로 돌아가고 야간에 일하는 간호사는 오지 않았는데, 당신 아버지는 이탈리아에서 배로 들여오는 건축용 철골을 받으러 나갔었지. 난 러시아풍의 갈색 사진 속에서 본 그녀의 얼굴을 기억해. 당신 아버지 서재 책장 위에 있는 그 사진 옆에는 언제나 흰 양초 두 개가 양쪽으로 놓여 있고 그 뒤로 꽃병이 있고 거기에는 항상 갯질경이꽃이 꽂혀 있었지. 물론 그것들은 이미 사라졌겠지. 그 사진도, 그 꽃병도,

그 초도, 그 갯질경이꽃도 없을 거야.

그 사진에 관한 기억과 함께 늘 당신 아버지와 그의 수많은 방을 감싸고 돌던 슬픈 담배와 보드카 냄새가 떠올랐어. 지금 우리 아들이 풍기는 바다와 광야 냄새와 닮았었지. 난 정말 당신들에게 재앙일까? 아니면 그 반대로, 재앙은 당신들 안에 둥지를 틀고 있었고 나는 되돌릴 수 없는 것을 되돌리려고, 그리고 애초에 고칠 수 없는 것을 고치려고 공연한 노력을 했던 걸까?

울타리를 따라 걸어가다가 중간에 뚫린 구멍을 발견했고 허리를 굽혀서 철조망 사이를 빠져나와 무성한 잡초들을 헤치면서 그 집을 멀리 돌아갔어. 아까 울부짖던 새가 다시 나타나서 내게 겁을 줬어. 엉겅퀴들 사이를 헤치고 뒷마당으로 들어가려고 했을 때 어깨 높이만큼 자란 엉겅퀴가 내 옷을 뚫고 살을 찔렀어. 뒤뜰 창고 옆, 당신이 어렸을 때 공중 요새를 지었던 뒤틀린 유칼립투스나무 그늘 아래에서, 금이 간 긴 의자를 찾았어. 나는 긁히고 먼지를 뒤집어쓴 채 그 위에 털썩 주저앉았어. 집에서 고요함이 풍겨 나왔어. 비둘기 한 마리가 한쪽 창문으로 들어갔다가 다른 창문으로 나왔어. 뱀을 닮은 도마뱀이 돌무더기 밑으로 숨어 들어갔어. 내 발치로 쇠똥구리가 힘겹게 작은 공을 굴리며 지나갔어. 돌을 던질 수 있을 만큼 다가온 듯 새의 울부짖는 소리가 가깝게 들렸지만 새는 보이지 않았어. 말벌 두 마리가 서로 죽기 살기로 싸우는지 아니면 불타는 사랑을 나누는지 딱 달라붙어 허공에서 원을 그리며 날다가 떨어지며 긴 의자에 세게 부딪혔어. 추락

232

한 걸까? 화해한 걸까? 한 몸이 된 걸까? 나는 감히 몸을 숙여 그것들에게 가까이 다가가지 못했어. 그곳은 완전히 버려진 것처럼 보였어. 보아즈는 다시 떠나 떠돌고 있는 걸까? 두려움이 엄습했어. 어디선가 희미한 악취가 유칼립투스 향 사이에 섞여서 실려 왔어. 난 몇 분만 더 쉬었다가 떠나야겠다고 생각했지.

창고 앞에 녹슨 쟁기가 썩은 포도나무 가지들 속에 파묻혀 있는 게 보였어. 지뢰 제거용 쟁기도 하나 해체되어 있었어. 그리고 커다란 나무 바퀴 두 개가 반쯤 땅속에 묻혀 있었지. 버려진 그곳에서 난 한때 우리가 둘러앉아서 농담을 하고, 깎아 만든 그리스 잔에 얼음 띄운 석류 주스를 담아 마시고, 매운 올리브 열매를 먹곤 하던 정원 탁자를 발견했어. 그 탁자에 뭐가 남아 있었는지 알아? 부서진 대리석 상판이 온통 초록색 비둘기 똥으로 더럽혀진 채, 나무 그루터기 세 개를 다리 삼아 기적적으로 기대어 있었어. 내 위로 깃털 구름이 꿈을 꾸는 듯 동쪽으로 흘러갔지. 당신이 아버지에게 나를 자랑하기 위해, 또는 나에게 당신 아버지의 막대한 부를 과시하기 위해 여기로 처음 데려왔던 그 여름날로부터 천년이 지났어. 안테나와 기관총 거치대가 달린 당신의 잘난 군용 지프차를 타고 그곳으로 가던 길에, 당신은 내게 농담처럼 당신 아버지와 사랑에 빠질 생각은 말라고 경고했지. 그는 정말 나에게 막연한 모성애 비슷한 감정을 불러일으키기는 했어. 덩치가 큰 개 같았지. 장난 삼아 자기 이빨을 드러내고 소리소리 지르면서 짖어 대고, 꼬리뿐만 아니라 몸도 반쯤 흔들어 대고, 쓰다듬어 달라고 애원하고, 친밀함을 표현하는 춤을 추고, 껑충껑충 뛰다가 돌아와서 내 다리 위에 작은 나뭇가지나 고무공을 올려놓는 영리하지 못하고 거대한 개 말이야.

정말 난 그가 좋았어. 당신은 '호감'이라는 말을 한 번이라도 들어 본 적 있어? 물론 당신의 전문 분야와는 아무런 관련이 없는 말이지만 말이야. 국어사전이나 백과사전을 좀 찾아봐. 'ㅎ'으로 시작하는 말이야.

그의 꾸밈없고 투박한 성격이 내 마음에 와닿았어. 어설픈 구애 행위들. 활기로 가장한 슬픔. 굵직한 목소리. 식욕. 구식 궁중 예절. 폭풍 같은 관심. 야단법석을 떨며 애써 가져다준 장미꽃들. 날 위해 과장된 연기를 펼쳤던 러시아 영주 역할도. 나는 그의 열정적인 어린아이 장난에 진지하게 참여하는 사람이 되었지. 그로써 그의 요란한 외로움을 위로할 수 있어서 좋았어. 하지만 당신은 질투심 때문에 정신이 나갔었지. 우리 두 사람을 종교 재판관의 냉랭한 시선으로 찌르는 듯이 계속 쏘아보았잖아. 뒤러[148]의 그림처럼, 상상한 카타콤 속에서 당신은 나를 그의 품속에 밀어 넣었을 거야. 그리고 당신의 단검으로 우리 두 사람을 찔렀겠지. 가엾은 알렉.

편안하게 바닷바람을 맞으며 긴 의자에 앉아 있다가, 또 다른 여름을 떠올렸지, 6일 전쟁이 끝난 다음 우리가 아쉬켈론에서 보낸 그 여름을. 당신은 못도 사용하지 않고 통나무들

---

148) 알브레히트 뒤러(Albrecht Dürer, 1471~1528). 목판화로 유명한 독일 화가이자 인쇄업자. 독일 르네상스를 이끈 이론가이기도 하다.

을 밧줄로 엮어 즉석에서 뗏목을 만들었지. 그걸 당신은 '콘 티키'[149]라고 불렀어. 당신은 보아즈에게 세상 끝까지 항해했던 시돈 뱃사람들에 대한 이야기를 해 줬어. 바이킹에 대해서. 모비 딕과 에이합 선장에 대해서. 마젤란과 다 가마[150]의 항해에 대해서도. 당신은 그 아이에게 선원들이 밧줄을 묶어 고정하는 방식을 가르쳤고 당신의 든든한 손으로 그 애의 작은 손을 이끌어 주었지. 그다음에 무서운 회오리바람. 내가 당신 입에서 유일하게 들어 본 도와달라는 외침 소리. 그러고 나서 그 어부들. 당신은 강한 두 팔로 나와 그 아이를 들어서 마치 암양과 새끼 양처럼 양쪽 겨드랑이에 끼고 어부들의 배에서 해변으로 내려섰지. 우리가 물 속에서 구조됐을 때, 난 당신 눈에서 패배의 눈물을 본 것 같았고, 당신은 남은 힘을 다 짜내어 우리를 모래사장 위에 내려놓았어. 그게 당신 머리에서 얼굴 위로 흘러내린 바닷물이 아니었다면 말이야.

저택의 한쪽 건물에서 노래하듯 물어보는 여자 목소리가 들렸어. 잠시 후에 당신 아들이 조용하고 나지막한 목소리로 네댓 마디 대답을 했는데 난 무슨 말인지 알아듣지 못했어. 아이의 느릿느릿한 목소리가 얼마나 소중하던지. 당신 목소리와 비슷하면서도 비슷하지 않았지. 아이가 날 알아보면 뭐라

---

149) 노르웨이 탐험가 토르 헤위에르달(Thor Heyerdahl, 1914~2002)이 1947년 남아메리카 해변에서 폴리네시아섬까지 태평양을 건너갈 때 사용했던 뗏목.
150) 바스쿠 다 가마(Vasco da Gama, 1460~1524). 포르투갈에서 인도까지 가는 항로를 개척한 탐험가.

고 하지? 내가 왜 여기에 왔지? 아이의 목소리를 들은 것으로도 충분했어. 그래서 그 순간 들키지 않고 몰래 빠져나가기로 마음을 정했어.

그런데 마당에 두 소녀가 나타났어. 샌들을 신고 짧은 바지를 입은 한 아이는 피부색이 어둡고 통통하고 젖은 트리코 셔츠 아래로 젖꽃판이 거뭇하게 보였고, 옆의 친구는 체구가 작고 말랐는데 긴 드레스 속에서 몸이 풀 줄기처럼 자라 올라온 것 같았어. 그 두 사람은 괭이를 들고 계단 발치에 퍼져 있는 개밀과 메꽃, 야생 오이를 뿌리째 캐내기 시작했어. 자기들끼리 부드럽고 노래하는 듯한 영어로 이야기했고, 날 전혀 알아보지 못했지. 나는 여전히 몰래 사라지고 싶었어. 건물 창문에서 뭔가를 튀기는 냄새와 젖은 유칼립투스 가지를 태우는 냄새가 났어. 작은 염소 한 마리가 집에서 나왔는데, 그 뒤로 줄을 잡고 보아즈가 따라 나왔어. 햇볕에 짙은 갈색으로 그을려 있었는데 예루살렘에서 마지막으로 보았을 때보다 훨씬 더 큰 것 같았지. 불타는 황금색의 길고 풍성한 머리카락이 폭포수가 떨어지듯 어깨 아래로 흘러내려 가슴 털에 물결치고 있었고, 맨발에 다 벗고 작은 파란색 수영복 하나만 걸친 차림이었어. 늑대 소년 모글리. 정글의 왕 타잔. 햇빛 때문에 그 아이의 속눈썹과 눈썹과 금빛 턱수염이 하얗게 바래 있었어. 아이는 염소를 나뭇가지에 묶고는 입가에 엷은 미소를 띤 채 팔짱을 끼고 서 있었어. 그때 소녀 중 하나가 그 아이에게 시선을 보내며 인디언처럼 "와우!"라고 소리쳤어. 다른 친구는 작은 돌멩이를 그의 가슴에 던졌어. 그때 아이가 갑자기 고개를 돌려 날 보았고 눈을 깜박였어. 그 아이는 천천히 머리를 긁적였지. 얼굴에 아주 천천히 장난기 어린 냉소가 살짝 떠올랐고, 늘상 보는 새 한 마리를 발견한 것처럼 태연한 목소리로 말했어. "여기 일라나가 왔네."

그리고 잠시 후에 이렇게 덧붙였어.

"이 사람은 일라나 쏘모야. 나의 아름다운 엄마. 마이 뷰티 마아데르.[151] 그리고 애네들은 산드라와 신디. 애네들도 미녀들이지. 어쩐 일이야, 일라나?"

나는 일어서서 아이 쪽으로 갔어. 두어 걸음을 떼다가 멈추고 말았어. 당황한 여고생처럼 난 내 밀짚 가방 끈만 꼭 쥐고 서 있었지. 그 아이의 가슴 높이에 내 눈을 고정하고, 그냥 한번 들른 거라고, 사실 벳 아브라함에 사는 라헬 언니한테 가는 길이었다고, 방해하고 싶은 생각은 없었다고 겨우 웅얼거리기만 했어.

나는 왜 그 아이에게 첫마디부터 거짓말을 했을까?

보아즈는 손가락을 귀 뒤에 넣어 내키지 않는 듯 긁적거렸고, 잠시 생각하더니 말했어. "여기까지 오느라 목이 마르겠네. 신디가 물을 갖다줄 거야. 신디, 브링 워터스. 근데 아직 전기가 들어오지 않아서 물이 시원하지는 않을 거야. 원래는 물도 없었는데, 어제 내가 가시덤불 사이에서 나디브 공원으로 들어가는 수도관을 찾아서 수도꼭지를 달았어. 꼬마는 잘 있

---

151) 보아즈는 대화 중 자기만의 발음으로 영어 문장들을 섞어 말하고 있다. 원문의 뉘앙스를 그대로 살려 한글로 옮기고 고딕체로 표시했다.

어? 인형처럼 차려입고 있어? 아직도 사탕을 좋아하고? 왜 데려오지 않았어?"

이프앗은 유아원에 있다고 대답했어. 오늘은 미쉘이 그 아이를 데리러 갈 거라고. 그리고 그 두 사람이 안부를 전해 달라고 했다고. 그런데 그것도 물론 거짓말이었지. 거짓말을 감추려고 했는지, 너무 당황해서 그랬는지, 난 그 아이에게 손을 내밀었어. 그 애는 몸을 조금 숙여서 살며시 내 손을 잡았어. 마치 손으로 병아리 무게를 가늠해 보는 것처럼. "자, 마셔. 너무 목말라 보이네. 이 두 미녀들은 파르데스 하나[152]를 돌아다니다가 만났어. 얘네들은 키부츠에서 자원봉사를 하다가 그만두고 잠깐 돌아다니고 있었는데, 나라 건설을 좀 도우라고 내가 데려왔어. 얘들도 거의 유대인이니까 쏘모에게 괜찮다고 말해 줘. 그에게 문제 될 것은 없다고."

나는 신디가 양철 컵에 가져다준 미지근한 물을 마셨어. 보아즈가 말했어.

"좀 있다가 우리는 비둘기 고기를 먹을 거야. 내가 위층 방 안에서 잡은 거야. 엄마는 오늘 여기서 나랑 같이 밥 먹어. 빵과 소금에 절인 생선도 있고 맥주도 있고, 물론 시원하진 않지만. 두 빅 오믈렛 산드라. 올소 포르 데 게스트. 왜 그래? 뭐가 그렇게 웃겨?"

나도 모르게 미소를 짓고 있었나 봐. 그리고 난 더듬거리면서 생필품을 하나도 가져오지 못해서 미안하다고 했어. 나는

---

152) 하이파 근처에 있는 소도시.

절대로 좋은 엄마는 못 될 거라는 말도. 보아즈는 "그건 맞지만 상관없어."라고 말했고 내 허리에 팔을 두르고 날 집으로 데려갔어. 내 몸을 잡은 그 아이의 손길은 조심스러우면서도 강했어. 우리가 기울어진 계단에 도착했을 때 그 애가 말했어. "조심해, 일라나."

현관문을 지날 때 아이는 머리를 숙여야 했어. 집 안에는 서늘한 어스레함이 감돌았고 커피와 정어리 냄새가 났어. 나는 그를 향해 눈을 들었는데, 이 멋진 남자가 내 몸에서 나왔고 내 품에서 잠들었었다고 생각하니 놀랍더라고. 아이가 네 살 때 디프테리아로 목숨을 잃을 뻔했던 일과 우리가 이혼하던 날 저녁에 신장에 합병증이 생겼던 일도 기억났어, 알렉. 당신이 그 아이를 위해 신장을 기부하려 했던 일도. 나는 무슨 귀신이 씌어서 여기까지 왔는지 도저히 설명할 수가 없었어. 아이에게 무슨 말을 해야 할지도 몰랐고. 그리고 당신 아들은 가만히 서서 어쩔 줄 몰라 하는 나를 살펴보았고 침착하게 인내심을 가지고 약간은 궁금해하면서 나를 가늠해 보는 것이 마치 배부른 맹수가 느긋하게 즐기는 것 같았어. 결국 나는 멍청하게 중얼거렸지.

"너 참 좋아 보인다."

"엄마는 전혀 아닌데, 일라나. 모욕이라도 당한 것처럼 보여. 하긴 엄마는 늘 그렇지. 잠깐 여기 앉아. 좀 쉬어. 난 캠핑용 버너에 커피를 안칠게."

그래서 난 당신 아들이 나를 위해 맨발로 툭툭 차며 치워 준 상자 위에 앉았어.(그 위에 오이와 양파와 나사 같은 것들이 놓여 있었지.) 그 버려진 집 안, 더럽고 내려앉은 바닥 타일들 위에 보아즈가 짓기 시작한 이상한 전초 기지의 흔적들을 볼 수 있었어. 그을음이 묻은 팬, 유포, 시멘트 포대, 냄비 두 개와 찌그러진 커피 주전자, 페인트 통과 붓들, 어지럽게 널려 있는 건축 자재들 한가운데 여자애들의 가방과 그의 군용 배낭이 널브러져 있는 낡은 매트리스들, 밧줄과 통조림들과 그 애와 여자애들의 청바지들과 브래지어와 트랜지스터라디오. 방 구석에는 천막인지 방수포 돛인지 뭔가가 접혀 있었어. 대충 만든 탁자도 있었어. 오래돼서 칠이 벗겨진 나무 문을 드럼통 두 개 위에 올려놓았더군. 그 탁자 위에는 짙은 색 금속 롤러들과 잼 병, 양초와 성냥들, 따지 않은 새 맥주 캔들과 비어 있는 캔들, '렌즈와 빛'이라는 제목이 적힌 커다란 책, 석유램프와 검은 빵 반 덩어리가 놓여 있었어.

난 아이에게 잘 지내고 있느냐고, 여기서 부족한 것은 없느냐고 물었어. 그러고 나서 곧바로, 아이의 대답을 기다리지도 않고 남의 이야기를 가로막는 사람처럼 아직도 화가 나 있는지 아니면 원망하고 있는지 덧붙여 묻고 말았어.

드러내지 않은, 제왕처럼 위엄 있는 미소가 그 아이의 검게 탄 얼굴에 고통스럽지만 용서한다는 듯한 표정으로 떠올랐어. 아주 잠깐 동안이지만 그 표정은 할아버지를 닮아 있었지.

"난 원망하지 않아. 전혀, 정신 나간 사람들을 원망하는 건 반대거든."

나는 아이에게 당신을 미워하느냐고 물었어. 그러고는 곧 후회했어.

아이는 아무 말도 하지 않았어. 잘 때처럼 몸을 긁적거리면서. 가스버너 위에 놓인 그을은 커피 주전자만 계속 만지작거렸어.

"대답 좀 해 봐."

또 아무 말이 없었어. 팔을 넓게 벌리고 손바닥을 위로 뒤집어 으쓱하면서, 자기 혀를 두어 번 찼어.

"미워하냐고? 무슨 소리야. 미워하지 않아. 나는 미워하는 것도 반대야. 그러니까 내 생각은 대충 이래. 나는 그 사람이랑 아무 상관도 없어. 우리 나라에서 이민을 간 건 유감이야. 나라가 어려울 때 이민을 떠나는 건 반대니까. 나도 어디로 여행 좀 갔으면 좋겠고, 그리고 이 나라가 어려움에서 벗어나기만 하면 진짜 여행을 갈 거야."

"그럼 왜 그가 주는 이 집을 받기로 했어?"

"그 사람한테 돈 좀 받는 게 어때서? 미쉘한테 받든, 두 사람 모두에게 받든 뭐 어때? 어찌 됐든지 그들 중 일을 해서 돈을 번 사람은 아무도 없잖아. 그 돈은 나무에서 자라서 그 사람들에게 떨어진 거야. 누구든 나한테 주고 싶으면 주라 그래. 아무 문제 없어. 난 그 돈으로 할 일이 있으니까. 자, 물이 끓었네. 커피 한잔 때리자고. 마셔 봐, 기분이 한결 좋아질 거야. 설탕도 넣어서 잘 저었어. 왜 그렇게 쳐다보는 거야?"

나는 왜 내가 아무 쓸모도 없는 사람이라고 대답했을까? 난 죽어도 괜찮다고. 그편이 모두에게 나을 거라고 말이야.

"얄라.[153] 다른 얘기 하자고. 쓰레기 같은 얘기는 그만두고. 이제 겨우 세 살하고 한 달이 지난 이프앗을 두고 죽는다는 게 말이나 돼? 머리라도 다쳤어? 그 대신 국제 여성 시온주의 자 연합회 같은 데 가입하는 게 낫지. 새로 이주해 온 사람들이나 도와줘. 군인들이 쓸 키파 모자라도 떠. 그렇게 할 일이 없어? 도대체 왜 그래?"

"내가 손을 댄 모든 것이 손안에서 괴물로 변했어. 이해가 되니, 보아즈?"

"사실을 말할까? 난 이해 못 해. 그렇지만 내가 그걸 이해하지 못한다고 해서 내 머리가 모자란 건 아냐. 내가 진짜 잘 이해한 건 엄마 넌 할 일이 없다는 거야. 아무 일도 안 하고 있어, 엄마는."

"그럼 너는?"

"말하자면 이렇지. 오늘도 나는 여기 병아리 두 마리랑 있으면서, 얘네들에게 일도 시키고, 굿 타임도 보내고, 음식도 주고, 일도 좀 하고, 섹스도 하고, 월급을 받으면서 그 사람 집도 지켜 주고, 그 사람을 위해 집수리도 해 주고 그랬어, 이런저런. 한두 달만 더 있으면 이 나라에서 폐허가 줄어들 거야. 엄마도 여기로 올래? 죽는 것보다 낫잖아. 어차피 이 나라에서는 너무 많은 사람이 죽고 있으니까. 인생을 즐기는 대신 매일같이 계속해서 죽이고 죽고. 둘러보는 곳마다 헬렘의 현인[154]들이 가득한데, 헬렘에서는 그놈들한테 탱크가 없었지만 여기는 그걸로 사람을 죽일 수 있지. 오늘 우리는 채소밭 일을 시

_____

153) 아랍어 감탄사. 구어체로 '자' 또는 '빨리' 등 재촉하는 뜻으로 사용한다.
154) 폴란드 헬렘에 사는 유대인들을 조롱하는 말. 동부 유럽에서 이디쉬로 전해져 내려오는 우스갯소리다.

작할 거야. 엄마는 여기 있어도 돼. 나한테는 전혀 방해가 되지 않을 거고 나도 엄마가 하는 일을 방해하지 않을 테니까. 여기서 뭐든 하고 싶은 일을 해. 이프앗도 데려오고 원하는 사람은 누구든 데려와. 내가 일도 주고 음식도 줄게. 또 우는 거야? 인생이 엄마에게 별로 호락호락하지 않은 것 같아? 엄마가 있고 싶은 만큼 머물러도 돼. 여기에는 할 일이 아주 많고 저녁마다 신디가 기타도 쳐 줄 거야. 엄마가 요리를 해 주면 되겠네. 아니면 염소들 좀 돌봐 줄래? 좀 있으면 염소 우리가 완성될 거야. 내가 가르쳐 줄게."

"뭐 하나 물어봐도 돼?"

"물어봐. 돈 드는 것도 아닌데."

"말해 봐, 너 사랑해 본 적은 있니? 그러니까…… 잠자리를 했냐고 묻는 건 아냐. 꼭 대답하지 않아도 돼."

아무 말도 없었어. 그 애는 머리를 오른쪽에서 왼쪽으로 흔들며 부인했어, 마치 나의 어리석음에 지쳤다는 듯이. 그러고 나서 슬프면서도 부드럽게 말했어. "당연히 사랑했었지. 전혀 알아채지 못했다고 말하고 싶은 거야?"

"누구를?"

"엄마를, 일라나. 그리고 그 사람. 내가 아주 어렸을 때 그리고 당신들을 아직 부모라고 생각했을 때. 당신들이 소리를 지르고 때리는 걸 보고 나는 미치는 줄 알았어. 다 나 때문이라고 생각했어. 내가 뭘 알 수 있었겠어. 엄마가 자살 기도를 하고 사람들이 엄마를 병원으로 데리고 갈 때마다 나는 그놈을 죽이고 싶었어. 엄마가 그놈 친구들과 섹스를 했을 때는 그놈들에게 독약이라도 먹이고 싶었지. 그 대신 누군가 실수로 내 영역에 들어오기만 하면 두들겨 패 줬어. 나는 스트레스로 꽉 찬 멍청이였어. 지금 나는 누가 먼저 나를 때리지만 않으면 다른 사람을 패는 건 반대야. 그럴 때는 나도 좀 보답을 해 줘야지. 지금은 일하고 평화롭게 쉬는 것만 찬성이야. 지금은 나 자신하고 우리 나라만 신경 써."

"우리 나라?"

"당연하지. 뭐, 엄마는 눈도 없어? 여기서 무슨 일이 벌어지는지 안 보여? 이 전쟁들이랑 온갖 쓰레기 같은 짓거리들이? 인생을 즐기는 대신 맨날 치고받고 싸우고 죽이는 짓거리가? 가슴을 쥐어뜯으면서 총을 쏘고 폭탄을 묻어. 난 이 상황에 반대해. 사실을 알고 싶다면 난 시온주의자에 가까워."

"네가 뭐라고?"

"시온주의자. 나는 사람들이 다 잘됐으면 좋겠어. 그리고 모든 사람들이 각자 나라를 위해서 뭐든 했으면 좋겠어. 아무리 하찮고 사소한 일이라도, 하루에 삼십 분이라도, 그래서 자기들도 보람을 좀 느끼고 또 아직 사람들이 자기를 필요로 한다는 것도 깨닫고 말야. 아무것도 하지 않으면 금세 문제가 생기기 시작할 테니까. 엄마와 엄마의 남편들을 봐. 당신들 세 사람은 사는 게 뭔지 전혀 몰라. 진짜 뭔가는 하지 않고 계속 헛된 바람만 쫓아다니고 있어. 그 성자 아저씨와 점령 지역에 있는 그의 친구들도 마찬가지야. 그들은 그냥 인생을 사는 대신 토라에 따라 살고 정치적 목적에 따라 살고 말과 논쟁에 따라 살지. 아랍인들도 이미 똑같이 변해 버렸어. 그들도 자기 자신을 먹고 상대방을 먹고 보통 음식 대신 다른 사람들을 먹는 방법을 유대인들에게 배웠어. 아랍인들은 창녀의 아들들이 아니라고 말하려는 게 아냐. 몇 배는 더 창녀의 아들들이지. 그래서 뭐? 창녀의 아들들도 사람이야. 쓰레기가 아니라고. 그들이 죽는 건 안타까운 일이야. 결국 유대인들이 아랍인들을 끝장내거나 그들이 유대인들을 끝장내거나 아니면 서로가 서로를 끝장내서 또다시 이 땅 위에 토라와 쿠란과 여우들과 불탄 폐허들 말고는 아무것도 남지 않게 될 거야."

"군대에 갈 때가 되면 어떻게 하려고?"

"당연히. 나 같은 애는 면제해 주겠지. 모든 게 수준 미달이고 또 그런 게 있잖아. 그럼 뭐? 그렇다고 해도 내 생각은 변함이 없어. 군대가 아니어도 난 내 인생을 걸고 뭔가 중요한 일을 할 거야. 어쩌면 바다에 나가서, 아니면 광학과 관련해서. 아니면 여기 지카론에서 괴짜들을 위한 공동체를 시작해서 그들이 문제를 일으키는 대신 농사라도 짓도록 해 줄까. 나라에 식량이 풍부해지겠지. 머리가 좀 모자란 놈들의 공동체. 내가 가장 먼저 한 일은 이 여자애들이 가져온 마약을 불태워 버린 거야. 약에 취하는 건 반대거든. 하루종일 일하고 밤에 인생을 즐기는 게 더 나아. 또 울기 시작했어? 내가 뭔가 심한 말을 했나? 그럼 미안해. 엄마를 짜증 나게 하려던 건 아니었어. 미안해. 그래도 엄마한테는 이프앗이 있잖아. 쏘모가 걔를 토라와 잡쓰레기 같은 궤변으로 미치게 만들지만 않았으면 좋겠어."

"보아즈."

"왜?"

"너 지금 시간 좀 있니? 한두 시간쯤?"

"뭣 때문에?"

"나랑 같이 하이파에 가자. 네 할아버지 좀 뵈러 가자. 너 하이파에 아픈 할아버지가 계신 거 기억하고 있니? 널 위해서 이 집을 지으신 분이잖아?"

아이는 아무 말이 없었어. 그러다 갑자기 그 커다란 손을 번개처럼 휘두르면서 벌거벗은 자기 가슴을 고릴라처럼 찰싹 때렸고 납작하게 뭉개진 쇠파리를 땅바닥에 떨어 냈어.

"보아즈?"

"그래. 기억해. 희미하게. 그렇지만 갑자기 할아버지를 만나러 간다는 게 무슨 말이야? 내가 할아버지한테 무슨 볼일이 있어서? 보통, 내가 밖에 나갈 일이 있으면, 심지어 여기 지카론에서 건축 자재 가게만 가도, 난 다른 사람들을 화나게 하거나 사람들이 날 화나게 하거나 아니면 주먹다짐이 벌어지지. 그런데 말이야. 혹시 할아버지가 옆에 따로 빼 둔 돈이 있으면 나한테 보내도 된다고 엄마가 대신 말해 줘. 그 멍청한 놈이 누가 주든지 다 받는다고 말해. 난 진짜 괜찮은 망원경을 만들고 싶어. 영화에 나오는 그런 망원경 말이야. 사람들이 밤에 우리 집에 와서 우리 나라 위로 날아가는 우주선들을 볼 수 있게. 저기 달에 있는 물이 없는 바다도, 아마 엄마도 들어 봤을 거야. 사람들이 별들과 이런 거에 좀 더 관심을 갖는다면 모든 사람들이 자기에게 계속 잔소리를 한다며 화를 내는 일에 신경을 덜 쓰게 될 거야. 그리고 그다음에는, 보자, 요트

246

어때? 여기에 널빤지들이 널려 있거든. 우리는 바다를 항해할 수도 있고, 그게 머릿속에 든 온갖 잡생각들을 깨끗이 청소해 줄 거야. 자, 음식이 다 됐네. 저기 봐 봐, 그 창문 뒤에 내가 어제 달아 놓은 수도꼭지가 있어. 거기서 세수를 하고 마음을 열고 하는 대화는 이제 그만해. 화장이 다 지워졌어. 신디도 밤에 울었어. 괜찮아, 그게 영혼을 좀 씻어 주니까. 이팅, 산드라. 풋 푸드 포르 마이 리틀 마아데르 올소. 아니라고? 가려고? 나한테 실망했어? 내가 섹스하고 뭐 그런 얘기 해서? 그런데 그게 있는 그대로의 사실이야, 엄마. 뒷문에서 200미터쯤 가면 버스 정류장이 있어. 그러니까 뒷문으로 나가. 여기 아예 오지 않았으면 더 좋았을 뻔했네. 올 때는 괜찮았는데 울면서 가잖아. 잠깐만, 내가 저 아래 지하실에서 이 동전들을 찾았어. 그 늙은이의 보일러 밑에 있었어. 이걸 이프앗에게 줘. 그리고 내가, 보아즈가 주는 거라고, 내가 그 녀석 코를 먹어 버릴 거라고 말해 줘. 엄마가 오고 싶으면 언제든 여기 와서 머무르고 싶은 만큼 머물러도 된다는 것도 기억하고. 얼마든지 자유롭게."

왜 그랬어, 알렉? 당신은 왜 그 아이를 그 유령의 집에 심어 놨어? 정말 당신은 미쉘과 벌이는 놀이에서 그에게 간절하게 한 방 먹이고 싶었던 거야? 내 작은 남자와 키다리 야만인 사이를 천천히 이어 주던 미미한 호감의 자수를 조각조각 찢어 버리려고? 당신 아들을 다시 밀림 속에 밀어 넣으려고? 감방에서 조금 가까워진 죄수 두 사람을 서둘러서 떼어 놓고 독방에 던져 버리는 간수처럼? 당신은 마치 비행기 사고가 일어난 후처럼, 우리는 편지를 주고받으면서 우리 인생의 블랙박스를 해독했다고 그 네온 불빛 아래에서 나에게 썼지.

우린 아무것도 풀지 못했어, 알렉. 독이 묻은 화살만 주고 받았을 뿐이야. 당신에게 복수하고 싶은 내 욕망도 점점 잦아들고 있어. 다 끝났고 마쳤어. 내가 포기할게. 그냥 나를 당신 품 안에 있게 해 줘. 내 손가락으로 당신의 뒷목을 쓰다듬고. 희끗해져 가는 당신의 앞머리를 만지고. 가끔 당신 어깨나 턱 옆 피부에 난 뾰루지도 짜 주고. 바람을 가르며 외딴 산길을 달리는 지프에서 당신 옆에 앉아 검을 휘두르는 것처럼 공격적이지만 테니스공을 치는 것처럼 정확하고 잘 계산된 당신의 운전 솜씨를 즐기고. 이른 아침, 당신이 스탠드 불빛을 환하게 받으면서 책상 위로 머리를 숙인 채, 어떤 신비하고 난해한 문서를 외과 의사처럼 정확하게 분석하며 앉아 있을 때, 맨발로 당신 뒤로 몰래 다가가서 당신의 머리카락 사이에 손가락을 넣어 보고 싶어. 난 당신의 아내이자 여종이 될게. 놀이는 끝났어. 지금부터 당신 뜻이 이루어지기를. 기다릴게.

일라나

*
**

.ℵ .ℵ 기드온 교수가 작은 낱말 카드 위에 생각나는 대로 쓴 단상들

185 불신에서 나오는 신뢰. 자기 스스로에 대한 신뢰가 무너져 갈수록 구원을 향한 불타는 확신은 더 강해지고 서둘러

서 구원받아야 할 필요성도 더 커진다. 당신 자신이 작고 하찮고 쓸모없을수록 구원자는 더욱 위대하다. 앙리 베르그송[155]이 말했다. 믿음이 산을 들어 옮긴다는 말은 옳지 않다. 그 반대로 믿음의 본질은 아무것도, 믿음 때문에 당신 눈앞에서 들어 옮겨지는 산조차도 더 이상 알아보지 못하는 것이다. 사실을 완전히 차단하는, 완벽한 가림막.

186 자존감, 즉 자기 존재에 대한 정당성과 자기 인생의 본질적인 의미를 잃으면 잃을수록 자신의 종교, 민족, 인종, 신념이나, 자신이 충성을 맹세한 집단 활동의 정당성은 동일한 정도로 상승하고 확장되고 미화되고 신성해진다.

186 .x 그러므로 나를 우리 속에 완전히 동화시키기. 거대하고 초시간적이고 전능하고 고결한 집단 속에 있는 눈먼 세포 하나로 줄어들기. 마치 신자들의 바다에 빠진 물방울 하나처럼 자기 부정에 이를 때까지, 끝까지, 민족에, 집단 활동에, 인종에 동화되기. 여기서부터 여러 종류의 제복들이 출현한다.

187 인간은 흥미를 느끼고 자아 정체성이 있는 한 자기 자신의 일에 몰두한다. 그런 것들이 사라지면 인생의 공허함이 두려워 열정적으로 타인들의 일에 간여하기 시작한다. 그들을

---

155) 앙리루이 베르그송(Henri-Louis Bergson, 1859~1941). 프랑스 철학자이며 분석 철학과 대륙 철학에 큰 영향을 끼쳤다.

바로잡기 위해서. 그들을 책망하기 위해서. 바보들을 모두 계몽하고 비정상적인 사람들을 모두 처단하기 위해서. 타인에게 선행을 아낌없이 베풀거나 그들의 삶을 야만스럽게 핍박하기. 고결한 광신도와 살인마 광신도는 도덕적인 차원에서의 차이는 있지만 본질적으로는 차이가 없다. 살인 행위와 자기희생은 동전의 양면에 불과하다. 이타주의와 오만함, 전적인 헌신과 파괴성, 자신을 억압하는 것과 이웃을 억압하는 것, 자기와 다른 사람들의 영혼을 구원하는 것과 자기와 다른 사람들을 전멸시키는 것. 이것들은 상반된 말들이 아니라 인간의 허무함과 무의미함을 다르게 표현한 말이다. 파스칼의 표현처럼 자기 자신의 부족함이다.(파스칼 자신도 그러했듯이.)

188 "공허하고 황량한 인생에서 뭐라도 하고 싶을 때 그는 다른 사람들의 목덜미를 덮치거나 그들의 목으로 손을 뻗는다."(에릭 호퍼, 『그 참된 신자』)[156]

189 그리고 불쌍한 인생들을 위해서 밤낮으로 일하는 의로운 처녀와 이념 때문에 칼을 휘두르는 자, 경쟁자들이나 외국인들 또는 혁명의 원수들을 제거하기 위해서 주저 없이 목숨 바쳐 헌신하는 비밀 정보국 책임자가 서로 놀랍도록 유사하다는 사실에 숨겨진 비밀은, 그들의 단순함이다. 그들은 적

---

156) Eric Hoffer(1902~1983). 미국의 도덕 및 사회 철학자. 그의 저서 『그 참된 신자』는 고전으로 알려져 있다.

은 것으로 만족한다. 그들의 독실함은 아주 멀리까지 풍겨 나간다. 그들은 은밀하게 자기 연민에 빠지면서도 동시에 죄책감을 고압 전류처럼 방사하는 경향이 있다. 그 처녀와 종교 재판관은 모두 '사치' 또는 '인생의 낙'이라고 간주되는 것들을 증오한다. 헌신적인 선교사와 피에 굶주린 숙청자. 동일하게 부드러운 태도. 동일하게 모나지 않은 예의범절. 동일하게 그 두 사람의 몸에서 풍기는 알 수 없는 시큼한 냄새. 동일하게 금욕적인 옷차림. 음악이나 예술 작품에 대한 동일한 취향.(감상적이고 따분한.) 특히 진부한 미사여구들, 환심을 사기 위한 겸손함, 저속한 말을 피하려고 변소 대신 '화장실', 죽다 대신 '돌아가시다', 말살 대신 '해결책', 학살 대신 '정화' 그리고 물론 구조, 구원 등으로 표시가 나는 적극적인 동일한 용어 사용. 그들 두 사람이 모두 내세우는 표어는 "본인은 보잘것없는 도구에 불과하다."라는 말이다.(나는 '도구'라는 말은 내가 존재한다는 의미이다.)[157]

190 고문하는 자와 고문을 당하는 자. 심문자와 순교자. 십자가에 못 박는 자와 못 박힌 자. 그들이 서로를 잘 이해하는 비결, 그들 사이를 자주 이어 주는 은밀한 동료애의 비밀. 그들의 상호 의존성. 은밀하게 주고받는 찬사. 상황 변화에 따라 그들의 역할을 바꿀 수도 있는 그 가벼움.

---

157) 히브리어로 '도구(마크쉬르)'는 명사지만 같은 말을 동사로 사용하면 '훈련시키다' 또는 '준비시키다'라는 뜻이 된다.

191 "거룩한 이념의 제단 위에 개인적인 삶을 바친다."라는 말은 개인적인 삶을 죽이면서 필사적으로 이념에 집착하는 것과 다름없다.

200 다시 말해 영혼이 죽음에 따라 그 걸어 다니는 시체는 완전히 공적인 인물로 변한다.

201 '의무의 신성함'. 손이 닿는 거리에 떠다니는 구조 뗏목을 필사적으로 붙잡으려는 노력. 그 구조 뗏목의 성격이 무엇인지는 중요하지 않음.

202 '모든 이기심을 정화'. 맹목적인 본능에 가까운 이기적인 생존 전략.

*
**

.א 기드온 교수   예루살렘
일리노이 주립 대학교   76. 8. 13.
시카고, 일리노이, 미국

나의 스트레인지라브 박사,

현재 나는 해고된 상태요, 아니오? 나로서는 분명하지가 않소. 우리 구매자가 지카론에 있는 부동산 가격으로 열세 장을 지불할 용의가 있으며, 맹세코 이게 마지막 제안이라면서,

앞으로 두 주일 안에 긍정적인 대답을 듣지 못한다면 제안을 철회하겠다고 위협했소. 불쌍한 로베르토는 내가 이미 설득하는 데 거의 성공해서 스스로 당신 서류들을 나에게 돌려주기로 했소. 그는 자기가 누구와 엮이게 되었는지 이해하기 시작한 것 같소. 그러나 나는, 내 입장에서는, 침을 닦아 내고 계속 나아가기로 했소. 나는 당신이 광기에 사로잡히도록 방관하지 않을 것이고 당신 스스로 파멸을 초래하도록 놔두지 않을 것이오. 당신은 내가 당신을 쏘모에게 팔아넘긴 것이 아닌가 의심할 수도 있겠지만, 사실은 그 반대요. 나는 모든 수단과 방법을 동원해 그를 우리 쪽으로 매수하고 그에게 고삐를 매려 했소.(내 사위 조하르를 이용해서 말이오.) 하여간, 당신이 지난번 전보에서 내게 지시한 대로 주요 소식들을 보고하면 다음과 같소. 쏘모 남작은 예루살렘 구시가지에 새로 단장한 유대인 구역 안에 고급 아파트를 구입하려 하는 것으로 밝혀졌소. 아마도 그가 자기 사촌 중 하나와 싸게 거래를 한 것으로 보이오. 게다가 그는 운전을 배우기 시작했고 자동차를 살 계획도 세우고 있소. 비싼 양복은 벌써 구했소.(물론 나는 그가 골라 걸친 그 놀라운 걸 보고 그에게 양복을 사라고 충고한 것을 몹시 후회했지만 말이오.) 그의 조직 '이스라엘 연합'은 요즘 그와 조하르가 동업하여 독실한 투자자 단체와 파리에서 오는 지원을 기반으로 설립한 투자 회사 '야테드'를 위해 일하는 정찰대나 경비대 같은 것으로 바뀌었소. 이것에 대해서는 당신이 제정신으로 돌아온 것이 확인되면 더 자세히 보고하겠소. 물론이 야테드의 공동 자산을 좌지우지할 수 있는 손잡이는 조하르가 쥐고 있소.(그리고 하늘 위에서 그를 비추는 내 성령과 함께.) 여러 방면의 독실한 종교인 동업자들은 이 사업의 윤리적인 측면을 담당하고 있소. 다시 말하자면 국세청에서 그들을 거의 고아원처럼, 그들의 이윤은 자선을 위한 기부금처럼 인정하도록 모든 조치를 취해 놓았소.

반면, 우리의 쏘모는 외무부 장관 역을 맡아 열연 중이오. 노련한 로비 활동을 하는 데 푹 빠져 있소. 권력의 골목골목을 물고기처럼 또는 해초처럼 누비며 헤엄을 치고 있소. 밤낮으로 정치꾼들과 사회 활동가들, 국회 의원들, 사무총장들, 사업체 대표들과 열심히 어울려 다니면서 말이오. 그자는 하늘색 양복을 입고 형제들의 마당과 그 주변을 돌면서 국방부 관리들에게는 이스라엘을 사랑하라고 훈계하고, 상공부 사무실에는 구원에 대한 갈망을 불어넣고, 국토개발부 직원들에게는 구세주가 오기 전에 겪게 될 고통[158]을 환기시키고, 설교하고, 간청하고, 아첨하고, 성구를 인용하고, 죄책감이라는 짙은 구름을 퍼뜨리고, 한 손은 자기 심장 위에 다른 손은 상대방의 어깨 근처에 얹고, 모든 것을 성서 구절로 달콤하게 꿀을 바르고, 랍비들의 주석을 후식으로 첨가하고, 소문을 양념처럼 뿌리고, 허가와 승인을 잘 돌아가게 하고, 그러니까 간단히 말해서, 그는 지치지 않고 종말의 날을 위한 길을 닦으면서 우리가 예루살렘 남부에 하는 투자의 기반을 빠르게 잡아 가고 있

---

158) 랍비 유대교에서 메시아가 오기 직전에 고통을 겪게 될 것이라고 말하는데, 최종적인 구원을 얻는 사건을 산모가 출산을 하는 과정에 비교한 말이다.(「이사야」 26장 17절 참조.)

소. 당신은 당신이 쓴 훌륭한 책 제3장 머리에 나사렛 예수가 말한 경구를 언급하는데, 그는 제자들에게 동시에 "뱀처럼 지혜롭고 비둘기처럼 순결하게" 살라고 명령했소. 이 내용에 따르면 쏘모를 벌써 상급 사도로 승급시킬 수 있을 거요. 우리의 친구 슐로모 잔드가 알려 준 바에 따르면, 그는 머지않아 겁을 먹고 서둘러서 프랑스 여권을 소지하고 파리로 떠날 생각이라고 하는데, 나는 그가 양손 가득 좋은 것들을 들고 돌아올 거라고 장담하오. 결국 그자 덕에 당신과 내가, 알렉스, 이 땅이 구원을 받을 때 에덴동산으로 가는 2인 동반 초대장을 받게 될 거요.

나는 당신이 가능한 한 빨리 내게 작은 신호라도 보내 주기를 바라는 마음에서 이 편지를 쓰오. 내가 당신의 잠자는 현금을 이런 신들의 마차에 서둘러 실을 수 있도록 말이오. 그리고 그 좋았던 지난 시절에 내가 당신 아버지를 위해 했던 그 일을 쏘모가 당신을 위해 할 수 있도록 조심스럽게 그를 조종하겠소. 이 문제에 관해서 깊이 잘 생각해 보기 바라오, 내 친구. 만약 당신의 늙은 작하임이 아직 완전히 녹슬지 않았다면, 당신은 그의 직감을 믿고 지체없이 이 새로운 파도에 올라타야 하오. 그렇게 우리는 겨우 돈 100만 정도로 아름다운 새 세 마리를 잡게 될 거요. 우리를 위해서 쏘모에게 굴레를 씌우고, 당신의 걸리버를 부자로 만들고(물론 당신은 이미 그를 황태자로 임명했다고 생각하겠지만), 그리고 쏘모 부인도 우리가 통제할 수 있소. 왜냐하면 잔드가 내게 보고한 바에 따르면, 나폴레옹이 피라미드 방향으로 진군하는 동안 데지라는 불만스러워하는 기색을 점점 강하게 비추었고, 당신도 알다시피 왕자가 떠나고 개구리가 들어오기 전 그 치열했던 이 년 동안 생활비를 벌기 위해 일했던 그 책방에서 다시 일할 생각까지 하기 시작했소. 만약 내가 정말 당신의 마음을 제대로 읽었다면 이러한 상황은 우리에게 매우 유리하게 작용할 수 있소. 내가 그녀에게 표를 끊어 주고 당신에게 속달로 보내 주기를 바라는 거요? 아니면 그녀가 충분히 무르익었다고 확신할 때까지 기다리는 것이 좋겠소? 내가 잔드를 지카론으로 보내서 무슨 일이 벌어지고 있는지 냄새를 맡아 오라고 하기를 원하오? 그렇지만 가장 중요한 것이 있소, 알렉스. 당신에게 아무런 이득도 되지 않으면서 매년 세금과 재산세만 물리는 그 폐허를 팔아서 그 돈으로 '야테드' 회사에 당신의 말뚝을 박을 수 있도록 허락해 주겠소? 제발, 전보에 '긍정적'이라고 한 마디만 써서 보내 주시오. 절대 후회하지 않을 거요.

　몸과 마음을 잘 돌보시오. 이 세상에 오직 하나뿐인 당신의 친구를 미워하지 마시오. 당신의 분별 있는 대답을 기다리며 애정과 두려운 마음을 담아 이만 줄이겠소.

　　　　　　　　　　　마음이 상한 당신의 만프레드

전보

내 친구 로베르토 디모디나 예루살렘 이스라엘

내 일에 당신 동업자를 간여시키는 것을 금지합니다. 그의

구매자가 누구인지 즉시 알아내어 보고하시오. 계속해서 보
아즈에게 돈을 보내시오. 알렉산데르 기드온.

*
**

알렉산데르 기드온 교수   76. 8. 15.
정치학과, 일리노이 주립 대학교
시카고, 일리노이, 미국

샬롬, 알렉.

난 지카론에서 하이파로 갔어. 카르멜산 위 요양원에는 소
나무 태운 것과 리졸 소독약이 뒤섞여서 취할 것 같은, 이상
하고 독한 냄새가 감돌았어. 가끔씩 항구에서 뱃고동 소리가
들려왔어. 기차가 기적을 울리다가 조용해졌어. 정원 위로는
부드러운 햇빛에 싸인 시골 마을의 평화가 깃들어 있었지. 할
머니 두 분이 새 인형들처럼 서로 어깨를 기댄 채 긴 의자에
앉아 졸고 있었어. 한 아랍인 요양사가 환자를 휠체어에 태워
밀고 가다가 내가 자기 앞을 지나가자 속도를 줄이면서 날 음
흉한 눈빛으로 쳐다봤어. 정원 한구석에서 개구리들의 울음
소리가 들려왔어. 그리고 무성한 포도나무 덩굴 그늘 아래에
서 하얀 금속 탁자 앞에 혼자 앉아 있는 당신 아버지를 발견
했지. 예언자처럼 길고 헝클어진 백발이 바람에 살짝 물결쳤
고, 톨스토이같이 덥수룩한 턱수염이 얼룩진 실내용 가운 위
로 내려와 있었고, 얼굴은 거무스름하고 말린 무화과처럼 쭈

글쭈글했고, 손에는 작은 찻숟가락을 들고 있었고, 그의 앞에 놓인 탁자 위에는 케이크를 담은 접시와 반 정도 먹은 요거트 잔이 놓여 있었어. 그의 푸른 눈은 바다의 푸르름 속을 향해 하고 있었어. 그는 깊고 조용한 숨결을 손가락으로 부채처럼 흔들던 협죽도 가지에 내쉬고 있었지.

내가 이름을 부르자 그는 애써 몸을 돌려 날 봐 주었어. 천천히, 점잖게 그 자리에서 일어나 내게 두 번 머리를 숙여 인사했어. 난 버스 터미널에서 사 온 국화 꽃다발을 그에게 내밀었어. 그는 협죽도 가지를 내게 건네주고, 국화를 자기 가슴 가까이 가져가더니, 그중 하나를 아주 조심스럽게 자기 가운의 단춧구멍에 꽂았고, 나머지는 아무 망설임 없이 요거트 잔에 전부 담았어. 그는 날 '로비나 여사'라고 부르면서 시간을 내어 자기 장례식에 와 주고 게다가 꽃까지 들고 와 줘서 고맙다고 했어.

나는 그의 넓적한 손등에 내 손을 올려놓았어. 마치 계곡과 언덕이 있는 풍경처럼 가늘고 푸른 혈관이 멋진 가로세로 퍼즐처럼 그물 모양으로 퍼지고 검버섯들로 얼룩져 있었어. 그에게 잘 지내시는지 안부를 물었어. 속을 꿰뚫어 보는 듯한 강렬한 눈빛으로 나를 쳐다보던 당신 아버지의 매력적인 얼굴이 어두워졌어. 나의 작은 계략을 알아챘지만 용서하기로 마음먹었다는 듯 갑자기 빙그레 웃었어. 그다음에는 심각한 표정으로, 화를 내면서 도스토옙스키가 용서받을 수 있는지 대답하라고 요구했어. "그런 독실한 사람이 어떻게 겨우내 자기 아내를 때리고 자기 아이가 죽어 가는데 짐승처럼 카드놀이를 하고 취하도록 술을 퍼 마실 수 있지?"

그러다가 자신의 무례한 행동에 놀란 듯, 요거트 잔에서 국화꽃들을 힘껏 잡아채서 혐오스러운 듯이 자기 어깨 너머 땅바닥에 던져 버렸고, 나에게 잔을 밀어 주면서 샴페인을 받아 마시라고 했어. 나는 그 잔을 입술 가까이에 대고, 한 모금 마시는 시늉을 했는데, 그 탁한 액체 위에는 작은 잎들과 먼지가 떠 있었어. 그러는 동안 당신 아버지는 왕성한 식욕으로 남은 케이크를 먹어 치웠어. 다 먹었을 때 나는 손수건을 꺼내서 그의 턱수염에 묻은 빵가루를 털어 줬어. 그러자 그가 내 머리를 쓰다듬으면서 비극적인 목소리로 선언하듯 말했어. "바람이, 크라사비자,[159] 가을바람이 온종일 정원 안으로 숨어들고 있네. 오, 그의 양심은 떳떳하지 못하구나! 쉼을 경험하지 못하리! 추방을 당하리라! 그리고 밤이 오면 그들이 큰 종을 울리기 시작하네. 이제 곧 눈이 오리니, 우리는, 다요쉬,[160] 앞으로 달려 나가리." 여기서 그는 길을 잃었어. 그리고 조용해졌어. 그는 잠시 멍하니 허공을 응시했고, 얼굴에는 슬픔의 구름이 덮여 있었어.

"건강은 괜찮아요, 볼로디야? 어깨 통증은 사라졌어요?"

"통증? 난 그런 거 없어. 그 녀석만 있지. 그 녀석이 살아 있고, 더욱이 라디오에 나와서 이야기를 했다는 말을 들었다네. 내가 그 녀석이었다면 어떤 여자와 결혼해서 그날로 애를 열

---

159) 러시아어로 '미녀'라는 말이다.
160) 러시아어로 '우리에게 주시오.'라는 말이다. 이 문맥에서는 '돌격하라.'라는 의미이다.

두 명 정도 낳게 했을 거야."

"누구 얘기를 하는 거예요, 볼로디야?"

"아, 왜, 그 작은 놈, 이름이 뭐였지. 그 녀석. 남동생. 빈요민. 벤 쉐멘 정착촌[161]에서 처음으로 기르던 양 떼를 몰고 와 부드루스 마을 앞에서 돌아다니던 놈. 그 녀석을 빈요민이라고 불렀어. 도스토옙스키 책 속에 사실적으로 묘사되어 있지. 레알리아에 있는 것보다 훨씬 더 사실적이었네. 물론 나도 레알리아에 있었지만, 난 돼지였지. 거기에 시요마라는 사람도 우리와 함께 있었다네. 우리는 그를 시요마 악시요마라고 불렀지. 그자는 100만 명에 하나 있을까 말까 한 사람이었어. 전혀 돼지 같은 부류가 아니었지. 나와 같은 도시 출신이었네. 쉬르키. 민스크 지역이었어. 레알리아는 그를 용서할 수 없었고, 여인의 사랑으로 그를 죽였어. 그는 내 권총으로 자신의 아름다운 영혼을 삼켜 버렸지. 내가 그를 막을 수 있었을까? 내게 그를 막을 권리가 있었을까? 부인, 당신이라면, 그에게 여인의 사랑이 담긴 잔을 주겠소? 그는 당신에게 진홍색 천과 푸른색 천으로 보답할 텐데.[162] 아주 후하게 보답해 줄 걸세. 그의 목숨을 걸고, 한 잔만! 반 잔? 반의 반 잔만? 안 돼? 흠, 그럼 어쩔 수 없지. 필요 없어. 주지 말게. 인간은 누구

---

161) 벤 쉐멘은 로드에서 2.5킬로미터 동쪽에 있는 모샤브 이름이다. 유대 정착민들이 1904년에 이 땅을 구매했고 1952년에 루마니아 출신 이주민들을 중심으로 모샤브를 설립했다.

162) 진홍색 천과 푸른색 천은 전통적으로 화려한 의복을 가리킨다.(「역대하」 2: 7, 14, 3: 14 참조.)

나 하나의 행성이야. 건너갈 길은 없어. 중간에 구름이 없을
때만 멀리서 반짝거리지. 레알리아 자체가 돼지야. 당신에게
꽃을 좀 바쳐도 될까? 그 불쌍한 자를 기리는 꽃을? 그의 영
혼이 저승으로 가기를 비는 꽃을? 도스토옙스키가 내 권총으
로 그를 죽였다네. 그자는 반유대주의자였어! 비열한 놈! 간
질병자! 그자는 책장마다 그리스도를 두 번씩 십자가에 매달
고는 그 죄를 우리에게 뒤집어 씌웠어. 유대인들에게 죽도록
매질을 해 댔지. 어쩌면 그것이 옳은 일이었을까, 부인? 난 팔
레스타인에 관해 말하는 게 아닐세. 팔레스타인은 다른 노래
야. 팔레스타인이 뭐지? 레알리아? 팔레스타인은 꿈일세. 코
슈마르[163]이지만 꿈은 꿈이지. 혹시 둘시네아 아가씨[164]에 관
해 들어 본 적이 있나? 팔레스타인은 그녀와 닮았네. 그녀가
팔레스타인이기도 하지. 꿈에서는 몰약과 유향이지만, 레알
리아에서는 돼지 같을 뿐이지. 돼지의 고통. 그리고 아침이 되
니, 아, 그녀는 레아였어![165] 레아가 뭐지? 열병이지. 오스만
제국의 아시아. 난 어린아이였네, 참새를 잡으러 다니는 아이.
코펙[166]에 두 마리씩 팔았고. 난 광야에서 혼자 시간 보내는
걸 좋아했어. 그러니까 꿈꾸는 것처럼 초원을 이리저리 돌아
다니는 거지. 그리고 주변을 둘러싸고 있는 공포! 숲! 그리고
러시아 농부들, 어, 그게 뭐더라, 장화를 신었었나? 장화는 아

___

163) 프랑스어로 '악몽', '흉몽'을 뜻한다.
164) 『돈키호테』에서 기사의 보호를 받을 대상으로 삼은 상상의 인물.
165) 볼로디야는 히브리 성서 「창세기」 29장 25절을 인용하고 있다.
166) 러시아 동전으로 100분의 1루블에 해당한다.

니고. 가죽 각반이었지. 쉬르키에서 우리의 팔레스타인은 그랬어. 그 개울도 팔레스타인이었지. 그리고 난 거기서 헤엄칠 줄도 알았어. 어느 날 그러니까 소년 시절의 내가 숲과 초원 사이를 돌아다니고 있는데, 갑자기 땅에서 작은 외국인 소녀가 불쑥 내 앞에 솟아났어. 땋은 머리를 하고. 음, 돼지를 치는 아이, 실례하네. 아마 열다섯 살쯤이었을 거야. 물론 몇 살인지 물어본 건 아니네. 그녀는 불쑥 나타나서 말도 없이 치마를 들어 올렸어, 실례하네. 그리고 넌지시 손짓을 했지. 여인의 사랑을 담은 잔이 아니라 강 전체였지. 가져라, 네게 주실 것이다.[167] 어, 그리고 나는 아직 설익은 애송이였고, 내 어리석은 피는 들끓었고, 내 이성은 미안하지만 잠들어 있었다네. 마담, 내가 내 장례식 중에 당신에게 거짓말을 하겠나? 아니야. 거짓말은 근본적으로 비열한 짓이야. 열린 구덩이 앞이라면 더더욱 그렇지. 간단히 말하자면, 나의 비둘기여, 그 들판에서 내가 그녀에게 손을 댔다는 사실을 부인하지 않겠네. 그리고 그것 때문에, 그 죄로, 난 오스만 제국의 아시아로 보내졌다네. 홀-러라 요-단강아 홀-러라……. 내 아버지가 한밤중에 손수 나를 도망시켜야 했지, 안 그랬으면 그들이 나를 도끼로 찍어 죽였을 거네. 그리고 거기, 팔레스타인에서, 그 황무지! 묘지들! 두려움! 여우들! 예언자들! 유목민들! 그리고 대기는 열기에 지글지글 끓어 오르고 있었다네. 한 모금 더 마시면 기분이 좋아질 걸세. 여인의 사랑을 기리며 마시게.

---

167) 볼로디야는 예수의 말을 인용하고 있다.(「마태복음」 7: 7~8.)

여기 오는 도중에, 배에 타고 있을 때, 난 트필린[168]을 바다에 던져 버렸다네. 물고기들이나 먹고 살이 찌라지. 이 이야기도 들려주지. 배가 알렉산드리아에 도착하기 조금 전에, 나는 신과 대판 싸움을 했다네. 우리는 갑판에서 밤늦도록 서로에게 소리를 질러 댔어. 어쩌면 우리가 지나치게 흥분했던 건지도 몰라. 신은 도대체 나에게 뭘 원했던 걸까? 내가 자기의 작은 지드[169]가 되는 거. 그게 다였지. 그러나 나는 위대한 돼지가 되고 싶었어. 그래서 한밤중에 경비원이 와서 우리를 갑판에서 내쫓을 때까지 다투었다네. 그렇게 그가 나를 이겼고 나는 그를 이겼지. 남이 쓰다 버린, 성마른, 잘 삐지는 그런 신이라니. 그렇게 된 거지. 그는 개처럼 혼자 외롭게 앉아서 콧수염 아래로 중얼대면서 저 위에 머무르게 되었고 나는 밑에서 돼지들 중에 으뜸 돼지가 되었지. 그렇게 우리는 헤어졌네. 그러고 나서 내가 뭘 했냐고? 삶이라는 선물로 내가 뭘 했는지 말해 주겠나? 내가 뭘 하느라고 그걸 써 버렸는지? 내가 무엇 때문에 그걸 더럽혔는지? 나는 그들의 이를 부러뜨렸다네. 속였어. 훔쳤지. 그리고 무엇보다 치마를 들추었어. 모든 면에서 반항하는 돼지였지. 그리고 부인에게는 실례지만, 오늘 무슨 일로 부인이 황송하옵게도 나를 만나러 와 주었는지 전혀 알 수가 없네. 혹시 빈요민이 보냈나? 그들은 그를 아주 심하게 대했지. 누구냐고? 아름다운 여자들이 그랬지! 다만 그자가

---

168) 가죽끈이 달린 작은 성구함으로 유대인들은 이것을 머리에 두르고 팔에 감고 기도하는 관습이 있다.
169) 유대인을 낮추어 부르는 슬라브 방언.

돼지가 아니라는 이유 때문이었네. 그저 재미로 그의 마음을 찢었고 자신들의 몸에 다가갈 길을 닦지 못하게 했지. 그는 손을 내밀 생각도 하기 전에 부끄러움으로 기절할 지경이었지. 괴로움이 너무 심해서 그의 순결한 영혼이 떠나 버렸다네. 그래서 내 권총으로! 혹시 부인은 심페로폴[170]이라는 도시를 아나? 그곳에서 아주 무섭고 끔찍한 전투가 있었지. 청년들이 파리처럼 죽어 나갔다네. 그리고 죽지 못한 자들은 신을 잃었지. 위에 뭐가 있고 밑에 뭐가 있는지 알 수 없었으니까. 여자들의 사랑을 얻기 위해서 신을 포기했지만, 아내를 찾지는 못했지. 이스라엘 땅에는 당시 여자들이 아주 귀했다네. 로쉬 피나와 카스티나 사이에 대여섯 명쯤. 마녀들까지 다 헤아린 다면 열 명 정도 되었을 거야. 그러나 바리쉬나[171]는 찾아볼 수 없었지. 청년들은 열띤 토론이 끝나면 각자 자리에 누워서 오데사에 있는 사창가 꿈을 꾸었다네. 그건 다 신이 장난을 되게 좋아했기 때문이지. 그는 오스만 제국의 아시아에는 오 지 않았거든. 그는 쉬르키에 있는 회당 다락에 남았고, 거기 누워서 메시아가 오기를 기다렸는지 모르지. 이스라엘 땅에 는 신도 없었고 여자들의 사랑도 없었다네. 그렇게 모두 엉망 이 돼 버린 거지. 그래도 결혼한 사람이 있었다고? 그래서 뭐, 아침이 되니, 아, 그녀는 레아였네. 또 저 멀리서 마을 종을 치 는군. 이제 곧 눈이 올 테고, 우리는 우리의 길을 달려가겠지.

---

170) 러시아와 우크라이나 사이 크림반도에 있는 가장 큰 도시이며, 두 나 라 사이에서 영토 분쟁에 시달려 왔다.
171) 러시아어로 '젊은 여성'을 가리킨다.

부인이 날 이해할 수 있을까? 날 좀 봐줄 수 있을까? 용서해 줄 수 있을까? 들판에서 그녀는 혼자였고 나도 혼자였고, 그녀는 자기 치마를 들어 올리고 그 작은 손가락으로 내게 넌지시 신호를 보냈고 나는 그녀에게 손을 댔다네. 그것 때문에 나는 찌온으로 도주했네. 나는 벌을 길러 꿀을 얻은 첫 번째 유대인이야. 성서 시대 이후로 처음이었어. 나는 열병도 그냥 넘어갔고 치마들을 들추었다네, 마치 악귀처럼! 나는 성서 시대 이후로 팔레스타인에서 치마를 걷어 올린 첫 번째 유대인이야, 만약 성서가 전설이 아니라면 말이야. 그 때문에 나는 심페로폴에서 벌을 받았지. 말이 내 위로 넘어지면서 내 다리를 부러뜨렸다네. 툴 카렘에서는 사람들이 내 머리를 깨뜨렸지, 나도 그놈들의 이를 부러뜨려 줬지만. 피가 철철 흘렀지. 부인이 이런 걸 알까? 내 삶은 삶이 아니었어. 내가 죽는 날까지 눈물이 마르지 않았거든. 그래도 나도 한번은 여인을 사랑했다네. 심지어 난 억지로 그녀를 결혼 천막 안에 들어오게 했지. 그녀의 영혼은 날 갈구하지도 않았는데 말이야. 그녀는 시인을 원했던 걸까? 그러나 나는, 뭐라고 해야 하나, 배꼽 위로는 사랑에 빠져 있었고 세레나데를 부르고 손수건과 꽃을 바쳤지만, 배꼽 아래로는 돼지의 땅에서 온 돼지였지. 들판에서 사방으로 뛰어다니며 치마를 들추었으니까. 그러나 그녀는, 내 사랑, 내 아내는 하루 종일 창가에 앉아 있었다네. 그녀는 소박한 노래 하나를 불렀어. '거기 향나무가 있던 곳에' 혹시 당신은 그 노래를 알고 있나? 자, 내가 당신을 위해 불러주겠네. '거기 향나-무가 있던 곳에' 이런 노래들은 각별히 조심해야 하네. 죽음의 천사가 지었으니까. 그리고 그녀는 일부러 나를 벌하기 위해 죽어 버렸지. 나를 화나게 만들려고. 나를 떠나서 신에게 가 버렸다네. 그자도 역시 돼지인 것을 알지 못하고 함정에서 빠져나와 구덩이에 빠진 거지.[172] 이리 손을 빌려주게나, 이제 가세. 보초 설 차례가 끝났네. 유대인들이 자기 나라를 세웠어. 바르지 않은 나라를. 그러나 세운 건 세운 거지! 온통 비뚤어졌지만, 그러나 세운 건 세운 거지. 신도 없이, 그러나 세운 건 세운 거지. 이제 신이 이것에 대해 뭐라고 할지 기다려 보세. 자, 그만하지. 당신 참새값으로 내가 코펙 두 개를 줄까? 둘. 더는 내지 않을 걸세. 내 인생은 온통 전투와 오욕뿐이야. 난 선물을 써 버렸네. 치마들 그리고 부러뜨린 이들. 그런데 내가 왜 당신에게 돈을 주겠나? 당신은 삶이라는 선물로 뭘 했나? 내가 당신에게 꽃을 주지. 꽃과 입맞춤을. 당신 내 비밀이 뭔지 아나? 난 아무것도 가진 적이 없었고 아무것도 없다는 거네. 그런데 당신은? 무슨 일로 날 찾아왔나? 내가 무슨 이유로 이런 영광을 누리게 됐나?"

그가 마침내 말을 끝냈을 때 그의 눈은 나를 떠나서 석양이 불타며 반짝거리는 바다 풍경 너머를 헤매고 있었어. 나는 그에게 필요한 건 없는지 물었어. 내가 방으로 데려다주기를 바라는지. 아니면 내가 여기로 차를 한잔 가져다줄지. 하지만 그는 그의 멋진 머리를 저으면서 중얼거렸어.

_____

172) 히브리 성서에 나오는 표현이다.(「이사야」 24: 17~18, 「예레미야」 48: 43~44.)

"둘. 더는 내지 않을 거야."

"볼로디야," 내가 말했어. "내가 누군지 기억나요?"

그는 내 손에서 자기 손을 당겨서 뺐어. 그의 눈은 슬픔의 눈물로 가득했어. 아니라고, 그는 수치스럽지만 기억이 나지 않는다고 고백했어. 부인이 누구인지 무슨 일로 자기를 만나려고 하는지 묻는 걸 잊었다고. 그래서 나는 그를 의자 등받이에 기대게 하고 그의 이마에 입을 맞춘 뒤 내 이름을 말해 줬어.

"당연하지," 그가 어린아이처럼 장난스럽게 빙긋 웃었어. "당연히 네가 일라나지. 내 아들의 미망인. 심페로폴에서 모두 죽어 버렸고, 아름다운 낙엽을 지키기 위해 아무도 살아남지 못했으니까. 이제 곧 눈이 오리니 우리는, 다요쉬, 앞으로 달려 나가리. 이 눈물의 골짜기에서 앞으로! 여자들이 죽어 가는 동안 술이나 마시고 카드놀이나 하는 썩어 빠진 장군들로부터 앞으로. 그런데 당신은 누군가, 아름다운 부인? 이름이 뭔가? 하는 일은? 수컷들을 괴롭히고 있나? 그리고 내가 어떤 내용으로 자네와 면담해 줄 것을 요청했나? 잠깐! 말하지 말게! 나도 알아! 삶이라는 선물 때문에 왔지. 우리가 왜 그것을 더럽혔을까? 왜 우리 어머니의 젖을 상하게 만들었을까? 혹시 당신은 그랬을지도 몰라, 부인. 나는 아니야. 나는 권총을…… 하수도 구멍에! 내가 그것을 던져 넣고 없애 버렸어. 자, 신이 우리와 함께하길, 우리는 잠자리에서 편안히 쉴 수 있길. 류, 류, 류? 이것은 자장가인가? 장송곡인가? 자, 이제 가게. 가. 날 위해서 한 가지만 해 주게. 살아가기 그리고 기대하기. 그게 다야. 눈이 오기 전에 숲속에서 아름다운 낙엽을 바라보기. 응? 코펙 두 개면 충분한가? 내가 부인에게는 세 개라도 주겠네."

이렇게 말하면서 그는 일어나서, 내게 머리 숙여 오래 절했고, 절한 게 아니라, 허리를 숙여서 먼지가 묻고 요거트로 더러워진 내 국화꽃 하나를 땅에서 주워서 부드럽게 내밀었어. "눈 속에서 길만 잃지 말게."

그리고 대답을 기다리지 않고 작별 인사도 없이 등을 돌린 뒤 건물 쪽으로 걸음을 옮겼는데, 늙은 인디언처럼 아주 꼿꼿했지. 그렇게 나의 면담은 끝났어. 그러고는 끈적끈적한 국화들을 주워 모아 쓰레기통에 넣고 버스를 타고 예루살렘으로 돌아오는 것 외에 무슨 할 일이 남았겠어?

하이파에서 돌아오는 길에 반쯤 비어 있는 버스에 앉았을 때 서쪽 수평선 위에 톱니 모양의 구름들 사이로 남은 햇볕이 아직도 반짝거리고 있었어. 마치 화산 경사지처럼 깊이 파인 그의 갈색 손이 계속 날 따라왔어. 거칠고 네모난 당신 손과 비슷하면서도 비슷하지 않아. 하이파에서 돌아오는 길 내내 마치 그의 손이 내 무릎 위에 실제로 놓여 있는 것처럼 느껴졌어. 그리고 그 느낌이 내게 위로가 됐어. 내가 집에 돌아왔을 때가 저녁 9시 45분이었는데, 미쉘은 옷을 입고 신발을 신고, 안경은 어깨 위로 떨어뜨린 채, 이프앗의 침대 밑 매트리스 위에서 잠들어 있었어. 나는 놀라서 그를 깨웠고 무슨 일이냐고 물었어. 그날 아침 내가 나간 다음에, 그가 이프앗에게 옷을 입히고 유아원에 데려다주려고 하다가 좀 이상한 예감이 들어서 아이의 열을 쟀더니 정말 열이 있었다는 거야. 그래서 전화를 걸어서 그날 아침에 국방부 장관 보좌관과 만나기로 한 약속을 마지막 순간에 취소했대. 거의 두 달 전부터 기다려 왔던 약속을 말이지. 그는 이프앗을 데리고 보건소에 가서 한 시간 삼십 분을 기다린 후에야 의사한테 진찰을 받았는데 의사는 '귀에 가벼운 염증'이 있다고 진단했대. 집에 돌아오는 길에 약국에서 항생제와 귀에 넣는 물약을 샀지. 그는 아이를 위해 맑은 닭고기 국과 부드러운 감자 요리를 만들었어. 잘 구슬리고 선물과 뇌물을 써 가며 한 시간에 한 번씩 꿀을 섞은 따뜻한 우유를 아이에게 마시게 했어. 정오에 아이의 열이 올라서 미쉘이 의사를 불렀나 봐. 그는 앞의 의사와 동일한 진단을 내리고 진료비로 구십 리라나 청구하더래. 그는 저녁까지 아이 옆에 앉아서 끊임없이 이야기를 들려주었고, 저녁에는 닭고기와 밥을 조금 먹이는 데 성공했고, 그러고 나서 아이에게 노래를 불러주었고, 아이가 잠이 들자 어둠 속에서 눈을 감고 스톱워치로 아이의 숨을 세면서, 그리고 「레카 도디」[173]와 「쭈르 미쉘로 악할누」[174]를 부르면서 그 아이 곁에 계속 더 앉아 있었어. 그러고 나서 매트리스를 끌어다가 혹시 아이가 기침을 하거나 자다가 이불을 찰까 봐 아이의 발치에 놓고 누웠어. 그러다가 자기도 잠이 들어 버린 거지. 난 그에게 고맙다고 말하거나, 헌신적인 수고를 칭찬하거

---

173) 이스라엘의 안식일 노래.
174) 안식일 저녁 식사를 하면서 부르는 노래.

나, 입을 맞추고 그의 옷을 벗겨서 함께 침대로 들어가 즐겁게 해 주는 대신, 왜 수없이 많은 처제들이나 사촌 여동생 중 하나에게 전화를 걸어 도움을 청하지 않았는지 가시 돋친 말로 물었어. 왜 그 장관 보좌관과 만나기로 한 약속을 취소했냐고? 내가 그냥 집을 비우고 외출한 것에 대해 부끄러움을 느끼게 만들고 싶어서 그런 거냐고? 죄책감을 느끼게 만드는 합법적인 방법을 모두 동원한 거냐고? 나는 평생 동안 처박혀 있는 집에 딱 하루 있었으면서 영웅적인 봉사 훈장을 받아 마땅하다고 생각하는 이유가 대체 뭐냐고? 내가 어디에 다녀왔는지 그에게 보고해야 할 이유가 뭐냐고? 난 그의 여종이 아니라고. 그리고 따져 보기 시작한 김에 이야기하자면, 나는 그가 속한 종족이나 그 집안 남자들이 그들의 불쌍한 아내들을 대하는 방식을 얼마나 경멸하는지 그가 알아야 할 때가 되었다고 했어. 내가 어디에 그리고 왜 갔는지 보고하지 않겠다고도 했지.(화가 너무 치밀어서 미쉘이 전혀 물은 적도 없다는 사실을 무시하고 있었어. 물론 묻고 또 야단을 치려고 했는데 내가 선수를 친 거지.) 미쉘은 잠자코 들었고 그러는 동안 채소 샐러드와 콜라 한 잔을 준비해 줬어. 내가 씻을 수 있게 온수 보일러를 켜 주었지. 그리고 잠을 좀 자라고 권했어. 마침내, 내가 조용해지자, 이렇게 말했어. "다 했어? 끝났어? 이제 비둘기라도 한 마리 날려 보내 물이 다 빠졌는지 알아볼까? 새벽 1시에 아이를 깨워서 페니브리틴 한 숟가락 먹여야 돼." 그렇게 말하고 아이에게 몸을 숙이고 부드럽게 이마를 쓰다듬었어. 그리고 난 울기 시작했지.

그날 밤, 그가 잠든 뒤에, 나는 자지 않고 누워서 울타리로 둘러싸인 텅 빈 영지 안에 당신의 유일한 어린 시절 친구였던 그 붉은털원숭이 생각을 했어. 당신과 당신 아버지가 나비넥타이를 매어 주고 종업원 옷을 입혀 절을 하면서 석류 주스를 얹은 쟁반을 가져오도록 훈련시켰었다지. 그러다가 한번은 그놈이 당신 목을 물었고 아직도 그 상처가 남아 있지. 아르메니아 출신 하인은 그놈을 쏘아 죽이라는 명령을 받았고, 당신은 그 녀석을 위해 무덤을 파고 비석에 쓸 비문을 써 주었어. 그리고 그 후로 당신은 줄곧 혼자였지.

그리고 당신은 한 번도 폴란드나 이스라엘에서 지냈던 내 어린 시절에 대해 물은 적이 없고 나 역시 그 이야기를 꺼내기 부끄러워했다는 사실이 생각났어. 아버지는 지금 남편처럼 학교 교사였어. 우리는 변변찮은 아파트에 살았는데, 여름날에도 어두컴컴해서 동굴 같았던 기억이 나. 벽에는 갈색 괘종시계가 걸려 있었어. 그리고 난 갈색 외투가 있었어. 지상층에 있는 빵집에서 우리 집까지 빵 굽는 냄새가 올라왔어. 골목은 돌로 포장되어 있었고, 가끔씩 전차가 지나갔어. 밤이면 천식이 있는 내 아버지의 기침 소리가 들렸어. 내가 다섯 살 때 우리는 팔레스타인으로 이주할 수 있는 증명서를 받았어.[175] 칠 년 동안 우리는 네스찌오나 가까이에 있는 오두막에서 살았어. 아버지는 쏠렐 보네 건설사[176]에서 미장일

---

175) 당시 팔레스타인은 대영 제국의 식민지였기 때문에 제국 정부가 팔레스타인 이주를 허가하는 사증을 발급했다.

176) 이스라엘에서 가장 오래된 건설 및 토목 회사. 1921년 영국 식민지에

을 했지만 공사장에서 떨어져 돌아가실 때까지 다혈질 교사의 기질은 떨쳐 버리지 못하셨지. 아버지가 죽은 후 일 년도 되지 않아 어머니도 죽었는데, 아이들이나 걸리는 홍역에 걸려서 쉐밧달 15일[177])에 죽었지. 라헬 언니는 교육을 받기 위해서 지금까지 살고 있는 키부츠로 보내졌고 난 모에쩻 합포알롯[178])에 속한 기관으로 넘겨졌지. 그 후 나는 군대에서 부대 행정 사무원이 됐어. 내가 제대하기 오 개월 전 당신이 그 부대의 지휘권을 넘겨받았지. 당신의 어떤 점이 내 마음을 훔쳤을까? 그 질문에 답하기 위해서 여기 당신을 위해 우리 아들의 십계명을, 순서는 좀 다를지 몰라도 그 애가 말한 그대로 옮겨 적어 볼게. 하나, 모두를 불쌍히 여기기. 둘, 별에 좀 더 관심 갖기. 셋, 불평하는 것에 반대. 넷, 욕하는 것에 반대. 다섯, 미워하는 것에 반대. 여섯, 창녀들도 사람이고 쓰레기가 아니다. 일곱, 두들겨 패는 것에 반대. 여덟, 죽이는 것에 반대. 아홉, 서로를 잡아먹지 말기. 두 손으로 뭐든지 하기.

서 사회주의 노동조합이 고속 도로 건설에 참여하면서 설립한 이 회사는 지금까지도 운영되고 있으며, 1996년 지주 회사가 개인으로 바뀌면서 개인 회사가 되었다.

177) 유대 종교력에 따라 열한 번째 달을 부르는 이름이며(현재 유대력에 따라 티슈리달부터 세면 다섯 번째 달) 양력으로 1월 중순부터 2월 중순 정도에 해당한다. 이달 15일은 전통에 따라 나무들의 설날이며 '나무의 축제'로 지키는데, '투 비쉐밧'이라고 부르는 명절이다.

178) 여성 노동자 위원회. 1921년에 여성 노동자 운동가들이 모여 전체 노동조합 안에서 여성들을 대표하기 위해 설립한 대표 기관이며, 경쟁 관계에 있던 다른 여성 대표 기관들에 비해 여성의 취직과 복지 관련 문제에 더 힘을 쏟았던 것으로 알려진다.

열, 열 내지 말기.

더듬는 것 같은 이 말들은 당신과는 정반대야. 두더지에게 별들이 멀리 떨어져 있는 것처럼. 푸르스름한 북극광처럼 당신에게서 뿜어져 나오던 사악함이, 그리고 부대에 있던 다른 여자들이 히스테리를 일으킬 정도로 당신을 미워하게 만든 바로 그 차가운 사악함이 내 마음을 훔쳐 버렸어. 당신의 무심하지만 지배하려는 듯한 태도. 마치 냄새처럼 당신에게서 풍기는 잔인함. 당신의 파이프 담배에서 피어오르는 연기 같은 회색 눈동자. 반대하는 눈치만 보여도 칼처럼 찔러 대는 당신의 혀. 당신이 심어 준 공포를 보고 늑대처럼 신이 난 모습. 친구들과 부하들에게, 그리고 당신이 나타나기만 하면 돌처럼 굳어 버리는 여비서들과 여자 타자수들을 향해 제트기처럼 마구 쏘아 대고, 화염 방사기처럼, 당신 내부에서 끌어내어 내뿜던 경멸. 태곳적 여성의 굴종이라는 깊은 수렁 속에 빠져서 마치 나는 마법에 걸린 여자처럼 당신에게 끌렸어. 태초의 노예 상태, 말이 생기기도 전, 눈먼 생존 본능과 굶주림과 추위에 대한 두려움 때문에 사냥꾼들 중 가장 잔인한 자의 발 앞에 엎드린 네안데르탈 여자의 굴복. 그 털투성이 야만인은 그녀의 손을 등 뒤로 묶고 그녀를 전리품처럼 자기 동굴로 끌고 갈 거야.

나는 당신이 입가에서 쏘아 대던 군대식 딱딱한 명령조 낱말들을 기억하고 있어. 아니다. 그렇다. 허락함. 헛소리. 시행될 예정. 어리석음. 끝. 꺼져.

당신은 입술을 거의 벌리지도 않은 채 이런 낱말들과 이와 비슷한 말들을 뱉어 냈어. 그리고 언제나 속삭이다시피 했는데, 마치 낱말뿐 아니라 당신 목소리와 안면 근육의 움직임마저 아끼려는 것 같았지. 아주 가끔씩 포식자 같은 당신 턱을 오만하고 씁쓸하게 찡그리며 아랫니를 드러내기도 했는데, 그건 당신에게 미소를 대신하는 표정이었어. "뭐 하는 거야, 예쁜이? 난로 앞에 앉아서 군대 돈으로 네 거룩한 자리만 데우는 거야?" 또는 "네 브래지어 안에 든 것의 10퍼센트만 네 머릿속에 들어 있어도, 아인슈타인이 직접 너한테 와서 저녁 수업에 등록했을 거야." 또는 "네가 작성한 재고 조사 보고서는 꼭 슈트루델 조리법 같던데. 그러지 말고 네가 침대에서는 어떤지 보고서를 작성하는 건 어때? 거기서는 너도 뭔가 잘할 수 있지 않을까?" 이 지점에서 그 희생양은 울음을 터뜨리기도 하지. 그럼 당신은 죽어 가는 불쌍한 벌레를 보듯 잠깐 그 여자를 쳐다보았다가, 잠깐 쉬고는 화난 목소리로 내뱉었어. "됐어, 거기 누가 이 여자에게 사탕이나 하나 주고 군사 재판에는 회부하지 않는다고 설명해 줘." 그리고 당신은 용수철처럼 획 돌아서서 치타처럼 방을 빠져나갔어. 그리고 나는, 대책 없는 충동에 이끌려서, 위험에도 불구하고 혹은 위험하니까 가끔씩 당신을 자극했지. 난 이렇게 말하곤 했어. "좋은 아침이에요, 부대장님. 여기 커피 대령했어요. 커피와 함께 배꼽춤이라도 좀 감상하시겠어요?" 또는 "부대장님, 정말 내 치마 속이 그렇게 보고 싶으면 애써 훔쳐보실 필요 없어요. 명령만 내리시면 거기에 무슨 불만한 것이 있는지 재고 조사 보고서를 작성해서 드릴게요." 그렇게 잘난 척하는 날이면 난 내무반에 구금을 당하든지 휴가를 취소당하든지 했어. 불손하다는 이유로 당신이 벌금을 물린 것도 대여섯 번쯤 되지. 나를 하루 동안 영창에 가둔 적도 있었어. 기억할지 모르지만, 당신이 그다음 날 물었지. "그래서 욕구가 좀 사라졌나, 귀염둥이?" 나는 입술에 도발적인 미소를 띠면서 대답했어. "정확히 그 반대예요, 부대장님. 욕구가 넘쳐흘러서 온몸이 활활 타오르고 있어요." 당신의 늑대 같은 턱이 곧 물 것처럼 벌어졌고, 당신의 이 사이로 침이 튀었지. "그럼 이런 상황에서 어떻게 행동해야 하는지 좀 가르쳐 줄까, 예쁜이?" 여자애들이 낄낄대기 시작했지. 손으로 입을 가리고 키득거림을 간신히 참았어. 그리고 빚지고는 못 사는 내가 받은 대로 갚아 줬어. "소환 명령 대기할까요, 부대장님?"

그러다 한번, 비 내리는 겨울밤, 당신이 나를 시내까지 태워다 주겠다고 했어. 천둥 번개가 치는 폭풍우가 해안 도로에서 우리 지프차를 따라오면서, 억수 같은 빗줄기를 쏟아 냈고, 당신은 차가운 침묵으로 나를 가혹하게 시험했지. 한 삼십 분 정도 우리는 아무 말도 주고받지 않은 채 달렸고, 우리의 눈은 최면에 걸린 듯이 퍼붓는 비에 맞서는 와이퍼의 움직임만 따라갔어. 한번은 지프차가 미끄러지면서 길 위에서 빙 돌았는데, 당신은 아무 말도 없이 운전대를 틀어 차를 바로잡았어. 그리고 나서 20~30킬로미터를 더 가다가 갑자기 말했어. "자, 무슨 일이야? 너 갑자기 벙어리라도 된 거야?" 그리고 나는 그때 처음으로 당신 목소리에서 어떤 머뭇거림을 들은 것 같았고 어린아이처럼 기뻤어. "아닙니다, 부대장님. 그냥 부대장님이 머릿속에 바그다드 정복 계획을 세우고 계신 것 같아서 방해하고 싶지 않았을 뿐입니다."

"정복, 물론, 당연히 그래야지. 그렇지만 갑자기 웬 바그다드? 집에서는 널 그렇게 불러?"

"어디 말 좀 해 봐요, 알렉스. 정복 이야기가 나와서 하는 말인데, 다른 여자애들이 하는 말이 맞아요? 부대장님은 문제가 좀 있다던데요?"

당신은 내가 감히 당신 이름을 불렀다는 사실은 무시했어. 당장 주먹이라도 한 방 먹일 것처럼 나를 향해 몸을 돌리고 화를 내면서 내뱉었어. "문제는 무슨 문제?"

"길을 잘 보시는 게 좋겠어요. 부대장님과 함께 죽고 싶은 생각은 없으니까요. 부대 사람들이 그러는데 부대장님은 여자애들과 문제가 좀 있다면서요? 지금까지 한 번도 여자 친구를 사귄 적이 없으세요? 아니면 부대장님은 탱크하고 결혼한 건가요?"

"그게 무슨 문제야." 당신은 어둠 속에서 피식 웃었어. "오히려, 해결책이지."

"그럼 여자애들은 당신의 해결책이 우리의 문제라고 주장하는 걸 알고 싶어 하실 수도 있겠네요. 나머지 다른 사람들을 위해 자원해서 자기 자신을 희생할 여자 하나를 당신에게 붙여 줘야 한다고 해요."

비의 장막을 헤치고 나아가는 어슴푸레한 지프차 안에서도 당신이 발로 가속기 페달을 세게 밟는 몸짓을 통해서 당신 얼굴이 창백하게 변해 가는 걸 짐작할 수 있었어.

"도대체 뭐 하는 짓들이야?" 당신이 물었고, 떨리는 목소리를 애써 감추려 했지만 소용없었어. "이게 뭐지? 지휘관의 성생활에 관한 토론회 날이야?"

그러고 나서 텔아비브 북쪽 입구에 있는 첫 번째 신호등에서 당신이 낙심한 목소리로 갑자기 물었어.

"말해 봐, 브란트슈테터, 너는…… 내가 그토록 싫은 거야?"

대답하는 대신 나는 당신에게 신호등 다음에 세워 달라고 했어. 갓길에 내리라고 했고. 그리고 아무 말도 덧붙이지 않고 당신의 머리를 내 입술로 끌어당겼어. 벌써 내 상상 속에서 천 번쯤 했던 그대로 말이야. 그러고는 짓궂게, 깔깔거리며 웃음을 터뜨렸고 당신이란 사람은 정말 처음부터 다 다시 가르쳐야 되겠다고 말했어. 아직까지 한 번도 입을 맞춰 본 적이 없는 것 같다고. 어디에 개머리판이 있고 어디에 방아쇠가 있는지 보여 줄 때가 됐다고. 명령만 내려 주시면 내가 속성으로 신병 훈련을 시켜 주겠다고 했지.

그리고 난 정말 당신이 숫총각인 걸 알았어. 깜짝 놀라고. 딱딱하게 긴장해 있었지. 당신은 내 이름을 부를 때도 매번 더듬거렸어. 내가 옷을 벗자 당신은 눈길을 돌렸어. 적어도 육 주가 지난 다음에야 당신은 나에게 불빛 아래 당신의 벗은 몸을 보게 해 줬어. 호리호리하고, 소년 같았지. 마치 군복이 당신 몸의 일부인 것처럼 말이야. 당신은 아주 강하면서도 겁에 질려 있었지. 내가 쓰다듬을 때마다 간지러워하는 것 같았어. 당신 몸에 소름이 돋았지. 내 손으로 당신 등을 어루만질 때마다 당신 목덜미에 난 머리털이 곤두섰어. 당신의 남성을 만질 때마다 마치 당신은 전기 충격을 받는 것 같았어. 사실 사랑을 할 때 웃음이 터진 적도 있었고 그럼 당신은 곧바로 움츠러들었어.

그렇지만 우리가 처음 밤을 함께 보내는 동안 당신은 절망적으로 야성적인 욕구에 굶주려 있었고, 만족할 줄 모르는 당신의 욕망은 채워지기가 무섭게 분노하면서 새롭게 불타오르곤 했어. 절정의 순간이 오자, 기관총을 맞은 것 같은 날카로운 울부짖음과 함께 당신이 전율했지. 이 모든 것들이 내 감각을 어지럽게 압도했어. 나도 만족할 줄 몰랐지.

매일 아침, 집무 시간에 풀을 먹여서 빳빳하게 다림질한 군복을 입고 있는 당신의 용수철처럼 탄력 있는 몸을 볼 때면 내 허벅지는 녹아내렸어. 내가 쳐다보지 않으려고 그렇게 애쓰던 그곳에, 당신 바지의 지퍼와 군대 허리띠 버클이 만나는 그 지점에 내 눈이 가닿으면 젖꼭지가 딱딱해졌어. 우리의 비밀은 한 이 주 정도 유지됐어. 그 후로 행정 직원들과 타자수들 사이에 충격적인 소문이 돌기 시작했어.

천천히 우리의 밤들은 풍성해졌어. 당신 앞에서 여러 시도들을 하면서 나는 얼마나 행복했는지. 당신은 야심 찬 학생이었고 난 열정 넘치는 선생이었어. 아침이 밝아 올 때까지 우리는 마치 흡혈박쥐 두 마리처럼 서로에게 취했어. 우리 등은 할퀸 상처로 그리고 우리 어깨는 깨문 자국으로 가득했어. 잠을 못 자서 아침이면 우리는 울고 난 사람처럼 눈이 붉게 충혈됐어. 밤이면, 내 작은 방에서, 욕망의 파도가 지나가고 다음 파도가 올 때까지 당신은 그 촉촉한 중저음 목소리로 로

마 제국에 대해서 이야기해 주었지. 카르네히틴 전투[179]에 대해. 삼십 년 전쟁[180]에 대해. 클라우제비츠,[181] 폰 슐리펜,[182] 드골[183]에 대해. 당신이 이스라엘 방위군의 형태론적 불합리성이라고 부르던 것들에 대해. 그 모든 걸 이해한 건 아니지만 당신이 내 침대보 위에서 함께 걸으며 안내해 준 부대의 이동과 나팔 소리, 진영의 군기, 찌르는 듯한 고대인들의 비명 소리 속에서 나는 이상한 마력을 느꼈어. 어떨 때는 당신이 말하는 중간에 내가 당신 위에 올라가서 강의에 신음 소리를 섞어 넣기도 했지.

그런 뒤에 당신이 내게 항복하고 함께 극장에 가기도 했어. 금요일 오후에는 카페에 앉아 있기도 했고. 심지어 바닷가에 내려간 적도 있어. 주말에는 당신과 함께 지프차를 타고 갈릴리의 한적한 계곡으로 긴 여행을 떠나기도 했지. 우리는 당신의 독일제 침낭 속에서 잠을 자곤 했어. 장전하고 잠금 상태로

---

179) 1187년 십자군과 아유비드의 술탄 살라딘 사이의 전쟁. 이 전투에서 진 십자군은 성지 통제권을 잃게 되었다.
180) 유럽에서 가톨릭 교회를 지지하는 나라들과 개신교 교회를 지지하는 나라들이 삼십 년 동안(1618~1648년) 이어 왔던 전쟁이다.
181) 카를 폰 클라우제비츠(Carl von Clausewitz, 1780~1831). 독일 군인이며 현대 전쟁학의 아버지다. 그의 저서 『전쟁론』은 아직도 고전으로 평가받고 있다.
182) 알프레트 폰 슐리펜(Alfred von Schlieffen, 1833~1913). 독일의 장군이자 전략가이다.
183) 샤를 드골(Charles de Gaulle, 1890~1970). 프랑스의 총리이자 대통령을 역임한 정치가. 레지스탕스 운동가이고 군사 지도자이며 2차 세계 대전 중에 롬멜의 탱크 군단을 물리친 것으로 유명하다.

해 놓은 우지 기관단총은 언제나 당신 머리맡에 있었어. 우리 몸은 우리를 놀라게 했었지. 대화를 나눈 적은 거의 없었어. 만약 내가 내 마음에게 무슨 일이 일어났는지, 당신이 내게 어떤 존재냐고, 우리가 장차 어떻게 되겠느냐고 물었다면 대답의 그림자도 찾지 못했을 거야, 타오르는 내 욕망 외에는.

그러던 어느 날, 그러니까 내가 이미 군에서 제대한 뒤였고, 그 지프차와 번개의 밤으로부터 반년쯤 지났을 무렵, 게데라 주유소에 있는 낡을 대로 낡은 식당에서 당신이 갑자기 말했어.

"우리 진지하게 이야기 좀 해 보자."

"쿠투조프[184]에 대해서? 몬테카시노 전투[185]에 대해서?"

"아니. 우리 둘에 대해서 이야기 좀 하자고."

"영웅들의 유산이라는 측면에서?"

"화제를 바꾼다는 측면에서. 진지하게 말해 봐. 브란트슈테터."

"네, 부대장님," 난 장난치듯 말하다가, 갑자기, 당신 눈에 고통의 빛이 어린 것을 뒤늦게 발견하고 말했어. "무슨 일 있어, 알렉?"

당신은 침묵했어. 아주 오랫동안 싸구려 플라스틱 소금 통을 살펴보았지. 그러고 나서 나를 쳐다보지도 않고, 당신 스스로 생각하기에 당신은 쉬운 사람은 아니라고 말했어. 내가 대

---

184) 미하일 쿠투조프(Mikhail Kutuzov, 1745~1813). 러시아의 야전 원수. 나폴레옹의 군대를 패퇴시킨 것으로 유명하다.
185) 1944년 2차 세계 대전 중에 로마로 진입하는 통로를 놓고 추축국과 연합군이 벌인 전투다.

답을 하려고 했던 것 같은데, 당신이 손을 내 손 위에 얹으면서 말했어. "잠깐만, 일라나, 말을 끊지 마. 나로서는 어려운 이야기를 하려는 거야." 나는 가만히 있었고, 당신은 다시 침묵했어. 그 침묵의 끄트머리에서 당신은 "평생 혼자 살아왔고, 그 말의 본질적 의미에서" 그렇다고 말했어. 당신은 내게 이해하느냐고 물었어. 당신은 내게 이런 "고집스러운 인간에게서" 무엇을 발견한 거냐고 물었어. 대답을 기다리지 않고 당신은 계속해서 빠른 속도로 살짝 더듬으면서 말했어. 당신은 나의 유일한 친구야. 남자 친구들도 다 포함해서. 그리고 첫 번째 친구이기도 하지. 당신은 또 말했지. "맥주 좀 따라 줄까? 내가 이야기를 좀 해도…… 괜찮지?" 그리고 당신은 나에게 남은 맥주를 따라 주더니, 정신이 없는지 자기가 그것을 마셨고, 당신 생각에 당신은 영원히 총각으로 남아야 될 것 같다고 말했어. "가족…… 당신도 알다시피 난 그 음식을 어떻게 먹는지 전혀 아는 바가 없어. 좀 더워? 그만 갔으면 좋겠어?" 당신 꿈은 장차 전략가가 되는 거였어. 아니면 군사 이론가 같은 사람. 군복을 입고 싶지는 않다고 했지. 제대하고, 예루살렘에 있는 대학으로 돌아가고, 석사와 박사 학위를 받고. "그래서 사실 당신 외에는, 브란트슈테터, 그러니까…… 당신이 나를 겁탈하기 전까지는…… 정확히 말해서 젊은 여자들은 내 분야가 아니었어. 전혀 아니지. 비록 나는 스물여덟 살이나 먹은 다 큰 남자지만. 전혀. 그러니까…… 그…… 성적인 욕구와는 별도로 말이야. 사실 그게 고민거리이기는 했어. 그렇지만 그 욕구를 제외하고는…… 전혀 없었어. 난 한 번도 그러고 싶은 생각이 들지 않았어……. 친구를 사귀고 싶은 생각. 아니면 연애라는 주제에 대해 배울 생각도. 사실 난 남자들과도 특별히 친하게 지내지 않아. 오해는 하지 마. 지적인 부분이나 전문 분야와 관련해서는, 나도 물론 이 바닥에 어떤 종류의…… 동료 집단이 있어. 대략 말하자면 말이야. 일종의 준거 집단. 그런데 뭐? 감정들과 모든 것들이…… 항상 나를 긴장하게 만들어. 나는 타인들에게 어떤 감정을 느껴야 할 이유가 무엇인가 스스로 질문하곤 했어. 혹은 여자들에게. 그러다가…… 널 알게 됐지. 네게 빠져 버렸어. 솔직히 말할까? 너와 있을 때도 난 긴장이 돼. 하지만 뭐 어때? 우리 사이에는 뭔가가 있어, 그렇지 않아? 그걸 어떻게 정의해야 할지는 모르겠어. 아마 너는 그러니까…… 나와 비슷한 종류의 사람 같아."

그리고 당신은 다시 당신의 계획들에 관해 이야기했어. 육십사년까지 박사 학위 논문을 마무리하고. 그 뒤에 이론을 하나 정립하고. 전쟁론을. 아마 역사 속에 나타난 폭력과 같은 좀 더 일반적인 주제로. 여러 시대를 아우르는. 공통점이 있는지도 분석하고. 어떤 개인적인 해결책 같은 것에 도달할 수 있을지도 모르지. 그러니까 근본적인 철학적 문제에 대한 개인적인 해결책 말야. 그렇게 당신은 말했고, 또 그렇게 좀 더 계속하다가, 갑자기 그곳에 파리들이 들끓는다고 종업원을 야단쳤고, 그것들을 잡기 시작하면서 입을 다물었어. '내 반응'을 듣고 싶다고 했지.

그리고 나는, 당신에게 처음으로, 사랑이라는 낱말을 사용했어. 내가 당신에게 한 말이 대충 이랬을 거야. 당신의 슬픔이 나의 사랑이라고. 당신이 내 속에 있는 감정의 욕망을 일깨웠다고. 당신과 나, 우리 둘은, 아마 정말로 우리는 비슷한 종류의 사람인 것 같다고. 당신 아이를 갖고 싶다고. 당신은 매력적인 사람이라고. 당신이 나와 결혼하겠다면 나도 당신과 결혼하겠다고.

그런데 바로 그날 밤, 게데라 주유소에서 이런 대화를 나눈 다음에, 당신의 남성이 내 침대 위에서 당신을 실망시켰어. 그러자 당신은 너무나 충격을 받으면서 절망에 가까운 수치심을 드러냈는데, 나는 살면서 당신이 그렇게 충격받은 모습을 본 적이 한 번도 없어. 그전에도 그 후에도 단 한 번도 없었지. 그리고 당신의 모멸감과 불안감이 심할수록 당신의 남성은 내 손가락이 닿을 때마다 더 움츠러들면서 자기 굴속으로 숨느라 거의 어린아이의 것처럼 됐어. 그리고 나는 눈물이 날 것처럼 행복해서 당신의 온몸에 입을 맞추었고, 당신의 짧게 깎은 아름다운 머리를 밤새 내 팔에 안고 부드럽게 흔들어 주었고, 당신의 눈가에도 입을 맞추었어. 왜냐하면 그날 밤 당신은 마치 내가 낳은 아이처럼 소중했기 때문이지. 그때 난 알았어. 우리는 서로에게 사로잡혔다는 걸. 우리가 한 몸이 되었다는 걸.

몇 주 후 당신은 나를 데리고 당신 아버지에게 갔어.

그리고 가을이 왔을 때 우리는 벌써 부부가 됐지.

자, 이제 당신이 나에게 말해 봐. 내가 왜 당신에게 이런 잊힌 옛 추억들에 대해 썼을까? 아주 오래된 흉터를 긁으려고? 쓸데없이 우리 상처를 들쑤시려고? 블랙박스를 해독하려고? 다시 한번 당신을 고통스럽게 만들려고? 당신의 그리움을 불러 일으키려고? 어쩌면 이것도 당신을 내 그물 안에 다시 잡아 들이려는 계략일까?

여섯 가지 죄목을 모두 자백할게. 정상 참작의 여지도 없어. 아마 한 가지만 제외하고. 나는 당신의 잔인함에도 불구하고 당신을 사랑했던 것이 아니라 실은 용 그 자체를 사랑했던 거야. 고위 장교들, 젊고 명석한 대학 강사들, 장래가 밝은 정치인들 등 예루살렘의 부부 대여섯 쌍이 우리 집에서 함께 모이던 안식일 저녁들을 말이야. 당신은 초저녁에 마실 것을 따라 주고, 부인들과 재치 있는 농담을 주고받고 나면, 당신 책장의 그늘진 구석에 놓인 안락의자에 웅크려 앉곤 했어. 비꼬고 싶은 마음을 참는 표정으로 정치 논쟁을 따라갔지만 참여하지는 않았어. 논쟁에 열이 오를수록 당신 입술에는 늑대 같은 웃음이 엷게 퍼졌어. 당신은 조용하고 민첩하게 필요할 때마다 음료수 잔들을 채워 주었지. 그리고 다시 집중하면서 파이프 담배를 가득 채웠어. 논쟁이 절정에 이르러 모든 사람이 소리를 지르면서 서로 말을 중간에 끊고 끼어들고, 얼굴을 붉히면, 당신은 발레 무용수처럼 정확하게 그 순간을 잡아서, 낮은 목소리로 끼어들었어. "잠깐만요, 미안합니다. 저는 이해를 못 했어요." 소란이 곧바로 잦아들면서 모든 눈들이 당신을 향했지. 느릿느릿 한 음절씩 끌면서 당신이 말했지. "저에게는 진행 속도가 좀 빨라서요. 초등학교 1학년이나 할 만한 질문 하나만 하겠습니다." 그러고 나서 말을 멈췄어. 당신은 마치 그 방에 아무도 없는 것처럼 파이프 담배에 온 정신을 쏟다가, 그 두꺼운 연기구름 속에서, 자기 손님들을 향해 단거리 카튜

사 로켓을 발사했지. 그 사람들이 무심코 사용하고 있는 개념들의 정의가 무엇인지 따져 물으면서. 차가운 수술용 칼로 어떤 숨어 있는 모순을 드러내면서. 마치 기하학적인 도형을 그리는 사람처럼 몇 마디 문장으로 날카로운 논리 구조를 그려 내면서. 그 방에 있던 사자들 중 하나를 향해 치명적인 공격을 가하고, 오히려 약골들 중 가장 보잘것없는 자의 의견에 동조하여 우리 모두를 놀라게 하면서. 빈틈없는 주장을 내세우고 모든 반론의 여지를 차단하는 맹공격으로 그것을 방어하면서. 우리 모두의 눈을 비켜 간 허점을 지적해서, 모인 사람들을 깜짝 놀라게 만드는 것으로 당신의 주장은 끝을 맺었어. 방 안에 내려앉은 침묵 속에서 당신은 나를 향해 명령하곤 했어. "레이디, 이 훌륭한 분들이 차마 당신에게 커피를 마시고 싶다는 말을 못 하는 것 같아." 그리고 다시 당신의 파이프 담배를 손질했어, 마치 휴식 시간이 끝나 이제 정말 심각한 일을 다시 시작해야 한다는 듯이. 나는 당신의 예의 바르고도 잔인한 냉혹함에 마음을 빼앗겼어. 마지막 손님 부부가 떠나고 문을 닫는 순간 난 당신의 다림질한 안식일 셔츠를 코듀로이 바지에서 억지로 잡아당겨 빼내고 내 손가락을 당신의 등으로, 가슴 털 안으로 밀어 넣었어. 다음 날 아침이 되어서야 그릇들을 모아서 씻곤 했지.

가끔 당신이 기동 훈련이나 여단 훈련이나 새로운 탱크를 길들이기 위한 철야 작업 때문에(그래서 그때 뭐가 들어왔어? 센추리온 전차? 패튼 전차?) 밤 1시가 넘어서야 돌아올 때가 있었어. 당신 눈은 광야의 먼지 때문에 빨갛게 충혈되고, 당신 얼굴에 까끌까끌하게 자라난 수염은 먼지를 뿌옇게 덮어쓰고, 모래가 당신 머리털과 신발 밑창에서 버석거리고, 셔츠는 땀에 젖어 등에 딱 달라붙어 있었지만, 당신은 마치 금고 방에 들어간 강도처럼 생기 있고 힘이 넘쳤어. 당신은 나를 잠에서 깨워 밤참을 차려 달라고 하고, 문도 닫지 않고 샤워를 하고, 물 닦는 걸 싫어하는 당신은 물을 뚝뚝 흘리면서 나타나곤 했지. 러닝셔츠와 짧은 테니스 바지를 입고 식탁에 앉아서 그동안 내가 준비한 빵과 샐러드와 달걀 프라이 두 개를 허겁지겁 먹어 치웠지. 잠이 오지 않았던 당신은 축음기 위에 비발디[186]나 알비노니[187]를 올려놓곤 했지. 얼음을 채운 잔에 프랑스 코냑이나 위스키를 따랐어. 잠옷을 입은 나를 손님방 안락의자에 앉히고 자기는 맞은편 소파에 자리 잡고 앉아 맨발을 탁자 위에 올리고서, 분노를 삭이며 조롱 섞인 말투로 내 앞에서 강의를 시작했어. 당신 상관들이 얼마나 멍청한지 비난하면서. '팔막[188] 무리의 사고방식'을 난도질하면서. 세기말에 나타날 전쟁터의 모습을 상세히 그리면서. 어디에서 일어나든 간에 무력 충돌들의 '보편적인 공통점'에 대해 생각나는 대로 큰 소리로 말하면서. 그리고 갑자기 화제

---

186) 안토니오 비발디(Antonio Vivaldi, 1678~1741). 바로크 시대를 대표하는 이탈리아 작곡가이며 천재 바이올린 연주자.
187) 토마소 알비노니(Tomaso Albinoni, 1671~1751). 바로크 시대 후기를 대표하는 이탈리아 작곡가.
188) 영국 위임 통치 시절 유대인들이 스스로 건설한 거주지를 지키기 위해 조직한 비공식 군사 기관의 이름. '처부수는 부대들'이라는 뜻이다. 1941년 5월 15일 창설되었고, 이스라엘 방위군이 형성되면서 해산되었다.

를 바꿔서 바로 그날 저녁에 당신을 유혹하려 했던 어느 작은 여군에 대해 이야기해 주었어. 내가 질투하는지 궁금해하면서. 만약 당신이 '군대 전투 식량 봉지를 열어 보라'는 유혹에 넘어갔다면 내가 뭐라고 할지 장난스럽게 물었어. 당신을 만나기 전에 있었던 남자들에 대해 전혀 개의치 않는 것처럼 캐물었지. 그들을 '1등에서 10등까지' 등급을 매겨 보라고 요구했어. 내가 어쩌다가 낯선 사람에게 끌린 적이 있는지 궁금해했지. 당신 상관들과 당신 친구들, 안식일 저녁에 오는 손님들, 배관공과 채소 장수와 우체부를 '흥분시키는 등급'에 따라 분류해 달라고 했어. 그러다가 결국 새벽 3시에야 우리는 침대에 들어가거나 발밑 깔개 위에 쓰러져서 사랑의 불꽃을 튀겼지. 내 손은 이웃들이 당신의 울부짖는 소리를 듣지 못하도록 당신 입술을 막았고 당신 손은 내 신음 소리를 줄여 보려고 내 입을 덮었지.

나는 축 늘어지고, 만족하고, 아프고, 놀랄 정도로 온몸의 힘이 다 빠져서 다음 날 오후 1시나 2시까지 자곤 했어. 깊은 잠에 빠져 있으면서도 6시 30분에 당신의 자명종 시계가 울리는 소릴 들었어. 당신은 벌떡 일어나서, 면도를 하고, 다시 샤워를 했는데 이번에는 찬물로 했어. 겨울에도 그랬지. 내가 당신을 위해 풀 먹여서 다림질해 놓은 군복을 입고. 절인 정어리를 빵에 넣어 삼키고. 서서 아랍식 커피를 꿀꺽꿀꺽 마시고. 그러고 나서 문이 쾅 닫히는 소리. 당신이 계단을 둘씩 뛰어 내려가는 소리. 그리고 지프차 시동 거는 소리. 그렇게 그 게임이 시작됐지. 침대 위에 제삼자의 그림자. 우리는 어쩌다가 내 눈길을 끌었던 어떤 남자의 혼을 불러 올리곤 했어. 그리고 당신은 그 남자 역할을 연기했어. 어떤 때는 두 사람 역할을 동시에 맡았어, 당신 자신과 그 낯선 남자를. 내가 맡은 역할은 당신들 두 사람을 돌아가면서 또는 동시에 내 몸을 내 맡기는 거였어. 낯선 그림자들이 함께하면서 우리는 불타는 밀림 같은 쾌락에 산산조각 났고, 내 배와 당신 가슴에서 비명과 욕설, 애원, 경련을 짜냈는데 아이를 낳을 때 외에는 한 번도 본 적 없는 것들이었지. 아니면 죽어 갈 때나.

보아즈가 두 살이 되었을 무렵 우리의 지옥 불은 벌써 검은 불꽃으로 훨훨 타오르고 있었어. 우리의 사랑은 증오로 가득 찼어. 모든 것을 삼키고도 여전히 사랑으로 가장했지. 눈이 내리던 1월의 그날 저녁, 40도가 넘는 고열에 시달리면서 대학 도서관에서 돌아온 당신은 욕조 가장자리에서 그 라이터를 발견하고는 미칠 듯한 쾌감에 사로잡혔지. 당신은 큰 소리로 웃었어, 딸꾹질하는 것처럼. 당신은 나에게서 모든 세부 사항과 아주 작은 단서와 미세한 떨림을 모두 끄집어낼 때까지 씨실과 날실을 짜 맞추듯 낱낱이 추궁하면서 주먹으로 때렸고 내 옷을 벗기지도 않고 옷을 입은 채로 서서 칼로 찌르듯이 성관계를 가졌어. 그동안에도 그리고 그 후에도 계속해서 점점 더 나를 심문했고 다시 나를 식탁에 밀어붙였고 당신 이가 내 어깨를 파고들었고 마치 반항하는 말을 제압하듯이 손등으로 날 때렸어. 그렇게 우리 삶엔 늪지대로 유혹하는 불빛이 깜박거리기 시작했어. 당신은, 내가 순종하든 아니든, 내가 욕망에 취해 보이든 심드렁해 보이든, 나에게 있었던 일을 말하든 고집스럽게 입을 다물든 미칠 듯이 분노했어. 낮이고 밤이고 당신은 며칠 동안 집에 들어오지 않고, 미그라쉬 하루쎔[189] 근처에 임대한 토굴 같은 방에 수도사처럼 틀어박혀서 마치 적군의 요새를 점령하듯 당신의 박사 학위 논문을 정복하고, 아무런 예고도 없이 아침 8시나 오후 3시에 내 앞에 나타나서, 보아즈를 아이 방에 가두고, 나에게 모든 걸 낱낱이 자백하라고 강요하고, 당신의 솟구치는 욕정을 쏟아부었어. 그러고 나서 약을 먹고 가스를 틀어 놓고 죽으려는 자살 기도가 시작됐어. 그리고 당신과 작하임이 맺은 동맹, 당신이 아버지와 벌인 야만적인 전쟁과 야페노프의 저주받은 빌라. 우리의 열대 지옥. 더러운 수건들의 행렬. 낄낄대며 트림하는 사내들의 양말 냄새. 마늘과 무와 샤와르마[190]의 악취. 코카콜라와 맥주를 마신 후의 딸꾹질. 숨 막히는 싸구려 담배. 사내들의 탐욕스럽고 끈적끈적하고 시큼한 땀 냄새. 발목까지 흘러내린 바지, 귀찮아서 벗지 않은 러닝셔츠, 신발도 안 벗을 만큼 게으른 인간도 있었지. 내 어깨에 흘린 그들의 침. 내 머리카락에, 내 침대보 위에 묻은 그들의 정액 자국. 중얼거리는 음담패설들과 거칠게 속삭이는 음란한 말들. 그들의 속이 텅 빈 칭찬들은 무의미하고. 그들

---

189) 예루살렘 시내에 있는 지역 이름. 1860년 러시아 차르인 알렉산데르 2세가 기부하여 구획을 정리하고 공공 건물들을 지었다. 예루살렘 경찰청, 교도소, 지방 법원 등이 있었다.

190) 지중해 지역에서 고기를 꼬챙이에 끼운 뒤 돌리면서 천천히 구운 뒤 익은 부분부터 잘라서 빵에 끼워 먹는 길거리 음식이다. 주로 양고기, 닭고기 그리고 소고기를 사용한다.

은 우스꽝스럽게도 침구들 사이로 흩어진 속옷을 찾아 헤매고. 욕정이 채워지고 난 뒤 그들에게 찾아드는 우스꽝스러운 자만심. 얼빠진 하품. 끊임없이 시계를 힐끔거리지. 그들은 마치 내 안에서 세상 모든 여자들을 정복하기라도 하는 듯이 나를 찧어 대지. 복수하는 것처럼. 아니면 남자들의 리그전 득점표에 자기들의 점수를 올리려는 것처럼. 엔진 가동 시간을 축적하려는 것처럼. 간혹 낯선 사람이 와서 내 몸이 하는 말에 귀를 기울이고 멜로디를 만들기도 했어. 혹은 역겨움을 넘어서서 나에게 애처로움을 자아낸 젊은 아이도 있었어. 그리고 당신은 극단적인 증오의 파도에 휩싸였어. 내가 나 자신과 당신에게 구역질이 날 때까지. 그리고 당신이 날 쫓아냈어. 나는 화장품 서랍 바닥에 당신이 직접 써 준 쪽지를 간직하고 있어. 우리의 이혼 판결이 나고 법원이 이제 이후로 우리는 서로 아무런 관계가 없다고 결정하던 날에 작하임이 그걸 나에게 전해 줬어. 당신은 『가난한 자의 행복』 시집 중에서 네 줄을 적어서 내게 주었지. "당신은 내 벗겨져 가는 머리의 슬픔, 당신은 내 자라나는 손톱의 애달픔, 당신은 회칠이 깨질 때 내 목소리를 듣게 되리, 밤마다 마룻바닥이 삐걱거릴 때."[191]

당신은 법정에서 이렇게 적어서 작하임 편에 내게 보냈어. 그러고는 한마디도 없었지. 칠 년 동안. 왜 이제 와서 당신은 나의 새로운 삶의 창으로 유령처럼 돌아온 거야? 당신의 사냥

---

191) 『가난한 자의 행복』은 나탄 알테르만이 1941년에 발표한 시집이다. 알렉이 쓴 시구는 이 시집의 여섯 번째 시 「그 들쥐」 중 일부다.

터로 떠나 버려. 당신의 흑백 우주선을 타고 서리가 내리는 별들에게 떠나가. 가서 돌아오지 마. 환상 속에서도 말고. 내 몸의 갈망 속으로도 말고. 회칠이 깨지고 바닥이 삐걱거릴 때도 말고. 목판화와 검은 후드 모자에서 떠나. 왜 당신은 눈 덮인 황무지를 건너서 첫 번째 움막 문을 두드리고 따스한 온기와 빛을 구하지 않는 거야? 당신의 그 안경 쓴 비서를 아내로 맞아. 여성 팬들 중 아무나 골라잡아. 아내를 맞아들이고 그녀에게 집을 지어 줘.[192] 그 안에 겨울에는 장작불이 활활 타오르는 벽난로를 만들어. 마당에는 작은 정원을. 장미. 비둘기집. 아들이 하나 더 생기면, 저녁에 일을 마치고 돌아와서 그 아이와 함께 당신의 검은 책상 앞에 앉아서, 그 아이를 위해 《지오그라피컬 매거진》에서 사진을 오려 주고, 당신 손가락으로 그 아이 머리를 쓰다듬다가 풀을 묻혀 엉망으로 만들 수 있을 거야. 당신 아내가 당신의 피곤한 이마를 만져 줄 거야. 밤마다 그녀가 글쓰기와 외로움으로 굳은 당신 목덜미 근육을 주물러 줄 거야. 음반을 올려놓아도 좋지, 비발디는 말고. 알비노니도 말고. 명상에 잘 맞는 재즈 같은 걸로. 바깥에는 폭풍우가 몰아칠 거야. 홈통에서 물 흐르는 소리가 크게 들리고. 옆방에서 아기 분과 샴푸 냄새가, 아이가 깊은 잠에 빠지는 향기가 풍겨 올 거야. 당신들은 침대 위에 누워 꼭 닫힌 창문 너머에서 바람이 신음하는 소리를 듣겠지. 각자 책을 읽을 수

---

192) 샬롬 하녹이 작사와 작곡을 하고 아릭 아인슈타인이 부른 「아내를 맞아들여」(1970)라는 노래의 한 구절이다.

도 있을 거야. 아니면 당신이 그녀에게 작은 소리로 나폴레옹의 전쟁에 대해 말해 주거나. 그 뒤에 불이 꺼지면 그녀의 손가락이 당신 가슴 털들 사이를 헤치고 다닐 거야. 당신은 눈을 감겠지. 그럼 나도 가서 속삭임처럼 살며시 당신들 사이에 미끄러져 들어갈게. 그리고 어둠 속에서 당신과 나, 우리 둘은 소리 없이 함께 웃을 거야. 유령과 나의 호리병.

　이제 벌써 새벽 6시가 다 됐어. 밤새도록 당신에게 편지를 썼네. 나는 씻고 옷을 갈아입고 딸과 남편을 위해 아침을 준비할 거야. 세상에는 행복이란 것도 있어, 알렉, 그리고 고통은 행복의 반대가 아니고, 우리를 부르며 기다리고 있는 은색 가느다란 달빛에 젖은 그 숲의 빈터까지 우리가 엎드린 채 기어서 지나가야 할 가시밭길이야. 잊지 마.

일라나

*
* *

전보

기드온 일리유니브 시카고

　주의하시오, 알렉. 법적으로 보아즈는 미성년자이며 그의 어머니 보호하에 있소. 당신이 취한 행보는 유괴로 해석될 가능성이 있소. 쏘모는 당신을 상대로 형사 소송을 고려하고 있소. 그 부동산 매매를 재고해 보겠소? 이제 그만 나무에서 내려오기 바라오. 작하임.

전보

기드온 일리유니브 시카고

내 동업자가 다방면으로 저를 압박합니다. 상황이 미묘합니다. 고려해 주시기 바랍니다. 로베르토 디모디나.

**

전보

내 친구 디모디나 예루살렘 이스라엘

쏘모 부부와 작하임에게 보아즈를 그냥 내버려 두겠다고 약속하는 대가로 5만을 주겠다고 나 대신 제안하시오. 만약 원한다면 당신을 놓아주겠소. 알렉스.

**

전보

기드온 일리유니브 시카고

내가 그 부동산을 팔게 해 주면 보아즈는 그곳에 머무를 수 있다고 약속하오. 만약 거절하면 그는 구속될 수도 있소. 보아즈가 이미 집행 유예 상태라는 점을 기억하시오. 로베르토는 당신을 떠나기로 했소. 어리석은 짓은 그만하고 내가 당신을 돕게 해 주시오. 당신의 유일한 친구를 멀리하지 마시오.

다른 사람들은 당신의 죽음과 유산만 기다릴 뿐이오. 미친 짓은 그만두고 명성이 자자한 당신의 그 두뇌를 좀 사용하시오. 나는 당신 때문에 궤양으로 죽을 맛이오. 만프레드.

*

전보

내 친구 작하임 예루살렘 이스라엘

당신이 더 이상 귀찮게 굴지 않는다는 조건으로 당신을 용서하오. 지카론에 있는 부동산 대신 마그디엘에 있는 집과 마당을 당신의 고객에게 팔아도 좋소. 만약 다시 한번 술수를 쓴다면 가만두지 않겠소. 마지막 경고요. 알렉스.

*

전보

기드온 일리유니브 시카고

선생님의 서류들을 내 동업자에게 돌려주었습니다. 노 하드 필링스. 로베르토 디모디나.

*

전보

기드온 일리유니브 시카고

294

모든 일이 잘 처리되었소. 보아즈는 내가 헌신적으로 돌보고 있소. 계속 쏘모에게 먹이를 주고 있지만 그의 목을 틀어잡고 있소. 건강 잘 돌보시오. 만프레드.

**

전보

쏘모 타르나즈 7 예루살렘

내 유언장을 수정하기로 결정했습니다. 당신들이 보아즈가 성인이 될 때까지 그 아이의 양육권을 법적으로 나에게 넘겨준다는 조건하에 당신들이 4분의 1을 그리고 보아즈가 나머지를 받게 됩니다. 빠른 시일 안에 결정하시기 바랍니다. 알렉산데르 기드온.

**

전보

기드온 씨 일리노이 대학 시카고

선생님 대단히 죄송하지만 보아즈는 파는 물건이 아닙니다. 그 아이의 엄마가 그 애를 책임지고 있고 나는 그 애 엄마를 책임집니다. 만약 당신이 그 아이가 잘되길 바라고 당신의 끔찍한 죄를 조금이라도 갚기 원한다면 이 땅을 구원하는 일을 위해 나에게 기부를 해 주시고 그 아이는 우리 보호 아래로 돌려보내 주기 바랍니다. 미카엘 쏘모.

기드온 일리유니브 시카고

파리에 있는 백만장자 광신도 후원자의 대리인인 쏘모에게 마그디엘을 팔았소. 프랑스 수도원과 요단강 서안 지역 땅을 교환하려는 것이오. 내 사위도 거래에 참여하고 있소. 그들은 점령 지역 부동산을 구입하기 위해 당신도 그 사람들에게 돈을 투자하라고 제안하고 있소. 그곳에 미래가 있소. 잘나가던 시절의 당신 아버지로부터 교훈을 배우시오. 지시를 기다리겠소. 만프레드.

**

일라나 쏘모에게   벳 아브라함

타르나즈 7   76. 8. 17.

예루살렘

안녕, 일라나.

네 편지는 내게 슬픔과 상처를 주었어. 이따금씩 떨치고 일어나 날아가서 먼 곳에 있는 불꽃에 그을리는 꿈을 꾸지 않는 사람이 누구일까? 너는 괜히 나를 조롱하지만, 불과 재 사이에서 정해져 있는 선택은 내가 지어낸 것이 아니고 나 역시 폐쇄 회로 속에 갇혀 있을 뿐이야. 너에게 이야기를 하나 해 주어야 할지도 모르겠다. 반년쯤 전 내가 회원용 클럽을 청소하는 날이었는데, 아침이었고, 비가 오고 있었고, 내가 모르는 젊은이가 있었어. 아이슬란드인지 핀란드인지에서 온 자원봉사자인데, 안경을 쓰고, 거무스름한 피부에, 머리카락은 젖고, 생각에 잠긴 채 담배 연기에 싸여서 구석에 혼자 앉아 항공 우편을 쓰고 있었어. 우리는 "좋은 아침이에요."와 "실례합니다."라는 말 외에는 아무 말도 주고받지 않았어. 정말 조용했고 회색 비가 창문을 두드렸어. 나는 바닥 물청소를 두 번 하고 그의 발밑까지 닦았고 그의 재떨이를 비우고 씻어서 도로 갖다주었지. 그때 그는 마치 진실을 모두 알고 있다는 듯이 쓸쓸하고 연민 어린 슬픔을 담아 내게 미소를 지었어. 만약 나에게 앉으라고 했다면, 만약 그가 손을 흔들어 주었다면, 그 무엇도 날 막을 수 없었을 거야. 나는 모든 걸 그냥 잊어버릴 수도 있었어. 그런데 나는 그럴 수 없었어. 사방팔방에 킥킥거림, 약간의 굴욕, 후회, 겨드랑이에서 땀 냄새가 날까 봐 두려워하는 마음, 허리띠 버클에 대한 두려움, 어색함, 지퍼, 젖은 바닥, 단추들, 거추장스럽게 끈으로 묶는 브래지어, 아침 햇빛, 열린 문, 추위, 빨래로 내놓은 커튼, 락스 냄새, 그리고 수치심이 잠복해 있었거든. 마치 요새의 성벽처럼. 너 외에는 어느 누구에게도 말한 적이 없어. 너에게도 말한 적이 없고 사실 할 이야기 자체가 아예 없긴 해. 그리고 요아쉬는 예비군 훈련을 나가 골란고원에 있었고 9시 45분에 이프탁을 데리고 치과에 가야 했어. 현실에 대한 깨달음이라는 아픔 외에는 아무것도 없었어. 마치 요새의 성벽처럼. 마치 돌이킬 수 없는 손실처럼. 나는 요아쉬가 돌아오면 깜짝 놀라게 해 주려고 그날 저녁에 베란다 가구들을 하얀색으로 칠했어. 아이들을 위해서는 초콜릿 아이스크림을 만들었어. 밤에는 라디오 방송이 끝날 때까지 다림질을 하고 또 했고 그 뒤에도 라디오에서 계속 삐 소리가 나니까 경비원이 열려 있는 내 창문 앞을 지나가다가 웃으면서 "라헬 너무 늦었어요."라고 말했어. 해 줄 이야기가 없어, 일라나. 이프앗이 유아원에 가 있는 동안 전에 일하던 책방에 나가서 반나절씩 일을 해 봐. 통신 강좌에 등록도 하고. 편지에서 네가 얼마나 싫어하는지 말한 그 갈색 드레스 대신 새 옷을 사. 그러고 싶으면 나를 고슴도치라고 불러도 돼. 내키지 않으면 답장도 쓰지 마. 요아쉬는 외양간에서 야간 근무를 하고 나는 피곤하고 싱크대에는 여전히 설거지해야 할 그릇들이 가득해. 여기까지 쓸게.

네 언니 라헬

사실 내가 편지를 쓰는 이유는 따로 있어. 어제 요아쉬가 두 시간 정도 지카론에 갔었어. 닭장에 철망 치는 것을 도와주고, 농사에 대해 조언을 해 주면서 보아즈가 공동체 세우는 일을 성공적으로 잘하고 있다는 인상을 받았대. 다음 번에는 차를 타고 아이들도 데리고 그 애한테 가 볼 생각이야. 너와 미셸과 이프앗도 방문해 봐.

라헬

.א .א 기드온 교수가 작은 낱말 카드 위에 생각나는 대로 쓴 단상들

258 그리고 그들 모두가 각자 자기 방식대로 가족 제도를 파괴하면서 시작한다. 플라톤. 예수. 초기 공산주의자들. 나치 당원들. 군국주의자들과 호전적인 평화주의자들도. 금욕주의자들과 난교 종파들도.(고금을 막론하고.) 구원을 향한 첫걸음 — 가족제 폐지. '혁명적인 가족'에 완벽하게 동화되도록 사람과 사람 사이의 친밀한 관계를 모두 파괴.

261 나라는 존재는 고통의 중심이다. 구원은 나를 폐기하는 것이다. 군중과의 완벽한 융합.

266 범죄 — 죄책감 — 용서받을 필요 — 이상을 위한 헌신 — 또 죄책감 — 이상을 위해 헌신하다가 새로운 범죄를 자행 — 다시 용서를 필요로 함 — 이상에 갑절로 밀착 — 유감스럽게도 반복. 악순환.

270 그리고 그렇게, 갑자기 혹은 점진적으로, 삶은 점점 닳고 피상적이 되고 공허해진다. 존경이 우정의 자리를 차지한다. 자기 부정이 인정의 자리를. 순종이 협력의 자리를. 종속이 동지애의 자리를. 열정이 감정의 자리를 차지한다. 고함과

소곤거림이 대화를 대체한다. 의혹이 의문의 자리를. 고통이 기쁨의 자리를. 억압이 열망의 자리를. 고행이 명상의 자리를. 배신이 이별의 자리를. 총알이 논쟁의 자리를. 살육이 불화의 자리를. 죽음이 변화의 자리를. 숙청이 죽음의 자리를. '영원' 이 삶의 자리를.

283 "죽은 자들이 죽은 자들을 묻도록 놓아두어라." 산 자들이 산 자들을 묻을 것이다.

284 "칼을 잡는 자들은 칼 때문에 쓰러질 것이다." 메시아가 돌아가는 불검을 들고 올 때까지.

285 "그리고 너는 네 이웃을 너처럼 사랑하라." 당장. 그러지 않으면 우리가 네게 총알을 박아 줄 것이다.

286 "그리고 너는 네 이웃을 너처럼 사랑하라." 그러나 만약 자기 증오가 벌써 너를 집어삼켰다면, 이 명령은 치명적인 모순으로 가득 차게 된다.

288 그렇다면 부활은? 우리에게 약속된 죽은 자들의 부활은? 당연히 몸이 없어야.

290 당신의 영혼에 관하여. 그것은 다른 영혼들과 완벽하게 융합될 것이다. 그것은 영혼들의 보편적인 저장소로 돌아

가 편안하게 동화될 것이다. '민족의 품으로 모이게 될 것이다.' 혹은 돌아가신 조상들의 심장으로. 혹은 인종의 가마로. 혹은 사회 운동의 창고로. 그리고 그곳에서 네 영혼은 새롭고 깨끗하게 주조해 내기 위한 원자재가 될 것이다. 아낙시만드로스의 아페이론.[193] 유대 전통이 말하는 '생명의 묶음'.[194] 기독교의 용광로. 「페르 귄트」[195]의 단추 주형공.

291 그렇다면 몸은? 그것은 지나가는 골칫거리에 불과하다. 악취 나는 액체로 가득한 그릇. 불편함과 염증의 근원. 반드시 지고 가야 하는 십자가. 반드시 당해야 할 시험. 모든 것이 다 좋은 세상에서, 벗어나기 위해 감당해야 하는 벌. 추상적인 과거의 정결함과 추상적인 미래의 영광 사이로 오염된 채 밀려난 현재의 부정함 덩어리.

292 물질성을 벗어 버리기 — 몸을 소멸시키기. 점진적으로 자기 부정을 통해서 또는 목전에 다가온 구원의 제단 위에

---

193) 아낙시만드로스(Anaximandros)는 기원전 6세기경에 만물의 근원은 아페이론(apeiron), 즉 무제한 무정량의 양이라고 주장했다.
194) '생명의 묶음'이라는 표현은 유대인들이 비석에 새기는 문구의 일부다. 전체 문구는 "그의 영혼이 생명의 묶음에 묶이기를."이다. 이 문장은 히브리 성서에서 아비가일이 다윗의 부하들에게 한 말에서 유래했다.(「사무엘상」 25: 29.)
195) 노르웨이의 극작가 헨리크 입센(Henrik Ibsen, 1828~1906)이 1867년에 쓴 극으로 일종의 운문극이다. 여러 등장인물이 나오는데 단추를 만드는 단추 주형공도 등장한다.

서 단 한 번의 속죄 행위로.

293 그러므로 흙은 흙으로.

294 그러므로 '비바 라 무에르테', 즉 '죽음이여 영원히 살라.'

295 그리고 파스칼을 다시 한번 — 이 세상에 있는 모든 악은 우리가 편안하게 방 안에 머물러 있을 수 없다는 데 그 숨겨진 근원이 있다. 우리의 공허함이 들어와서 우리 내부를 황폐하게 만들기 때문이다.

**

미쉘 쏘모
타르나즈 7
예루살렘

잘 지내죠, 미쉘 아저씨, 나는 지카론에서 이 편지를 쓰는 거예요. 일라나가 읽어도 상관없지만, 그래도 아저씨가 먼저 읽으면 좋겠어요. 물론 아저씨는 화가 나 있을 거고 아저씨는 나를 100프로 잘 대해 줬는데 난 아저씨한테 신경도 안 쓰고 아저씨 계획과는 어긋나게 여기 지카론에 있으려고 아메리카 쪽에 줄을 대서 나를 엄청나게 베은망덕한 놈으로 생각하겠지요. 만약 아저씨가 나한테 열 받아 있다면 이 편지를 쓰레기통에 구겨 버리고 답장도 써지 말고 그냥 나한테 설고만 시작하지 않으면 돼요. 미쉘 아저씨는 주님이 아니고 난 아저씨의 호구가 아니에요. 그리고 서로 인생에서 이건 하고 이건 하지 말라고 하루 종일 말하는 건 바보 같은 짓이에요. 미안하지만 이게 내 생각이에요. 하지만 아저씨를 바꾸려고 이 편지를 하는 게 아니고 난 사람들을 바꾸는 건 완전 반대에요. 그럼 뭐 때문에 편지를 써냐고요? 일라나 때문이에요.

들어 봐요, 미쉘 아저씨. 내 생각에 일라나에게 무슨 문제가 있는 것 같아요. 엄마가 여기에 찾아왔을 때 그녀에게 뭔가 낌새가 보였어요. 엄마가 100프로 정상인 적은 한 번도 없었지만 지금은 아마 50프로 아래로 떨어진 것 같아요. 내 제안은 엄마와 이프앗이 여기 지카론에 얼마 동안 와서 청소를 하거나 채소밭에서 일하면서 아저씨의 깊은 종교심에서 벗어나 좀 쉬게 해 주자는 거예요. 화내지는 마세요. 미쉘 아저씨가 친절하고 좋은 사람인 걸 아저씨도 알자나요. 근데 알아요? 아저씨의 문제는 모든 사람이 꼭 아저씨와 같아야 한다는 거고 아저씨와 똑같지 않은 사람은 아저씨에겐 사람도 아니라는 거예요. 나는 아저씨한테 깡패고 일라나는 아저씨한테 아기이고 아랍인들은 아저씨한테 짐승이에요. 나는 아저씨가 이프앗을 아저씨가 원하는 모양으로 마음대로 만들 수 있는 점토로 만든 소녀라고 생각할까 봐 두려운 마음이 들기 시작했고, 그럼 99프로 이프앗도 아주 심각한 문제를 일으킬 거고 아저씨는 자기 자신만 빼고 다른 모든 사람들을 탓할 거예요. 아저씨가 엄마와 나와 이 나라를 위해 한 좋은 일은 모든 사람이 각자 자기 인생을 살도록 해 주지 않는 한 미셸 아저씨는 재대로 좋은 일을 한 게 아니에요. 아저씨가 나를 밀어 너었던 키럇 아르바아를 보면 경치도 좋고 아름다운 곳이고 다 좋지만 알아요? 독실한 종교인도 아니고 우리 나라가 항상 아랍인들을 이겨야 한다거나 그들의 땅을 빼앗아야 한다고 생각하지 않는 나 같은 사람을 위한 장소는 전혀 아니에요. 내 생각에 우리는 그들을 나두고 그들은 우리를 나둬야 되요. 그렇지만 그것 때문에 이 편지를 써는 건 아니에요. 내 제안은 이프앗과 일라나가 얼마 동안 여기 와서 당신의 지배와 예루살렘에 있는 미친 짓들로부터 벗어나서 쉬게 해 주자는 거예요. 내가 그들을 위해 약간의 가구며 모든 게 다 있는 깨끗하고 제일 좋은 방을 준비했고 여기를 정리해 줄 일하는 여자애들과 남자애들도 벌써 여섯 명이나 있고 처음에는 나를 방해하던 작힘 씨도 지금은 나아져서 수도와 전기를 쓸 수 있게 지방 의회에서 허가를 받는 걸 도와줬고 아메리카에서 온 돈으로 나는 살수 장치 묘목 농기구 닭들을 사서 일이 전채적인 틀을 가추기 시작했어요. 지붕 위에 만원경도 거의 완성됐어요. 엄마가 이프앗과 함께 오면 여기서 오성급으로 잘 지낼 수 있을 거예요. 우리는 하루종일 여기서 일하고 그다음에 바다에 수영하러 가고 그다음에 저녁에는 악기를 연주하고 노래도 좀 부르고 그다음에 밤에는 내가 아저씨를 위해 그들을 지켜 줄게요. 여기에는 큰 부엌도 있고 만약 일라나가 원한다면 유대인 음식법에 맞는 구역을 따로 정하는 것도 반대하지 않아요. 난 상간없어요. 완전 자유예요. 여기 우리 집은 키럇 아르바아가 아니에요. 모든 사람이 각자 자기 마음대로 하고 다만 열심히 일하고 서로 잘 대해 주고 남을 짜증 나게 하거나 교훈을 설고하지만 않으면 되요.

아저씨 생각은 어때요, 미쉘 아저씨? 내가 이 편지를 아저씨한테 쓴 것은 거기서는 아저씨가 보스이고 아저씨가 모든 걸 결정하기 때문이지만 일라나가 이걸 읽어도 나는 상간없어요. 그리고 감사와 존경을 담아 편지를 마칠게요. 왜냐하면 대체로 아저씨는 꽤 괜찮은 사람이니까요, 미쉘. 내가 개인적으로 아저씨한테 뭔가를 배웠다는 걸 아저씨가 알았으면 좋겠어요. 두들겨 패지 않고 상자를 집어 던지지 않고, 심지어 처음에는 여기에 온갖 경찰들과 감독간들이 찾아와서 소란을 피우고 우리를 모욕하고 방해했지만 나는 그중 아무도 건더리지 않았는데 이건 다 아저씨 덕분이예요, 미쉘. 나 대신 엄마에게 안부를 전해 주고 이프앗은 살짝 꼬집어 줘요. 난 그 애를 위해 여기에 그내 미끄롬틀 모래 상자 뭐든지 다 준비해 놨어요. 그리고 일라나에게 줄 일거리도 있어요. 이제 여기는 작은 키부츠처럼 모든 게 잘 돌아가요. 여기서는 아무도 다른 사람에게 간섭하지 않으니까 훨씬 더 좋아요. 아저씨도 와도 좋고 만약 아저씨가 우리에게 돈을 기부할 마음이 든다면, 마다하지 않을게요. 기부하세요. 아무 문제 없어요.

종경과 감사를 담아,
보아즈

보아즈 브란트슈테터 귀하   주님의 도움으로

기드온 건물   예루살렘

지크론 야아콥(남부)   5736년 아브월 19일(8. 15.)

친애하는 보아즈,

네 어머니와 나는 네 편지를 연거푸 두 번이나 읽었고 가슴이 벅차올랐다. 먼저 것은 먼저 나중 것은 나중에 순서대로 서둘러서 너에게 대답을 해 주겠다. 우선, 보아즈 너에게 알려 주자면 나는 네가 배은망덕해서 화가 나지는 않았다.(베가 아니라 배다, 이 무지렁이 바보 같은 녀석아!) 네 한심한 철자법과 형편없는 문장들을 여기서 다 고치기에는 종이가 모자라겠구나. 그것이 내가 끝내야 할 일은 아니지!

그리고 내가 왜 화를 내겠니? 만일 나에게 불의한 짓을 하거나 배은망덕한 자들 모두에게 기를 쓰고 화를 내며 살았다면 나는 내 인생을 아주 캄캄한 울분 속에서 살았을 것이다. 이 세상은, 보아즈, 파렴치하게 가져가는 사람과 계산하지 않고 주는 사람으로 나뉘는데, 나는 어렸을 때부터 두 번째 부류에 속하고 한 번도 첫 번째 부류의 사람들에게 화를 내 본 적이 없고 그들을 부러워한 적도 없다. 왜냐하면 불행한 사람들의 비율이 우리보다 그들 쪽에 훨씬 더 높았기 때문이다. 그리고 그 이유는 계산하지 않고 주는 것은 자부심과 행복을 가져오는 반면에 뻔뻔하게 가져가는 데 익숙한 부류는 하늘

이 치욕과 허무함으로 심판하기 때문이다. 슬픔과 수치를 한 꺼번에 얻지.

너와 관련해서 말하자면, 나는 네 어머니와 너를 위해서 내 힘이 닿는 한 내가 할 수 있는 일을 했고, 물론 신을 위해서도 그렇게 했다. 그러나 만약 위에서 날 많이 도와주지 않았다 하더라도 내가 누구기에 감히 불평할 수 있겠니? 우리 전통 중 잠언에 기록되어 있다. 지혜로운 아들은 아버지를 기쁘게 하지만 어리석은 아들은 그 어머니의 깊은 슬픔이다.[196] 네 친절한 아버지는 기쁨을 누릴 자격이 없다, 보아즈. 그리고 네 어머니는 이미 너 때문에 깊은 슬픔을 충분히 겪고 있다. 그러나 나는 어느 정도 만족하고 있다. 물론 내가 너를 다른 길로 이끌고 싶었던 건 사실이지만, 기록된 것처럼, 어떤 사람이 꼭 가고자 하는 곳, 그곳으로 그를 인도해 주신다고 했다.[197] 너는 지금 농부와 별을 보는 사람이 되고 싶은 거냐? 안 될 건 없지, 최선을 다해서 해 봐라, 우리도 널 부끄럽게 생각하지 않을 거다.

네 편지에 쓴 다른 이야기들도 정말 우리 마음에 와닿았는데 그중 첫번째는 내가 너를 백 프로 잘 대해 주었다고 쓴 말이었다. 너는 날 아주 관대하게 평가해 주었어, 보아즈. 절대로 잊지 않을 거다. 너도 잘 알다시피 우리는 좋은 기억을 가지고 있지. 그런데, 제발 나도 그게 사실이면 좋겠어. 보아즈, 너

---

196) 히브리 성서 「잠언」 10장 1절에 나오는 내용이다.
197) 이 말은 바벨 탈무드, 막콧 10 뒷면에 나온다.

에게 참고로 말하자면, 나는 밤에 자리에 누워서 네가 청소년기에 저지른 죄와 비행들이 내 책임은 아닌가(의도치 않게!) 하는 생각에 스스로 괴로워할 때가 많다. 처음부터, 내가 네 귀한 어머니를 아내로 맞는 영광을 누린 그날부터 내 신성한 의무는 네가 고삐를 끊고 토라와 올바른 행동 양식이라는 멍에를 벗어던졌을 때 못 본 척하고 조용히 넘기는 대신 너를 확실하게 휘어잡는 것이었을지도 모른다. 네가 바른길로 돌아올 때까지 전갈로 체벌하면서 말이다.[198] 그러나 나는 네가 더 멀리 떠날까 두려워 너를 엄하게 다루지 못하는 죄를 범하고 말았다. 나는 네 어머니의 눈물을 불쌍히 여기고 네게서 매를 거두었다. 내 의지를 꺾고 네게 읽기와 쓰기도 제대로 교육하지 못하고 아버지와 어머니를 공경하라는 계명도 가르치지 못한 매우 미심쩍은 세속 교육 기관에서 네 학교생활을 마치도록 놔둔 것은 내 잘못이었다. 그 대신 난 쉬운 길을 택했고 너에게 토라와 계명과 선행을 가르치지 않았고 눈에서 멀어지면 마음에서도 멀어진다는 말처럼 네 잘못들을 외면하려 했다. 그렇지만 보아즈, 너는 단 한 번도 내 마음에서 멀어진 적이 없다. 단 한순간도. 알말릭 서장을 세 번이나 찾아가서 너를 선처해 달라고 사정한 것도 내 실수였을까? 결국 상과 벌이 기다리고 있고 심판이 있고 심판관이 있다는 사실을 머리로 안 되면 엉덩이로라도 이해하도록[199] 힘들게 교훈을 배우는

---

198) 히브리 성서 「열왕기상」 12장 14절에 나오는 내용이다.
199) 이 말은 성서의 아람어 번역인 타르굼(예루살미) 요나탄, 「창세기」 4장 8절에 대한 설명의 일부분이다.

것이 너에게는 차라리 축복이 되었을까? 인생을 살면서 아무 짓이나 해도 된다는 생각이 몸에 배지 못하도록? 네가 극도로 어리석음을 자랑하면서 편지에 쓴 것처럼 유대인의 인생은 삶을 즐기는 것만이 아님을 배우도록? 이 심각한 문제에 관해서는 앞으로 다시 이야기하겠다. 오늘 내가 꼭 언급하고 싶은 것은, 보아즈, 내가 오늘까지 너를 불쌍히 여기고 네가 그 사악한 자로 인해 유년 시절에 겪어야 했던 고통들 때문에 연민을 이기지 못한 것이 내 죄였다는 것이다. 기록된 것처럼, 에프라임은 내 귀한 아들이고 내 귀염둥이다. 내가 그를 야단치는 동안에도 나는 그를 깊이 생각했다. 그리고 그로 인해 내 애가 끓는다.[200] 이 구절이 정확하게 내가 너에 대해 느끼는 감정을 말해 준다. 그러나 네가 좋아하지는 않겠지?

그럼에도 하늘에서 내 기도를 들으셨는지 네 발걸음을 조금은 지켜 주시는 것 같다. 너의 친절하고 유명한 아버지는 너를 다시 험악한 길로 떨어뜨리려고 계략을 꾸몄고 네가 키럇 아르바아를 떠나 그 폐허로 가서 일곱 가지 역겨운 짓을 저지르게 만들었지만,[201] 이제 감독하는 손이 개입하여 그의 계략을 선함으로 바꾸었으니 말이다. 작하임 씨가 내게 해 준 말을 아주 흡족한 마음으로 내 앞에 적어 놓았다. 네가 우리 유대 민족 중에 몇몇 젊은 남녀들과 함께 조국을 재건하라는 계명을 실천하고 있고 이마에 땀을 흘려 땅에서 네가 먹을 것을

---

200) 히브리 성서 「예레미야」 31장 20절에 나오는 내용이다.
201) 히브리 성서 「잠언」 26장 25절에 나오는 내용이다.

생산하고 있다고[202] 하더구나. 아주 잘했다, 보아즈. 발전하는 것이 보이는구나. 물론 안타깝게도 네가 계속해서 토라에 나오는 몇 가지 금지 조항을 어기면서 고집스럽게 무지렁이로 남아 있는 것처럼 보이긴 하지만, 나는 네가 그곳에서 이 나라의 법에 따라 정직하게 노동을 하고 있다는 사실에 감명을 받았다. 네가 최소한 안식일을 거룩하게 지키고 정숙한 생활 방식을 좀 더 철저하게 지키면 정말 좋을 것 같다. 이런 말을 쓴 것은 설교를 하기 위해서가 아니라 우리 전통에 기록한 것처럼 사랑하는 자의 책망은 신뢰할 수 있기 때문이다.[203] 나에게 너무 짜증 내지 말기 바란다. 나도 너에게 화를 내지 않으려고 (겨우!) 참고 있는 것처럼. 그 정도는 괜찮지, 보아즈? 동의하지? 우리는 아직 친구지?

그리고 네 죄 문제에 관련해서 이야기할 게 한 가지 더 있는데, 이 시대가 그것을 낳았고 또 분명 많은 사람의 불행이라는 울타리 속에 있기 때문이다. 이 나라의 법이 토라의 법에서 벗어나 있는 한, 우리가 이미 그 발자국 소리를 또렷하게 들을 수 있는 메시아는 계속해서 바깥 계단 위에 서 계시게 될 것이다. 그는 우리가 있는 곳으로 들어오지 않을 것이다. 좋아, 이 문제는 우리보다 더 지혜롭고 학식이 높은 분들에게 맡기고 지금 나는 너에게 아주 작은 문제 하나를 언급하는 것으로 만족하겠다. 네가 최소한 이 나라의 법을 지킨다면 우리

---

202) 히브리 성서 「창세기」 3장 19절에 나오는 내용이다.
203) 히브리 성서 「잠언」 27장 6절에 나오는 내용이다.

는 그것을 복으로 생각하고 쉐헤하예누 기도문[204]을 암송하겠다. 특별히 네가 상자를 던지거나 하는 짓을 그만두면 된다는 말인데 더 자세히 쓰지는 않겠다. 네 행동이 너를 가까이하게도 하고 너를 멀리하게도 하지만,[205] 네가 행한 선한 행위는 저울대에 놓인 선행의 접시 위에 쌓일 것이고, 우리는 큰 사랑과 기쁨으로 우리 앞에 그것들을 적어 둘 것이다.

　네 나이 때 나는 아주 가난하고 궁핍하게 살았고 내 손으로 열심히 일해서 내 고등학교 학비를 마련해야 했고, 내 형제들과 누이들도 그렇게 했다. 장애인이었던 우리 아버지는 메트로 지하철역 매표원이었고 우리 어머니는 유대인 병원 바닥을 청소하러 다녔지. 제발 너에게는 이런 일이 일어나지 말기를. 나도 바닥 청소를 했다. 매일 5시면 고등학교 수업이 끝나자마자(그때만 해도 아직 학생들을 때리곤 했다!) 곧장 학교에서 일터로 뛰어가서 자정까지 일했다. 루마니아에서 온 유대인 수위가 한 사람 있었는데, 난 그의 방으로 들어가서 교복을 벗어 내 책가방에 넣고, 가져간 초라한 작업복으로 갈아 입었다. 그러고 나서 계단 청소를 했지. 하지만 나는 너처럼 벽만큼 덩치가 큰 영웅이 아니었고, 오히려 마르고 허약한 아이였지. 평균보다 키가 작았다고 할 수 있을 것이다. 그래도 뭐 어

---

204) 명절을 맞으면서, 또는 시간이 명시된 계명을 지키면서 암송하는 기도문이다. "야훼, 우리의 신, 이 세상의 왕께서 우리를 살리시고(쉐헤하예누) 우리를 지키셔서 이때를 맞게 하시니 당신은 찬양받아 마땅합니다."
205) 타나임 시대의 속담으로 사람이 어떻게 행동하는지에 따라 그에 대한 태도가 달라진다, 다 자기 하기 나름이라는 뜻이다.

떠냐? 난 엄청나게 고집스럽고 불만이 많은 성격의 소유자였다. 그것은 부인하지 않겠다. 깡패들이 나를 괴롭히고 가끔 죽도록 두들겨 패기도 했지. 그리고 난 말이야, 보아즈, 맞으면서 참았고 맞으면서 이를 갈았고, 부끄러움과 수치심 때문에 집에 와서 아무 말도 하지 않았다. "아무 문제 없어요." 이것이 내 인생의 신조였다. 내가 청소하러 다닌다는 소문이 학교에 알려지자 내 친절한 친구들은 나를 '걸레를 든 걸레'라고 불렀는데, 보아즈, 이 말을 프랑스어로 말하면 훨씬 더 굴욕적으로 들린다는 것을 믿어도 좋다. 그 후에 난 카페에서 식탁 치우는 일을 찾았고, 그곳에서는 나를 조그만 아랍 놈이라고 생각해서 아흐마드라고 불렀다. 사실 내가 머리에 키파 모자를 쓰기 시작한 것도 그 때문이다. 믿음은 훨씬 뒤에 생겼지. 밤이면 난 자정을 넘어 한두 시간 정도 화장실 변기 위에 앉아 있곤 했다. 미안하지만, 여섯 식구가 방이 한 칸 반인 집에 살고 있어서 모두가 잠자리에 들면 전깃불을 켜 놓고 숙제를 할 수 있는 곳이 그곳뿐이었거든. 매일 밤 내가 부엌에 있는 내 매트리스에서 잘 수 있는 시간은 다섯 시간 남짓이었는데, 지금까지 네 소중한 엄마에게도 말한 적이 없지만, 가끔은 피곤해서 잠이 드는 대신 그 매트리스 위에 누워서 증오와 분노로 흐느껴 울기도 했다. 온 세상에 대해 너무도 화가 났지. 나는 부유하고 존경받는 사람이 되어 내 인생에게 몇 배로 갚아 주는 꿈을 꾸었다. 나는 마당에서 고양이들을 못 살게 굴고 가끔 거리를 걷다가 어두운 곳에 주차해 놓은 자동차 바퀴에서 바람을 빼기도 했다. 악하고 불만 많은 소년이었어.

그리고 그렇게 상황은 자꾸만 악화되고 나도 아주 부정적인 존재로 변할 뻔했지만, 보아즈, 한번은 안식일에 같은 골목에 살던 친구 두 명, 프로스페르와 제닌(너도 이 두 사람을 잘 알지. 폭스 부인과 알말릭 경찰서장이다.)과 같이 우연히 이스라엘에서 온 특사와 함께 모이는 베타르 운동 모임에 가게 되었다. 그 모임 역시 공산주의 모임이나, 우리에게 그런 일은 없기를, 그보다 훨씬 더 나쁜 모임이 될 수 있었지만, 어림없지, 감독하시는 손이 계셨기 때문에 베타르를 만나게 해 주신 것이라고 믿어도 좋다. 그때 이후로 나는 새사람이 되기 시작하면서 평생 울지 않았고 다른 사람에게 절대 나쁜 짓을 하지 않았고 심지어 고양이도 다치게 한 적이 없다. 왜냐하면 그것은, 보아즈, 내가 우리에게 삶이 주어진 이유가 인생을 즐기기 위해서가 아니라 너 자신이 가진 무언가를 다른 사람과 이 민족에 기여하기 위해서임을 깨달았기 때문이다. 왜냐고? 주는 행위는 네 키가 1미터 64센티미터라고 해도 머리를 높이 들고 자신이 크다고 느낄 수 있게 해 주고 네가 걸레를 든 걸레라 하더라도 네 영혼을 고양시키기 때문이다. 그것은 그것을 잡는 사람의 생명 나무니까.[206] 그리고 만약 네가 편지에 쓴 것처럼 인생을 즐기기 위해서 산다면, 네가 아무리 몽블랑산처럼 위대하고 아름다운 자가 된다 해도 넌 인간이 아니라 파리다. 너 자신의 불쌍한 파리가 될 바에야 이스라엘 민족의 머리카락 한 오라기나 손톱 한 조각이 되어 평생을 지내는 편이

---

206) 히브리 성서 「잠언」 3장 18절에 나오는 내용이다.

훨씬 낫다. 이것이 바로 내가 생각하는 토라를 한마디로 말한 것이다, 보아즈. 너도 머지않아 이 사실을 깨달을 것이다. 머리나 가슴으로, 키럇 아르바아나 지크론 야아콥에서, 전통 문화나 세속 문화 속에서. 아직은 그렇게 저울대에 놓인 네 선행의 접시가 빚의 접시를 이겨 낼 가능성이 있지만 너도 알다시피 그 접시는 상당히 무겁지. 회개의 문은 항상 열려 있고 절대로 그것을 닫지 않는다.

그리고 이왕 네 빚의 접시에 대해 말했으니 네가 드러낸 오만함과 파렴치한 태도에 관해서도 입을 닫고 넘어갈 수가 없구나. 어머니에 대해, 하느님 맙소사, 정상이 아니라고 쓸 수 있을 만큼 뻔뻔하고 버릇없는 태도는 대관절 어디서 배워 온 거냐? 어디 말 좀 해 봐라. 손이 떨리지는 않았니? 너야말로 정상이냐? 정말? 가서 거울을 좀 들여다봐라! 이 광야에 익숙한 들짐승[207] 같은 놈아! 그러니까 네 어머니에 대해 이야기하기 전에 네 신발부터 벗어라! 물론 너는 거기서 아랍인처럼 맨발로 돌아다니겠지만.

또 다른 문제도 있다. 나는 네 아버지라는 그 귀한 분이 지금 너에게 월급처럼 얼마간 돈을 주는 것으로 알고 있다. 그 사람이 주는 것은 모두 다 적어 놓아라. 왜냐하면 그것들은 자기 것에서 주는 것이 아니라 원래 네 것에서 떼어 주는 것이고, 지난 칠 년 동안 그는 네 귀한 어머니와 네게 까마귀처

---

207) 정확하지는 않지만 비슷한 표현이 히브리 성서 「예레미야」 2장 24절에 나온다.

럼 잔인하게 대하면서 두 사람의 생계비와 두 사람에게 사악하게 슬픔과 수치심을 안겨 준 데 대한 피해 보상액을 지불하지 않았기 때문이다. 슬픔과 수치심이라는 피해를 입혀 왔기 때문이다. 그가 지금 보내는 것은 아마 그의 식탁에서 떨어진 빵 부스러기나 그의 밭에 떨어진 이삭이나 밭 모퉁이일 뿐,[208] 그 이상은 아니다. 내가 아들을 부추겨서 아버지에게 맞서게 하려는 것은 아니다, 절대로. 그럼 왜 돈 문제를 언급하느냐고? 우리 귀한 보아즈, 네가 이번에는 그 돈을 쓸데없는 즐거움을 위해 낭비하지 말고, 과거에 있었던 일들을 다시 거론하지는 않겠지만, 그 사람이 너에게 남겨 준 폐허를 재건하고 농장을 건설하는 데 투자하라고 일러 주기 위해서다. 그래서 비록 맞춤법 실수도 많이 하고 버릇이 없음에도 불구하고, 우리가 네 편지를 읽으면서 가슴이 벅차올랐다고 말한 것이고, 이 편지에 2500리라 상당의 우편환을 동봉하는 것이 맞다고 생각했다. 그리고 네가 읽기와 쓰기 공부를 시작하고 안식일 어기는 걸 줄이겠다고 네 명예를 걸고 약속한다는 조건하에 이제부터 이런 식으로 내가 너에게 매달 얼마간의 돈을 보내 주겠다. 그러니까 간단히 계산하면 매년 3만 리라를 오늘부터 네가 성인이 될 때까지 받게 된다는 말이다. 너는 더 이상 사악한 자로부터 돈을 받을 필요가 없다. 그렇게 할 거지, 보아즈?

네 선행의 접시와 관련해서 한마디 더 하려고 하는데, 그

---

208) 유대 전통에 의하면 곡식을 추수할 때 가난한 사람들을 위해 밭에 떨어진 이삭을 줍지 말고 밭 모퉁이를 남겨 두어야 한다.(「레위기」 19: 9.)

무엇과도 비교할 수 없는 귀한 것이다. 너는 이제 남에게 고통을 주는 대신 네 이웃을 너 자신처럼 조금 사랑하기 시작한 것같이 보이더구나. 내 말이 무슨 뜻이겠니? 네가 편지에 쓴 그 어린아이 같은 제안을 빗대어 하는 말이다. 어린아이 같았지만 확실히 마음에 바로 와닿았다. 너는 아직 네 어머니와 네 여동생을 손님으로 맞기에는 부족하고, 우리 전통에 기록한 것처럼, 그전에 너 자신이 먼저 성장해야 하겠지만, 그래도 우리는 그 제안을 받고 매우 감동했다. 여기에 거의 이렇게 쓰고 싶은 심정이다. 이 아이를 위해 우리가 기도했노라. 다만 주님의 눈에 네가 악에서 떠나 올바른 길에 들어서기까지 아직도 가야 할 길이 많이 남아 있고, 너는 이제 겨우 한두 단계 정도 앞으로 나아갔을 뿐이다. 사실이 그렇다, 보아즈. 그리고 만약 네가 화를 내거나 나를 종교인이라고 부르거나, 내가 네 귀한 어머니를 힘들게 한다거나, 내가 아랍인들이나 아직 눈을 뜨지 못한 유대인들을 증오한다는 둥, 그런 일이 없기를, 추악한 거짓말로 나를 비방한다 해도 상관없다.

너 미친 것 아니냐, 보아즈? 언제 내가 네 어머니에게 죄를 지었다는 말이냐? 너는 내가 그녀를 지배한다고 또는 너를 지배한다고 썼는데 무슨 뜻으로 한 말이냐? 내가 누구를 사슬로 묶어 두기라도 했단 말이냐? 내가 누구에게 악행을 저질렀니? 누구에게 손을 들어 손찌검을 한 적은? 아니면 상자를 집어 들어 던진 적은? 누구를 고통스럽게 한 적은? 물론 저 위에 있는 회계 장부를 열어 보면 미카엘 쏘모라는 이름 밑에도 검은 점 몇 개는 찍혀 있겠지. 그렇지 않다고 말하지는 않겠다. 결국 나는 보통 사람이고 아주 평범한 유대인에 불과하니까. 그러나 내가 의도적으로 사악한 짓을 했다고 말한다고? 누구에게? 아무리 작은 악행이라도 있단 말이냐?

너는 내게 매우 부당한 일을 저질렀다, 보아즈. 내가 쉽게 감정이 상하는 사람이 아니니 다행이고 이미 이 모든 것에 대해 너를 용서했다. 내가 너라면 최소한 나를 모욕한 죄를 지은 것에 대해서 내게 용서를 구하겠다.

그런데 아랍인들이라 하더라도, 너는 편지에서 마치 내가 그들이 잘못되기를 바라고 있는 것처럼 비방했지만, 나는 심지어 그들도 그들의 종교와 관습에 따라 평화롭게 살고 마치 우리가 우리 고향에 돌아올 수 있게 된 것처럼 그들도 빠른 시간 안에 자신들의 고향으로 돌아갈 수 있기를 진심으로 기원한다. 우리는 벌거벗고 빈손으로, 심지어 치욕을 당하면서 그들에게서 떠나왔지만, 그러나 그들은 엄청난 부와 명예를 가진 채 우리에게 그들의 실오라기 하나 신발 끈 하나도 빼앗기지 않은 상태에서 우리를 떠나 나가기를 제안하는 것이다. 심지어 그들이 우리 땅에서 칼을 앞세워 무력으로 점거한 부동산이라 하더라도 나는 그들에게 시가에 맞는 좋은 값을 지불하겠다고 제안하는 것이다. 그러므로 당연히 나 같은 사람은 유대인의 머리에서 머리카락 한 올조차 해할 꿈을 꾸지 않는데, 그것은 가장 큰 죄가 되기 때문이다. 그런데 너는 나에 대해 뭐라고 짖어 댔느냐? 그뿐 아니라 너는 나더러 설교를 하지 말라고, 사람들을 바꾸려고 하면 안 된다는 의견을 지지한다고 뻔뻔스럽게 말할 수 있니? 그건 정말 새로운 일이

구나!²⁰⁹⁾

도대체 그게 무슨 말이냐? 뭐, 사람들이 벌써 완벽해지기라도 했냐? 너는 스스로 완벽하냐? 예를 들어 선택받은 민족을 보더라도 그렇다. 그들은 이미 아무것도 바꿀 것이 없는 존재가 되었니? 이미 아무것도 바로잡을 게 없니? 허튼소리다, 보아즈. 우리는 모두 서로에게 좋은 쪽으로 영향을 주려고 노력할 의무가 있다. 길바닥에 넘어지지 않으려면 함께 팔짱을 껴야 한다. 모든 인간은 분명히 그의 형제를 지키는 자다.²¹⁰⁾ 그리고 모든 유대인들은 당연히 그래야 한다!

네 어머니와 여동생에 대해서 말하자면, 우리 셋이 함께 네가 사는 곳을 잠깐 방문할 수도 있다. 하지만, 다만 그전에 네가 다시 안식일마다 예루살렘에 올라오기 시작한다는 조건하에 그렇게 하도록 하마. 멀어진 사람이 너이기 때문에 네가 먼저 우리에게 다가와야 한다. 몇 달 후면 우리는 유대인 구역에 있는 멋지고 넓은 아파트로 이사할 예정이고 네가 원할 때는 언제든 쓸 수 있게 네 방을 따로 하나 만들어 둘 것이다. 그런데 네 엄마하고 동생이 네가 네 아버지로부터 받은 그 폐허에 가서 산다고? 각자는 천사일 수 있지만 누구인지 그리고 가족이 누구인지도 모르는 사람들 사이에서 말이냐? 뭐, 네가 내

---

209) 유대 전통에서 '새로운 일'이라는 표현은 부정적인 의미로 사용된다. 조상 대대로 전하는 전통에서 벗어난 이단적인 주장이라는 뜻이기 때문이다. 예를 들어 예호슈아 랍비는 서기들이 새로운 일들을 새롭게 했으니 난 할 말이 없다고 말했다.(미쉬나, 테불 욤 4, 6.)
210) 히브리 성서 「창세기」 4장 9절에 나오는 내용이다.

손아귀에서 네 어머니와 네 여동생을 구해 내고 싶다는 것이냐? 그렇더라도 나는 널 용서한다. 좋은 의도로 한 말이니까.

그리고 이제는 네가 써 보낸 너의 그 위험한 견해, 인생의 본질은 삶을 즐기는 것이라는 발상에 관해 말해 보자. 나는 몹시 충격을 받았고 그것을 네게 숨기지 않겠다. 네가 그런 엉터리 히브리어로 읊어 대는 그 독은 아마도 헛똑똑이인 네 아버지로부터 물려받은 건가 보구나. 그 생각은, 보아즈, 모든 죄악의 어머니이고 마치 전염병처럼 그것을 피해 도망치는 것이 유일한 살길이다. 인생의 본질은 선한 일을 하는 것이다. 매우 간단하다. 또 네 아버지나 그와 비슷한 부류의 유식한 척하는 인간들이 나타나서, 선은 상대적인 개념이라고, 아무도 선과 악을 구분할 권리가 없다고, 쉼온의 선은 레비의 악이며 그 반대도 마찬가지라고, 때와 장소에 따라 다르다고, 그 외 온갖 궤변으로 너를 속이며 떠들어 대지 않기를 바란다. 그런 말이라면 충분히 들었으니까. 우리는 이런 이방인들의 철학과 아무 상관이 없으니, 이런 말들은 현인들이 한 말처럼 꽃이요 열매가 아니고 그것도 독이 묻은 꽃일 뿐이다. 이런 부정한 것으로부터 떠나라. 내가 너에게 말해 둔다, 보아즈, 아랍인과 범죄자를 포함해서, 영혼 깊은 곳에서 무엇이 선하고 무엇이 악한지 알지 못하는 사람은 아직 태어났다고 볼 수 없다. 우리 모두는 어머니 배 속에 있을 때부터 모두 이것을 알고 있다. 우리를 신의 형상을 따라 만들었을 때부터 말이지. 우리는 이웃에게 잘해 주는 것은 선하고 해롭게 하는 것은 악하다는 것을 아주 잘 알고 있다. 두말하면 잔소리다. 그것이 바로 토라 전체를 한쪽 다리로 서서 요약한 것이다. 그렇지만 말이다, 안타깝게도 지혜로운 척하거나 순진한 척하는 별난 광대들이 있고 그들은 증거를 대라고 말한다. 좋아, 안 될 것 없지. 증거는 널려 있으니까. 자, 예를 들어 너는 그곳에서 어떤 망원경을 만들어서 밤마다 별들을 좀 관측하는 것으로 알고 있다. 그렇다면 네가 만든 기구로 아주 잘 관찰해 보아라. 그럼 네 마음이 그분이 행하신 놀라운 일들을 찬양하기 시작할 것이고, 네 육의 눈으로 그 증거를 직접 보게 될 것이다. 별이 빛나는 하늘에서, 우리 머리 위에 있는 일곱 궁창에서 우리가 무엇을 보느냐, 보아즈? 그 하늘 표면에 거룩한 하얀 글자들로 무엇이라 기록되어 있느냐?

이제 넌 입을 다물 셈이냐? 아주 잘하는 짓이다. 별들은 그저 광학과 천문학에 속할 뿐이라고 생각하려무나. 너 자신을 바보로 만들어라. 그래도 괜찮은데, 내가 말해 주마. 그곳에는 질서라고 적혀 있다. 그곳에는 계획이라고 적혀 있다! 그곳에는 목적이라고 적혀 있어! 모든 별은 정확하게 자기 궤도를 따라 돈다고 적혀 있어. 그리고 그곳에는 말이다, 얘야, 생명은 의도를 가지고 만들어졌다고도 기록되어 있다. 수도에는 지도자가 있다고. 심판이 있고 심판관이 있다고. 우리는 그 하늘의 군대처럼 언제나 우리 자리를 지켜야 하고 창조자의 뜻을 행할 의무가 있다고. 별이 되었든 벌레가 되었든 상관없이, 우리는 모두 목적을 가지고 창조되었고 우리는 모두 우리를 위해 그려진 길을 따라 움직일 의무가 있다고.

또한 하늘을 보며 이런 것도 읽을 수 있다. 내가 당신의 하늘을 보니 당신의 손가락으로 만든 작품이며 당신이 준비하신 달과 별들도 그러하니, 사람이 무엇이기에 당신이 그를 기억하시며 인간을 당신이 주목하십니까?[211] 다시 말해 우리는 너무 작아서, 네가 나보다 삼사십 센티미터가 더 크더라도 그것은 마치 마늘 속껍질처럼 하찮은 것이지만, 다른 한편으로 하늘에는 우리가 그의 형상에 따라 창조되었고 모든 것이 그의 명령에 따라 이루어졌다고 기록되었다는 것이다.

만약 네가 네 온 마음과 네 모든 힘을 다하여 위를 올려다본다면 네 눈으로 하늘이 그분의 영광을 이야기하고 있음을 깨닫게 될 것이다. 그가 하늘을 휘장처럼 두르고 빛을 옷처럼 입으셨다.[212] 그리고 누구든지 마음의 눈으로 보는 자는 무엇이 허락되었고 무엇이 금지되었는지 그리고 사람의 몫이 무엇인지 알 수 있다. 우리가 아무리 지혜로운 척하더라도 우리는 아주 잘 알고 있다. 우리가 그 알게 하는 나무 열매를 먹은 다음부터. 토라에 나오는 원래 이름은 선과 악을 알게 하는 나무지. 심지어 네 아버지도 알고, 너는 당연히 알겠지, 시큼한 아비에게서 나온 시큼한 아들 놈아. 그러니까 네 별들과 내 양심을 잘 생각해 보고 나서 언약을 바라보고 본능으로 돌아서지 말고 궤도에서 벗어난 별이나 바람에 날리는 나뭇잎처럼 되지 말아라.

만약에 네가 작하임 씨로부터 아직 듣지 못했다면 아마 이

---

211) 히브리 성서 「시편」 8장 3~4절.
212) 히브리 성서 「시편」 104장 2절.

제부터 내가 하려는 말을 듣고 싶어 할지도 모르겠다. 나는 교사직을 그만뒀고 지금은 거의 밤낮을 가리지 않고 이 땅을 구원하라는 계명을 지키기 위해 바쁘게 지내고 있다. 너도 예루살렘 우리 집이나 키럇 아르바아에서 만난 적 있는 '이스라엘 연합' 운동의 일원으로서 우리의 부흥을 위해 목숨을 바치려는 동지들 몇 명과 또 근처에서 새로 합류한 사람들과 함께 일하고 있다. 우리 중에는 유대 전통으로 다시 돌아온 사람도 세 명이나 있고, 그중 한 사람은 좌파 성향의 세속적인 키부츠에서 자랐는데 이제는 그런 영향으로부터 완전히 벗어났다. 아무 부담 없이 며칠 동안 와서 네 눈으로 직접 볼래? 혹시 네 안에 있는 유대인의 불씨에 불이 붙을지도 모르잖니? 그분이 허락만 하시면 얼마 후에 나는 땅을 구원하는 문제로 며칠 동안 파리에 다녀올 예정인데, 돌아온 다음에 한번 만나자. 만약 네가 우리 일에 동참하고자 한다면 우리는 언제나 환영이다. 네가 키럇 아르바아에서 도망친 사실도 다 잊고 낱낱이 따져 묻지도 않을 것이다. 너는 보안 요원 같은 흥미롭고 중요한 직책을 맡게 될 것이다. 토라 공부도 좀 하고 복된 사람이 되어라. 내게 말만 하면 널 위해 어떤 자리든 마련할 수 있으니, 신께 감사하게도 내가 새로운 인맥을 많이 쌓았고 새로운 가능성도 아주 많이 생겼기 때문이다.

그리고 그동안 너는 언제든지 내게 편지를 써도 좋아. 철자법이 틀리더라도 상관없다. 너는 내게 아들처럼 귀하니까. 이 편지에 네 여동생이 만들어서 **"보자즈에게 보내 줘."**라고 말한 콜라주 그림을 동봉한다. 그리고 네가 우리에게 보낸 편지를 읽고 네 어머니는 눈물을 흘리며 울었는데 그것은 수치심의 눈물이 아니라 안도감의 눈물이었다고 말하고 싶다. 네 어머니가 아래 몇 줄을 덧붙였다. 우리는 너를 그리워하고 네가 언제나 선한 길을 선택하기를 기도한다. 부끄러워하지 말고 약간의 돈을 비롯해 뭐든 필요한 게 있으면 알려 다오, 그럼 우리 힘닿는 데까지 할 수 있는 일을 해 보겠다.

너를 좋아하는
미쉘

추신

이 수표와 함께 보내는 제안을 받아들일 것인지 잘 생각해라. 받아들이지 않아도 괜찮다. 이번에는 그냥 이 돈을 받아도 좋다. 만약 받아들인다면, 앞에서 말했듯이, 내게서 매달 이와 동일한 금액을 받게 될 것이다. 생각해 볼 거지, 보아즈? 현명하게? 네 어머니도 너에게 몇 줄 쓰고 싶으시단다.

*
**

8. 15.

샬롬, 보아즈. 나는 미쉘이 너에게 쓴 글을 읽지 않았어. 네가 미쉘에게 보낸 편지는 네가 읽어도 된다고 했기 때문에 읽었어. 네가 그곳 네 할아버지 집에서 하는 일들은 전부 아주 멋지다고 생각해. 네가 우리 모두보다 나아. 나는 미쉘에게 상처를 주게 될 것 같아서 이프앗을 데리고 너에게 갈 수가 없어. 그뿐만 아니라, 난 손에 쥔 것이 아무것도 없어. 너에게 해줄 게 없어. 난 이미 실패했으니 어쩌겠니? 난 모든 것에 실패했어, 보아즈. 난 완전히 실패했어. 그렇지만 실패한 여자라도 심지어 정상적이지 못한 여자라도 사랑하고 그리워할 수 있어. 그게 비참한 사랑이라 해도.

너는 날 미워하지 않는다고 했는데 어떻게 그럴 수 있는지 나로서는 놀라울 뿐이야. 내게는 그럴 기회가 없었지만 너에게 뭐라도 해 줄 수 있는 기회가 주어진다면 뭐든지 할 거야. 적어도 네 옷을 수선하고 네 속옷을 빨아 주고. 답장은 안 해도 돼. 네가 그럴 수 있으면 제발 나를 경멸하지 않으려고 노력해 줘. 너는 우리 중 누구보다 더 선하고 순수해. 꼭 몸 조심하고.

엄마가

*
* *

미쉘과 일라나 쏘모
타르나즈 7
예루살렘

안녕하세요, 미쉘과 일라나와 사랑스러운 이프앗.

당신들이 보낸 편지와 돈은 잘 받았어요. 당신들이 그렇게 나를 걱정하고 나 때문에 호들갑을 떨다니 좀 유감이네요. 나는 백 프로 괜찮고 당신들은 별로 걱정할 게 없어요. 미쉘 아저씨가 말한 놀란 때문에 머리가 아파서 그런 건 그만두기로 했어요. 아저씨가 쓴 거 중 그 성경 구절들과 그런 거 빼고 육십 프로 정도는 나도 꽤 동의하지만, 삼십 프로 정도는 전혀 이해하지 못했어요 도대체 나한테 뭘 원하는 거예요? 당신은 친절한 사람이에요, 미쉘 아저씨. 그렇지만 아저씨는 토라와 정치 때문에 너무 헷갈리고 있어요. 이제 얼마 동안 파리에 가게 돼서 최고로 잘됐어요. 이 기회에 아주 조은 시간을 가지고 인생을 좀 즐기고 아저씨의 구원하는 일을 좀 쉬는 게 어때요? 참고로 아저씨한테 알려 드리면 별들은 아무 말도 하지 않고 물론 교훈을 설교하지도 않아요. 그냥 영혼을 조용하게 해 주는데 그게 장난이 아니에요. 나는 여기 있는 여자애들 중 하나한테 쓰기를 배우고 있고 안식일에는 원래 거의 일을 하지 않으니까 그 돈을 받았어요. 그리고 분무기와 풀 깎는 기계를 샀다는 것도 알려 줄게요. 작은 트랙터도 급하게 사야 하니까 만약 아저씨 마음이 내키면 돈을 더 보내세요. 그게 없으면 일을 계속하기가 힘들어요. 일라나, 엄마는 다 괜찮아요, 하지만 알아요? 그 감정이랑 눈물은 다 버리고 무슨 일이든 해 봐요. 편지 봉투에 이프앗을 위해 곤작새 깃털들을 넣었어요. 이웃에 사는 할머니한테 곤작새를 받았는데 그게 우리 마당을 돌아다니고 있어요. 샬롬, 안부 전해 줘요.

보아즈 .ㄱ

✲✲

.א .א 기드온 교수 귀하   예루살렘

여름 학기 프로그램, 정치학과, 프린스턴 대학교   76. 8. 20.

프린스턴, 뉴저지, 미국

　나의 알렉스. 행여 좀 진정이 되었다면, 천둥과 번개가 몰아
치는 단계를 끝내고 어느 정도 맑은 상태로 들어갔다면 내 편
지 말미에서 당신이 고려해 볼 만한 흥미로운 제안을 찾을 수
있을 거요. 이와 반대로 만약 당신이 아직도 당신의 만프레드
에게 분노가 끓어올라서, 나무나 돌에 대고 그 격렬한 노여움
을 퍼붓고, 당신 아버지의 타타르 전통에 따라 자기 연민에 푹
빠져 있다면, 인내심을 가지고 내 변론에 귀를 기울여 줄 것
을 부탁하오.

　당신이 지금 나를 어떻게 생각하는지 어렵지 않게 짐작할
수 있소. 사실 나는, 여차하면(just for the hell of it), 당신을 위해
서 나에 대한 기소문을 작성할 수도 있소. 이 늙은 만프레드
는 거기서 당신 말처럼 '가난한 자들을 위한 이아고' 역을 맡
아(아니면 부자들을 위한 이아고인가?) 당신과 함께 당신 아버지
를 배신하고, 당신의 선정적인 이혼녀와 함께 당신을 배신하
고, 그녀의 다정한 남편과 함께 그녀를 배신하고, 결국 자기
가 저지른 악행의 순환을 마무리하기 위해서 다시 당신과 함
께 쏘모를 배신하는 하이델베르크 출신 마키아벨리처럼 나올
것이오. 작하임 이쉬카리옷[213]의 제곱쯤 되겠지. 당신의 콧구

멍과 귓구멍에서 검은 연기가 피어올랐다 해도 놀랄 일은 아니오. 나는 당신이 어린 시절부터 심하게 성질을 부리곤 했던 일을 잊지 않았소. 당신은 머리털을 뽑고 그 비싼 장난감들을 부수고도 모자라 손등에 피가 맺혀 시계 모양이 나타날 때까지 이로 꽉 깨물곤 했었소. 내 입장에서 보자면 당신 마음대로 계속해서 그런 시계를 만들어 내도 좋소. 아니면 유의어 사전을 펼쳐서 저주란 저주는 다 찾아내서 가나다순으로 전부 내게 쏘아붙이든가. 어디 그렇게 한번 해 보시오(Go right ahead, be my guest). 나는 이미 삼 대에 걸친 구돈스키 집안의 모든 레퍼토리에 익숙하기 때문에 기쁜 마음으로 이자를 쳐서 돌려주겠소. 내 친구, 적어도 당신의 생각 저편 한구석에(in the back of your mind) 기억해 두는 것이 좋을 거요. 내 지혜로운 발이 당신의 고장 난 브레이크 위에 있지 않았다면 당신은 벌써 오래전에 부끄러운 곳까지 벌거벗겨지고, 재산을 모조리 날리고, 가장 가까운 빈민 보호소에 수용돼 개처럼 비참하게 죽어 갔을 것이오.

그뿐이 아니오, 알렉스. 이 끔찍한 만프레드가 없었다면 당신 아버지의 전 재산은 그의 노망난 손에서 녹아 없어졌거나 벌써 십 년 전에 사해 담수화 사업 또는 베두인들을 위한 이디쉬 대학 설립을 위해 허비되었을 것이오. 나야말로 당신을 위해 재산과 대부분의 자금을 차르의 손톱으로부터 지켜 내

---

213) '이쉬카리옷'은 카리옷 사람이라고 번역할 수 있으나, 예수를 배신한 유다의 별칭인 가룟(개역 개정판) 또는 이스카리옷(가톨릭 성경) 등으로 알려져 있다.

고 세무 당국이 숨겨 놓은 모든 볼셰비키 복병들의 코 밑을 지나 그 전리품을 무사히 당신에게 전달한 사람이오. 내가 이 것을 상기시키는 이유는, 내 사랑하는 친구여, 빗발치는 총알 밑에서 영웅적인 전과를 세웠다고 뒤늦은 훈장을 받기 위함이 아니라, 이 사실을 내 명예를 건 맹세를 위한 근거로 내세우기 위함이오. 당신은 나에게 끊임없이 조롱과 저주를 퍼부었지만 나는 당신을 배신하지 않았소, 알렉스. 오히려 나는 그동안 내내 겸손하게 당신 오른편에 서서 내가 할 수 있는 한 최선을 다해 감정적인 갈취와 계략으로부터, 특히 최근에는 당신 자신의 미쳐 버린 손으로부터 당신을 구하기 위해 조심스럽게 움직였소.

왜냐고 물었소? 좋은 질문이오. 그 질문에 대한 답은 내게 없소. 어쨌든 쉽게 할 수 있는 대답은 아니오. 당신이 허락한다면 나는 이제 작금의 상황이 초래된 과정을 여기에 기록하여 최소한 사건의 순서에 대해서만이라도 서로 의견의 일치를 볼 수 있도록 하겠소. 2월 말쯤, 갑자기 청천벽력처럼, 당신은 내게 쏘모 랍비의 십자군 원정을 지원하겠다며 지카론에 있는 부동산을 팔라고 지시했소. 나는 당신의 로빈 후드 같은 변덕이 식기를 바라는 마음에서 시간을 조금 버는 것이 좋겠다고 생각했음을 고백하오. 그리고 당신이 다시 한번 심각하게 고려해야 할 정보들을 모아서 당신 앞에 깔아 주기 위해 무척 애를 썼소. 정말로 나는 당신이 기어 올라간 개암나무에서 아주 부드럽고 요령 있게 끌어 내리기를 바라고 있었소. 당신은 그에 대한 감사의 표시로 내게, 만약 당신의 존경스러운 아버지가 당신이 누구인지 내가 누구인지 그리고 자기가 누구인지 기억할 수만 있다면 아주 반겼을 만한 굴욕적인 말과 조롱을 홍수처럼 쏟아부었소. 그러자 성인과 같은 만프레드가 한 일은? 그는 당신의 침을 얼굴에서 닦아 내고 헌신적으로 당신의 지시를 이행했소. 팔고 지불하고 말 많은 입은 굳게 다물고.

한 치의 부끄러움도 없이 고백하오, 알렉스. 이 지점에서 나는 내 마음대로 튀어나온 가장자리를 조금 다듬어도 좋다고 생각했소. 쏟아지는 포화 속에서도 나는 주도권을 잡고 그 안전장치로 쓸 비용을 마련하기 위해서 내 판단에 따라 다른 부동산을 팔았지만, 당신을 위해 지카론은 손대지 않고 지켜 냈소. 그런데 예언하는 영이 내 위에 내렸소. 내가 당신이 다음에 어떻게 변심할지 놀라울 정도로 정확하게 내다봤다는 것을 당신이 어찌 인정하지 않을 수 있을지. 왜냐하면 내가 그 미친 구돈스키라는 말을 채 끝마치기도 전에 당신은 변심해서 마치 목숨이라도 걸린 듯이 지카론에 있는 부동산에 집착했기 때문이오. 가슴에 손을 얹고 말하겠소, 알렉스. 만약 내가 2월이나 3월에 원래 당신이 지시한 바에 따라서 그 겨울 궁전을 팔아 버렸다면 당신은 내 불쌍한 목을 비틀었거나 최소한 이미 얼마 남지도 않은 내 머리카락을 다 뽑았을 것이오.

그런데 당신이 보여 준 후한 감사의 표시는 무엇이었소, 후작님? 당신은 나를 벽에 세워 놓고 해고 명령을 발사했소. 빵하고 끝을 냈소. 털썩하고 그만이었소. 그래서 난 선고를 받아들였고 당신 사업을 관리하는 일에서 물러섰소.(삼십팔 년 동안 훌륭한 구돈스키 집안을 위해 아무런 조건 없이 헌신적으로 봉사한 결과로!) 오히려 내 마음은 아주 편안했소. 그러나 내가 담배 한 대를 다 피울 새도 없이, 당신은 또 생각이 바뀌었다며 용서를 구하고, 내게 심적으로 긴급한 도움이 좀 필요하다면서 다급하게 전보를 보내왔소. 그래서 고귀한 인격을 가진 만프레드는 어떻게 했겠소? 당신과 당신의 미친 짓들을 전부 아자젤에게 보내 버리는 대신 바로 그날로 벌떡 일어서서 런던으로 종종걸음 쳐서 밤낮으로 당신 발치에 앉아 당신의 집중포화 소리와 연기 기둥을 감내했소.(당신은 나를 '약골'이라고 불렀고 나중에는 라스푸틴으로 승격시켰소.) 그리고 드디어 좀 진정이 되자 당신은 줄줄이 새로운 명령을 내렸소. 갑자기 당신은 내가 그 미녀를 그녀의 야수로부터 떼어 놓기를 원했고, "내가 당신을 위해 젠틀맨을 사겠다고 모두 다 통째로(lock, stock and barrel), 그리고 돈이 얼마가 들어도 상관없다."고 했소. 왜? 그냥. '어전 회의에서 선포된 왕의 말씀'이니 그것으로 끝이었소.

그래서 그렇게, 고귀한 만프레드는 대머리는 완전히 물에 젖고 꼬리는 다리 사이에 감춘 채, 예루살렘으로 돌아왔고 여기저기 닿아 있는 줄을 당기기 시작했소. 그런데 무슨 일이 일어났겠소? 그러는 동안 그의 마음에 아주 좋은 생각이 떠올랐소. 반항적인 여자를 길들이는 것에 관해서요. 쏘모의 거룩한 주둥이에 고삐를 채우고 그를 밧줄에 묶어 두고서, 당신 아버지의 재산을 그냥 할홀[214]에 포니베즈 예쉬바[215]를 세우거나 칼킬리야 엘릿[216)에 초르트코브 슈티블[217)을 짓는 데 낭비하지 않고 실속 있는 부동산에 투자하는 것이 훨씬 현명하지 않을까 싶던 것이오. 이것이 내가 저지른 범죄고 죄악이오. 이 재산은 우리 차르가 꿈꾸며 그리던 열매이기도 하지만 그 못지않게 작하임의 피와 땀을 먹고 자랐음을 기억해 주시오. 불행하게도 나는 구돈스키 가문 몇 대에 걸쳐 홀로 방치된 유산에 감상적인 유대감을 가지고 있는지도 모르겠소. 내 청춘을 바쳐서 쌓아 올린 최고의 업적을 내 손으로 무너뜨리고 싶은 생각은 추호도 없소. 언젠가, 사십구년쯤 내가 군 재판소 부검사로 있을 때 자기 부대에서 수류탄을 반출했던 군인 나지 카도쉬[218)의 형량을 감해 준 적이 있는데, 그는 일 년 반에 걸쳐서 수류탄 위에 아주 작은 글씨로 시편 전체를 붓으로 옮겨 적었다고 주장했소. 아마 나도 그 카도쉬를 좀 닮았나 보오.

　그래서 나는 빨래집게로 내 콧구멍을 잘 막고 민중 속으로 깊이 내려갔소. 산타 쏘모를 훈련시켜서 카미카제 광신도 대

---

214) 헤브론 근처 점령 지역에 있는 아랍 거주지.
215) 이스라엘 브네브락에 있는 유대교 교육 기관.
216) 칼킬리야는 요단강 서안 지역 서쪽 끝에 있는 팔레스타인 도시이며, 칼킬리야 엘릿은 같은 도시 고지대를 가리킨다.
217) 초르트코브는 우크라이나 도시 초르트키브에 있던 유대교 하시딤 종파다. 이 종파를 중심으로 19세기 말부터 대규모 유대인 거주지가 조성되었으나 2차 세계 대전 당시 학살을 당하며 사라졌다. 슈티블은 하시딤 종파의 회당을 가리키는 말로 사용되었다.
218) 히브리어로 여호와 앞에 거룩하게 구별된 자, 성자를 뜻한다.

신 예수회 광신도로 만들기 위해 아주 엄청난 노력을 기울이다 궤양이 생기고 말았소. 그리고 믿어도 좋아요, 내 친구 알렉스, 이 일은 아주 질이 떨어지는 즐거움이었소. 내가 억지로 삼켜야 했던 전도 설교들의 양을 생각하면 당신이 지불해야 할 나의 수고비는 미터 단위로 계산해야 마땅했소.

어쨌든 당신은 그렇게 나를 욕하고 해고하고 그 랍비 내 영혼을 정화시키려 하는 와중에도, 나는 쏘모의 손과 발을 내 사위 조하르 에트가르에게 묶어 놓았고, 180도는 아닐지 몰라도, 얼추, 최소한 90도 정도는 그를 돌려놓는 데 성공했소. 그래서 이 순간 당신의 10만은 자손을 많이 얻고 번성하라는 계명에 푹 젖어 있고 가까운 시일 안에 20만이 될 것이오.

자, 그럼 이제 당신은 내가 왜 이 고생을 사서 하는지 묻겠지? 물론 나는 이렇게 생각할 수도 있었소. 잘 들어, 만프레드. 너의 정신 나간 백작이 돼지 코에 금고리를 꼭 달고 싶어 한다면 조용히 너에게 돌아오는 수고비를 챙기고 그자가 지붕에서 뛰어 내리게 내버려 둬. 그런데 이 지점에서 마음이 약해지며 감정이 개입하게 되오. 작하임 이쉬카리옷은 은 삼십 쉐켈을(또는 그 이상을) 경시하지 않았을 테지만, 무슨 이유 때문인지 자기 주인을 십자가에 내주고 싶지는 않았소. 고아를 착취하는 일에 협력하는 것도 그랬고. 우리가 친구였소? 아니면 나만 그렇게 생각한 거요? 당신은 일고여덟 살 때, 붉은털원숭이를 위해 기념비를 짓고, 거울 앞에서 자기를 무는 좀 이상하고 우울한 아이였소. 그때 아래 서명한 본인은 이미 자신의 날카로운 지성을 당신 아버지의 꿈을 이루어 주는 데 빌려 주고 있었고, 우리는 함께, 네 개의 손으로 아무것도 없는 곳에 제국을 건설했소. 그때는 아직 파란만장한 삼십 대였소. 언젠가 그날이, 내가 마침내 책상에 앉아 시끄럽고 화려한 기억들을 정리한 자서전을 쓰게 될 날이 오면, 내 박식한 의뢰인님, 내가 당신 아버지를 위해 멍청한 에펜디[219]의 오물에서 어떻게 뒹굴었고, 영국 술을 마시면서 토하고 콧소리를 내는 유대 위원회 관리들의 볼셰비키 연설들을 참으며 어떻게 여기까지 굴러왔는지, 그리고 선물 포장지로 싸고 파란 리본을 매어 쟁반에 올려서 내가 당신에게 갖다 바친 모든 것이 전략적으로 두남[220]에 두남을 돌 위에 돌을 리라에 리라를 쌓아서 만든 것임을 당신도 알게 될 것이오. 듣든지 말든지 알아서 하시오 (Take it or leave it), 내 친구, 나는 당신이 이 모든 것을 점령 지역에 있는 아랍 폐허마다 금으로 만든 메주자[221]를 박아 넣거나, 아랍 지역 언덕에 트필린을 감거나, 이런 우상 숭배하는 모든 일에 탕진하려 한다고 생각하니 참을 수 없었소. 오히려 쏘모를 이용해서 우리의 지난날들을 되살릴 극적인 가능성이 열리는 것을 내 마음의 눈으로 보았소. 어떤 백인의 발도 닿지 않은 곳에 있는 토지를 아주 싼 가격으로 구입하고, 우리 수

---

219) 오스만 제국과 코카서스에서 귀족을 부르는 존칭.
220) 오스만 제국에서 땅의 넓이를 재는 도량형으로 썼고, 소를 몰고 하루에 갈 수 있는 넓이를 가리킨다. 현대 이스라엘에서는 1000제곱미터로 사용한다.(요르단, 레바논, 보스니아 헤르체고비나, 세르비아, 튀르키예에서도 사용한다.)
221) 성경 구절을 작은 양피지에 써서 담은 상자. 문 기둥에 붙이고 드나들 때마다 주님의 말씀을 기억하는 용도로 쓴다.(「신명기」 6: 4~9, 11: 13~21.)

레를 이 메시아의 당나귀에 묶은 다음 과거 당신 아버지를 위해 이루었던 것의 두 배를 현재 당신을 위해 할 수 있소. 이것이 내 변론이오, 알렉스. 이제 한두 가지 문제들만 남았소.

주님을 거룩하게 모시려고 순교하는 것과 맞먹는 노력으로 나는 쏘모를 올바른 (상대적으로) 길 위에 올려놓았소. 나는 그 검은 피그말리온을 시온주의 부동산 업자로 변신시켰고 안전핀과 같은 역할을 할 조하르를 그에게 붙여 놓았소. 나는 시간이 지나면서 당신도 진정을 하고 눈을 좀 뜨고 내가 새로 만든 수레에 당신 이름을 걸고 올라타 힘을 실어 주기를 기대했소. 모든 소란과 분노가 사그라질 때쯤이면 당신이 드디어 진짜 구돈스키처럼 행동하기 시작할 것이라 믿었소. 당신의 돈에 내 지능, 그리고 갑옷도 뚫는 쏘모의 탄탄한 인맥에 조하르의 열정을 더해, 우리 모두가 부유해지고 구원자가 되어 찌온으로 들어갈 수 있도록 계획을 짜 놓았소. 간단히 말해서 라쉬를 조금 인용하자면 나는 힘센 것으로부터 단것을 꺼내려고 시도했을 뿐이오.[222] 이게 전부요(And that's all there is to it), 내 친구. 오직 이런 연유로 나는 쏘모와 파리에 사는 그의 후원자와 연합 전선을 구축했고 툴루즈 사업에 끼어들었던 것이오. 당신에게 동전 한 푼 벌어 주지 못하고 재산세만 잡아먹고 있는 지카론에 있는 당신의 폐허를 미래가 달려 있는 베들레헴의 발판과 교환하자고 당신에게 간청했던 것도 오

---

222) 히브리 성서 「사사기」 14장 14절에 나오는 내용이다. 작하임은 이 말을 라쉬(랍비 쉼온 이츠학키)가 했다고 말하여 유대 전통에 대한 지식이 모자람을 보여 준다.

직 이런 이유 때문이었소. 이 말을 명심하시오, 알렉스. 우리의 볼셰비키 사상은 이미 죽어 가고 있소. 이 나라가 쏘모와 조하르 그리고 그와 같은 부류의 사람들의 손에 넘어갈 날이 머지않았소. 그렇게 되면 요단강 서안 지역과 시나이반도에 있는 토지도 신도시 건축을 위해 규제가 풀릴 것이고, 모든 흙덩어리가 금덩어리와 같은 값이 될 것이오. 날 믿으시오, 내 소중한 친구. 이보다 훨씬 적은 일에도 당신 아버지는 내 생일에 작은 메르세데스 한 대와 샴페인 한 상자를 선물로 주었을 것이오.

그런데 당신은 어떻게 했나, 내 사랑하는 친구? 만프레드의 이름을 금장한 책에 써 주는 대신, 당신에게 왕좌와 함께 그의 비스마르크를 물려준 당신 아버지에게 하루에 세 번씩 감사하는 대신, 메르세데스와 샴페인 대신 당신은 다시 나를 해고했소. 그리고 마치 술 취한 러시아 농부처럼 전보로 나를 욕하고 저주했소. 그것도 모자라서 당신은 새로운 미친 짓을 나에게 떠맡겼소. 보아즈를 그들로부터 샀소. 셰익스피어가 쓴 "말을 가져오면 내 왕국이라도 주겠노라(My kingdom for a horse)."라는 말과 같소.(그러나 멍청이에게(for an ass)는 아니오, 알렉스!) 이혼 소송으로 내게 온갖 고생은 다 시키더니 이제 와서 이게 무슨 일이오? 갑자기 보아즈라니 그게 무슨 말이오? 어째서? 무엇 때문에? 무슨 일이 있었던 거요?

왜냐하면 당신에게 그런 생각이 났으니까. '어전 회의에서 선포된 왕의 말씀'이니까 그것으로 그만이었소. 짜폰 빈야미나 지역 출신이고 프랑스 물을 먹은 러시아 귀족이 크리스털

잔을 벽에 던져 깨뜨리면 우리 하인들은 얌전히 부서진 조각들을 줍고 양탄자에 묻은 얼룩을 문질러 지울 뿐이오.

혹시 당신이 정신을 차릴까 하여 당신의 미친 지시를 이행하지 않고 미루면서 내가 인도주의적인 의무를 다했더니 당신은 다시 나를 해고했고 나 대신 로베르토를 고용했소. 당신 아버지를 쓰레기통에 집어넣었던 것처럼, 일라나와 보아즈를 고물 더미 위에 집어 던졌던 것처럼, 그리고 이제는 당신 자신도 아자젤에게 던져 넣기로 결정한 것처럼 말이오. 낡은 양말 한 켤레를 집어 던지듯이. 삼십팔 년 동안 헌신적으로 일했는데! 아무것도 없는 곳에서 구돈스키 공작의 영지를 세웠던 나를! 당신도 물론 에스키모인들이 노인들을 눈 위에 버린다는 말을 들어 본 적이 있지 않소? 심지어 그들도 얼굴에 침까지 뱉는 관습은 없소. 로베르토! 유언장이나 쓰는 그 사무관 놈을! 그 메트르 도텔[223] 놈을!

보시오, **주목하시오**(lo and behold), 리어왕과 아버지 고리오의 아름다운 영혼이 현세의 몸으로 다시 태어난 고귀한 만프레드 삼촌은 그 충격에도 불구하고 자기 자리를 지키기로 했소. 수치스러운 해고를 못 본 척하면서. "나는 여기 서 있고, 달리 어쩔 도리가 없소."[224] 한번은 우리 군사 항소심 재판소에 박격포를 쏘라는 명령을 거부한 병사 사건이 올라온 적이 있는

---

223) '집의 주인'이란 뜻으로 집사나 지배인을 가리키는 프랑스어 낱말이다.
224) 독일의 종교 개혁가 마틴 루터(Martin Luther, 1483~1546)가 1521년 보름스 의회에 참석하여 자신의 의견을 철회하라는 요구를 받았을 때 이렇게 말했다고 전해진다.

데 그는 직접 포탄에 서명을 했다고 주장하며 변명을 했었소.

그러는 동안 당신은 보아즈를 매수했고, 로베르토를 날려 버리고, 다시 나에게 돌아와서 새 출발을 하자고 간청했소. 당신은 알고 있지 않소, 나의 천재여? 이 광기에는 일종의 체계가 있소. 먼저 당신은 짓밟고(일라나를, 보아즈를, 나를, 그리고 심지어 쏘모를), 그러고 나서 그것을 정당화하고, 아부하고, 돈과 사과를 퍼붓고, 달래고, 지은 죄를 소급해서 용서해 달라며 현금으로 그것을 사려 하오. 게다가 자비를 베풀어 달라고 하고. 이게 뭐요? 민간 신앙 기독교요? 콧노래를 부르며 총을 쏜 자가 눈물을 흘리며 싸매 주고? 병 주고 약 주는 거요?

그리고 당신은 곧바로 내게 새로운 임무를 부여했소. 당신을 대신해 그 엄청난 아이를 붙잡아 놓고 당신 돈으로 그 아이가 당신 아버지의 버려진 땅 위에 히피 거주지 같은 것을 세울 수 있게 도와주라고 했소.(그런데 그 걸리버 같은 녀석은 비록 완전히 정신이 이상하지만, 구돈스키 가문의 기준에 비추어 보면 그리 나쁘지 않은 재료로 깎아 만든 것 같소.) 당신을 무조건 사랑하는 만프레드는 다시금 이를 갈면서도 당신의 몽유병 환자 같은 지시들을 충실히 이행했소. 마치 고행 수도자의 피리 소리를 들은 뱀처럼. 일부러 지카론까지 내려가는 수고를 감당했소. 간청하고. 돈을 내고. 뇌물을 주고. 지역 경찰들을 무마했소. 아마 내 몸속에는 당신을 향한 애정과 당신 건강에 대한 끊임없는 걱정을 분비하는 작은 샘이 있는 것 같소. 허락한다면, 나는 위대한 셰익스피어 그분조차도 칼질이 난무하는 장면에서 햄릿이 무심코 그의 충실한 벗 호레이쇼를 찌르게 뇌두지 않았음을 지적하고 싶소. 장난에도 한도가 있는 법이오. 내 생각에 당신에게 설명해야 할 사람은 내가 아니오. 오히려 각하 당신이 최소한 내게 공식적인 사과를 할 의무가 있소.(샴페인 한 상자를 보내든지.) 그런데 당신온 내게 지불할 돈도 있소. 나는 당신이 명령한 대로 당신의 블레셋인 골리앗에게 매달 미국 돈으로 이백오십씩 대 주고 있소. 도대체 언제부터 당신이 약자에게 신경을 썼던 거요? 당신이 잊었을까봐 말해 두는데 당신은 여기에 준비된 현금이 없소. 이에 반해 지금 당신의 빌헬름 텔 계좌에는 내 덕분에 마그디엘 툴루즈 거래로 엄청난 돈더미가 쌓여 있지만 말이오. 드높은 자기반성의 언덕에서 금전의 눈물 골짜기로 미끄러져 내려오는 것이 반갑지는 않지만 그래도 당신이 잊지 않았으면 좋겠소. 그리고 다시는 내 손자에 관해 달콤한 조항이 포함된 그 유명한 유언장을 내 앞에서 흔들어 대지 마시오. 이 늙은 만프레드가 조금은 부패했을지 몰라도 현 상태에서 노망이 나기까지는 아직 시간이 많이 남았소. 그리고 아직은 구세군 대열에 합류하겠다고 자원하지도 않았소.

어쩌면 그는 자기도 알아채지 못하는 사이에 정말 징집을 당했을지도 모르겠소. 자기도 모르는 사이에 그 불쌍한 알렉산더를 구하려고 모인 잡다한 영광의 부대에 합류한 거요? 그렇지 않다면 그가 당신과 당신의 끊임없는 변덕에 대해 말도 안 되게 헌신하는 것을 어떻게 설명하겠소?

빌어먹을, 알렉스! 쏘모하고 결혼해서, 당신의 이혼녀를 어머니로 입양하고, 그녀의 불량배 놈을 붉은털원숭이로, 로베르토를 당신의 무기를 드는 시종으로 삼으시오. 당장 꺼지시오. 이것이 내가 단호하게 당신에게 했어야 했던 말이오. 가서 당신의 바지를 유대와 사마리아를 위한 색정증 완치자 연합에 기부하고 내 불쌍한 등짝에서 당장 내려오시오.

문제는 내 안에서 오래된 연민이 순수한 이성의 소리를 자꾸자꾸 압도한다는 것이오. 홍수 이전의 기억들이 마치 수갑처럼 나를 당신에게 묶어 두고 있소. 당신은 마치 머리가 없는 녹슨 못처럼 내 영혼 속에 박혀 있소. 그리고 아마 나도 당신에게 그렇게 당신의 영혼이 있을 자리를 채우고 있는 톱니바퀴들 사이에 박혀 있을 것이오. 나는 당신이 언젠가 위스키 한 잔을 하면서 당신의 검은 마술이 어떻게 우리에게 작용하는지 설명해 주었으면 좋겠소. 당신은 어떻게, 바보 같은 만프레드 삼촌을 포함해서, 우리 모두를 자꾸자꾸 굴복시킬 수 있는 것이오? 사십삼년 내가 아직 영국군 소위에 불과할 때, 나는 어떤 독일어 문서를 번역하는 일로 한밤중에 키레나이카[225] 사막에 있는 몽고메리의 본부 천막으로 불려간 일이 있었소. 당신 앞에만 서면 나는 왜 언제나 그때처럼 그자 옆에 있는 느낌이 느껴지는 거요? 당신에게 있는 무엇이 나를 차렷 자세로 벌떡 일어나게 하는 것이오? 다시 그리고 또 번번이 나는 (상징적) 발뒤꿈치를 맞부딪치며 당신의 온갖 변덕과 욕설에 굴복하면서 "예스 세르,"라고 말하는 것이오? 당신이 우리 모두에게 거는 주문은 도대체 어떤 것이오, 심지어 대서양을 건너서

---

225) 리비아 동부 지역을 부르는 이름.

까지 작용하다니?

그것은 아마 잔인함과 무력함이 묘하게 섞인 태도 때문일지도 모르오.

나는 우리가 지난번 만났던 날 저녁에 런던 닉콜슨 건물에서 가죽 소파에 등을 대고 반듯하게 누워 있던 당신 모습이 자꾸 떠오르오.(물론 그동안 당신은 다시 미국으로 돌아갔고 세일런 아니면 팀북투에 있겠지요.) 로마 귀족 같은 당신 얼굴은 내 앞에서 필사적으로 고통을 숨기느라 굳어 있었소. 당신의 손가락은 마치 언제라도 그 안에 든 것을 내 얼굴에 뿌리거나 내 머리 위에 내려쳐 박살 낼 것처럼 찻잔을 꼭 쥐고 있었소. 당신 목소리는 맑고 차가웠고, 당신의 말은 납으로 만든 군인 인형들 같았소. 가끔씩 당신은 눈을 천천히 감았는데 마치 당신이 중세 기사의 성인 것처럼 다리를 안으로 들어 올리고 쇠창살 문을 내리닫는 것 같았소. 나는 당신이 나를 다시 주목해 주기를 기다리면서 소파 위에 팽팽하게 긴장한 채 누워 있는 당신의 등과 무표정하고 창백한 당신 얼굴과 당신 입가에 언제나 새겨져 있는 쓸쓸하고 역겨운 듯한 찡그린 표정을 보았소. 그리고 아주 눈 깜짝할 사이지만, 탱크가 쏘는 포탄들 사이로 나를 살짝 훔쳐보는 것 같은 사십 년 전에 내 기억에 남겨진 그 아이를 알아볼 수 있었소. 덩치가 큰 응석받이인데 다음 순간에 아주 도도한 턱짓으로 하인들을 시켜서 내 머리를 날려 버릴지도 모르는 퇴폐적인 어린 황제 말이오. 그냥 그렇게 말이오. 한밤중에 작은 소일거리로. 내가 더 이상 관심의 대상이 아니기 때문에.

그 순간 런던에서 당신은 그렇게 보였소. 그리고 내 속에는 무기를 드는 시종의 복종과 뭔지 알 수 없는 모호한 아버지의 연민이 뒤섞였소. 영광을 실제로 대면한 육체를 가진 자의 경외심이 당신 이마 위에 내 손을 올려놓고 싶은 갑작스러운 충동 때문에 희미해졌소. 그 옛날처럼. 마치 당신이 어렸을 때처럼.

너무 야위고 뼈만 남은 검투사의 등, 고통스러워하는 왕자의 모습, 당신의 회색빛 시선이 가진 힘, 고뇌하는 당신의 영혼이 내뿜는 광채, 강철 같은 의지의 방패. 아마 이렇게 말해야 할지도 모르겠소. 부서지기 쉬운 당신의 야만성. 무방비한 당신의 독선. 유치하지만 늑대 같은 잔인함은 마치 유리 덮개를 잃어버린 시계와 같은 존재에 비길 수 있을 것 같소. 그렇게 당신은 우리 모두에게 최면을 걸고 있소. 나 같은 사람에게도 당신에 대해 거의 여성이 느낄 법한 감정을 불러일으킨다오.

당신이 불같이 화를 낸다 해도 이번에는 나도 참지 않고 우리가 런던에서 만났을 때 당신이 내게 연민을 불러일으켰다고 쓰겠소. 마치 어느 날 갑자기 무화과를 맺기 시작하는 바람에 스스로 깜짝 놀란 늙고 껍질이 다 벗겨진 유칼립투스나무처럼 말이오. 나는 당신 때문에 마음이 아팠소. 당신이 살면서 당신 자신에게 했던 일들과 또 이제 당신의 죽음을 준비하는 방식 때문에. 당신은 이 질병을 마치 당신 자신을 겨냥한 치명적이고 정교한 미사일처럼 키워 온 것 아니오.(그 병을 억누르든 아니면 그 앞에 완전히 굴복하든 선택은 당신 손에 달려 있다는 확신이 드오.) 지금 당신은 당신 입을 반쯤 비튼 채 메마르게 웃으면서 너절한 만프레드가 또 당신 앞에서 마 야피타[226] 춤을 춘다고 쪽지에 적어 둘지도 모르겠소. 그러나 만프레드는 당신 때문에 걱정이 많소. 사십 년 전에 그를 '만프레드 삼촌'이라고 부르면서 그의 무릎 위에 올라타고 양복 윗도리 주머니들을 뒤져서 초콜릿이나 껌 한 개라도 찾아내곤 했던 그 외롭고 이상한 아이 때문에 말이오. 한때 우리는 친구였소. 그리고 지금은 나 또한 괴물이오. 물론 푸림절 괴물일 뿐이지만. 아침에 일어나서 면도를 할 때마다, 나는 내 앞 거울 속에서 대머리 악한, 쭈글쭈글한 악한, 냉소적인 인간을 보오. 그날이 오면 자기 재산을 귀한 손자들에게 물려주기 위해서 하루하루 자신의 악함을 지고 가는 자 말이오. 당신은 귀하게 여기는 것이 무엇이오, 알렉스? 아침마다 당신을 일어나게 하는 것은 무엇이오? 거울 속에서 당신을 쳐다보는 자가 누구요?

한때 우리는 친구였소. 만프레드 삼촌에게 당나귀 타는 법을 가르친 것이 바로 당신이오.(마르크 샤갈은 바로 이 광경을 그림으로 남겨 영원히 기념했어야 했소.) 그리고 나는 우리 손가락 그림자로 갖가지 동물을 만들어 벽에다 동물 극장 여는 법을 당신에게 가르쳤소. 내가 당신들 집을 자주 방문하던 때에는 가끔 당신의 잠자리에서 이야기책을 읽어 주기도 했소. 우리가 함께하곤 했던 카드놀이를 아직도 기억하는데, '검은 곰'이라고 불렀었소. 이 놀이의 목표는, 남자 무용수를 여자 무용

226) '마 야피타'는 유대교 의례서에 포함된 찬양시이며 주로 안식일 저녁 식사 때 부르는 노래다. 이 찬양시의 첫 구절은 히브리 성서 「아가」 7장 7절을 그대로 사용하고 있다.

수와, 재단사를 바느질하는 여인과, 남자 농부를 여자 농부와 짝을 짓는 식으로 각 카드의 짝을 찾아 배열하는 거였는데, 검은 곰만 짝이 없었소. 마지막에 손에 그 곰을 들고 있는 사람이 놀이의 패자가 됐소. 언제나 한 번도 예외 없이 내가 패자였소. 나는 아주 여러 번 복잡한 계략을 세워서 내가 양보한다는 사실을 들키지 않고 당신이 놀이에서 이기게 해야 했는데, 그러지 않으면 당신은 무서울 정도로 심하게 화를 냈소. 당신이 놀이에서 져서도 안 되지만, 그보다 훨씬 더 나쁜 것은 당신이 승리를 선물받았다는 의심이 드는 경우였소. 그럼 당신은 뭔가를 부수고, 던지고 찢고, 나를 속임수를 쓰는 자라고 비난하고, 피가 날 때까지 자기 손등을 깨물거나 아주 심각한 우울증에 빠져서 몽구스처럼 계단 틀 밑에 있는 좁고 어두운 구석에 기어 들어가 숨었소.

반대로 내가 놀이에서 지면 당신은 이상한 정의감을 느끼면서 언제나 자제력을 잃고 흥분하며 내게 보상을 해 주려 했소. 지하실로 뛰어 내려가서 내게 차가운 맥주를 가져다주기도 했소. 공깃돌이나 당신이 마당에서 열심히 모은 하얀 달팽이들이 가득 든 바구니를 내게 선물한 적도 있소. 내 무릎 위로 타고 올라와서 당신 아버지의 시가를 내 양복 윗도리 주머니에 몰래 넣어 주기도 했소. 그리고 한번은 겨울에 뒷방으로 몰래 숨어 들어가서 내 방수용 덧신에 묻은 진흙을 긁어서 떨어 주었소. 또 한번은 당신 아버지가 내게 큰 소리로 화를 내고 러시아어로 욕을 했는데, 당신은 고장 난 다리미로 정전을 일으켜서 그의 천둥과 번개가 한창 몰아치고 있을 때 온

집을 어둡게 만들었소.

그런데 사십일년에 나는 영국 군대에 징집되었소. 오 년 동안 사라펜드[227]와 카이로를 오가며 복무했고, 키레나이카로 이탈리아로, 이탈리아에서 독일로 오스트리아로, 오스트리아에서 헤이그로, 헤이그에서 버밍햄으로 옮겨 다녔소. 그 기간 내내 당신은 나를 기억했소, 알렉스. 이삼 주에 한 번씩 용감한 군인 만프레드는 당신이 보낸 소포를 받았소. 당신 아버지가 아니라 당신이 보낸 것을 말이오. 사탕, 모직 양말, 이스라엘 신문과 잡지들, 당신이 상상 속에서 그려 낸 무기 그림이 들어 있는 편지들. 나도 떠돌아다니는 곳마다 당신에게 엽서를 보냈소. 난 지역 우표와 지폐를 모아서 당신에게 보냈소. 사십육년에 내가 귀국했을 때 당신은 나를 위해 당신 방을 비워 주었소. 당신 아버지가 예루살렘에 날 위해 첫 번째 아파트를 빌려줄 때까지 말이오. 그리고 아직도 내 침대 옆 탁자 위에는 사십칠년 사월에 찍은 사진이 놓여 있소. 잘생기고, 슬프면서도 약간 매서워 보이는 당신이 내 결혼식에서 졸고 있는 레슬링 선수처럼 후파 기둥을 붙들고 서 있는 사진이오. 칠 년이 지난 뒤 로잘린드가 죽자, 당신과 당신 아버지는 어린 도릿을 초대해서 지카론에서 여름 내내 지내게 해 주었소. 당신은 소나무 꼭대기에 밧줄 사다리가 달린 나무 집을 지어 주어 그 아이의 마음을 영원히 사로잡았소. 당신이 예루살렘에 있는 대학에 진학했을 때, 나는 당신에게 내 아파트 열쇠를 주

227) 1차 세계 대전 당시 영국군이 이스라엘 중부에 설치한 진영.

었소. 당신이 킨네렛[228] 북부 급습 작전 중 등에 부상을 입었을 때 당신은 다시 한번 우리 집에 두 주 동안 머물렀소. 당신이 독일어와 라틴어 시험을 볼 때 준비를 도와준 사람이 바로 나요. 그 뒤에 당신의 그 갑작스럽고 떠들썩한 결혼식이 있었고, 그 후에 당신 아버지는 재산을 온갖 자선 재단에 뿌려 대고 열 지파를 대표하고 있다고 장담하던 사기꾼들에게 수표를 남발하기 시작했소. 결국 그의 체르케스 사람들을 보내어 이웃에 있는 키부츠를 밤에 급습하기에 이르렀고, 그래서 우리 둘이 만나서 반란을 계획하기로 했소. 우리, 당신과 내가 그 재산을 구하고 차르를 보호 기관에 가둘 때까지 내가 당신 이름으로 진행한 열한 번의 재판을 잊을 수 없소. 당신은 내가 당신의 이혼 재판에서 당신을 위해서 한 일들을 잊을 수 없을 거요. 내가 이런 내용들을 글로 쓰는 것은 당신이 전 세계적인 명성을 쌓고 당신 책이 아홉 개 언어로 번역되는 동안 만프레드 삼촌이 당신이 어릴 때부터 지금까지 그리고 계속해서 당신을 등에 업고 다녔다는 사실을 말하기 위해서요. 물론 당신도 도릿과 조하르가 일본으로 신혼여행을 갈 때 비용을 대 주었고 또 내 손주들이 태어날 때마다 넉넉하게 저축 계좌를 하나씩 개설해 주었소. 이것들이 모두 냉정하게 계산된 투자였소? 내 어두운 눈을 밝혀 주면 감사하겠소. 그리고 저주든 모욕이든 좋으니 내가 여기 쓴 일들이 실제로 있었다는 사

---

228) 이스라엘 북부에 있는 호수. 일반적으로 갈릴리 호수(바다)라고 알려져 있다.

실을 글로 써서 확인해 주기 바라오. 그렇지 않으면 나는 우리 중 한 사람은 이미 노망이 나서 자기 머릿속에서 생긴 환상을 보는 것이라고 결론을 내릴 수밖에 없소. 우리가 친구요, 알렉스? 예 또는 아니오로 내게 대답하시오. 우리 사이에 이것만은 확실히 해 둡시다(Just to set our record straight). 그리고 무엇보다 중요한 것은, 내게 지시만 내리면 마그디엘에서 나온 현금을 베들레헴 농지를 구매하는 데 투자하겠다는 것이오. 건강 조심하고 내가 무엇을 도울 수 있을지 써 보내시오.

인장을 지키는 자,

만프레드 삼촌

**
*

전보

내 친구 작하임 예루살렘 이스라엘

보아즈에게 지급한 것과 관련해서 당신이 받아야 할 액수를 내 계좌에서 인출하고 뇌물로 2000을 더 받고 꼬리를 흔들며 비굴하게 굴지 마시오. 알렉스.

**
*

전보

기드온 여름 학기 프로그램 프린스턴

난 당나귀 같은 멍청이고 당신은 희망이 없소. 당신 계좌에서 오천을 인출했소. 자세한 청구서를 보내겠소. 로베르토는 당신 일을 다시 맡지 않겠다고 확실하게 거절했소. 누구에게 당신 서류들을 넘길지 빠른 시일 안에 알려 주기 바라오. 다른 사람들이 당신에게 소매 없는 옷을 입히기 전에 당신이 자진해서 입원하는 것이 제일 좋을 것이오. 만프레드.

**

전보

내 친구 작하임 예루살렘 이스라엘

당신의 사표는 수리되지 않았소. 당신이 입을 다물고 얌전하게 굴고 뒷조사를 하거나 우리 모두의 인생을 들쑤시고 다니지 않는다는 조건하에 계속해서 내 재산을 관리하도록 허락하겠소. 당신은 사업 관련 대리인이지 고해성사를 받는 신부가 아니오. 당신 손주들은 내 유언장에 아직 남아 있고 그 이유는 귀신만 알고 있소. 알렉스.

**

전보

기드온 여름 학기 프로그램 프린스턴

내 사표는 아직 유효하오. 당신과는 영원히 끝이오. 당신 서류를 누구에게 넘길지 다시 한번 지시를 요청하오. 만프레드 작하임.

전보

내 친구 작하임 예루살렘 이스라엘

만프레드 진정하시오. 방사선 치료를 위해 뉴욕 마운트 시나이 병원에 일주일 입원하오. 유산은 내 아들과 그녀의 딸과 당신 손주들에게 나눠 줄 생각이오. 지금 날 떠나지 마시오. 방사선 치료가 끝나면 이스라엘로 돌아갈까 생각하오. 항암 치료를 받을 수 있는 조용한 사설 병원을 알아봐 줄 수 있겠소. 계속 내 곁에 있는다는 조건으로 내 재산을 자유롭게 관리할 권한을 주겠소. 너무 가혹하게 굴지 마시오. 알렉스.

전보

기드온 마운트 시나이 병원 뉴욕

어제 통화했던 내용과 관련하여, 당신이 온다고 결정할 경우 개인 의사와 간호원들이 있는 최고의 병원을 포함하여 모든 것이 준비되었소. 쏘모 가족과 보아즈를 치밀하게 조사하는 일에서 손을 떼라고 잔드에게 지시했소. 당신의 현금을 야테드 회사에 투자했으나 부동산은 손대지 않았소. 당신은 내가 당신의 상태를 일라나와 보아즈에게 알리는 것을 원치 않는 것으로 알아들었소. 당신이 다른 지시를 하지 않는 한 도릿과 내가 주말에 뉴욕에 가서 당신 곁을 지키겠소. 당신의 허락을 구하며 안아 주고 싶은 마음을 전하오. 만프레드.

**

전보

내 친구 작하임 예루살렘 이스라엘

고맙소. 오지 마시오. 그럴 필요 없소. 수정한 유언장을 보냈소. 내가 갈 수도 있소. 그러지 않을 수도 있고. 내 상태는 매우 양호하오. 내가 쉴 수 있도록 내버려 두시오. 알렉스.

**

전보

쏘모 호텔 카스틸 루 감본 파리스 9

미쉘 화내지 말아요. 난 이프앗과 함께 지카론에 왔어요. 그럴 수밖에 없었어요. 이해해 주세요. 당신을 위해서 안식일과 음식법을 지키도록 노력할 거예요. 당신이 계획을 바꾸어 가며 일찍 귀국할 필요는 없어요. 보아즈가 당신에게 안부와 사랑을 전하고 거기서 즐겁게 지내고 걱정은 말라는 말도 전해요. 사랑해요. 일라나.

**

전보

쏘모 부인 기드온 저택 지크론 야아콥 지역 이스라엘

일라나 당장 딸아이와 함께 집으로 돌아가시오. 그렇지 않으면 알말릭에게 부탁해서 당신을 순찰차에 태워 집으로 데리고 오게 하겠소. 나는 이곳에 며칠 더 머물러야 하고 죽을 지경이오. 당신이 오늘 안으로 돌아간다는 조건으로 당신을 용서하고 면제하오. 나는 당신에게 죄를 지은 적이 없고 이런 대접을 받고 싶지도 않소. 몹시 슬프오. 미쉘.

*
**

제닌 폭스 부인 귀하   8. 31, 23:35
할리몬 4
라맛 핫샤론

친애하는 제닌,

벌써 이틀째 나는 전화를 계속하며 너를 찾고 있어. 오늘 저녁에는 직접 너희 집에 찾아왔지만 문은 전부 굳게 닫히고 열쇠로 잠겨 있었어. 이웃들에게 물어보니 너희들이 로도스로 단체 여행을 떠났고 아테네에서 엘알[229]을 타고 아침 일찍 돌아올 예정이라고 하더군. 나는 내가 맡은 직책 때문에 엘랏으로 출장을 가야 해서 네가 돌아와 이 편지를 발견하게 되기

---

229) 이스라엘 항공사 이름.

를 바라면서 문 밑에 밀어 넣어 두기로 했다. 이 건은 우리 친구 미셸(쏘모)에 관한 일이야. 미셸은 어떤 공적인 일로 파리에 갔었어.(그리고 지금 마르세유에 있는 여동생 근처에 살고 계시는 부모님도 방문하고.) 그가 그저께 귀국해서 보니 그의 아내가 자기 마음대로 일을 벌이는 바람에 매우 곤란한 상황에 빠졌어. 그녀가 지크론 야아콥과 빈야미나 사이에 있는 버려진 건물에 산다는 전남편의 아들과 지내려고 어린 딸을 데리고 그곳으로 가 버렸기 때문이지. 그리고 미셸이 돌아오기 하루 전쯤 그녀의 첫 남편도 그곳에 나타났다고 하더군.(아메리카로 이민 간 학자.) 이런 불명예스러운 상황 때문에 미셸이 받았을 충격과 우리 친구 쏘모 집안이 당한 전무후무한 수치를 너도 상상할 수 있을 거다. 그녀는 그렇게 첫 남편과 같이 살고 있고, 욕을 먹어도 시원찮을 판국에 현재까지 집으로 돌아오기를 거절하고 있고, 미셸은 세상이 온통 무너지는 경험을 하는 중이다.

나와 미셸의 형과 다른 친구 두 명이 그녀를 설득해 보려고 어제 그곳에 갔었는데 무슨 일이 있었는 줄 알아? 그녀는 심지어 우리와 만나는 것도 거절했어. 그래서 그렇게 우리는 빈손으로 예루살렘에 돌아왔고 밤 세시 반까지 가족과 함께 앉아서 슬퍼하며 수치스러워하다가 다음과 같은 제안을 하게 됐어. 미셸이 자기 동의 없이 그 집에서 딸아이를 데리고 나간 그녀에 대하여 민원을 접수하고 이 행위가 납치로 볼 구석이 있다고 주장하는 거지.

그런데 문제는 미셸이 심각한 정신적 우울증에 빠져서 당나귀처럼 고집을 피우며 자기 아내에 대한 형사 고소를 제기하지 않겠다고 하고, 죽는 것이 더 낫겠다며, 어떻게 해야 할지에 대해서는 말이 없고, 이런 한심한 말만 계속한다는 거야. 내가 보기에 그는 완전히 실의에 빠졌고 거의 절망한 것 같았어. 그리고 그가 고소를 하지 않으면 내가 할 수 있는 일은 아무것도 없어. 그의 형제들과 사촌들은 그곳에 가서 내가 여기에 글로 다시 옮기고 싶지도 않은 무모한 행동이라도 저지를 생각이었지만 내가 정말 어렵게 그들을 뜯어말렸어.

내 친구 제닌, 간단히 말해서 너와 브루노는 이 일에 관련된 모든 당사자들과 개인적으로 친분이 있잖아. 말하자면 미쉘과 일라나와도, 그리고 내가 그녀의 아들 보아즈를 석방하고 난 뒤에 그 애가 얼마 동안 너희 집에 함께 살았으니까 그애도 잘 알지. 그리고 브루노는 한때 그 첫 남편 밑에서 군 복무를 해서 그를 좀 아니까 혹시 너희 둘이 그곳에 가서 그들과 터놓고 이야기를 해 보면 어떨까? 혹시라도 신문에 이런 추문이 실리고 민망하고 수치스러운 일이 벌어져서 미쉘과 쏘모 가족 전체가 너무 큰 피해를 입기 전에 말이다. 내가 가족과 친구 전체를 대표해서 아주 간절한 마음으로 부탁한다. 우리 모두가 너희에게 희망을 걸고 있어.

만약 내가 함께 가는 게(제복은 입지 않고) 도움이 될 것 같다면, 나 역시 엘랏에서 돌아오자마자 너희와 함께 그곳으로 갈 준비가 되어 있어. 텔아비브 지구 본부대에 전화를 걸어 알말릭 경찰서장 앞으로 메시지를 남기면 그들이 알아서 내게 전해 줄 거야. 그렇지만 말이야, 시간을 낭비하지 말고 너희 둘이 최대한 빨리 서둘러서 가는 것이 더 낫지 않을까? 그리고 제닌, 미쉘이 상태가 아주 심각하니 지체하지 말고 미쉘에게 전화를 해서 그를 위로하고 절대 어리석은 짓을 하지 말고 잘못된 제안에 귀를 기울이지 말라고 말해 줘라.

고마운 마음과 너희들이 성공하기를 바라면서
그리고 물론 언제나처럼 우정을 담아,
당신들의 프로스페르 알말릭

$$**$$

.א 기드온 씨	주님의 도움으로
기드온 건물	예루살렘
지크론 야아콥	거룩한 안식일 저녁
인편으로 전달	5736년 엘룰월 8일(9. 3.)

선생님,
이 편지는 안식일이 시작되기 전에 인편으로 당신에게 배달될 것이고, 우리는 당신에게 약 서른 시간 정도 스스로를 돌아보고 반성할 기회를 드리며, 일요일 오전 9시 30분에 내 친구 몇 명이 당신 집으로 내 딸 마들렌 이프앗을 데리러 갈 텐데, 공손하고 예의 바른 방법이 될지 다른 방법이 될지는 당신의 행동에 따라 달라질 겁니다. 역시 당신의 거처에 머물고 있는 그 불쌍한 여자에 관해서는, 그녀는 자신의 운명을 스스

로 책임져야 할 것입니다. 내 영혼이 내 마음을 비웠는데 내가 어떻게 그녀의 얼굴을 다시 볼 수 있겠습니까? 어젯밤 존경하는 부스킬라 랍비가 설명해 주신 바에 따르면 그녀는 아직 조사가 더 필요한 상태입니다. 할라카 법 전통에 의거하여 그녀는 지금 그녀의 남편에게나 그녀의 연인에게 모두 접근이 금지되어 이 세상과 다음 세상 모두 희망이 없는 상태일 가능성이 높습니다. 어쨌든 현재 나의 요구 사항은 내 딸 마들렌 이프앗하고만 관련이 있으며 토라의 법으로나 세속 왕국의 법으로나 당신은 아무런 권리도 아무런 책임도 아무런 자격도 없으니 일요일 아침에 그 아이를 조용히 넘겨주는 것이 좋을 것이며 그럼 우리가 아무런 조치도 취할 필요가 없을 것입니다. 미리 경고를 드리는 것입니다, 선생님.

미카엘(미쉘 앙리) 쏘모

추신

내가 죽어도 이해하지 못할 것은, 아무리 뒤틀려 있다 해도 어떻게 당신이 이렇게 명예롭지 못한 짓을 할 수 있단 말입니까? 이렇게 잔인하게? 심지어 이교도들이나 도둑들과 강도 패거리들 가운데서도 이런 일은 들어 본 적이 없습니다. 선생님은 나탄 예언자에 관해 들어 보았습니까? 다윗 왕이 밧셰바에게 지은 죄에 대해서는요? 혹시 이 시대의 현대적인 교수들은 이미 토라에 기록된 내용을 알아야 될 의무에서 해방된 것입니까?

나는 애곡하는 사람처럼 내 뺨의 수염을 자르지 않은 채 벌써 사흘 낮과 나흘 밤 동안 예루살렘 거리를 헤매고 있는데, 내가 어떻게 면도를 할 수 있겠습니까? 헤매고 다니면서 스스로에게 묻습니다. 당신은 유대인입니까, 아니면 아말렉 사람입니까? 당신은 신의 모습으로 창조된 인간입니까, 아니면, 하느님 맙소사, 해를 끼치는 귀신입니까? 당신이 과거에 그 여자와 아이에게 지었던 죄들은 당신이 얼마 전에 저지른 새로운 역겨운 짓 앞에서는 모두 눈처럼 하얗게 변할 것입니다. 심지어 소돔과 고모라 사람들도 당신을 받아 주지 않을 것입니다! 자기 아내를 학대하고, 그 아이를 혐오스러운 잡초처럼 눈앞에서 내쳐 버리고도 모자라서, 당신은 다시 돌아와 그 부정한 발톱을 이 가난한 자의 암양에게 들이대고 내 피까지 흘리게 하고 그 피 위에 섰습니다.

사실 나는 당신 같은 자가, 악인으로 정해진 자 그리고 블리야알[230]의 혼을 덮어쓴 비열한 자가 하늘을 두려워하는 마음이나 양심의 가책이 있기나 한지 의심스럽습니다. 아마도 없겠지요. 여기 예루살렘에서 사람들이 당신에 관하여 하는 말을 들어 보니, 당신은 아랍인들이 열성적으로 떠받드는 사람이라고 하더군요. 당신의 '관점'에 따르면, 여기는 하늘로부터 이브라힘의 후손들에게 약속된 이스마엘의 땅이고, 무싸가 멀리서 바라보았고 다우드가 다스렸던 땅이며, 우리는 전

---

230) 블리야알은 히브리 성서에 나오는 표현으로 '가치 없는, 쓸모없는, 무익한' 사람을 뜻한다.(「시편」 18: 4 참조.) 신약 성서에서는 악마 이름으로 쓰기도 한다. 사해 사본에서는 악마와 어둠의 왕으로 묘사된다.

혀 이곳과 아무런 볼일이 없을 것입니다. 만약 그렇다면 당신은 최소한 나를 아랍인으로 생각해 줄 수는 없습니까? 최소한 아랍인들을 대하는 당신의 훌륭한 원칙을 따라 나를 대해 줄 수는 없습니까? 그럼, 당신은 아랍인의 아내도 취할 생각입니까? 그의 딸도? 그 가난한 자의 암양도? 만약 누군가가 이런 일을 했다면 심지어 아랍인 중 가장 못한 자에게라도 저질렀다면, 물론 당신은 당장 신문에 기고하고 시위를 하고 성명서에 서명하면서 하늘과 땅이 울리도록 소란을 피웠을 것입니다. 그러나 우리는 버려진 자들이고 우리 피는 흘려도 무방하고, 우리 이웃에게는 수치고 주위에 있는 모든 사람에게 조소와 조롱거리일 뿐입니다. 지금 우리는 이미 두려움의 날들을 살고 있으며, 기드온 씨, 당신은 오만한 자들에게 그 값을 치르게 하실 분이 계시며 그의 면전에는 웃고 넘어가거나 못 보고 지나침이 없음을 기억하는 것이 좋을 것입니다. 아니면 내가 인생을 헛 산 것입니까? 그럴 리는 없겠지만 혹시 저 하늘이 텅 비어 있답니까? 심판도 없고 심판관도 없습니까? 혹시 이 세상이 이미 버림을 받았습니까?

사실 처음부터 나는 당신 마음속에 역겨운 것 일곱 가지가 있을 거라고 의심했습니다.[231] 당신과 그 불쌍한 여자가 갑자기 관례를 벗어나 서로 편지를 주고받기 시작했을 때부터 말입니다. 당신의 수표들이 은혜로운 비처럼 우리 위에 내리기 시작하던 때부터 말입니다. 이따금 나는 당신이 우리 발밑에

---

231) 히브리 성서 「잠언」 26장 25절에 나오는 내용이다.

그물을 치지 않을까 두려워서 밤에 속이 타들어 간 적도 있습니다. 이게 무슨 일입니까? 당신 몸속에 갑자기 새로운 심장이라도 들어왔습니까? 아니면 우리 앞에서 춤을 추는 자가 사탄입니까? 무엇 때문에 그는 우리에게 이 모든 돈을 쏟아붓는 것입니까? 아니면 「시편」에 기록한 것처럼 결국에는 가난한 자를 그의 고삐로 그의 그물로 잡으려고 숨어서 기다리는 것입니까?[232] 그러나 나는 이 시험도 견뎌 낼 의무가 있을지 모른다고 나 자신을 다독였습니다. 의심에 빠지지 말자고. 당신에게 의심스러운 상황을 즐기도록 허락해 주면서 회개의 문을 열어 주자고. 그는 눈이 정결하여 악을 보지 않는다고 했으니,[233] 그것이 바로 나였고, 그 더러운 관계를 싹부터 자르지 않았던 이유입니다.

그런데 나도 죄를 지은 것입니까? 탐욕이 내 눈을 멀게 만든 것입니까?

오늘 내가 내 죄를 고백하자면, 나는 "너무 많이 의롭지 말아라."[234]라고 기록한 것을 어겼습니다. 그리고 지금 하늘이 내게 갑절로 벌을 주고 계십니다. 이제 나는 교훈을 배울 것이고 내 등을 때리는 자에게 내주지 않고 다른 뺨을 내주지도 않을 것이니, 그것은 유대교의 울타리를 넘어서는 것이기 때문이며, 오히려 사악한 자에게는 유월절 예배서가 우리에게 명령한 것을 할 것입니다. 이제 나는 내 벌을 받고 있으나 당신은 내 등

---

232) 히브리 성서 「시편」 10장 9절에 나오는 내용이다..
233) 히브리 성서 「하박국」 1장 13절에 나오는 내용이다.
234) 히브리 성서 「전도서」 7장 16절에 나오는 내용이다.

을 때리는 채찍일 뿐입니다. 오륙 년 동안 미카엘 쏘모는 머리를 쳐들고 살았고, 오륙 년 동안 아버지와 남편과 인간으로 똑바로 설 수 있었으나, 이제 그는 이자를 붙여서 빚을 갚고 다시 한번 무일푼이 될 때입니다. 위로 올라가기 위해 용기를 내며 밟았던 그곳, 그 땅바닥으로 돌아가야 할 것입니다.

오늘 저녁 해가 지기 시작할 무렵에 나는 탈피옷 숲에 가서 잠깐 서 있었습니다. 산을 향해 내 눈을 들었고 어디로부터 내 도움이 올지 바라보았습니다.[235] 쏘모는 어디에 있고 산들은 어디에 있는지. 산들은 침묵을 지켰고 언제까지 사악한 자들이 기뻐하게 될지[236] 같은 아주 오래된 질문에 대답하려 하지 않았습니다. 모든 땅을 심판하는 분이 재판을 하지 않으십니까?[237] 산들이 대답은 하지 않고 어둠에 휩싸였습니다. 내가 누구이기에 불평을 하겠습니까? 부스킬라 랍비는 내게 고통을 사랑으로 받아들이라고 조언해 주셨습니다. 그는 나보다 더 위대하고 선한 사람들이 수천 년 전부터 위와 같은 질문들을 해 왔지만 답을 얻지 못했음을 말해 주셨습니다. 산들은 어둠에 휩싸인 채 나에게 주목하지 않았습니다. 그래서 나는 그곳에 조금 더 서 있었고, 바람이 나 같은 자도 어루만져 주는 것에 깜짝 놀랐고, 별들이 이 벌레 같은 자에게도 모습을 드러내는 것이 놀라워서 추워질 때까지 머물렀습니다. 그때

---

235) 히브리 성서 「시편」 121장 1절에 나오는 문장을 조금 바꾸어 인용하고 있다.
236) 히브리 성서 「시편」 94장 3절에 나오는 내용이다.
237) 히브리 성서 「창세기」 18장 25절에 나오는 내용이다.

깨달았습니다, 어렴풋이. 쏘모는 매우 작은 존재라는 것을 말입니다. 그의 슬픔은 지나가는 그림자와 같습니다. 그는 자기 자신보다 더 놀라운 존재에 대해 질문할 수 없습니다. 내가 잠깐 동안 신의 섭리를 곱씹어 생각했다 해도, 잠깐 동안 내 영혼이 죽기를 바랐다 해도, 그리고 심지어 내 손으로 당신을 죽이러 갈까 하는 끔찍한 생각을 떠올렸다 해도, 잠시 후에 나는 후회했고 포기했습니다. 달이 떠오를 때쯤 나는 이미 내 영혼을 마주하고 평화를 얻었습니다. 내 날들은 기우는 그림자와 같고 나는 잡초처럼 시들 것입니다.[238]

그러나 선생님은 어떻게 할 셈입니까? 당신은 어떻게 두려워하지 않을 수 있습니까? 당신은 어디로 눈을 들겠습니까? 당신 손이 피로 가득한데 말입니까?

당신이 아랍인들과 이스라엘의 원수들을 대변하는 변호인인지 모르겠지만, 사실 당신은 전쟁에 나가 아랍인들의 피를 물처럼 쏟았고 전쟁에 나가지 않았을 때도 분명히 그랬을 것입니다. 그렇지만 나는, 소위 민족주의자이고 극단주의자인 나는 인생 전체를 통틀어 한 번도 피를 흘리게 한 적이 없습니다. 단 한 방울도. 나와 내 선조들이 그들에게 폭력과 침 뱉음과 그보다 더 심한 짓들을 당하여 배가 부를 지경인데도, 나는 아랍인의 머리에서 머리털 한 올도 뽑은 적이 없습니다. 나는 유대인에게도 이방인에게도 해를 끼치거나 괴롭힌 적이 없고 오직 자제하면서 침묵을 지켰습니다. 그런데 어떻게 됐

---

238) 히브리 성서 「시편」 102장 11절에 나오는 내용이다.

습니까? 당신은 아주 자비롭고 관대하고 인도적인 사람이 되고 나는 광신적이고 잔인한 사람이 됩니다. 당신은 세계적으로 명성이 자자한 사람이고 나는 생각이 좁고 편협한 사람이라고 합니다. 당신은 평화를 추구하는 동맹에 속하고 나는 피를 부르는 집단에 속한다고 합니다. 왜 이런 사악한 중상모략이 날개를 달고 퍼지겠습니까? 왜냐하면 당신과 당신 같은 자는 칭송이 어울리고 나와 나 같은 자는 침묵만이 어울리기 때문입니다. 아랍인들의 피를 그렇게 많이 쏟게 한 당신은 그런 식으로도 피를 쏟게 하는 자가 된 것입니다. 어린 시절 우리가 당신들을 얼마나 존경했는지! 우리가 깊은 구덩이 속에서 얼마나 당신들을 향해 눈을 들었는지요! 영웅 칠십 명![239] 거인들! 새로운 유다 왕국의 사자들! 그러나 내가 당신과 논쟁을 하며 내가 받은 굴욕들을 그 앞에 읊어 봐야 무슨 소용이 있겠습니까. 당신은 일요일 아침에 내 딸을 내게 돌려주어야 하며 그다음에는…… 지옥 불에나 떨어져 버리시오. 어쩌면 당신은 여기에 쓴 글을 읽으면서 조롱 섞인 웃음을 짓고, 내 말투를 흉내 내고, 나의 사고방식을 비웃을지도 모르겠습니다. 그리고 그녀는 당신에게 그만두라고 야단을 치면서 불쌍한 사람을 비웃는 것은 좋은 일이 아니라고 말하지만, 자기도 모르게 떠오르는 미소를 억누르지 못하겠지요. 내가 잃어버린 것은 잃어버린 것일 뿐입니다.

---

239) 유대 전통에 따르면 모세와 광야를 여행할 때 장로 칠십 명이 함께했다고 하며(「출애굽기」 24: 1, 9, 「민수기」 11: 16, 24) 후대에는 싼헤드린에 장로 칠십 명이 모여서 중요한 일들을 결정했다고 한다.

다윗 왕이 성전을 지을 수 없었던 것은 그럴 만한 이유가 있었기 때문입니다. 하늘도 그의 손에 무죄한 피가 가득한 것을 악한 행위로 여겼기 때문입니다. 그러나 이 벌이 피를 쏟은 자들을 위로하지는 못했을 것입니다. 다윗 왕 시대에 쏘모의 기준에 맞게 태어나 살던 사람은 그때도 당연히 자기 유업을 늘리지 못했습니다. 우리는 흙으로 돌아갈 지푸라기입니다. 바람에 날리는 곡식 겉껍질. 당신들의 발에 밟히는 문턱일 뿐입니다.

친척들과 친구들과 아는 사람들이 찾아와서 아침부터 저녁까지 우리 집에 앉아서 애곡하며 위로합니다. 죽은 사람이 있는 집처럼 슬퍼하는 얼굴로 집에 들어와서 내 손을 꼭 잡고 강하고 담대하라고 말합니다. 나는 이레 동안 곡하는 상주 같지만 내 마음은 아직 그녀를 완전히 잘라 버리지 못합니다. 아직도 의혹의 그림자가 남아 있기 때문일까요? 나는 이 의혹을 그녀에게 유리하게 해석하기로 했는데, 물론 내가 정하는 조건과 부스킬라 랍비의 결정에 따를 것입니다. 그러나 내 딸은 일요일 아침에 돌려주어야 하며 두 시간도 늦어서는 안 되고 그렇지 않으면 나는 필사적인 조치를 취할 수밖에 없습니다. 나는 당신 집으로 가서 손에 플래카드를 들고 밤낮으로 당신 집 문 앞에 서 있을 생각까지 했습니다. 이스라엘에서 극악한 일이 벌어졌다.[240] 우리 친척들과 친구들은 당신에 대

---

240) 이 문장은 히브리 성서 「신명기」 22장 21절, 「여호수아」 7장 15절, 「예레미야」 29장 23절에 조금씩 다른 모습으로 등장하며 윤리적인 범죄와 종교적인 죄를 가리킨다.

해 취할 훨씬 더 성급한 조치를 논의하고 있습니다. 그러나 어쩌겠습니까? 그래도 하늘에서 나를 막고 계신 듯합니다. 내가 당신과 같은 비열한 수준으로 떨어지지 않도록 말입니다.

　오늘 하루 종일 여기 우리 집에 내 귀한 형수님이 와서 나와 함께 있어 주었습니다. 자기 아이들을 집에 놔두고 고통에 빠진 나와 함께하려고 온 겁니다. 그녀는 손님들에게 차가운 청량음료와 짭짤한 과자와 쓴 커피를 내왔고, 재떨이를 비웠고, 드세요 드세요 하며 내게 강권했고, 나는 그녀의 말을 듣고 눈물로 내 빵을 먹었습니다. 좋은 사람들이 내가 고난을 잠시라도 잊을 수 있도록 하루 종일 애썼습니다. 그들은 나에게 정부에 관해서, 아그라나트 위원회[241]에 관해 라빈과 키신저와 후세인에 관해 말을 걸었습니다. 나는 최선을 다해서 그들에게 괜찮은 척했습니다. 심지어 작하임 씨도 이곳에 왔었습니다. 그 출중한 언변을 발휘하며 자기가 중재자가 되겠노라 제안하기도 했습니다. 우리에게 왜 중재자가 필요합니까, 선생님? 내 딸만 내게 돌려주시고, 그 후에는 당신의 운명을 마주하면 됩니다. 그리고 그 여자도 자신의 운명을 마주해야겠지요. 어제 저녁에는 손님들이 다 가고 난 뒤에 내 형님이 코냑 한 병을 들고 와서, 나를 안아 주고 입을 맞추고는, 아주 슬픈 목소리로 이렇게 말했습니다. 우리는 그들과 결혼하면 안 돼. 그들은 뭔가 우리가 이해할 수도 없고 알지도 못하

---

241) 1973년 '욤 키푸르 전쟁' 초반에 이스라엘 방위군이 국경 수비에 실패한 원인을 조사하기 위해 조직된 국정 조사 위원회다.

는 아주 나쁜 것에 감염돼 있어. 그리고 우리는 우리끼리 지내야 해. 우리가 그들에게 아무것도 옮기지 말고 또한 그들에게서 아무것도 옮지 않도록 말이야. 형님은 그렇게 말한 뒤 형수를 데리고 돌아갔습니다. 나도 집에서 나와서 거리를 좀 돌아다녔습니다. 해가 지는 모습을 보려고 언덕에 올라가서 쓸데없는 질문들을 했습니다. 대답으로 나무들이 속삭이는 소리만 들려왔습니다. 혹시 이 모든 것이 실수였을까요? 에덴동산과 홍수와 모리아산과 불타는 가시덤불이 존재하지도 않았고 창조된 적도 없는 비유에 불과할까요? 혹시 위대한 학자들이 실수로 장소를 잘못 찾아서, 여기가 고대 예루살렘도 아니고 토라에 나오는 이스라엘 땅도 아닌 전혀 다른 곳인 것일까요? 어두운 산들 저 너머에? 그런 실수가 일어날 수는 없을까요? 뭐, 과학자들도 실수를 하지 않습니까? 어쩌면 그 때문에 이 땅에 신이 없는 일이 벌어진 걸까요?

달이 산 위로 떠올랐고 나는 집으로 돌아섰습니다. 달과는 아무 볼일이 없습니다, 다시 본능이 나를 재촉해서 내 영혼이 죽기를 바라거나 선생을 목 졸라 죽이면 안 되니까요. 텅 빈 집에 돌아온 내가, 내 형이 가져온 코냑을 따르고, 텔레비전을 켜고, 어둠 속에 앉아서 아메리카의 하와이 땅에서 잘생기고 민첩한 형사들이 권총을 들고 범죄자의 뒤를 쫓아 달리는 모습을 보는 것 말고 더 이상 무슨 할 일이 있겠습니까? 그러나 내 마음은 나와 함께 있지 않았습니다. 하와이 땅에서 정의가 구현된들 나에게 무슨 소용이 있겠습니까? 그들이 뛰어다니고 총싸움을 하는 그 추격전 도중에 나는 벌떡 일어서서 그들을 떠났습니다. 그들이 날 도와줄 이유는 없으니까요. 그들은 어둠 속에서 자기들끼리 번쩍이라지요. 그 대신 나는 발코니로 나가서 이 땅은 아직 제자리에 있는지 그리고 저 달은 이스라엘에서 벌어진 극악한 일에도 불구하고 그 은빛 궤도를 따라 기울고 있는지 살펴보았습니다. 인도를 지나가는 행인들이 내 앞을 지나 한 사람 한 사람 자기 집으로 자기 아내와 아이들에게로 가고 있었고 내 눈은 그들의 그림자를 뒤쫓았습니다. 내 수치심을 어디로 끌고 가야 할지도 찾을 수 있을까요?

마침내 거리는 텅 비었고 나는 방으로 돌아와 그동안 하와이에서 모든 것이 평화롭게 제자리를 찾은 것을 보았습니다. 내가 내 딸아이를 데리고 하와이에 가서 살면 어떨까요?

나는 부엌에 앉아 못에 걸린 그녀의 앞치마를 마주 보고, 벽 너머에서 그리고 위층에서 들리는 이웃들의 발자국 소리를 세고, 위로받으려고 한참 동안 「시편」 책장만 계속 넘기지만 소용없습니다. 오히려 이 책보다는 「욥기」를 읽는 것이 나와 더 어울릴지도 모르겠습니다. 왜 내가 교만했던 걸까요? 왜 나는 높은 자의 딸들 중에서 아내를 맞았던 걸까요? 왜 내가 잘난 척을 했던 걸까요? 흐릿해져 가는 눈으로 나는 기록된 본문을 낭송합니다. 창피를 당하고 망신을 당하는 것은 내 생명을 잡으려는 자들이, 뒤로 물러서는 것은 내게 해를 입히려는 자들이, 그들의 길은 어둡고 미끄러우니, 그들이 이유 없이 나를 잡을 구덩이에 그물을 숨겨 놓았고 이유 없이 내 생명을 잡으려고 그것을 팠기 때문입니다. 당신의 정의는 신의 산들과 같고 당신의 공의는 거대한 깊음입니다 등등.[242] 내 마음이 내 속에서 죽어 가는데 이런 구절이 내게 무슨 이득이 되겠습니까? 이미 벌어진 일은 되돌릴 수 없고 뒤틀린 것은 고칠 수 없습니다. 수치는 내 생명을 잡으려는 자들이 아니라 나에게 돌아왔습니다. 광야에 있는 가시덤불처럼[243] 버려졌습니다. 내 길은 어둠에 덮이고 미끄러운데 당신은 미소를 지으면서 당신의 세계를 봅니다. 그런데 왜 이런 일이 생겨야 합니까? 거대한 심연! 내가 선생님에게 무슨 죄를 지었습니까? 그 왕이 말년에 벌을 조금 받았다고 해서 헷 사람 우리야[244]가 무엇을 얻었습니까? 삼천 년이 지난 지금 우리는 아직도 이샤이의 아들 다윗의 찬양시를 거룩한 책에서 찾아 읽지만 우리야를 위한 애가는 어디에서도 찾아볼 수 없습니다. 아니면 그런 시들이 있었는데 마음에서 잊히고 그런 기억조차 다 사라진 걸까요? 그분은 아벨과 그의 제물을 기뻐했고 카인과 그의 제물은 받지 않으셨습니다. 그래서 그게 아벨에게 무슨 도움이 됐습니까? 아벨은 죽었지만 카인은 살아남았고 그의 이마에 있는 표는 그의 책임을 면제해 주었고 그는 아무런 방해도 받지 않고 부자가 되고 유명해지고 행복을 마음껏 누렸습니다.

일어서서 방 안을 이리저리 서성이다가 장롱을 열어 보니 그곳에 그녀의 옷들이 눈앞에 나타났습니다. 얼굴을 씻으려고

---

242) 히브리 성서 「시편」 35장 4, 6, 7절과 36장 7절.
243) 히브리 성서 「예레미야」 17장 6절.
244) 헷 사람 우리야는 다윗 왕이 살해한 군대 지휘관이다.(사무엘하 11장 참조.)

수돗가로 나오니 그곳에 그녀의 화장품들이 있습니다. 내 딸의 침대를 지나는데 딸의 곰 인형이 나를 쳐다봅니다. 그 곰은 당신 아들이 유월절이 지난 다음에 내 딸에게 선물로 가져온 것입니다. 내 딸을 내게 돌려주시겠죠, 선생님?

왜 내가 당신에게 애원하는지요. 땅은 악인의 손에 주어졌습니다. 당신들은 이 땅의 소금이고 재물과 권력이 당신들의 것이며 지혜와 정의도 당신들의 것이지만 우리는 당신들 발밑에 있는 먼지에 불과합니다. 당신들은 레위인이고 제사장들이지만 우리는 물 긷는 자들입니다. 당신들은 이스라엘의 영광이지만 우리는 수많은 잡족입니다. 그분이 당신들을 선택했고 당신들을 거룩하게 하사 현존하는 신의 아들들이 되게 하셨지만 우리는 양자들입니다. 그분이 당신들에게 아름다운 외모와 명성과 큰 키를 주셨고 온 세계가 당신들 때문에 깜짝 놀라지만 우리에게는 비천한 영혼과 낮은 키를 주어서 우리와 아랍인의 차이는 한 걸음도 채 되지 않습니다. 어쩌면 우리는 당신들을 위해 나무를 베고 당신들이 남긴 음식들을 부끄러운 얼굴로 먹고 당신들이 이미 싫증 난 집에서 살고 이 땅을 건설하는 일을 포함하여 당신들이 이미 경멸하는 일들을 대신 하고 가끔 당신들이 버린 당신들의 이혼녀들과 당신들 몰래 결혼하고 당신들이 침을 뱉은 우물물을 마시게 해 줘서 황송해 하고 당신들의 발자취를 본받고 당신들의 환심을 사는 일이 우리 몫으로 떨어진 권리임에 감사해야 하는지요. 당신은 나같이 단순한 보통 유대인도 용서하고 너그러이 봐줄 수 있다는 사실을 알아 두시오. 그러나 선생님, 지금은 아니고 당신들이 마셔야 할 잔이 돌고 난 다음에 말입니다. 당신들이 죄 때문에 가슴을 치며 아샴누 바가드누 기도문[245]을 말하고 난 뒤에 말입니다. 당신들이 그 악한 길에서 돌이켜서 이 나라를 파괴하고 자기 이익만 도모하는 대신에 이 나라를 위해 봉사하고 또한 넓은 세상에서 그 나라를 비방하지 않을 때 말입니다. 내 눈에 당신의 세계적인 유명세와 싸구려 명성은 마늘 속껍질과 같습니다. 당신은 당신이 쓴 책에서 다른 민족들을 위해 이스라엘의 이름을 모욕했습니다. 난 그 책을 읽지도 않았고 꿈에서라도 읽을 생각이 없지만, 《마아리브》 신문에서 그 책에 관해 쓴 기사를 읽은 것으로 충분합니다. '시온주의의 광기!' 어떻게 그럴 수 있습니까? 당신은 손이 떨리지도 않았습니까? 그것도 영어로? 우리 원수들에게 축제를 베풀다니요?

나는 젊었을 때 파리에서 종업원으로 일했고 유대인들을 포함해 많은 손님들이 나를 아랍 소년으로 오해했습니다. 아랍인들이 우리에게 저지른 그 모든 일들에도 불구하고 그들은 나를 아흐마드라고 부르곤 했습니다. 그래서 우리 나라로 이주했고 여기서는 우리 모두가 형제고 메시아가 와서 우리를 다스릴 것이라는 믿음을 가졌습니다. 그런데 당신도 알다시피, 소르본 대학교에서 공부하고 이곳으로 온 이상주의자 젊

---

245) 랍비 유대교 의식 중에 죄를 고백하는 기도문(비두이)이 있는데 매일 드리는 기도 의례의 한 부분이다. 죄를 고백하는 기도문은 히브리어 머리글자를 하나씩 들어서 그 글자로 시작하는 동사로 잘못을 고백하는 형식인데, 처음에 '아샴누(우리가 잘못했습니다)', '바가드누(우리가 배신했습니다)'라는 말로 시작한다.

은이를 이 땅이 어떻게 맞이했습니까? 건축 노동자. 야간 경비원. 극장 매표원. 부대 경비를 서는 헌병. 간단히 말해서 여우 꼬리로 여겼습니다. 평생 동안 완벽하게 당나귀로 살았는데 지금 교수님 당신 덕분에 이마에 뿔이 두 개 난 당나귀가 되었습니다. 당신이 그런 동물이 어떻게 생겼는지 상상할 수 있다면 말입니다. 아니면 식탁 밑에서 발견한 뼈다귀를 빼앗긴 개 꼴 정도가 되겠지요.

그런데 나는 경솔하게 말했습니다. 뭐 어때? 안 될 게 뭐 있어? 오히려 나는 그의 아들 위로 내 날개를 펴 주리라. 그는 버렸지만 나는 거두리라. 그는 짓밟았지만 나는 일으켜 세우리라. 나는 당신의 아들에게 아버지와 선생이 돼 주고 악함을 선함으로 갚을 것이며 이스라엘 중에서 한 영혼을 그리고 어쩌면 두 영혼을 구하리라. 나는 순진했습니다. 아니면 어리석었거나. 사실 우리 전통에는 그 길이 순진한 자가 행복하다고 기록되어 있고 또 주님이 순진한 자들을 지키신다고 기록했는데,[246] 아마 이런 구절들을 있는 그대로 해석하면 안 되는 것이었나 봅니다. 이 구절들을 쓴 사람은 쏘모가 아니라 더 나은 자들을 염두에 둔 것 같습니다. 악인들의 길이 성공한다, 땅이 악인의 손에 넘어갔다, 이런 것들이 실제적인 구절입니다.[247] 그리고 나는 내게 주어진 선고를 받아들입니다. 다만 내 딸을 돌려주십시오. 당신은 그 아이에 대해 아무런 권리도

---

246) 히브리 성서 「시편」 119장 1절과 116장 6절에 나오는 내용이다.
247) 히브리 성서 「예레미야」 12장 1절과 욥기 9장 24절에 나오는 내용이다.

없습니다.

그런데 도대체 당신에게 무슨 권리가 있습니까? 당신이 전쟁 영웅이었기 때문인가요? 그 성급한 쯔루야의 아들들과 그 사악한 아합도 위대한 영웅들이었습니다. 그리고 전쟁과 전쟁 사이에 당신들은 이 나라에 무슨 짓을 했습니까? 이 나라를 모독하지 않았습니까? 콩죽과 맞바꾸어 팔아먹지 않았습니까? 소금도 치지 않고 먹어 버리지 않았습니까?

이런 이유로 당신들의 시대가 지나가 버렸습니다. 당신들의 종이 울리고 있습니다. 이제 자정이 지나고, 금요일 해가 밝아 오면서, 여기 예루살렘 남쪽에는 종소리가 들립니다. 선생님의 왕국은 지나갔고, 머지않아 당신들보다 더 나은 이웃의 손으로 넘어갈 것입니다.

나에게 아무 흠이 없다고 말하는 게 아닙니다. 나보다 우월한 자에게 가야 할 여자에게 손을 뻗었던 것이 내 죄인지도 모르겠습니다. 그녀는 나보다 크고 예쁘지만, 나는, 나는 도대체 누구입니까? 그녀와 내가 결혼해서 사는 세월 동안 당신의 부정한 그림자가 우리 인생에서 완전히 사라진 적은 한 번도 없습니다. 내가 아무리 애를 써도 어둠 속에서 당신의 비웃는 소리가 들렸습니다. 그리고 이제 하늘은 내가 치러야 할 대가를 내리기로 작정하셨나 봅니다. 아니면 절대 그럴 리는 없겠지만, 이곳에 신이 더 이상 존재하지 않는 것일까요? 하와이 땅으로 이주하셨을까요? 사실 이 편지에는 내 형이 남기고 간 코냑 반의 반 병과 서랍 속에서 찾은 진정제 알약 두 개가 섞여 있습니다. 그녀의 것이지요. 그리고 서랍 속에는 신문에서 오린 오래된 사진, 당신이 군복을 입고 계급장과 온갖 훈장들을 달고 천사처럼 아름답게 서 있는 사진도 있습니다.

이제 그만 쓰는 것이 낫겠군요. 이미 너무 많은 말을 썼습니다. 아침이면 내 매형이 푸조 승합차를 몰고 와서 이 편지를 지카론에 있는 당신 집까지 가져갈 것입니다. 그 대신 나는 티쿤 하쫏 기도[248]를 드리러 통곡의 벽까지 걸어가려 합니다. 나 같은 사람이 드리는 기도가 저 위에 어떻게 비칠지 전혀 알 수 없지만 말입니다. 분명히 나쁜 영향뿐이겠지요. 그러나 선함이 없는 악함은 없습니다. 우리 전통에 기록한 것처럼 왼손은 부수고 오른손은 치료하는 법이지요. 이제 이 세상에는 나에게 아무것도 없기 때문에 오늘 이후로 나는 나 자신을 이 땅을 구원하는 사업에 바칠 것이고 그것이 내 복수가 될 것이며, 당신들이 반대하더라도 이 땅은 결국 구원될 것입니다. 쏘모의 고통의 잔이 가득 차고 결국 그 모든 고난을 뒤로하고 올라와 쉬라고 이제 다 끝났다고 그를 부를 때까지 말입니다. 다음 세상에도 요리사들과 헌병들이 필요할지 모르고, 그러면 당신은 검문소에서 당신에게 경례를 하는 나를 또 보게 될지도 모르지만 당신은 분명히 신경도 안 쓰겠지요. 한 가지만 더 씁니다. 적어도 이번에는 그녀를 배려하는 자세로 대해 줄 겁니까? 자비심을 좀 가지고? 그 여자는 이미 만신창이가 되었으니 더 이상 그녀를 학대하지 말아 주십시오.

---

248) 자정에 예루살렘 성전이 무너진 것을 슬퍼하며 애도하는 의식이며 스파라디 종파 유대인들이 주로 지킨다.

그리고 내 딸은 순순히 내게 돌려주십시오. 차갑게 경멸하며 글을 맺습니다.

.מ. ס.[249)]

* *

쏘모 씨   지크론 야아콥에 있는 기드온 건물
타르나즈 7   1976. 9. 4. 안식일
예루살렘

쏘모 씨, 샬롬.

가. 어제 당신의 매형이 당신의 격정적인 편지를 내게 가져왔소. 당신의 의심에는 아무런 근거가 없소. 아무도 당신을 속이지 않았소. 물론 당신이 어떤 기분일지는 잘 이해할 수 있고 어떤 면에서는 그 기분이 나에게도 낯설지는 않소. 사실 내가 방사선 치료를 받기 위해 (곧) 병원에 입원할 때까지 이곳에 며칠 동안 머무르면서 나를 돌보기로 한 것은 당신 배우자의 자유로운 결정이었고 그 후에 물론 그녀는 곧 당신에게 돌아갈 것이오. 그녀가 돌아갔을 때, 쏘모 씨, 당신이 너무 심하게 대하지는 말기를 바라오. 편지 말미에 당신은 그녀가 만신창이가 되었다고 했는데 나도 당신 말에 동의하오. 그러므로 나도 당신의 부탁을 당신에게 돌려드리오. 그녀를 자비롭게 대

---

249) '미카엘 쏘모'의 머리글자이다.

해 주시기 바라오.

나. 아마 나는 하다사[250]에서 나오지 못할 것 같소. 일 년 전에 나는 신장암을 앓았고 두 번에 걸쳐 수술을 받았소. 현재 그 종양이 복강에 퍼졌소. 뉴욕의 의사들이 다시 수술할 필요는 없다고 진단한 바 있소. 나는 상당히 비참한 상태이고, 이런 이유에서 질투에 불타는 당신의 환상에는 아무런 근거가 없으며 헷 사람 우리야까지 들먹일 필요도 없음을 당신도 쉽게 알 수 있으리라 생각하오. 혹은 하와이까지도 말이오. 몇 년만 과거로 거슬러 올라가도 충분할 것이오. 당신도 알다시피 나는 일라나와 오십구년 구월에 결혼했는데 내 의지보다는 그녀의 의지 때문이었소. 몇 달 뒤에 그녀는 자기 마음대로 임신을 하고 보아즈를 낳았소. 나는 내가 아버지가 되기에 적합하지 않다고 판단했고, 처음부터 그녀에게도 말해 놓은 상황이었소. 그 뒤에 우리 두 사람의 인생이 꼬이기 시작했소. 다른 어떤 것보다 분명한 것은 내가 그녀에게 고통을 주고 있다는 사실이었소. 그녀가 원했는지도 모르지만(나는 이 분야의 전문가가 아니오.) 우유부단한 성격 때문에 나는 육십팔년 구월까지 이혼을 미루었소. 이혼 조건은 쌍방에게 모두 잔인했고 내 측에서 옹졸했다고 할 수 있소. 증오심과 복수심이 내 행동을 좌지우지했소. 그 뒤 나는 우리 나라를 떠났소. 모든 연락을 끊었소. 다른 사람을 통해서 당신들이 결혼했다는

---

250) 하다사 의료원을 가리킨다. 1934년 미국 여성 시온주의 단체가 주축이 되고 예루살렘 히브리 대학교와 협력하여 설립했다.

소식을 들었소. 그리고 올해 초에 나에게 도움을 요청하는 연락이 왔소. 그녀가 혼자 연락했을 수도 있고 당신들 두 사람이 함께 연락했을 수 있소. 나도 알지 못하는 어떤 이유에서, 어쩌면 내 병이 악화되는 바람에 나는 그 요청에 응하는 것이 좋겠다는 생각이 들었소. 이제 내 인생이 끝나 가는 시점에 내가 후회하는 일이 두세 가지 있소. 보아즈도 만나고 내가 자랐던 집에 머물기 위해서 지난주에 (아무에게도 알리지 않고) 우리 나라로 돌아온 것도 그것 때문이오. 여기 와 보니 일라나가 있었고 그녀가 간호사 역할을 하겠다고 자청했소. 내가 그녀를 여기에 머무르라고 초청한 건 아니지만, 그녀를 또한 번 이곳에서 쫓아낼 이유도 찾지 못했소. 물론 이 집은 아직 내 명의로 되어 있지만 실제로는 이미 보아즈의 것이기 때문이오. 여기서 그녀와 나의 관계는, 쏘모 씨, 어떤 관점으로 보든지 남녀 관계가 아니오. 당신이 꼭 필요하다고 말하면 내가 당신의 랍비 앞으로 서약서를 쓰고 서명해서 당신 아내의 결백을 증언하겠소.

다. 나는 보아즈의 미래와 당신 가족의 미래를 보장할 수 있도록 내 유언장을 수정하라고 지시했소. 만약 당신이 이 돈을 메시아처럼 세상을 바꾸는 사업 등에 투자한다고 뿌려 대지만 않는다면 당신의 딸은 당신이 편지에 매우 신랄하게 묘사한 바와 같이 당신이 겪었던 그 고생과 가난을 절대 겪지 않을 것이오. 그런데 내가 보기에 그 딸아이는 아주 상냥하고 마음씨가 착한 것 같소. 예를 들어, 오늘 아침 그 아이는 여기 사는 사람들 모두가 아직 잠들어 있을 때 혼자 일찍 일어나 내 침대 끝에 와 앉아서, 나를 위해 약을 지어 주고(아마 등유에 딸기나무 잎을 넣은 것 같소.) 죽은 메뚜기를 비닐봉지에 넣어 선물로 주었소. 그 대가로 아이는 종이배 세 척을 요구했소.(그리고 물론 받았소.) 그리고 우리는 물의 본질에 관한 철학적 대화도 잠깐 나누었소.

라. 그 외에 당신이 나를 이인칭 단수나 이인칭 복수를 사용하여 비난하며 주장한 것과 이념적인 맥락이나 정치적인 맥락에서 언급한 여타의 의견에 대해서 유죄를 인정할 수밖에 없소. 그러나 먼저 당신은 몇 가지 감정적으로 과장된 부분을 제외해야 하오. 아마 당신의 분노 또는 그동안 쌓여 온 당신의 억울한 심정 때문일 것이라고 생각하고 있소. 간단히 말하자면, 쏘모 씨, 별로 대수로운 일은 아니지만, 나는 당신을 나보다 나은 사람으로 볼 뿐만 아니라 선한 사람으로도 보고 있소. 이것이 결론이오. 당신의 훌륭한 특성에 관해서는 나도 작년에 알게 되었는데, 특히 지난 며칠 동안 일라나의 입과 보아즈의 입을 통해서, 또한 간접적인 방법으로는 당신의 딸을 집중해서 관찰한 결과 그것을 알 수 있었소.(방금 그 아이가 다시 내 방에 들어와 내 도움을 받으며 내 헤르메스 베이비 타자기를 두드리고 있는데, 이번에는 컵에 개미 여섯 마리를 담아 선물로 주면서 나에게 춤을 추자고 청했소. 나는 아프기도 하지만 사실 한 번도 춤을 배워 본 적이 없어서 발을 뺄 수밖에 없었소.)

마. 당신 말대로 당신은 나에게 '차가운 경멸'을 느낀다지만, 나는 몇 가지 이견들 외에는 당신에게 존경한다는 말을 드리고 싶소. 그리고 나의 존재 자체가 당신에게 초래한 슬픔에 대

해서 사과하오.

바. 당신은 내게 선고를 내리면서 오만함을 지적했소. 당신과 달리 쏘모 씨, 나는 언제나 다른 사람들을 위에서 밑으로 내려다보는 것에 익숙한데, 이것은 내가 지나가는 곳마다 어리석음이 그토록 만연해 있었던 까닭인지, 아니면 그냥 내가 어렸을 때부터 왠지 모르게 모든 사람들이 나를 밑에서부터 위로 올려다보았기 때문인지 모르겠소. 지금, 내가 거의 제대로 수면을 취하지도 못하고 또 완전히 정신이 깨어 있지도 못하는 상태가 되어 생각해 보니 그것은 실수였던 것 같소. 지금은 주로 귀 기울이기와 머뭇거림으로 나를 둘러싸고 있는 사람들을 대하고 있소.(물론 그들이 그런 사실을 인지하고 있는지 확신할 수 없지만.) 만약 시간이 더 남아 있었다면 당신과 한번 만나 서로를 동등한 눈높이에서 바라보자고 제안했을 것 같소. 우리가 서로를 지루해하지는 않을 것 같소. 그러나 당신이 편지에서 직감적으로 날카롭게 지적한 바와 같이 내 시간은 이미 흘러갔소, 쏘모 씨. 그리고 정말 종소리가 들려오고 있소.

그런데 나는 상징적인 종이 아니고 진짜 종소리를 말하는 것이오. 보아즈는 여기 위층에 있는 어느 방에 일종의 풍경을 설치했는데 유리병을 줄에 묶어서 천장에 매달아 만든 것이오. 바다에서 바람이 불 때마다 조용하고 외로운 소리가 계속해서 들리고 있소. 이따금 그 소리가 나를 침대에서 끌어 내리고는 하오. 어제 저녁에는 보아즈가 만들어 준 지팡이에 의

지하여 내 몸뚱이를 겨우 일으켜 어두워지는 정원에 내려갔었소. 여기 머무는 젊은이 여덟 명은 가시덤불과 개밀 풀을 뽑았고 염소 똥 비료를 뿌렸고(그 고약한 냄새는 내가 어렸을 적에 맡았던 냄새를 연상시켰소.) 쇠스랑으로 땅을 갈아 놓았소. 내 아버지가 가꾸었던 이국적인 장미들 대신 이제 여기에 채소를 심은 밭고랑들이 생겼소. 일라나는 자진해서 천 조각으로 허수아비를 만들어 세워 놓았소.(새들은 특별히 신경을 쓰지 않는 것 같소.) 그리고 당신 딸은 내가 누군가에게 부탁해서 그 아이를 위해 모샤바[251] 가게에서 사다 준 물뿌리개로 하루에 두 번씩 그곳에 물을 주고 있소.

새로 보수를 해서 다시 물고기들이(금붕어 대신 잉어가) 헤엄치고 있는 대리석 연못 옆, 꽃밭 사이에서 고리버들 의자 두 개를 발견했소. 일라나는 자기가 마실 커피와 내가 마실 박하 잎차를 가져 왔소. 혹시 자세한 상황 설명이 필요하다면 그녀와 나는 그 집을 등지고 바다를 바라보면서 어두워질 때까지 앉아 있었소. 우리는 꼭 필요한 말 외에는 대화를 나누지 않았소. 일라나는 푹 꺼지고 창백한 내 뺨을 보고 큰 충격을 받은 것 같았소. 그러나 나는 그녀의 옷이 예쁘고 긴 머리가 잘 어울린다는 말 외에는 더 이상 그녀에게 할 말을 찾지 못했소. 우리가 결혼 생활을 할 때는 그녀에게 이런 말을 할 생각을 한 번도 해 본 적이 없다는 사실을 부인하지 못하겠소. 내

---

251) 오스만 튀르크 제국이 팔레스타인을 다스리던 시절부터 유대인들이 농사를 지으며 공동생활을 하는 공동 거주지를 부르는 이름이다.

가 왜 그래야 하오? 쏘모 씨 당신은 그녀가 입은 옷에 대해 칭찬하는 말을 해 주시오? 당신은 그녀가 당신이 입은 바지를 칭찬하는 말을 해 주기를 기대하시오?

그녀가 내 무릎을 담요로 덮어 주었소. 그 후에 바람이 세졌을 때 나는 그 담요를 그녀의 무릎 위에도 펴 주었소. 비록 그녀의 얼굴은 아직 젊지만, 나는 그녀의 손이 얼마나 늙었는지 다시 한번 깨달았소. 그러나 나는 아무 말도 하지 않았소. 우리는 거의 한 시간 삼십 분 정도 침묵을 지키고 있었소. 멀리 염소 우리 옆에서 당신 딸아이가 깔깔 웃으며 소리를 질렀소. 보아즈가 그 아이를 번쩍 들어서 어깨 위에 태웠고, 그의 머리 위에, 그러고 나서 당나귀 등 위에 태워 주었기 때문이오. 일라나가 내게 말했소. 저것 좀 봐. 그래서 내가 말했소. 그래. 일라나가 말했소. 걱정 마. 그래서 내가 말했소. 안 해. 그렇게 우리는 다시 침묵으로 돌아왔소. 나는 그녀에게 할 말이 없었소. 선생님, 당신은 그녀와 내가 지금 어떤 말들을 나누고 있는지 아시오? 아니, 그래, 추워, 차가 좋군, 그 드레스 예쁘군, 고마워. 마치 아직 말을 잘할 줄 모르는 두 어린아이처럼 말이오. 혹은 전쟁이 끝난 후 내가 어떤 재활 병원에서 보았던 외상 후 스트레스 장애를 겪는 군인들처럼. 내가 이 상황을 길게 묘사하는 이유는 당신의 의심에 아무런 근거가 없음을 다시 한번 강조하기 위해서요. 그녀와 나 사이에는 사실 말도 별로 오가지 않소. 그럼에도 당신에게 이 편지를 쓰고 싶은 마음이 내 안에서 일었소. 이유는 나도 모르겠지만 말이오. 나에게 상처를 주려고 보냈을지 모르는 당신의 편지는 상처를 주지는 않았고 오히려 반가웠소. 왜 그랬을까? 나도 모르겠소.

7시에 해가 졌고 천천히 땅거미가 내리기 시작했소. 부엌에서 하모니카 부는 소리가 들려왔소. 기타 소리도. 그리고 무언가 굽는 냄새도 났소.(그 아이들은 여기서 자기들이 먹을 빵을 직접 굽고 있소.) 그리고 8시나 8시가 좀 넘어서 맨발의 여자아이가 등유 등불과 화덕에서 막 꺼낸 따뜻한 피타 빵, 올리브 열매, 토마토 그리고 요거트를 내왔소.(이것도 집에서 직접 만든 것이오.) 일라나도 먹으라고 나도 억지로 조금 먹었소. 그리고 그녀는 식욕이 없었지만 나를 격려하기 위해서 한입 먹었소. 9시 15분에 내가 말했소. 점점 추워지기 시작하네. 일라나가 말했소. 그래. 그리고 그녀가 말했소. 들어가자. 그리고 내가 대답했소. 그러자.

그녀는 내가 내 방으로 올라가서, 옷을 벗고(청바지와 뽀빠이 선원이 인쇄된 트리코 셔츠), 판자 침대에 눕는 것을 도와주었소. 그녀는 나가며 나에게서 밤에 통증이 심하면 자기를 부르라는 약속을 받아 냈소.(보아즈가 내 침대 옆에 줄을 달아 매주었소. 내가 줄을 당기면 아래층에 있는 그녀의 머리맡에 매달아 놓은 양철 컵들이 울리도록.) 그러나 나는 그 약속을 지키지 않았소. 그냥 일어나서 의자를 끌어다가 비닐 테이프로 유리창을 붙여 놓은 어두운 창가에 몇 시간 동안 앉아 있었소. 나는 그 밤을 이해하기 위해서, 저 달이 동쪽 므나쉐 언덕을 어떻게 바꾸는지 알아보려 했소. 내 어머니가 돌아가시던 그해 여름에 이렇게 앉아 계시곤 했었소. 당신은 이집트인들이 가득 들어가 있는 벙커에 수류탄 세 개를 굴려 넣는 느낌이 어떤지 상상이 되시오? 그리고 나서 반자동 기관총을 난사하면서, 비명과 울부짖음과 신음들 사이로 뛰어드는 느낌은? 당신 옷과 머리카락과 얼굴에 그들의 피와 뇌수가 튀는 느낌은? 그리고 터져서 걸쭉한 거품들이 뿜어져 나오는 배 속으로 신발이 푹 빠지는 느낌은?

새벽 2시까지 나는 창가에 앉아서 보아즈의 친구들 목소리를 들었소. 그들은 정원에서 불씨만 남은 모닥불 앞에 둘러앉아 내가 알지 못하는 노래들을 불렀소. 여자아이 하나가 기타를 쳤소. 보아즈는 보이지 않았고, 목소리도 들리지 않았소. 아마 지붕 위에 올라가서 자신의 망원경과 조용한 한때를 보내고 있을지도 모르겠소. 아니면 바다에 내려갔을지도.(그 아이에게는 못을 하나도 박지 않고 만든 작은 뗏목이 있는데, 그것을 등에 지고 여기서 5킬로미터 떨어진 해변까지 나가고는 하오. 그 아이가 어렸을 때 내가 가벼운 나무들을 밧줄로 묶어서 콘티키호를 만드는 법을 가르쳐 준 적이 있는데 아마 그것을 잊지 않은 것 같소.)

2시가 되자 이 집은 어둠과 깊은 정적에 싸였소. 개구리들만 계속해서 울어 댔소. 그리고 멀리서 개 몇 마리가 짖는 소리가 들렸소. 그리고 우리 마당에 있는 개들이 화답했소. 내가 어렸을 적에 밤마다 이곳을 어슬렁거리던 여우와 자칼들은 사라지고 흔적조차 찾아볼 수가 없소.

아침이 밝아 올 때까지 나는 기도를 드리는 유대인처럼 모직 담요를 두르고 그 창가에 앉아 있었소. 바다 소리가 들리는 것 같았소. 물론 그것은 대추야자나무 꼭대기를 지나는 바람 소리겠지만. 나는 당신이 편지에 쓴 불평들에 관해 생각해 보았소. 만약 내게 시간이 더 남아 있었다면 당신을 그 헌병 초소에서 빼냈을 것이오. 당신을 장군으로 만들었을 것이오. 당신에게 모든 열쇠를 넘기고 광야로 나가서 사색에 잠길 것이오. 아니면 당신 자리를 차지하고 극장 매표원이 되든지. 나와 자리를 바꿀 의향이 있소, 쏘모 씨?

여기 있는 작은 히피 공동체는 낮 시간에도 내 주위에 오면 목소리를 낮추고 발끝으로 살금살금 걷는 것이 관행이 되어 있소. 마치 내가 지하실에서 갑자기 튀어 올라와 방에 둥지를 튼 귀신이라도 되는 것처럼 말이오. 그리고 이곳에 방은 얼마든지 있소. 아직은 대부분 빈방으로 방치되어 있소. 방 창문 안으로 무화과나무와 뽕나무 가지들이 뻗어 들어오기도 했소. 나는 보아즈가 이곳을 운영하는 방식이, 지시하며 운영하는 것이 아니라, 동등한 사람들 중에 첫째 사람 역할을 맡아 그 나름대로 살아가는 것이 참 멋지다고 생각하오. 그 아이들은 부엌에서나 일을 할 때나 마당 모닥불 옆에서 한밤중까지 노래를 부르는데 나는 그 소리 듣는 것이 아주 즐겁소. 하모니카 소리. 그들이 요리할 때 나는 연기. 심지어 여기서 어리석고 거만한 군사령관처럼 비둘기 군대 사이로 복도와 계단을 지나 다니는 공작새도. 그리고 지붕 위에 설치해 놓은 망원경도.(나는 그곳에 올라가고 싶소. 보아즈에게 그 작은 별나라 여행에 초대해 달라고 부탁하고 싶소. 물론 나는 야간 행군을 할 때 방향을 찾는 방법 외에는 별자리에 관해 아는 것이 거의 없지만 말이오.) 가장 큰 문제는 밧줄로 만든 사다리가 현재 내 능력을 넘어

선다는 것이오. 나는 조금만 무리해도 쉽게 현기증이 나서 고생하오. 심지어는 침대와 창문 사이를 오가는 도중에도 현기증을 느낀다오. 그 외에도 보아즈는 좋은 아침이에요, 안녕하세요, 모샤바 가게에서 뭐 필요한 게 있어요, 정도 외에는 나에게 말을 걸려고 하지 않소.(오늘 아침에는 이 편지를 쓰기 위해 내 헤르메스 베이비 타자기를 올려놓을 책상을 부탁했소. 한 시간 삼십 분쯤 뒤에 그는 기울어진 발판이 달린 책상을 나무 상자들과 유칼립투스 가지들로 만들어 가지고 올라왔소. 그리고 자기가 알아서 선풍기도 하나 사 왔다오.) 그 아이는 보통 원래 과수원이었던 밀림에서 일하고 있는 것 같소. 도끼로 나무를 베고, 톱으로 나뭇가지를 자르고, 돌을 골라 내고, 마치 타이탄 아틀라스가 나타난 것처럼 벗은 어깨 위에 돌 바구니를 져 나르고, 괭이질을 하고, 거름을 실은 손수레를 밀면서 말이오. 또는 저택의 별채 쪽에서 삽과 괭이로 시멘트를 자갈과 모래와 섞고, 짜 놓은 철망 위로 콘크리트를 부어 넣고, 새 바닥을 깔고 있소. 하루가 저물 때쯤 내 아버지가 오십 년 전에 여기에 심은 늙은 유칼립투스 나무 위, 거의 8미터 높이가 되는 곳에 자기가 설치한 그물 침대 위에서 놀랍게도 책을 읽고 있는 그 아이를 본 적도 있소. 아니면 가까이 다가오는 구름을 세고 있거나. 아니면 새들에게 그들의 언어로 말을 걸거나 하면서 하면서 말이오.

한번은 농기구 창고 옆에서 내가 그 아이를 불러 세웠소. 무슨 책을 읽느냐고 물었소. 보아즈는 어깨를 으쓱하더니 내키지 않는다는 듯 대답했소.

"그냥 책이에요. 왜요?"

나는 무슨 책인지 알고 싶다고 말했소.

"어학책이요."

다시 말해서?

"『입과 귀를 위한 문법』이요. 철자법이나 뭐 그런 걸 끝내려고요."

시간을 보내려고 '어학책'을 읽지는 않잖니?

"낱말과 이런 것은요." 그 아이가 내게 천천히 미소를 지어 주며 말했소. "그것은 마치 사람들을 알아 가는 것 같아요. 그들이 어디에서 왔고, 누가 누구하고 친하고, 각자가 이런저런 상황에서 어떻게 행동하는지요. 그리고 아무튼." (그 아이는 망설이면서 오른손을 천천히 그 큰 머리 근처로 가져가서 왼쪽 관자놀이를 긁었는데, 그 동작은 아주 비논리적이지만 거의 제왕 같은 몸짓으로 느껴졌소.) "아무튼 이런 건 없어요. 시간을 보낸다. 시간은 전혀 지나가지 않거든요."

지나가지 않는다고? 그건 무슨 뜻이지?

"나도 모르죠. 아마 그 반대일지도 모르잖아요. 우리가 시간 속을 지나가는지. 누가 알아요? 아니면 시간이 사람들을 보내 주는지. 혹시 앉아서 씨앗들을 좀 골라 줄 생각 있어요? 저기 창고 안에 있어요. 그늘에서 말이에요. 그냥 뭐라도 하고 싶다면요. 아니면 빈 자루들을 좀 접어 주실래요?"

그런 식으로 나는, 대략 말하자면, 그들의 작업자 명단에 들어가게 되었소.(통증이 특별히 심하지 않으면 아침마다 한 삼십 분 정도 앉아서 일을 하오. 그러다가 졸기도 한다오.)

여기에 살고 있는 젊은 소녀들은 미국인이 두세 명 정도 되오. 하나는 프랑스인이고. 또 하나는 좋은 가문 출신의 이스라엘 고등학생인데, 낭만적인 이유나 자아실현을 하기 위해 가출한 것 같소. 자살 대신 도망을 쳤나? 모두들 그의 애인들처럼 보인다오. 소년들도 그런 것 같소. 나 같은 사람이 이런 문제에 대해 뭘 알겠소?(그 아이 나이였을 때 나는 아직 자위행위나 하는 총각이었소. 물론 당신도 그랬겠지요, 쏘모 씨? 심지어 나는 총각으로 결혼을 했소. 선생님, 당신도 그랬소?) 보아즈는, 내가 보기에 어림잡아, 키가 1미터 95센티미터 정도 되고 몸무게는 최소한 90킬로그램은 나갈 거요. 그런데도 동작이 민첩하고, 치타처럼 밤낮을 가리지 않고 맨발에 색이 바랜 짧은 바지만 걸치고 벗은 몸으로 돌아다닌다오. 그 아이의 바랜 금색 머리카락은 어깨 위로 물결치며 흘러내렸소. 수염도 부드러운 금빛 수염, 반쯤 감겨 있는 눈, 꼭 다물지 않고 살짝 벌어져 있는 입술, 이런 모습들은 전부 스칸디나비아 성화에 나오는 예수를 닮았소.

그렇지만 이 아이는 꿈속에 있는 것 같소. 여기 있으면서 여기 없는 것 같단 말이오. 그리고 말이 없소. 내 아버지처럼 체격이 크지만 나는 이 아이가 몸집이 두껍고 곰 같던 내 아버지와는 전혀 비슷하다고 느끼지 못하겠소. 어떤 이유에서인지 오히려 일라나와 닮았소. 부드러운 목소리 때문일지도 모르겠소. 아니면 보폭이 넓고 유연한 발걸음 때문인지도. 아니면 졸린 듯한 미소, 어린아이 같기도 하고 장난꾸러기같이 느

꺼지는 미소 때문인지. "너 분수를 다시 고칠 거니, 보아즈?" "몰라요. 아마도요. 안 될 것도 없죠." "그럼 지붕 위에 있던 풍향계는?" "아마도요. 근데 풍향계가 뭐예요?"

내 방 창문에서는 양파와 피망이 심긴 밭고랑이 보인다오. 마치 아랍 마을에서처럼 닭들이 돌아다니면서 뭔가를 쪼아 먹고 있소. 멀리서 이곳에 끌려 먹이와 애정을 찾아 들어온 잡종 개도 몇 마리 있소. 유칼립투스나무. 삼나무. 올리브나무. 무화과나무와 뽕나무들. 그다음에는 버려진 과수원. 여기서 한 800미터 정도 떨어진 맞은편 언덕 위에 붉은 지붕들. 므나쉐 산지. 숲. 그리고 동쪽 지평선 위에 엷게 피어오르는 연무. 사십일 년 전, 겨울밤 내 어머니가 돌아가신 그 다락방에 달아 놓은 유리병 풍경도, 심지어 그것조차 내게는 아주 정확하게 과녁을 겨냥해 울리는 것만 같소. 어쩌면 그 이상한 소리가 나만 겨냥하고 있을지도 모르겠소. 만약 당신이 당신의 아내가 어둑어둑함 속에서 잔인한 귀신의 팔에 안겨 밤낮으로 요란법석을 떠는 강도의 소굴에 있다고 상상한다면, 사실을 간단히 말해서 이곳에 어둑어둑함은 전혀 없소. 아주 강렬한 여름 햇빛과 어둠만 있을 뿐이오. 그리고 그 귀신에 대해 말하자면, 그는 미국에서 가지고 온 진통제의 약효 때문에 대부분의 시간을 졸고 있소.(그의 헤르메스 베이비 타자기와 잠옷과 파이프 담배를 제외한 모든 짐이 아직 방구석에 처박혀 있는 가방 안에 들어 있소. 파이프도 담배를 피우는 것이 아니라 그냥 입에 물고 씹는 용도로만 사용할 뿐이오. 담배를 피우면 구역질이 나기 때문이오.) 그리고 그가 잠을 자고 있지 않을 때는? 판자 침대 위에 누워서 몽상에 빠진다오. 창가에 앉아서 몽상에 빠지기도 하고. 마당에 있는 서늘한 창고 안에서 기운이 다 빠질 때까지 씨앗들을 좀 고른다오. 자리에서 쫓겨나서 형벌을 받고 있는 유령이라오. 약기운에 취해 정신이 몽롱한. 예의 바르고, 조용하고, 짐이 되지 않으려 노력하고, 짐이 되지 않으려 노력할 뿐만 아니라 거의 다정하기까지 한 유령. 어쩌면 카르멜산 위에 있는 요양원에 살면서 곰에서 어린 양으로 변한 그의 아버지처럼 말이오.

혹은 그는 힘들게 몸을 끌고 조금 돌아다니기도 하는데, 새로 생긴 지팡이에 의지해서, 그의 아들이 타이어 조각과 끈으로 만들어 준 샌들을 신고, 색이 바랜 청바지와 뽀빠이 선원이 그려진 아동용 셔츠를 입고, 지치고 바싹 마른 몸으로 천천히 힘겹게 걷는다오, 이 방에서 저 방으로. 통로에서 복도로. 새로 수리한 별채에서 정원으로. 당신 딸아이와 대화를 나누기 위해서 잠시 걸음을 멈추고. 그 아이에게 공기놀이를 가르쳐 주고. 그 아이에게 자기 손목시계를 채워 주고. 그리고 계속해서 길을 가며 자기의 어린 시절과 청소년 시절의 그림자들을 혼자 세어 가며 목록을 만들어 본다오. 여기서 누에를 길렀고. 여기서 앵무새를 죽여서 묻었고. 저기서 그의 아버지가 이탈리아에서 가져온 전기 기차를 작동시켰고.(그러고 나서 탄창에서 꺼낸 화약 가루로 터뜨려 버렸고.) 한번은 그의 아버지가 걷어차는 바람에 여기에 이틀 밤낮을 숨어 있었고. 자위행위를 하려고 여기에 오기도 했고. 저기서는 핀과 화살로 서유럽 지도를 점령했고. 여기서는 덫에 걸린 쥐를 깡통에 넣어 산 채로 불태웠고. 그리고 여기서는 자기 물건을 보여 주며 기절할 것 같은 얼굴로 아르메니아인 하인 손녀의 사타구니를 더듬었고. 여기에 화성에서 온 침입자들이 착륙했고 여기서 비밀리에 이스라엘 최초의 원자 폭탄을 시험했고. 저기서는 어느 날 자기 아버지에게 욕을 했다가 주먹으로 코를 얻어맞고 피를 흘리면서 혼자 돼지 새끼처럼 누워 있었고. 그리고 여기에 자기 어머니 유품 중에서 발견한 그 얇은 샌들을 숨겼고.(그저게 바로 여기, 헐거운 타일 밑에서 썩고 남은 흔적을 발견했소.) 저기서 쥘 베른과 함께 처박혀서 외딴 섬들을 정복했고. 그리고 여기, 뒷 계단 밑 좁은 공간에 웅크리고 앉아 그의 인생에서 마지막으로 아무도 모르게 울었소. 그의 아버지가 그의 붉은털원숭이를 죽였을 때였소. 이 집에서 그가 자랐기 때문에. 그래서 이제 그곳으로 죽으러 돌아왔소.

아마도 이런 식이 될 것 같소. 7시 40분, 해는 지고 아직 수평선에 타오르는 불이 깜빡거리며 사라지기 전이오. 경사지가 시작하는 곳, 절벽 가장자리 가까이, 이제는 아열대 숲으로 변해 버려서 보아즈가 복구하기 시작한 과수원 맞은편, 바로 그 망가진 긴 의자 위가 될 거요. 그곳 우물이 있던 자리에 돌무더기가 있소. 사실 우물은 아니고 언젠가 그의 아버지가 빗물을 모으려고 팠던 물웅덩이였소. 일라나가 그 옆에 앉을 거요. 그의 차가워진 두 손을 그녀의 손이 잡고 있소. 그녀와 나는 마치 부끄럼 타는 아이들처럼 아무 말도 없이 손만 마주 잡고 있는 것이오. 당신은 너그러운 마음을 가졌으니 그녀를 너무 나쁘게 생각하지 않을 것이오.

그리고 그렇게, 당신이 읽고 있는 이 편지를 쓰는 동안에, 나는 점점 더 내 아들이 어제 차분하고 무심한 목소리로 한 말을 따르고 싶어지오. 분명히 내게 이미 아무런 도움도 되지 않을 것이 뻔한 하다사 병원에 들어가 썩는 대신 여기 머물면서, 그의 말을 빌리자면, 평화를 잡는 편이 더 나을 거라고 했소.

내가 여기 있으면 그들에게 방해가 되지 않을까?

"당신은 돈을 내잖아요."

혹시 그들은 내가 뭔가 도움이 되기를 바랄까? 무슨 수업을 하나 해 줄까? 강의를 하든지?

"하지만 여기서는 아무도 다른 사람한테 뭘 하라고 말하지 않아요."

뭘 한다고? 나는 여기서 거의 아무것도 안 하는데?

"그게 가장 좋은 거예요. 조용히 앉아 있는 게."

나는 정말로 여기 머무를 생각이오. 조용히. 당신의 넓은 아량으로 이 두 여성들이 이곳에 조금 더 머무를 수 있도록 허락해 주겠소? 내가 매일매일 당신 딸을 즐겁게 해 주겠소. 내 손가락으로 벽 위에 그림자 괴물들을 만들어 인형극을 보여 주겠소.(나에게 그걸 가르쳐 준 사람은 작하임이었소. 내가 여섯 살 때. 혹은 일곱 살 때쯤) 그 아이와 함께 불과 물의 성질과 도마뱀들이 무슨 꿈을 꾸는지 계속해서 대화를 나누겠소. 그 아이는 진흙과 비눗물과 솔방울로 약을 만들어 줄 테지요. 그리고 매일매일 저녁 바람이 불어오면 일라나와 함께 긴 의자에 앉아 소나무들이 속삭이는 소리를 들을 것이오.

내가 하고 싶은 말은 아주 잠깐만 그렇게 하겠다는 것이오.

당신은 얼마든지 거절하고 그들을 당장 돌려보내라고 요구할 자격이 있소.

한편 보아즈는 당신도 우리 집에 와서 함께 지내도록 하자고 제안했소. 당신이 건축 노동자로 일했던 경험을 살려서 도와줄 일이 많다면서 말이오. 유대 음식법 감독관처럼 굴려고 하지 않아야 한다고. 여기까지가 보아즈가 한 말이오. 당신 생각은 어떻소?

당신이 요구한다면, 나는 지체 없이 그들을 택시에 태워서 예루살렘으로 보내고 당신에게 아무런 불평도 하지 않겠소.(내가 무슨 권리로 불평을 하겠소?)

선생, 당신은 아시오? 나는 죽음을 받아들일 수 있소. 오해는 마시오. 죽기를 바란다거나 또는 그와 유사한 말을 하려는 것은 아니고.(그럴 생각이라면 난 전혀 고민할 것이 없소. 내겐 펜타곤의 어느 장군이 선물로 준 훌륭한 권총이 있소.) 완전히 다른 바람에 관해 말하는 것이오. 전혀 존재하지 않기. 내 존재 자체를 소급해서 폐기하기. 내가 태어나지 않은 상태로 만들기. 아예 처음부터 다른 모습으로 태어나기. 예를 들면 유칼립투스나무로. 혹은 갈릴리에 있는 벌거벗은 언덕으로. 또는 달 표면에 있는 돌로.

다른 얘기지만, 보아즈는 일라나와 이프앗에게 이 집에서 제일 좋은 곳을 배정해 주었다오. 지상 층에 있는, 프랑스식 창문으로 바로 밑에 있는 키부츠의 지붕들과 바나나무들과 해변과 바다가 내려다보이는(새벽에는 갈매기들이. 한낮에는 끝없는 빛이. 저녁마다 푸른 안개가.) 반원형의 방을 골라 두 사람이 머물게 했소. 한때 그 방에는 내 아버지의 거창한 서재가 있었소.(나는 아버지가 책을 펼치는 모습을 한 번도 본 적이 없소.) 지금 그 방은 강렬하고 환상적인 파란색으로 칠해졌소. 어부들의 낡은 그물이 높은 천장을 장식하고 있소. 그 방에는 군용 모직 담요로 덮어 놓은 침대 네 개와 다 갈라지고 칠이 벗겨진 옷장 외에 화학 비료 포대 더미들이 쌓여 있소. 그리고 경유를 담은 통도 몇 개 있소. 보아즈에게 반한 소녀 하나가 그 방 벽 전면에 벌거벗고 빛나는 모습으로 눈을 감고 잔잔한 물가를 거니는 보아즈의 모습을 그려 놓았소.

물 위를 걷는 대신 지금 그 아이는 내 창문 앞을 지나고 있는데 얼마 전에 (내 돈으로) 산 작은 트랙터 위에 앉아 있소. 원판 써레를 끌면서. 당신 딸은 새끼 원숭이처럼 보아즈의 품에 앉아서 운전대를 잡은 그의 손 사이에 손을 놓고 있다오. 그런데 그 아이는 벌써 거의 혼자서 당나귀를 탈 수 있을 만큼 배운 것 같소. 아직 어리고 순한 당나귀라오.(어젯밤, 어둠 속에서, 하마터면 나는 그것을 개로 착각하고 쓰다듬을 뻔했소. 도대체 언제부터 내가 개를 쓰다듬는 일에 관심이 있었단 말이오? 하물며 당나귀를?) 한번은 시나이반도 비르 타마다 근처에서 멍청한 낙타 한 마리가 내 포사격 훈련장 안으로 들어온 적이 있소. 그놈은 낮은 산등성이를 따라 2000미터 거리에서 천천히 왔다 갔다 하고 있었소. 우리가 표적으로 쓰던 드럼통 바로 위쪽이었소. 포수가 그놈에게 포탄 두 방을 날렸는데 빗나갔소. 포탄 장전 신호수가 쏴 보겠다고 했지만 그자도 못 맞혔소. 나도 갑자기 경쟁심에 불이 붙어 포수석으로 내려갔고 한 방을 쐈는데 내 포탄도 빗나가고 말았소. 그 낙타는 멈춰 서서 아무 상관 없다는 듯 평온하게 포탄들이 떨어진 자리를 눈으로 가늠하고 있었소. 네 번째 사격으로 나는 그놈의 목에서 머리를 날려 버렸소. 나는 쌍안경으로 피가 1미터 또는 2미터 높이까지 치솟는 것을 똑똑히 보았소. 끝이 잘린 모가지가 마치 날아간 자기 머리를 찾는 것처럼 계속 이쪽저쪽으로 움직였고, 그런 다음에 마치 코끼리가 코로 자기 몸을 씻을 때처럼 모가지가 뒤로 돌아가서 자기 혹을 피로 적셨고, 결국 아주 천천히 우아하게 가느다란 앞다리를 접었고, 뒷다리를 접었고, 쓰러지면서 배를 깔고 앉았고, 피 흘리는 모가지를 모래 속에 처박았고, 그렇게 괴이한 기념비처럼 산등성이 위에 굳어 있었고, 나는 포탄 세 발을 더 쏘아 그것을 터뜨리려 했지만 허사였소. 그런데 갑자기 그 죽음의 땅에서 베두인 하나가 나타나서 팔을 흔들었고 나는 사격을 멈추라고 명령하고 그 자리를 떴소.

이제 바닷바람이 또다시 유리병 풍경을 지나가고 있소. 나는 하던 일을 멈추고 헤르메스 베이비 타자기를 밀어 놓으며 정말 내가 정신이 나갔는지 나 자신에게 묻고 있소. 당신 앞에 이런 일들을 다 털어놓는 이유가 무엇일까? 내가 왜 당신을 위해서 고해 성사를 쓰는 것인가? 당신에게 웃음거리가 되고 싶은 병적인 욕망 때문인가? 아니면 반대로 죄를 용서받기 위해서인가? 당신에게? 그런데 므슈 쏘모, 높은 분의 감독이 있다고 맹목적으로 확신하는 근거가 무엇이오? 속죄? 보상과 벌? 또는 은혜? 당신은 이런 것들을 어디서 긁어 모았소? 부디 나를 위해 증거를 제시해 주시겠소? 작은 기적이라도 하나 일으켜 주겠소? 내 지팡이를 뱀으로 만들어 주겠소? 아니면 당신의 아내를 소금 기둥으로? 아니면 그만 일어서서 모든 것이 어리석은 말이고 무식의 소치이며 편협함, 속임수, 굴욕, 두려움 때문이라고 인정하시겠소?

작하임은 당신을 예수회 회원의 재능과 예리한 정치적 직감이 없는 것은 아니지만, 그보다는 교활한 광신자이자 야심가라고 부른다오. 만약 보아즈의 말을 따른다면 당신은 마음씨 좋은 잔소리꾼일 것이오. 일라나는, 언제나 그랬던 것처럼, 당신을 가브리엘 천사만큼 거룩한 사람으로 대하고 있소. 혹은 숨겨진 의인의 후광 정도는 될 것이오. 그렇지만 분위기가 달라지면 당신에게 레반트 사람 같은 면도 보인다고 했소. 나마저 당신에 대해 어떤 호기심을 느낄 지경이오.

그렇지만 거룩함이 무엇이오, 쏘모 씨? 나는 합리적이면서 거의 객관적인 정의를 얻기 위해 내 인생 중 구 년을 낭비하면서 성과 없는 연구를 진행한 적이 있소. 혹시 나에게 자비를 베풀어서 내 눈을 밝혀 줄 용의가 있소? 왜냐하면 나는 아직도 이해하지 못하기 때문이오. 거룩함에 대한 사전적인 정의도 내가 보기에는 실속이 없고 피상적이거나 기초부터 순환 논리일 뿐이오. 그리고 나는 아직도 뭔가를 해결해야 한다는 의무감을 느낀다오. 물론 내 시간은 이미 끝나 가지만 말이오. 그럼에도 불구하고, 거룩함은 무엇이오? 혹은 목적은? 그리고 은혜는? 늑대는 달을 바라보고 서서 목을 길게 빼고 울부짖지만 그 달에 관해 무엇을 이해하겠소? 나방은 불 속으로 뛰어들지만 그 불에 관해 무엇을 이해하겠소? 낙타를 살해하는 자가 구원에 관해 무엇을 이해하겠소? 당신은 나를 도와줄 수 있소?

다만 경건한 설교는 참아 주시오. 당신같이 위선적인 건달이 피 한 방울도 흐르게 한 적 없다며 내 앞에서 잘난 척을 하다니. 당신은 아랍인의 머리카락 한 올도 손을 댄 적이 없다고 했소. 오히려 그것을 핥으며 이 땅을 구원하고, 내 돈으로 희석한 마법과 주문으로 외국인들을 이 거룩한 땅에서 내쫓겠다고 했소. 우리 조상들의 유업을 정제한 올리브 기름으로 정결하게 만들겠다고 했소. 내 처를 범하고 내 집을 물려받고 내 아들을 구원하고 내 재산을 투자하고 그것도 모자라서 성경으로 나를 흔들어 대며 내 도덕적 타락을 비난했소. 당신은 나를 지치게 하고 있소. 모기처럼 짜증 나게 한단 말이오. 당신이 내게 새롭게 제안할 것은 전혀 없소. 당신 같은 부류와 관계를 다 끊었고 더 복잡한 대상으로 옮긴 지 이미 오래요. 돈이나 가지고 내 사정권 밖으로 멀리 꺼져 버리시오.

그러나 내가, 곧 죽는다는 것 외에 당신에게 새로 말해 줄 것이 무엇이겠소? 당신은 편지에서 "그 잔이 내게 넘어오기를 바란다."라고 했는데, 정말 그 잔이 넘어가서 거의 비어 가고 있소. 당신은 내가 당신으로부터 '가난한 자의 암양'과 당신의 식사 부스러기를 빼앗았다고 매도했소. 그러나 사실은 내가 지금 당신의 정결한 식탁에서 떨어지는 부스러기들을 줍는 사람이오. 당신은 곧 '내가 내 운명과 맞서야 한다'고 위협하지만 나는 이미 서 있는 것도 힘든 사람이오. 당신은 종소리를 듣는다고 했지만 그 종들은 바로 여기 정확히 내 위에 와 있소. 무엇을 더 바라시오, 선생? 죽은 자들의 제물[252]이라도 먹어야겠소?

한편 죽은 자들의 제물 이야기가 나왔으니 말인데, 친애하는 작하임은 내 재산이 약 200만 달러 정도 된다고 추산했소. 그러니까 그 반 정도가 보아즈에게 돌아간다 하더라도, 당신의 죽은 자들의 제물은 결코 무시할 만한 액수가 아니오. 당신은 리무진을 타고 당신이 구원할 첫 장소들 사이를 달릴 수 있을 것이오. 작하임과 그의 노란 머리 딸이 이번 주에 이곳에 내려온다고 위협하고 있소. 그는 '강제로라도' 나를 자기 차에 태워 예루살렘으로 가서 하다사에서 방사선 치료를 받게 하겠다고 마음대로 결정했고, 그때 가는 길에 당신의 잃어버린 양들도 당신에게 돌려주겠다고 말하고 있소. 그렇지만 나는, 이 편지를 쓰는 동안 이곳에 머물기로 마지막 결정을 내렸소. 내가 예루살렘에서 뭘 더 바라겠소? 군침을 질질 흘리는 예언자들과 구원이 있다고 계속 짖어 대는 미치광이들 사이에서 죽어 가는 것을? 나는 내 아들 곁에 남겠소. 마지막까지 포대 자루를 접겠소. 작은 무들을 가려내겠소. 낡은 밧줄을 감겠소. 한때 내 아버지였던 그 어릿광대를 하이파에서 데려오라고 사람을 보낼지도 모르겠소. 우리는 내가 쓰러져 죽을 때까지 계속해서 가족 당구 대회를 열 수도 있을 것이오.

---

252) 때에 따라 죽은 자의 무덤에 바치는 음식 또는 죽은 자가 참석한다고 믿고 먹는 식사 등을 가리키며, 히브리 성서와 유대교는 이런 행위를 우상 숭배와 같은 것으로 간주한다.(「신명기」 26: 14, 미쉬나, 아봇 3, 3 참조.)

그녀가 나와 조금만 더 머물 수 있도록 허락해 주겠소? 부디 그렇게 해 주겠소? 혹시 그 행위로 인하여 당신의 계명 책에 상으로 쿠폰이 하나 더해질지도 모르잖소?

보아즈가 입술을 일그러뜨리며 따분함과 조롱이 섞인 말투로 해 준 이야기요. 그 아이에게 반한 여자애 중 하나는 여기서 위스콘신주 출신의 나이 많은 구루의 손에 물을 부어 주는 일을 한 적이 있는데, 그 소녀의 말에 따르면 그 사람은 벌침으로 암을 내쫓을 줄 알았다고 하오. 그리고 나는, 기가 막히게도, 오늘 아침에 벌집에 막대기를 찔러 넣으면서 정말 즐겁게 놀았소. 그러나 보아즈의 벌들은 나처럼 약하고 정신이 혼미한지, 아니면 그 아이처럼 평화주의자인지 내 주위를 돌면서 윙윙거리기는 했지만 굳이 쏘려고는 하지 않았소. 내 몸에서 나는 죽음의 냄새가 그들을 밀어내는 것인지도 모르겠소. 아니면 벌도 믿음이 적은 자는 치료해 줄 마음이 없는 것인지.

그럴 의도가 전혀 없었는데 내 오래된 악령이 또 나타났소. 길을 잃고 떠다니는 벌 한 마리 한 마리를 신학적인 질문의 대상으로 삼은 후에 이를 갈며 달려들어 그 녀석을 그 질문과 함께 뭉개 버리기. 그리고 그 공허한 죽음 속에서 새 질문을 제기하기. 그 질문도 서둘러서 직격탄으로 폭격하기. 구년 동안 나는 마키아벨리와 씨름했고 홉스와 로크를 낱낱이 해체했고 마르크스를 말단까지 풀어헤쳤고, 우리가 스스로를 멸종시키는 종으로 변한 이유는 우리의 본성 안에 있는 이기심이나 비열함이나 잔인함 때문이 아님을 확고하게 증명하기 위해 열정을 불태웠소. 우리는 사실 우리 안에 있는 '고귀한 동경'때문에 우리 자신을 몰살시키고 있소.(그리고 가까운 시일 안에 우리 동족들을 완전히 전멸시키고 말 거요.) 종교라는 질병 때문에. '구원을 받아야 한다'는 불타는 욕구 때문에. 구원으로 인한 미친 짓들 때문에. 구원으로 인한 미친 짓이 무엇이오? 삶을 영위하는 데 필요한 기본적인 재능이 전체적으로 사라지고 없음을 가리는 수건일 뿐이오. 그것은 고양이들도 모두 타고난 재능이오. 그러나 우리는 집단 자살에 대한 충동을 이기지 못하고 스스로 해변으로 치고 올라오는 고래들처럼 삶을 영위해 나갈 재능이 점점 퇴화하는 증세로 심하게 고통받고 있소. 그 결과 이 세상에 존재하지도 않고 가능하지도 않은 구원의 땅으로 가는 길을 뚫기 위해서 우리에게 남은 것마저 파괴하고 없애 버리려는 충동이 널리 퍼지게 된 것이오. '약속의 땅'처럼 보이는 그 모호한 거짓 마법을 위해 기꺼이 우리의 목숨을 희생 제물로 바치고, 황홀경에 빠져서 우리 이웃을 불태우는 거요. '목숨보다 숭고한 것'이라고 여겨지는 이런저런 속임수들 같은 거요. 그리고 도대체 우리가 보기에 목숨보다 숭고하지 않은 것이 무엇이겠소? 14세기에 움살라에서 수도사 두 명이 일어나 하룻밤 사이에 고아 아흔여덟 명을 죽이고 자기 몸에 불을 질렀는데, 그 이유는 푸른 여우가 수도원 창문 앞에 나타난 것을 그 처녀가 그들이 오기를 기다리는 징조로 보았기 때문이었소. "그러므로 흰 장미처럼/ 우리 쏟아진 뇌의 융단으로"[253] 다시 또다시 이 땅 위를 덮겠다

---

253) 아브라함 슈테른이 1933년에 지은 「우리는 지하 저항군으로 산다(하

고, 어떤 비현실적인 구원자의 순결한 발걸음을 위해 준비한 융단으로 말이오.(이 지방 출신 광신자의 노래 가사인데, 그는 정말 노력하여 영국인들이 그의 머리에 박아 넣은 총알 스무 발로 자기 뇌를 쏟는 데 성공했소.) 혹은 이 지역에서 유행하는 다른 표현도 있소. "침묵은 진흙이니/ 피와 생명을 버려라/ 숨겨진 영광을 위하여."[254] 무슨 숨겨진 영광을 말하는 것이오, 쏘모 선생? 당신은 정신이 나간 거요? 당신의 어린 딸을 한번 쳐다보시오. 그 아이가 바로 숨겨진 영광이오. 다른 것은 없소. 내 말이 당신에게 아무 쓸모가 없다니 유감이오. 당신은 그 아이를 죽이게 될 거요. 눈앞에 보이는 모든 것을 죽일 것이오. 그리고 그것을 메시아가 오시는 진통이라고 부르고 심판의 의로움 기도문을 낭송할 것이오.[255] 어쩌면 당신이 나를 뛰어넘을지도 모르겠소. 당신은 피 한 방울 흘리지 않고 살인하는 데 성공할 테니까. 당신은 올리브 기름에 끓이며 거룩하다고 세 번 중얼거릴 것이오.

지금 짧은 오후 휴식 시간이었소. 산드라라는 소녀가 맨발로 내 방에 올라왔고, 꿈꾸는 듯한 미소를 지으면서 향기가

임 아누 베막흐테렛)」라는 노래의 가사다.
254) 제에브 자보틴스키라가 1932년에 지은 「베타르의 노래」라는 노래의 가사다.
255) '메시아가 오시는 진통'이란 유대교에서 구원자가 오시기 직전에 극심한 고통이 선행한다는 개념을 가리킨다.(「이사야」 26: 17 참조.) '심판의 의로움(찌둑 핫딘)'은 장례식장에서 주로 낭송되는 기도문으로 신의 결정에 순종하고 그것을 받아들인다는 내용이다.

진한 차를 가득 담은 양철 주전자와 접시로 뚜껑을 덮은 접시를 내 앞에 내려놓았소. 반으로 자른 삶은 달걀. 올리브. 얇게 썬 토마토와 오이. 양파 링. 염소 치즈와 마늘을 올려 집에서 구운 빵 두 조각. 그리고 작은 종지에 담은 꿀. 나는 조금 베어 먹고 마셨고 조금 더 따랐소. 그 산드라라는 아이는 아랍식 갈라비아[256]를 입고 서서 호기심 어린 눈으로 나를 계속 지켜보았소. 내가 몇 입이나 먹는지 세어 오라는 지시를 받았나 보오. 그렇지만 내가 무서운지 문 옆에 서 있었소. 그냥 그대로 열어 놓고.

나는 그 소녀와 잠깐 대화를 하기로 결정했소. 보통은 낯선 사람들과 가벼운 대화를 나눌 줄 모르지만 말이오. 그녀가 어디서 왔니, 내가 알아도 괜찮다면?

네브래스카주 오마하에서.

그녀의 부모는 그녀가 어디 있는지 그리고 무슨 일을 하는지 알고 계신지?

그러니까 그녀의 부모는 정확하게 말하면 그녀의 부모가 아니라고.

그건 무슨 뜻인지?

아버지의 둘째 아내와 어머니의 새 남편이 세계 여행을 할 돈을 주면서, 연말에 여행을 마치고 돌아가면 대학에 진학해서 공부하겠다고 약속하기로 조건을 걸었다고 하오.

그럼 그녀는 공부하는 것에 대해 어떻게 생각하는지?

---

256) 이집트 원주민 노동자들이 입었던 면으로 된 긴 겉옷.

아직 모르겠다고. 그리고 사실은 여기서 많은 것을 배우고 있다고.

예를 들면 무엇을? 원시 농업 개론?

자기 자신을 이해하기. 조금은. 그리고 '미닝 오브 라이프'에 대해서도 어느 정도 이해하게 되었다고.

나도 좀 깨우쳐 줄 수 있는지? 미닝이 무엇인지?

그러나 그녀의 생각에 따르면, "그것은 말로 표현하지 않는 것이 나을걸요?"

그럼 대체적인 방향만 제시해 줄 수는 있는지? 그냥 힌트라도?

"그건 각자가 혼자 해야 되는 거죠. 아니에요?"

그녀에겐 아주 이상한 버릇이 있었소. 모든 문장을 물음표로 마치는 것인데, 실제로 무언가를 묻는 것이 아니고 자기가 한 말에 놀라서 그런 것 같았소. 나는 계속해서 인생의 의미에 대해 조금이라도 힌트를 달라고 청했소.

그녀는 당황했소. 눈을 깜박였고. 나에게 포기해 달라고 애원하듯 미소를 지었소. 그 모습이 매우 아름다웠소. 그리고 부끄러워했고. 놀라울 정도로 어린아이 같았소. 내가 잠깐 앉으라고 권하자 그녀는 얼굴을 붉히고 어깨를 으쓱했소. 그리고 그 자리에 남아서, 내 아들의 사랑을 받는 여자가, 그의 사랑을 받은 여자 중 하나가, 마치 추격자의 냄새를 맡은 암사슴처럼 문턱 위에 서 있었소. 달아나고 싶어 살을 떨고 있었소. 한마디만 더 하면 사라질 것처럼. 그러나 내가 고집을 부렸소.

"어디부터 시작할까, 산드라?"

"내 생각에, 그냥 처음부터요?"

"그럼 처음이 어디일까?"

"내 생각에, 아마도 당신의 기억이 가닿을 수 있는 가장 먼데까지?"

"내 할례 예식까지, 그 정도면 충분할까? 아니면 더 이전까지 돌아가서 찾아야 할까?"(이런 진부한 대화로 인해 나는 피곤해지기 시작했소.)

"처음으로 사람들이 당신을 모욕했던 때까지요, 아닌가요?"

"그들이 모욕했다고? 잠깐만. 앉아 봐. 공교롭게도 나는 모욕하는 사람에 속해. 모욕을 당하는 사람이 아니라."

그러나 그녀는 앉고 싶어 하지 않았소. 밑에서 사람들이 그녀를 기다리는 것 같았소. 보아즈가. 그리고 친구들이. 오늘 그들은 막힌 우물을 다시 뚫으려고 사람들을 모으고 있었소. 그 물웅덩이 말이오.

"그럼 우리 나중에 이야기할까? 그런데, 혹시 돈이 좀 필요하지 않니? 오해하지는 말고. 뭐라고? 저녁에 이야기를 좀 나눌 수 있을까?"

"그건 가능해요." 그녀가 놀라며 말했고, 금전적인 제안은 무시했소. 그리고 꿈이라도 꾸는 듯이 조금 더 생각을 하더니 조심스럽게 물었소. "무슨 이야기를 하죠?"

그러고는 내가 거의 손도 대지 않은 식사 그릇들을 챙겨서 종종거리며 방에서 나갔소.(그렇지만 찻주전자와 꿀은 내 곁에 두고 갔소.) 밖에서, 어두운 복도에 서서, 그녀가 한마디 덧붙였소. "네버 마인드. 비 인 피스? 이츠 심플?"

멍청한 것. 아니면 약을 했거나. 몇 년만 지나면 러시아인들이 와서 소금도 없이 그들을 삼켜 버릴 것이오.

여하튼 간에, 시작은 어디겠소?

그의 어린 시절에 관해 떠오르는 첫 번째 기억은 마당 경사로에서 유칼립투스 나무 잔가지를 태우는 모닥불의 매운 연기에 휩싸인 타는 듯한 여름날의 풍경이오. 함씬[257]에 밀려온 모래 먼지에 사방이 뿌옜소. 두터운 구름처럼 개미 떼가, 아니 어쩌면 메뚜기 떼가 날아올라서 그 아이의 머리 위에, 어깨 위에, 짧은 바지를 입은 다리 위에, 벗은 발 위에 그리고 두더지의 흙 두둑을 파헤치느라 바쁜 손가락 위에 내려앉았소. 혹은 그 아이가 정원 흙 속에서 찾아낸 유리 조각으로 햇빛을 모아서 담배 상자(사이먼 아르츠트였던가)에서 나온 은박지 조각에 불을 붙이는 모습. 그런데 짙은 그림자가 아이를 덮치더니 세상을 그에게서 떼어 놓았소. 그의 아버지였소. 그 불을 밟아서 꺼 버렸고. 성경에 나오는 야훼의 불타는 분노처럼 불호령이 그 아이의 머리를 때렸지.

그리고 그 정원, 그곳에서 자라지 않는 식물이 있었을까? 계절을 따라 해총과 애기괭이밥이. 겨울이 끝날 때쯤이면 시클라멘과 루핀과 개쑥갓이. 하얀색 뚜껑별꽃. 그리고 양귀비. 그리고 빨간 깔깔이국화. 이런 것들은 그의 아버지 눈에 전혀 차지 않았고, 멀리 동아시아나 안데스산맥에다 주문한 아주

---

257) 4~5월경에 아라비아 사막에서 모래를 가득 담고 불어오는 열풍.

진귀하고 이국적인 품종의 장미로 화단을 만들기 위해 이것들을 모두 뽑아 버렸소. 그리고 그곳에는 벌레와 기어다니는 것과 도마뱀과 뒤집힌 성당처럼 생긴 거미줄, 그리고 그 아이가 잡아서 깡통이나 유리병에 담아 지하실에 가두어 두었던 거북이와 뱀도 있었소. 그중에는 탈출에 성공하여 바위틈에 숨거나 그 집에 퍼져 집을 짓고 사는 놈들도 있었소. 그리고 그 아이는 뽕나무 숲에서 누에를 모아 와서 나비를 길러 내고 싶었지만 언제나 예외 없이 썩은 부엽토 자국만 남기곤 했소. 식당에 있던 사모바르 주전자는 숨을 헐떡이는 덥수룩한 놈이었소. 장식장 유리 안에 있던 자기 그릇들은 전쟁터로 나가기 위해 전투 대열에 잡다하게 모여 선 군인들 같았소. 지붕에 사는 박쥐들은 멀리서 날아와 앉은 로켓 포탄들이었소. 서재에는 투박한 갈색 라디오 수신기가 있었는데, 유리 주파수 표시판 위에서 비엔나, 벨그라드, 카이로, 키레나이카에 불이 들어오면, 어둠 속에서 녹색 귀신의 눈이 그 안에서부터 번쩍거렸소. 그리고 가끔 아이 아버지의 우렁찬 목소리와 함께 황홀한 오페라가 터져 나오곤 하던 손잡이와 나팔이 달린 축음기도 있었소. 아이는 맨발로, 도둑처럼 움츠리고, 집 구석구석과 정원에 몰래 숨어들었소. 어느 녹슨 수도꼭지 밑에 진흙으로 도시와 마을과 다리, 요새, 탑, 궁전을 지었고 하늘에서 솔방울 폭탄으로 폭격하여 부숴 버리기를 좋아했소. 스페인, 에티오피아, 핀란드 같은 아주 먼 곳에서 전쟁이 벌어지고 있었소.

한번은 아이가 디프테리아를 앓았소. 병으로 열이 올라 자다 깨기를 반복하던 그 아이는, 허리까지 맨몸을 드러낸 아버지가 넓은 갈색 가슴 위로 제멋대로 자란 꼬불꼬불한 흰 털을 휘날리며 방에 들어와서, 그를 돌보던 여자 위로 몸을 숙이는 것을 본 듯 만 듯했소. 그리고 신음 소리와 애원과 절박한 속삭임이 들렸고 그 아이는 다시 열에 들뜬 잠 속에 빠지며 기억은 꿈과 꿈 조각들 사이로 가라앉았소.

이번 안식일 아침처럼 여름이 끝나 가는 아침이면, 해변가에 있는 아랍 마을에서 농사꾼들이 왔소. 그들은 고분고분한 당나귀를 몰고, 짙은 색깔 아바야[258]를 입고, 후음이 많이 섞인 큰 소리로 요란법석을 떨고, 콧수염을 떨어 대면서 자기들이 가져온 고리버들 바구니들을 내려놓곤 했소. 짙은 색 무스캇 포도송이. 대추야자. 가축 비료. 녹색과 보라색이 섞인 무화과. 숨 막히는 여자들의 냄새가 그 집을 가득 채웠고 그들이 떠난 뒤에도 계속 남아 있었소. 아버지는 킬킬거리며 웃었소. 이 사람들은 러시아 무직[259] 농부들보다 낫다니까. 술에 취하지도 않고, 욕도 하지 않고, 그냥 좀 더러울 뿐이고 도둑질을 좀 하는, 어머니 자연의 자식들이지. 그러나 그들이 본분을 망각하도록 놔두면 살육도 서슴지 않을 거요.

가끔씩 그 아이는 아침 일찍 낙타들이 우는 소리 때문에 잠에서 깨기도 했소. 갈릴리에서나 사막에서 온 대상들이 건축에 필요한 석재를 실어 왔소. 그리고 이따금 수박들만 가져 왔고. 그 아이는 자기 방 창문으로 낙타들의 모가지가 얼마나

---

258) 이슬람권 여성들이 입는 망토형 전통 의상.
259) 16세기 러시아 농민을 부르는 낱말로, 알렉스의 아버지가 러시아 낱말을 섞어 가며 히브리어를 말하는 장면이다.

유연한지 볼 수 있었소. 조롱이 섞인 듯한 슬픈 표정들. 그 우아한 다리 선도.

밤에는 2층 끝에 있던 그의 방에서 아버지가 가끔 여는 파티의 즐겁고 떠들썩한 소리를 들을 수 있었소. 영국 장교들, 그리스와 이집트 상인들, 레바논에서 온 부동산 중개인들이 거실에 모여서 술을 마시고, 농담을 하고, 카드놀이를 하고, 가끔은 술에 취해 흐느끼면서 남자들만의 밤을 즐기곤 했소.(작하임을 제외하면 유대인은 거의 이곳에 발을 들여놓지 않았소.) 거실 바닥에는 그의 아버지가 이탈리아에서 가져온, 얇은 줄이 모세 혈관처럼 퍼져 있는 대리석 타일이 깔려 있었소.(집이 버려진 동안 타일들은 모두 도둑맞았소. 대신 보아즈가 회색 콘크리트 바닥을 깔고 있소.) 그리고 수를 놓은 쿠션들이 놓인 부드럽고 나즈막한 중동식 소파들도 있었소. 낯선 사람들이 그 아이에게 비싸고 복잡한 장난감들을 넘치도록 안겨 주곤 했소. 그것들은 그리 오래가지 않았소. 아니면 사탕 과자들. 그 아이가 어렸을 때부터 싫어했던 거요.(그러나 그저께는 당신 딸을 즐겁게 해 주려고 아이 둘을 모샤바 가게에 보내 사 오게 했소.) 그 아이는 약삭빠르고, 주의 깊고, 교묘히 빠져나가고, 몰래 훔쳐보다가 그림자처럼 사라지고, 작은 계략을 꾸미고, 냉소적이고 건방지고, 여름마다 그 텅 빈 영지의 좁은 길들을 혼자 헤매고 다녔소. 아이는 엄마도 없었고 형제도 없었고 친구도 없었고 그의 아버지가 죽인 그 붉은털원숭이 뿐이었소. 그 아이는 그 원숭이 무덤 위에 너무도 우스꽝스러운 묘를 세웠소. 그것도 이제 다 쓰러져 없어지고 당신 딸이 그곳에서 거북이를 기르고 있소. 보아즈가 어디선가 찾아다 준 거북이라오.

그리고 밤에는, 밤의 정적이. 그런데 그것은 정적이 아니었소.

이 집은 홀로 서 있소. 이 집의 북쪽 창문은 모샤바의 마지막 건물로부터 약 3킬로미터 정도 떨어져 있소. 그리고 과수원 길들을 따라 일꾼들의 오두막이 대여섯 채 서 있는데, 그의 아버지가 레바논이나 갈릴리에서 데려온 체르케스 노동자들을 위해서 양철과 시멘트 벽돌로 지으라고 명령한 것이오. 어둑어둑하고 어슴푸레한 밤이면 음정이 둘뿐인 노랫소리가 들려왔소. 어둠 속에서 여우들이 울었소. 자칼은 이 집 주변까지 퍼져 있는 유향나무들과 가시덤불로 가득한 돌투성이 광야에서 슬픈 노래로 마음을 토로했소. 한번은 보름달이 환할 때 농기구 창고 옆에 하이에나가 나타난 적도 있소. 그의 아버지가 총으로 쏴 죽였다오. 그 사체는 아침에 경사로 끝에서 불로 태워 버렸소. 아이의 방과 아버지의 침실은 빈 방 네 개와 복도와 계단 여섯 개를 사이에 두고 떨어져 있었소. 그럼에도 그곳에서는 여자의 신음 소리가 들려오곤 했소. 혹은 낮고 눅눅한 웃음소리들도. 아침마다 까마귀와 비둘기 소리가 그를 잠에서 깨웠소. 절대 타협하지 않는 뻐꾸기가 아침마다 끈질기게 똑같은 구호를 외쳐 대곤 했소. 그리고 그 녀석은 지금도 여기 있소. 똑같이 외치면서. 똑같은 구호로. 아니면 그 녀석의 증손자들이 보아즈의 아비가 이미 잊은 것을 보아즈에게 가르치려고 돌아왔을지도 모르오. 가끔 철 따라 이동하는 야생 거위들이 화살촉 모양으로 날아 가기도 했소. 황새들도 쉬었다가 떠났소. 쏘모 씨, 당신은 황새와 야생 거위를 구분할 줄 아시오? 자칼과 여우는 어떻소? 양귀비와 빨간 깔깔이국화는? 아니면 거룩함과 속됨이나 예디옷과 《마아리브》 신문만 구분하시오? 괜찮소. 당신 딸은 이미 배웠을 테니까.

네 살이 될 무렵까지 그 아이는 말을 배우지 않았소. 아마 특별히 노력을 하지 않았던 것 같소. 그러나 네 살 때 이미 그 아이는 돌멩이로 비둘기를 맞혀 죽이거나 연기로 두더지를 질식시킬 줄 알았소. 그리고 바퀴가 두 개 달린 수레를 당나귀에 얹을 줄도 알았소.(내일 내가 당신 딸에게 가르칠 예정이오. 보아즈가 나보다 먼저 가르치지 않았다면 말이오.).

몇 시간이고 아이는 혼자서 아르메니아 하인이 정원에 매달아 준 그네를 타면서 바다 너머로 날아가곤 했소.(아틀란티다.[260] 카카말카,[261] 엘도라도.) 일곱 살 때는 어느 유칼립투스 나무 꼭대기에 밧줄 사다리가 달린 탐조대를 지었소. 자기의 붉은털원숭이와 함께 그곳에 올라가서 중국 만리장성 너머를 엿보고 쿠빌라이 칸의 이동 경로를 조사했소.(내가 이 말을 쓰는 지금 이 순간에도 아직 내 창문으로 그 탐조대가 있었던 흔적이 보이오. 보아즈의 이상한 친구 놈들 중 한 녀석이 빡빡머리에 벌거벗

---

260) 흔히 아틀란티스로 알려진 이 섬은 플라톤이 그의 책에 바닷속으로 가라앉았다고 쓴 전설의 섬이다.
261) 페루 북부 산지에 있는 도시로 근처에 최대 금광이 위치하고 있다. 16세기 잉카 제국이 스페인의 침입을 받았을 때 황제가 황금 보좌에 앉아 있고 창고에 황금이 쌓여 있었다는 전설이 전해진다.

은 모습으로 그곳에 누워 하모니카를 불고 있소. 구슬픈 가락이 끊어지면서 간간이 내 귀에도 들려온다오.)

다른 아이들보다 키는 컸지만 베두인처럼 마르고 뼈만 앙상했던 그 아이는 십 년을 모샤바에 있는 므슈 마르코비치의 교실에서 적막하게 보내야 했소. 언제나 가장 뒷자리에 앉아서. 자기 할 일은 정확하게 했지만 외로움을 고집하며 틀에 갇혀 모든 아이들에게서 혼자만 동떨어져 있었소. 혼자 조용히 책을 읽고 침묵했소. 쉬는 시간에도 책을 읽었소. 지도책을 줄줄이 외웠었소. 그러다가 한번은, 화가 나서 욱하는 마음에 의자를 휘둘러서 므슈의 코를 부러뜨린 적도 있었소. 자주 나타나지는 않았지만 이런 발작적인 분노가 피를 볼 만큼 폭력적이어서, 그 소년은 위험한 자라는 후광을 얻게 되었소. 그리고 그것은 인생 내내 그를 떠나지 않았소. 그리고 그는 보편적인 어리석음을 피해 요새를 짓고 언제나 그 속에 들어 앉은 것 같았소.

아홉 살이 되자 그 아이는 자기 아버지의 명령에 따라 일주일에 두 번 하이파까지 가서 권투 개인 교습을 받았소. 열 살 때 그의 아버지는 그에게 권총을 분해하고 조립하는 방법을 가르쳤소. 얼마 지나지 않아 그들은 마당 아래쪽에서 사격 시합을 하게 되었소. 그리고 그 아버지는 단검 사용하는 비법도 그에게 가르쳐 주기로 했소. 왜냐하면 서재 벽의 절반을 구부러진 단검, 베두인, 두루지, 다메섹, 페르시아 단검 소장품들이 차지하고 있었기 때문이오. 쏘모 씨, 당신은 단검을 어떻게 쓰는지 아시오? 가볍게 일대일 대결 한번 해 보시겠소?

그리고 이 집은 마치 술주정뱅이의 도박처럼 넓지만 조악하게 지어졌소. 씀씀이가 헤픈 자가 제멋대로 마구 사치를 부린 거요. 이 지역 돌로. 거의 검은색으로. 가장자리는 남쪽 헤브론산이나 숩 산지[262]에서 가져온 다른 돌을 썼고. 높이 올린 담과 걷잡을 수 없는 불합리성. 구불구불한 통로들, 예루살렘 수도원에서 베껴 온 나선형 계단들, 식료품 저장실, 숨겨진 은신처들, 다른 입구로만 통하는 입구. 그리고 허리를 굽혀야 지나갈 수 있는 비밀스러운 지하도가 있었는데, 지하실에서 출발해 별채 밑 지하도를 지나서 정원에 있는 정자로 나갈 수 있었소.(지금은 흙으로 막혀 있소.)

언젠가 내가 떠난 뒤에 당신이 이곳을 방문한다면, 보아즈가 물론 당신을 위해 안내를 잘해 줄 것이오. 당신 눈으로 직접 살펴보고 비르캇 한네헤닌 기도문[263]을 낭송할 수 있을 것이오. 그 아이들이 지금 우물인 줄로 착각하고 치우고 있는 물저장소처럼, 그때가 되면 그 막힌 지하도를 다시 열 수도 있을 것이오. 여하튼, 내 아버지는 보아즈를 위해 티벳에 산을 하나 산 적이 있는데 그 산의 공식적인 이름이 보아즈 기드온 산이라오. 아마 나도 그 사기꾼 같은 이탈리아 회사에 전화를 걸어 당신 딸에게 산을 하나 사 줄지도 모르겠소. 내가 당신에게 어린 시절 기억을 이렇게 털어놓도록 이끈 충동에 대해 어떻게 설명하시겠소? 나를 위한 성경 구절을 찾아 주겠소?

---

262) 레바논 베이루트 남동쪽에 있는 지역으로 레바논 산지의 일부.
263) 유대교인이 어떤 일로 즐거움을 얻을 때 드리는 감사 기도.(바벨 탈무드, 브라콧 35 앞면.) 음식을 먹거나 음료수를 마실 때 낭송하는 경우가 많다.

아니면 짧고 통렬한 미드라쉬라도? 깊은 곳까지 내려갔던 조마 랍비[264]의 이야기 같은 것으로? 아마 당신이 쓴 어린 시절에 관한 이야기가 내 마음에 와닿았는지도 모르겠소. 아니면 당신이 경멸하면서 속삭인 말 때문인지도. 아니면 정리 정돈에 집착하는 내 본능이 다시 작동해 누군가 믿을 만한 사람에게 보고서를 남겨야 할 필요성에 이끌렸을지도? 일라나가 당신에게 내가 미친 사람처럼 정리 정돈에 집착한다는 이야기를 해 준 적 있소? 언제나 그녀를 웃게 만들었다고? 그녀가 당신에게도 이야기를 했소, 쏘모 씨? 내가 당신의 이름을 불러도 되겠소? 내가 기억하기로 마르셀이었나? 미쉘이었나? 그녀의 첫 결혼 생활 중에 있었던 다른 재미있는 일들도 말해 주었소?

나는 어릴 때부터 언제나 아주 고집스럽게 모든 물건을 제자리에 두곤 했소. 내 작업 도구들, 나사, 줄, 톱 등 모든 것들을 내 방 코르크판 위에 정리해 놓아서 마치 작은 박물관 같았소. 장난감들도 잘 분류해서 종류나 생산지에 따라 구분해 놓았소. 오늘까지도 시카고에 있는 내 책상은 잘 정리되어 있어서 언제든지 부대장의 점호를 받을 준비가 되어 있소. 내 책들은 크기에 따라 잘 정리되어 사열 준비를 한 것 같다오. 내 서류들은 파일에 넣어 완벽하게 정리해 두었소. 욤 키푸르 전쟁 때, 이집트 두 부대 사이의 경계선에서 격렬한 전투가 벌어

---

264) 쉼온 벤 조마(Shimon ben Zoma)를 가리키는 것으로 보인다. 서기 1~2세기경에 예호슈아 벤 하나냐 랍비 밑에서 공부한 초기 현인 중 한 사람이었다.

졌는데, 면도를 하고 풀을 먹인 새 셔츠를 입고 돌격전에 참가한 이스라엘 장교는 나뿐이었을 거요. 내가 혼자 살던 아파트에는 일라나를 만나기 전이나 후나 옷장 안에 침대 시트들을 마치 가늠좌의 십자처럼 접어 두었고 음반들은 모두 가나다순으로 정리해 놓았었소. 부대 안에서 사람들은 내 등에 대고 '직각'이라고 부르곤 했소. 일라나는 내 신발장을 들여다볼 때마다 큰 소리로 웃음을 터뜨리곤 했소. 그녀가 당신에게 그 이야기도 해 주었소? 우리가 밤을 보낸 이야기도 해 주었소? 내 상처에 관해서도? 히르벳 와하디나[265]를 전멸시킨 이야기도? 당신이 보기에 나는 어떤 사람이오, 마르셀, 그냥 악당이오, 아니면 바보 같은 악당이오?

그러나 그게 다 무슨 소용이 있겠소. 내가 언제부터 헌병이 나를 어떻게 생각하는지 알고 싶어 했다고.

어쨌든 쏘모 선생, 미쉘, 당신도 좀 조심하는 것이 좋을 거요. 늙고 병든 뱀이 마지막으로 당신을 물 수도 있으니까. 혹시 내 몸속에 독이 아직 한 방울 남아 있을지 모르지 않소. 이 시점에 내가 당신의 아름다운 아내가 밤이면 나를 보러 여기 올라온다고 말한다면 어떻겠소? 모두가 잠이 든 뒤 그녀가 잠옷을 하늘거리며 내 방으로 올라온다면 말이오. 보아즈의 보이스카우트 손전등이 그녀의 손에서 흔들리며 회칠이 벗겨진 내 벽 위에 희뿌연 거품들을 흔들어 놓고 있소. 그녀는 내

---

265) 요르단의 야르묵강 가에 있는 작은 마을. 엘리야 예언자의 고향이라는 전설이 있다.

위에 덮인 담요를 끌어 내리오. 그녀의 손으로 내 배를 쓰다듬소. 그녀의 입술은 어둠 속에서 다 빠져 가는 내 가슴 털을 파고드오. 어쩌면 그녀는 내 잠자는 성욕을 끌어내려 하는지도 모르오. 그녀가 성공할지도 모르겠소. 나는 확실하게 보고할 수가 없소. 나는 깨어 있어도 꿈을 꾸는 것 같고 내 잠은 시간을 벌기 위해 벌이는 방어전에 불과하니까. 어쩌면 이 모든 것이 내 환상에 불과할지도 모르겠소. 그녀의 환상 속이든지. 그리고 당신의 환상 속인지도 모르지, 마르셀.

내가 작하임을 시켜서 당신에게 덤벼들게 하면 어떻겠소? 아직 내 유언장을 뒤집을 힘은 있소. 내 모든 재산을 동물 보호 단체나 팔레스타인 평화 위원회 같은 곳에 나누어 줄 수도 있고. 내게 귀신이 씌면 내가 당신을 파멸시킬 수도 있소, 내 친구.

그러나 그런 귀신은 없소. 내 사악한 힘은 다 빠져 가는 머리털과 안으로 푹 꺼진 뺨과 사악하게 갈라진 홈만 남기고, 입 속으로 깊이 말려 들어가는 입술만 남기고는 나를 버리고 떠나 갔소.

이제, 사악함도 다 써 버렸는데.

왜 내가 당신을 짓밟겠소?

당신은 지금까지 충분히 고생했소. 이제 내가 대가를 지불할 차례이고 당신이 그 보답을 받을 차례요. 물론 거절하지는 않으리라 믿소, 내 말이 맞소? 나는 당신의 메시아가 되는 역할을 받아들이겠소. 당신을 노예 생활에서 자유롭게 해방하고 가난에서 막대한 부로 옮겨 주는 자. 당신의 전통에 기록한 것처럼, 당신의 팔이 힘을 얻어 자기 원수들의 성문을 상속

할 것이오.[266]

마음 놓으시오, 마르셀. 당신의 아내는 당신을 위해 정절을 지키고 있소. 아무도 밤에 돌아다니지 않고 죽어 가는 자와 성행위도 없었소. 우리 세 명의 상상 속에서만 있을 뿐이오. 그곳은 아무도 침입할 수 없으니, 탱크로도 구원의 불꽃으로도 불가능하오. 당신의 어린 딸도 당신을 잊지 않았소. 지금 그 아이가 내 방에 들어와서 내 면도기를 전화기로 진급시키기로 결정하고(왜냐하면 이곳엔 전화가 없기 때문에) 예루살렘에 있는 당신에게 염소들과 거위들과 공작새와 사이좋게 지낸다는 이야기를 삼십 분째 보고하고 있소. 내가 이미, 보아즈가 그 아이를 위해 거북이를 찾아 주었다는 이야기를 했소?

이제 글을 맺으려 하오, 선생. 걱정은 마시오. 카인은 이제 죽고 아벨이 상속하게 될 것이오. 하와이 땅에서만 정의가 마지막에 승리하는 것은 아니라오. 사악한 자들이 언제까지 즐거워하겠느냐는 당신의 오래된 신학적인 질문은 우리 경우에는 매우 구체적이고 단순한 대답을 얻게 되었소. 9월까지요. 아무리 늦어도 12월까지요.

그다음에는 역시 당신 전통에 기록한 것처럼, 사람과 짐승이 구원을 받을 것이며 당신의 신선한 강물을 마시게 하실 것이오.[267]

---

266) 히브리 성서 「창세기」 22장 17절에 나오는 내용인데, 동사를 조금 수정한 형태로 인용하고 있다.
267) 히브리 성서 「시편」 36장 6, 8절(히브리어 7, 9절)에 나오며, 조금 수정한 형태로 인용되었다.

이 집에는 전화기가 없소. 따라서 나는 그동안 당신이 벌써 하와이로 도망갔는지 확인할 길이 없었고, 지금 보아즈에게 빨리 자전거를 타고 모샤바에 가서 택시를 예약하라고 부탁했소. 40달러나 50달러 정도면(지금 리라로 얼마요?) 분명히 운전사가 이 편지를 가지고 곧장 예루살렘에 있는 당신 집까지 가서 안식일이 끝날 때 정확하게 당신에게 전달해 주는 데 동의할 것이오. 나는 이제 좀 피곤하오, 미쉘. 그리고 통증도 좀 있소. 그래서 여기서 글을 맺겠소. 이것으로 충분하오. 택시 운전사에게 당신이 내게 답장을 쓰는 동안 당신 집 앞에서 기다리고 있다가 밤이 지나기 전에 당신의 답장을 내게 다시 가져오라고 지시해 두겠소. 내가 당신에게 묻고 싶은 질문은 바로 이것이오. 당신은 이 두 여성을 당장 집으로 돌아오라고 요구할 권리를 지금 행사하시겠소? 그렇다면 나는 그들을 내일 아침에 보낼 것이고 그것으로 모든 것이 마무리될 것이오.

이와 반대로 만약 당신이 그 두 사람이 여기 조금 더 머무르는 데 동의한다면 당신은 내 상속 재산의 절반을 받게 될 것이오. 그리고 당신은 계명을 가장 잘 지켰다는 이유로 인정을 받을 것이오. 신속하게 생각하고 결정하시오. 나는 이 밤이 지나기 전에 택시 운전사가 당신의 답장을 가져오기를 기다리겠소.

몸 건강하시오, 내 친구. 내게 무언가를 가르치려 들지는 마시오.

א. ג. [268]

---

268) '알렉스 기드온'의 머리글자이다.

.ㅈ 기드온 귀하   주님의 도움으로

기드온 건물   예루살렘

지크론 야아콥   거룩한 안식일이 끝나는 저녁

계명의 전달자의 손으로 직접 전달함   5736년 엘룰월 9일(9. 4.)

기드온 씨에게

당신이 보낸 운전사는 친절하게 여기서 날 기다리면서 커피 한 잔을 마시고 있으며, 아침에 도착한 당신의 편지에 대한 답장으로 짧게 몇 줄을 써서 그의 손에 들려 보냅니다. 무엇보다 먼저 내가 그저께 보낸 편지에서 너무 심하게 또 불필요하게 당신을 몰아붙이며 모욕했던 것을 양해하고 용서하시기 바랍니다. 나는 당신이 그렇게 아파서 누워 있고 치명적인 병을 앓고 있다는 사실을 알지 못했습니다. 우리 전통에 기록하기를, 슬픔에 잠겨 있는 사람을 탓하지 않는다고 했는데 당신에게 편지를 쓸 때 나는 너무나 큰 슬픔에 잠겨 있었습니다.

그리고 지금 우리는 구원과 자비의 문들이 활짝 열려 있는 두려운 날들의 문턱 위에 서 있습니다. 그래서 나는 일라나와 이프앗이 내일 아침에 집으로 돌아올 것과 당신도 역시 하다사 병원에서 적절한 치료를 받기 위해 지체 말고 당장 이곳으로 올 것을 제안합니다. 그리고 나는 당신이 우리 집에 손님으로 머물러 주시기를 제안합니다, 알렉산더. 그리고 물론 보아즈도 이곳에 와야 할 것이니, 왜냐하면 그는 자기 아버지가

병이 들었을 때 곁에 머물면서 그를 돌볼 거룩한 의무가 있기 때문입니다. 당신이 후회하고 있기 때문에, 당신이 이미 고통을 겪고 있기 때문에, 당신이 우리 민족의 전쟁에서 그분의 이름을 거룩하게 높이는 일을 용감하게 성취했기 때문에, 그리고 하늘의 자비에 힘입어 나는 당신이 치유되리라 믿습니다. 그때까지 당신은 당연히 여기 우리 집에서 함께 지내야 합니다. 작하임의 집도 아니고 호텔도 마땅치 않으니 나는 심장에 할례를 받지 못한 자들이 등 뒤에서 무슨 소리를 하든 신경쓰지 않습니다. 내일 아침에 나는 존경하는 부스킬라 랍비에게 이 모든 일을 설명하러 가려고 합니다. 그분의 눈은 당연히 이 문제의 진상을 보시리라 생각합니다. 그리고 나는 가능한 한 빨리 당신을 만나 달라고 부탁할 것이고, 그분은 당신을 축복해 주시기를 마다하지 아니하실 것이니 그의 축복은 이미 치명적인 병에 걸린 사람에게 놀라운 기적들을 수없이 행하신 바 있습니다. 그리고 나는 하다사 병원 암 병동에서 일하는 형수의 사촌에게 전화를 걸어서 당신이 그곳에서 특별 대우를 받으며 가능한 모든 치료는 물론 그 이상의 것도 받을 수 있도록 손을 써 놓았습니다.

그리고 한 가지 더 드릴 말씀이 있습니다, 알렉산더. 운전사가 커피를 다 마신 후에 이 편지를 가지고 당신에게 돌아가자마자, 나는 통곡의 벽으로 가서 그곳에서 당신을 위해 기도를 드리고 당신의 건강을 비는 쪽지를 써서 돌들 사이에 끼워 넣을 것입니다. 지금은 자비의 시대입니다. 당신의 선함을 믿고 부탁 드리니 부디 바로 오늘 저녁에 일라나에게, 또한 보아즈에게도 우리가 서로를 용서하자고, 나는 일라나를 용서했다고, 그리고 하늘이 우리 모두를 용서해 주시리라 믿는다고 전해 주십시오.

행복한 새해를 맞이하기를 기원하고 완치되시기를 빌며, 그리고 전에 혹시 품었을지 모르는 분노를 모두 잊으며,

미카엘(미쉘 쏘모)

*
**

미쉘 쏘모 귀하   76. 10. 21.(목요일)
타르나즈 7
예루살렘

소중한 미쉘,

밤부터 비가 내려요. 오늘 아침 창문에는 회색빛이 어려 있어요. 그리고 바다 수평선 위에는 날카롭고 맹렬한 번개가, 천둥도 없이 번개만 치고 있어요. 어제까지 소란스럽던 비둘기들이 오늘은 놀란 것처럼 아무 소리도 내지 않아요. 마당에서 개 짖는 소리만 가끔씩 떨어지는 물방울 소리를 가르고 있어요. 다시 한번 이 큰 건물은 텅 비었고 불이 전부 꺼졌어요. 그 입구들, 방들, 지하실들과 다락방들 모두 오래된 유령들의 지배 밑으로 다시 넘어갔어요. 우리 삶은 부엌으로 후퇴했어요. 보아즈가 오늘 아침에 그곳 벽난로에 나뭇가지로 크고 멋진 불을 피웠어요. 그들은 그 불을 마주하고 앉았거나 매트리스 위에 누워서, 게으름을 피우거나, 졸고, 몇 시간이고 계속해서

기타를 치며 낮은 소리로 끊임없이 노래를 부르면서 이 빈 집을 깨우고 있어요.

보아즈는 거의 아무 말 없이 그들을 이끌고 있어요. 어린 양의 털로 만든 망토를 두른 채 부엌 구석에 다리를 꼬고 앉아 조용히 포대 자루를 꿰매고 있어요. 자존심 때문에 마다하는 노동은 전혀 없어요. 지난주에 그 아이는 우기가 일찍 찾아올 것을 감지라도 한 듯이 벽난로 굴뚝을 열어 수리하고 청소했어요. 그리고 오늘은 아침 내내, 나도 그들과 함께 있었어요. 그들이 연주를 하고 노래를 부르는 동안 나는 감자 껍질을 벗겼고, 유지방 버터를 치댔고, 오이를 마늘과 파슬리가 든 식초 물에 넣어 유리병에 담았어요. 나는 검은색에 품이 넓고 수를 놓은 베두인풍 원피스를 에이미라는 아이에게 빌려 입었고, 머리에는 격자무늬 수건을 쓰고 있어요. 어렸을 때 본 폴란드 농부 여자처럼 말이에요. 그리고 내 발도 그 애들 발처럼 맨발이에요.

지금은 오후 두 시예요. 나는 내가 부엌에서 해야 할 일을 마치고, 당신이 사람을 보내 이프앗을 내게서 데리고 가기 전까지, 그 애와 내가 함께 머물렀던 빈 방으로 왔어요. 석유난로를 켰고 당신에게 이 글을 쓰려고 앉았어요. 이렇게 비가 내리니 이프앗과 당신이 돗자리를 깔았으면 좋았을 텐데요. 그 아이의 플란넬 바지 속에 비닐 속옷을 입히는 것을 기억했으면 좋겠고요. 이프앗과 당신이 먹을 달걀 프라이를 부치고 카카오 껍질을 벗겼으면. 그리고 그 아이와 당신이 아이의 울보 인형을 위해 바르 바르 하나 비행기를 조립하거나 숨어 있는 뱀 괴물[269]을 사냥하기 위해서 침구가 들어 있는 상자 속을 항해했으면. 그러고 나서 아이를 목욕시키고, 비누 거품을 만들어 주고, 서로 헝클어진 머리를 빗겨 주고, 따뜻한 잠옷을 입히고 「레카 도디」 노래를 불러 주었으면. 그 아이가 자기 손가락에 입을 대고 웅얼거리면 당신이 입 맞추어 주고 이스테라 빌기나 키쉬 키쉬 카리[270] 담요에서 나오지 말라고 말했으면. 그리고 가서 텔레비전을 켜고, 석간신문을 무릎 위에 펴고, 아랍어 뉴스와 코미디와 히브리어 뉴스와 자연 다큐멘터리와 드라마와 오늘의 본문을 보고, 어쩌면 양말을 신은 채로 텔레비전 앞에서 잠이 들어 버릴지도 모르겠지요. 나 없이도. 내가 죄를 짓고 당신이 그 벌을 받고 있어요. 이프앗을 당신 형수에게 보낸 건 아니겠지요? 사촌 동생과 그녀의 남편에게? 이프앗에게 선을 긋고 새 인생을 시작했나요? 아니면 당신의 훌륭하신 가족들이 벌써 당신을 위해 겸손하고 키가 작고 순종적이고 머릿수건을 쓰고 두꺼운 모직 양말을 신은 배우자를 하나 만들어 주었나요? 과부를? 아니면 이혼녀를? 우리 아파트를 팔아 버리고 당신의 키럇 아르바아로 이사했나요? 난 전혀 알 길이 없어요. 잔인한 미쉘. 불쌍한 사람. 당신의 검고 털이 많이 난 손은 밤마다 접힌 담요 사이를 더듬으며 있지도

---

269) 바다에 사는 뱀 모양의 거대한 괴물 중 하나로 히브리 성서 「이사야」 27장 1절에 나온다.

270) '이스테라 빌기나 키쉬 키쉬 카리'는 병에 든 작은 동전이 키쉬 키쉬 소리를 낸다는 뜻이며, '빈 수레가 요란하다'는 우리말 속담과 비슷한 아랍어 속담이다.(바벨 탈무드, 바바 메찌아 85 뒷면.)

않은 내 몸을 찾고 있을 거예요. 당신의 입술은 꿈속에서 내 가슴을 찾고 있어요. 당신은 나를 잊지 못할 거예요.

희미하지만 관능적인 냄새가 바깥에서 흘러들어요. 그건 여름 내내 태양 밑에서 구워진 단단한 흙에 빗방울들이 닿는 냄새예요. 정원에 있는 나뭇잎들 사이로 속삭이는 소리가 지나가요. 동쪽에는 숲으로 덮인 산들 위에 안개가 끼어 있어요. 이 편지는 아무 소용이 없겠지요. 당신이 읽지 않을 테니까요. 그리고 읽더라도 답장을 하지 않을 테니까요. 아니면 당신 형을 통해 답장을 보내서, 당신을 그만 괴롭히고 이미 지옥으로 만들어 버린 당신 인생에서 영원히 꺼지라고 다시 한번 단호하게 요구할 테니까요. 그리고 나는 나의 악행들 때문에 이미 이프앗에 대한 권리를 박탈당했으니 심판이 있고 심판자가 있으며 이 세상은 버려지지 않았다고 쓸 테니까요.

잠시 후면 내 창문 앞으로 빗속에 몸을 움츠린 채, 머리와 어깨를 투박한 캔버스 천으로 가린 소녀가 하나 지나갈 거예요. 산드라나 에이미나 신디가 마당에 있는 동물들에게 먹이를 주러 가는 길이겠죠. 개들이 그 소녀 뒤를 쫓아갈 거예요. 아직은 창문에 빗물만 커튼처럼 드리워 있어요. 밖에서는 소나무들과 대추야자나무 잎들이 젖은 바람과 만나 속삭이며 비밀을 털어놓는 소리 외에는 아무 소리도 나지 않아요. 안에서도 소리가 나지 않아요. 부엌에서 들리던 노랫소리와 연주 소리가 잦아들었기 때문이에요. 보아즈가 이프앗을 위해 만든 빈 미끄럼틀 위로 작은 시내가 흘러요. 그리고 위층에서 그 사람의 규칙적인 발자국 소리가 들려요. 그의 아들이 그에게 만들어 준 지팡이를 짚는 소리도. 그는 다락에 새로 꾸민 자기 방에서 이상한 걸음걸이로 벽과 문 사이의 빈 공간 삼 미터를 자꾸자꾸 다시 재고 있어요. 삼 주 전에 갑자기 그는 보아즈에게 그 유리병 풍경을 떼어 내고 자기 물건을 모두 자기 어머니가 쓰던 낡은 방으로 옮기라고 명령했어요. 칠이 벗겨지고 다 드러난 벽에서 녹슨 못을 발견했고, 그 못에 별채의 삐걱거리는 바닥 밑에서 찾아낸 다 낡아 해진 어머니의 샌들을 걸었어요. 지하실에 있는 상자에서 곰팡이 얼룩이 피어 있는 그녀의 갈색 사진도 발견했어요. 그 사진은 자기 책상 위에 세워 두었죠. 물론 그의 아버지가 그 낡은 서재 방에 이 사진과 함께 두었던 촛대들과 조화들은 빼고 말이에요.

이제 그녀는 꿈을 꾸는 것 같은 러시아인의 눈으로 우리를 바라보고 있어요. 슬픈 얼굴 주위에 땋은 머리를 화관처럼 두르고, 희미한 미소가 그림자처럼 입가에 드리워져 있어요. 알렉은 잠시도 혼자 만족하지 못하는 버릇없는 아이처럼, 유치하게, 심술부리는 목소리로 그녀에게 이야기하고 있어요. 그리고 나는 그 사람을 진정시킬 수가 없어요. 내가 말하고자 하는 것은 나도 그곳으로 잠자리를 옮겼다는 거예요. 밤에 그를 간호하기 위해서요. 그가 공포에 질려 깨어나는 일이 잦아졌거든요. 침대 위에 일어나 앉아서 계속 악몽을 꾸는 것처럼 무슨 말인지 알 수 없는 명령들을 중얼거리곤 해요. 그럼 나는 그의 침대 발치에 펴 놓은 매트리스에서 서둘러 일어나서, 보온병에서 허브 차를 따라 주고, 그의 입술 사이로 알약 두세 개를 밀어 넣고 나서, 그가 다시 졸면서 신음 소리가 섞인

코 고는 소리를 낼 때까지 내 손으로 그의 손을 쥐고 있어요.

당신 얼굴이 질투 때문에 어두워지고 있나요? 증오심 때문에 당신 눈이 멀어 가고 있나요? 내게 돌을 던지지는 마세요. 당신의 거룩한 책들 어딘가에는 내가 계명을 지키고 있다고 분명히 써 있지 않을까요? 자비를 베푼다고? 당신이 나에게 그 구원의 문들을 열어 주지 않을 건가요? 매일 아침 나는 건전지로 작동되는 전기 면도기로 그의 뺨을 면도해 줘요. 아직까지 남아 있는 그의 머리카락을 빗겨 주고요. 그에게 옷을 입히고 신발을 신기고, 신발 끈을 꼭 매고 부드럽게 그를 자기 책상 앞에 앉혀요. 그에게 턱받이를 해 주고 찻숟가락으로 부드러운 달걀과 요거트를 먹여요. 아니면 곡식 가루와 우유로 끓인 죽을. 그리고 그의 턱과 입을 닦아 줘요. 그 시간에 당신은 커피를 다 마시고 《하아레쯔》 신문을 접고 작은 침대 난간을 내리고, 완벽한 닭 울음소리를 내면서 봉주르 마드모아젤 쏘모, 창조자의 일에 참여하기 위해 사자처럼 털고 일어나세요, 라고 말하죠. 이프앗이 나에 대해서 물으면? 나는 멀리멀리 여행을 떠났다고 하나요? 만약 이프앗이 내가 언제 돌아오는지 알고 싶어 한다면? 나는 언제 돌아갈까요, 미쉘?

별로 춥지 않은 날이면, 나는 보아즈가 그를 위해 발코니에 놓아 준 편한 의자에 그를 앉히고 짙은 색 선글라스를 끼워 주고 그가 햇볕을 받으며 조는 것을 삼십 분 정도 지켜봐요. 가끔은 그가 이야기를 해 달라고 해요. 나는 당신이 도서관에서 빌려다 주던 소설책 내용 중 기억나는 부분을 들려줘요. 다른 사람들의 삶에 관한 이야기를 듣기에 그는 이제 호기심이 거의 떨어졌고 집중력도 너무 약해져 있지만요. 당신처럼, 그 사람도 완전히 무시하는 태도로 일관하던 그런 이야기들 말이에요. 아버지 고리오, 디킨스, 골즈워디, 서머싯 몸. 보아즈에게 텔레비전을 하나 사 달라고 할까 봐요. 이제 이곳도 전기가 들어와요.

보아즈는 주의 깊고 고분고분한 태도로 그를 돌보고 있어요. 창문을 가리는 블라인드를 달고, 창문 유리를 갈고, 그를 위해 화장실에 양털 깔개를 깔아 주고, 잊지 않고 모샤바 약국에서 약을 사 오고, 병 냄새를 줄이기 위해서 박하나무 가지들을 잘라서 가져오고, 이 모든 일을 하면서 긴장이 묻어나는 침묵을 지켜요. 안녕히 주무셨어요, 안녕히 주무세요라는 말 외에는 고집스럽게 대화를 피해요. 로빈슨 크루소 앞에 선 프라이데이처럼.

그 사람은 나와 끝없이 체커 놀이를 하면서 아침 시간을 보내곤 해요. 가끔은 카드놀이, 브리지, 루미, 카나스타 놀이도 하죠. 자기가 이길 때는 응석받이 소년처럼 유치하게 신나서 어쩔 줄을 몰라 해요. 그리고 내가 이기면, 발을 동동 구르면서 자기 어머니 앞에서 내가 속임수를 썼다고 불평하기 시작해요. 나는 수를 잘 조절해서 거의 항상 그가 이길 수 있도록 해 주고 있어요. 만약 그가 날 속이고, 내가 이미 잡은 체커 말을 다시 판 위에 돌려놓거나, 카드 한 장을 훔치거나 하면, 나는 그의 손을 찰싹 때리고 방에서 나갈 것처럼 벌떡 일어서요. 그가 애원하면서 지금부터 착하게 행동하겠다고 약속하도록 놔두죠. 두 번 정도 그는 나를 꿈에 잠긴 듯한 눈으로 쳐다

보면서, 제정신이 아닌 것처럼 조용하게 미소를 지으면서 나에게 옷을 벗으라고 요구했어요. 한번은 나에게 보아즈를 모샤바에 있는 공중전화로 보내서 그의 오랜 친구들인 국방부 장관과 군대 총사령관을 긴급히 불러오라고 했는데, 이유는 말할 수 없지만 절대로 미룰 수 없는 일이라고 했어요. 또 한번은, 반대로, 구십년대에 아랍 군대가 이스라엘을 점령하게 될 방법에 관하여 짜임새 있고, 놀랍고, 훌륭하고 아주 명쾌한 강의를 해서 깜짝 놀랐어요.

그러나 대부분은 아무 말도 하지 않아요. 화장실에 가야 하니 부축해 달라고 말할 때만 침묵을 깨죠. 볼일도 아주 복잡하고 고통스럽게 보기 때문에 마치 아기 기저귀를 갈아 주듯이 다 도와줘야 해요.

정오가 가까워 오면 대개 그의 기분이 나아져요. 그는 일어나서 방 안을 돌아다니고 마치 귀신이 씐 사람처럼 물건들을 모두 제자리에 정리하기 시작해요. 의자 등받이에 걸어 놓은 내 옷을 걷어서 개고. 카드를 정리해서 상자에 넣고. 펜은 종잇조각 위에 올려놓고. 빈 잔들을 복도 긴 의자 위에 내다 놓고. 여기가 마치 신병 훈련소인 것처럼 담요를 똑바로 정리하기 위해서 아주 오랫동안 정성을 들여요. 탁자 구석에 빗을 놔두었다고 나를 야단치죠.

오후에는 부드럽게 으깬 감자나 우유를 넣고 지은 밥을 먹여요. 당근 주스 한 잔도 주고요. 그리고 나서 복도의 긴 의자에 있는 더러운 그릇들과 쌓아 놓은 빨랫거리를 가지고 내려와서 부엌이나 창고에서 두세 시간 정도 일을 해요. 그리고 그 사람은 자기 지팡이를 소리 내어 짚으면서, 언제나 같은 길을 반복해서, 마치 우리에 갇힌 짐승처럼, 매일 벽과 문 사이를 오가는 행군을 시작해요. 어둠이 내리기 시작할 무렵, 초저녁 네 시나 다섯 시쯤이면 그는 지팡이로 계단을 하나씩 두드리면서 부엌으로 내려와요. 보아즈가 그를 위해 누울 수 있는 안락의자 같은 걸 매달아 주었는데 유칼립투스 가지로 만든 틀에 밧줄로 달아맨 그물 침대처럼 보여요. 그는 모직 담요 세 장을 두르고, 불을 피운 벽난로 가까이, 그 안에 웅크리고 누워서 저녁을 준비하는 여자애들을 조용히 바라봐요. 아니면 문법 공부를 하는 보아즈를 쳐다보죠. 때로는 그물 침대에서 잠이 들어 아무 고통도 없이 누워서, 엄지손가락을 입에 물고, 아주 편안한 얼굴로, 숨을 천천히 규칙적으로 내쉬면서 잠을 자기도 해요. 이때가 그에게 가장 편안한 시간이에요. 그가 잠에서 깨어날 때면 바깥은 완전히 어둡고 부엌은 노란색 전등과 벽난로에서 타오르는 장작불로 환하게 밝혀져 있어요. 나는 그에게 음식을 먹여요. 물 한 컵과 함께 약도 챙겨 주고요. 그리고 나서 그는 그물 침대에 앉아서, 보아즈가 포대 자루들을 바느질해서 해초를 채워 만든 쿠션 더미에 기대어, 자정이 가까워 올 때까지 기타 치는 소리를 들어요. 하나씩 또는 둘씩 아이들이 일어나서 멀리서 아주 조용하고 예의 바르게 그에게 인사를 하고 부엌을 나가요. 보아즈가 그 사람 위로 몸을 숙이고 조심해서 그의 팔을 모으고 조용히 안아 올려서 계단 위쪽에 있는 우리 다락방으로 옮겨 줘요. 부드럽게 그를 침대 위에 누이고 나가서 방문을 닫아요.

그는 나오고 나는 들어가죠. 밤에 마실 차를 담은 보온병과 약을 얹은 쟁반을 들고. 석유난로를 잘 조절하고. 보아즈가 우리를 위해 달아 준 블라인드를 잘 닫고. 그에게 담요를 잘 덮어 주고 자장가를 몇 곡 불러 줘요. 내가 노래를 대충 아무렇게나 부르거나, 같은 노래를 또 부르거나, 너무 빨리 끝낸다 싶으면, 그는 자기 어머니에게 얼굴을 돌리고 나에 대한 불평을 쏟아 놓아요. 그러나 날카로운 번득임과 교활한 빛이 눈에서 빠르게 불 붙었다가 꺼지고 순간적으로 늑대 같은 미소가 입가를 스쳐 갈 때도 있어요. 마치 이 모든 상황에도 불구하고 그 사람이 아직 이 놀이를 주도하는 중이고 그는 내가 간호사 놀이를 즐길 수 있게 일부러 바보인 척 연극을 해 주는 거라고 넌지시 알려 주는 것처럼 말이에요. 고통으로 인해 그의 창백하고 높은 이마 위에 땀이 맺히면 내가 손으로 닦아 줘요. 내 손가락으로 그의 얼굴과 남은 머리카락을 쓰다듬어요. 그러고 나서 그의 손을 두 손으로 잡고, 그가 조용히 졸기 시작하고 석유난로 연료통에서 푸른 불이 타고 있는 심지로 떨어지는 석유 거품이 톡톡거리는 소리가 나요. 그렇게 졸다가 그가 슬프게 속삭일 때도 있어요.

"일라나. 젖었어."

그럼 나는 그를 일으키지 않고 그의 바지와 침대보를 갈아 줘요. 벌써 이 방면에 전문가가 다 됐어요. 매트리스 위에는 유포를 깔았어요. 새벽 한 시에 그는 잠에서 깨어, 침대 위에 일어나 앉아서는 내게 뭔가를 받아 적으라고 하기도 해요. 나는 책상 앞에 앉아서, 스탠드를 켜고 헤르메스 베이비 타자기 덮개를 벗겨요. 그리고 기다려요. 그는 망설이며, 기침을 하고, 그러다가 마침내 중얼거려요. "됐어요. 그만 자요, 엄마. 엄마도 피곤하잖아요."

그리고 그는 다시 담요를 덮고 웅크리고 누워요.

두 시간쯤 흐른 뒤 밤의 침묵 속에서 그는 속에서 울리는 낮은 목소리로 말을 해요. "그 베두인 드레스가 당신에게 잘 어울리네." 또는 "그곳에서 학살이 일어난 거야, 전투가 아니고." 또는 "한니발은 먼저 바다에서 승기를 잡았어야 했어." 그가 겨우 다시 잠이 들더라도 나는 벽에 달린 전등을 켜 두어야 해요. 나는 눈이 감길 때까지 개들이 짖는 소리와 어두운 정원을 훑고 지나는 바람 소리를 들으며 앉아서 뜨개질을 해요. 지난 사 주 동안 나는 그를 위해 조끼와 모직 모자와 목도리를 짰어요. 이프앗에게 줄 장갑과 가디건도 짰어요. 당신 것도 짤게요, 미쉘, 조끼를. 하얀색 실로. 줄무늬를 넣어서 말이에요. 누가 당신 셔츠를 다려 주나요? 형수님이? 사촌 동생이? 그들이 당신에게 맺어 준 그 난쟁이 여자가? 어쩌면 벌써 당신이 이프앗의 옷과 당신 옷을 혼자 빨고 다림질하는 법을 배운 건가요? 침묵. 당신은 답장하지 않겠지요. 추방을 당한 거죠. 마치 내가 없는 것처럼 그리고 존재하지도 않았던 것처럼. 당신들이 내게 내리기로 결정한 그 성경적인 벌을 받기에 나는 너무 보잘것없어요. 만약 내가 내일 저녁에 문 앞에 나타나면 어떻게 할 거예요? 나는 오른손에 여행 가방을 들고, 어깨에는 비닐봉지를 메고, 이프앗에게 줄 털이 복실복실한 곰 인형과 당신을 위해 준비한 넥타이와 면도용 화장수를 들고 초인종을 울리고 당신이 문을 열면 당신에게 이렇게 말하겠어요. 이제 돌아왔어요. 그럼 어떻게 할 거예요, 미쉘? 그 수치심을 어떻게 할 거죠? 당신은 내 눈앞에서 문을 쾅 닫아 버리겠지요. 우리가 그 작은 아파트에서 맞던 안식일 아침은 다시 돌아오지 않을 거예요. 열린 창문 밖 올리브나무 가지에 앉아서 늦잠을 자던 우리에게 노래하던 참새들도, 시클라멘꽃 잠옷을 입고 자기 인형을 안고 우리 둘 사이 담요 밑으로 파고 들어서 베개 동굴을 만들던 이프앗도. 아직 눈을 못 뜨고 잠이 든 듯 깬 듯 장님이 더듬거리는 것처럼 내 긴 머리와 그 애의 헝클어진 곱슬머리를 파고들던 당신의 따뜻한 손. 아침마다 우리 셋이 무슨 의식이라도 치르는 것처럼 대머리 플라스틱 인형에게 입을 맞추던 일도. 안식일 아침마다 우리에게 오렌지 주스 한 컵과 체에 걸러낸 코코아 한 잔을 침대로 가져다주던 일. 나는 아침 식사를 준비하고 참새들은 너무 행복해서 견딜 수 없다는 듯 바깥에서 쩍쩍 소리를 질러 대는 동안, 당신은 이프앗을 욕실 세면대 옆 대리석 판 위에 앉히고, 아이의 뺨과 당신 뺨 위에 면도용 거품을 바르고, 양치질 대결을 벌이곤 했죠. 안식일에 수도원 아래 건천으로 함께 산책을 나가던 일. 쏘모 트리오가 베란다에서 낭송하던 쉬르 함마알롯 기도문.[271] 그 대단한 베개 싸움과 동물과 새에 관한 우화들과 돗자리 위에 장난감 벽돌로 지은 성전 건물과 그 안에

---

271) 유대교에서 안식일 식사를 마치고 감사 기도를 드리기 전에 낭송하는 시. 「시편」 126장을 낭송한다.

도미노로 만든 깎은 돌의 방²⁷²⁾과 제사장들과 레위인들 역을 맡기기 위해서 내 반짇고리에서 가져온 알록달록한 단추들. 안식일 오후에 침대와 소파와 돗자리 위에 낙엽처럼 흩어져 있는 석간신문들 사이에 파묻혀 쉬던 일. 당신이 들려주던 파리 시절 이야기 레퍼토리들과 당신이 노래하는 부랑자들 흉내를 내서 우리 둘이 너무 웃다가 눈물을 흘릴 뻔했던 일. 그때 일들을 기억하며 편지를 쓰자니 지금 내 눈에도 눈물이 가득 차오르네요. 언젠가 이프앗이 내 립스틱으로 당신 책상 위에 걸어 놓았던 열 지파들의 지도 위에 색칠을 해 놓은 적이 있었죠.《마아리브》신문사에서 독자들에게 선물로 준 거였어요. 그것을 보고 당신이 화가 나서 아이를 바깥 베란다에 내쫓고 문을 잠그고 "자기 행동을 좀 돌아보고 그 악한 길을 고쳐라."라고 하면서 그 아이의 가느다란 울음소리 때문에 마음이 약해질까 봐 솜으로 귀를 막고는 자기 막대기를 아끼는 자는 그의 아들을 미워하는 자라는 말씀²⁷³⁾이 있으니 나도 아이를 불쌍히 여기지 말라고 했어요. 하지만 이프앗의 울음소리가 갑자기 끊어지고 수상한 침묵이 감돌자 당신은 베란다로 뛰어나가서 아이의 작은 몸을 당신 스웨터 밑에 깊이 묻으며 안아 주었죠. 마치 당신이 그 아이를 임신한 것처럼요. 나에게도 자비를 베풀 수는 없나요, 미쉘? 내 형벌이 끝나면 당신 셔츠 아래 털이 덥수룩한 당신 자궁의 따스함 속에 내가

---

272) 깎은 돌의 방은 제2 성전 시대에 싼헤드린 공의회 회의가 열리던 곳이라고 전해진다.
273) 히브리 성서 「잠언」 13장 24절.

안길 수는 없나요?

새해 첫날 저녁, 그러니까 한 달 전에 당신은 이프앗을 데려오라고 당신의 매형 아르만을 그의 푸조 트럭에 태워 보냈어요. 당신은 부스킬라 랍비의 결정에 따라 이혼 소송을 시작했고, 내 경우는 반항적인 아내에 관한 규정[274]과 관련되며 또 당신은 '당신들의 부정한 돈'을 돌려주기 위해서 여기저기서 대출을 받기 시작했다고 서면으로 내게 알려 왔죠. 이번 주 초에 라헬 언니와 요아쉬 형부가 여기 왔었어요. 그들은 나에게 변호사를 선임하고, 작하임은 말고, 당신이 내 딸에게 무슨 일을 하는지를 알 수 있는 나의 권리를 주장하고, 그 아이를 만날 권리를 요구하고, 절대 그 아이를 포기하지 말라고 설득했어요. 요아쉬 형부는 보아즈와 함께 펌프를 손보러 내려갔고 라헬 언니는 내 어깨를 감싸 안으며 말했어요. 변호사가 있든 없든, 일라나, 너는 네 인생을 함부로 망가뜨리거나 이프앗을 버릴 권리가 없다고. 언니는 자원해서 예루살렘까지 가서 당신이 나와 화해하는 데 동의할 때까지 당신을 설득하겠다고 나섰어요. 알렉스와 단둘이 대화를 좀 나누어야 되겠다고 했어요. 언니가 계획하고 있는 이 외교적인 징검다리 여정에 보아즈를 데리고 가는 건 어떻겠냐는 제안도 했어요. 그리고 나

---

274) 유대 법 전통에 따라 결혼이라는 틀 안에서 아내가 해야 할 의무를 다하지 않은 사람에게 적용하며, 아내가 남편과 부부 생활을 거절하거나 바람을 피우는 등의 행위를 했을 때 이혼 사유가 된다는 것이 주요 내용이다. 자기 의무를 다하지 않는 남자에게는 '반항적인 남편'에 관한 규정을 적용할 수 있다.

는 태엽이 다 풀린 자동인형처럼 언니 앞에 앉아서 날 그만 좀 내버려 두라는 말 외에 아무 말도 하지 않았어요. 그들이 떠났을 때 나는 알렉에게 올라가서 그가 약을 먹었는지 살폈어요. 보아즈를 시켜 당신과 이프앗을 여기에 초대하는 데 동의하느냐고도 물었어요. 그는 메마른 웃음을 웃으며 여기서 우리끼리 난잡한 파티라도 열고 싶은 거냐고 물었어요. 그리고 덧붙여서 당연하다고 말했어요. 아니지, 예쁜이, 여기 빈방은 많으니까 그 사람이 이곳에 머물기로 동의한다면 내가 하루에 100달러씩 그에게 지불할게. 그다음 날에는 갑자기 작하임을 급히 불러오라고 명령했어요. 작하임은 두 시간 뒤에 예루살렘에서 시트로앵을 타고 상기된 얼굴로 숨을 몰아쉬며 도착했고 매서운 힐책을 듣고 당신에게 당장 2만 달러를 더 이체하라는 지시를 받았어요. 아마 당신은 그동안 있었던 모든 일에도 불구하고, 부정하든지 부정하지 않든지 상관없이 그것을 받기로 결정을 내린 모양이에요. 오늘까지도 수표가 우리에게 돌아오지 않은 걸 보면요. 그리고 또 알렉은 이 집과 그 주변 땅을 보아즈 명의로 돌리라고 작하임에게 명령했어요. 도릿 작하임은 네스찌오나 옆에 있는 작은 땅을 선물로 받았어요. 그리고 작하임은 그다음 날 샴페인 두 상자를 받았죠.

"당신은 그의 아내야, 아니면 그의 아내가 아니야?"

"그의 아내지. 그리고 당신 아내이기도 하고."

"그럼 딸아이는?"

"그와 함께 있어."

"그 사람에게 가. 옷을 챙겨 입고 어서 가. 이건 명령이야."

그러고 나서 슬픈 목소리로 속삭이면서 말했어요.

"일라나. 졌었어."

불쌍한 미쉘. 마지막까지 그의 손이 더 우세하네요. 나는 그의 손안에 있고 당신의 명예는 그의 발아래 있고 심지어 동정을 받아 마땅한 희생자의 후광도 당신에게서 빼앗아서, 그가 죽어 가고 있기 때문에, 결국 대머리가 되어 가는 그의 머리 위에 올려놓았군요. 나는 당신이 넓은 아량으로 우리 모두를 당신 집에 초대하겠다고 써서 그에게 보낸 쪽지를 봤는데 울음 대신 갑자기 웃음이 터져서 참을 수가 없었어요. "이건 점진적인 합병이야, 알렉. 그 사람은 지금 거기 앉아서 당신이 약해졌다고 판단하고 이제 우리 모두를 자신의 신적인 현존의 날개[275] 아래 합병할 시간이 왔다고 생각하나 봐." 그러자 알렉은 입술을 일그러뜨리며 찌푸렸는데 그건 그가 미소 대신 짓는 표정이에요.

일요일마다 그 사람은 나와 함께 택시를 타고 하이파에 있는 병원에 가서 거기서 화학 요법으로 치료를 받아요. 방사선 치료는 잠시 쉬기로 했어요. 그리고 놀랍게도 그의 상태는 호전되고 있어요. 그는 아직 허약하고 피곤하고, 낮에는 거의 하루 종일 졸고 밤에는 자다 깨다를 반복하고 약기운 때문에 정신이 온전하지 않지만 고통은 훨씬 줄었어요. 이제는 자기 혼자 벽과 문 사이를 두세 시간 동안 왕복할 수 있어요. 저녁에는

---

275) 현존(쉐키나)이란 유대교에서 신이 세계 안에 들어와 임재하는 존재를 가리키는 말이고, 특히 유대교 신비주의 카발라에서 세상에 내재하며 이를 유지하는 신의 기운으로 중요한 자리를 차지하는 개념이다.

지팡이에 의지하여 부엌까지 혼자 힘으로 내려올 수도 있어요. 나는 아이들이 자기 방으로 흩어지는 자정 무렵까지 그가 부엌에 머무는 걸 허락해 주고 있어요. 그리고 그의 주의를 딴 데로 돌리기 위해서 아이들과 대화를 해 보라고 권하고 있어요. 그러나 지난주에는 한 번 그 사람이 자기 몸을 조절하지 못하고 아이들이 보는 앞에서 실례를 하고 말았어요. 잠깐 주의가 산만해졌든지 내게 자기를 화장실에 데리고 가 달라고 부탁하는 것을 잊어버린 것 같아요. 나는 보아즈에게 당장 그를 안아서 우리 방으로 옮겨 달라고 했고, 그를 씻기고, 옷을 갈아입히고, 그다음 날에는 별로 아래층에 내려오는 것을 금지했어요. 그 후로 그는 더 노력하고 있어요. 어제 비가 내리기 전에는 혼자 정원을 산책하기도 했어요. 다 닳은 청바지와 우스꽝스러운 셔츠를 입은 그는 바싹 마르고 키가 훌쩍해요. 그가 못된 짓을 하면 난 망설이지 않고 때려 줘요. 예를 들어 어느 날 밤 나 몰래 빠져나가서 지붕 위에 있는 별자리 관측소에 올라갔다가 다시 내려오는 길에 밧줄 사다리에서 미끄러지며 떨어져서 내가 발견할 때까지 정신을 차리지 못하고 복도에 누워 있었어요. 나는 강아지처럼 그를 때려 주었고 그도 이제 계단을 오르는 일은 자기 힘으로 할 수 없다는 것을 인정하고 보아즈가 저녁마다 우리 방까지 팔로 안아서 올려다 주는 것을 허락하고 있어요. 우리는 당신에게 자비심을 배웠으니까요.

그런데 당신은 어때요? 당신은 그 구원 사업을 잠깐 쉬고 한 시 삼십 분에 유치원에 이프앗을 데리러 가나요? 당신의 쉰 목소리로 그 아이에게 「쭈르 미쉘로 악할누」 노래를 불러

주나요? 「헤낙 야파」[276] 노래를? 「아디르 벰루카」[277] 노래를?
아니면 벌써 그 아이를 당신 형 집에 맡기고 그 갈색 짐가방
에 아이의 옷과 장난감을 넣어 옮기고 당신은 헤브론 산지 돌
밭들 사이로 떠났나요? 만약 이프앗을 데리고 온다면 내가 당
신을 용서할게요, 미쉘. 심지어 당신과 잠자리도 같이 할게요.
당신이 요구하는 건 뭐든지 할게요. 당신이 부끄러워서 요구하
지 못하는 것도. 시간은 흐르고 하루 낮과 하룻밤이 지날 때
마다 우리는 또 언덕 하나, 계곡 하나를 잃는 거예요. 그것들
은 돌아오지 않아요. 당신은 아무 말이 없고요. 당신은 가장
가혹한 침묵으로 복수를 하고 시비를 가리고 벌을 주고 있죠.
이스라엘 전체를 불쌍히 여기고 고대의 폐허를 불쌍히 여기
고 보아즈와 알렉은 불쌍히 여기면서 자기 아내와 딸은 불쌍
히 여기지 않죠. 심지어 이혼 소송에 관한 소식도 당신의 랍
비를 통해서 내게 전하는 것이 옳다고 생각했죠. 내가 반항적
인 아내라며 그 순간 이후로 나는 이프앗을 만날 수 없다고
당신 이름으로 내게 알려 왔죠. 정말로 나는 당신이 직접 와
서 설명을 요구할 만큼의 가치도 없는 사람인가요? 나에게 금
욕을 명하면서 회개할 길을 보여 줄 만큼도 없나요? 내게 성
경에 나오는 저주를 써 보낼 만큼도?

---

276) '헤낙 야파'는 히브리 성서 「아가」 1장 15절에 나오는 문장이며 '당신
은 정말 아름답다'라는 뜻인데, 여기서는 이 구절을 가사로 지은 노래를 가
리킨다.
277) '아디르 벰루카'는 유월절 제의를 모두 마치고 부르는 노래이며 '그 왕
국에서 위대한 분'이라는 뜻이다.

보아즈는 이렇게 말해요.

"제일 좋은 방법은, 일라나, 아저씨가 거기서 충분히 화를 내고 풀릴 때까지 기다리는 거야. 종교인들에게 화를 다 풀라고 해. 그러고 나면 분명히 진정하고 엄마가 원하는 대로 양보해 줄 거야."

"너는 내가 그 사람에게 죄를 지었다고 생각하니?"

"아무도 다른 사람보다 더 나을 수는 없어."

"보아즈, 솔직히 말해 봐. 너는 내가 미쳤다고 생각하니?"

"아무도 다른 사람보다 더 정상일 수는 없어. 혹시 씨앗 좀 골라 줄 생각 있어?"

"말 좀 해 봐. 너는 누구를 위해 이 놀이동산을 짓는 거니?"

"그 꼬마를 위해서, 그러니까. 그게 아니면 뭐겠어? 그 아이가 여기 돌아올 때를 위해서."

"그럴 거라고 믿는 거니?"

"나도 몰라. 그럴 수도 있잖아. 왜 안 되겠어?"

오늘 아침에도 내가 또 그를 때려 줬어요. 허락도 없이 발코니에 나가서 서 있다가 비에 푹 젖었거든요. 완전히 바보 같은 표정이 고통스러워하는 그의 얼굴 위에 퍼져 있었어요. 그가 자살을 하기로 결심했을까요? 그는 빙그레 웃었어요. 비가 내려서 밭에 매우 좋겠다고 대답했어요. 나는 그의 셔츠를 잡고 강제로 안으로 끌어당겼고 그를 때렸어요. 나도 스스로 어쩔 수가 없어서, 주먹으로 그의 가슴을 쳤고, 그를 침대 위에 밀어 넘어뜨리고 내 손이 아플 때까지 더 때렸고 그는 마치 내게 행복을 선사할 수 있어서 즐겁다는 듯 계속해서 웃었어요. 나는 그의 곁에 누워서, 그의 눈 위에 그의 푹 꺼진 가슴 위에 그리고 머리카락이 빠지는 바람에 위쪽으로 점점 넓어지는 그의 이마 위에 입을 맞추었어요. 그가 잠이 들 때까지 그를 쓰다듬어 줬어요. 그리고 일어나서 비가 내리는 밤을 보기 위해, 그리고 당신이 그리워서, 털이 많은 당신의 체취와 빵과 깨 과자와 마늘 냄새가 그리워서, 담배 때문에 갈라진 당신의 목소리와 당신의 그 단호한 자제력이 그리워서 꼬집는 듯한 아픔을 씻어 내려고 발코니로 나갔어요. 당신 여기 올 거예요? 이 프앗을 데려올 거예요? 우리 모두 여기 살아요. 여기는 아주 멋진 곳이에요. 놀라울 정도로 조용하고요.

예를 들어서 여기엔 무너진 연못이 있어요. 그런데 시멘트로 수리를 해서 다시 물고기들이 헤엄치고 있어요. 금붕어 대신 잉어들이요. 다시 작동하는 분수는 자기만의 언어로 비에 화답하고 있어요, 솟구치는 것이 아니라 방울져 흐르면서. 그리고 그 주위로 과실수들과 관상용 나무들이 회색빛 침묵을 지키며 하루 종일 내리는 보슬비 속에 서 있어요. 나는 희망이 없어요, 미쉘. 이 편지도 아무 소용 없겠죠. 당신은 봉투 위에 적힌 내 글씨체를 보자마자 잘게 찢어서 변기에 넣어 물을 내리겠죠. 당신은 벌써 나를 위해 이레 동안 곡을 했고 옷도 찢었으니까요. 다 끝났죠. 내 미친 짓이 그의 무덤까지 동행하는 것 외에 뭐가 남았겠어요?

그러고 나서 사라지는 거죠. 더 이상 존재하지 않는 거예요. 만약 알렉이 내게 돈을 조금 남겨 준다면 나는 이 땅을 떠날 거예요. 아주 멀리 떨어진 큰 도시에 가서 작은 방을 하나 빌릴 거예요. 만약 외로움이 너무 커지면 낯선 남자에게 몸을 맡기겠죠. 나는 눈을 질끈 감고 그들에게서 당신을 그리고 그 사람을 맛볼 거예요. 나는 아직도 나보다 이십 년쯤 젊은 여자애들 틈에서도 괴짜 청년 셋에게 욕망이 가득한 수줍음의 눈길을 불러일으킬 수 있어요. 보아즈가 운영하는 공동체가 천천히 커지고 있어서 때로는 길 잃은 영혼이 하나씩 우리에게서 떨어져 나가기도 해요. 그리고 정원은 이미 정리가 끝났고, 과수원 나무들은 가지치기를 했고, 언덕 경사면에 새로운 묘목들도 심었어요. 비둘기들은 집 안에서 쫓아내 큰 비둘기장 안에 살게 했어요. 공작새만 아직도 자기 마음대로 방과 복도와 계단을 돌아다녀요. 방들도 거의 다 청소를 했어요. 전기 공사도 마무리됐어요. 석유난로는 스무 개 정도 있어요. 이것들을 돈 주고 샀을까요? 아니면 어디서 훔쳐 왔을까요? 그건 알 수 없죠. 내려앉은 타일을 걷어 내고 콘크리트 바닥을 깔았어요. 부엌에 있는 벽난로 안에는 향기로운 나뭇가지들이 타고 있어요. 작은 트랙터는 양철 지붕을 덮은 헛간에 서 있고 그 주위에는 트랙터에 연결해서 끌고 다니는 기구들, 분무기, 예초기, 써레, 디스쿠스 쟁기가 놓여 있어요. 우리가 보아즈를 농업 학교에 보내서 공부를 시킨 게 헛된 일은 아니었나 봐요. 그 아이는 자기 아버지가 주는 돈으로 이런 것들을 모두 샀죠. 또 꿀벌 통들과 염소 우리와 당나귀가 있는 작은 마굿간과 거위 우리도 있어요. 나는 거위 돌보는 법을 배웠어요. 그렇지만 아랍 마을에서처럼 닭들은 아직 밭고랑 사이를 쪼아 대면서 마당을 돌아다니고 개들은 그 녀석들 뒤를 쫓아다니고 있어요. 내 창문 맞은편에는 당신이 사람을 보내 이프앗을 데려가기 전에 그 아이와 내가 채소밭에 세워 둔 허수아비가 찢어져서 바람에 펄럭이고 있어요. 그 아이가 여기로 돌아가고 싶다고 하던가요? 보아즈에 대해 묻던가요? 공작새는요? 그 아이가 다시 귀가 아프다고 하면 너무 서둘러서 항생제를 주지 마세요. 하루나 이틀 정도 기다리세요, 미쉘.

집 안에 피었던 부겐빌레아와 야생 협죽도 꽃들도 모두 뽑아 버렸어요. 벽에 갈라진 틈들도 다 막았어요. 밤마다 바닥을 가로지르던 쥐들의 경주는 더 이상 볼 수 없게 됐어요. 보아즈의 친구들이 자기들이 먹을 빵을 직접 굽는데, 그 따뜻하고 목을 자극하는 냄새는 당신을 향한 그리움을 불러일으켜요. 우리는 염소 젖으로 요거트와 치즈까지 만들고 있어요. 보아즈가 큰 나무 통을 두 개나 만들었고 내년 여름에는 우리만의 포도주를 만들 거예요. 우리 집 지붕 위에는 망원경이 서 있는데 나는 속죄일 밤에 초대를 받아 올라가서 그것을 들여다봤고 달 표면에 펼쳐져 있는 죽음의 바다들을 보았어요.

낮게, 고집스럽게, 고르게 비가 내려요. 볼로디야 구돈스키가 팠고 그의 손자가 청소를 하고 고치고 아이들이 잘못 알고 우물이라고 부르는, 정원에 있는 그 돌 웅덩이를 가득 채우려고요. 식품 저장실, 창고와 헛간에는 씨앗 포대 자루들, 유기농 비료와 화학 비료 포대 자루들, 석유와 등유 통들, 제초제, 기계 윤활유 깡통들, 급수관, 살수 장치와 다른 관계 시설용

품들이 가득 들어 있어요. 요아쉬가 매달 《핫싸데》[278]를 보내
줘요. 여기저기서 간이침대, 매트리스, 선반, 옷장 등 낡은 가
구들과 온갖 가정용품과 부엌살림을 모아 와요. 지하실에 마
련한 간이 목공소에서 그 아이는 탁자, 긴 의자, 자기 아버지
를 위한 누울 수 있는 안락의자 같은 걸 만들어요. 그 큼지막
한 두 손으로 알렉에게 뭔가를 말하려고 하는 걸까요? 아니
면 그 아이도 나름대로 귀신이 쒼 것일까요? 녹슨 보일러 밑
파인 틈새에서 알렉의 아버지가 숨겨 둔 보물 상자가 발견됐
어요. 그 안에는 튀르키예 금화가 다섯 개 남아 있었는데 보
아즈가 이프앗에게 주려고 따로 두었어요. 당신이 이 땅에 처
음 이주해 왔을 때 건축 노동자로 일했다는 말을 듣고, 그는
여기에 당신을 위해 건축가 자리를 정해 놓았어요.

　유리병으로 만든 풍경은 지상 1층에서 울리고 있어요. 왜
냐하면 알렉의 판자 침대와 책상과 의자와 타자기를, 해변과
바다가 내려다보이는 창문과 작은 발코니가 있는, 그의 어머
니가 옛날에 쓰던 방으로 옮겨 갔기 때문이에요. 그는 아무것
도 쓰지 않고, 내게 뭔가를 받아 쓰라고 하지도 않아요. 타자
기에는 먼지만 쌓이고 있죠. 보아즈에게 부탁해서 모샤바 가
게에서 사 온 책들은 마치 군인들처럼 높이에 맞추어 선반 위
에 정리되어 있지만, 알렉은 손도 대지 않아요. 내가 해 주는
이야기로 충분한 것 같아요. 히브리어 사전과 문법책만 그의

---

278) 농업과 경제와 가정생활에 관한 글을 실었던 잡지로 1917년부터 1999년
까지 발간되었다.

책상 위에 펼쳐져 있어요. 그의 정신이 맑은 오후 시간이 되면, 보아즈가 우리 방에 올라오기 때문이에요. 알렉은 그에게 맞춤법과 기초적인 구문론을 가르쳐요. 마치 로빈슨 크루소 앞에 앉은 프라이데이처럼.

우리 방에서 나갈 때 보아즈는 마치 우리 둘에게 목례를 하듯 허리를 살짝 구부리고 문을 지나가요. 알렉은 지팡이를 집어 들고 규칙적인 발걸음으로 방의 크기를 재기 시작해요. 보아즈가 타이어와 노끈으로 만들어 준 샌들은 걸을 때마다 쿵쿵 소리를 내요. 그는 멈춰 서서, 뭔가를 응시하거나, 불 꺼진 파이프 담배를 입에 물거나, 책상 앞에 있는 의자를 바로 잡아요. 담요가 접힌 곳이 있는지 꼼꼼하게 살펴요. 내 담요도 꼼꼼하게 정리하고요. 문 위에 달린 갈고리에 걸린 내 드레스를 치워 우리가 옷장으로 쓰고 있는 상자 안에 걸어요. 약간 굽은 허리, 벗겨진 머리, 얇은 피부, 그 사람의 모습에서 스칸디나비아 시골 목사가 떠올라요. 그의 얼굴 위에는 굴욕감과 지나가는 생각과 냉소적인 태도가 묘하게 섞여 있고, 어깨는 아래로 축 처져 있고, 등은 뼈가 앙상하고 굳어 있어요. 그의 회색 눈만 알콜 중독자의 눈처럼, 겨울 비에 젖은 듯, 탁해 보여요. 네 시가 되면 나는 허브차와 화덕에서 갓 구워 낸 피타 빵과 내가 직접 만든 염소젖 치즈를 조금 가지고 그에게 올라가요. 그 쟁반 위에는 내가 마실 커피 잔도 놓여 있죠. 우리는 대개 아무 말 없이 앉아서 차를 마셔요. 한번은 그가 말문을 열었는데 문장 끝에 물음표도 달지 않고 말했어요.

"일라나. 여기서 뭐 해."

그리고 나 대신 대답했어요.

"타고 남은 불씨. 그러나 남은 불씨는 없었어."

그러고 나서.

"카르타고가 무너졌어. 그래서 그곳이 무너져서 어쩌라고. 그리고 무너지지 않았다면 무엇이 달라졌지. 문제는 그런 게 전혀 아니야. 문제는 여기에 불빛이 없다는 거야. 어딜 가든지 발에 걸리잖아."

그의 짐 가방 바닥에서 권총을 찾았어요. 나는 그것을 보아즈에게 주고 책임지고 어디다 숨기라고 했어요.

이제 시간이 얼마 남지 않았어요. 벌써 겨울이에요. 비가 많이 내리기 시작하면 지붕 위에 있는 망원경을 해체해서 가지고 내려와야 할 거예요. 보아즈는 혼자서 카르멜산을 돌아다니는 일을 포기해야 할 거예요. 사나흘씩 사라져서, 수풀로 덮인 건천을 측량하고, 버려진 동굴을 조사하고, 둥지에 숨어 있는 밤 새들을 놀래 주고 우거진 수풀과 잡목들 속에서 자기 자신을 잃어버리기 위해 헤매고 다니는 일을 다시 할 수 없어요. 못 하나 쓰지 않고 만든 뗏목을 혼자 타려고 다시 바다로 내려갈 수는 없어요. 그 아이는 도망치는 걸까요? 뒤쫓는 걸까요? 별들에게서 영감을 얻으려는 걸까요? 거인같이 키만 크고 말도 어눌한 고아가, 마치 마법에 걸린 것처럼, 그를 끌어당기는 잃어버린 품을 찾아 텅 빈 곳을 더듬는 걸까요?

언젠가 그 아이는 긴 여행을 떠난 다음 다시는 돌아오지 않을 거예요. 그의 친구들은 여기서 몇 주 정도 그를 기다리다가, 그다음엔 어깨를 으쓱하고 하나씩 하나씩 사라질 거예요.

이 공동체는 사방으로 흩어져 버릴 거예요. 살아 있는 생명체
는 아무것도 남지 않겠죠. 하르돈 도마뱀과 여우와 독사가 다
시 이 집을 물려받고 잡초들도 다시 돌아올 거예요. 나는 홀
로 죽어 가는 고통을 지키기 위해 남겨질 거예요.

그러고 나면요? 나는 어디로 갈까요?

내가 어린 소녀였을 때, 그때까지 남아 있는 우스꽝스러운
억양과 이 땅에 어울리지 않는 몸에 밴 생활 습관과 힘겹게
씨름하던 이주자들의 딸이었을 때, 오래된 개척자들의 노래가
마법처럼 나를 휘어잡았어요. 당신은 나중에 여기에 와서 모
를 거예요. 내게 어렴풋한 그리움과 내가 아직 여자가 되지 않
았을 때도 여자의 비밀스러운 갈망을 느끼게 해 주었던 가락
들이에요. 나는 라디오에서 「조상들이 사랑했던 땅에서」를 들
려주면 지금까지도 온몸이 떨려요. 「그녀는 킨네렛의 젊은 여
인」도. 아니면 「언덕 위에서」 같은 노래요. 마치 멀리서 내가
했던 충성 맹세를 상기시키는 것 같아요. 마치 땅이 있지만
우리가 그것을 찾지 못했다고 말해 주는 것 같아요. 어떤 광
대가 분장을 하고 숨어들어서 우리가 찾아낸 것을 증오하도
록 부추기는 것 같아요. 그 소중했던 것을 파괴해서 다시 돌
아오지 못하도록. 우리가 길을 잃고 깊은 늪 속으로 깊이 빠져
들고 우리 위에 어둠이 덮칠 때까지 유혹하는 마법으로 우리
를 끌어들였어요. 당신은 기도를 드릴 때 나를 기억해 줄 거예
요? 제발 나를 대신해 내가 자비를 기다리고 있다고 말해 주
세요. 나를 위해 그를 위해 그리고 당신을 위해. 그의 아들을
위해. 그의 아버지를 위해. 이프앗을 위해 그리고 내 언니를

위해. 당신이 기도를 드릴 때, 미쉘, 외로움과 욕망과 그리움은 우리 힘으로는 어쩔 수 없다고 말해 주세요. 그리고 그것들이 없으면 우리는 꺼져 버린 불꽃이라고. 우리는 사랑을 받고 돌려주려고 노력했지만 결국 길을 잃었다고 말해 주세요. 그들이 우리를 잊지 않기를, 그리고 아직도 우리는 어둠 속에서 깜박이고 있다고 말해 주세요. 우리가 어떻게 여기서 벗어나야 하는지 물어봐 주세요. 그 땅이 어디 있는지.

아니면 그러지 마세요. 기도하지 마세요.

기도하는 대신 이프앗과 함께 장난감 벽돌로 다윗 탑을 지으세요. 그 아이를 동물원에 데려가세요. 극장에도요. 당신들이 하던 대로 달걀 프라이를 하고, 코코아 얇은 막을 걷어 내고, 그 아이에게 마셔라 키쉬 키쉬 카리야라고 말해 주세요. 겨울에는 이프앗을 위해 플란넬 잠옷을 사 주는 것 잊지 마세요. 그리고 새 신발도요. 이프앗을 당신 형수에게 보내지 마세요. 가끔 보아즈가 자기 아버지를 어떻게 자기 팔로 안아 옮기는지 생각해 보세요. 그리고 당신이 여행을 마치고 돌아온 날 저녁에는요? 피곤해서 쓰러질 때까지 양말을 신은 채 텔레비전 앞에 앉아 있을 건가요? 옷을 입은 채로 안락의자에서 잠이 들 건가요? 줄담배를 피울 건가요? 아니면 그 대신에 당신 랍비 발치에 앉아서 눈물을 흘리며 토라 공부를 할 건가요? 당신을 위해 따뜻한 목도리를 하나 사세요. 나 대신에요. 감기 들지 마세요. 아프지 마세요.

그리고 나는 당신을 기다릴 거예요. 보아즈에게 넓다란 판자 침대를 만들고 바다 풀을 채운 매트리스를 깔아 달라고 할 거예요. 어둠 속에서 우리는 잠이 들지 않고 귀를 기울이며 눈을 크게 뜨고 누워 있을 거예요. 비가 창문을 두드리겠죠. 나무 꼭대기에 바람이 지나가고요. 동쪽 산지 쪽으로 천둥이 높이 가 버리고 개들이 짖을 거예요. 죽어 가는 그 사람이 신음을 하면, 추위에 떨다가 심한 오한을 느끼면, 당신과 내가 그 사람을 꼭 안아 줘요. 그를 우리 사이에 두고 양쪽에서 안아서 덥혀 줘요. 당신이 나를 원할 때는 내가 당신에게 꼭 붙어 누울 테고 그의 손가락은 우리 등을 어루만지겠지요. 아니면 당신이 그에게 꼭 붙어서 눕고 내가 당신들 두 사람을 쓰다듬어 줄게요. 당신이 늘 바라던 대로. 그 사람과 나와 하나가 될 수 있어요. 그 사람 안에서 나와 하나가 되고 내 안에서 그 사람과 하나가 되겠죠. 우리 세 사람이 하나가 되는 거죠. 그럼 밖에서는 바깥 어둠 속에서 블라인드 틈새로 바람과 비, 바다, 구름, 별이 찾아올 테고 우리 세 사람을 조용히 안고 닫아 주겠죠. 그리고 아침이면 내 아들과 내 딸이 고리버들 바구니를 들고 나가서 정원에서 무를 캘 거예요. 슬퍼하지 말아요.

당신들의 엄마가

*
**

기드온 씨 귀하 　　　　　　　　　　　　　　주님의 도움으로
부인에게 (내게 보낸 편지에 대한 답장으로) 　　　　　예루살렘
그리고 친애하는 보아즈에게 　　　　　5737년 마르헤슈반월 4일
기드온 건물 　　　　　　　　　　　　　　　　(76. 10. 28.)

지크론 야아콥

샬롬,

우리 전통 중 「내 영혼아 송축하라」라는 노래에 이렇게 기록되어 있습니다.(「시편」 103장.)[279]

자애롭고 자비로우시다, 그분께서. 화를 오래 참으시고 은혜가 풍성하시다. 그가 영원히 대적하지 않으시고 끝날까지 진노하지 않으신다. 우리 죄를 그대로 우리에게 갚지 않으시고 우리 악행을 그대로 우리에게 돌려주지 않으신다. 하늘이 땅으로부터 높은 것처럼 그의 은혜가 그를 두려워하는 자에게 크시다. 동쪽이 서쪽에서 멀리 있는 것처럼 그가 우리 범죄를 자기로부터 멀리 밀어내셨다. 아버지가 아들들에게 자비로운 것처럼 그분이 그를 두려워하는 자들에게 자비를 베푸셨다. 그가 우리 됨됨이를 아셨고 우리가 먼지라는 것을 기억하셨기 때문이다. 인간은 그의 날들 중 들풀과 같으며 들판의 꽃처럼 꽃을 피운다. 바람이 그 위로 지나가면 사라지니 그가 있던 자리에서 그를 찾지 못한다. 그러나 그분의 은혜는 끝날까지 그를 두려워하는 자들 위에 있을 것이다. 아멘.

미카엘 쏘모

---

279) 히브리 성서 「시편」 103장 8~17절의 내용을 적고 있다.

삶이 남긴 신호들
── 아모스 오즈의 『블랙박스』를 번역하며

'블랙박스'라는 책 제목이 썩 마음에 들지는 않았다. 자동차 앞 유리에 카메라를 달아 놓고 혹시 일어날지도 모르는 사고를 대비하여 그 앞에서 벌어지는 모든 일들을 녹화한다는 생각 자체가 기괴했다. 그러나 이 소설은 1986년에 발표되었고 이야기는 1976년 이스라엘에서 일어난 일을 기록한다. 그러니까 작가가 마음에 둔 블랙박스는 비행기 조종실에 달아서 비행기 운항과 관련된 다양한 정보와 조종사들의 대화를 기록하는 장치일 것이다. 이 장치는 평소에 아무리 작동이 잘되어도 확인할 필요가 없고 오직 비행기가 추락해서 그 원인을 밝혀야 할 때 존재 의미가 드러나는 그런 장치일 것이다. 그렇게 생각하면 '블랙박스'라는 제목은 내용과 잘 맞아떨어진다.

아모스 오즈는 '일라나'라는 여성이 전남편 '알렉스'에게 쓴 편지를 보여 주며 시작하는데, 그들 사이에 태어난 '보아즈'라는 아이가 상당히 거친 청소년기를 보내고 있다며 돌이킬 수 없는 일이 벌어지기 전에 도와달라고 요청한다. 그러니까 이 세 사람에게 일어날 수 있었던 비극적인 사고는 이미 벌어진 상태이고 작가가 한 편씩 독자 앞에 꺼내어 보여 주는 편지들은 블랙박스 속에 저장된 지난날의 기억인 것이다. 비행기를 조종하거나 정비하는 특별한 사람들만 블랙박스를 볼 수 있다고 생각하지만, 우리의 삶은 기억이라는 흔적을 뒤에 남기고 있었고, 그것을 글로 써서 상대방과 나눌 때 비로소 저장된 정보를 해독할 수 있다고 말해 주는 듯하다.

하지만 비행기에 달아 놓은 블랙박스가 비행기의 속도, 고도, 조종사들의 대화 등을 각각 따로 기록해서 남기는 것처럼 주인공들이 쓰는 편지는 각자 자기가 본 생활의 일부만 담아서 우리에게 보여 준다. 만약 정보 분석을 한 지점에서 재생을 멈춘다면 독자는 주인공들이 직접 쓴 편지를 기초로 매우 분명한 이미지를 얻게 되지만, 사실 그 이미지는 다음 편지를 읽으면서 달라진다. 예를 들어 일라나는 상대방이 앞에 앉아 있는 것처럼 대화체로 편지를 쓰고 문학적으로 아름다운 문장을 섞어 쓰면서 본능적인 감정을 드러내는 것을 두려워하지 않는 솔직한 여성처럼 보인다. 그러나 국제적으로 명성이 높은 학자이며 대학교수로서 미국 시카고에 살며 경제적으로 풍족한 알렉스는 매우 사무적이고 경멸 섞인 문어체로 답장을 하는데 돈이 필요하다면 줄 용의는 있지만 전 부인이 자신을 귀찮게 하지 말았으면 하는 기색을 내비친다. 여기까지 읽으면 알렉스는 혼자 훌륭한 커리어를 쌓으며 잘 살고 있는데 이미 오래전에 이혼한 전 부인이 편지를 써서 돈을 요구하는 거북한 상황이 그려진다. 보아즈라는 아이는 어머니에게 폭언을 일삼고 폭력이나 가출 사건 때문에 경찰서를 드나드는 철없는 아이에 불과하다.

그러나 편지 하나를 더 읽고 전보 몇 통을 더 읽고 나면 정보를 잘못 해독했다는 생각이 든다. 지성적인 알렉스는 변호사와 사립 탐정들을 고용해 전 부인과 그녀의 현재 남편을 조사하기 시작하고 그때까지 무관심했던 보아즈의 동태도 면밀하게 살피며 집착하는 모습을 보이기 때문이다. 일라나가 아무런 위자료나 양육비도 받지 못하고 이혼을 당한 이유도 밝혀지는데, 일라나는 알렉스와 상당히 비정상적인 부부 생활을 했던 것처럼 보인다. 오히려 비행 청소년처럼 등장했던 보아즈가 가끔 자기 자신을 통제하지 못하지만 나름대로 자아의식과 주체성이 있는 젊은이일지도 모르겠다는 생각이 마음 한 켠에 슬며시 떠오른다.

그러니까 『블랙박스』는 일라나와 알렉스와 보아즈 그리고 일라나의 새 남편 미쉘과 언니 라헬, 알렉이 고용한 변호사 작하임 등 여러 사람이 쓴 편지글 모음이다. 지금은 거의 사용하지 않는 전보와 메모 그리고 짧은 보고서도 몇 편 포함되어 있다. 편지와 편지를 이어 주는 이야기가 전혀 없고 전보와 보고서도 별다른 설명 없이 갑자기 나온다. 오즈는 때로 열정적이고, 헌신적이며, 지적인 말투로 분노와 불평과 책망과 사랑을 다채로운 관점에서 그린다. 독자들은 아주 불친절한 감독이 찍은 다큐멘터리 영화를 보는 것처럼 한 번에 한 사람의 말만 듣게 되며, 다음 편지를 읽고 그다음 전보를 읽을 때마다 주인공들이 하는 말을 듣고 그들이 경험했던 과거를 전해 들으며 이들에 관한 이미지를 수정해 나가야 한다. 한 번도 그전에 있었던 사건과 현재 벌어지는 일을 한눈에 조망할 수는 없으며 등장인물 중 하나라도 완벽하게 이해했다고 확신할 수 없다.

소설을 이런 방식으로 쓰는데도 독자가 긴장감을 늦추지 않고 다음 편지를 기다리게 만드는 것이 오즈의 힘이다. 어쩌면 홀로 앉아서 자신을 들여다보며 쓰는 글인 편지의 특징을 잘 이해하고, 어떤 낱말을 쓸지 어떻게 설명할지 한 번 더 생각할 기회가 있다는 점을 잘 이용한 것 같다. 좀 더 자세히 살펴보면 어떤 편지들은 매우 사무적인 문어체로, 또는 구석구석 감정이 뚝뚝 넘쳐흐르는 문어체로, 잘난 척하며 영어와 막말을 섞어 쓰는 냉소적인 문어체로 썼다. 또다른 편지들은 감정을 다스리며 훈계하는 구어체로, 자신이 느끼는 모든 감정을 문학적 표현으로 부풀려 가며 퍼붓는 듯 쓴 구어체로, 그리고 철자법을 완전히 터득하지 못해서 아주 어린 아이가 몇 가지 문장만 가지고 하는 말 같은 구어체로 쓰기도 했다. 그래서 독자는 계속 다른 박자에 맞추어 춤을 추듯 읽는 속도를 조절해야 한다. 아주 천천히 흐르는 문학적인 편지를 읽으며 숨겨진 의미를 고민하다가, 짧고 간단하게 용건만 써서 보낸 전보를 읽으며 긴박한 사건의 전개에 놀라게 된다. 오즈는 편지를 쓰는 사람이 누구냐에 따라 주소나 날짜를 쓰는 방법이나 첫인사를 쓰는 방법, 심지어 상대방을 부르는 이름마저 바꾸어 가며 마치 실제 이스라엘에 온 것 같은 현장감을 더한다. 오즈의 글은 마치 평서문으로 쓴 시처럼 다양한 의미로 읽히고, 그가 선택한 구두점의 위치나 지명 또는 인명을 쓰는 방법까지 세밀하게 계산된 수학식처럼 느껴지기도 한다. 오랜 세월 동안 체계적으로 계획하고 실험을 거듭하며 최종 결과물을 얻은 과학자 같기도 하다. 독자를 자기 세계 안으로 끌어들이는 놀라운 능력이 있는 것 같다.

그도 그럴 것이 『블랙박스』는 오즈가 작가로서 작품을 발표하기 시작한 뒤 이십 년 이상 지났을 때 세상에 나왔기 때문이다. 아모스 오즈는 1939년 영국 식민지 팔레스타인에서 태어났고 그때 그의 이름은 아모스 클라우스너(Amos Klausner)였다. 어머니가 자살하고 삼 년 뒤 텔아비브 근처 키부츠로 들어갔는데, 그때 자기 이름을 '오즈'(히브리어로 '힘'이라는 뜻)로 개명하며 키부츠 소식지와 《다바르(Davar)》 신문에 글을 쓰기 시작했다. 군 복무를 마치고 히브리 대학교에서 철학과 히브리 문학을 공부한 그는 교사로 일하면서 계속해서 작품 활동을 했으며, 단편집 『자칼의 울음소리(Where the Jackals Howl)』와 소설 『다른 곳(Elsewhere, Perhaps)』을 발표했다. 그 후 소설과 수필, 단편집, 기사문, 동화책 등 수많은 작품들을 썼다. 2018년 12월 텔아비브에서 사망했다.

대표작으로는 『나의 미카엘(My Michael)』, 『사악한 조언의 산(The Hill of Evil Counsel)』, 『올바른 휴식(A Perfect Peace)』, 『블랙박스(Black Box)』, 『여자를 안다는 것(To Know a

Woman)』,『삶과 죽음의 시(Rhyming Life and Death)』,『유다
(Judas)』가 있다. 특히 1988년『블랙박스』로 페미나 에트랑저
상(Prix Femina tranger)을 수상했고, 1993년 예우드 레바논 감
독이 영화로 제작하기도 했다.

　　오즈의 작품들은 현대 이스라엘을 배경으로 하면서도 고대
이스라엘의 전통을 잊지 않으며, 이스라엘을 건국하는 과정에
서 원래 거주민들인 팔레스타인 사람들과 주위 아랍계 국가
들과 전쟁을 했던 경험을 가슴 깊이 새기고 있다는 특징이 있
다. 그리고 박식한 이론이나 이념적인 논리를 전개하지 않지
만 현장에서 그 복잡하고 변화무쌍한 역사를 겪어야 했던 사
람들의 속마음을 대변하려고 노력한다.

　　『블랙박스』에서 알렉스와 그의 변호사 작하임은 '아쉬케나
지'라고 부르는 유럽계 유대인을 대표하는데, 고등 교육을 받
고 사회에서 인정받는 전문직에서 일하며 경제적으로 풍요한
이스라엘 사회의 지배층 사람들을 그리고 있다. 그에 비해 일
라나의 새 남편 미셸은 '미즈락히'라고 부르는 북아프리카 출
신 유대인이다. 이들은 가난과 억압에서 벗어나기 위해 이스라
엘로 이주해 왔고 생존할 수 있는 유일한 희망을 고대 이스라
엘의 종교 전통에서 찾은 사람들이다. 어떻게 보면 현대 사회
와 썩 어울릴 것 같지 않은 생활 방식과 사고방식을 고집하고
있으며 이주 후 삼사 대가 지나도 후손들이 미즈락히라는 굴
레를 쉽게 벗지 못하고 있다. 수천 년 동안 디아스포라 공동체
에서 살면서 굳어진 삶의 태도를 그대로 물려받아 살고 있으
며, 그 후에 이주한 러시아나 남미 또는 에티오피아 출신 유대

인들과 경쟁하며 공존하고 있다. 이들은 사회 각 영역에서 벌어지는 갈등 상황에 대해 상당히 다른 의견을 가지고 있기 때문에 이 공동체들 사이에 둘러친 울타리는 날이 갈수록 더 공고해지고 있다.

오즈는 이런 사회상을 매우 적확하게 그려 내고 있는데, 알렉스는 유럽과 세계사에 관한 폭넓은 지식과 세계적인 석학들의 사상을 숨 쉬듯 인용하며 생각의 나래를 펴고 친구들과 모임을 가져도 특정한 주제에 관한 토론회를 여는 사람으로 묘사된다. 그러나 미쉘은 정규 교육을 마치지 못해 비정규직 프랑스어 교사로 일하고 있으며 편지를 시작할 때마다 "주님의 도움으로"라는 말을 잊지 않고 서기 연도가 아니라 이스라엘식 단기 연도를 쓴다. 무슨 말을 하든 자기가 하려는 모든 말을 히브리 성서나 다른 유대 경전에서 빌려 온 적절한 문구로 대처하려 한다. 일라나가 알렉스의 병을 간호하러 갔을 때 미쉘과 그의 형이 모여 우리는 우리들끼리 결혼을 해야 한다고 말하는 부분에서, 끊임없이 '우리들'과 '당신들'을 구분하며 말하는 그들의 깊은 속마음이 숨김없이 드러난다.

한편 일라나는 폴란드 출신 유대인 가정에서 태어났지만 아버지가 가난한 교사였기 때문에 팔레스타인에 이주한 뒤에도 허름한 오두막에 살아야 했다. 사고와 질병으로 부모를 모두 잃고 언니와도 헤어진 뒤 보육 기관에서 자랐고 군대에 입대했다가 알렉스를 만났다. 그녀는 출신지만 보면 아쉬케나지에 속하지만 어린 나이에 유럽을 떠났고 부모까지 일찍 여의는 바람에 뿌리가 잘린 묘목처럼 떠다니는 상태였던 것이다.

작품 해설

일라나가 미쉘과 결혼하며 얻은 딸 이프앗은 이쉬케나지와 미즈락히 사람들 사이에서 태어난 진정한 이스라엘 사람이라고 말할 수 있는데 아직은 너무 어려서 작품 속에서 귀여운 말과 행동을 보여 주는 것 외에는 특별히 맡은 역할이 없다. 이런 이유로 어떤 사람은 오즈가 작품 속에서 여성의 역할을 충분히 발전시키지 못했다고 비평하기도 한다.

그러나 다른 관점에서 보면 이스라엘 사회 안에서 여성의 위치가 정확하게 묘사되었다고 볼 수도 있다. 다분히 남성 중심주의적인 이스라엘 사회는 아직도 '상남자'가 아름다운 여성을 쟁취한다는 주제가 대중문화 속에 유통되고 있기 때문이다. 또한 일라나는 힘과 권력을 상징하는 알렉스를 사랑하면서도 전통을 신뢰하는 미쉘을 향한 정도 계속 간직하는 여성으로 나오는데, 폭력적인 남성들의 요구 앞에서 본능적인 감정을 무시하지 않고 나름대로 선택을 하는 존재이기도 하다. 어쩌면 일라나는 지도자로 앞에 나서지 못하는 일반 이스라엘 사람들 또는 시온주의와 종교적 이상에 불타는 부모 세대와 완전히 다른 환경에서 태어나 스스로 정체성을 확인해야 하는 신세대 젊은이들의 입장을 대변하는지도 모른다.

반면 보아즈는 서로 다르고 단절된 채 극도로 흥분된 상태로 살아가는 이스라엘 사람들 사이에서 단연코 다음 세대의 희망을 대표하고 있다. 보아즈는 부모 세대가 만들어 놓은 교육 기관과 사회의 틀에 순응하지 못한다. 그는 절망스러울 정도로 필사적으로 서로 다른 이상을 추구하면서 상대방에게 상처를 입히고 스스로 후회할 결함을 안고 사는 부모 세대 이스라엘 사람들을 초대한다. 비록 아무런 경험도 없고 자본도 없지만, 땅을 파고 물을 대어 나무를 심고 집을 수리하며 서로 공존하는 공동체 안으로 들어와 공존하자고 제안한다. 성격이나 외모가 서로 다르고 정치적인 목표나 종교적 이상이 달라도 모두를 품어 주는 땅으로 돌아와 땀을 흘리며 일하고 음식을 나누고 함께 노래를 부르자는 것이다. 물론 마지막으로 수록된 미쉘의 편지는 이 초대를 에둘러 거절하고 있지만 지금까지 편지들을 블랙박스처럼 해독하던 독자들은 더 이상 읽을 수 없는 다음 편지를 통해 어떤 다른 일들이 생겼을지 기대하는 마음을 금할 수 없을 것이다.

2023년 여름
윤성덕

아모스 오즈의 히브리어와 함께한 시간

나는 이십 대의 대부분을 이스라엘 예루살렘에서 유학 생활을 하며 보냈다. 아모스 오즈의 『블랙박스』를 처음 접한 것도 1991년 여름 예루살렘 히브리 대학교의 히브리어 상급반 수업을 통해서였다. 책을 조금씩 읽어 가서 수업 시간마다 내용과 느낀 점에 대해 자유롭게 토론을 했는데, 그때는 히브리어가 너무 어려워서 여러 시간이 지나서야 겨우 몇 페이지를 읽어갈 수 있었고 무슨 말을 어떻게 해야 할지 진땀을 흘렸던 기억이 난다.

그 후 삼십여 년의 세월이 흐르고 민음사로부터 번역 의뢰를 받았다는 소식을 듣고 책장 구석에 꽂혀 있던 빛바랜 표지의 『블랙박스』 책을 꺼내 들었을 때, 내 가슴속 어디선가 잠자고 있던 무언가 깨어나는 것 같은 묘한 느낌이 들었다. 가슴이 설레었다. 마치 까맣게 잊고 있었던 그리운 시절의 사진을 우연히 다시 본 것처럼 말이다.

『블랙박스』는 주인공인 알렉스와 일라나가 사랑했지만 서로에게 상처를 주며 오해 속에 헤어지고 단절된 관계로 지내다가 칠 년이 지난 어느 날, 아들 보아즈의 문제로 편지를 주고받으면서 이야기가 시작된다. 그들은 편지 속에서 각자 자신의 목소리로 자기 이야기를 들려줄 뿐이었지만, 편지를 계속 읽고 답장을 하면서 서로간에 쌓인 오해를 풀고 관계를 회복해 간다.

나는 이 작품을 번역하면서 때로는 알렉스가 되고 때로는 일라나가 되어 고통 속에서 몸부림 쳤고 슬픔에 빠지기도 했으며 분노에 떨기도 했다. 어린 보아즈가 가여워 눈물을 짓기도 했지만, 모든 사람이 문제아로 여기던 보아즈가 누구보다 어른스럽게 자기 소신을 따라 폐허가 된 저택에 들어가 농지를 가꾸고 함께 살아가는 공동체를 만들 때는 기특해서 박수가 절로 나왔다.

되돌아보면 번역하는 내내 시간 가는 줄 모르고 작품에 빠져들었고 개인적으로 너무나 행복하고 가슴 벅찬 시간들이었다. 특히 작품 속 히브리어는 한순간도 마음을 내려놓을 수 없는 매력적인 언어였다. 말하는 사람에 따라 생동감 있고 솔직하고 직선적이며 간결하기도 하지만 때로는 꾸며 주는 말이 끝도 없이 따라붙으며 느려지고 한없이 의미가 깊은 문장이 되었다. 소리가 비슷한 낱말이지만 글자 하나가 바뀌면서 절묘하게 전혀 다른 그림을 그려 내는 자유롭고 재미있는 말이었다. 히브리어 자체가 뿜어 내는 매력을 작품 속 글자 하나하나마다 빈틈없이 담아낸 아모스 오즈의 필력에 감탄할 수밖에 없었다.

『블랙박스』 같은 좋은 작품과 더불어 감동적인 시간 여행을 다녀오게 해 준 민음사에 깊이 감사 드릴 뿐이다.

2023년 여름
김영화

작가 연보

1939년   5월 4일 예루살렘에서 태어났다.

1954년   열다섯 살의 나이로 아버지에 반항하여 예루살렘을 떠나 키부츠 훌다로 들어갔다.

1957년   키부츠 훌다의 회원이 되었다. 1986년 키부츠를 떠날 때까지 대부분의 시간을 이곳에서 보냈다.

1961년   군 복무(기갑부대에서 근무)가 끝나 제대했다.

1963년   기브앗 브레너에 있는 훌다 고등학교에서 문학과 철학을 가르쳤다.

1965년   예루살렘 히브리 대학교에서 히브리 문학과 철학을 전공했다. 첫 소설집 『자칼의 울음소리』를 발표했다. 3개 국어로 번역되었다. 홀론 상을 수상했다.

1966년   소설 『다른 곳』을 발표했다. 7개국어로 번역되었다.

1967년	3차 중동 전쟁인 6일 전쟁에 참전했다. 시나이 전투에 참가했다.
1968년	소설 『나의 미카엘』을 발표했다. 21개국어로 번역되었다.
1969년	영국 옥스퍼드 대학교 성 크로스 칼리지에서 이 년간 교환 학생으로 공부했다.
1971년	단편 소설 「죽음에 이르기까지」를 발표했다. 10개국어로 번역되었다.
1973년	소설 『물결을 스치며, 바람을 스치며』를 발표했다. 5개 국어로 번역되었다. 4차 중동 전쟁인 욤 키푸르 전쟁에 참전했다. 골란고원 전투에 참가했다.
1975년	닐리와 결혼했다. 후에 두 딸과 한 아들의 아버지가 된다. 『나의 미카엘』이 단 울만에 의해 영화로 제작되어 세계 여러 곳에서 상영되었다.
1976년	브레너 상을 수상했다. 소설집 『사악한 조언의 산』을 발표했다. 9개국어로 번역되었다.
1977년	이스라엘 평화 단체 샬롬 악샤브(Peace Now) 창립 멤버로서 적극적으로 활동했다. 어린이 소설 『숩히』를 발표했다. 14개국어로 번역되었다.
1978년	『숩히』로 제브 상을 수상하고, 한스 크리스찬 안데르센 메달을 받았다. 에세이 『타오르는 불꽃 아래』를 발표했다. 2개국어로 번역되었다.
1980년	미국 캘리포니아 버클리 대학교에서 교환 교수로 근무했다.

1982년   소설『올바른 휴식』을 발표했다. 7개국어로 번역되었다.

1983년   에세이『이스라엘 땅에서』를 발표했다. 14개국어로 번역되었다. 번스타인 상을 수상했다.

1984년   프랑스 정부로부터 예술과 작가 부분 훈장을 수여받았다. 미국 콜로라도 대학교에서 거주 작가 및 교환 교수로 이 년간 근무했다.

1985년   뉴욕 로투스 클럽이 주는 올해의 작가상을 수상했다.

1986년   키부츠 훌다를 떠나 유대 광야 한복판의 아라드로 이주했다. 비알릭 상을 수상했다.

1987년   미국 보스톤 대학교 거주 작가 및 교환 교수로 근무했다. 소설『블랙박스』를 발표했다. 18개국어로 번역되었다. 에세이『레바논의 언덕』을 발표했다. 4개국어로 번역되었다. 이스라엘 브엘세바 벤구리온 대학교 히브리 문학 전임 교수가 되었다.

1988년   『블랙박스』로 프랑스에서 주는 올해의 최우수 외국인 소설상과 런던 윙게이트 상을 수상했다. 미국 신시내티와 예루살렘 히브리 유니온 칼리지에서 명예 박사 학위를 받았다. 미국 메사추세스 웨스턴 뉴 잉글랜드 대학에서 명예 박사 학위를 받았다.

1989년   소설『여자를 안다는 것』을 발표했다. 16개국어로 번역되었다. 스페인 바르셀로나 지중해 카탈란 학술원 회원으로 선임되었다.

1990년   예루살렘 히브리 대학교 거주 작가로 선정되었다.

1991년   히브리어 학술원 평생 회원으로 선임되었다. 소설『피마』를 발표했다. 15개국어로 번역되었다.

1992년   독일 출판가 협회가 주는 국제 평화상을 수상했다. 텔
          아비브 대학교에서 명예 박사 학위를 받았다.

1993년   『숍히』로 독일에서 루크 상, 프랑스에서 아모르 상을
          수상했다. 아그논에 관한 에세이『하늘의 침묵』(히브리
          어 판)을 발표했다. 브엘세바 벤구리온 대학교 현대 히
          브리 문학 아그논 석좌 교수로 임명되었다.

1994년   소설『밤이라 부르지 마오』를 발표했다. 9개국어로 번역
          되었다. 미국 메릴랜드 볼티모어 히브리 대학교 모리스
          스틸러 상을 수상했다.『피마』로 외국 소설 부문 독립상
          을 수상했다. 에세이『이스라엘, 팔레스타인, 평화』를 발
          표했다. 8개국어로 번역되었다.

1995년   소설『지하실의 검은 표범』을 발표했다. 5개국어로 번
          역되었다.

1996년   텔아비브 대학교 거주 작가로 선정되었다.

1997년   미국 프린스턴 대학교 교환 교수로 근무했다. 프랑스
          자크 시락 대통령으로부터 레지옹 도뇌르 훈장을 수
          여받았다.『지하실의 검은 표범』으로 스위스 문학상을
          수상했다.

1998년   미국 브랜다이스 대학교에서 명예 박사 학위를 받았다.
          이스라엘 독립 50주년 기념 에세이『모든 우리의 평화』를
          발표했다. 이스라엘 최고의 영예인 이스라엘 문학상을
          수상했다.

1999년   소설『같은 바다』를 발표했다.

2000년   소설『천국의 침묵』을 발표했다.

2002년   에세이『사랑과 어둠의 이야기』를 발표했다.

2005년   괴테 상을 수상했다.

2007년   소설『삶과 죽음의 시』를 발표했다.

2008년   독일 대통령 상을 수상했다. 프리모 레비 상을 수상했다.

2009년   소설『시골 생활 풍경』을 발표했다.

2012년   소설『친구 사이』를 발표했다.

2013년   프란츠 카프카 상을 수상했다.

2014년   소설『유다』를 발표했다.

2015년   박경리 문학상을 수상했다.

2018년   스티그 다게르만 상을 수상했다. 12월 28일 페탁티크
         바의 라빈 메디컬 센터에서 암 투병 중 일흔아홉 살의
         나이로 별세했다. 키부츠 훌다에 묻혔다.

세계문학전집 **423**

블랙박스

1판 1쇄 펴냄 2023년 7월 28일
1판 4쇄 펴냄 2024년 6월 28일

지은이 아모스 오즈
옮긴이 윤성덕, 김영화
발행인 박근섭, 박상준
펴낸곳 (주)민음사

출판등록 1966. 5. 19. (제 16-490호)
서울특별시 강남구 도산대로1길 62(신사동) 강남출판문화센터 5층 (우편번호 06027)
대표전화 02-515-2000 팩시밀리 02-515-2007
www.minumsa.com

한국어 판 © (주)민음사, 2023. Printed in Seoul, Korea

ISBN 978-89-374-6423-2 04800
ISBN 978-89-374-6000-5 (세트)

세계문학전집 목록

세계문학전집은 계속 간행됩니다.